本书为河北省社科基金项目"历代燕赵词整理与研究"（HB23ZW010）的阶段性成果。

河北大学燕赵文化高等研究院
INSTITUTE FOR ADVANCED STUDY OF YANZHAO CULTURE, HEBEI UNIVERSITY
——— 成果文库 ———

历代燕赵词
全编补辑

于广杰　编著

中国社会科学出版社

图书在版编目（CIP）数据

历代燕赵词全编补辑 / 于广杰编著. -- 北京 : 中国社会科学出版社，2024. 9. -- ISBN 978-7-5227 -4096-6

Ⅰ. I222.8

中国国家版本馆 CIP 数据核字第 2024M4R390 号

出 版 人　赵剑英
责任编辑　李凯凯　李嘉荣
责任校对　单　钊
责任印制　王　超

出　　　版　中国社会科学出版社
社　　　址　北京鼓楼西大街甲 158 号
邮　　　编　100720
网　　　址　http://www.csspw.cn
发 行 部　010 - 84083685
门 市 部　010 - 84029450
经　　　销　新华书店及其他书店

印　　　刷　北京君升印刷有限公司
装　　　订　廊坊市广阳区广增装订厂
版　　　次　2024 年 9 月第 1 版
印　　　次　2024 年 9 月第 1 次印刷

开　　　本　710 × 1000　1/16
印　　　张　42
字　　　数　688 千字
定　　　价　198.00 元

靈壽傅燮詷去異氏輯

王崇簡　敬哉　宛平人

蠶山溪　題　漁圖
○

凌空泛斗望裏驚　銀海抖擻綠簑輕看遙巘花飛

一帶獻氷得鯉醉倒玉壺春醅餘態人應惟明月

渾疑載　斜風細雨魯記浮西塞白鷺前同雲更

坤知尚有元真在

婺就糢糊色界羊表澐畔翻惹窗墨占風塵水乾

○臧字木蘭花　題畫

清傅燮詷辑《词靓续编》康熙三十一年（1692）抄本书影

保定市图书馆藏

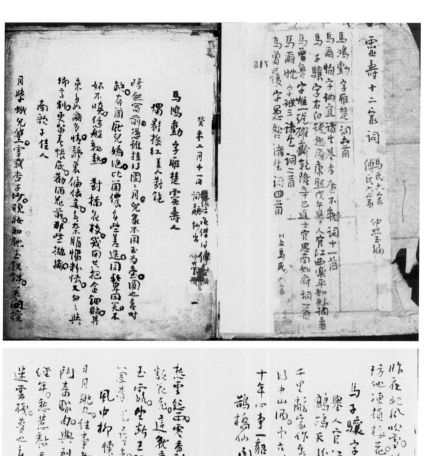

民国马钟琇辑《灵寿十二家词》抄本书影

国家图书馆藏

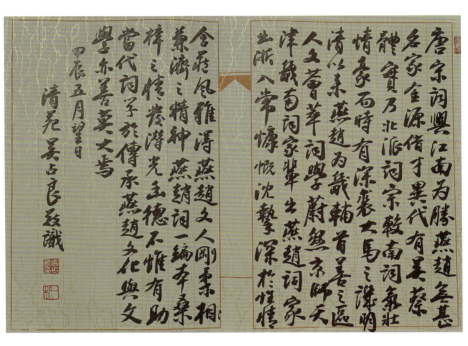

吴占良先生为本书所书序言

苏涛先生甲辰年重绘《斜街唤梦图》

编 委 会

序

詹福瑞

　　"燕赵"原为地理概念，古属冀州，战国时为燕、赵，其属地主要为今河北、北京、天津等地，还包括辽宁、山西、河南等部分地区。但后来，"燕赵"逐渐由地理概念演化为文化概念，主要指一种北地重气任侠、悲歌慷慨的民风。《隋书·地理志》"自古言勇敢者，皆出幽并"、韩愈"燕赵多慷慨悲歌之士"、苏东坡"幽燕之地，自古多豪杰"，都讲的是燕赵独特文化。于广杰编著《历代燕赵词全编》，用的是地理概念，即指籍贯出自今河北、北京、天津等地的词人词作。实际上也内涵了文化，如广杰所论："金元词人如蔡松年、王寂、赵秉文、刘秉忠、白朴、张之翰、刘因、胡祗遹、萨都剌等人的创作因地理环境、人文风俗、时代风气的影响，明显不同于江浙等南方词人婉约清绮的特质，而呈现出清新劲健、自然率性的北方文学风貌，论者称为词的'北宗'或'北派'。"这就是立足于文化的考察了。

　　近些年来，学术界有宋之后文化重心南移、江南乃成文化中心之说。故广杰告诉我要出版燕赵词全编，我内心不免嘀咕。诗文南移，更何况兴于北宋、盛于南宋的词！我虽然生于斯，长于斯，热爱故土，也要问燕赵词是否可观。然据《历代燕赵词全编》考察，北宋时燕赵地处边陲，词学可述者少，明代燕赵本土词人不足四十家。然金、元、清三朝及民国，燕赵为京师和畿辅重地，文人汇集，词学兴盛，多有名家，足可与江南词比肩。近些年来，颇兴地域文学。我以为地域文学如不置于大文学史中观照，则毫无意义。按时下分类，燕赵词亦属于地域文学。但是北京自金朝建都后，历元、明、清数代皆为首都，北京及畿辅地区不仅是政治中心，也是文化重心，故燕赵词的文学史地位是地域文学无法涵盖的。由此可见，搜集整理燕赵词，自文学史观，有其重要的价值。《历代燕赵词全编》全面辑录校注整理燕赵词，在此基础上，撰写词人小传，介绍词人的生平仕历、词坛活动、创作风貌和词学思想，不仅为认识燕赵词风、词学提供了丰富的资料；而有此一编，也会吸引文学史家的目光，使之从更广阔的时空视野全面认识词人、词体，所以于广杰和他的团队做了一件很有意义的工作。

2022 年 7 月 10 日

前　　言

　　"燕赵词"中的"燕赵",涵盖的地理区域指当代京津冀三省市的行政区域,是燕赵文化发生的核心区域。"燕赵词"这一范畴由核心到外沿,有三层意义:一是燕赵籍词人创作的词;二是叙写、描绘燕赵人物、风俗、地理、文化等的词;三是生活于燕赵地域的各地词人在燕赵词坛活动中创作的词。本编取第一个直接且核心的含义,即"燕赵词"是燕赵籍词人创作的词。其中郡望本为其他地域,入籍为京津冀,也视为燕赵籍;燕赵籍词人在全国词坛上创作的作品均属燕赵词范围。所以,"燕赵词"即燕赵籍词人在全国词坛上创作之词的总和。词兴起于隋唐,兴盛于两宋,演变于金元,明词中衰而清词复兴,至于民国绵延不绝,名家辈出。"历代燕赵词"辑录的时间范围上自隋唐,下迄近现代。

　　燕赵词发生的时间并不晚于全国其他地域,其创作实绩也可圈可点。五代燕赵词家毛文锡为花间词人群体的重要成员。他的词关心社会民生,题材广阔,超出了花间词的艳情主题,婉丽质直而温厚风雅,浸润着敦朴尚实的燕赵文化精神。郑振铎先生称赏其词为"花间别调"。燕赵地区是北宋王朝边陲,敦朴尚武,文化不振,词学可述者甚少,百余年间,只有李之仪、王安中堪称名家。金元以来,燕赵地域异属北朝,燕赵故地却成为北方政权的畿辅首善之区。南北各地的文人才士辐辏京师,燕赵文化慷慨尚气、朴茂贞刚的精神与尚正统、崇雅正、重功利的京都文化交融并行,使燕赵大地的文化风气浓厚起来。燕赵本土文学随之发展繁荣,千年来名家辈出,在当时全国的文坛格局中占有重要的地位。金元词人如蔡松年、王寂、赵秉文、刘秉忠、白朴、张之翰、刘因、胡祗遹、萨都剌等人的创作,因地理环境、人文风俗、时代风气的影响,明显不同于江浙等南方词人婉约清绮的特质,而呈现出清新劲健、自然率性的北方文学风貌,论者称为词的"北宗"或"北派"。虽然明代词学衰微，以京师为中心的畿辅地区却是南北文人辐辏聚集的地方，京师及畿辅词坛上南北文人的词学活动还是非常繁盛的。然明代近三百年间，燕赵本土词人不足四十家，在当时词坛上声量较小，相对沉寂。可称述的词家如魏允中、王好问、孙承宗、刘荣嗣、申涵光作品数量不多，艺术水准难作深论。清代词学兴盛，燕赵词家辈出。如梁清标、傅燮詷、陈祥裔、查礼、刘锡嘏、纪逵宜、姚尚桂、刘湘年、舒位、边保枢、冯秀莹、张云骧、华长卿、王增年、赵国华、朱隽瀛、赵洁等人，无论从作品数量还是质量上看，都无愧当时名家。民国燕赵词坛也不沉寂，高毓浵、李叔同、王桐龄、谢良佐、顾随、寇梦碧等人均蜚声词坛而自成面目，允为当时名家。随着当代词学研究的不断深入，这些燕赵词家应该成为清代与民国词个案研究的重点。而对他们的研究也必然推进词学的整体发展。

宋元以来，文人开始注重编纂乡邦文献。此风所扇，遍及天下。其中尤其以编选地域性的诗歌总集或选本最为流行。就燕赵诗歌来说，清嘉庆间天津高继珩尝穷二十余年之力，辑《畿辅诗传》，得八百余家。清末献县纪钜维亦尝究心畿辅诗歌的整理，欲编纂《畿辅诗征》，后因年老力弱而作罢。当徐世昌开晚晴簃诗社，编选有清一代诗歌的时候，纪钜维因其畿辅诗学的宏富广博成为重要的成员，而《晚晴簃诗汇》也以畿辅诗家的搜集最为完备。词作为小道末技，清代以前尚未引起文人编选地域性词选的兴趣。清代以来，大江南北涌现了不少以词名家的文人，即使不专以词名家，文人们也有很多以能词为士林风雅，论词、校词、选词之风方兴未艾。以地域为中心进行词集的编选起步较晚，至晚清民国也兴盛起来。如朱祖谋《湖州词征》、周庆云《东瓯词征》、薛钟斗《东瓯词征》、陈去病《笠泽词征》、夏承焘《永嘉词征》、夏令伟《佛山词征》、赵藩《滇词丛录》等。这些地域性词选，由词坛耆宿、词社大佬主持编选，成为晚清民国以来词学繁荣的一个重要标志，也发展成寄托桑梓之情、表彰先贤以见人杰地灵、文物之盛的新文化形式。燕赵词家编撰词集词选也不乏其人，傅燮詷尝撰《词觏》《词觏续编》，专收清初南北名家词。后安次马钟琇依此辑《灵寿十二家词》一册，成为燕赵词人的一个专门小集。晚清词人高毓浵尝因敬乡之情和阐幽表微之义编纂《燕赵词征》。此选篇幅不甚大，仅收燕赵词家十人。包括陈云诰、苏耀宗、查尔崇、谢良佐、王桐龄、顾随、寇泰逢、高毓浵三女高贻粉、高洁、高琛。不分卷。卷首列词家姓名，简要介绍生平仕履。卷中先注明词人词集，下注词人生平籍贯。小楷精写，清雅可观。高毓浵（1877—1956）字淞泉，本名令谦，字浣卿，号东岑，别号潜子，直隶静海人。光绪甲午（1894）举人，癸卯（1903）成进士。入翰林院为庶吉士，散馆授编修，兼任京师大学堂教习。1907年赴日本早稻田大学留学，回国后讲授西方文化、历史。清亡后南游南京、上海等地二十余年，后任伪满洲国政府治安部参事。秉儒者之行，博学多才，诗词书法俱臻妙境。其词以咏物、题画、酬唱、闲情为主。从用调、结构、语言方面考察其学词门径，当从南宋诸家张炎、周密、吴文英、姜夔、李清照入手，上追周邦彦、苏轼、柳永，合南北宋词家之长，再上窥五代词之天真自然、婉约清丽。咏物词体物幽眇传神，不粘不滞，往往有寄寓身世之感。格调清丽深婉，在梦窗、白石之间。著述丰硕，有《读左传随笔》一卷、《春秋大事表补》二卷、《潜子文钞》四卷、《潜子骈体文钞》四卷、《潜子诗钞》十六卷、《微波词》一卷。《燕赵词征》不见诸家著录，高毓浵遗集诸稿中也无相关记载。所以我们无从确考其编选的时间、背景等相关问题。从《潜子词话》来看，高毓浵记述的晚清民国词人不限地域，而以词坛前辈和词社唱酬的诸家为主。燕赵词人仅陈云诰、顾随二人，《燕赵词征》中其余诸家均未提及。从《燕赵词征》所选的十人来看，陈云诰因其政治影响力和书法成就名传后世，其能词之名实少人瞩目。苏耀宗、查尔崇的词集散落不传。谢良佐《稼厂词》深藏图书馆中，流布不广，其生平资料也难以查考。王桐龄以史学名家，史学著作甚夥。然除民国时期刊印的数种外，新时期以来并未再版。据隋树森先生所述，其诸多学术水平甚高的译稿，仍淹没故纸堆中，没有得到重视，遑论其诗歌和小词。实则，王桐龄先生的词别有情趣，是民国词坛追求自然通俗、情致趣味一派的重要代表，而其以词学资料论证史学问题的多则词话，在民国词论也别具一格。高毓浵先生的三女，生平不详，《燕赵词征》著录的词集已无从查考。唯顾随、寇泰逢二位先生作为现代词学大家，受到学者推重，其词集、词学著作相继出版，为燕赵词学在现代词坛上争得一席之地。但是，不论是从高毓浵出于敬乡之情阐幽表微，还是出于师友亲情有意摘录，《燕赵词征》的编纂规模虽小，从中亦可窥见燕赵词风忼爽质朴、清丽雅健的风貌，对深入研究晚清民国词坛活动和词学思想具有重要价值，不失为一部可贵的燕赵词学文献。如今我们全面整理研究燕赵词，即是出于对燕赵大地这块桑梓热土的敬爱，对燕赵大地和燕赵文化所孕育词人的尊崇和阐扬，也是对如高毓浤这样的燕赵词学前辈的致敬。希望借此传承悠久深厚的燕赵文化，以之融入当代的文化建设，促进社会发展和文明进步。

燕赵风骨是表征燕赵文化特质的具有象寓风格的概念。它可以涵盖燕赵文化多个层面，如燕赵政治品格、社会风俗、学术思想、游艺之学等诸方面的神理和风格。当代诸多学者多将"燕赵风骨"作为观照三千年燕赵文学的主要线索，以凸显地域文化与文学的密切关系，及文学对燕赵文化精神凝练、形塑的文化意义。而以"燕赵风骨"为主线，观照燕赵词的整理和研究，当代学者的研究已经为我们展开广阔的学术空间。谢嘉《燕赵文化史稿》描述了几千年燕赵文化的发展历程、地域特色、时代风貌及典型成就，为我们考察燕赵文化与词学的互动奠定了理论基础。王长华主编《河北文学通史》《河北古代文学史》两部著作描绘了三千年河北文学的发展历程，探讨了燕赵文化精神与河北文学（包括神话、诗歌、赋、散文、词、戏曲、小说）的内在关系，建构了一个特色鲜明的燕赵地域文学体系。他认为古今河北文学都属于燕赵文化圈，燕赵文化精神决定了河北文学的精神品格。燕赵文学的品格包括慷慨悲歌、尚侠任气的地域个性；以倡优立身、追求放荡游冶生活的民间风俗；朴质尚用，重经术、轻文艺的文化传统。"慷慨悲歌、尚侠任气"是燕赵文化精神的核心内容，它构成了河北文学的底色。辽金以降，随着燕赵地域成为畿辅重地，形成了与燕赵本土文化并行交融的尚正统、崇雅正、重功利的京畿文化，深刻影响了近古文学的发展。李建平《北京文化的特点——兼论北京文化与北京学》、于小植《论北京诗歌的"地方性"特征》、孙爱霞《明代天津文学发展概论》、张宜雷《天津近代文学与公共文化空间》等文章虽不直接研究燕赵词学，但着眼于燕赵文化重要构成部分的北京文化、天津文化与文学的关系，为我们整理与研究燕赵词提供了重要的思路和方法。昝圣骞《论民国词人郭则沄与京津词坛》论述了郭则沄学梦窗词而雅丽哀婉的词风，"词以庀史"的词学思想及组织须社、刊印社集《烟沽渔唱》的词学活动。该文认为郭则沄在推动民初京津词坛繁荣的过程中起到重要作用，对民国词研究避开"重南轻北"和"重新轻旧"的误辙具有重要启示。谢燕的博士论文《近世京津词坛研究》认为京津文化中存在着地域族群和士人集团为中央服务，同时也受中央庇护与限制的文化特点。京津文学，在文学史叙述中不仅是一种地域文学，更是一种"京师"的文化。其间的词社与雅集，既是"日下胜游"，又是"楚骚之遗"；既是风流清赏，又是互为朋党。而晚清的变局，近代学术思想与新的生存环境，为京津词坛词人群体革新与探索词学提供了时代契机。这是将京津词坛作为全国词人活动的舞台，综览晚清民国各派、各区域词人的交游与活动、词学思想，以此勾勒晚清民国词史和词学。李桂芹《〈洺州唱和词〉：后期浙西词风于直隶的播扬》与其视角和方法相同。他们论述的中心既不是燕赵词人，涉及的燕赵词数量也有限，但当时名家在燕赵词坛交游唱和，既可绍述风雅，倡导一时一地的词学风气，也可以促进不同地域、流派间词学思想的交流，是晚清民国词学繁荣的重要因素。因此，以"燕赵风骨"为主线贯穿燕赵词的整理和研究，钩沉抉隐，将历代词家联系起来，贯注相同的文化血脉，构建成燕赵词一个全新的有机整体。如此，既可以深刻总结燕赵词的艺术精神和审美特质，也可以探讨历代燕赵词与当时全国词坛的互动融合，从而深化对词学活动与词学思想发生演变的历史真实及内在逻辑的认识和书写。

　　文献整理是词学研究的重要基础。五代赵崇祚编《花间集》，已收录燕赵词家毛文锡。宋元以来，燕赵词人作品除附于别集单刊流传外，亦尝被辑入词的选本或总集中，如《唐宋名贤百家词》《宋六十名家词》《历代诗余》等。清代词家注重对当代词的搜集整理，并推动了民国词学的蔚兴。傅燮詷《词觏》、王昶《国朝词综》、丁绍仪《国朝词综补》、叶恭绰《全清词钞》、林葆恒《词综补遗》、陈乃乾《清名家词》等大型词总集的编撰，保存了很多燕赵词人的作品，在后来很多词集散佚的情况下，这些选粹性质的词选集成了研究一些燕赵词人词艺的重要资料。中华人民共和国成立以来，大型断代词总集的整理成果显著，先后出版唐圭璋编《全宋词》《全金元词》、曾昭岷等编《全唐五代词》、杨镰编《全元词》、饶宗颐编《全明词》、周明初编《全明词补编》、程千帆编《全清词》（顺康卷）、张宏生编《全清词》（顺康卷补编、雍乾卷、嘉道卷）、杨子才编《民国五百家词钞》等。这些断代词总集基本上网罗了唐五代至民国燕赵词人作品。虽词人生平或有舛误，词作字词、断句偶有出入，但为我们辑录燕赵词人作品提供了方便。另外清史编纂委员会编《清代诗文集汇编》、陈红彦等编《清代诗文集珍本丛刊》收燕赵文人别集数十种，附词若干卷；张宏生主编《清词珍本丛刊》、朱惠国编《民国名家词集选刊》收清代燕赵词人别集珍本七种。这些大型影印珍本古籍，为我们校订清及民国燕赵词提供了版本依据和线索。唐圭璋《词话丛编》、朱崇才《词话丛编续编》、张璋等人《历代词话》《历代词话续编》、孙克强《唐宋词词话》、林玫仪《词话七种考佚》、汪梦川《民国诗词作法丛书》等词学资料的编纂，不仅推动了词学史料学的发展，开创了词话学研究新领域，也为我们整理研究历代燕赵词奠定了词学文献基础。近来学者为传承地方文化，整理了系列燕赵文人文集，如刘崇德辑校《边随园集》、庞坚校注《张之洞诗文集》、石向骞校注《史梦兰集》、郭长海整理《李叔同集》、赵林涛整理《顾随全集》，这些文集中均收词作；专门词集整理如李晓静的硕士论文《绳庵词笺释及研究》等；另有不少学者从事清词辑佚工作，成果显著。这些成果为我们辑录晚清民国燕赵词提供了重要资料。此次整理历代燕赵词是在前辈学者和当代学人研究基础上展开的一项词集编纂工作。

《历代燕赵词全编》是全面系统整理燕赵词的通贯性著作，展示了燕赵词学的实绩，为认识燕赵词风、词学与燕赵文化提供了丰富的资料与线索。此编在辑录校注燕赵词的基础上，搜集历代燕赵词人的生平、词学材料，撰写词人小传。描述燕赵词家的创作风貌、词坛活动，精练地概括其词学思想，以勾勒燕赵词史和燕赵词学。在具体整理过程中，以"燕赵风骨"观照燕赵词史和词学，试图构建一个特色鲜明的燕赵词学体系，探讨燕赵词史和词学在中国词学史上符合历史真实的位置和价值。然而，在项目进程的具体操作中，因资料的缺乏，项目结题时限的要求，有些地方尚未完全实现起初的规划和设想，实在是一个不小的遗憾。此编名为全编，正如罗忼烈先生对于唐圭璋先生编辑《全宋词》《全金元词》的感叹，"典籍浩如烟海，要一一钩沉索隐无所遗漏是绝不可能的"（《词学杂俎》）。虽然，燕赵词从总量上来说并非巨大，燕赵词家相较宋金元词家数量也少了一些，但一些珍本、钞本、零笺碎简或沉睡于各大图书馆，或藏家以为枕中秘宝，加上编者水平有限、搜罗未广，难免有遗珠之憾。这些不足之处，也只好诉诸来日再进行弥补了。

一直以来，河北大学燕赵文化高等研究院着力推动燕赵文化基本理论和文献的整理研究工作。《历代燕赵词全编》即是河北大学燕赵文化高等研究院支持的重点项目。河北大学中国曲学研究中心在词曲学研究方面积淀深厚，成果丰硕，亦将《历代燕赵词全编》作为重点资助项目。在此我们对河北大学燕赵文化高等研究院、河北大学中国曲学研究的领导、师长一直以来的关心、鼓励、支持表示衷心的感谢！《历代燕赵词全编》（全三卷）已于 2022 年 12 月正式出版。鉴于此书所收词人词作由于文献资源和其他各种条件所限，仍有一些遗漏，故而我们又进行了一次细致的补辑工作，遂成《历代燕赵词全编补辑》。在《历代燕赵词全编补辑》整理过程中，天津美术学院张世斌教授、廊坊师范学院许振东教授、天津师范大学王振良教授、天津美术学院苏涛教授、燕赵文化学者徐宁先生、津门文化名家赵键先生在资料搜集、体例内容方面都曾给予无私的指导和帮助。对他们的热心帮助和所付出的艰辛劳动，在此一并表示感谢！

唐宋以来，词体兴于南方，北方词学不振，少有惊艳词坛的大家；燕赵文化敦朴尚实，经世的功利色彩较浓厚，河朔贞刚之气与小词幽微要渺的弱德之美不甚协调；近世拱卫帝都的燕赵大地从多元一体的燕赵文化向京畿文化转型，文化上崇正统、尚清切，重经术与诗文，于小词不免忽之不讲。但随着词学研究的发展，我们相信燕赵词作为中国词学的重要组成部分，将会受到词学界的广泛重视。

由于整理者水平有限，疏漏之处在所难免。此编权当作引玉之砖，敬请方家批评指正。

凡　　例

（一）是编旨在汇辑历代燕赵词作，供研究者参考之资，故网罗散失，虽断句零章，亦加撷拾。编次以时代先后为序。

（二）是编严诗词之辨，凡五七言绝及古诗均不阑入。

（三）所收词人处易代之际者，属上届下，论定为难。必有尺度以一之。凡前代词人已入仕者，入新朝，俱以为前代人。凡前朝亡时年未满二十者，俱以为新朝人。无确切年代可考，一仍旧说。

（四）是编以作者为经，以时代先后为序。凡生年可考者，以生年为序；生年不可考而卒年可考者，以卒年为参；生卒年不可考而知其登第年者，以登第年为序；三者俱无可考而知其交往酬和者，以所交往酬和者之时代为参。一无可考者，参其作品所出之书成书时代，无名氏词俱次于编末，亦以作品所出之书成书时代为序。

（五）所收词人时代、姓氏、字号、里第、生卒年、仕履、著作，昔人考订舛误者，今就所知者重为考证厘正。另钩稽丛脞，正误补阙，撮为小传，著于词人姓氏之下。并着重依据前人论述对词人作品略加评述，以见其词风源流、特征及对词坛的影响；有词学论著者，概括其精粹，以明其词学主张与渊源。无资料可参者，则以己意分析。

（六）词作编次，凡所据为现存词集，则悉仍其旧；凡搜辑所得，以所出书成书之先后为次，其同一书中之次序、调名、词题亦悉准原书。所用各家辑本词，原多据词调编次，今概依所出原书，径加调整。

（七）是编首先从现代整理的断代词总集中辑录，如《全唐五代词》《全宋词》《全金元词》《全元词》《全明词》《全明词补编》《全清词》（顺康、雍乾、嘉道卷），以此为底本，并校以善本、足本、其他现代总集、别集整理本。

（八）是编另辑录断代词总集未收之燕赵词别集、总集、选集，并从方志、宗谱、小说、笔记、报刊、信札、书画题跋、碑刻中搜集佚作。有别本者，一并参校，无别本可校者仍其旧观。词集底本有讹夺者，尽可能以他本校改校补，并一一注明自出。

（九）是编词题名使用楷体，居中位于词调下方。词序使用楷体，与词题空一行，首句空两格，两端对齐。

（十）是编采用简体横排，现代标点。正文使用标点以简明为主，叶韵处用句号，句用逗号，读用顿号。小传、校记、按语使用全部标点。

目　　录

潘阆（11首）

潘阆（？—1009），字梦空，号逍遥子，大名（今属河北省大名县）人，尝客居洛阳、钱塘。宋太宗至道元年（995）召对，赐进士及第，为国子四门助教。性格疏狂，得罪被斥，真宗朝受到赦免，任为滁州参军。大中祥符二年（1009）卒于泗上。其诗风格类孟郊、贾岛，清劲洒脱而落落有致。潘阆亦工词，宋释文莹《湘山野录》卷下："阆有清才，尝作《忆余杭》一阕"，"钱希白爱之，自写于玉堂后壁"。又杨湜《古今词话》载："石曼卿见此词，使画工彩绘之，作小景图。"由此可见宋人对潘阆词的喜爱。

扫市舞

出砒霜，价钱可。赢得拨灰兼弄火。畅杀我。

忆余杭

其一

长忆钱塘，不是人寰是天上，万家掩映翠微间。处处水潺潺。　异花四季当窗放，出入分明在屏障。别来隋柳几经秋，何日得重游。

其二

长忆钱塘，临水傍山三百寺，僧房携杖遍曾游。闲话觉忘忧。　栴檀楼阁云霞畔，钟梵清宵彻天汉。别来遥礼只焚香，便恐是西方。

其三

长忆西湖，湖上春来无限景，吴姬个个是神仙。竞泛木兰船。　楼台簇簇疑蓬岛，野人只合其中老。别来已是二十年，东望眼将穿。

其四

长忆西湖，尽日凭阑楼上望，三三两两钓鱼舟。岛屿正清秋。 笛声
依约芦花里，白鸟成行忽惊起。别来闲整钓鱼竿，思入水云寒。

其五

长忆孤山，山在湖心如黛簇，僧房四面向湖开。轻棹去还来。 芰荷
香细连云阁，阁上清声檐下铎。别来尘土污人衣，空役梦魂飞。

其六

长忆西湖，灵隐寺前三竺后，冷泉亭上旧曾游。三伏似清秋。 白猿
时见攀高树，长啸一声何处去。别来几向画图看，终是欠峰峦。

其七

长忆高峰，峰上塔高尘世外，昔年独上最高层。月出见觚棱。 举头
咫尺疑天汉，星斗分明在身畔。别来无翼可飞腾，何日得重登。

其八

长忆吴山，山上森森吴相庙，庙前江水怒为涛。千古恨犹高。 寒鸦
日暮鸣还聚，时有阴云笼殿宇。别来有负谒灵祠，遥奠酒盈卮。

其九

长忆龙山，日月宫中谁得到，宫中旦暮听潮声。台殿竹风清。 门前
岁岁生灵草，人采食之多不老。别来已白数茎头，早晚却重游。

其十

长忆观潮，满郭人争江上望，来疑沧海尽成空。万面鼓声中。 弄涛
儿向涛头立，手把红旗旗不湿。别来几向梦中看，梦觉尚心寒。《全宋词》

李清臣（1首）

李清臣（1032—1102），字邦直，世居魏县（今河北省魏县），徙安阳，宋仁宗皇祐五年（1053）进士。调邢州司户参军，迁晋州和川令。神宗召为两朝国史编修官，同修起居注，进知制诰、翰林学士。哲宗时，累拜中书侍郎，恢复青苗、免役法，变元祐之政。后坐事罢知河南，又落职知真定府。徽宗立，入为门下侍郎，逾年罢，出知大名府。有诗文一百卷，已佚。今存词一首，薛砺若《宋词通论》谓"李清臣《谒金门》一词，亦甚婉媚"。

失调名

杨花落。燕子穿朱阁。苦恨春醪如水薄。闲愁无处著。　　去年今日王陵舍，鼓角秋风。千岁辽东。回首人间万事空。《全宋词》

按：此词《全宋词》引宋王得臣《麈史》卷中所载："王乐道幼子侲少而博学，善持论，尝为予说李邦直作门下侍郎日，忽梦一石室，有石床，李披发坐于上，旁有人曰：'此王陵舍也。'梦中因为一词，既觉书之，因示韩治循之，其词曰：'杨花落……（略）。'后李出守北都，逾年而卒。王陵舍，乃近北都地名也。"又曰："按《花草粹编》卷二载此首调名作《杨花落》，撷首句为之，盖出杜撰。"此词宋赵德麟《侯鲭录》卷七："李邦直黄门在政府，夜梦作春词云：'杨花落。燕子横穿朱阁。苦恨春醪如水薄。闲愁无处著。　　绿野带江山落角。桃叶参差残萼。历历危樯沙外泊。东风晚来恶。当年曾到王陵铺，鼓角秋风。千岁辽东。回首人间万事空。'后卒于北门，门外有王陵铺。"又宋范公偁《过庭录》："李清臣邦直平生罕作词，惟晚年赴大名道中作一词云：'去年曾宿黄陵铺，鼓角秋风。海鹤辽东。回首红尘一梦中。'竟死不返，亦为诗谶也。"赵、范二人所载与《麈史》有较大出入。关于此词的调名，薛砺若《宋词通论》引《词品》卷三所载以为《谒金门》①，其词曰："杨花落。燕子横穿朱阁。常恨春醪如水薄。闲愁无处著。绿野带江山落角。桃叶参差残萼。历历短樯沙外泊。东风晚来恶。"贺铸有《谒金门》词，小序曰："李黄门梦得一曲，前遍二十言，后遍二十二言，而无其声。余采其前遍，润一横字，已续二十五字写之云。"则此词为贺铸改写之词，非李清臣原作；且词调名贺铸亦说"无其声"，故李清臣词非《谒金门》调无疑。

① 薛砺若：《宋词通论》，上海书店出版社，第157页。

鹿化麟（5首）

鹿化麟（1593—1637），字石卿，直隶定兴（今河北省定兴县）人。天启元年（1621）举乡试解元，节操性成，文誉早起，而淡于仕进，不受朝廷征召。其父鹿善继以定兴城破殉节，化麟伏阙上书，得旨优恤，寻以哀毁辞世。为诗文不尚明季复古之风，追求天然本色。有《北海亭集》传世。

唐多令
中秋前止生简刘改之词"至能几日又中秋"句，感而追和，属余共作

一曲抱村流。清阴识胜游。问元龙、高卧何楼。初到家园疑是客，能几日、又中秋。　　潇洒便心休。间愁曾挂不。笑劳劳、敝舌焦喉。留得太平公等在，容我辈、主觥筹。

鹧鸪天
夏日

听鸟穿林日几回。那堪无客自衔杯。闲身拟向壶中隐，华发从教镜里催。　　裁白蛤，整青鞋。茅堂掩映野堂开。斜风细雨寻常事，新与元真结社来。

东风齐着力
赠杜集美

三楚精神，五陵标格，偏惹芳华。风流雨别，只尺是天涯。漫诧生来道骨，看一阵、噪雀喧鸦。回头笑，香消兰麝，影息弓蛇。　　缘谱未全差。信步去、桃源别有人家。半天逸韵，空自绕朱霞。何事茂陵称渴，能

消得、几碗山茶。休辞病，非关中酒，半是怜花。

西江月

暮春即事，简杜君异

斗帐晓眠初起。余香独㿱春衣。银骢玉勒踏芳菲。恰好艳阳天气。漫向同人招赏，今朝载酒为谁。天桃枝上已纷靡。更问海棠开未。

南乡子

许太始举子

春信报梅头。云外珊珊鼓吹浮。罗荐兰汤新浴罢，凝眸堕地，应知气食牛。　　樽酒喜相酬。香篆烟深乐未休。今日桑弧期不浅，英游生子，当如孙仲谋。《（光绪）定兴县志》卷二十六《词》附

王余佑（4首）

王余佑（1615—1684），字申之，一字介祺，号五公山人，又号二字居士，枕钓斋主人等，私谥"文节"。直隶新城（今河北省高碑店市）人。明诸生。少时师孙奇逢、鹿继善、杜越，尚气节，好谈兵。入清后卜居易州五公山双峰村，躬耕以养父母，暇则著述，不入城市者垂三十年。晚年徙居直隶献县讲学十年，子孙遂称献县人。著有《甲申集》《五公山人集》《十三刀法》《乾坤大略》等。

声声令

秋怀

凉飙徂暑，翠叶惊秋。鹖鸡啁哳草窗幽①。山萤何事，星点点，堕墙头。触花梢，欲去还留。　　月下萧骚，无限也，凝双眸。望云心计几多愁。高峰无数，终宵里，挂银钩。漫思量，帘卷西楼。

望海潮

冬日感旧

梦回残角，月明故国，黯魂无限思量。寒生珠泪，恨掩余衾，壮心深惜流光。万事镇茫茫，双眼在回首处，总堪伤。瞬夕今古，乾坤何意，顿沧桑。　　追思当日激昂，直手扶日月，身作金汤。烟锁长桥，草横短砌，空余水绕门墙。瘦影寄他乡，此语凭谁诉，乌雀斜阳。漫将杯酒，聊供野韵，流愁肠。

---

① "鹖鸡啁哳草窗幽"，于万复辑校《王余佑诗集》（河北大学出版社2019年版）作"鹏鸡啁嘶草窗幽"。

满江红

和岳武穆

醉倚春风，思量处、雄心漫歇。伤往事，重重遗恨，空惊火烈。百二山河眼底泪，十年怀抱天边月。叹黄金，犹有旧时恩，梦魂切。　　腰下剑，光如雪。男儿气，耿不灭。望神州陆沉，汉家宫阙。何人为作西归赋，英雄徒拭东风血。须有时，雷雨遍乾坤，洗帝阙。

玉蝴蝶

立春艳曲

晴日初温庭院，乍惊箫鼓，送入春来。此际韶华，偏宜舞阁歌台。语轻轻，莺声漱玉；光滟滟，宫面妆梅。暗相摧。眉稍引杜，句里偷崔。　　休猜。幸相逢佳节，椒盘彩胜，肯负香罍。分付东君，小亭屈指数花开。柳丝长，蛮腰学软；桃萼嫩，樊口思煨。更徘徊。红罗先绣，绿袖徐裁。张京华整理点校《王余佑集》

梁清宽（1首）

梁清宽，生卒年不详，字敷五，直隶真定（今河北省正定县）人。顺治丙戌（1646）进士。选庶吉士，散馆授弘文院编修，官至吏部侍郎。梁清宽为明代重臣梁梦龙曾孙，与堂弟梁清远、梁清标皆科甲折桂，人称"一门三进士"。有《啸云楼诗集》。

青玉案
七夕

旧年七夕裁新句。犹自双双看渡。今日乡关日已暮。自怜瘦影，怅望银河，欲上愁无路。　　沈即卧病无情绪。数卷残书伴秋雨。堪叹浮生能几许。花落萦人，鸟啼有恨，总为功名误。《词觏续编》

梁清标（1首）

梁清标（1620—1691），字玉立，一字苍岩，号棠村，直隶真定（今河北省正定县）人。明崇祯十六年（1643）进士。入清历官礼部侍郎、兵部尚书、保和殿大学士。梁清标之诗，枕籍经史，不以一家名，庄而不佻，丽而有则。其作于明季者，多感慨讽刺之言，及入清朝，则飒飒春容之音，为台阁中臣手。尤工倚声，风流秀丽，虽极浓艳之作亦无绮罗香泽之态，负一时之名，论者比之吴伟业。有《棠村词》。

庆清朝慢
漫题定山年兄《西台奏事图》

瀛郡名家，海陵才子，趋朝荐绣翩翩。几年五云多处，烛撤金莲。才罢花砖步早，南床柏府列仙班。盱衡久，事关民社，敢效寒蝉。　　听金钥，迟玉漏，经几度问夜向九重天。正当花迎剑珮，封事霜寒。共道朝阳鸣凤，行行且止路人看。肯辜负，南宫妙选，第一青钱。宫梦仁编《续南宫旧德录·第八录·杂纪三·四迹图》

耿德曙（3 首）

耿德曙，生卒年不详，字维馨，冀州（今河北省衡水市冀州区）人。康熙九年（1670）进士，官古田知县。擅诗词，著有《维馨诗草》。与陈淳合纂康熙十四年《冀州志》。

醉花阴

壬子秋分蝗蜟半。癸丑难禁旱。暴日步长街，祷祀之诚，三日通霄汉。　　甘霖洒透微山畔。喜胜黄金散。四野颂青天，感动行人，个个都称赞。

醉东风

雨忆随车始。恩沐年八矣。今春又旱苦身求，喜。喜。喜。二麦畦头，北园林际，都看流水。　　惜去年耘籽。蝗过如焚毁。一朝乍降此甘霖，美。美。美。待稍迟时，看郊游处，万千红紫。

满宫花

客秋蝗，今不雨，愁锁万民眉宇。我侯步祷动苍天，顷刻甘霖如取。犁间歌，锄下舞，四月和飞春煦。冀城借得有采风，画献雨中新谱。乾隆《冀州志》卷二十

马鸿勋 （5首）

马鸿勋，生卒年不详，字雁楚，号醉庵。直隶灵寿（今河北省灵寿县）人。顺治间贡生，赠修职郎。生性脱略豪放，醉饮后辄发为诗歌，饶倔强之气，鲜刻削之态。与子子骧、孙尔恂祖孙三代虽无显宦，而均有著述，为灵寿文化望族。著有《醉庵吟草》二卷。

烛影摇红
美人对镜

晓起窗前，凭谁挂得团团月。儿家不用玉为壶，圆也无时缺。有个庞儿娇绝。比个侬无些差迭。同鞶同笑，不妒不嗔，凭般亲熟。　对插花枝，几个共把金钿贴。算来美尔多情，静里偏依妾。无奈脂慵粉怯。又匆匆与卿言别。更留春怅底，劝酒花情，那些抛撒。

南歌子
佳人

月学蛾儿黛，雪裁杏子纱。晚妆初就玉钗斜。笑问檀郎昨夜在淮家。　对影羞和我，无情恨有他。一枝春瘦镜中花。试把枕边言语记些些。

浣溪沙
夜雨

窗外芭蕉送雨声。声声滴破小池萍。梦回酒醒已三更。　斗帐乍寒千思从。纸屏深护一灯青。孤眠时节不堪听。

御街行

杨花

漫空片雪霑衣薄。衬袅袅游丝弱。轻盈浑不定高低，细逐桃花零落。撩烟入雾，沾泥逐浪，一任风飘泊。　　有时小院穿帘幕。似坠矣，还飞却。漫言柳絮本无边，也识春光如昨。年年此际，昼长无事，闲看儿童捉。

菩萨蛮

回文佳人①

薄衫春惹轻红落。落红轻惹春衫薄。飞燕带香泥。泥香带燕飞。　　小踪莲步悄。悄步莲踪小。长恨蹙娥双。双峨蹙恨长。马钟琇辑录《灵寿十二家词》

---

① 此词未标词调名，审其律调，当为"菩萨蛮"。

马子骧（3首）

马子骧，生卒年不详，字右白，号恕庵，直隶灵寿（今河北省灵寿县）人。康熙十七年（1678）举人，官江西乐平知县，颇有政声。有《午梦堂诗稿》一卷。子骧词不善言男女之情，以性情为主，寄寓生命感慨，沉郁顿挫如其诗。

鹧鸪天
汾阳旅邸

千里辞家作客游。天涯何处是汾州。驱愁消得中山酒，吊古时登燕子楼。　　弹匣剑，响筝篌。十年心事一貂裘。穷途有恨知难洗，碌碌风尘尽白头。

鹊桥仙
闺怨

愁云怨雨，零香剩粉，半为相思误。手搴珠珰数花飞，这就里有谁堪诉。　　萋萋芳草，泾泾玉露。坐断王孙归路。知身无分到辽西，拼得个梦儿寻去。

风中柳①
怀傅仲藻，时随父临邛任

日月跳丸，往事都萦怀抱。忆当年，联床夜雨，斗奇联句，兴到乾

---

① 此词题目《词觏续编》作"风中柳，忆傅伯器仲藻二表弟"，词曰："岁月迁流，往事都萦怀抱。忆当年，金兰谊好。谈诗说剑，明月西窗绕。漫嗟吁五陵人老。　　折柳经年，消尽天涯芳草。望临邛，崎岖古道，连天云栈，梦也无由到。那堪被，烟霞缭绕。"

坤小。长城五字偏师捣。　　分袂经年，愁若粘天芳草。望临邛崎岖古道。尘迷云栈，梦也无由到。落花飞，武陵人老。马钟琇辑录《灵寿十二家词》

马子骘（1首）

马子骘，生卒年不详，字星侣，直隶灵寿（今河北省灵寿县）人。

减字木兰花

病起

连朝多病。愁容怕对青鸾镜。梦里嗟讶。只在东邻第一家。　　杜鹃啼血。声声似叹人离别。意懒心慵。我亦无心仔细听。《词觏续编》

邢达（1首）

邢达，生卒年不详，字君权，直隶灵寿（今河北省灵寿县）人。

柳梢青
仲春有怀

柳媚桃娇。醉花天气，好景谁描。轻暖轻寒，昼长风软，无价春宵。　　玉人无奈相抛。可惜把风流尽消。年少光阴，琵琶一曲，流水萍漂。《词靓续编》

王璐卿（1首）

王璐卿，生卒年不详，字绣君，直隶通州（今北京市通州区）人。

小秦王
舟前落花

青草河头花正妍。绿莎汀畔水连天。轻舟载得春多少，无数轻红画桨边。《词菀续编》

马尔恂（11首）

马尔恂（1675—1736），字讷宜，号介庵，直隶灵寿（今河北省灵寿县）人。生性纯笃，幼失怙恃，事伯父、母尽孝，读书知潜心理学。雍正五年（1727）举贤良方正，以病辞，不赴。居家课徒，以岁贡生终。赠朝议大夫。陆陇其知灵寿，尔恂从之游。著有《岘山草堂古文钞》《客园蝉吟草》。

行香子
述怀

水岸花村。树底山根。算何时、筑个柴门。门开三径，径迓三人。或野人棋，豪人酒，雅人文。　　室可鸣琴。滩可垂纶。尽逍遥、自在清贫。闲时携榼，偶过东邻。看石边泉，松间月，岭头云。

满江红
读史有感

古往今来，输赢事、谁能细剖。谩自诧、拔山勇力，雕龙妙手。文洁难湔蚕室恨，功高无救淮阴狗。更秋风、泪洒汉山河，隆中叟。　　蚁战罢，勋空朽。梁熟后，名何有。但斜阳古道，尘飞如斗。老去方惊花底雾，悲来徒怆江浔柳。算何如、松菊且怡颜，渊明酒。

满江红
偶谈命理自嘲

半世支离，穷骨相、原无甚异。但自诧、登山便哭，见人辄睡。荷锸从身□是假，采兰谁信香堪佩。算如今，看破小儿天，聊相戏。　　原不卜，屈平事。何必问，君平肆。笑身如野马，不堪拘系。世法动违周孔戒，阴阳触处羲文忌。忌著龟、我自有权宜，长年醉。

满江红①
答傅悦生先生见怀原韵

云拥愁山，霜拥病菊，等闲过了重阳。穷途潦倒，梦阻少年场。欲上高台纵目，寒烟远、乡路茫茫。空怅望、伊人秋水，此恨谁将凄凉。　　木叶下萧萧，病骨不胜蕉骹。更知音、别后冷落篇章。总把新函佳句，开缄处魂早飞翔。知何日联床夜话，相对两眉扬。

朝中措
贺李千之仲子入武庠

一庭花竹几株松。中隐鹿皮翁。姓擅犹龙。旧谱家传，射虎雄风。寒肖课子，帷灯匣剑，霭霭春红。喜得青芹吐艳，伫看皂翮摩空。

醉太平
村居乐赠崔子超表叔

田中种麻。园中种瓜。墙阴隙地留些。唤橐驼种花。　　炎凉漫嗟。阴晴任他。小窗读罢南华。拾松枝煮茶。《客园蝉吟草》

渔家傲
冬夜

寒角呜呜霜满地，客窗独自消残醉。帘外月华清如水。愁无寐。梅花零落乡心醉。　　红烛影中白发细。青山未买愁无计。夜斗床头闻剑气。男儿志。纵横几点伤心泪。

---

① 《客园蝉吟草》本此词词调作《满江红》，马钟琇抄本《灵寿十二家词》中此词调与题作"《满庭芳》傅悦生先生见怀，敬步原韵"。审此词声律，应为《满庭芳》。

沁园春
归兴

渺渺予怀，文山之麓，松水之湄。忆碧侵野涧，涟漪荡漾，苍封怪石，烟雨离奇。钓雪偏佳，樵云亦好，丘壑胸中到安宜。活生计。有蕨芽可煮，鱼子堪吹。　　髯乎归去来兮。将琴左携兮书右随。叹十年易水，涛寒客梦，三秋螺岫，翠冷羁帷。百不随人，无端老我，胡不回头早息机。从今愿汀鸥盟鹭约，以了心期。

清平乐
题魏绳孙《壮气伸》乐府

千秋一哭。遗恨凭谁赎。才子填词拈旧录。手补乾坤完足。咄咄使酒狂生。荒山老死英雄。壮气一伸天上。人间无复功名。

又

漫天冤窟。葬尽英雄骨。惟有词人翻世法，腐朽写郁勃发。　　星塞剑吐霜华，棱棱铁拨琵琶。一曲聊伸壮气，消除蚁阵蜂衙。

三台
冬日漫兴

昨夜北风吹雪。纷纷乱坠檐牙。糊个护床纸帐，防他冻损梅花。马钟琇辑录《灵寿十二家词》

马尔忱（2首）

马尔忱，生卒年不详，字诚三，直隶灵寿（今河北省灵寿县）人，诸生。

减字木兰花
秋夜

金风渐冷。吹入半窗明月影。促织声声。悲切凄深绕砌鸣。　　南归鸿雁。只影悲秋肠欲断。几杵寒砧。敲碎离人一片心。

忆秦娥
秋夜怀傅映九

秋夜雨，声声滴向寒塘里。潺潺淅淅，秋声岑寂。　　故人千里遥相忆。破窗幽恨凭谁寄。凭谁寄。那堪漏永，寸心如沸。马钟琇辑录《灵寿十二家词》

马曾鲁（2首）

马曾鲁（约1700—?），字惟抑，明延绥巡抚马从聘曾孙，直隶灵寿（今河北省灵寿县）人。戴璐《藤阴杂记》："庚辰乡试，郑前村仪部忾、蔡兰圃以台同校礼记，房多宿学，一时有四皓之目，谓顾奕松、马曾鲁、赵光照、陈彭龄，年皆六十上下。马乙卯拔贡，辛酉副榜，至是联捷入翰林，改吏部，守思南，归卒。笃实可亲，敬师尤切。"① 由此可知，曾鲁雍正十三年（1735）拔贡，乾隆六年（1741）中副榜，乾隆二十五年顺天乡试中举。自是科甲连捷，乾隆二十六年辛巳科成进士。入翰林院，选为庶吉士，散馆授刑部主事，乾隆三十七年任贵州思南府知府。归而讲学里中，造就颇多。长于诗词、书法。

满江红
书怀

老树婆婆，嗟生意、萧条如此。平添我、数茎华发，几重愁垒。赋就三都成底用，食供五鼎徒为耳。问昔年、高据槁梧人，心都死。　　思往事，悲流水。凭寄恨，喜双鲤。只朝夕清泪，朱颜暗洗。莼菜讵关张翰梦，绛沙定执扶风礼。嘱西风、传语旧家山，吾归矣。马钟琇辑录《灵寿十二家词》

满江红
送映九表叔之楚

行色匆匆，楚天远、云山渺漠。忆侍从、酒肠诗社，昔游之末。聚首谁知难是别，歌骊应苦相思渴。看文兴、春柳旧曾攀春日曾送别成山表叔祖，

① （清）戴璐：《藤阴杂记》，北京古籍出版社1982年版，第21页。

增离索。　　望赤壁，仙苏约。吊鹦鹉，狂衡泊。况武昌鲈美，风光非恶。客思君题黄鹤第，梦来我坐松风阁。待南湘、尺素寄双鱼，囊中作。

《词觏续编》

马曾履（4首）

马曾履，生卒年不详，字愚谷，直隶灵寿（今河北省灵寿县）人，诸生。

满庭芳
春日寄陆实夫先生

春赖封姨。敲残檐铁，平添多少凄其。数峰环峙，向语又无知。那似敬亭山色，相看处，犹自情怡。也不索梨花雨打，深闭小柴扉。　　遥思当此际。二三良友，几首新诗。更徐挥麈尾，浅泛金卮。拼取花前沉醉，肯孤负九十春晖。曾念否，深山霸旅，满径落红堆。

临江仙
春暮

一夜海棠落尽，始知春去难留。平生最苦是春愁。甫解春去了，又早皱眉头。　　岂是恋春不舍，只缘弹指春秋。恹恹春病恰才瘳。明春倏忽到，春恨又无休。

百字令
和陆实夫先生七十有七初度原韵

花前初度。二月廿日为先生诞辰喜辉生南极，莹然如雪。大德从夕征上寿，应笑蟠桃降七，策杖华堂，跨牛函谷，景象同今昔。诚哉人瑞，椿阴浓布无隙。　　惟是遇比刘蕡，数同李广，阒寂囊中客。漫说天心无泾渭，暂令老成鹏息。试看梁生，饶君五载，尚尔酬胸臆。老当益壮，将夕何限升陟。

八节长欢

戊辰端阳杂感，时余仍羁镇安沈郡伯署

数载飘蓬，佳辰频逐忙理愁中。一番仙艾绿，几树海榴红。眼前风景浑如昨，问何人可活闲惊。回首当军此际，泪欲纵横。　　几番要问苍穹。铝漠里，有无竞渡，痴风应是不相同。列宿智骨，为人世愚忠。寻思起，惟有痛饮排遣心胸。吊不尽颠倒，古今多少英雄。马钟琇辑录《灵寿十二家词》

马曾寓（1首）

马曾寓，生平不详，直隶灵寿（今河北省灵寿县）人，应为马曾鲁兄弟辈。

一剪梅

同傅卓午①踏青

芳胜一带草含烟。青泛霞天，翠点岩泉。呼童携榼步春田。才过山巅，又到池边。　　渔樵相对兴悠然。香饵垂肩，短斧横肩。诗成酒醉绿茵眠。不是神仙，也是神仙。《词觐续编》

---

① 傅卓午（1756—1821），名牖存，字卓午，号方中，邑庠生。其父为傅士逵，高祖为傅维樓。

孙望雅（3首）

孙望雅（1617—1693），字君雅，一作七雅，号臞仙，晚号得闲人，直隶容城（今河北省容城县）人。孙奇逢第三子。明末增广生，入清弃去，讲学里中。著有《得闲人集》二卷，今存康熙刻本。《得闲人集》以编年为序，起明崇祯八年（1635）乙亥，迄清康熙三十一年（1692）壬申。其"诗不能工，稍伤坦率。然故国之思，随时流露。貌若闲适，中实凄哽。初读之或觉肤浅，一再讽诵，则潭潭有味。视流连光景、徒工语言者，顿有文质之判"①。其词随诗编年，"集中诗词不分，明人习气如此，不能改也"②，今存三阕，皆作于顺治五年（1648）。

江南曲③
春日怀刘台甫

闲将月旦话同人。争道芳妍濯日新。春光嘘暖羡花晨。羡花晨。属群目。芹步偕。兰气肃。

又

忆昔班荆花下酒。如驶光阴君记否。别来声誉推山斗。推山斗。屡停云。储尊酒。重论文。

---

① 邓之诚：《清诗纪事初编》，上海古籍出版社2013年版，第142页。
② 袁行云：《清人诗集叙录》，文化艺术出版社1994年版，第173页。
③ 《江南曲》词调，《词律》《词谱》皆未载，前为三个七言句，皆押韵；其后为四个三言句，偶句押韵，且与七言句转韵；七言末句之末三字与三言句之首句重叠，观其体式，实为梁武帝《江南弄》七曲之体制。

青玉案①

魏义士崇祀乡贤

　　幽光焕发历推迁。畏垒蘋蘩百世传。静修联袂，忠愍比肩。光彩绕凡筵。《得闲人集》康熙刻本

---

　　① 此单片之《青玉案》，亦未载于《词律》《词谱》，首为两个七言句，皆押韵；中为两个四字句，偶句押韵；末为五言句，押韵；通篇不转韵，疑亦为古乐府杂言体之一种。明人习以古乐府为词源，杨慎说："诗词同工而异曲，共源而分派。在六朝，若陶弘景之《寒夜怨》，梁武帝之《江南弄》，陆琼之《饮酒乐》，隋炀帝之《望江南》，填词之体已具矣。"明人遂多以杂言之乐府，填为词调，亦一时风气使然，孙望雅虽属清初人，亦承明人余绪。

傅维鳞（3首）

傅维鳞（1608—1667），初名维桢，字掌雷，号歉斋，直隶灵寿（今河北省灵寿县）人。顺治三年（1646）进士。改庶吉士，授编修，历东昌兵备道、左副都御史，官至工部尚书。主撰《明史》，有《四思堂文集》《歉斋词》。四库馆臣谓其《四思堂文集》诗文"颇伤粗率，盖天性耿直，直抒胸臆，不甚留意于文章云"。

寻芳草
立春

剩云何时了。渐觉景旧东君到。寒愁冷恼。尚仍在效原外欺芳草。娑按垂杨，双彩胜傍簪飞绕。共笑道、踏春鞋经早。莫辜负春光好。

惜余春慢
廿六

梦遗余红，枕赊遥碧，警说芳时廿六。休问情伤，看屶怯，户锁绿苔烟竹。忍魂卓午轻飞，恍听闺人，怒春归速。叹逐逐棲棲，风风雨雨，韵华转毂。　　惭愧杀柳掷梭黄，梨翻云白，尽付眉痕皱蹙。压袖浓尘，浦烟淡月，渐染素波鬓秃。有心栽酒桃溪，兰枻何方，玉骢倦足。问篱畔海棠，犹剩丹霞几簇。

减字踏莎行
春景

桃蕊浸脂，杏花破粉。春色眉梢引。去年燕子始归来，侧觑珠帘语紧。　　闲弄钿钗，慵视衾枕。芳信无凭准。极眸古道草青青，流水小桥柳隐。马钟琇辑录《灵寿十二家词》

边铭珣（10首）

边铭珣（1632—1681），字润玉。直隶任丘（今河北省任丘市）人。诸生。少年攻举子业，知名于时，人多以远大期之。后因多疾，遂无意进取，肆力于诗古文辞，与当世名流相唱和。词以艳情为主，或轻倩，或沉挚，能自道性情。著有《东陵集》。

汉宫春
霜朝有感

飘飘琼碎，向园林深处，斜挂横披。洁姿也似多情，欲近相依。无端鸟雀，妒且嫌、拆破佳期。惟是有、随风零乱，行行助我愁思。　　堪羡冻脂如练，问疏林何若，玉骨冰肌。伤心青楼人去，冷落新诗。微云淡月，忆霓裳、倩引凭谁。莫自痴、清光未减，风流犹比温其。

望江南
赠妓

初相见，宝髻未成妆。着雨海棠含睡态，迎风翠柳拖轻裳。乍见意徜徉。

又

调素手，锦瑟跨潇湘。十指纤挥按雁柱，一腔清啭亚莺簧。余韵有铿锵。

又

睨媚眼，偷递与情郎。秋水满眶拂我醉，芳心一点断人肠。何日解缠缠。

又

花信早，无计探幽芳。怯向春风犹溦滟，羞开嫩蕊半含香。着意费思量。

长相思
门内丽人

眉如钩。袜如钩。一段风流半面羞。无缘觅莫愁。　　恨悠悠。思悠悠。庞儿已过眼中留。望断海天秋。

点绛唇
雪夜

滕六宣威，剪绒乱絮随风起。帘垂珠累，楼外琼瑶砌。　　孤馆无人，独坐难成寐。愁如痞，玉人何处，想在彤云里。

蝶恋花
旅况

秋去冬来冬又杪。终日思量，离恨知多少。昨夜梦回梦又渺。天涯孤客谁怜眺。　　衾剩生寒犹自抱。展转难听，一霎鸡儿叫。庭外风吹明月小。为情却被情愁老。

念奴娇
惜春

融融妍冶，羡和风荡漾，一天春色。乍倚画楼云雁邈，树头新添绿叶。红卸娇辉，紫飞媚艳，道是春难撷。东君无语，郁郁芳草南陌。堪嗟金乌西沉，玉兔东出，又如梭似翊。绳挂青天争系挈，莫遣送春归息。燕子休喃，黄鹂休啭，看他如何别。更有金尊，千钟万盏留的。

南乡子
秋夜

风细夜寒轻。篆烬金猊梦未成。远信沉沉愁更起，凄清。秋叶窗前巧弄声。　　闷对此时情。一月空悬两地明。试问客头白几许，盈盈。海样相思在玉京。《东陵集》

傅维栒（2首）

傅维栒（1639—1688），字瑶籨，直隶灵寿（今河北省灵寿县）人。维麟弟，顺治丁酉（1657）举人，选授衢州府常山知县。性爽朗慈惠，不设城府，故为政以和惠称。康熙丁卯（1687）分校浙闱，得解元伍涵菜等六人，俱名士。有《蓬渚词》。

鹊桥仙
秋泛次浣岚任韵

云破遥天，霁明远岸，满目沙黄草碧。临流真可穷闲情，返照含半轮秋日。　　林别浅深，石分高下，山暮烟凝紫色。系舟待月裁诗，看石击波纹为织。《词觏》

临江仙
春日山居

何满春山门外，无名新草阶前。桃花流水自潺潺。柳阴开翠嶂，歌鸟杂绳弦。　　迟日惜花起早，困时枕石高眠。闲处独自步松岩。绿归春意满，花落白云间。马钟琇辑录《灵寿十二家词》

傅维枟（6首）

傅维枟（1643—1722），字培公，号霄影，直隶灵寿（今河北省灵寿县）人。维鳞三弟，诸生。性行钝笃，聪明内蕴，以增广生援例入国学。尤长于史学，为文朴茂，情理兼畅。纂有《灵寿县志稿》《傅氏家乘》，著有《燕川渔唱》二卷、《植斋文集》二卷、《植斋词》。四库馆臣谓："其品度当属胜流，然是集所录大抵应酬之作，罕逢高唱，岂并文章视为粗迹欤？"

绮罗香
春意

风后花轻，雨余柳重，早是春光将暮。绿遍长林，满目乱红飞絮。看凄凄、草引春归，怎不解、迷春归路。更无端、林表杜鹃，啼声带血催春去。　准拟今春乐事，被闲恼闷愁，又成虚误。把无限心情，尽付留春佳句。想春光、非为吾来，宁肯为、吾留使住。只不忍、听两两闺人，深夜断肠语。

水龙吟
春暮感怀，拟秦少游

东风极约春归，绿肥红瘦韶光骤。闲亭萧索，杨花飞尽，牡丹残后。欲遣浓愁，难凭小咏，难凭薄酒。最可奈处，这样心情，对着恁般时候。　弦上樽前旧约，翻做了、断音难偶。鱼沉鸿杳，不堪重问，朱桥絮柳。梦里后山，愁中夙雨，天教人瘦。谢多情、总是当时皓月，照人依旧。

蝶恋花
春愁

开尽小园花百树，徒倚花前，少个看花侣。花样人儿何处去。问花几度花无语。　　满腹春愁知几许。团作一堆，撕作千千缕。情到不堪排遣处。挥毫自辑销魂谱。《词觏初编》

浣溪沙

西日残红几缕霞。东风门外褪韶华。相看无可奈何他。　　几处啼莺剩柳。满隄芳草傲残花。一场春梦没多些。

减字木兰花
舞坛上姬人足痕

凌波那处。欲置掌中空有意。坛解人心。留下纤纤底子痕。　　忙收遗迹。值得而今多限惜。赌物怀人。知断将来多少魂。

贺新郎
元夜

上元春至矣。暖还寒、稚柳才舒，夭桃未蕊。向夜朱楼帘尽卷，粉黛香风十里。更横空歌吹。千矩莲灯星月下，看嬉游、人在灯光底。料此际，非人世。五侯池破金屏闭。画筵开、红袖传觞，金樽劝醉。我辈相应无此分，也有得樽儿相对。还有儿词儿相值。清瘦床头梅一树，便凭伊、引入罗浮里。也逍遥，尽得计。马钟琇辑录《灵寿十二家词》

傅燮詷（2首）

傅燮詷（1638—?），字鹭来，一字笠亭、去渗。直隶灵寿（今河北省灵寿县）人。傅燮詷之庶兄。贡生，为诗磊落缠绵，有古人风，词雄壮似辛弃疾，著有《笠亭诗集》。

菩萨蛮

子规啼彻三更月。一腔春恨无由说。柳外正风斜。空阶衬落花。　　独眠应不惯。影弄花枝颤。底事竟谁知。无聊下翠帏。

踏莎行
寻春和浣岚弟韵

燕蹴和风，鸳浮丽水。晓峰历历云微起。蝶翻花片，逐风飞，垂鞭信马春效里。　　嫩柳骄眸，新萦荡耳。翠巘新竹娇为浇。提壶春去亦多情，教人醉卧青茵地。马钟琇辑录《灵寿十二家词》

金平（14首）

金平（1643—1726），字子升，号惺园，直隶天津（今属天津市）人，原籍浙江省绍兴市。天性纯笃，尚风雅，不慕荣显。同时与遂闲堂张氏、于斯堂查氏并称海内名彦。客津者率多馆于三氏之园亭，相与覃研学术。天津人文之盛二百年于兹者自此启焉。著有《致远堂集》久佚，八世孙金钺据流传钞本辑为三卷，下卷为词。

霜叶飞
冬夜旅怀

冬风吹透。暮云阴，飘飘飞雪盈岫。遥天一望总凄其，塞外寒筇奏。叶尽长林悲非旧。溪清日落波光瘦。孤客意如何，且觅取、前村烟火，沈醉沽酒。　　回首渺渺归路。萧萧征雁，尽是俯茔衰柳。长亭宵寂，无人到、狐兔啼清昼。梅放岭香春色逗。舟依野、冻冰纹皱。犹喜奚囊作伴，一曲松涛，作深银漏。

乌夜啼
前题

野店鸡鸣近午，荒村风起沙黄。雁行零落平川外，万里共悲凉。　　边月寒留白昼，塞高地裂飞霜。乌啼不住催人去，久客路偏长。

清平乐
前题

溪深沙白。石落寒归骨。竹里风吹声索索。一片暮霞如席。　　遥山郊外澄清。林疏菜尽云平。乘兴悠然独往，前村新月随行。

桃源忆故人
前题

梦残霜满窗前月。影转梅梢花节。砧杵声声敲彻，夜午征心结。　　故园千里浑难越。萧瑟寒飙乍歇。频拨炉灰又灭。客意谁人热。

望江南
前题

窗外树，带雪映山肥。遥引溪光寒石路，丝丝不断绕荆扉。气冷傍征衣。　　明月夜，小院更霜飞。瓦屋白凝千户寂，孤城击柝漏声微。宿鸟影依依。

鹊桥仙
前题

霜飞子夜，乌啼清昼，四野风悲浩渺。萧条荆棘遍荒山，又听得马嘶人倒。　　戍楼声断，塞垣烟冷，几处孤村路小。无端暮雪更催寒，客舍单、归程又杳。

蝶恋花
前题

薄暮疏枝啼宿鸟。风裂纸窗，月白窥人小。独立无眠声悄悄，炉香只有余烟绕。　　何处双砧声自捣。又见南枝，片片花开早。旅况凄其无日了。更更漏滴听多少。

踏莎行
前题

竹叶披霜，柳条衰褪。空庭寂寞生离恨。遥山一带含余照，征鸿几度无家信。　　云路阴阴，归思寸寸。孤村野店行人尽。最堪怜处是黄昏，寒烟败火谁相问。

江城子

前题

冻云雪意望中浮，思悠悠，许多愁。肃肃风声，只雁度南楼。总有炉红堪对酒，须不似，泛归舟。　　东南朝夕水寒流，冷飔飔，日初收。天地萧然，四野一空眸。廊前茶声声不断，何处向，党家求。

虞美人

前题

寒乌枝上啼银漏。霜月连溪瘦。孤村处处掩柴门。烟火初罢碪杵半黄昏。　　遥思塞路行人尽。沙漠谁相问。有书难寄雁归来。望断长安征戍几人回。

霜叶飞

前题

试听风声。且开门，叶飞小院阶平。饥乌历乱啄霜花，疏木见山清。冻云含晓晴丝丝，流水绕孤城。世事总堪愁，更望处、荒垣败草，人小舟横。无情何日归去，柴门深闭，乘兴山阴月明。湖平遥隔，谁人到、竹里听鸡鸣。窗外梅花香暗生，茶烟摇曳薄寒凝。一醉一歌欲卧，山妻执柭，月正深更。

水龙吟

前题

寒云片片吹来，水纹冻织荒村道。断桥枯柳，火烧野岸，行人路杳。几阵霜飙，一声芦管，天高月小。伤心遥望处，柴门紧闭，盈阶落尘谁扫。　　又早黄昏时候，疏林历乱归啼鸟。小星微动，淡月初明，深园悄悄。客邸情况，残灯将尽，炉烟缥缈。不知何日始归来，此夜须眉易老。

满庭芳

前题

落日荒云，严霜败草，平原一色凄清。远山木脱，古冢见人行。此际不堪回首，还听处、别院调笙。最堪怜，寒生纤指，风定冷无声。　　多情。又早是，梅香雪伴，片片春生。旅中空有梦，夜夜深更。肠断沿窗树色，影迷离、月又初横。且休愁，何如宾雁，南北总归程。

风中柳

前题

　　凛冽寒光，新月霜林初照。满城中、暮烟缥渺。空庭久立，见征鸿多少。又谁怜、沙洲路杳。　　对影凄其，星落碧天如扫。望东南、归期犹早。蝶梦栩栩，千里分明到。故园中、谁人易老。《致远堂集》

傅燮詷（10 首）

傅燮詷（1643—1706），字去异，号浣岚，又号绳庵，直隶灵寿（今河北省灵寿县）人。工部尚书维鳞次子，以父荫入国子监，充镶红、正蓝两旗教习。历官鲁城令，邛城、汀州知府。长于倚声，独得精奥。作词、选词以声律为准绳，求字法句法与唐宋词人相合，以存词宫调律吕之音。著有《绳庵词》。编有词选集《词觏》二十二卷，是编初辑于顺治末、康熙初，历时三十年，至康熙二十八年（1689）始定稿。每一百首为一卷，计得顺、康二朝词人四百五十七家，词二千余首。每家少则仅一二短章，多则数十阕不等。又选《词觏续编》二十二卷，定稿于康熙三十一年，其体例依《词觏》。二编为清代词选之学的重要作品，于燕赵词学的弘扬亦甚有功绩。

春去也①
恨春

怪春何事无情甚。说个归时，收拾花俱尽。栏边芍药艳红残，架上荼蘼香雪褪。　　暖气着人偏困。鸟语撩人多恨。呼童莫扫落来花，留他风起飞成阵。

风中柳
闺情

梦里偏双，争不教人贪睡。恋余衾、怏怏怕起。双鬟幼小，不解人心意。揭帐说、日盈窗矣。　　睡眼誊腾，只道梦中人至。又谁知、却原是

---

① 《全清词》（顺康卷）收此词，调名《蝶恋花》，词中字句有不少出入，今两存之。

你。倩他扶坐，强自支持地。只回想、梦中滋味。

无愁可解
拟柳七体

千百度攒眉，为一担多情，一己担荷。说相与言愁，都应嗔作拾唾。情到十分难说处。泪向心头偷堕。此中怎对人言，但做首曲子、消遣则个。　　刚道通个信儿，提起笔、泪珠便将笺洷。无赖浑似此，教我如何坐卧。知己惟你与我。更无有三个两个。纵然另有两三个时，也难道、放他过。

行香子
农家乐和方邵村韵

其一

向水依岗。低结茅堂。绕疏篱、菜圃农庄。披蓑戴笠，课雨耕旸。有数头牛，几亩地，百株桑。　　何须计较，事业文章。夏来时、池满荷香。无拘无系，一任徜徉。更一春紫，三冬白，九秋黄。

其二

门抱山岗，树隐庭堂。袅炊烟，一带村庄。两三老叟，共话残阳。种编篱竹，酿酒黍，饲蚕桑。　　闲时教子，稼穑篇章。羡传家、清白书香。田园潇洒，尽足徜徉。更少愁烦，无荣辱，绝雌黄。

行香子
偶忆家园之乐

岫列巉岏。溪泛潺湲。尽幽深、不似人间。三餐饭饱，潇洒清闲。也非仙，也非隐，也非禅。柴扉寂静，雾锁云关。乐陶陶，清福前缘。满林红白，说甚芳圆。水边村，村边树，树边田。

苏幕遮
山村春社

竹边田，□□□。遮映疏篱，门枕清溪曲。溪岸桃花红几簇。波色岚光，树里参差绿。　　春社罢，村醪足。□□□□，欢笑欣相逐。多少天

涯人碌碌。镇日安闲，输与山家福。以上《绳庵词》

喜迁莺
咏莺声

新莺调语。就长短音声，替他叶谱。如笑如歌，如啼如怨，知你是娇是妒。随意枝头娇啭，觉有许多吞吐。听不出，阴阳平仄，宫商律吕。　　听处。却似有，心事千端，欲向人前诉。度柳穿槐，依枝偎叶，又是低低几句。若骂春风易老，若愿留春为主。倩燕子，向金衣代问。看他然否。

春夏两相期
咏金银花

院深沉、清和时候，风吹缕缕香细。嫩白妖黄，肯让三春丰致。黄鹂衔去杳难分，粉蝶飞来竟无异。买断春风，还留些子，① 东君遗惠。不贪夜识佳气。才架边闲步，浓芬触鼻。引惹游蜂，向晓闹衔成队。垂藤初放讶银娇，双花渐变怜金媚。笑煞蔷薇，姊妹虽多，输伊富贵蔷薇种，俗名十姊妹。

沁园春
嘱春，仿辛稼轩

春汝来乎，听吾语伊，伊不须忙。向杏花枝上，徐舒些粉，柳条垂处，款着些黄。风莫频催，雨休频润，尽花落花开自在香。还更要、游蜂个个，舞蝶双双。　　园林任我清狂。携怪侣、狂朋倒玉觞。看穿帘度幕，乌衣供舞，翻枝偎叶，金羽吹簧。客子酕醄，主人沉醉，更酬汝、新词各一章。余今日、先将此语，嘱咐东皇。马钟琇辑录《灵寿十二家词》

---

① "还留些子"，马钟琇辑录《灵寿十二家词》无，据《全清词》（顺康卷）补。

傅斯瑄（3 首）

傅斯瑄（1668—1723），字仲藻，直隶灵寿（今河北省灵寿县）人。爨酮之子，[①] 县学廪生。学问深厚，善谈论。长于明史，能诗词。

醉太平
山村

山涯水涯。云遮树遮。茅椽错落篱斜。是高人住家。　　穿林种茶。沿溪种花。松根静读南华。坐朝霜暮霞。

碧窗梦
美人蕉

花剪红罗袖，叶裁绿绔裙。闲含笑向东君。莫教风欺雨妒恼花神。

满庭芳
对镜

镜里何人，似曾相识。居望也是须眉。如聋似哑，未必果呆痴。寔自学书看剑，二十年心可犹违。更难堪、光阴易逝。老大枉伤悲。　　须知桐封处，尔乎如此。我亦为之，授我犹输尔。色相沉迷。羡尔志形去也，抛留我说向伊谁。兀坐久，频增怅望，独醒向寒帏。马钟琇辑录《灵寿十二家词》

---

① 　马钟琇辑录《灵寿十二家词》作"维坛次子"。政协灵寿县委员会编《灵寿傅氏文化遗产略览》（河北人民出版社 2007 年版，第 16 页）："傅斯瑄（1668—1723），字仲藻，爨酮之子，县学廪生，学问功深善谈论。已抵京出贡之期，忽染伤寒抱病而归。因祖维鳞著《明书》避忌讳不载其父永淳事迹，故斯瑄所撰《怀宗本纪》如实记载傅永淳事迹十款，字达 683 言。《怀宗本纪》所述较之《明史·思宗纪》更为翔实生动，堪称未闻于世的珍贵史书。"按傅斯瑄为灵寿傅氏第十一世，傅维坛是第九世，于辈分不合，马氏所录误。

傅堅（22首）

傅堅（1700—1772），字子厚，号成山，直隶灵寿（今河北省灵寿县）人。傅维鳞堂弟傅维标之孙。雍正元年（1723）癸卯恩科联捷，次年甲辰廷试三甲第二十三名进士，为广东高州府信宜县令，后调补海疆琼州府临高县令。乾隆元年（1736），傅堅奉部行取入为工部营缮司主事，又调制造库主事。未及半年，外补广西泗城府同知。因裁缺，复补太平府同知，升补柳州府知府。蒙抚宪舒保题"卓异"，擢升浙江盐运使司。后缘事归里。

采桑子
雨中

浓云漠漠看无际，隐隐雷声，飒飒风声，谁挽天河使倒倾。　　小窗寂寂炎歊退，斋尽幽清，人比冰清，一枕萧然午睡醒。

满江红
和仲端弟九日即事二阕

野旷风微，正深秋、天晴日杲。酹重阳、同人三五，共舒襟抱。红遍离离霜后枫，白看点点沙中鸟。更多情、苍翠列西屏，岚光好。　　有欢娱，无烦恼，插茱萸，休草草。叹好景几多，青春易老。世事樽前莫浪评，浮名身外都除扫。玉山颓、且向少年场，拼潦倒。

又

秋到东篱，喜今日、秋阳杲杲。最难逢、秋溪如练，秋山如抱。秋色萧疏豁远眸，秋空点染飞孤鸟。菊花杯、鲸吸入诗肠，秋兴好。　　为谁嗔，因甚恼，李白诗，张旭草。羡醉乡佳话，乾坤不老。举觞白眼望青天，挥手浮云凭一扫。待归来、骑马似乘船，接离倒。

少年游
感怀

老槐淅淅动秋声，陡触客心警。金尽苏君，衣单范叔，感慨一时生。　　不堪题起年来事，咄咄只书空。匣剑囊琴，风衫雨帽，何处问前程。

采桑子
旅夜闻歌

长宵落寞寒窗静，闪闪孤灯，习习微风，吹送清歌客舍中。　　分明三叠阳关曲，离恨声声，仔细听听，水远山长无限情。

南乡子

久滞都门，浑忘节序，偶因送客，步至郊外，见柳叶桃花迎风欲笑，游春士女轮蹄杂遝，方知是日已届清明，怅然兴怀，爰成二阕。

旅食京华春，浑忘清明节序新。紫艳红娇何处所。频频。欲问东皇信未真。　　昨过绿杨津，芳草愁余客里身。空羡游人杨柳外，辚辚。掩映溪桥走画轮。

又

款款碧油车，玉勒骄嘶白鼻𬳶。日暮携将春色返，谁家。车上轻盈把杏花。　　归路认平沙，同是春游意兴差。惹起红尘三百丈，堪嗟。寒食东风旅恨赊。

踏莎行
春日山行

雨洗桃腮，风舒柳眼。红攒绿簇深于染。回斜小径下山岗，岚烟极目春光远。

横岭逶迤，慈流清浅。马蹄蹩躠归未晚。夕阳树外几人家，问伊谁是穷阮。

如梦令
过邯郸卢生庙四阕

自是神仙一类。故与神仙相会。一枕几多时，早已平生志遂。好睡。好睡。尝尽荣华滋味。

觉后方才惶愧。猛省浮生疣赘。挥手谢时人，一霎急流勇退。无累。无累。莫管黄粱熟未。

南北奔驰无数。到得邯郸顿悟。尘劫几经过，一误岂容再误。前路。前路。寻取桃花古渡。

长啸海山秋暮。早驾白云归去。璇室旧吾庐，不用神仙来度。此处。此处。有日班荆道故。

满江红
过汤阴谒忠武王祠，追武元韵

庙貌如生，恢复志、今应未歇。谁更似、精忠报国，勤王功烈。难瞑千秋泉下目，可怜五国城头月。与诸君、痛饮向黄龙，言空切。　　风波亭，冤难雪，贺兰山，敌难灭。使英雄气短，金瓯遂缺。龙驭不回二帝驾，鹃啼空洒三更血。料英魂、犹恋靖康时，故宫阙。

清平乐
病中晓醒口占

鸡声唱矣，月色凉如水。残漏迢迢犹不止，瘦骨强支坐起。　　谁言月色鸡声，犹存故土乡情。鸡声分外冷淡，月色更觉凄清。

浪淘沙
湘江夜雨

漠漠一天云，风雨黄昏。湘波渐长岸边痕。短缆小舟杨柳下，迢递江村。　　乡思苦难禁，回首乡园，年时疏阔旧琴樽。一寒夜蛩啼不住，赢得消魂。

水调歌头
除夜雨中感怀

今夕是何夕，爆竹极声喧。渌阳衙里羁客，忽忽又经年。也共拥炉守岁，且自衔杯听雨，小饮烛花前。长更敲断续，檐溜滴廉纤。　　人落落，家渺渺，夜漫漫。涂苏先酌，举头空望白云天。不解昂藏故我，转眼平头三十，漂泊尚依然。烟袅博山冷，歌剩唾壶残。

临江仙
代柬寄家乡同人二阕

寄语二三俦侣，休言县令风流。盘根错节正堪愁。新硎谁惯发，利器让吴钩。　　回松溪行乐聃，能不泪洒江州。同人契阔又三秋。风霜催白首，空忆买归舟。

又

名心无数，利心无数，总付于痴心无数。遥从百粤望家山，真个是八千里路。　　花偏反春，暮月团圆秋，莫倒金樽，剧谈昏暮。想故园岁岁年，知辜负光阴几度。

庆春泽
上元夜舟浮山

火树霞明，画船水绕，浮山恰遇元宵。皓魄飞空，海天万里光摇。水亭番舶连灯市，听九衢、响彻笙箫。殢征人、待觅芳樽，约住兰桡。　　同舟有客携手。便舍舟登岸，徐度溪桥。酒肆歌楼，开怀随处游遨。夜阑人静归途悄，醉春风、襟袂香飘。任嫦娥、玉镜高悬，照我粗豪。

一剪梅
偶成

芸窗十载伴青灯。止合今生，老却经生。凭将意气与谁争，桥上题名，塔上题名。

又

霜花黯淡点行旌。百里花封，万里花封。休言捧檄为亲荣。问寝无凭，视膳无凭。　　而今航海驾长风。壮志凌空，浊浪排空。一官落拓滞山城。鸡肋前程，难问归程。

清平乐

贺高子大山乃郎入泮

学醇才老。经史三余饱。文思泉流笔夭矫。孺子成名何早。　　春风泮水芹香。清明杏苑花芳。九万扶摇直上。争看云际飞翔。

少年游

又贺高子

深山卜筑碧云遮，书剑傲烟霞。骈善射雕，适工画壁，藻采艳春华。　　与君四世旧通家。不觉喜翻嗟。后起峥嵘，老成代谢，白发自鬖髿。

江城子

湘江

布帆萧瑟挂秋风，晚霞红。映霜枫。湘波无际，隐约见归鸿。才向芦花滩上落，又惊起，泪长空。

贺新郎

戏作

昨至无何有，偶遇见乌有先生，扶筇而走。道是子虚曾见托，欲买大荒千亩。好腴产、天长地久。此地正宜余卜宅，扫榆钱、满贮三千篓。立铁券，买到手。　　周围随处栽花柳。高盖起、空中楼阁，干云齐斗。蜃气呵成贝色，八面风窗月牖。更槛外一溪清浏。时掉虚舟随水去，直流入桃源洞口。寻吾契，痛饮酒。《全清词》雍乾卷

傅爽 （2 首）

傅爽（1698—1769），原名正旺，字映九，直隶灵寿（今河北省灵寿县）人。府庠生，傅维鳞曾孙，著有《写心集》，未刊，目前已残缺，抄本仅有十首诗词传世。该集前有邑人马曾鲁撰写的序言。傅爽另辑有《唱和集》一卷，收录直隶总督方观承等人唱和诗三十余首，集后有傅宗善跋语，亦未刊，有抄本传世。

满江红
登黄鹤楼，用马唯一①送别韵

寄居武昌，一月之内而三登黄鹤楼。每遇登临，便怀故乡同人，因拈词一阕，以舒积闷，即用马唯一送别原调原韵。

南楚遨游，二千家乡渺漠。忆昔日、赤溪赤岸，同人洒落。酌酒全无市俗气，论诗期有雄浑作。到而今、羁客在江干，悲离索。　　攀春柳，松阳郭，曾携手，订归约春日曾送别成山叔游楚。想他时团聚，中心不乐。江夏街头黄鹤第，汉阳城外晴川阁。每登临、北望念诸君，相思渴。

临江仙
和成山②四叔广东寄来调

犹记长亭分袂，而今又是三秋。光阴浑似大江流，滔滔经一过，曾许为谁留。　　大阮服官百粤，声名不让中牟。伫看报最到皇州，里门须少憩，好句更相酬。《词觀续编》

---

① 马唯一，即马曾鲁。字唯一，直隶灵寿（今河北省灵寿县）人。明延绥巡抚马从聘曾孙。乾隆二十五年（1760）进士，初选庶吉士，后任刑曹官，官至贵州思南府知府。

② 成山四叔，指傅堃，号成山。傅堃与傅爽之父傅斯瑄是堂兄弟，而傅堃排行第四，故称四叔。傅堃时官广东高州府信宜县令。

傅基赐（9首）

傅基赐（1703—1770），字仲端，号迁斋，直隶灵寿（今河北省灵寿县）人。官永平府儒学训导。祖父傅维横是傅维鳞堂弟，曾官安徽休宁县令、贵州广顺州知州。傅基赐赋性端方恭谨，年十九入庠，二十食饩，讲学四方以自给。年近四旬，于乾隆六年（1741）辛酉科始登贤书，拣选知县，因铨选无期，仍以授徒为业。乾隆二十五年大挑二等，补永平府儒学训导，卒于官。有《梦松堂学步草》未刊稿，今有抄本传世。

满庭芳
无题

高柳明波，春溏水慢，风光逼近清明。马蹄轻踏，一派杏花红。接岸桥通何处，孤村里叫卖花声。斜阳外、樵歌隐隐，人在画中行。　　四围山色里，迂回芳径，草碧峰青。羡文章大块，天地多情。何日□□，愿遂三径里，吟啸春风。开樽对山翁溪友，高唱大江东。

采桑子
客梦

只身莫苦长为客，携酒东邻。垂钓西滨。夜夜魂归不厌频。　　梦回屈指乡园路，堂上萱亲。膝下儿孙。幻里团圆不当真。

如梦令
旅夜

山馆黄昏人静。花里蛩音低送。月照客窗寒，挨尽凄凉万种。谁共。谁共。打点孤衾独梦。

行香子
偶感

睡也如昏。醒也如昏。笑生来、一葛天民。无端爱恶，哪复关心。但任他，由他笑，尽他嗔。　　门少红尘。室少嘉宾。算生平、凡事输人。聊凭黄卷，消遣清贫。且乐吾愚，从吾好，率吾真。

浪淘沙
中秋喜晴

何必杖头钱。坐对琼筵。歌喉宛转好风前。漫道客中佳趣少，一醉陶然。　　仰面问婵娟。今夕何年。紫云散尽夕阳天。却喜素娥浑不厌，仔细相看。

满庭芳
冬晚接韩孟辉先生手札有序

时惟霜发，寒彻敝裘，一室凄然，愁肠百结。诵多之佳句，弥消羁旅之魂；写离恨于短章，宁避妍媸之迹？用将鄙意，聊献芜词。

淡月笼帷，寒风侵榻，哪堪旅夜凄凉。穷途潦倒，拟作触藩羊。镜里朱颜非旧，韶华改、须鬓成霜。悲勺水，鼠肠借润，垂老滞他乡。　　□怜孤馆里，栖乌三匝，相伴疏狂。叹知心人远，冷落诗章。雁字忽□天外，边霄内、魂梦飞翔。知何日、论文樽酒，一曲慰离肠。

满庭芳
答韩孟辉先生

兀坐空斋，昼长人倦，韶华又近朱明。瑶章飞递，彩笔红红。愧杀芜词唐突，何堪拟、玉振金声。微吟处，香生齿颊，不羡啭春莺。　　而今堪幸处，情通尺素，鱼雁重重。奈兼葭秋水，阻隔音容。遥想当年萧寺，朝夕里、披沐光风。空怅恨、溯回无自，浪迹各西东。

减字木兰花

立秋

炎蒸方布。谁遣朱明忙里去。轻薄裳衣。花外凉飔入座微。 落霞孤鹜。眼底分明王勃句。树杪风清。爱听新蝉断续声。

满江红

马惟抑公车北上，劝余偕行，感而赋之

甚矣吾衰，功名事、从今却扫。叹只合、潜身仄陋，穷途潦倒。自笑着鞭输祖逖，哪能壮志追梁灏。等闲间、白了少年头，须眉皓。 凌云气，如秋草。雕虫技，何方讨。怎相偕同看，上林花好。才拙自应明主弃，神疲慵上长安道。算何如、十亩赋闲闲，耕桑老。《词觏续编》

傅士逵（3 首）

傅士逵（1724—1792），字鸿渐，号莲亭，直隶灵寿（今河北省灵寿县）人。傅基赐次子，傅维橒曾孙。乾隆三十年（1765）乙酉科拔贡，以设馆教书为生。赋资醇笃，庄重不佻，潜心理学，著有《读四书随笔》十卷、《雏音偶弄》一卷。均未刊刻，有抄本传世。《雏音偶弄自序》："余早岁见邑前辈于春花秋月之辰，每濡墨挥毫，以抒一己之怀，以遣一时之兴。虽才愧雕龙，而情殷附骥，巨不辞效颦之丑，妄弄管城，制为俚句。但井底窥天，茫无承受。且素性疏懒，作辍不时，故偶尔成吟，不过聊以为戏，如枝头小鸟，学弄笙簧而已。积二年得诗若干首，乃自命名曰《雏音偶弄》。"

南柯子
客夜

雨暗灯昏早，风摇花睡迟。一窗寒色照乡思。痛煞挥毫题不尽愁诗。　　尺素埋鱼腹，刀头拌马蹄。这回打点梦中归。偏是梦魂飞不到松溪。

双调望江南
感怀

愁莫耐，春事更魂惊。无力杨花风偃仰，有权社燕意飞鸣。忽忽坐忘行。　　辞汀渚，销受几峰青。南浦云浓犹未散，西山雨苦不堪蒙。谁遣个中情。

十六字令

醒。檐外风敲铁马声。猛听得，疑是五更钟。《词觏续编》

傅金铎（4首）

傅金铎（1740—1803），字振之，号景陆，直隶灵寿（今河北省灵寿县）人，傅坚第三子。乾隆三十六年辛卯科举人，借补丰润县儒学训导。在任两奉上台委令，放赈丰润、玉田两县，秉公办理，酌盈剂虚，饥民戴德，刁棍畏威，无不啧啧称颂。两次保举知县，未得推升。有《瞻奥书屋景行集》。

捣练子
闻恩科诏有感

心切切，泪依依。四向长安愿总违。今日欣闻丹阙诏，可能携策点朱衣。

浪淘沙
悼予之不遇，喜化从弟入泮，词填三阕

昔日太心雄。海阔天空。谁知人事总凄清。蓦地觉来身若此，泪洒残灯。　　遮莫听书声。羞说谈经。于今名利不关情。斗酒双柑郊外听，明月相迎。

三十二春秋。岁月难留。凭人呼马与呼牛。不用高僧开觉路，点破心头。　　且自去消愁。茅舍清幽。一樽佳酿醉时休。指点弟侄三两个，步到瀛洲。

喜汝列黉宫。暮鼓晨钟。警人期在月明中。直看扶摇留不住，瞬乘秋风。　　叹予总成空。往事匆匆。文章让尔少年雄。满损须知谦受益，攻苦无穷。《词觏续编》

孔昭熺（22首）

孔昭熺（1741—1822?），号松峰老人，直隶新城（今河北省高碑店市）人。乾隆三十五年（1770）举人。乾隆五十二年大挑二等，授直隶冀州学正，嘉庆十五年（1810）任四川大足县知县。道光二年（1822）年八十二在世。孔氏小令深情婉致，风流清丽，出自花间。咏菊写竹诸调高尚其志，有所寄托，有东坡词潇洒清旷之风。送别亲人友朋参加科举及感叹下第诸词多见清代文人科举活动的情状和幽微心态，具有重要的文化史意义。著有《医俗轩诗余》一卷。

醉花阴
以调为题，又三月三日

姹紫妖红如锦片。点染春光艳。共泛洗妆杯，莺绕催诗，踏起枝儿颤。　　绿波芳草梨花院。牵惹情无限。莫道春已过，月又三三，风浴重携伴。

西江月
闺怨

旖旎春光如许，娥眉淡扫春山。困人天气倦游园。恐惹流莺百啭。正是春三二月，桃红柳绿争妍。含情求卜问郎还。暗恨长安路远。

满江红
送鹿藜阁、李荫南及侄宪垣、宪墀、男宪毕、孙庆钰赴京兆试

月白风清，恰好是、中秋时节。这几日、蝉登树杪，蛙鸣雨歇。迤逦长空云路爽，清芬小院天香发。早束装、铅椠会都门，谁优劣。　　槐花

57

黄，人争说。桂花丹，我先折。想嫦娥迎笑，吴刚送别。共道殷勤读文史，那知辛苦凭萤雪。且埋头、指日又春闱，看英杰。

虞美人
前题

琼楼玉宇高寒处。知是嫦娥住。今番结伴步云来。先问娑罗大树、几时栽。　　悔前看得扳援易。却被吴刚斥。于兹满袖携奇芬。恰好枝枝丹桂、六人分。

菩萨蛮
美人秋千

彩绳画板秋千架。那知墙外人嫌怕。绰约藐姑仙。何来如鸟翾。红裙褰复绕。露出金莲小。戏罢整衣襟。欢颜香汗浸。

蝶恋花
中秋忆场屋玩月并伤下第

又是中秋把酒节。缥缈云头，拥出冰轮月。醉舞中庭趁步屟。停杯欲就嫦娥说。　　明远楼高连贝阙。桂影婆娑，未许轻相折。留我好枝防盗窃。沉沉密约今宵结。

前调
采莲曲

偏是湖头韶景富。曲沼横塘，五月留春住。菡萏花开香浦度。女郎惯习莲溪路。　　鸦髻妆成掩绣户。更有邻家，姊妹再相附。笑谑声喧飞白鹭。纳凉暂系垂杨树。

菩萨蛮
前题

依稀仙子凌波步。无须贴地金为路。荡桨入花丛。吹衣鱼伞风。　　轻罗束窄袖。刺手蛾眉皱。偏爱小红尖。停船含笑拈。

满江红
七夕题郝隆晒书

织女停梭，逢今夕、悲欢酬足。人间世、锦已成章，向阳求暴。去岁学来云样巧，今朝怕被秋光渌。有衣裳、楚楚斗豪华，谁藏椟。　　念吾事，朝朝读。晒何物，便便腹。待金丸卓午，蝉逃应速。世眼争传儒腐笑，天孙可锡文机熟。忆阮郎、犊鼻挂长竿，真犹俗。

醉蓬莱
七夕送李岩庵、家巨岩、德辉、含光、浴溟赴京兆试

望长空皎洁，鹊驾填河，通广寒阙。寄语牛哥，早向嫦娥说。久约难忘，相逢不远，定在中秋节。琼玉楼边，多罗树下，好来迎接。　　自叹年年，磨穿砚铁，谁耐钻研，夏萤冬雪。今也逢时，任取高枝折。花插盈头，香携满袖，乐听霓裳阕。天宇清凉，仙风缥缈，吴刚送别。

荷叶杯

催王彭老斋头莲花案词调原作《荷花杯》，据词律改。

一朵红莲出水。真美。几度欲衔杯。伏风阑雨且莫来。开么开。开么开。

菩萨蛮
中秋节无月

年年此夕晴光别。冰轮玉宇团圞月。桂魄浩无边。中秋分外圆。　　浓阴姤欲雨。云掩清虚府。边举酒问嫦娥。良宵可若何。

浣溪沙
秋中夜坐

迟日西风暑气收。蓼花枫叶染新秋。雁来可是致书邮。　　凉月满庭虫唧唧，又谁长笛倚高楼。欧阳夜读不胜愁。

江月晃重山
秋

秋色摧残翠①，秋光点染丹枫。满园飒飒蓼花风。看雁字，何恨亦书空。　　无事静观岁月，感怀凭吊英雄。流光容易转霜蓬。年老矣，谁访浣花翁。

点绛唇
秋情

露染枫林，时光过了秋之半。冷侵彩幔。悔识春风面。　　唱和飞鸣，又见南来雁。情难断。阑干扶遍。听得更筹换。

满江红
雨后怀同学诸子应京兆试

雨霁云罗，正交杂、秋清暑酷。那能学、弈棋赌墅，吟诗刻烛。但使种蔬知菜味，莫教无竹令人俗。尽逍遥、藜杖出柴门，园成趣。　　蜕转蝉，鸣高树。草为萤，出卑溽。叹神奇臭腐，天工亭毒。墙外槐花黄一市，月中可想飘金粟。看诸生、铅椠赴长安，谁捷足。

好事近
前题

雨洗月华明，仰见广寒宫阙。丹桂香风飘渺，应有人指说。　　姮娥传语唤吴刚，今岁求贤切。有客步云来，任取一枝欢悦。

锦堂春
前题

一肩行李负残篇。芒鞋席帽青毡。云衢折得桂枝还。公子翩翩。　　寸晷风檐。九日萤窗，雪案三年。来春燕子杏花天。再赴琼筵。

---

①　案据词律及文义此句疑脱一字。

鹧鸪天
咏菊

何事秋花仔细吟。落英辨驳到而今。美人香草情无极，漫说延年鬓不侵。　　君子德，岁寒心。曾学陶令倚松阴。华光别有东篱境，一夜西风一夜金。

小重山
忆旧

霜染枫林秋色浓。满园金琐碎、菊成丛。招寻记得醉颜红。香盈帽、笑指白头翁。　　相别去年冬。奈当重九节、未重逢。卷帘独自倚西风。多情月、偏照竹东。

八声甘州
前题

每年间沽酒赏重阳，底事上心头。叹妖红姹紫，连春接夏，乳燕鸣鸠。到此葭苍露白，光焰一时休。还是金铃菊，相伴深秋。　　好景难忘怀旧。对花冷瘦，剪烛念依不。想伊人、拈香盈袖，怯西风、无奈自登楼。争知我、东篱坐月，常想清讴。

念奴娇

小斋绿竹成丛，红蓼一枝，掩映有致，爰填百字，自嘲亦复自慰。

秋容如沐，映书幌、雨洗娟娟修竹。个叶纷披，又好是、林外一枝红蓼。劲节干霄，弱枝分影，似蒹葭倚玉。猗猗彼美，晓来满院清淑。　　自叹蒲柳先凋，排八字纳音，属石榴木。照眼花明，绿丛中、应得风流酣足。旧事重提，尝滋味只有，阑干苜蓿。此君作伴，可能为我医俗。《全清词》嘉道卷

石清（2首）

石清，生卒年不详，字镜涵，直隶清苑（今河北省保定市清苑区）人。与查日乾等人交游。

应天长
刘太君小照①

闺仪望望如陶谢。凛凛霜操清且雅。德难俦，才莫亚。国手丹青何处写。　　到而今，期颐也。觉更风神潇洒。怎底披图星下。媚光辉万瓦。

十月桃②
刘太君补庆八十寿

金风初敛，见眉峰增彩，月镜呈妍。宝婺星明，流光散满人寰。繁霜不雕劲节，经几度、沧海桑田。陶侃圣母，陆续贤儿，爨炳彤编。　　看而今堂背春暄。是诚能、格帝力也回天。况更兰枝乘秋，气吐云烟是年，太夫人长孙心毅，七月内，初游顺天府觐。回思保阳拜祝，刚九九、兹又三年。相逢客里，欣亦称觥，猕发才颁七月，余客洺川衙斋。中元前一日，为马明府太夫人设帨佳节，登堂拜祝，并得瞻查太君芝颜，松亭鹤立，宛尔神仙中人也。　　查为仁《宛平查氏支谱》卷六，乾隆五年刻本

----

① 刘太君，为查日乾生母刘氏（1627—1713）。康熙三十五年（1696），适逢刘氏七十岁寿辰，彼时绘有一张写真，诸多亲朋好友，如葛继孔、王揆、查嗣瑮、查嗣庭、查昇等人分别为之题诗。十二年后，康熙四十七年孟冬，石清亦为之题写此词。

② 康熙四十五年（1706），生母刘氏八十岁寿辰，查日乾时在狱中，不能亲来祝寿。待出狱后，查日乾于康熙四十九年十月初三日为生母补办庆典，许汝霖、俞化鹏、陶必达、胡会恩、苏滋恢、诸起新、李录予、张坦、翁嵩年、陈仪、王揆、王云锦、薄有德、蒋陈锡、戚麟祥、戎澄、徐日暄、李湘、宋真儒、杜于藩、李素、孙谠、释明志、查嗣珣、查慎行、查嗣庭、查克建等人纷纷赠与诗歌贺寿。石清亦填此词祝寿。

刘果实 （1首）

刘果实（1659—1728），字师退，号提因，直隶沧州（今河北省沧州市）人，刘庆藻之子。清康熙十八年（1679）进士，官翰林院编修，著有《檀弓》《公榖》及《南华》诸评选。（乾隆）《沧州志》卷十四有传。

凤凰台上忆吹箫
朗吟楼醉后赋

云敛奇峰，江添秋水，凭栏一望全收。喜名仙胜迹，尚有岑楼。槛外征帆不断，两岸上、时起惊鸥。忘怀处，开襟长啸，净扫千愁。　　悠悠。云天高望，思朗吟飞渡，回首千秋。尽长川作盏，林木为筹。博得乾坤一醉，又何须、更觅蓬邱。倘仙客，浮空过此，鹤驾应留。（乾隆）《沧州志》

李之晔（2首）

李之晔（1687—?），字锐颠，号恬斋，直隶沧州（今河北省沧州市）人。康熙五十六年（1717）举人，雍正元年（1723）恩科进士，历官云南蒙化府同知、山西潞安府同知等，著有《秦役草》《旋晋草》《即山房》等。

凤凰台上忆吹箫①
朗吟楼

鸦点残霞，蝉喧落叶，碧天爽气横秋。喜登高眺远，长啸危楼。嘹呖征鸿几字，傍芦渚、还度沙洲。凝眸处，征帆欲下，波静寒流。　　悠悠。今来古往，怅三山五垒，断堑荒邱。但晴岚翠逼，晚树红稠。坐久凉飔袭袂，羡孤鹤，奋翮云头。徘徊久，夕阳西下，欲去还留。

烛影摇红

庚戌九日，偕同人寻菊，旋憩野云亭，雅集分赋。

逸兴凌秋，秋江万里看无迹。漫言风雨近重阳，今日晨光霁。何处金英翠蒂。映疏篱、西风摇曳。倦我同人，寒莎纵屦，幽芬袭袂。　　落木澄陂，茅亭一个云留砌。龙山栗里总闲情，千载欣同契。爱此晚香点缀。共倾倒、遥遥睥睨。数行征雁，几点归鸦，一声鹤唳。（乾隆）《沧州志》

---

① 从词牌、词题、词韵、词意来看，此词与刘果实《凤凰台上忆吹箫·朗吟楼醉后赋》当是同时同地的唱和之作。

查礼（1首）

　　查礼（1715—1783），原名为礼，又名学礼，字恂叔，号榕巢。顺天宛平（今属北京）人，原籍海宁。早慧力学，博通经史。乾隆元年（1736）举博学鸿儒，报罢。十三年由监生为户部主事，历任川、滇州府，累官至四川按察使、布政使，升湖南巡抚。礼工诗词，善画梅。其诗不名一体"少作类皆清新婉约，出自性灵。服官后之作，才气骏发"①，千锤百炼而合于自然。少年从浙西名宿学词，于词"深得姜、史三昧"②。中晚年因生活境遇改变，词风雄健，言之有物，已非浙派所能牢笼。著有《铜鼓书堂遗稿》三十二卷，附词三卷，词话一卷。乾隆二十四年三月，受江亭落成。查礼时任广西太平府知府，于是为之填写此词，并刻于石碑，立在今广西崇左市。此词未收入《铜鼓书堂遗稿》，今补入。

临江仙
受江亭写望

　　石径横斜穿竹去，萧萧翠滴千竿。树间亭子足跻攀。有情听杜宇，无语倚阑干。　　目断天涯春欲暮，晴霞飞鸟时还。檐前好景得奇观。绿回三面水，青放一边山。

---

① 徐世昌：《晚晴簃诗汇》，中国书店1988年版，第330页。
② 顾光旭：《铜鼓书堂遗稿序》，见《铜鼓书堂遗稿》，乾隆五十七年刻本。

余世廉（2首）

余世廉，生卒年不详，字介夫，诸暨（今浙江省诸暨市）人，入顺天宛平籍。清乾隆十八年癸酉（1753）副贡，官直隶成安县训导。

满江红
张明府招饮碧霞宫，凭栏远眺

凭眺南台，远峰螺黛盈千点。真堪爱，晚霞成绮，山灵渲染。一幅倪黄图画倩，谁传好景如流转。问宋辽往事尽茫然，沧桑变。　　琼筵设，银釭爇，酒波卷，诗筒展。喜初地增新，化城重显。古柏参天珠斗近，崇台望月银河浅。快良宵公谯似西园，归来晚。

东风齐着力
题姜女庙

生守空床，死依绝塞，铁石心肠。捣衣水曲，砧杆助凄凉。遥问天涯夫婿，城边月、白骨凝霜。禁不住、号跳一恸，响彻穹苍。　　义烈胜金汤，长城窟、哭声一震雷踉。韩凭夫妇，魂魄化鸳鸯。那似阛门忠节，浣衣处、庙貌辉煌。到今日，村翁伏腊，争奠椒浆。（民国）《徐水县新志》

66

王昭（3首）

王昭，生卒年不详，字建中，号鹿野。直隶天津（今属天津市）人。少负文声，工填词，善度曲。与吴念湖太守并有风流之目，金樽檀板之场，跌宕自喜。科举路艰，屡举不第，于是绝意进取，入刘锡龈湖北幕府，览胜湖湘，益肆豪放。著有《卧隐斋诗草》。

满江红
招野航小余用贺天山韵

君竹乎耶，怪一日不可无此。想君亦萧疏，爱我亦应如是。经世无才难独立，醉乡有境堪同寄。但手中小白不长空，差足矣。　初不羡，肥与旨，更不问，青与紫。管鹅黄蚁绿，有呼即唯。说鬼信为达者事，送穷终是斯文耻。问先生何者是真机，随缘耳。

又

十载三都，底事贵一时纸价。问胡不穷年，著作长揖而谢。子美悲添卷屋恨，仲宣泪复登楼洒。况饥驱频茂走荒山，栖栖者。　且邀月，竹窗罅，且曝日，茅檐下。卜城隅小巷，静同莲社。太息久为华表鹤，招邀不用阶除马。喜紫荆户外有吟声，君来也。

念奴娇
感怀示野航用迦陵韵

依刘十载，笑归来、王粲颠毛霜白。一事无成仍故我，家世惭余称伯。孤旅平城，单骓垓下，危矣八方敌。思量今昔，无头乱发填臆。　当日风雨河干，与他家国、枉嗜秦人炙。此日茅檐勘卒岁，又复袁安卧雪。才退贫居，心灰老至，只有朋情急（迦陵语）。白圭三复，好辞翠羽同拾。《致远堂金氏家集诗略》

杨清贻（1首）

杨清贻（1718—1792），字起庭，号洁斋，顺天昌平（今北京市昌平区）人。廪膳生。屡试不遇，年逾六十，始分训吴川。不三年，即告归，优游林下者十载。生平事迹见张太复《杨洁斋先生墓表》（载杨采臣《介山杨氏家乘》）。

满庭芳
寿内

槛外红梅，阶前白雪，小园陡起春光。贞元会合，大地庆无疆。食贫居贱为乐，交谪泯且餍糟糠。但使年年此日，蔬食胜霞觞。　　六试曾不第，对镜自睇，愁鬓如霜。缅买臣季子，心意难忘。陈仲灌园食力，红树下、白首相将。幸喜得，桃杏结子，好味正悠长。《清代家集丛刊续编·濯缨书屋诗草》

余尚炳（1首）

余尚炳，生卒年不详，字犀若，号月樵，原籍浙江绍兴（今浙江省绍兴市），侨寓天津，后移居沧州。与查为仁兄弟交契，擅长绘画，尤工花卉。

踏莎行
《津门杂事诗》题词

海上华区，燕南绣壤。雕谈妙辩难摹状。吟坛有客擅新生，百篇谱出推无两。　　锦烂鲛宫，珠明龙藏。朝来竟向闲窗赏。衡阳纸价近如何，尊前好听双鬟唱。《津门杂事诗》

胡睿烈（1首）

　　胡睿烈，生卒年不详，字文锡，号炅斋，直隶天津（今天津市）人，祖籍浙江山阴（今浙江省绍兴市）。诸生。往来津门查氏水西庄，与查礼、厉鹗诸名公过从甚密，乾隆五年（1740）查为仁辑刻《沽上题襟集》八卷，收其诗一卷。著有《炅斋诗集》一卷。

清平乐
《津门杂事诗》题词

　　移家西潞。几感秋风度。篆水楼前双白鹭。犹认当年来处。　　城边旧事输君。闲窗阅遍遗文。昨夜壶庐鱼上，吟声吹到河濆。《津门杂事诗》

焦长发（1首）

焦长发，生卒年不详，号兰圃，直隶曲阳（今河北省曲阳县）人。乾隆壬辰（1772）进士，三十八年知尤溪。莅任六载，百废俱举。捐膏火，兴学校，建武庙，修邑乘，构奎章阁，创高山流水之亭，凿沅湖顽险之石。又寻前贤遗踪，新增八景。种种美政，可纪良多。旋调闽邑。

小重山
观稼

布谷声干山雨晴，烟林深翠处、驻行旌。秧尖攒水绿纵横。扶犁去，驱犊带云耕。　　何处笛声清，板桥草阁对山城。换头水调乐升平，曲终陇首午风轻。（民国）《尤溪县志》卷十《艺文下·诗类》

崔旭 （2 首）

崔旭，（1767—1847），字晓林，号念堂，直隶庆云（今河北省盐山县庆云镇）人。嘉庆五年（1800）举人。主讲邑中古棣书院十二年，成就甚众。道光六年（1826）大挑二得知县，十三年补山西蒲县知县，后兼理大宁县事，政声卓著。与天津梅成栋合称"燕南二俊"，同为川中名儒张问陶门生。工于诗，张问陶比之渔洋弟子崔华。尝与梅成栋同佐陶梁辑《畿辅诗传》，梁为合刊二人诗。张问陶论诗主性情，崔旭承其师之说，衍性灵派之徐绪，颇薄技法，凡声律结构之学概鄙之。然推崇肌理诗学"喜奥博不喜昌明，喜幽深不喜平直，喜含蓄不喜发露"的见解，反映了嘉道诗坛争相修正性灵诗学之弊的风气。崔旭论诗人，视"识"为本，并在"识"之基础上统一学问与天性两端，谓"学者识之体，悟者识之用，学与悟不相离也"。又以此折衷标准评价其师："船山夫子，或目为才子，为狂士，乃有识之才子狂士也。"洵为特见。著有《念堂集》十二卷、《念堂诗话》四卷、《津门百咏》、《津门杂记》，选辑《沧州诗抄》《庆云诗抄》，编纂《庆云县志》等。

金缕曲
题《树君诗钞》

落落同门友。论生年、丙申丁亥，长君恰九。共是船山门下士，当日相期颇厚。今老矣、不堪回首。偏又崔梅同一韵，也只应、年齿分先后。相识者，并称否。　　功名事业非吾有。几卷诗、各抒怀抱，千金敝帚。我读君诗频太息，句句神清骨瘦。酷似我、乌乌拊缶。合集流传非敢望，只两人、心事期无负。同门弟，旭拜手。①

金缕曲

前词犹未尽意，再叠一阕，时道光甲申清明节后

两纪与君友。叹年来、不如意事，十常八九。铁板铜琶虽激烈，大旨无伤忠厚。反转看、令人低首。我亦平生高着眼，笑簸扬、沙汰纷前后。真作者，曾多否。　　心声天籁时时有。只深愁、尘灰满目，呼僮缚帚。钟鼎山林原有命，岂论熊肥蛙瘦。且漫道、雷鸣瓦缶。保守清贫同努力，庶先师、赏识无相负。言及此，泪盈手。《树君诗钞》附

---

① 案：此词亦见梅成栋《欲起竹间楼存稿》，"拜手"作"顿首"。

龙光斗（1首）

龙光斗，生卒年不详，字剑庵，直隶宛平（今北京市通州区）人。铎子。与郭麐交善。

清平乐

莺娇燕绮。絮语东风里。一桁珠帘才卷起。满院新红铺地。[1]　　凭谁留住韶华。停针倦倚窗纱。只有多情明月，夜阑还映梨花。《国朝词综续编》

---

[1]　"满院新红铺地"，《国朝词综补》作"悄卷珠帘揎玉臂"，《笠泽词征》注云："诗话作'手卷珍珠揎玉臂'。"

李清淑（3首）

李清淑，生卒年不详，字小泉，直隶永平（今河北省秦皇岛市卢龙县）人。词垣孙。幼承家学，诗词书法俱有法度。道光十一年（1831）举人，同治二年（1863）选直隶房山县训导。著有《味无味斋诗草》。

生查子

春睡太迷离，乍起星眸涩。半晌下方床，纤手拖裙褶。　　蘸黛画双蛾，画出春山窄。镜里问檀郎，可似初三月。

减字木兰花

昨宵微雨。今日天晴花解舞。结伴春游。弓样鞋儿印一钩。　　海棠红瘦。悄语东风吹莫骤。半倚阑干。笑数荷钱个个圆。

沁园春
寄内

荏苒流光，瞬逾十载，年年劳人。计针箱线贴，房栊昼静，剪声机影，灯火宵分。井臼年年，渐疏笔墨，柴米齑盐事事亲。还堪笑，笑好游夫婿，真是浮云。　　萧然生怕言贫。看近日眉峰更觉颦。记有时谋酒，也曾卿我，若逢割肉，也合遗君。卿本荆钗，我非纨绔，两个多愁多病身。休惆恨，任明朝炊断，且共吟春。《全清词》嘉道卷

杨承湛（2首）

杨承湛（？—1845？），字阆仙，直隶固安（今河北省固安县）人。嘉庆九年（1804）举人，嘉庆十六年进士，江苏南汇知县。道光十年（1830）升海门同知，后调苏州府海防同知。因平息青浦百姓以漕聚斗而政绩卓然，历任川沙同知，常州、松江、江宁知府。道光二十五年在世。卒年六十五。

百字令

蕉窗雨碎，听声声酿作，新词幽怨。吟到藕花香里句，如许闲情缱绻。频击唾壶，轻敲檀板，难遂书生愿。相逢海上，蓬莱高处曾见。　　最喜玉宇琼楼，铜弦铁板，补恨天能炼。又道晓风残月外，客里羁愁都遣。白石吹箫，小红低唱，还买烟波券。壶天一阕，老夫不觉欣羡。

金缕曲

听吟图，周廉叔夫人遗照也。出以征句，为倚此解

君自多情者。更兰闺、问字敲诗，恁般风雅。豪士频来高咏罢，知有何人暗写。料客散、评论非假。爱道鸳鸯联小社，只而今、漫剩相思惹。人不见，泪如泻。　　谁家风韵真潇洒。淡丰容、梅边掩映，萧然林下。旧日年华叹逝水，空有琼瑰盈把。但想象、芳姿难舍。画出楼头无限意，看凭阑、小立东风也。扫眉笔，不嫌冶。《绿雪馆词钞》附

边葆淳（2首）

边葆淳（1813—1886），避穆宗讳改葆诚，字朴川，一字禹舍，号仲思，直隶任丘（今河北省任丘市）人。道光二十一年（1841）进士，历官刑部主事、员外郎、郎中，清风直节，部中胥吏称为"白面包公"。后简放浙江嘉兴府知府，补宁波知府，护理宁绍台海防兵备道，颇有政声。著有《竹溪诗草》。

百字令
题江采蘋小像

仙云缥缈，是啼红惹粉，最销魂处。艳李秾桃零落尽，剩有寒香一树。月冷金铺，霜封玉砌，望断羊车路。罗浮梦远，夜来幽恨谁诉。当日凤辇承恩，上阳花里，宛转留春住。一自长门深锁后，憔悴朱颜非故。团扇闲吟，香奁慵启，生憎蛾眉妒。珍珠漫寄，挥毫自写新句。林葆恒辑、张璋整理《词综补遗》

按：清人孙兆溎《片玉山房词话》"边朴川词"条收此词，与《词综补遗》所收词相同。谓："任丘边朴川葆淳，边大绶之同族，辛丑进士，观政刑曹。奉讳后，以家贫游陕，与同事督粮道署，温文尔雅，君子人也。诗笔轻倩，词亦秀丽。记其题江采蘋《百字令》一阕云……"。（孙兆溎《片玉山房花笺录（词话）》，《清代词话丛刊》第14册，上海交通大学出版社2021年版）

东风齐着力
酬桂辛兄除夕招饮

爆竹催寒，椒盘献颂，节届书元。迎新送故，此夕莫辞烦。今岁今宵已尽，曲巷外、腊鼓齐喧。无个事，手持诗卷，仔细评论。　　梅蕊小庭繁。春归也、东风吹入柴门。谁家列炬，惊照冻鸦翻。差喜二三好朋，携壶榼、佳酿盈樽。聊尔尔，举杯分岁，共馨兰言。《竹溪诗草》，任丘马合意藏稿本

白镕（1首）

白镕（1769—1842），字小山，直隶通州（今北京市通州区）人。乾隆五十四年（1789）举人，嘉庆四年（1799）进士，改庶吉士，散馆授翰林院编修。嘉庆十二年充福建乡试副考官，嘉庆十八年任右春芳左赞善，提督安徽学政，嘉庆二十五年擢翰林院侍讲学士。道光初，以詹事府少詹事提督广东学政，升内阁学士兼礼部侍郎。历工部、吏部郎官，还都察院左都御史。道光十三年（1833）官工部尚书，道光十九年因病乞休。尝与纂《嘉庆重修扬州府志》。

买陂塘
题《清芬精舍小集》

静愔愔、香温笃耨，声摇风竹如许。玲珑翠涧幽林外，搀入晓窗残雨。闲凝伫。看帘暗榒棂疏，润到琴弦否。明心妙悟。正云锁松关，凉回鹤梦，空有碧玲语。　　情无那，茗罢闲抄术序。灵飞六甲频数。步虚吹落瑶台畔，缥缈仙心何处。沉水注。爱写影传芳，鹅绢添生趣。山空太古。记琳宇箫清，碧城阑曲，吟彻小楼句。《清芬精舍小集》

刘肇绅（1首）

刘肇绅（1776—?），字子约，号默园，顺天宛平（今属北京市）人，原籍山西洪洞。大懿子。监生。援例捐盐大使，选授浙江钱清场，补诸暨县知县，嘉庆二十二年（1817）调平湖县，道光元年（1821）升杭州府西塘海防同知。丁忧归，服阕赴云南，由安平同知擢丽江府知府。道光十一年任湖北盐法武昌道，署理湖北按察使。因事去职，仍以道员分发湖北，道光十八年官安襄郧荆兵备道。姿性风雅，工书法，左右手行草俱佳。著有《墨园诗集》。

虞美人
题高颖楼《额粉盒联吟图》

羡君雅擅雕龙手。韵友联佳偶。分笺刻烛竞才华。私喜两家旗鼓、不争差。　　吟花赋月长相守。艳福同消受。唱随词翰两如神。想见蓬壶一对、谪仙人。《全清词》嘉道卷

樊镇 （13首）

樊镇（1776？—?），俗名嗣曾，字主实，号竹师，自号煮石山人，直隶通州（今北京市通州区）人。入白马寺为道士。书法赵孟頫，善画花果竹石，尤精山水。年九十在世。著有《鹤唳编》八卷，收《来鹤山房诗余》一卷。

浪淘沙
饮酒一阕

日日饮琼浆。海量名扬。从来不使次公狂。非是神仙能不醉，酒入欢肠。

浣溪沙
赠和雅斋古玩铺，为刘叔和作

其一

和璧隋珠美玉温。雅怀爱此璞犹存。斋中相对静无言。　　古画名琴悬四壁，玩精物巧列盈轩。铺临廛市客云屯。

其二

和风朗日意犹存。雅道生涯益利繁。斋积奇珍百宝屯。　　古今图画标诸壁，玩赏名公集满门。铺列通衢独冠元。

浪淘沙
送别吴雪菴

原拟至邮亭。祖饯云輧。谦光坚阻谊应停。万里前程征鄙祝，一路福星。

浪淘沙令
晚步池上

散步到西池。觅句寻诗。几株杨柳又成丝。最爱新荷浮水面，绿映参差。　　风物正相宜。小立迟迟。落霞天外夕阳垂。路上游人归络绎，望眼迷离。

菩萨蛮
即事

更残已尽谯楼鼓。梦回卧听窗前雨。点点打芭蕉。幽怀未易描。　　披衣开户望。无限增惆怅。寂寞倚阑干。临风任晓寒。

春光好
亦园即事

春寂寂，夜沉沉。露华新。中天皓魄正盈轮。坐松阴。　　邻院笛声迢递，小园花影朦胧。夜静独怜明月，好漫调琴。

临江仙
题画竹

绿筱箷筜嶻谷前，千竿蒙密檀栾。潇湘淇澳媚清涟。龙孙枝杳袅，凤尾影联翩。　　劲节琅玕青玉立，葛陂龙化经年。倩谁写出小江天。风吹香细细，雨洗净娟娟。

捣练子
前题

风谡谡，雨纷纷。翰墨香中寄此身。片石苍苔都不缀，几竿潇洒简而文。

忆王孙
题画

尺幅丹青无限景。杨柳外、碧波千顷。汀洲桃李正芳菲，小桥畔、兰桡静。　　遥山远岫含烟岭。丛木秀、楼台交并。峻嶒古塔半云中，横一缕、斜阳影。

忆秦娥
晓立池上

凌晨晓。凝烟带露芙蓉沼。芙蓉沼。异香香递，柳堤林表。　　幽禽弄处清音好。邻溪听罢情难了。情难了。心裁未就，思量多少。

阑干万里心
题同学王淳古晚江纳凉小照

平江如练晚凉天。芦荻丛中泊小船。跣足裸裎意洒然。握新编。纨扇摇来一味闲。

醉太平
前题

天涯水涯。餐霞饮霞。扁舟卧听鸣蛙。玩良宵月华。　　渔家酒家。芦花浪花。怡情独试新茶。迷离望眼赊。《来鹤山房诗余》

吴谞（1首）

吴谞，生卒年不详，直隶滦州（今河北省滦州市）人。

蝶恋花

九日登岩山

四面青山笼远树。篱菊开残，寂寂愁风雨。滦水傍山谁作主。一舟飞向中流去。　　绝顶遥闻人笑语。蹑迹追寻，果是幽深处。游女上城风最古。晚归袖得黄昏雾。（嘉庆）《滦州志》

萧重（1首）

萧重（1778？—1835？），字千里，号远村，自号三十六湾梅花主人，直隶静海（今天津市静海区）人。贡生，乡举七试不售。嘉庆十三年（1808）迎銮献赋，试二等，充文颖馆誊录，选福建莆田凌洋司巡检，迁金门县丞，道光五年（1825）调任同安县承，驻金门。工诗，与林文湘为莫逆交。著有《剖瓠存稿》二十卷。

酹江月
许秋史《萝月词》题辞

苹风蕉雨，过深秋时候，凉生瑂几。万斛明珠空外泻，幻出筝魂琴意。红豆轻拈，乌阑细谱，历乱天花坠。文游台上，让君出一头地。　　况复赋擅黄楼，诗传白下，声望青云里。残月晓风人悄悄，仙梦迷茫犹记。骨蜕金蝉，丝抽玉茧，下界闲遨戏。天涯疲暮，无双喜遇国士。《萝月词》附

林本（38 首）

林本，生卒年不详，字端甫，京师（今属北京市）人。著有《白香室学吟草》，词附。

望江南

纱窗里，雨过晚凉生。百舌唤回春二月，子规啼破梦三更。斜月半窗明。

点绛唇

春晚空斋，栏干倚遍无情绪。闲情几许。怕听疏檐雨。　　窗外流莺，似替幽人语。春将暮。落花无处。望人何处。

西江月
丙子季春

试袷春光正暖，酿花天气初晴。小窗杯酒自怡情。此是人生乐境。　　世事休言冷暖，浮生难计枯荣。秋来冬去又春临。千古繁华一瞬。

点绛唇
春怨，和邵纫芳三弟韵

睡起无聊，晓妆临镜心情懒。双眉不展。斜倚花栏畔。　　燕子新来，罗幕春寒浅。休凝眼。海棠庭院。花语红千片。

菩萨蛮

画栏竹影侵衣碧。夜深何处人横笛。小院独徘徊。音书待雁来。

轻寒风剪剪。镇日空卷。别后又经秋。西风无限愁。

前调
秋怨

秋窗何处蛩鸣急。翠罗袖薄轻寒逼。窗外雨蒙蒙。孤灯一点红。　　不堪秋色老。望断飞鸿杳。日日盼归期。归期日更迟。

卖花声

小院夜沉沉。云薄风轻。萧萧窗竹作秋声。惊破乡关千里梦，离绪难寻。　　好句独难成。立尽花阴。疏星几点月斜临。秋事渐多欢渐少，说也伤情。

菩萨蛮
赠别

画楼人静钟声歇。多情最是闲庭月。江上柳如眉。送君双泪垂。　　花残秋色浅。人与飞鸿远。相见杳难期。灯昏残梦迷。

长相思

夜漫漫。思漫漫。秋色萧疏四望间。月华方映栏。　　钟声残。漏声残。一夜西风露正溥。罗衫怯晚寒。

望江南

更五点，漏尽夜将阑。香阁竹炉烟细细，画楼斜月影纤纤。风透翠螺寒。

菩萨蛮

玉楼人去增惆恨。轻寒冷逼芙蓉帐。最怕是秋声。惊回梦不成。　　夜深银漏尽。缥缈缈孤鸿影。搔首问嫦娥。相思何处多。

蝶恋花
春闺

镇日垂帘帘不卷。花落花开，已是春将半。绿媚红娇莺语软。夕阳返照深深院。　　十二阑干都倚遍。杨柳无情，不把离人绾。料峭东风寒尚浅。伤情最是红襟燕。

望江南

春事半，蝴蝶下寻花。楼外垂杨青似黛，窗前新竹碧于纱。芳草遍天涯。

浣溪沙
春闺

倦整云鬟慵理钿。却垂香袖倚珠帘。东风无力杏花残。　　深院无人春寂寂，画楼有燕语喃喃。闷人时节是春天。

浪淘沙

香阁夜迢迢。宝篆香飘。离魂无那倩谁招。无力春风寒尚悄，倦倚红绡。　　谁遣此良宵。只有村醪。那知依旧不能消。窗里青灯窗外月，总觉无聊。

蝶恋花

六曲栏干花影漏。燕子来时，已近清明候。满院落红飘永昼。几番春思浓于酒。　　斜嚲云鬟慵刺绣。衫子轻罗，不奈新凉透。怅望天涯人去后。玉楼人比梅花瘦。

浣溪沙
清明偕陆秋崖、叶竹庵踏青纪事

乘兴城南结伴游。春深到处足淹留。韶光多在柳梢头。　　芳草有情迷远梦，飞花无计却春愁。夕阳红映酒家楼。

卜算子
再游大桥暮归

斜日坠疏林，烟冷天垂暮。几度寻芳载酒来，雨湿来时路。　　新燕不知愁，衔着飞花舞。堤畔垂杨千万条，无计留春住。

蝶恋花
纪游

回首芳郊春欲暮。九十春光，半向愁中度。几处莺声啼不住。柳丝惯系人情绪。　　燕子呢喃楼外舞。小雨初晴，随意城南步。芳草多情迷去路。酒旗挂在深深处。

前调
送春

花落空庭春色暮。满地残红，却被东风妒。春去已知留不住，问春毕竟归何处。　　客里情怀风里絮。飘泊而今，一样无凭据。燕子一双花下舞。不堪又作黄昏雨。

菩萨蛮

朱帘罗幕轻寒悄。玉炉香烬余烟袅。清影印窗纱。隔墙红杏花。　　春来无限意。都在东风里。几度怯登楼。登楼却欲愁。

点绛唇
和陈诗桥原韵

日暖风轻，玉栏干外莺声懒。湘帘不展。春在红楼畔。　　慵对菱花，画得双蛾浅。凝愁眼。夕阳深院。红映桃花片。

如梦令
送郭万青南归三首

其一

最是长亭燕语。惯惹离人情绪。此日送君归，别后相思无据。谁诉。

谁诉。望断天涯云树。

其二

回首春光欲暮。泪湿离亭飞絮。堤畔柳丝长，无计将君留住。嘱咐。嘱咐。归后时通尺素。

其三

野外莺啼不住。芳草征车归去。归去路三千，别恨离情难数。且驻。且驻。此后相思两处。

望江南

春光好，春水涨平桥。秀麦陇中鸠妇喜，绿杨深处酒旗摇。风软絮偏高。

浣溪沙
美人

燕子双双度纤帘。午眠慵起鬓云残。丰姿别样得人怜。　　无限春情含眼底，许多幽恨入眉尖。好将心事寄冰弦。

菩萨蛮
晚眺回文

其一

碧堂空远烟光夕。夕光烟远空堂碧。魂断欲黄昏。昏黄欲断魂。　　暮村归鸟宿。宿鸟归村暮。流水绕高楼。楼高绕水流。

其二

落花春去人情薄。薄情人去春花落。斜月印窗纱。纱窗印月斜。　　暮烟笼碧树。树碧笼烟暮。林远集归禽。禽归集远林。

临江仙

一夜风侵翠幕，酒醒倦拥秋衾。一弯斜月冷空林。蛩声增客思，雁影杳乡心。　　惆怅玉楼人去，小窗谁是知音。相思只向梦中寻。残灯犹隐隐，清夜自沉沉。

望江南

酬诗桥四时闺情

其一　春

香闺里，春夜漏频摧。一院落花门静掩，半窗冷约梦初回。惆怅却思谁。

其二　夏

新雨过，荷芰淡烟遮。枕簟凉移湘水竹，轻衫红衬越溪纱。钗凤鬓边斜。

其三　秋

窗外竹，淅淅作秋声。俏挽绿云簪茉莉，巧缝罗衾贮流萤。闲倚画屏深。

其四　冬

人独立，螺翠晕眉尖。槛外梅花春细细，庭前松树影纤纤。寒月浸疏帘。

鹧鸪天

拟李义山无题二首

其一

缥缈征鸿渡远湘。相思两字九回肠。歌成红豆情难了，题遍云笺恨更长。　　愁易集，愿难偿。鹊桥何事独参商。细将旧思从头数，俏立雕栏自忖量。

其二

风透纱窗夜未央。相思无定怎能防。烟消宝篆银屏冷，睡足芙蓉锦香。　　愁欲寄，信难将。秋河耿耿思茫茫。今宵新月何纤细，似与蛾眉赛短长。

卜算子

秋闺

秋雨响深宵，冷逼鸳鸯被。一夜檐前滴到明，作意惊人睡。　　欹枕对残灯，蹙损双蛾翠。几度思量为阿谁，弹尽相思泪。

忆秦娥

烟漠漠。梧桐院里秋萧索。秋萧索。一轮冷月，又穿帘幕。　　那堪负却年时约。轻寒又透罗衫薄。罗衫薄。眉颦瘦损，鬓云慵掠。《白香室学吟草》

鹿亢宗（37首）

鹿亢宗，生卒年不详，号怡亭，直隶定兴（今河北省定兴县）人。嘉庆六年（1801）拔贡，选良乡县训导。道光元年（1821）授广东定安知县，调顺德，道光七年署澳门同知。因事被议，引见，复官湖南黔阳知县，未任卒。著有《涤心斋词钞》一卷。

满江红
春日偶成

日暖风和，又早是、清明前后。听陌上，流莺恰恰，调簧唤友。翠溢梁园千亩竹，青翻灞岸三眠柳。见王孙，策马绿杨边、频回首。　　金罍执，当炉手。玉液熟，盈觞酒。逞豪华，意气酌其大斗。醉去花间清露滴，归来山外斜阳负。莫虚过，此日好春光，樽中有。

金缕曲
述怀

十载衷肠苦。历无穷、艰难困顿，斜风怪雨。忆昔江南春草绿。踏到平山尺五。更阅遍，东园梅坞。归向华堂喧彩戏，奈鬈龄、心思中无主。浑不解，咸池舞。光阴转瞬如终古。已不似、春花秋月，日行正午。出入门阑生寂寞，犹幸和神清煦。眠卧在、回廊大庑。一夜柳花飞白雪，忽寒云、罩满西南户。望弗见，河之浒。

瑞鹤仙
田家

江春浮野鹜。正紫燕衔泥，黄鹂出谷。腴田膏雨沐。带晨星晓月，平原驱犊。数行竹木。尽可人、画图几幅。近村墟、一路花香，杨柳烟中布谷。　　举族。春时于野，秋至登场，冬来乘屋。醇醪酿熟。持康爵，击新筑。但得余一岁，仓箱旨蓄。胜读诗书满腹。祝年年、大有频书，农夫之福。

卖花声
夜雨

凉气入清斋。雨滴空阶。晚来三径湿云霾。老屋青灯书数卷，惬我幽怀。　　惆怅信音乖。人在天涯。如酥一夜遍花街。明日不知晴，也未踏透芒鞋。

念奴娇
送文矩窗友春试

心交有素，同映雪囊萤，芸窗联句。客岁秋香丹桂馥。共赴瀛洲仙路。诗吐珠玑，文成金玉。应许君能副。荆州相识，冲霄已快独步。　　今春杏苑飘香，公车稳坐，又献凌云赋。穷达由来前数。造愧我、依然如故。袖拂香尘，衣沾膏雨，谁得其中趣。呈材天骥，定逢伯乐一顾。

虞美人
新月

一弯新月黄昏早。似把眉儿扫。渐移花影上阑干，正是酒深人倦、漏声残。　　将看天净蟾光好。闪烁明阶草。云收碧海捧金盘。须待秋高气爽、桂流丹。

蝶恋花
新燕

江上衔泥来紫燕。舞向花间，蹴落胭脂片。昔日高楼常系恋。今春飞入谁家院。　　世事于今皆忖遍。王谢堂前，不见乌衣面。况有新巢多稳便。趋炎更藉香风扇。

桃源忆故人

春暮

宵来春雨零如注。减去落红无数。懒向花间闲步。谁问桃源渡。　　断肠自觉无情趣。况是春光迟暮。伯乐未能来顾。空有珠玑赋。

沁园春

咏春闱举子

文运天开，桂圃迎香，杏苑流红。涉千山万水，云南川北，乘舟骑马，江左关中。旅馆吟哦，车箱咕哔，夜月寒霜共晓风。非高兴，为春闱高捷，炫耀江东。　　未离行色忽忽。又买卷、投咨费尽铜。点抡才大座，河间之纪，衡文总主，铅郡之熊。九日劳心，廿朝拭目，晓揭方知未有功。归思动，待来科此日，再决雌雄。

水龙吟

渔家

鸭头绿水，溶溶渔舟，放处新流漫。遥岑浮翠，晴川凝碧，飞红不断。芦荻洲前，桃花源里，最宜泮央。任春来秋去，风清月白，人与烟云同焕。　　一棹沧波浩瀚。卧沙鸥，毫无牵绊。数峰江上，孤帆天际，斜阳璀璨。竹笼藏虾，柳条穿鲤，移船近岸。看青帘飘影，沽来斗酒，渡头人唤。

渔家傲

蔷薇

小立正逢春，饮罢醉红，新透蔷薇架。笑靥西施临曲榭。香靥下。媚人曾许千金价。　　绣户连延熏紫麝。陆郎贫乏谁能嫁。纵倚层垣成蕴藉，春去也。西风一夜花须谢。

玉女摇仙佩

寄同年诸友

文坛名萃。词苑储英，素有凌霄壮志。知遇同师，汇征协吉，并订金兰至谊。论新诗锦字。是王孟缥缃，钟张奥秘。自可卜、秋风得意。定是华国、瑚琏美器。一转瞬、腾骧天上之仙，人中之骥。　　我亦念切趋尘，心期搅辔，已向纶辕就试。一别经年，风寒云冷，多少飘零珠泪。纵高情不弃。竟何能、头角峥嵘奇异。凭寄语、云中鸾凤，毫厘千里。扬眉不解低头事。从今失却，燕山翠。

金人捧露盘
感旧

忆维扬，平山路足遨游。届三春、花柳盈眸。寻芳拾翠，康园梅岭九峰楼。晚来灯彩画船，结廿四桥头。　　到而今，空第宅嗟，前梦总幽幽。但寒云，塞雁横秋。花朝月夕，徒将旧恨触新愁。不堪回首，少年事、寂寞东流。

唐多令
早起有感

风雨夜来声。晨蛙得意鸣。残云归、拥露新晴。正是愁多眠不稳，南陌上、又闻莺。　　花柳太无情。春时艳态呈。荷当年、雨露生成。谁意名园堆锦日，拼造化、弁髦轻。

喜迁莺
闺思

娇花如绣。正微雨乍晴，消闲长昼。绮阁妆残，画楼帘卷，澹澹春山描透。斜映翠翘金雀，漫整罗衫舞袖。肠断处、对花香鸟语，可怜清瘦。　　谁就花影斜，移上朱栏，烟喷黄金兽。闷去敲棋，闲来试茗，细数莲花铜漏。回忆前宵风月，此景此情依旧。孰与说，只巧言鹦鹉，如簧敷奏。

渔父
落花

一夜微风上翠枝。晓来林树落胭脂。轻粉坠，画眉低。曲江新唱少陵诗。　　莺燕依然招旧侣，芳菲迥不似当时。红渐瘦，绿初肥。助我愁肠是子规。

菩萨蛮
留春

留春日日依雕槛。柳眉舒处桃腮减。明岁望春来。先浮柏叶杯。　　春来花似绣。春去人偏瘦。何处怨东风。莺啼细雨中。

满庭芳
春隐

新絮飘空，春云入岫，平原芳草萋萋。远岚凝碧，一带透晴霓。几片牙樯锦缆，曳轻波、烟柳长堤。渔郎去，桃源何处，红雨半溪西。　　浮生真似寄，野塘山径，尽可栖栖。觉读书无益，学古难稽。暂把功名冷落，趁良时。啸傲青畦。如相问、年来行止，郊外一黔黎。

青玉案
肥遁

髫年自诩才思广。迥不拾人遗响。一片青云堪直上。万川忽阻，万峰相向。渐把雄心快。　　泰山久尚成蚁壤。况是浮生多鞅掌。抛去功名如漏网，个中日月，个中花酒，且去闲吟赏。

临江仙
本意

江上微凉初过雨，凌波万顷茫然。渔歌唱彻夕云边。乱鸦归别浦，明月满前川。　　世事已随流水去，此中情恨徒牵。欲从何处识归船。落霞与孤鹜，秋水共长天。

烛影摇红
自伤

万骑丛中，冠军曾得青钱选。去年花里献新红，笔落烟云卷。日暖沉香宝篆。拥群仙，蓬壶饮饯。相期来岁，指顾秋风，鹏搏高展。　　驰隙经年，何期一旦长途舛。今宵谁念断肠人，中有车轮转。自古王臣多蹇。徒惆怅，华胥梦衍。满天明月，一点青灯，雨痕清浅。

霜天晓角
望月

风清露冷。万里银蟾静。人拟蓬壶胜境。光侵入，山河影。　金盘生鹫岭。毛髭难遁颖。照得肺肝如揭，笑世俗，不知省。

玉蝴蝶
有赠

簇簇青衿一换，昔为俗子，今变酸儒。试看萧墙增色，贺客咸趋。果然能、三生侥幸，胜似造、七级浮屠。傲椿萱，脑翻紫电，头迸黄珠。　悲夫。十年辛苦，身疲耕获，心碎锱铢。误谒恩师，隋珠弹雀恨庸愚。幸此生、功名有分，自不觉、服饰攸殊。尽欢娱。荣归故里，喜拜通衢。

鹧鸪天
咏蝶

蛱蝶翩翩队舞忙。偎红倚翠藉花香。佳人纨扇频来逐，犹窃余香过粉墙。　春渐远，夏初长。满城风雨又重阳。可怜新菊无人采，空向疏篱傲晚霜。

卜算子
晚凉

月色白如霜，天光清似水。一阵轻风送晚香，透我襟怀里。　有酒倩人沽，沽来旨且美。欲逞诗肠共酒肠，妄与古人比。

浣溪沙
寻春

寂寂回廊小院深。花须匝地柳垂阴。感人节序亦惊心。　舞蝶已随香雨散，流莺犹趁晚风吟。春光一去倩谁寻。

金菊对芙蓉
题屏山迭翠图轴

绝壁烟生，层峦气绕，个中山势嵯峨。倩空空妙手，彩笔频摩。围屏列处晴岚碧，现多少、翠黛青螺。神移心旷，画图一幅，万里山河。　　徒嗟人事蹉跎。觉崇冈峻岭，阅历多多。讶虚无楼阁，何亦森罗。几年不览天台胜，把凌云壮志消磨。双峰今接，贲翁何处，翘首岩阿。

潇湘夜雨
寄杨凤皆同年

阆苑奇姿，蓬壶仙品，抡才不让终军。连茹之萃，定推君囊锦。贮落花，依草门。铁限鸶鸟翔云。相赏处，雷陈道洽，班马香熏。　　纶辕同试邮居，倾盖杯酒论文。奈余怀顿渺，命蹇多纷。心羡者、楼台近月，肠断也、风雨离群。频寄语、花砖连步，且莫靳奇芬。

东风齐着力
午睡

残书倦读斜欹绿绮，静掩云扃。昼长人困，蝶梦几时醒。绕屋数行新竹，唤春愁、鸟度金铃。朦胧去，花砖影滞，莲漏声停。　　尘世尽劳形。每自叹，空山岁月谁经。漆园神幻，栩栩性天灵。但觉人同草木，何曾见、岳峙渊渟。休忙碌、聊凭一枕，图得清宁。

醉花阴
酒姬

年少吴姬多艳冶。春日当垆也。十里酒瓶香，绿杨红杏，系住王孙马。　　新花插髻偏娴雅。惯把游蜂惹。一见便销魂，依柳拈花，忘却风尘下。

踏莎行
不寐

寂寞黄昏，萧疏城阙。填词倦处兰膏歇。几番欹枕不能眠，庭中潺潺梨花月。　　此日幽燕，当年吴越。思量辗转衷肠竭。鼾齁童仆已朦胧，但听四壁风声发。

御街行

有怀

呢喃燕子传新语。昼愈永，天将暑。驱寒送暖落花风，肠断宗周禾黍。寻芳初倦，了无情趣。春日偏凄楚。　　天涯人去知何所。岁月深，关山阻。征衣曾染雪霏霏，不记当年烟渚。中生百感，眉间心上，宛转谁能御。

戚氏

有感作

暗伤春。匝地花片舞随人。柳眼迷离，桃腮消瘦总前因。悠然望城闉。楼台烟雨失芳津。王孙是处游禊，正值夜月与花晨。远道迢递，韶光荏苒，肯教身世沉沦。忽时移侯改，风息云散，肠断江滨。　　苦乐本亦难均。辗转反侧，枉自费精神。空辜负、绮园堆锦，美酥沾唇。思惜惜。昼永独坐，不遑览玩，恐惹轻尘。未名未禄，送暑迎寒，竟任终岁因循。　　回首当年事，欢娱甚、景物一番新。每届良辰吉日，喜吟诗对酒萃嘉宾。那堪迅景疑梭，旧游似梦，更深愁憔悴，生华鬓，追往恨，情绪难伸。叹逝如、春水粼粼。听呜咽、不断涌青苹。溯流相讯，徒劳结网，谁识金鳞。

意难忘

唐人绝句有"未到晓钟犹是春"之句，兹其时也，咏此

荏苒时光。忽燕频剪水，莺歇调簧。九九春逾盛，三三暖更长。斜日坠、晚钟扬。不寐饮琳琅。夜渐深、依花举烛，仔细端详。　　明朝赏，又何妨。只熏风一拂，转废思量。趁兹传漏箭，且自谱宫商。因酒兴、逞诗肠。勉力惜花香。又恐寻消问息，忙杀萧郎。

夏初临

初夏

槐荫烟舍。柳条金坠，熏风渐拂花潭。晴陌阴浓，家家养罢春蚕。雨余

山。带晴岚。更迢迢、水镜开函。荷钱虽小，蕉心已剥，轻葛方罩。　　珠帘半卷，午梦犹酣。云峰六六，香径三三。新愁旧恨，不离江北江南。还记当时入名园，斗酒双柑。换时光、流莺阒寂，乳燕呢喃。

东风第一枝
柳絮

绿水池边，清阴道上，杨花乍起如缀。偕飞蝶，傍晴丝，下上飘来玉屑。春光去也，只剩得、落英残雪。忆当年、金缕牵衣，曾在灞桥伤别。　　想多少情思萦结。却尽被、斜风吹彻。章台旧恨难忘，汉苑新愁未决。花飞两岸，已付与、泉声幽咽。叹今朝狂客，西溪枉对，金城凄切。

凤凰台上忆吹箫
忆维扬同窗旧游

兰蕙含芬，芙蓉出水，英龄妙绪堪夸。记药红庭砌，竹绿窗纱。颇读诗书万卷，消闲昼、限韵拈花。相携手、迎梅送桂，情餍流霞。　　空嗟。个中人远，历风寒水冷，往恨徒赊。叹回廊曲院，知属谁家。休怨春云江树，伤心处、不在天涯。悲今昔、悠悠如梦，虚度年华。《涤心斋词钞》

戈　　渡（28首）

戈渡，生卒年不详，字兰舟，直隶河间（今河北省河间市）人。岱侄。补博士弟子，场屋报罢十余次。尝客游扬州，道光十七年（1837）主河南武陟安昌书院讲席。工书画，善绘山水。著有《天花乱落山房词钞》一卷。

水调歌头
题孙益清《桐荫课子图》

三迳扶疏也，凭的好帘栊。有个苏门啸侣，正幽兴初浓。算是人间清福，澹到羲皇以上，心迹喜相同。问这般真味，谁继取芳踪。　　种修竹，栽弱柳，洗高桐。好栖雏凤，教他清韵彻瑶宫。梅结子花之后，蚌生珠君知否，试看此图中。有上清童子，他日唤而翁。

薄倖
道中颇有作如是情态者，故以词记之

柔情如线。把树树、桃花看遍。那辨得、昏黄门巷，任他步儿轻转。傍寒溪、一带枯杨，双鬟总解持歌扇。笑屋小于舟，人轻若燕，竟是莺媒蝶眷。　　才几句、寒温话，悄回头、一声简慢。倩殷勤青鸟，低传细语，喜今夜巫山不远。檀槽珠溅。刚幺弦、小拨轻轻，又把新词换。深杯低唱，真个有人恼乱。

望江南

岁在乙亥，仍馆上谷，长安旧游，都萦心曲。爱谱小调九阕，以作卧游。虽未能遍及诸胜，然冶游非所怀也。

其一

长安好，最好是新春。观里白云招道侣，门前红袖竞游人。燕九祝佳辰。

其二

长安好，记得上辛时。玉路土花轻履迹，香车人影艳鞭丝。看象说来迟。

其三

长安好，最好是丰台。马上桃花疑雨落，村边芍药带风开。人忆阿钱来。

其四

长安好，记得左安门。万柳堂前芳草路，拈花寺外绿烟痕。回首欲消魂

其五

长安好，记得是陶然。亭外苇声秋匝地，窗前山色翠连天。落拓又三年。

其六

长安好，最好法王宫。辽代金幢花影绿，苏家碑板夕阳红。游兴莫匆匆。

其七

长安好，最好钓鱼台。千里芙渠初出浴，千株杨柳旧曾栽。小艇泛波来。

其八

长安好，最好是长椿。古殿灯光明幻梦，斜晖铃语破尘因。像画九莲真。

其九

长安好，记得古城隅。崇效梅花萦旧梦，慈仁松盖补新图。往事且模糊。

望江南

保阳旅次即事，寄朱蒨云农部

其一

天涯苦，孤负好年华。摇落不堪歌折柳，飘零那复问闲花。此日正思家。

其二

天涯苦，重九暗消魂。对酒正多新伴侣，登山绝少旧同群。冷落孟参军。

其三

天涯苦，最苦雨连霪。尽有人歌泥滑滑，绝无齿印屐尖尖。蜗样缩茅檐。

其四

天涯苦，寂寞好良宵。布被瓦灯乡梦短，纸窗茅店月痕高。凉漏更迢迢。

其五

天涯苦，何处有知音。半幅冷笺愁莫展，一枝冻笔泪难禁。遥寄与同心。

多丽

题薛藜樵焜明府"白沙翠竹江村暮，相送柴门月色新"图

弄苍茫，一堆野色迷离。却正才、水添沙净，似曾指点前溪。下斜晖、天容垂幕，低翠黛、山影成围。空欲生香，暮都凝紫，阿谁着笔妙如斯。迤逦处、寒松凉树，曲曲抱柴扉。江乡好，襟招兰约，人忘鸥机。　　恰天边、银蟾初上，倦谈有客先归。短筇边、尽迷绿影，长桥畔、似飏寒炊。图写当年，词留此日，他时莫把素心违。须记取、西风落木，几处叶声飞。看不厌，群峰相对，都是新题。

绮罗香

七夕后三日，酿秋疏雨，触感旧怀，寄声长调，以当一哭

懊恼柔肠，新秋院落，收起一天残暑。瓜果中庭，过了匆匆时序。笑

他生、未卜如何，说甚么、此生休处。最难经、断雨零云，无端弄、这般情绪。　　可怜去日如流，记当年旧事，倍添凄楚。萍样飘零，望断江南俊侣。哭西风、金粉青山，吊夕阳、玉钩黄土。休回首、廿载幽怀，都是伤心语。

沁园春
雨夜

夜雨萧萧，滴碎秋心，着甚思量。想窗外芭蕉，打残绿粉，天边河汉，望断红墙。锦簟生寒，罗衣耐冷，心字空焚一瓣香。浑无计，尽挑灯独坐，写尽苍凉。　　冰绡有泪难偿。纵江上、芙蓉拒晓霜。向何人说恨，柔肠暗转，倩谁知怨，曲意偷商。字费研珠，词难滴露，破纸风敲杂漏长。真无赖，倘彩云可化，飞到君傍。

桃源忆故人
感旧

阿侬生小江南住。亲浥楼边花露。楼被花开遮处。清迷香雾。　　飘零今日非前度。冷却琼楼花树。怕是落花时序。疏雨苍苔路。

凤凰台上忆吹箫
旧恨

姑射冰姿，瑶台月魄，芳心着意勾留。记画墙东畔，一带朱楼。曾入武陵深处，帘栊宵宵下银钩。依稀见，云衣欲换，雨袖初收。　　休休。白门人去，问六朝柳色，又弄新秋。叹萍飘南浦，花逐东流。持底寄情天上，除非是、玉女峰头。恰遇个，青禽慧使，来诉闲愁。

前调
牵牛花

汉浅河清，风来露落，一钩斜月生凉。正蝶眠金井，蛩咽银墙。芳草径通桥畔，闲愁更、甚似斜阳。疏篱外，乱堆空翠，点点苍茫。　　难忘。天边饮犊，记私语当年，情重三郎。叹玉埋粉坠，恨永愁长。底似托根原上，休提着、旧日欢场。还则怕，长生殿侧，空剩花香。

送赵聚人之北平。

沁园春

诗画旗亭，笔皆断梗；襟题驿路，人忘浮沤。小住樊舆，勾留客岁，推襟送抱，酒往词来。嫩绿烘春，踏青曾约；残红冷径，捃翠频招。岂期聚散无常，盛衰有定。依依弱柳，惯听离歌；草草征人，莫辞别盏。况尔千里云阴，欲催霜落；九边风色，都送秋来。快日登临，原须我辈；来年著作，岂让他人。然而所思不见，焉得无情；即事难忘，因之作赋。爰于琴后，再寄瑶音。尊酒莫停斝，相思自此深。劳劳亭畔路，天下最伤心。

竟别我行，至右北平，匹马短衣。叹匝地严霜，碎铺白草，极天哀雁，乱人斜晖。剑吐雄光，诗添奇气，笑煞书生老闭扉。休辞醉，更琵琶声里，万帐星辉。　　当年射虎休提。怕月黑、天寒路易迷。况塞出卢龙，探之色舞，关临山海，闻者眉飞。仆擅送人，君真健者，同向西风尽一杯。登高望，正几行衰柳，鸦阵成围。

少年游

感旧，用柳屯田韵

红楼深处即蓝桥。好事误朝朝。累卿低唤，欠侬斜抱，娇态逗纤腰。　　年来不把痴情换，幽恨寄江皋。望断白门，魂消翠幕，无计买兰桡。

愁春未醒

午日

眉边锁恨，身外牵愁。叹年来、无恨飘零，真梗断萍浮。因怨成思，一星星事记心头。秦淮水上，小姑宅畔，此日扁舟。　　恰有人儿，蒲钗艾鬓，粉腻香柔。正珠帘、四围高卷，作意勾留。何处兰舠，飞来画桨傍红楼。试刚亭午，硃砂浸酒，倒满金瓯。

沁园春

往阅《藤阴杂记》，雪坞开士住持崇效寺，手种双梅。康熙癸未后，平湖陆义山，嘉兴徐华隐，山阳李公凯，长洲冯方寅，吾乡袁杜少、庞雪崖诸先生岁暮冲寒，春初着屐，题分花下，韵写香中，兴殊不浅。嘉庆己巳秋，渡过诗龛，获观墨迹，如亲前辈风流。盖是时双梅化矣。岂期流水情深，道山云杳。梧门祭酒复又云徂。嗟乎！既感飘零，再伤萎谢。缠绵一往，靓缕奚辞。

两树幽姿，干若虬苍，颜如玉清。问种自何年，梦添短榻，探之当日，影弄长明。茶熟回廊，春生古殿，赚取游骢得得行。花底坐，半天涯词客，日下公卿。　　而今寺对高城。只幽草当阶粉砌横。叹蕊堕珠宫，人应有恨，香消法界，佛竟无情。听者疑无，谈来似幻，赖有新诗为写成。寻旧卷，伴青松红杏，同证芳盟。

前调
《仕女眠秋图》为翟宣三孝廉题

卿是何人，藉草眠花，我见怜之。任海棠洒艳，妒伊猗旎，梧桐滴翠，沁尔幽思。罗袜粘苔，湘裙幂地，梦里尖凉怯自知。踟蹰甚，想秋千院落，才下多时。　　娇酣怪底如斯。真粉腻香柔不自持。怕巫山雨断，又教蝶扰，阳台雾锁，再引蜂迷。画解芳心，人添旧恨，夕照斜堆一片痴。轻搁笔，要真真低唤，听取新词。

前调
题恽南田水仙，为翟让谿孝廉寿

仙乎仙乎，在水一方，君其知之。是洞天海国，种成玉质，冰绡雾縠，写出琼姿。闻说鸥波，携来蓬岛，笑与诗人侑寿卮。称觞候，正画图省识，吐妙香时。　　风鬟水珮迟迟。偏冷处传神耐远思。羡老去南田，双钩活色，重来白石，独谱新词。朵朵文心，枝枝慧业，洗尽铜华漾绿漪。如索笑，有梅花伴汝，窗外离披。《天花乱落山房词钞》

邵葆祺（22首）

邵葆祺（1771—1827），字寿民，号屿春，别号情禅，顺天大兴（今属北京）人，祖籍浙江余姚（今属浙江省余姚市）。乾隆五十四年（1789）举人，嘉庆元年（1796）进士，官吏部员外郎，道光元年（1821）革职。与戴敦元、袁枚、张问陶交密，张问陶题其诗集，比之李贺、卢仝。尤维熊《评词八首》论其词："琴趣三千调不同，清真第一老词宗。梅溪风调尧章笔，略见情禅谩语中。"著有《情禅谩语》一卷、《情禅词》一卷。

虞美人
春暮

碧纱窗外莺声晓。报道春归了。鹦哥又弄唤茶声。只恐寻芳幽梦、未分明。　　别来何处闲桃李。羞把栏杆倚。海棠娇杀雨和风。想着临妆时节、一般红。

踏莎行
闺情

扑面和风，牵肠柳带。春三二月真无赖。穿花红蛱蝶双双，嗔他太把风流卖。　　梦亦多情，魂儿可在。背人偷学相思派。红绒结子打同心，丁香花下深深拜。

生查子
芍药花

蓦地见芳丛，讶道春归未。艳艳宝儿憨，的的杨妃醉。　　含笑问檀郎，花貌依颜似。背地怨东风，怎说将离字。

贺新郎
贺雅山叔花烛

恰是莺花候。喜今朝、几番花信，春光初透。五凤楼前云灿烂，一色韶华排就。却又恨、佳期微骤。展转寒暄旋有庆，合欢杯、先祝高堂寿。消受此，佳儿妇。　　百年琴瑟从今奏。盼窗前、早梅疏影，不禁红瘦。十五十三灯事好，风景长安胜旧。恰又把、花灯影凑。俦侣神仙浑不及，羡兰枝、长并椒花茂。丹桂子，共灵秀。

念奴娇

雁门署中蓄两鹦鹉，春后忽殒其一，家人携至京，檐前小语，昔年风景宛然，感而赋此。

依然娇鸟，傍金笼、仿佛双鬟娇女。红嘴喃喃浑不辨，带着些儿土语。萧舍凄凉，风光冷落，佳客来何处。笑伊如旧，一声声倒茶去。　　曾记小苑南屏，阑干敧十二，春风仙侣。翠剪双双帘影外，小语似相尔汝。蓦地风波，恨夜来梦噩，断肠啼字。镜鸾梁燕，与伊心事同苦。

桂枝香
长叹，次《湘中草》韵

天公何意。把十丈红尘，生生簸起。幻作桑田之路，沧海之水。浮云天上轻如纸，看变化、须臾而已。东家歌舞，西家薤露，不堪生死。　　得失鸡虫真已矣。问金谷绮春，于今有几。昨日花枝，今日飘摇风里。桓家司马英雄甚，叹长条、树犹如是。三更笛朗，五更钟碎，惊人睡耳。

百字令
为沈见亭舅题渔溪新燕画扇

渔溪何处，遥指古渡，清溪一片。恰是春风来无数，掠水衔波新燕。高下何依，参差不定，欲去还留恋。苍茫云树，一声山鸟清啭。　　忘机应是渔人，对烟岚极浦，啸歌天半。个个轻舟斜影外，碧浪乌衣历乱。此景谁知，笑长安洗眼，软红踏惯。先生休矣，却将情寄团扇。

鹊桥仙

四月初九日，口占

今夕何夕，无端笑我，亦是一般心事。马蹄踏踏过街来，惊几处、五更残睡。　　卖花声里，题名竞唱，闲杀孙山涕泪。最怜伴笑见人时，道一句、下番会试。

沁园春

中秋，望月有感

万里长空，绣陌香街，逶迤辉光。记碧莲湖上，芰荷瑟瑟，黄榆塞外，芦荻茫茫。世事何常，秋风依旧，桂子婆娑天外香。伤心甚，问广寒宫阙，可是沧桑。　　无言小步回廊。听短笛谁家夜影凉。正挑灯黯淡，沈郎病瘦，放歌啸傲，苏子情长。玉宇琼楼，乘风归去，乌鹊窥林底事忙。须分付，恁团圞佳影，休照萱堂。

千秋岁

重阳前后，颇多风雨

重阳佳句。风雨满城耳。听点点、三更里。莓苔绿砌暗，薜荔垂墙紫。忍消受、五更窗外寒飙起。　　检点题诗纸。又送秋归矣。帘不卷，床空倚。看花人自瘦，闻雁情何已。空浩叹、病来髀肉今无几。

沁园春

中秋，闱中望月有感

忽尔抬头，记得今朝，佳节中秋。乍彩云万点，树头闪闪，寒风一径，帘外飕飕。天上嫦娥，一般无赖，深锁琼宫未展愁。长吁叹，早至公堂上，鼍鼓如牛。　　问伊着甚来由。便相对居然作楚囚。笑此中避债，无妨窜步，有人闲话，亦以忘忧。底事关情，一枝丹桂，阻我良宵泛玉瓯。难消遣，恁团圞何处，人月风流。《情禅漫语》

点绛唇

疏柳隋堤，俊游人醉重阳后。画屏萦手。曲曲眉山秀。　　半臂禁寒，帘外黄花瘦。相逢偶。红情定否。秋色消魂久。

谒金门

传雁信。密字斜行一寸。为报青鸾栖处稳。更寻娇鸟问。　　春在锦坊易认。路到蓬山难近。歌吹竹西莺燕阵。曼云空际尽。

好事近

曲项旧琵琶，记听玉盘珠落。又见玉人纤指，压当场弦索。　　一声水调暮江秋，秋鬓人非昨。剩有青衫余泪，为胆娘抛却。

点绛唇

拥髻凝眸，芳缘怕向空花种。心旌微动。眉语灯前共。　　一剪红绡，恰算情丝用。殷勤送。教人珍重。愁缕纷如梦。

清平乐

楚腰一尺。袅袅飘烟迹。渌水桥头凉雨隔。烛灺画帘微隙。　　离惊不要人知。停杯且和新词。侬是情禅悟也，十年早忏相思。

虞美人

天涯词客飘蓬惯。笔借江花暖。也知烟月了无痕。只觉扬州依旧、占三分。　　野塘处处鸳鸯偶。冷蝶惟增瘦。渭城歌罢向燕台。从此双心一影、渺红埃。

风光好

九曲房。十眉妆。花意娇慵蝶影忙。近重阳。　　几年锦织心头字。无人寄。倘到蓬山说断肠。问刘郎。

菩萨蛮

其一

吴姬水调何人续。红儿门巷新来熟。帘幔卷朝霞。一杖昙钵华。　　眉峰初吐月。笛缓莺歌歇。人在广陵桥。西泠乡梦遥。

其二

离愁未了闲情续。绿窗唤客娇鹦熟。素脸晕丹霞。分明斗丽华。 三
星光夺月。喜子缘裙歇。欲倩鹊填桥。云波滉漾遥。

其三

银屏仙梦从谁续。横塘一种乡音熟。檀口嚼红霞。黛痕春展华。 筌篌
斜抱月。歌尽情难歇。咫尺是蓝桥。坐来天样遥。

菩萨蛮

迟沤尘居士不至

擘笺吟罢鸣榔续。烟波江上鸥盟熟。笑指赤城霞。映人双鬓华。 客心
原似月。流影无休歇。燕约负虹桥。片帆秋水遥。《情禅词》

王煦（8首）

王煦（1781—?），号渚崖，直隶昌黎（今属河北省昌黎县）人。士升孙。乾隆五十九年（1794）举人，道光二年（1822）始成进士。分发河南，历延津、孟县知县。以亲老告归，服阕，补江苏，道光十八年（1838）署武进知县，前后两任，改教授，旋引疾归，主讲散胜、安昌书院。生平以诗自许，与马恂交善，书法尤苍秀。著有《爱日堂类稿》十六卷，词附。

长相思
客中秋思

其一

秋山青。秋岚清。碧岭弯弯绕碧城。当窗瘦影横。　　拄笏凭。看崚嶒。东望家乡暮霭平。前山遮似屏。

其二

秋水流。绕画楼。两岸花开红蓼秋。花红映水幽。　　楼上愁。日凝眸。楼头照水影夷犹。更添一影愁。

其三

秋风凉。送雁行。凉气凄其欲变霜。风响雁声长。　　客无裳。风更凉。雁不将书只报霜。秋衣谁寄将。

其四

秋雨零。影冥冥。连日连宵不肯晴。终朝闻雨腥。　　屋漏声。檐溜声。蕉叶空阶几许声。孤客耳中听。

其五

秋月清。秋夜澄。万里晴天一色明。玉宇贮壶冰。　　人满庭。酒遍倾。人月双圆此夜情。人醉客终醒。

其六

秋花香。秋露瀼。露凝花蕊沁心凉。无言只自芳。　　秋海棠。映秋窗。花断肠对人断肠。断肠寸寸长。

其七

秋晓清。冷难胜。早起逡巡立小庭。残月尚微明。　　草露凝。池水澄。鹦鹉向人说闲情。今早太凄清。

其八

秋夜遥。更无聊。可怜人度可怜宵。灯影对人摇。　　秋漏迢。秋虫号。夜气生凉入衣绡。如何心似烧。《爱日堂类稿》附词

孙庆兰（34首）

孙庆兰（1781—1845?），号石亭，直隶天津（今天津市）人。先后依附左相托津二十余年，为司阍之人。道光十九年（1839）随四川将军入川，又随其入吉林。自序曰："予囊空如洗，身愧无能，寥寥落落，小就依人，亦忘乎荣辱之分别。随寄迹侯门托相府中，派司堂务，来去三十余年。中有长安之颠沛，七载流离后，于己亥蒙桂公推荐蓉垣大帅，去蜀二载；又从赴吉林年余。时道光癸卯，予年已花甲之三。少知命理，预乙巳年当有归期。推以乞假回家，静居林下。缘自己丑流离颠沛，记词志歌，直至于兹。"其词风受曲影响，比较通俗，多写依附随人的感激慨叹和行役流离之苦，随性情而发，中多忧郁，情调多类《诗经·小星》诸篇。词中也多喜乐随人之作，而描写地方风俗的词作场面如画，很有民俗价值。有《归去来集》，词附。

西江月
感良朋

余自京到陕，燕秦晋三省皆赖宋瀛洲仁兄大力，感而志之。

行藏到处怜惜，意外全赖无欺。解衣推食情义施。饮水思源铭志。路燕秦晋省，各署均未登司。不是瀛洲力扶持。随遇而安未必。

西江月

壬辰七月二十六于役金城，奉遣甘肃公务，沿途跋涉，以志艰险。

谁道兰州路坦，崎岖不易行车。青岚山高岭多赊。王公桥险曲折。长溪峭壁成道，荒凉缺少人家。艰难径惯度天涯。大雨横山泞滑。

浪淘沙

雨露自天倾。催我回程。快胸怀兮，寂寞一时清。乘槎好游天边境，慢转神京。

清江引

速整行装返故庐。胸怀眉目全舒。沿途风雨宿，青门好友疏。停车启户意何如。

江城子

回家

中和下瀚腿全康。整行装。萦故乡。轻车返舍，曲径照夕阳。一任沿途风雨宿，归心似箭徜徉。　　停骖启户慢登堂。妻彷徨。女泪行。亲旅相望，悲喜两交伤。几日匆匆情无尽，依旧旋，赴苍遑。

江城子

甲午重阳日

津门九日戏琵琶。玩黄华。叶参差。疏篱淡淡，娇姿拥群葩。含香瘦影能迷月，任他摇落堪夸。　　客途虽好不如家。滞天涯。宿风沙。堪叹今生，身似系匏瓜。安排归里临窗下，拥炉时，弄墨花。

江城子

待资无聊

月之初六上恩施。连次支。苛太迟。因何济人，无益任行之。分肥况且无多日，不久凤诏飞驰。　　几日纶音催转移。有归期。还故基。寄言谋利，切莫把名离。书内黄金真无已，祖鞭速，举相宜。

每月道署领银六两，作火食之用。时值观察公出月余，走领四次不发。署中管账，均系官亲官友，皆为利是徒，故作词投署以诮之。因是词，官姓官亲气走，后闻作县宰。

渔家傲

闷坐辞穷神，颠倒韵

记得髫年与你交。形影相随似同胞。整十年别在西郊。志与扰。三十载通泰拔茅。　　追忆年来如塞茅。散步重逢在西郊。任凭你心似同胞。休来扰。从此今世永绝交。

浪淘沙

请假通州就医，观察未允

请假就卢医。观察拘泥。闷琐胸怀兮。寸步难移。前生注定今生事，颠沛复流离。

津门恨

此次册立皇后，恩诏净赦女犯

砌雪无消日，津门恨自频。恩纶此次偏施女，处处残花普遇春。　　独我身还滞，曲肠不得伸。何朝侥幸珠还浦，一曲长歌返紫宸。

月中行

冬月二十三日

去岁今朝落马惊。镇日长卧纵横。今年册诏赦无名。运限奈何争。无聊兀坐卜君评，搜求预问归程。恩赦重临喜兆迎。丙申夏尽可还京。

相见欢

二月廿三日回家感

中和返舍离津。耳目新。睹得天涯辽阔、帝城春。　　归途似箭妻女亲，旅泪频。话劳劳，梦匆匆转来□、寄此身。

满江红

天津三月廿三日，天后娘娘圣会

津门胜会，天后出巡技艺奇。幡鼓重，阁空中戏，台阁险欹。绣球秧歌香火池，鲜花鹤龄太少狮。杠箱官儿在骆驼上息，乱扬旗。　　灵官立，音乐施。顶马至，巡风驰。法鼓驾前集，伞扇排移。催生眼光神位寄，子孙痘疹辇中仪。天后圣母灵昭四极，献会齐。

黄莺儿
乙未端阳日

雄黄满面涂。儿童突，艾虎符。金盏流光泛草蒲。　　角黍惜乎，汨罗遏途。江远难寻梦大夫。寂寞兮抚景空祝，载酒且盈壶。

西江月
中秋节

乙未中秋清爽，飞身直上天台。广庭云静几徘徊。试看蟾宫桂在。太白长歌佐酒，诗成珠玉惊陔。嫦娥捧斗月怜才。一片圆光可爱。

相见欢

乙未小阳九日，友人蓦访来堂。

良友携宝蓦来。笑颜开。快晤兮对春风度雅才。珠玑满腹，相星数理盈怀。谈尽红日离陔。别去闷徘徊。

相见欢

十九日接家信，闻刑部减等折，定于二十后奏

十九家书到堂。心彷徨。读毕知秋曹尚未呈章。仍需数日奏，祈雨露汪洋。能邀赦宥无疆。还里隐行藏。

蝶恋花

惊闻旧主于廿七日仙逝，即日奔丧进京

一闻仙逝魄惊扬。痛泪彷徨。流离落异方。数载深恩何日忘。谁知弃养未亲床。　　速觅星轺奔灵堂。哭断肝肠。惆怅转津忙。听候文行再还乡。旋赴津门倍凄凉。

西江月
情怀不止复调一首

速觅星䡐旋往，五夜奔转凄凉。聚日无如别日长。转眼睽隔天壤。蕴结胸怀惆怅，缠绵心事彷徨。此日杯酒奠泉堂。痛煞心神放荡。

月中行

余一到关上时，曾言四月戍满，至期不克结决，难以报颜守事，是以于四月二十一日交谕回家，感调月中行。

清和念日暂辞行。收什旋转神京。结决事搔首难成。运限奈何争。避端阳征逐情。不受披赏峥嵘。踏前言名辱身轻。底事恨缠萦。

清江引

余到家办理递呈留养，于五月十四日蒙刑部史大人收呈，交司查办。准其收赎罪名，留养祖母。于十五日，又逢减等恩赦直隶罪犯。余即日回津候文，调寄《清江引》。

收赎呈递欲还津。又逢恩赦临身。文行无几日，屈指两三辰。速赴津门待恨伸。

太平时
六月廿四日直隶文行到津

正值凝眸眼盼穿。贯索悬。星流驷马到津边。赦文宣。　　从此还家喜欲颠。莫留连。收什行囊夜不眠。返古燕。

蝶恋花
别友还家

津门重复事迟延。住连年，恩波重，友谊绵。难忘义气似长川。　　致使谪人无沛颠，今日欲别情更牵。意拳拳，转家园，寄寸笺。此别后会有奇缘。夜半无辞行去遄。

阮郎归

登途回都，进朝阳关，关前失去紬衫，又逢门上需索税钱

星府奔驰去转旋。朝阳关在前。长衫失去短衣穿。胥吏索税钱。　　囊空无物凭谁倩，行程慢担延。幸逢香火旧日缘。免税我行遄。

相见欢

六月廿七日到家

廿七之日抵乡。飞尘扬。神京转眼霎时到门墙。停车启户，孩童携手成行。妻女迎我登堂。欢娱共举觞。

醉太平

七月十七日，天津县递到减释关文，蒙寄到手，次日递交宛平县讫。

夷则十七，关文到矣。玉痕荡尽无瑕，风波从此止。　　胸怀开起。覆盆破底。始信囹禁欺人，数载棘围里。

蝶恋花

丙申七月回京，仍复入宅当差，以报往昔载覆之恩，自幸情长耳。

丙申夷则涤净尘。玉无痕思，旧恩难忘，廿载混育仁。七年颠沛亦沾春。　　都缘旧主往昔恩。不辞辛，任家臣，趋侍频。聿荷垂青感舍人。三载驱驰意少伸。

月中行

己亥岁八月间，蒙桂公推荐四川将军，经主人驿星照命，复沐省外新恩。

己亥中秋运限强。依栖玉树分光。蓉垣大帅整行装。去就意彷徨。旧闻蜀道阻且长。为今计，暂离乡。只为饥寒两字忙。前路卜行藏。

西江月

十月十七日到蜀川

谁道蜀川路险，沿途马上安眠。征装仆从去行遄。极目烟景无边。

招惹推敲增兴，搜索一路吟联。小阳十七到蓉垣。沐恩深处当先。

西江月

　　庚子年四月间，正值英夷猖獗桀骜。主人有忘餐废寝之萦，因咏《西江月》四首呈览，思虑稍息，因以志之。

　　万事最宜看淡，先天造化生成。养心息气性休征。自有浑然一定。智者平平静待，遇机捐体留名。忘餐废寝罔增荣。助疾伤身无用。

　　君子一生退省，身体隆重匪轻。必须养气好施行。萦思太过不应。世事自然一定，嗔怒淡泊能清。参透其中性自平。寝食安常无病。

　　有典谟有训诰，全在允执厥中。起居作事贵中庸。太过不及无用。不迁怒不贰过，透彻浑然道理通。平肝益志妙无穷。宽恕终身少病。

　　世事虚浮如戏，一似傀儡登场。君王卿相几匆忙。依旧原来模样。譬夫奔驰跋涉，认真苦海无量。参破机关身自强。保合太和无恙。

清江引
庚子二十年四月间，主人调任吉林将军

　　慢恃蓉垣我醉吟。主人调任吉林。文来无几日，迟滞岁余深。驲马星流行不禁。

太平时
辛丑九月廿八日，自川起身赴京

　　蜀川策马望神京。赋遄征。关山阁道路难行。动客情。　　餐风冒雪计归程。月再盈。险要经过历荡平。返故城。

阮郎归
辛丑二十一年冬月三十日到京调寄

　　星夜奔驰到古燕。贤良寺里眠。主人镇日近天颜。匆匆几度连。　　又值旧主母殡天。痛哭在灵前。家园碌碌不能旋。复着祖生鞭。

　　托主人太太寿八十一故。

满江红

吉林风俗较别省不同，偶调《满江红》一阕以志之。

长白风景，三月家家仍披裘。深秋九月瑞雪酬。冬狩春蒐。披甲征遥喜更悠。屯丁翻为岁丰愁。生员误，笔讼土纷谋，媚妇优。　　艇航舟，爬犁牛。烟窗塔，柴架楼。器具刺儿楸，盘酱无油。地炕可容三日火，篷门妇女挂貂球。抢来媚居，说是好述，女无羞。《小穿芳峪艺文汇编·归去来集》

李长蓁（69首）

李长蓁（1786—1835），字冰如，顺天宛平（今北京市）人。幼孤，家贫依兄。道光二年（1822）举人。豪宕磊落，颖悟绝人，好学深思，不拘小节。与景瑾垣、纳兰嵩霖以词订交，酬唱往复。著有《兰村诗余》一卷。

临江仙

八岁画眉偷照镜，十三学得箜篌。新声一曲汉宫秋。柳枝怜妙舞，莺啭妒娇喉。　仙杏夭桃春色早，芙蓉独抱闲愁。飞花逝水少年游。当歌还忍泪，对酒只含羞。

一剪梅
咏燕

帘影参差絮影空。足畔丝红。襟畔花红。穿云掠水太匆匆。寒食烟中。细雨波中。　旧垒新巢处处同。朱雀桥东。青粉墙东。似曾相识主人翁。来日东风。去日秋风。

虞美人
除夕

楼钟未动梅香细。刚把诗神祭。新书楹帖两三联。也似压岁金钱、个个圆。　灶灯傩火群儿哄。只有穷难送。下帘切莫扫芳尘。预祝明春如愿、胜今春。

浣溪沙

菊酒凄凉话旧时。练裙秋意已先知。墙头缺月向人低。　　燕市灯疏归客少，湖桥风度晚钟迟。今宵无梦到城西。

蝶恋花
秋夕

不断闲愁愁缕缕。人正悲秋，却又听秋雨。夜夜夜深深院里，葡萄棚下秋虫语。　　阵阵斜风吹又住。密密疏疏，声闲谯楼鼓。一片秋声何处所。声声只绕梧桐树。

满庭芳
咏雪

霏霏蒙蒙，潇潇淅淅，水晶帘畔黄昏。金猊烟冷，香护绣帏春。多少花来花去，阑干外、玉宇无垠。良夜永，苍茫银海，谁共倒芳樽。　　想游人此际，灞陵驴背，冻醒诗魂。趁梅花香里，赊酒前村。醉后好寻归路，板桥上、芒屦留痕。回首处，山川一色，难认旧柴门。

贺新凉
寄王曼云

又是秋来矣。剔兰缸、和墨裁笺，寸心一纸。咫尺乡关良觌少，梦想湘帘棐几。况连日、秋风秋雨。修竹长松曾有约，日当天、照我心中语。忽长啸，暮云紫。　　萧斋种得黄花未。想王郎、吟身清瘦，与花相似。一曲瑶琴明月下，不愧相如自比。奈别却、文君万里。春老滇南花满树，寄相思、难觅黄河鲤。幽居伴，管城子。

卖花声
冬闺

晴雪照疏栏。梅月如盘。琵琶斜抱谱离鸾。曲罢添香妆乍卸，又觉衾寒。　　兽炭数星残。梦醒钟阑。去年今夜绮窗边。记得灯花开并带，笑指郎看。

重叠金

春风吹暖魂如醉。闲花野草通帘翠。惆怅一番番。腰慵旧带宽。　　愁深情转淡。陡起逃禅念。终自惜容光。春愁堕镜旁。

念奴娇
感旧

池阴小憩，水亭空、怅触旧游情绪。烟外楼高钟鼓静，几点归鸦远树。树里人家，林扉双掩，是我伤心处。香消梦断，碧波门巷如故。　　惟有万斛闲愁，似带雨桃花，沾泥柳絮。无计留春春去矣，记不得春来路。一水盈盈，三生渺渺，目送孤飞鹭。园林忽暝，晚钟催我归去。

满江红
遇友人，饮藜光桥北酒楼，题壁

落魄穷愁，忽邂逅、风尘之际。肯辜却、秋满萧楼，酒香燕市。南浦花明妆晚艳，西山雨霁横晴翠。笑浮生、三万六千场，谁能遂。　　芭蕉梦，醒还未。傀儡场，游还记。且一咏一觞，消磨身世。笔底缠绵才子恨，樽前慷慨英雄泪。发狂歌、牛马任君呼，吾今醉。

百字令
明湖铁公祠①

山光湖影，又匆匆、过了中秋良夜。彳亍铁公祠畔路，碧槛红墙低亚。衰柳丝丝，残荷片片，人入秋风画。廊空树老，飒然红叶飘下。　　当日劲旅南来，坚城东峙，保障功诚大。转瞬英雄成败事，鼎镬余生谁借。十亩烟波，七桥风月，吊古空悲诧。乱芦滩上，老渔三五闲话。

---

① 铁公祠，为崇祀抗衡明成祖朱棣"靖难之役"的山东参政铁铉而建，清乾隆五十七年（1792）重建铁公祠于济南大明湖北岸。

山花子

明湖记事

画鹢湖边莲叶青。鹊华山外暮云横。娇歌脆管已三更。　　蝶不恋花花恋蝶，卿须怜我我怜卿。座中一语识多情。

卜算子

客裹平作

当阶学簸钱，笑笼金条脱。碧玉娇痴未有夫，短发初垂额。　　情似海波深，命比杨花薄。风雨萧关客自归，辜负花间约。

浪淘沙

辽阳道中，题废寺壁

云照海波红。塔影回东。颓垣断井梵王宫。殿角风来铃铎语，赤日当空。　　碌碌可怜虫。落落英雄。黄沙白草客途穷。如此天涯吾去也，一剑相从。

木兰花慢

悲张相如之死也

挑灯惊坐起，思往事、感人琴。算八九年来，鲍叔知我，贫贱交深。闻君壮游燕代，料多时、消受雪霜侵。不道生离死别，还疑雁杳鱼沉。　　酒痕。花影点青襟。豪纵少年心。说似我疏狂，如卿义气，人海难寻。潞水月明依旧，旧游踪、怕过画桥阴。昔日栏杆倚处，只今叶语虫吟。

重叠金

闺情

春眠乍醒娇无力。桃鬟枕汗红犹湿。絮影扑帘飞。梁间燕未归。　　风调鹦鹉舌。雨褪荼蘼色。辜负景中人。别离春复春。

柳梢青

雨腻云香。红稀绿重，无奈风狂。柳恨丝多，莲知心苦，缘短情长。　　而今侠骨痴肠。都付与、愁乡醉乡。何物相思，空明孤月，早过回廊。

惜余春慢

夜夜朝朝，风风雨雨，杜宇声中春老。离怀如醉，好梦如云，花也知侬懊恼。可怜美盼柔情，深院无人，凭栏孤悄。惜花心消受，落花天气，带围宽了。　　　休重忆、丛杏藏楼，垂杨低镜，同听莺声破晓。春将愁至，愁逐春归，春光九十愁多少。寄语帘外，杨花莫更缠绵，为春颠倒。待东风、吹上荼蘼，剩有天涯芳草。

青门引

绣榻茶烟午。语到月斜人去。花阴衫影一痕疏，不堪回首，日日别离处。　　拥衾夜听催花雨。幽梦依寒絮。春宵似暖非暖，凄凉况是侬兼汝。

沁园春

留别

相恋何缘，相别何因，愁中病中。正江云雨细，樽前黯黯，春灯风漾，帘际蒙蒙。扇底新诗，衣边旧珮，燕影西飞蝶影东。明日也，断肠烟柳，回望晴空。　　应怜此梦匆匆。再休向青衫弹泪红。记铜环暗听，咒人负约，钿钗斜插，情我修容。薄命星多，相思药少，踪迹都如雪里鸿。纵重过，桃花开处，着甚情悰。

重叠金

《怅怅词》和韵

其一

梅边柳外清魂路，少年荏苒多情误。花惹柳梢绵。无缘若有缘。　　银屏人小立。恰似曾相识。何必问前生。今生梦未醒。

其二

梨花香里人多病。海棠天与凄凉命。心事卜金钱。深闺减夜眠。　　愁中相记忆。灯晕频须剔。同听一楼钟。风吹西复东。

其三

阑干倚遍无情绪。暮烟门巷时来去。吠犬隔花阴。金铺新月沉。　　茶烟凝浅碧。兀坐如山隔。无可奈何时。侬心君自知。

其四

言疏意澹情偏厚。却怜人比春来瘦。推瑟起傍徨。羞弹陌上桑。　　两人同命薄。幻梦三生约。寒研与春灯。年年共此情。

清平乐

恰正相思。罗帕啼痕犹热。帘外黄昏春雨歇。记得那年三月。　　匆匆鬓点吴霜。旧游如梦难忘。倚醉无端重到，双榆摇落斜阳。

生查子

银云晓阁晴，凉散空阶雾。黄叶作秋声，片片随风去。　　莫上最高楼，楼外天涯路。不见别离人，又见别离处。

减字木兰花

蛾眉一笑。镜里朱颜愁里耗。粉瘦脂黄。半是羞郎半恨郎。　　鸳鸯娇小。蹉跎廿载徐娘老。沟水东西。恨不相逢未嫁时。

醉春风

老女

刚把迷藏捉。又弄秋千索。弹棋斗草逞聪明，错。错。错。花月闲抛，流年似水，良媒难托。　　香护双头萼。月照孤飞鹤。姨姨娣娣画中人，各。各。各。翻怪儿家，不耐繁华，偏耽寂寞。

金缕曲

咏絮

云漾春晴活。正杨花、和烟似雪，随风飘泊。乱扑珠帘香梦醒，曾傍枕函轻落。又飞去、山村水郭。缭绕春衣浑不定，乍一痕、点鬓青成白。娱韶景，感词客。　　落花同恨东风恶。记依依、偎红倚翠，墙腰栏角。柳老溪桥芳径改，萍水因缘非昨。悔拂草、沾泥都错。天与缠绵情性别，奈莺捎、燕惹终难托。拼辜负，青皇约。

唐多令
市中独酌

壮志付东流。黄金只买愁。暮云边、凉月如钩。燕市红尘容我懒，偏爱上、酒家楼。　　身世愧箕裘。功名不自由。旧诗情、生怕逢秋。一领青衫三寸管，早白了、少年头。

贺新凉
感旧

早岁粗豪甚。几何时、苏生金尽，江郎才尽。花坞春寒莺燕去，老却朱颜青鬓。恰赢得、诗穷史愤。更向天涯轻作客，倦游归、破庑城东赁。十年梦，急如瞬。　　蓬门风雪灯摇晕。对妻奴、萧然僵卧，壮怀孤闷。屠狗椎牛奇士在，笑我非朝非隐。悔只悔、儒冠相困。漫掷时文从所好，短长歌、醉谱花间韵。身外世，何须问。

百字令
送刘幼安之台湾

团沙逝水，尽萍踪、人海何伤圆缺。叵耐十年同患难，蓦地又须离别。如此天涯，相看尔我，双鬓将成雪。留君无计，一时愁绪如结。　　此去蛮风蜑雨，孤岑远水，料是多凄绝。随处奚囊收好句，借吐奇情郁郁。海外书来，新诗寄我，屈指中秋节。两心同照，七千里外明月。

蝶恋花
题桃浪小照

烟水一槎花两岸。荡桨何人，人似桃花艳。京洛缁尘侬已惯。画中羞对诗翁画。　　杜牧多情游未倦。冶态嫣香，况有多情伴。屈指江南三月半。春波又逐桃花片。其人好游忘归，故以讽之。

前调
题红袖添香小照

红袖高搴金鼎馥。宜澹宜浓，宛转随郎嘱。香茗一杯书一轴。亭亭静对人如玉。　解语花边君子竹。图写丛竹石栏。鬓影襟痕，消受闺中福，预祝来春春雨足。画栏新笋丛丛绿。其人无子，故以祝之。

水龙吟
书所见

微闻细语喁喁，绣帘低压双银蒜。秋波红媚，瘦娥愁碧，平时曾见。局外思量，风流若个，恁般欢恋。恰新晴薄醉，嫩凉天气，钟楼上、更初断。　多事鹦哥频唤。俏魂惊、云收雨散。苔阶滑笋，花铃瑟索，重门未掩。笼袖抽簪，移灯揽枕，鬓鸦凌乱。隔疏棂、人影朦胧，仿佛一声长叹。

青门引
其一

甘为多情老。却悔当年年少。风怀也逐酒怀消，愁潘病沈，莫更被花笑。　荷边珠露明秋晓。无定波光耀。团圆一晌如梦，开奁重看残诗稿。

其二

曲巷风吹雨。娇盼倚帘凝注。海棠红湿晚香疏，依稀记得，昔日梦春处。　十年不踏东华土。心已沾泥絮。那堪鹦鹉窗外，学他临别叮咛语。

丑奴儿令
赠歌童

女儿情态男儿样，无限风流。无限温柔。伴作憨痴不解羞。　相思有句偏难赠，锦带轻抽。珠履轻钩。空惹萧郎一段愁。

少年游
登蓟门亭

平沙落照暮云黄。亭势枕回岗。烟树连空，秋山无语，独立眺苍茫。　宫鸦片片南飞去，城影出疏杨。骏骨台倾，筑歌市冷，千载此兴亡。

珍珠帘
感遇

乌衣巷口斜阳路。怅当年、燕子又飞何处。不惜旧繁华，惜美人迟暮。颂菊骚兰空自好，有多少、闲愁欲诉。谁诉。笑蛾眉、寂寞无人妒。　屈指二十年前，也载酒寻春，登高作赋。儿女与英雄，学古人而误。坠溷飞茵何足较，奈苦雨、凄风难住。且住。觅送老生涯，楞严几句。

似娘儿

竹马锦堂前。再相逢、青鬓成斑。我惯穷愁卿惯病，不是鸳鸯，伊谁瓜李，别有缠绵。　绣幕罨兰烟。诉衷情、香嫩茶鲜。好梦如春春似水，斗草床头，画眉膝上，二十三年。

满江红
壬午揭晓前一日，借友人酿馈，口占

桂老秋深，十五载、云流水逝。恰匆匆、又到今朝，登楼觅醉。客座氄氈羊鹤舞，名声卤莽黔驴技。切休将、成败论英雄，偶然耳。　眼中泪，心中事。意中人，都已矣。剩马恋残刍，蝇钻故纸。局外冷人评黑白，灯前热眼迷红翠。问今宵、谁是谪仙才，他侬你。

百字令
游仙

尻轮风马，看茫茫、眼底大千世界。一片红尘群动沸，九点齐州烟霭。礼乐蛙鸣，功名蚁斗，弹指分成败。英雄竖子，可怜同是无赖。　何必三岛十洲，金膏水碧，遁出形骸外。我有真丹人不识，终古圆莹宛在。寿亦

小年，穷如恶梦，月走云难碍。訇然一笑，枉填无限尘债。

唐多令
贫况

寒重屋三间。风声搅夜眠。检床头、只有青毡。饥鼠宵深啼破瓮，明日事、已茫然。　　云冻压西山。篷窗乍晓天。可怜虫、怕受人怜。典尽羊裘天又雪，空剩得、一囊钱。

满江红
书怀四阕

其一

郁郁崇城，尽人海、梯航奔赴。柴门外、长安市上，缁尘如雾。万柳秋凋廉相宅，群羊晚上燕昭墓。三千年、人物与山川，都非故。　　陶猗术，鲍朝具。褒妲喜，仪愔怒。叹成菌出虚，纷纷无数。优孟衣冠终自惜，糟醨铺餟随人步。悔当初、未办买山钱，吾真误。

其二

湖海论交，颇自喜、豪情绚烂。浑不觉、青春鬓改，黄金客散。畸士牢骚穷鸟赋，纵人反覆雕龙辨。算荆高、旧侣几存亡，炎凉换。　　打头屋，风雨撼。折脚儿，烟煤黯。有霸子鸿妻，齑盐相伴。橘已逾淮甘作枳，锥能补履羞为剑。最堪嗤、一卷瓦灯傍，英雄传。

其三

如许襟期，直恁向、泥涂老却。日赢得、潇潇洒洒，磊磊落落。廿载疏狂天屡怒，一春怀抱花堪说。漫逢场、作戏溷时流，珠弹雀。　　莫须有，金石约。聊复尔，诗酒乐。但扫地焚香，休嫌寂寞。我已亡羊无足悔，君才得鼠何相吓。忆阿婆、三五少年时，今非昨。

其四

智勇功名，赚人是、二十一史。君不见、客难东方，解嘲杨子。佼佼也同周客璞，悠悠终笑辽东豕。况青衫、席帽走黄尘，酸寒士。　　歌与哭，白藤纸。醒与梦，乌皮几。叹只此消磨，朱颜老矣。弹铗无能穷骨健，封侯有命名心死。学虞卿、一卷了生平，自娱耳。

沁园春
题冯梦吉《青溪渔乐图》

野岸之湄，高柳之阴，浮家一船。有渔父渔婆，渔儿渔女，烟波笑傲，云水因缘。钓渚闲情，江村佳节，汀草汀花媚晚烟。欢聚处，喜酒斟碧滟，鲤脍红鲜。　　歌呼且共流连。记辛苦斜风细雨天。算蓼影留人，青溪处处，芦花似我，白发年年。弱崽吹箫，娇鬟补网，尘世风涛梦不牵。酣醉里，看孤篷月上，相照团圆。

意难忘

小住徜徉。记花新灯喜，酒暖杯香。娇嗔窥我意，软语断人肠。青玉案、白藤床。尽戏蝶眠鸯。拼挦撮、身心九白，都付伊行。　　谁知幻梦茫茫。恨随风柳絮，只解轻狂。余情寻故剑，旧梦别空桑。双袂断、半衾凉。剩涕泪淋浪。翻惹得、旁人怪我，瘦损容光。

唐多令
春夜

林影夜疑山。雕廊几曲环。画墙西、流水潺潺。遥忆墙东人睡否，梳背月、上挑鬟。　　拼意耐春寒。花香暗出栏。步逡巡、酒醒衣单。如此良宵如此度，愁与梦、两难删。

天仙子

眉翠弯环双眼溜。凭肩忍笑牵人袖。鹦鹉学语唤哥哥，情依旧。愁依旧。妒他月满花开又。

沁园春
题《妄自尊大图》

如此公么，非介非鳞，湿生化生。记野水为家，呼群暮雨，飞虫当窗，晒腹秋晴。草际何欢，车旁何怒，瞳瞳蠕蠕跃且行。真得意，是居官私地，作鼓吹声。　　泥涂一旦丹成。更吞吐三霄璧月精。想锡号银蟾，便夸仙骨，荣披锦袄，早得狂名。井底公孙，盘中天使，器小由来量易盈。卿知否，有摩天健鹘，掣海长鲸。

南柯子

赠别歌童，代作

娇小容如怯，聪明态转憨。真真唤了几多年。可惜相如只有、一春缘。　　蕙质兰心称，清歌妙舞兼。此行那怕没人怜。何事泪痕弹向、我青衫。

金缕曲

寄山左赵蓉初，代柬

不见良朋久。杏花时、金台分袂，未遑笺候。东海云山千里外，旅舍青毡独守。只午夜、梦随左右。七十二泉名胜地，想先生、游兴浓于酒。曾一忆，冰如否。　　小词填罢亲书就。寄相思、一诺心坚，三生情厚。别后春归人又病，今竟与君同瘦。但傲骨、铮铮依旧。磨剑西风谋一战，诉离惊、须待秋闱后。言不尽，菜顿首。

卜算子

题画

右仇十洲画师真迹，盖写宋人"有约不来"诗意也。美人君子，断章取义，固不嫌唐突温公耳。工丽中特饶娟秀，自是实甫本色，而借一眠猫睡婢，传出愁深夜久，脉脉悠悠神理，则非有思趣者不能。世芝眉秀才者索题于予，漫以《卜算子》二阕应之，将无哂老书生犹犯绮语戒否。

其一

银缸背影昏，绣幕薰香透。谁道良宵辜负侬，薄醉新晴后。　　愁看镜底书，空睹花前咒。数到樵楼第几声，犹听铜环扣。

其二

侍儿只解眠，也学猫兄懒。拼倚文枰坐待明，床角孤衾卷。　　残棋闷独敲，灯蕊无心剪。那夜输赢未定时，好梦如春远。

陌上花

题《丛云词》

灵心一片摹来，种种娇鬟艳笑。爱说相思，底事相思不了。况复春风吹鬓影，相伴枕琴人好雨龄斋名"枕琴"。想个人、应是多病多愁，多情年少。　　记名场当日，半痕衫影，曾觑王孙玉貌。风月才思，文谱丛云新调。怜他晕碧裁红意，触我缠绵怀抱。惜江郎、早岁生花旧管，而今秃老。

满江红

别意

如此春宵，算几许、闲愁堪赋。悔只悔、多情一误，聪明再误。心影雕成花底梦，情丝引断泥中絮。揾青衫、剩泪洒东风，何须诉。　　好欢娱，留难住。旧凄凉，寻无处。笑铁聚诸州，铸成此错。已灭当时肠断字，拼留他日魂销路。待明蟾、重照故衾边，人儿去。

前调

四十八年，历多少、罡风轮火。消不尽、先生个里，圆通慧果。冷宦何须炎帝顾，热肠岂与祝融左。甚因缘、出出复嘻嘻让读，飞来祸。　　似绝巘，石颠堕。似大海，涛掀簸。叹此生一瞬，居然安妥。过眼烟云都若梦，本来面目犹存我。问谁参、烈焰种花禅，青莲朵。

蓦山溪

感事，寄嵩心云孝廉

多愁多病，恰值花朝又。一夕嫩凉生，倩玉骨、冰肌消受。沉吟去住，脉脉总无聊，书窗月，故园灯，一样挨残漏。　　药烟绕枕，炉炭绕金兽。支肘拥孤衾，料人比、当年更瘦，春宵凄断，已是不成眠，况禁得，隔帘桄，鹦鹉喃喃咒。

沁园春

题未开牡丹画扇，贺嵩心云孝廉续姻

其一

点黛调脂，画出含苞，天葩一双。看脉脉疑愁，盈盈似笑，花花相对，叶叶相当。自是仙根，迥殊凡卉，肯向风尘斗众芳。韬光好，任碧桃红杏，越样轻狂。　　也知误却韶光。叹花有何忙蜂蝶忙。正姹紫微分，娇还宜醉，嫣红乍吐，艳不须妆。如此丰神，大堪领略，泥煞迷人锦绣肠。君不见，是雨添颜色，云想衣裳。

其二

春烂熳兮，姚家魏家，尚未开乎。想百宝栏边，尘高宝马，四香阁外，云拥香车。楼起重城，金名百两"重楼子""百两金"皆牡丹别名，洛下争描富贵图。谁僦睐，此璞中之玉，成蚌之珠。　　品题强半模糊。笑醉眼迷离老眼疏。记春雾方遮，夜灯又黯，僵桃代李，认碧成珠。寂寞依然，繁华难料，那怪游人见若无。知音者，让挈篮花婢，抱瓮花奴。

其三

是芙蓉耶，是芍药耶，卿试猜之。待五色盈阶，烘霞堆锦，固他日事，匪异人为。现此花身，作无量幻，颠倒炎凉太可嗤。知过否，向花神再拜，罚汝三卮。　　个中意蕊情丝。也不望寻芳燕子知。算约住天香，避他风冷，养成国色，耐我春迟。月姊朦胧，封姨卤莽，未必东皇竟见遗。且消受，是相怜相倚，春未浓时。

昭君怨

题落花蝶扇

颇似秦家郎子。活在青边红底。春老不曾归。恋芳菲。　　惹着憨痴小婢。墙角花阴偷伺。纨扇扑如飞。坏他衣。

感皇恩

题梨花白燕

万紫与千红，眩侬心目。描取梨花媚幽独。双燕飞来，亦觉乌衣俗。冰绡花底曳，消魂足。　　晴雪东风，呢喃相逐。影过晶帘暗香续。诗情

难状，一片玲珑妆束。愿卿添画个，人如玉。

贺新凉

题《玉堂富贵图》，贺伊霭堂孝廉续姻

几日春光换。趁良辰、香飘珠箔，灯明绣幞。绿重红肥晴昼永，情比东风更艳。莫惆怅、桃花人面。去岁今年狂杜牧，检诗囊、多少伤春叹。轻扫却，伤春怨。　　生花旧笔描眉惯。试新妆、奁边黛影，谁浓谁澹。锦帐银屏三五夜，明月团圞如鉴。正芍药、满阶开遍。摘取好供簪晓镜，问名花、何惜群芳殿。泥金报，韶华绚。

满江红

白莲

粉润红娇，尽摇弄、风痕水色。曾有几、飞香瑶岛，托根晶阙。灿烂霞明鸳梦外，离披露冷鸥波侧。阅炎凉、同是镜中花，情难歇。　　画亭亭，孰清绝。吟袅袅，低徊说。是美人魂魄，才人心血。仙骨不沾尘与土，净因且伴风合月。悔留将、色相供人看，方塘缺。《兰村诗余》

邓祥麟（156首）

邓祥麟（1788—?），字樵香，号幼鸣、桃生，别署大嗣山房山人、二槎过客等，直隶栾城（今河北省栾城县）人。嘉庆十五年（1810）举人，充国史馆誊录。嘉庆二十四年出为广西横州知州，道光三年（1823）因忤长吏意削职。后曾官广西凌云知县、象州知州寺。性喜填词，与许乔林兄弟倡酬往还。余应松《六影词跋》谓其"自被议后，兴益豪，抑塞磊落之气，时于韵语发之"，由此可知其词风雅。道光五年手定词作，编为《灯影》《柳影》《梦影》《笠影》《驹影》《波影》各一卷，总名《六影词》。

一剪梅

咏莲

羡尔凌波得趣赊。不作春花。不作秋花。亭亭标格最清华。不是诗家。定是仙家。　　黄菊幽栖莫并夸。色不如他。香不如他。牡丹富贵较量差。品又高些。福又清些。

忆王孙

秋草

淡黄浅绿夕阳微。一片萋迷渚雁飞。万里烟芜塞马肥。捣寒衣。春暮离家秋不归。

南歌子

秋叶

云树黄迷路，江风冷打船。闺人频念客衣单。倚着妆台无语、堕双鬟。

点绛唇

秋水

直接长空，苍茫一色浮三界。晴霞晚晒。点缀波斯黛。　　天际归舟，合为鲈鱼菜。劳相待。声声欸乃。尚在斜阳外。

渔歌子

秋山

浅碧浓岚隐约间。郎夸山色胜侬颜。撩翠鬟，耸香肩。问郎何处是秋山。

相见欢

秋饮

金杯玉液醴醇。酌来频。莫负今朝秋色、正平分。　　莲漏水。露华冷。最愁人。惟有杯中暖意、尚如春。

钗头凤

秋情

仙郎去。知何处。秋心钩起千条缕。懒思困。谁排闷。可怜明月，隔帘相印。近。近。近。　　挑灯炷。灯花吐。仙郎应在归来路。音书晚，凭谁问。西风正紧，行舟不进。恨。恨。恨。

忆秦娥

秋虫

青苔径。虫声乱扑寒灯影。寒灯影。照侬睡去，梦魂无定。　　声声唤起花魂醒。四更孤枕鸳鸯冷。鸳鸯冷。满庭唧唧，教侬怎听。

人月圆

秋燕

几回玳瑁梁头坐，无限别离衷。关山易过，楼台难舍，不肯匆匆。乌衣巷冷，红丝缕细，情意偏浓。明年春到，先来识我，莫待东风。

调笑令

秋梦

非我。非我。化作彩云一朵。入秋空御秋风。吹遍秋江树红。红树。红树。我与云同归去。

如梦令

秋吟

身世非仙非佛。到处有花有月。空际发狂歌，不学候虫凄切。清绝。清绝。自有吟秋健骨。

东风第一枝

咏蝶

小院风清，前庭日暖，千花丛里穿度。软香已惯群偷，艳粉每上薄傅。轻盈风子，也知得、花间佳趣。最有情、紧抱花心，似欲把芳心语。　　伊既与、名花旧晤。端合在、花中永住。此间白白红红，尽可朝朝暮暮。偏心无定，看他处、花多还去。最薄情、转过红墙，又不见飞何处。

蝶恋花

本意

蝴蝶嬉春春已暮。一片胭脂，乱落斜阳路。七尺粉墙拦不住。与花同逐春风去。　　几日春愁风更雨。今日寻来，芳草青青渡。含泪对花如欲语。相逢不是春多处。

眼儿媚

斋中植凤仙，有牵牛蔓生其上，亦情类也

其一

闲花小草也相亲。风趣更添新。夕阳亭外，豆花篱下，早订前因。落星疑是他生劫，偶现此花身。无端相合，有情相爱，都是仙群。

其二

秋光如水净无尘。七夕近佳辰。托心仙子，通辞织女，做个媒人。相期明月银桥下，对面话情真。不须填鹊，但凭跨凤，飞渡云津。

贺新凉

八月初九夜望月

银汉光何窄。月明初、挂弓绝塞，玉弦抽直。几点残星如弹子，打破长空翠碧。云隔岭、烟鸿来北。我爱中秋明月好，近中秋、总是宜秋夕。风过耳，一声笛。　　灭灯忽讶东篱白。起看时、疏疏菊影，露华微滴。应是姮娥初启镜，半面容窥粉额。侬劝汝、休夸颜色。等得中秋邀汝醉，未中秋、莫照惊秋客。痴望处，绿阴积。

前调

中秋望月

明月凉如水。挂圆灵、星助波澜，云添湿翠。圆影一年能几见，况又秋光如此。庭院静、蛩音四起。月色照人人照月，正今宵、对酒三人醉。尔无去，吾无睡。　　酒酣忘却吾和尔。镜中看、一幅云蓝，天高尺咫。便拂铢衣飞欲去，直到广寒宫里。敢拜手、姮娥仙子。桂树扶疏三万里，折一枝、何减团栾意。扫浮云，快吾志。

醉春风

赠吴子野三首

子野才奇卓。逢人谈磊落。乘查亭畔托相知，乐。乐。乐。无那秋风，吹来碧水，催君帆脚。　　临别无轻诺。画笔经营作。古来摩诘独称雄。莫。莫。莫。此去平山，无边花月，凭君劖琢。

唐多令

海雨打轻鸥。浮萍不耐秋。醉归人、暗惹新愁。皓月侵衣浑不觉，且探问、到青楼。　　花泣见人羞。家家对楚囚。可怜虫、云散风流。寄语吴郎心莫恼，广陵路、旧时游时妓有为官所笞者，子野深怜之。

一斛珠

才奇笔大。烟霞万顷添浓黛。春窗丛翠留余债。安放桃斋，须在浮云外予索子野作《春窗丛翠图》。　　菊影当窗清可爱。酬花杯酒侬应拜。无风无雨重阳快。有客来看，一夕清谈再子野将去云"待到重阳日，还来就菊花"。

河传

子野寄予《河传》六调，有不能就菊花之叹，因成二阕答之，即以送别。

其一

庭窄。花塞。秋高露白。后会迟迟。难忘前夜剧谈时。吟诗。持杯又着棋。　　乍看天半瑶华递。相思字。写入新词里。太匆忙。趁重阳。浮航。吴枫冷半江。

其二

秋暮。君去。不须多住。一日迟行。更添一日别离情。邮程。长亭复短亭。　　年来我亦他乡客。功名迫。待献长安策。旅游人。惯离群。思君。春窗画里云。

浪淘沙

八月二十九日风雨

秋雨入书窗。袖底生凉。闲庭乱洒桂花香。万点金星飘落处，打碎秋光。　　雨紧更风狂。铃语郎当。篱边报道菊初黄。一阵飕飕花下过，吹起重阳。

相见欢

丁卯返朐，答许月南二首

其一

频年举首京华。念头差。那得凭空高折、大罗花。　　秋月冷。秋雨猛。客途赊。又被海风吹我、落天涯。

其二

等闲便扫浮尘。拨浮云。依旧樽前明月、说三分。　　时未可。君待我。我陪君。俱是广寒宫里、未来人。

凤凰台上忆吹箫
题乔霖岩梦苏图

万里长江，千年古刹，好山合住名人。八解三乘法界，旧托良因。苏子偕游俦侣，留玉带、洒脱浮尘。一弹指、星霜七百，谁证前身。　　高僧现身幻世，早妙才奇骨，不误儒巾。寒枕上、罗浮化境，每晤仙邻。指点琉璃殿阁，青山色、不改奇新。狂啸里，梵钟蓦地惊神。

霖岩自悟为金山和尚后身，梦中常有山门解带旧境。

十六字令
留别同人

行。人与秋山一味清。如相忆，但听塞鸿声。

东风第一枝
泰安道中见芦花

冷露无声，凉风有信，芦花飞满堤路。远迷落叶孤村，浅映夕阳古渡。白痕暮卷，便添了、秋光无数。恨此花、不似杨花，未识旅人愁苦。　　飘细细、马蹄踏去。声瑟瑟、雁群斜度。看他宜雨宜风，甚事乍飞乍住。迷漫一片，怎解说、秋来何处。恨此花、也似杨花，又惹旅人情绪。

偷声木兰花
壬申三月至淮阴，先寄石华、月南

长安城外天飞雪。满酌香醪君欲别。又是春残。垂柳新条不可攀。淮阴半月风兼雨。剪烛窗西谁共语。泉谱诗牌。东磊山房待我来。

太常引
寄子野

忽闻子野住朐阳。不禁喜如狂。却愧索诗囊。索不得、佳诗赠将。小舟河畔，小楼烟外，相待倒犀觥。何处是他乡。莫负了、春阴海棠。

捣练子
寄杨玉堂

烟缕缕，雨丝丝。欲访杨雄底事迟。记得桃斋花下醉，至今春去我来时。

太常引
谢子野寄桃斋春影画扇

花间妙句句中花。持向扇头夸。隐隐起红霞。比旧日、枝头更佳。桃如人面，花随流水，咫尺隔天涯。何日放仙槎。便好向、仙源着家。

双调南歌子
月香女史画兰

幽谷生香处，秋江纫佩时。个中清趣少人知。只许妙人写取、两三枝。　　带露情微淡，临风态不支。为郎索偏扇头诗。胜却一双红豆、寄相思。

渔歌子
题垂钓图二首

其一
雨笠烟蓑拂钓几。沙鸥野鹭两忘机。菱叶瘦，稻花肥。晚归闲唱摸鱼儿。

其二
重访韩侯旧钓台。烟波淼淼尽徘徊。君自适，我同怀。也经海上钓鳌来。

蝶恋花
寄月南

几载离愁如半顷。刚可登船，又隔层波迥。不为鲈鱼催放艇。乡思最比秋风紧。　　妙句共敲泉共品。十丈京尘，再话桃斋景。行脚真如萍泛梗。清心常望蟾流影。

念奴娇

题罗茗香《如是梦》传奇三首

木鱼声到，猛惊醒、多少英雄儿女。柳絮无根云易散，事业因缘何处。一种痴情，满腔热血，总被罗浮误。人生如是，积成如是今古。　　若道醒即成真，为周为蝶，梦里安非悟。旧梦转头知是梦，新梦重来无数。打破禅关，踏开仙界，还是人间路。请看明月，近来圆到如许。

声声慢

风云万变，水月千般，醒时究竟何如。一部清商，谱来粉碎空虚。常将一双冷眼，觑人间、依样葫芦。高枕上，记蟠桃花谢，沧海波枯。　　端是空空妙手，把奇奇幻幻，扫人华胥。笔补临川，真堪击碎冰壶。底事情钟我辈，问乾坤、生我之初。要悟透，者世界，何有与无。

暗香

邯郸道上。我记曾策蹇，寻踪惆怅。任是上仙，也历曹腾换形相。最笑仙家好事，闲料理、人间情障。更恐那、缥缈神山，浑是梦中象。　　无恙。破风浪。者一梦扬州，客身都忘。晓鸡初唱。触动愁端有千丈。欲拔龙泉起舞，正越石、扁舟相访。试寄语、春梦客，几年梦想。

茗香云：月南著《春梦十三痕》小册，惜未之见。

双调南乡子

乔霖岩课子图

头角崭然奇。记得迎门肃幼仪。丙寅秋，携许月南过访，见令嗣佩珊。健羡君家家学好，方知。书味分甘子弟宜。　　贤父作名师。采绘能文慰所期。东观秘函观未见，他时。雏凤还随老凤飞。

鹧鸪天

甲戌南行雨中，舟人索题

见说南来神已驰。登船幸与主人宜。秋澄万景都堪画，况是青山红豆时。　　烟淡沱，树迷离。推篷看雨为君题。吴江枫叶今何似，试问秋风知不知。

双调江城子

金陵旅次

六朝往事问东风。总成空。惜豪雄。千古繁华、零落夕阳中。只有秦淮波九曲，流不尽，碧溶溶。　　层楼曲榭小桥通。望朦胧。去匆匆。野渡孤舟、对酒正愁侬。安得铜琶并铁板，歌一曲，大江东。

梦扬州

本意

梦悠悠。正烟花、三月扬州。婀娜绿杨，堪系青骢华骝。旁人不管伤春客，更笑侬、底事勾留。征衫敝，乡关阻，杜鹃声使人愁。　　漫说逍遥此游。看野草闲花，一任沉浮。几度兰桡，睥睨珠帘琼钩。醉中独唱云回曲，望玉人、杜若芳洲。思往日，笙歌灯火，前辈风流。

山花子

赠碧玉女郎

窄袖轻裾出画栏。罗衣风里一痕单。小字曾经传乐府，一般看。　　嫩绿鹦哥初解语，乍黄梅子不成酸。蓦地背人窥皓镜，整云鬟。

百媚娘

即席赠珠官二首

几度踏青相见。惹动横波垂恋。剧爱殢人娇满面。仙子恍逢珠殿。一串牟尼余韵颤。惊起残花片。　　袖底香痕轻散。酒半脂痕低蘸。恼煞铜壶催玉箭。不管坠钗松钏。窗外笼鹦帘内燕。一霎提防遍。

意难忘

绰态丰肌。向伊家小玉，较瘦量肥。屋开新白板，巷接旧乌衣。搴翠幕、拂罗帏。拼不醉无归。杏靥红、含颦索句，要比红儿。　　漂鸾泊凤同歃。况匆匆春去，粉蝶团飞。沾泥愁絮乱，入镜认花非。无限意、惜芳菲。明日带宽围。倚醉怀、数声狂啸，斗转星稀。

踏莎行

郑小峰明府以所画红豆相思扇索题，乃旧为湘烟女史作也。凤管别吹，鹍丝难续。聊成短调，藉讽闲情。

风到荼蘼，春余豆蔻。枝头染得相思透。当年绿羽惜分飞，而今还自怜红瘦。　　相见如新，相思感旧。好花好鸟应相救。爱花休被折花名，学他娇鸟偎红豆。

渡江云

唐丽生以春梦秋归图索题，时将北还，即以志别

百年真似梦。春来秋去，何处认归程。者图中点染，借问归思，梦影可分明。白云黄叶，尽笑傲、浮利闲名。千万缕、秋心共诉，今夕短灯檠。　　吾生。红尘日下，青鬓天涯，已都成梦境。偏又经、烟花春老，风雨秋清。归心最比寒潮急，听一雁、客梦还惊。休惜别、风流记取江城。

沁园春

题谢秋卿《幻中缘》传奇

万劫池灰，一眨昙花，人生几何。叹书生寒骨，魂消神女，仙家热血，魄摄天魔。鹤御频劳，鸾群并引，儿女英雄一任他。谁曾惯，记尘迷东海，境幻南柯。　　阳阿。谱向云和。知蝴蝶才名称不讹。愧倚残剑影，风尘不少，调来琴趣，烟月无多。未免有情，安知非福，过眼都如春梦婆。除今日，为君能高唱，我不狂歌。

酷相思

本意

不为相思缘底瘦。是人骨、相思沤。算惟有、相思无药救。除念个、相思咒。偏没个、相思咒。　　尽日相思何日觳。有万种、相思斗。算惟有、相思难伺候。怕此夜、相思又。恰此夜、相思又。

风光好
题月南传声谱

拍分明。听分明。促膝无言语已成。审双声。　　排来妙谱推敲便。知音擅。口吃怜侬艾艾称。谅难能。

满江红
许东田索词留别

满眼烟云，猛扫尽、风花万点。还自笑、绮语难除，清修未满。迩日诗肠如冻砚，香醪蘸出红丝暖。又何堪、一字费吟安，无髭捻。　　五斗米，名心浅。千里道，羁愁绾。况黄花谢了，比秋归晚。驴背健驮风雪里，一鞭更渡黄河远。寄将来、茅店板桥诗，情何限。

夺锦标
许东田以其令祖武定守啸山先生秋郊射鹿图索题

鹿驾余闲，骏图骋步，惯试琱鞍金埒。林薄森森浮动，一羽霜寒，四蹄风热。是雄心倜傥，顺秋气、先扬鸿烈。想当年、佩犊悬鱼，文武元龙双绝。　　前岁纷驰绛节。泻鞚飞鞚，走险一时搜穴。若使行间公在，射妙云穿，骑惊星掣。论封侯箭底，靳天年、功名留缺。写英风、一卷传家，爱听文孙能说。

琴调相思引

音似莺儿出谷清。身如凤子掠花轻。前身应是，仙队谪云英。　　乍解情时停笑语，不关心事斗聪明。温存怜我，漂泊更怜卿。

南楼令

小令易安佳。吟来字不差。算风流、压倒吴娃。更索新词题小扇，留半面、写桃花。　　陌上漫相夸。罗敷未有家。诉飘零、尽付琵琶。仆本恨人听不得，扶醉去、影横斜。

太平时

浪迹真如荡画桡。尽逍遥。闲情还似爇兰膏。耐煎熬。　　清影好同云里月，却难描。香魂堪比夜来潮。暂时消。

杨柳枝

妾意真如指上弦。一丝缠。郎心休似渡头船。半帆偏。　　妾意真如衣上线。无缝绽。郎心休似杖头钱。外边圆。

一络索

都道伊家薄倖。偏侬不听。鸳鸯梦隐藕花塘，各自要、知情性。　　几日因愁成病。今番休更。病容常是避人看，只不避、青鸾镜。

山花子

认取桃源问渡来。整衣摇佩下妆台。一笑嫣然更无语，甚情怀。　　屡被旁人嫌冷落，惯经同伴笑痴駾。只是为郎心使碎，惹郎猜。

渔家傲

酒禁狂呼怜小胆。歌征长调愁娇喘。语换低声回笑脸。身乍转。背人低把湘裙敛。　　翠羽恼催香梦短。蓝田爱种情苗暖。红叶怕传芳讯远。缘莫浅。碧桃不属东风管。

谒金门

情绰约。一种柔肠难摸。沉醉怕郎心绪恶。偷将杯换酌。　　纤指春葱新削。惯把莲心轻剥。戏学郎书愁腕弱。倩郎亲手捉。

其二

伤寂寞。余恨眉梢轻阁。女伴说来郎意薄。含嗔佯笑诺。　　密意早经猜着。好事几曾忘却。小妹低将郎语学。含羞佯戏谑。

绣带儿

作意若为欢。含意总难言。休笑两情痴绝，痴比不痴难。　　萍絮逗因缘。恐负了、锦瑟华年。篆香烧罢，彩云吹过，玉漏敲残。

江南春

思悄悄，意悠悠。芙蓉空泣露，杨柳尚摇秋。重阳莫共登高望，江北江南处处愁。

醉公子

频把行期问。无语空烦闷。不是没行期。防他怨别离。　　拼得沉沉醉。好作昏昏睡。睡也不曾安。知他睡更难。

柳梢青

不觉秋深。西风斜日，催动离襟。满酌金罍，频看宝剑，独枕瑶琴。　　别来无限秋心，谁惯听、家家暮砧。病是恹恹，情还脉脉，信又沉沉。

桂殿秋

留不得，可如何。酒痕衫上耐消磨。思原无益安能减，梦若真成不在多。

误佳期

怪煞秋风没准。吹散一窝云影。孤飞何日不思归，难得封姨肯。　　歌罢紫云回，乞得天孙锦。巫山一段醒来无，独卧衣裳冷。

浣溪沙

玉露金风落井梧。半衾未暖一灯孤。梦中泪滴不圆珠。　　睡起添将愁意味，闷来拼取醉工夫。个侬也识此情无。

捣练子

听一叶，望三星。离恨难消句不成。月下寒蛩云外雁，为谁都作断肠声。

采莲子

其一

记得春城品众芳（似梦）。飞英不喜逐风狂（情重）。
旧时海上栽桃客（似梦），要绾人间第一香（情重）。

其二

记得横塘一见初（似梦）。笑涡微晕鬓丝疏（情重）。
间将名氏敲云问（似梦），除却巫山总不如（情重）。

"敲云问名氏"，陆龟蒙句也。

其三

记得灯明酒热时（似梦）。戏传巧语教鹦儿（情重）。
缠头不用团窠锦（似梦），只要仙郎绝妙词（情重）。

其四

记得相偎乍信疑（似梦）。君心可识妾心痴（情重）。
若教夜夜成佳梦（似梦），却胜朝朝画翠眉（情重）。

其五

记得城西放短舟（似梦）。伤心往事付东流（情重）。
北归燕子南飞雁（似梦），双影相怜各自秋（情重）。

一落索

蜡梅

昨夜檐风耐冷。可怜斜影。看眉妩、一半添黄，只认是、眠才醒。
重把霞妆变更。金钗插定。香腮畔、甜蜜浓涂，酽尔酒、鹅黄称。

临江仙

绿梅

仙子珊珊摇玉佩，却疑结绿为钗。春山双碧小眉开。轻拈螺子黛，半
笑倚妆台。　　开在春先春已破，绿痕先上花来。碧纱窗里梦初回。林间
逢翠羽，好语故相催。

卜算子

白梅

浅淡称春寒，皎皎颜如玉。雪里闻香不见花，泳恐肌生粟。　　有梦共梨花，不愿争红绿。反恨消寒薄染脂，失却真眉目。

忆江南

红梅

梅额好，证取汉名姬。立破黄昏香骨暖，浓熏白醉酒颜肥。春意晕燕支。　　才见了，便要制新词。品格先高红杏上，丰神恰傍碧桃宜。看我写乌丝。

鹊桥仙

芍药

红绡暗缬，金囊轻解，斗觉春光难系。花王虽自擅天香，那得此、风流近侍。药为牡丹之婢。　　虹桥访处，碧栏绕遍，记取花前沉醉。一枝相谑赠郎看，猛问到、将离也未。

沁园春

灯花

书味能知，喜事先夸，如花灿然。曾挑缘起草，辉流凤诺，落刚烧字，影灭狐禅。每恐心枯，敢辞掌焠，意蕊词条悟眼前。指窗外，与碧桃和露，天上争妍。　　青毡。油卜年年。看红紫逢春遍万千。甚燃余松节，烟留布帐，焰从藜杖，炬撤金莲。穷达无凭，诗书有福，一样看花两地悬。问何日，暎笔端五色，吉梦才圆。

前调

雪花

何处仙人，珮环琢璧，修成此花。真能开顷刻，不依枝叶，全销金粉，压倒云霞。一洗众香，别开生面，休作天公玉戏夸。又何事，说蓝田万顷，珠玉家家。　　无瑕。更足高华。知除却冰壶莫贮他。想夜声欲折，竹枝潇洒，江头难觅，梅影横斜。清不知寒，巧何伤雅，一任描尖与画叉。记前度，踏琼瑶访古，惯在天涯。

前调

剪彩花

点缀春痕，旖旎苗条，天然一枝。是闺中儿女，斗来手敏，陌头伴侣，拾去魂迷。吴地柔绵，并州快剪，一夜东风是也非。不须数，呼花奴羯鼓，万萼争催。　　年时。寻倦芳菲。怕减却韶光一片飞。爱风迟信息，黄鹂先请，春教漏泄，粉蝶宁知。锦段零星，绒丝唾雨，一种灵心合付谁。忆前辈，也杏花有幸，游戏题诗。

前调

烘暖花

恩谢栽培，力胜吹嘘，天功竟偷。任势堪炙手，渠因人热，献同曝背，我替花羞。火候难醇，芳华易歇，桃李真应让一头。还知么，有兰生空谷，冷眼春秋。　　谁由。花不知愁。欠百五风光事便休。纵品如仙佛，未离烟火，相钟富贵，岂解风流。美弗含之，中先热矣，受起寒梅一笑不。定何似，待东皇婪尾，金带扬州。

玲珑四犯

上元刘宿堂邑尉官斋谦集，夜归大雪

春色初妍，已柳绽金芽，梅销玉骨。投辖留髡，况是泉香酒洌。座上多逢佳士，浑忘却、炉寒漏彻。感人生、哀乐中年，病酒凭添肺热。　　艳阳蓦地惊飙举，还愁撼、买灯良节。容得呼卢袁彦道，绝叫横云裂。多少鱼龙曼衍，为夜半、银虬气夺。问闲游、一样泛清光，赏月何如犯雪。

鹧鸪天

记梦

其一

噩梦无端抛素琴。芳容犹向梦中寻。关情一霎分携处，仍作寻常离别心。　　花寂寂，月森森。连宵梦影也沉沉。似怜潘岳添愁鬓，恐觉来时

愁更深。

其二

曾共青鸾栖一林。怎惊窗晓报孤禽。剖开玉藕安瑶盏，并蒂无根杯在心。　　听密雨，少桐阴。兰房蜡炬滴涔涔。柳枝穿取青萍叶，空惹长丝浮又沉。

东风齐着力

春暮自都中归，邑侯朱木末大令招饮官斋，酒酣赋此

屈指春来，清明寒食，过了匆匆。笑侬何事，碌碌软尘中。此日衙斋高会，无筹算、琥珀杯红。思前日，溪桥风雪，冷趣谁同。　　意气感云龙。愿遇着、春秋佳日休空。宦情酒味，谁淡复谁浓。行处寻常有债，长拼个、沉醉东风。闲看取，飞花高下，舞燕西东。

月华清

寿刘翁七十，杂用刘氏事

官莫官官，事无事事，一时声望推重恢。海内觥觥翊。愿倚荆州人众表。比灿灿、天半霞标讦。似矫矫、雪中鹤鞡敵。清供。有丛桂生馨安。藜光足用向。　　不独论成崇让宴。更大隐浔阳，陶周同诵遴之。试问仙源晨。千树蟠桃堪种禹锡。有令子、绝妙文心飂。娱老福、陶然酒颂伶。谁共。向会中九老，评量伯仲真。

十六字令

添线

其一

添。细理香绒下玉帘。将停绣，斜日在帘尖。

其二

添。一寸金针入手拈。萦丝罢，冷到笋双尖。

其三

添。槛外迟迟报漏签。梅花片，飞上绣针尖。

其四

添。一刻千金趣味甜。春光近，喜气上眉尖。

潇湘神
五月三日

长别离。长别离。拼得相思十二时。云雨高唐难做准，痴情不遣梦儿知。

沁园春
佛手柑取名未当，拟改为一握香，寄和月南

雅合佳人，妙手温柔，争妍取怜。念笑岂拈花，花痕一捻，形非指月，月样开元。虞美人身，好儿女色，可与芳卿比并看。须先要，把三生悟破，斩断禅关。　　相看。一握匀圆。香在手搓接不厌烦。爱情切缝裳，金针暗度，生成钓弋，玉笋骈连。载锡嘉名，重编花谱，生色生香得妙诠。记我辈，肯呕心敝舌，拜谢拳拳。

浪淘沙
无题

花影透窗纱。鬓掠乌鸦。阿鬟摘取一枝斜。入手端相无插处，轻揭菱花。　　午睡枕屏遮。梦绕天涯。杏花开遍不思家。一样春情先占得，侬不如他。

菩萨蛮
分咏数目得“一”字

玉楼仙桂枝能借桂林一枝。龙门百倍论声价一登龙门。伯乐过难邀一过。于今见骥毛一毛。　　鸟群推鹗举一鹗。愿得真知己得一知己。丁字识原难一丁字。枉劳窥豹斑一斑。

行香子
桐影兰香图

白石支床。一径苍苍。青桐下、尽占风光。四围如幄，绿上罗裳。爱云荫密，风叶爽，雨枝凉。　　丛兰争吐，阿鬟摘取，写丰姿、合在潇湘。传芳幽谷，纫佩秋江。别有些色，有些味，有些香。

鹧鸪天

前题代作

槛外梧桐垂碧阴。珊珊妙韵似瑶琴。清泉明月浑依旧，金井凄凉秋欲深。　　蕉冉冉，桂森森。平生逸趣寄园林。而今空谷人何在，画里幽兰犹素心。

满江红

辛未留别都中诸友

沉醉东风，却又被、束风狂笑。莫管那、燕轻雀重，蝶间蜂闹。满酌离尊须痛饮，为君倒着筍皮帽。任长安、衣马自轻肥，人年少。　　春易去，天难料。花乱落，鱼空钓。把阳关三叠，更翻别调。绿鬓功名搔首问，青衫难向风尘傲。两心同、便此后无书，心飞到。

沁园春

题吴芦仙松石图二首

其一

性癖烟霞，神契林泉，松高石空。看霜围溜雨，较量腰腹，云根插雪，映照心胸。管下双株，壶中九华，真写芦仙入画中。者松石，有调琴妙趣，添个飞鸿。　　葱茏。玉树临风。却学步山人处士踪。爱袖中石供，居然一品，门前松盖，不让三公。明月松间，清泉石上，摩诘诗怀恰与同。芒鞋外，尽松萝石藓，万点芙蓉。

其二

松纪千龄，石话三生，欣哉此逢。愿松堪结友，寒筠比操，石宜拜丈，美玉能攻。松可盟心，石将砺齿，福地琅嬛合共侬。不须数，那石成青鹊，松化苍龙。　　材庸。自叹焦桐。敢夸是峥嵘骨相雄。但燃余松节，空传吉梦，缄来燕石，不作奇峰。枯许枝生，顽教金化，指引云梯路万重。忆当日，访朐山石室，岱顶松封。

忆江南
贺颜鲁舆同年续娶

鸾和凤，佳偶世间奇。绣阁梦占闻喜宴。鲁舆未聘日，夫人梦榜中有其小字曰"甲"。玉台春酿定情诗。名士美人宜。　　鸾和燕，二美合欢时。倚玉重联文绶羽，侍香先秀侧生枝。喜事两心知。鲁舆有妾何姬。

踏莎行
甲戌初夏

狂絮漫天，闲花遍地。欲留春住浑无计。枝头不用劝提壶，寻芳人已心如醉。　　曲溜飘红，遥岚耸翠。此心只合云山寄。相如驷马不归来，归来怕见题桥字。

前调
闺怨

簧转莺歌，香迷蝶翅。天涯何处骄骢系。垂杨不管别离情，当年错赠封侯壻。　　破绣工夫，领愁滋味。愁深那是消愁地。只堪把镜慰愁容，镜中又有愁人对。

巫山一段云

甲戌都中过夏，月南以所著《春梦十三痕》属题。忆岁丙寅，同住桃斋，曾题纪梦四图。兹册乃奇梦也。神光离合，仙乎，仙乎！别来六载，旧梦依稀，快读华编，如亲妙境，春明人海，高枕北窗。噫！予亦梦中人欤？因缀其梦中言，叙其梦中事，为十五首，聊志雪鸿之剩迹，非关蕉鹿之疑团。琢月清诗，探花吉诏。倘异时好梦无虚，将此日小词为证云尔。

放眼乾坤小，回头岁月多。欲知此梦竟如何。不关春梦婆。　　有客惯谈奇梦。慧业灵根夙种。新编快读十三痕。向无痕处寻。

临江仙

梦持小盎松石，问倚栏朱衣人得画意否，逼视尽土偶也。

高格素谙松石意，凭谁画取清寒。赤松黄石有真仙。凭阑人是否，或可问蓬山。　失笑朱衣皆土偶，点头微破尘颜。俗胎莫怪女娲抟。风尘人未识，物色本来难。

彩鸾归令

梦水晶灯作各色，中作各声，后有女鬟自称司花儿，问人间有爱花者无。

阅遍人情。转眼沧桑几变更。声声色色又何凭。水晶灯。　我为循发原无意，伊得司花亦有名。爱花不是折花人。细丁宁。

谒金门
梦于屋上选墨数十定

冬烘客。饱饮三升墨汁。西抹东涂纷甲乙。何曾知白黑。　君向屋槽选得。花篆袖来数十。铁砚从今磨得出。如金休爱惜。

一落索
梦飞越红壁百重

一带红墙路隔。空疑撞壁。飞身跃不计层层，谁传与、垂天翼。　破壁应知有日。壁何愁立。扫尘障眼界空空，合自快、凡襟失。

浣溪沙

一梦蛇身化驴、化虎，刺之化片纸，一梦巨人化犰，击以磁，嚼之有声。

鸡足蛇身不可名。为驴为虎总虚形。令人空吓状狰狞。　更有巨人能化犰，磨牙大嚼碎瓷声。若逢此辈莫相争。

清商怨

梦市上悬彩幡似求雨，小儿行且歌，以为高丽乐也。

彩幡千片悬细缕。望寥天作雨。一队儿童，偏能歌且舞。　直如鸣蛙两部。虚讶是、高丽乐谱。游戏逢场，聊同儿辈伍。

醉太平

梦花如海棠，风吹为红蝴蝶

天光水光。花香草香。湖亭初下斜阳。放新秋海棠。　　风飘转廊。花轻过墙。何来红蝶飞狂。似南华睡乡。

吴山青

梦踏木板行，洪波忽尺许长，铁片纷堕，以为飞火枪。

水浪浪。路茫茫。万里乘风千里江。孤槎星斗旁。　　铁片长。飞火枪。一剑防身秋水芒。羞登蚁战场。

十六字令

梦一人遍身缚艾病愈

青。遍体星星束艾绳。休相诧，萧艾胜蓂苓。

醉花间

梦水中彩云如绣，仰视皆有字案词调原作"醉花阴"，据词律改。

波如绉。云如绣。波影云穿透。翘首望流云，云更如波溜。　　万幅彩旗张，千行金字瘦。丹篆焕文章，华鬘归衣袖。

罗敷媚

梦飞入月，借吴刚斧，就碧琉璃墙画成绝句。

广寒借得吴刚斧，斫遍琉璃。题就新诗。此曲霓裳是也非。　　吴刚终属顽仙派，妙韵宁知。侬亦诗痴。记得曾吟诉月词。

摘得新

梦一寺花如黏铁，罗汉皆煤末抟成，杂有肉质。

梵宇清。奇花铁树生。那罗森法座，筑煤成。模糊似露茸茸肉，带羶腥。

水龙吟

梦至静院，见几上钿盒嵌"探花"两玉字，喜其语吉。闻室中女子笑曰："秀才未免俗，美人间鼎甲耶？"出启视之，曰："此探花牌，宝儿每来弄牌，以卜花事，得八而盛，十而庆。"庭前有树，女曰："月树验花知岁月。"又曰："此距月轮天近，昼见圆月，夜见半月为常。"复举"梨李荔栗"以诘，指"萦藤桐茶"对之。忽宝儿来，卜得八，曰："月以八月为春，花亦以八月盛矣。"因论赋美人最难，宝儿称善，遂折两枝以赠，云："醉春花可作酒筹。"旋内指曰："此后乃佳境。"欲跃而窹。仙筹一双未持出，梦月南惜之。此梦盖续水晶灯司花儿旧梦而作也。

探花琢玉为牌，司花往梦人曾识。盛宜逢八，庆宜逢十，花仙群集。月树花明，月轮天近，长圆无缺。爱双声绝对，知音难得，巧合事、同心客。　　花月同魂共魄。醉春枝、为君亲摘。秀才不俗，美人难赋，似怜似惜。绿汁凝香，绛筹题句，簪花妙格。问水晶窗里，是何佳境，我当同觅。

八声甘州

羡奇才妙笔叙幽情，梦中胜游仙。向十三徽上，唾珠敲玉，细谱瑶篇。更仿十三行体，五色落云烟。想嬛嬛福地，借枕头眠。　　好梦一生能几，况评花量月，迥异尘寰。望璃楼银阙，添我话奇缘。六年来、桃斋入梦，趁海涛、相寄瓦为船。月南旧有瓦船寄梦图。者相遇、休还疑，梦吟榻重联。

满庭芳
题玉堂归娶图

吐凤奇才，求皇佳话，二美君快联逢。琼林摘艳，绣阁灿花封。彩笔新花正放，催妆罢、待画眉峰。人如玉，吉祥镜里，并蒂映芙蓉。　　鳌坡听漏惯，蕙帏倚翠，莲炬猜红。年同少，霓裳仙咏难同。堪笑封侯虚觅，说归思、也托秋风。前宵梦，双栖燕子，梁月碧溶溶。

法曲献仙音

即席

幺凤翎鲜，雏莺喉涩，遮莫仙源一误。误识何妨，钟情先向，绮年恰在三五。讶薄醉朦胧，一痕红上眉妩。　　见无数。任春风、落花流水，偏怕听、恩怨泥泥儿女。底事殢人娇，趁闲情、索与成赋轻卸铢衣，休负他、猩红裹肚。问杯边明月，肯为片云留否。

子夜歌

题慧仙小史扇头

仿名花、牡丹醑露，不借胭脂染就。奉玉荤、浓醮玉面，无奈眼波低溜。雁柱乍调，鸥弦轻拨，一曲情先透。趁春风、莫似垂杨，一任泥黏落絮，腰肢摇瘦。　　怪秋声、吹来恁早，不管阿侬病酒。块磊情多，昂藏气在，付与秋消受。者尊前题扇，相思堪比红豆。皓月当头，闲云经眼，到处还遛逗。待他年、酒认衫痕，可能依旧。

汉宫春

秋夜，石寿庭同年招饮于慧仙小史家，计年来无此沉醉也。夜起挑灯，走笔记此。

蝶梦微醒，讶满身花影，秋在谁家。侍童报道月落，参斗横斜，蛩声低咽，最消魂、如听琵琶。犹自数、酒筹三五，更筹似较添些。　　回忆昔年离席，快彩毫题扇，翠壁笼纱。西风又吹绿鬓，暗惜年华。不知许事，但寻常、酒债能赊。生怕是、年年病肺，明朝瘦比黄花。

醉春风

题月南《味无味斋外集》①

色赛名姬媚。香关时花丽。词家根柢是才情，慧。慧。慧。姜柳清

---

① 案此词亦附见许桂林《味无味斋外集》，多异文，全录如下："色倩娇娥媚。香藉名花丽。词家上品是才思，慧。慧。慧。欧柳清华苏辛雄放，原无殿最。　　情似膏脂腻。响比琉璃脆。词家绝妙是工夫，细。细。细。盥露长吟，遏云高唱，差同风味。"

华，苏辛雄放，原无殿最。　　腻似凝脂腻。脆比琉璃脆。词家追琢是工夫，细。细。细。盥露长吟，遏云高唱，差同风味。

八声甘州

庚辰春季，将出都门，留别同人

望毵毵柳色接炎天，一声唱骊驹。笑一行作吏，未能免俗，略带些粗。差快酒肠诗胆，芒角未消除。敢比骖鸾去，万里江湖。　　磨尽轮蹄热铁，才一州斗大，尽耐揶揄。正春明人海，春梦已成虚。向空王、心香默忏，待他生、多读十年书。倘经过、旧题桥处，悔煞相如。

鹧鸪天

洞庭阻风，舟子苦之，作此以慰

来往舟因名利牵。但偷闲处即如仙，千帆束去今输我，日日推蓬双翠鬟。谓君山、扁山。　　三椀茗，一炉烟。吟魂飞上碧峰巅。柏山桂岭知应妒，定遣灵风迎我船。

潇湘夜雨

遍潇湘合流处

千嶂遥遮，双流乍合，此来竟有前因。昔有日者推余官禄，有"南极潇湘"四字。天公未许作闲人。啼不住、夜猿伴客，飞不度、鸿雁离群。扬舲去，风波自慎，瘴雨炎云。　　眷怀良友，联床听雨，此境难亲。前期许石华同游未至。但一灯如豆，照我吟身。空自望、云中妃子，空自吊、泽畔累臣。情无限，美人香草，万里不忘君。

十六字令

新葺第二槎亭自题

其一

槎。一叶浮来岁月赊。留名迹，何事托仙家。

其二

槎。曾向都洲韵事夸。髯苏句，移此不争差。

其三

槎。秋到亭边问晚霞。江间浪，终古卷青沙。

其四

槎。一任风横雨又斜。题名处，只是惯天涯。

沁园春
余小霞巡检新葺小空同山房成，索题，即次原韵

为访浮槎，因联吟席，洪厓拍肩。说六嘉井洌，戏思调水，宝华峰秀，痴想移山。馆仿柯亭，词题（萧）曰，买夏应知不费钱。自怡悦，是松间石上，明月清泉。　　幽兰。位置其间。合一片心香即是仙小霞归滩头，予赠以兰。正文成驱虎，风恬蔀屋闻有虎患，君为文驱之，惠歌集雁，雨洒芳田君新修乌蛮山路，民便之。待晚秋时，约沽春客，蜡屐还寻一线天。谓空同岩。借君榻，向碧江清处，好枕流眠。

满江红
寄小霞

风雨秋初，乍引动、寻秋游思。肯便被、衙鼓笼铜，打成俗吏。香稻溪传农圃乐，海棠桥说风流地。笑无端、折柬促招邀，非公事。　　烟月兴，君曾寄。诗酒债，君难避。况解语新花，令人心醉。学士扇从江驿赠，参军帽向龙山坠。恨前人、不及见吾狂，言非戏。

前调
乡征宿小霞新斋，索题卑官乐小令，仍次前韵

旧调翻新，有矫矫、凌云之思。偏乐道、辞富辞尊，乘田委吏。到眼不离黄绢味，赏心恰占青山地。算得来、清福即神仙，无尘事。　　山水兴，侬空寄。鞍马苦，谁当避。快暂歇催科，新斋谋醉。灯剔剧谈长袖舞，弓鸣喜听圆铤坠。更明朝、射覆与催花，逢场戏。

贺新凉
李介侬以游南山不果为怅，次韵答之

游兴迟偏好。似诗人、偶成佳句，未能定稿。笠屐欲摹苏老态，村妇

先防失笑。把秋色、匆匆过了。为语前呵休迫促，待清游、须让松猿叫。拼积想，卧游到。　　青精饭熟云侵灶。料山灵、移文不备，会心相照。打叠烟霞供粉本，好唱霜天角晓。这缘法、须参机妙。秀语梦回先夺绿，约相逢、一霎尘怀扫。拼快赏，不餐饱。

前调
次前韵，再和介侬、小霞

险韵推敲好。羡清才、更番摘艳，不烦属稿。试问青山移得否，山不逢春亦笑。者吟债、登山便了。山意不辞迎候久，肯孤他、鸾鹤连云叫。先赠句，胜空到。　　何年仙侣烧丹灶。剩无限、苍松翠竹，荒烟斜照。愧我尘劳迟韵事，留赏碧岚冬晓。便从此、不游都妙。镌琢云霞题白石，后来人、待把苔封扫。山寄谢，句堪饱。

如梦令

脸晕霞光初上。眼阁露珠微涨。翠幕度轻烟，一睫五更鸡唱。惆怅。惆怅。记得病时模样。

唐多令
乡征口占

沿里问钱粮。州官恁地忙。笋舆中、曝尽秋阳。归邑逋人三百户，翻讼牍、费参详州人多以匿粮兴讼。　　苛比恐民伤。疲征国课妨。要周旋、没个商量。自信催科原政拙，书下下、下官当。

浣溪沙
舟泊南乡

唤渡船来牧笛清。趁墟人去酒帘轻。横州刺史一舟横。　　飞雨酒篷轻絮影，飘风扑浪老松声。高吟恐有卧蛟听。

南乡子
辛巳除夕，舟次动弄塘，同介侬作

岁晚不能闲。草草劳人载一船。柏酒椒盘聊写意，绵绵。风雨声中过瘦年。　　疏懒少吟篇。恐负江山在眼前。健羡玉溪工琢句，翩翩。夜半诗成笑不眠。

满江红
题刘悭岩集《桃花扇》字诗

扇底桃花，消折尽、英雄儿女。早感动、江南庾信蜀西杜甫。金粉六朝悲一辙，渔樵两客传千古。笑雌鸣、燕子与春灯，何须数。　　珠一斛，鲛人取。衣五色，天孙补。看拾来花片，都成杂组。人面春风思往事，种桃道士今何处。似重开、一段武陵霞，迷前渡。

前调
癸未初夏，留别桂林同人

醉不成眠，猛到耳、一声杜宇。况又遇、无情山水，无情风雨。五斗空谋今已矣，一钱不值何堪数。向江湖、好作散游人，歌渔父。　　春已老，花无主。人欲别，杯同举。问尘土烟霞，其间几许。小子菲才膺盛饯，诸公努力期开府。听荒鸡、喔喔出江村，刘琨舞。

酷相思
题红豆相思图

只为相思愁又喜。解不出、相思理。更一种、相思痴到底。要觅个、相思比。偏没个、相思比。　　但愿相思圆似此。拈一粒、相思子。问究竟、相思何处起。在指上、相思里。在心上、相思里。

浪淘沙
重九再游空同岩，忆小霞

往岁作遨头。王粲登楼。寻君乘兴放轻舟。听水看山心不厌，问几生修。　　今日记重游。宋玉悲秋。郁江滚滚尽东流。只有两般流不去，酒病诗愁。

浣溪沙

梧江晤小霞

瓠落诗人竟若何。毛滂半老识东坡。扇头一曲定风波予旧赠小霞扇，录苏公赏毛泽民词一则，小霞爱之。今日风波知定否，新词难付雪儿歌。不谙风雅是蛮婆。

摸鱼儿

题狄大令垂钓图

涨秋容、一川晴练，白苹黄竹红蓼。庙廊经济江湖迹，贱视轻肥年少。徐拨棹。图画里、钓徒只爱烟波浩。志轻温饱。任垂饵非贪，披裘不热，此际见怀抱。　　投竿起，小试烹鲜政报。渊鱼知乐无扰。枯槎海上相逢处，媿我有鳌难钓。歌水调。信一叶、浮沉尽受群鸥笑。欲前受教。问月白风清，绿蓑青笠，可许订同好。

唐多令

索德堃上人为予作波影图

冷眼阅沧桑。书毡裹剑铓。信浮槎、万顷汪汪。莫把烟波都写尽，留一片、看苍茫。　　游屐凤山香。传真远擅场。压轻舟、画卷诗囊。他日罗浮山月满，应忆我、泛清光。

瑞龙吟

送德堃上人归罗浮

罗浮去。为问翠羽缃梅，可能如故。诗僧期我来游，梦先访到，当年梦处。　　待春暮。蜡就蹑云双屐，好寻仙路。相将读画弹棋，茶铛煮雪，松棚听雨。　　留得乘槎妙墨，一痕波影，添供谈尘。今后也思逃禅，心比泥絮。扁舟不系，行处桃源渡。惟愁是、诗逋酒债，如何发付。已被虚名误。倦云野鹤，何关去住。眼底秋如许。那禁见，萧萧黄花红树。惘然欲别，不能成句。

一剪梅
题酒家壁

小楼江上再登临。雨韵沉沉。漏响沉沉。一觞一咏忆知音。诗胆难禁。酒病难禁。　　不堪往事细思寻。花影而今。鬓影而今。百重山水百般心。恨是情深。悔更情深。

沁园春
次韵潘红茶方伯闰七夕

一叶敲桐，又补余青，秋添者宵。正情如新月，复窥鸾镜，心如古水，不逐鸡潮。别究愁多，会刚逢再，君在云中垂手招。绳河外，有南飞乌鹊，仿佛前桥。　　萧条。槎影萍漂。望旧访支机迹未遥。但楼还独倚，衣难频曝，文终求巧，花喜重描。急聘钱偿，倍云襄织，知否金茎更满瓢。仙家事，合殷家七七，玉叠勤浇。

河传
题关河风雪图，送杨北樵大令入都

雪刻。风织。一鞭寒色。披个羊裘。压倒诗人山字不。回头。炎荒望转愁。　　君行是我明年路。先题句。杨柳依依处。待春迟。我来时。寻诗。风花雪絮飞。《六影词》

玲珑四犯
竹帘

小阁生凉，讶一片潇湘，浮动秋影。镇日低垂，双贴绣旌风定。暗透几缕青烟，尽消却、水沉香饼。对西山、暮卷重重，白雨跳珠斜迸。　　琅玕骨节纹交并。接层阴、柳深荷静。当年记放平山棹，十二阑干遮映。隔水试问谁家，银蒜敲声如应。待醉归扶路，钩尽上，依稀听。

琐窗寒
纱窗

钻纸嫌蝇，窥棂厌雀，绿纱新换。初笼旭日，隐约晓妆人面。倩双鬟、玉台暂移，递香偶触花钿颤。正猧眠乍醒，燕归频睇，蝶飞犹恋。　　庭院。芳华晚。比地角天涯，隔窗人远。知心小语，尔汝许多恩怨。绣床边、长昼倦时，唾绒细碎痕似染。更明朝、巧刺荷囊，默数穿针眼。

绮罗香
罗帐

细诧鲛丝，薄猜蝉翼，栉栉流苏垂重。十幅周遮，展处不留些缝。挂山楼、烟软风柔，支水榭、月来云送。近疏寮、满架蔷薇，半床花影尽摇动。　　今宵微减暑气，无那呼来半臂，绕身争捧。雾鬟低偎，只妒竹奴分宠。忆孤槎、纸帐相随，有七尺、香衾虚拥。恍罗浮、月落梅横，旧游都似梦。

玉漏迟
藤枕

北窗才过雨。寻诗枕上，凉添如许。谁剪纤条，似织同心丝缕。滑腻随时拂拭，又辗转、凭人携取。闻细语。天河入幔，待看牛女。　　何用梦幻游仙，近软玉凝脂，浑忘朝暮。艳福清修，欲共黑甜乡住。只是温柔略欠，笑四角、风棱还露。香暗度。侵晨紫藤花吐。《红豆树馆词》附

方履篯（45首）

方履篯（1790—1831），字彦闻，一字术民，顺天大兴（今北京市）人。嘉庆二十三年（1818）举人，道光六年（1826）署永定知县，调署闽县，卒于官。精于经史，善骈文诗词，酷嗜金石文字。方履篯的词规模南宋，出入姜、史、周、吴、张、王之间，工力甚深，句法挺异，无玉田流滑之弊，然亦未得白石空灵缥缈之致。卢前《望江南》论方氏词曰："从风尚，万善亦奇葩。岂必雕龙追琢出，漫持俊语尽成家。摊卷似平沙。"[1] 著有《万善花室文集》六卷、《诗集》五卷、《词集》一卷，另有《伊阙石刻录》《富薲斋碑目》《河内县志》等。

望海潮
紫薇开时有感

阑珊仙骨，翩跹舞袖，分明十尺红墙。消夏曲栏，迎秋小院，胭脂匀入新凉。人在木兰堂。想碎攒艳蒂，轻逗疏香。树杪吹红，晚风楼角换明妆。　　拗来静对花房。叹春风消息，枉却柔肠。环佩渐稀，年华未老，今生送断斜阳。浅碧淡笼裳。祝移根瑶阙，情比侬长。一样娟娟，合欢无分伴青棠。

隔溪梅
萤

西窗暗雨又黄昏。照啼痕。绕遍罗丛，人在小桃根。怜他半晌温。天涯何处问前身。话无因。可向江南，客路怨王孙。秋来更断魂。

---

① 卢前：《饮虹簃论清词百家》，《清名家词》第10册，上海书店1982年版，第7页。

浪淘沙

绿水绕侬家。门系渔艖。轻风访客小城涯。一桁帘开人影暮，剩见窗纱。　　红杏石桥斜。波皱寒霞。夕阳十二曲栏遮。碧玉前年新种树，几片飞花。

凤凰台上忆吹箫

窥户香低，舞风衣醉，几重帘锁难眠。算韶光为我，瘦了三年。同是天涯明月，谁教与、尽照残筵。曾知否，春来消息，都赋蛮笺。　　应怜者般弱影，算丝丝杨柳，只被愁穿。记一番花放，一度离天。尽许长宵清簟，催梦去、梦更恹恹。春云散，拚留断魂，化作啼鹃。

暗香
寄张大彦惟

花阴千亩，更有谁护住，眠香寒蝶。絮影舞残，拚逐红尘晓云湿。帘底寻芳未倦，恰罗袖、含风轻叠。只隔着、带水盈盈，离恨满幽颊。　　秋急。暗愁绝。正洒醒玉人，六朝烟月。夜深梦切。翻怨西河柳难折。休听天涯杜宇，伤故国、一年春歇。展粉绢、频寄与，近时翠缬。

紫萸香慢
寄吕伯谋

驻春风、花天无际，不堪载上瑶舟。纵芳云长倚，更千里、望重楼。况是明娥低影，为离乡圆梦，照过凉秋。怪新来稚燕，舞遍小伊州。莫教共、远人诉愁。　　回眸。暗雨香浮。凭酒简、买歌筹。忆燕尘十丈，离魂几度，重锁帘钩。一片斜阳鸦阵，问何处、狎闲鸥。愿韶华、不随流水，落帆亭畔，芳草青过湘州。同和棹讴。

齐天乐

短亭寒叶潇潇雨，飞来碧天如醉。暗笛声遥，空樽影瘦，都是悲秋人泪。银屏昼掩，付归鸿几阵，断红流翠。极目斜阳，十分烟路入吟袂。天涯游屐正冷，落花随梦去，不惯憔悴。蛛网西陵，蛩吟北舍，一任香篝悄闭。湘帘迎晓，想袖锁浓寒，惊回残睡。误识行帆，碧空云欲坠。

湘春夜月

对寒霞。咋宵江岸鸣笳。只有一片凝波，吹不上芦花。谁问狎鸥倦客，算相逢三月，别是天涯。尽翠筇倚遍，栏干絮影，闲了啼鸦。　　游丝半尺，春城路近，帘影风斜。紫玉楼头，空付与、望中湘曲，去浣明纱。帘低烛小，怪他时、犹认依家。最怕是、共晴云散却，那番信息，如此年华。

绮罗香
古镜

旧角凝丹，新痕上翠，留与晴霞相护。几阅沧桑，知有断尘如缕。只瘦影、敛却余寒，倩谁照、西风南浦。料如今、愁写盘鸦，半轮残月断肠处。　　清光掩映何许，曾见团圞新样，红鸳低舞。拂袖初笼，不忍明波长误。依晓阁、检点花魂，怕近时、黛眉非故。任双蛾、描出盈盈，暗随云影去。

琵琶仙
寄内

沙渚停桡，不堪听、水榭飞鸿缥缈。三更霜月，来时寒衾待秋晓。谁唤起、江郎词笔，待寻彻、梦中芳草。酒外娇烟，花边醉雨，前事多少。又争忍、砧杵敲残，慢剩得、鸾笺赋愁早。知是篆香初冷，问何时眠好。想落叶、声中幽怨，写乱红、更有啼鸟。底事秋发星星，玉筝吹了。

扫花游
题徐经汝《绿玉词遗草》

琼楼百尺，听翠雨泠泠，楚江寒峭。断云窈窕。望秋燕归来，梦中仙岛。碎滴帘栊。几许花魂未扫。倚空筱。但留取一痕，都是残照。　　紫箫吹正早。甚香雪孤飞，禁人年少。

离愁天杪。叩青鸾应是，玉寰初晓。醉拂珊瑚，误却野风吹了。更低绕。谱歌笺、一声声悄。

瑞龙吟
新柳

春云畔。遥映绣榻重帘，采香人远。知他幽径来时，雨婚烟嫁，桃痕犹软。路低转。行向翠阴深处，玉苔成篆。依依小语曾描，风绡半尺，几回偷展。　　应记章台新树，沁绿怜黄，宫腰微颤。几日汉南，庾郎愁赋吟倦。空江画舸，吹上眉波怨。还消得、飞花十里，流莺千啭。付与斜阳深院。一番尽作伤离眷。南陌歌声断。回首去，丝丝都萦湘岸。阿谁短梦，晓风零乱。

齐天乐
帘影

碧红三月飞云幻，依稀画楼如障。押蒜黏花，裁丝款絮，定有春魂相傍。迷离半晌。

任雨雨风风，织成愁样。一桁残痕，又随香篆映低幌。　　西窗斜日乍转，正相思万缕，鸾袖摇漾。隔着微波，牵来碎月，燕侣生生惆怅。湘烟欲上。正归路分明，玉钩潜响。晕得啼眉，绣阑凝远望。

苏幕遮
春影

柳旗长，花驿早。甚日清明，迢递斜阳道。十里烟魂迷绣草。蝶背游丝，梦醒苏堤晓。

楝风肥，桃雨饱。醅酒年时，别梦留多少。帘外桥横无燕到。天半吹笙，不许春云老。

南浦
寄舍弟彦如

江帆天外，是离离、芳草隔寒潮。别袖还牵旧泪，人与碧云遥。千里笳声悲咽，寄飞鸿、归梦驻今宵。想春山点点，春波曲曲，何处卧轻桡。便向东风吹老，对回波、只自黯魂销。我欲诛茅江岸，结构小堂坳。望尽残霞数片，绕重栏、凉夜怕闻箫。更凄清碎雨，春壶自买把愁浇。

年时春早，属东风、休更滞吟魂。杨柳千条似旧，沉水去无因。只有梨花入梦，闭重楼、先放一帘云。纵游丝十尺，迎蜂送蝶，系不住香痕。一样朱幡摇曳，准相逢、着意护桃根。昨夜吹来芳讯，别思已经旬。此去重寻絮迹，怕天涯、漂泊误愁人。听新巢燕子，喃喃诉尽画梁尘。

望江南
代人有赠

思往事，人在画楼东。金鹊衔钗栖晓月，玉麟拨袖向春风。熨贴度花丛。　　从今想，尊酒与谁同。双腕连云都损削，短歌如雨太玲珑。步屦已无踪。

思往事，无计上秦台。不道风裳容我瘦，剧怜翠被费人猜。众里且徘徊。　　频欲去，迟日又将来。扇底紫鸾还妥梦，曲中红豆最怜才。小语几时谐。

南歌子
落叶

花思惊残柝，秋魂入晓钟。拈来犹认酒衫红。去日相怜人意、似东风。　　消息垂枝近，凄凉隔岁同。别离都在断云中。南浦斜阳无语、怨飘蓬。

翠楼吟

丙子季春，与宋丈葵如南徽同归。扁舟并棹，旅愁相慰。葵丈爱余词，命作数阕为赠，因循未果。一日行近梧山，推篷远眺，烟雨横江，顾曰：此词境也，盍为我倚声乎。命酒伸翰，遽成斯曲。

雾冷湘源，花飞越浦，依依客梦春晚。清歌娄尾月，独惆怅、回波人远。江帆初转。听送我寒笳，催君繁管。愁樽满。夜阑同醉，九疑云篆。此去料理南装，笑剑衣琴匣，陆生游倦。十年珠海曲，只杜宇、能知清怨。莼乡风暖。待有客归来，酒盟诗款。垂杨短。碧痕难系，鬓丝如茧。

翠极天空，丹崖瘴暖，东风不计昏晓。花幡遥护惜，奈无计、蒹葭秋老。琼楼幽杳。但叱石餐霞，自矜仙岛。春魂悄。个中休问，海风颠倒。我欲起舞樽前，访落红深处，见君怀抱。楚云湘水外，唤不醒、斜阳烟草。天涯鸿爪。算玉尘愁多，冰纨归早。江南好。故山应惜，采芝人老。

雁碛平沙，莺湖曲榭，韶华更在何许。经年鸥约久，便一掉、鸱夷归去。还移筝柱。说竹泪成铅，浪浪如雨。聊延伫。琐窗无限，近时眉妩。怎忍高柳垂阴，望断潮如带，不留春住。小山丛桂侧，有骚客、吟成愁赋。相期前浦，看月写风裳，云温花谱。休容与。荻洲香冷，夜寒多露。

玉树沉愁，珠钿解语，怀人一片寒月。凭知焦尾怨，是吴下、柯亭残笛。初逢南国。剩漉酒清肌，囊诗艳骨。声幽咽。也应怜我，少年华发。纵使唤起湘灵，怅碧鸡金马，旧游无色。东风吹到处，教千顷、梅花心折。兰成才竭。况烟雨黄昏，春归时节。闻啼鹀。桂林江屿，那堪重别。

翠楼吟
题金粟道人小像

海市重翻，吴天一角，斜阳为谁留恋。依然湘水恨，但付与、飞花如霰。闲愁难遣。想玉尘谈元，当时豪彦。清游倦。晚香催起，酒旗歌扇。应是化鹤归来，望故山烟雨，草深苔浅。迷离金粟影，只相对、桐花秋院。拈花曾见。又历落词场，沉酣琴宴。萝衣胄。玉峰低绕。画中葱倩。

南浦
闻雁，同兰风琴南树三方立作

长空月落，最惊人、响断画楼西。一片关河征梦，摇曳碧云低。剩有塞垣新侣，望笼沙、烟树正迷离。是吟秋倦客，暂停樽处，千里负归期。瑟瑟芦花吹老，料经年、霜信尚依稀。忆向衡阳天外，对影感羁栖。为语南飞双翼，带残声、休更误寒枝。但风催筝柱，和谁幽怨到深闺。

绿意
冬蕉

素纨尽襞。向半围冷榭，凄迷无迹。短梦惊回，误却秋期，空碎一天寒碧。今年雪满梁园夜，直瘦到、嫩阴三尺。想断魂、最是疏窗，照见旧时颜色。　　回绕幽丛细数，怕从此、又换风怀霜魄。病绿黏来，都化愁烟，谁许夕阳珍惜。甘心长卷丝丝泪，怎忍负、徐郎吟屐。看冻痕、晕入罗衣，莫怨近来萧瑟。

买陂塘

咏南宋宫人送汪水云南归事

谱燕云、落花秋苑，沧桑遗恨何许。铜驼万里孤城别，凄咽赵家禾黍。回首去。应唱遍、江南贺老伤心句。离歌正苦。想绿绮声中，黄冠坐上，瑟瑟泪如雨。　　樽前怨，凭记抛残白纻。湖山惆怅归暮。几番园缺天边月，犹照故宫尘土。君记取。休再展、冬青麦饭前朝墓。苍茫吊古。待过客重来，斜阳一片，幽鸟乱啼处。

扬州慢

听邻家度曲

修月帘栊，落梅庭榭，曼歌忽驻层霄。绕回栏百折，听子夜迢迢。忆前度、旗亭载酒，拍中重换，燕筑吴箫。遣玲珑、休唱新词，曾否魂销。粉墙望断，是何人、惆怅良宵。任画扇工愁，金樽贳恨，同赋无聊。曲里小红偷谱，花阴下、清露如潮。况湘云归怨，声声都逐弦幺。

琵琶仙

题秦良玉小像

千古蛾眉，建幢葆、横扫西南天壁。花马轻趹，征尘燕云正如墨。飞度急、戎妆小像，问何事、赠人巾帼。绣髻明鬟，金戈铁骑，慷慨朝阙。只今日、初展生绡，见寒玉森森动人魄。腰下剑光如水，斩长鲸犹湿。落日照、桃花边影，写淡痕、似有鹃血。纵使图入云台，也应生色。

长亭怨慢

仿姜白石

正春色、中人如酒。几日轻寒，乱红盈帚。客梦频年，万条烟树尚依旧。极天芳草，渐绿到、平桥后。草纵惜春期，也不管、春痕消瘦。回首。对江潭落日，想见翠阴千亩。王孙老矣，怅垂缕、不堪携手。总付与、一掬纤腰，忍重负、啼莺时候。任断絮飘来，谁道离情还久。

三姝媚

寒柳

寒塘鞭影外。尚斜拂行云，丝丝如带。弱絮春风孕碧时，只有别离人在。伴尔柔条，犹未省、东君怜爱。一样征尘，霜雪旗亭，更无聊赖。休怨笛声横塞。有憔悴相依，夕阳鸦背。张绪而今，念玉关秋远，渐忘眉黛。近水人家，何处认、凌波新态。对此何堪，潘鬓萧萧已改。

瑶华

冰灯

瑶轮破浴，湿映铜华，怎飞来蛾绿。兰膏皑皑，浑未信、短梦琼楼生粟。罗帏对影，又斜逗、寒芒如玉。试问他、内热三分，谁咏挂檐银竹。素娥镂雪归时，纵逼近黄昏，犹照心曲。明波助怨，应重见、并蒂芙蓉凝馥。东风旧信，漫催得、试灯期促。是碧釭、为借头衔，替剪护花轻縠。

探春慢

雪后望西山用玉田雪霁韵

林表微明，禁烟才动，远色都如影淡。雁脊横浮，螺鬟瘦削，湿翠犹疑迎霰。围一帘新霁，有落蕊、飘来岭半。望中最近春城，浓寒何处消散。　　曾记访梅吴苑。正积雪孤山，玉人初见。鹤氅归来，霓裳舞罢，峰曲冷云知怨。且伴长安梦，任爽气、扑衣晴暖。回岫凝华，晚风先揾深院。

更漏子

檐铃

笛中愁，花下梦。铃语几番相送。残月堕，落梅惊。画楼声外声。垂络胃。回风缓。还似辘轳千转。非替戾，太郎当。寒乌啼晓霜。

湘春夜月

望春

酿轻寒。几回春信频探。目断十里芳尘，依约到江南。欲取翠幨深护，恐软痕无着，客思愁添。认玉梅花底，迟君半晌，犹是沉酣。　　屏山梦冷，桃根旧约，惆怅重帘。画角声中，空盼得、离情如水，纤月初三。青门紫陌，记来时、烟雨停骖。剩此日、向东风料理，天涯絮影，黏上征衫。

翠楼吟

十二月十五夜月

藻影沉华，圆波洗冻，经年别恨谁诉。分明留旧约，曾消得、清光如许。春风延伫。纵桂阙重逢，梅花在否。盈盈处。冷香侵入，一庭烟树。记取。惆怅心期，问上元灯市，画楼箫鼓。素娥幽怨了，更回向、良宵频数。天涯迟暮。照绮岁如流，今番三五。娟娟语。忍寒相对，莫教虚度。

翠楼吟

残菊

淡影流霜，离痕剪月，犹怜旧时芳讯。争知篱落外，是无限、惊秋潘鬓。残英休问。记曲陌停车，前畦载酝。人归近。晚风飘散，乱愁成阵。只恨。消得斜阳，到十分憔悴，尚含香晕。隔帘沉醉后，恐忘了、樊川秋信。猛拚花尽。有翠袖笼诗，青娥酬韵。君还认。一枝清骨，为谁枯润。

念奴娇

喜新燕成巢

飞红深处，又勾留一晌，才抛双剪。带着丝儿梅子雨，妥贴粉泥香茧。窗底梳翎，帘阴试梦，渐觉轻飞倦。新凉稳趁，流苏日日低卷。谁道芳信匆匆，雕梁寄迹，有些时依恋。总是乌衣新旧侣，难得春尘翠软。屏曲惜惜，簟波冉冉，客思真无限。呢喃欲语，费他多少青眼。

采桑子

对月

帘波不动花阴瘦，浸破瑶空。梦也玲珑。搅入离痕第几重。　　清寒试较谁深浅，月被烟笼。人在愁中。一样朦胧到晓钟。

金灯院落香如水，盼杀蟾光。鬓影都凉。容易团圞到晚妆。　　而今私向花前祝，曲槛疏廊。付与昏黄。待得归时着意偿。

凄凉犯
题《明皇并笛图》

沉沉玉宇。风吹过、梅花乱落如雨。篲龙起啸，鸣鸾叠和，合成仙侣。霓裳罢舞。有斜月、窥人绮语。问霜筠、声长调短，底事少情绪。可惜前生事，尺八携来，共卿低诉。个中消息，最相关、指痕一缕。暂咽还迎，倩湘管、频番约住。问谁人、一一偷声惯记取。

念奴娇
偕牧唐、绂笙游小南海赏芰

湿银花海，恰依然、抱月飘烟相近。只有江郎新赋罢，记得鸥边香冷。妙侖珠融，幽肌琼借，叶底浑无影。娟娟凉露，一钩兰佩吹醒。容我裁剪诗筒，料量茶具，同放鸳湖艇。着个淡罗人小立，不负江南芳景。韵写冰丝，谭倾玉麈，风彩尊前映。摇溶帘额，素娥斜点青镜。

夜飞鹊
同人相约，步月荷塘，小饮将阑，蟾光未睹，怅然而别

幽情隔湘水，苹雨初圆。遥指曲港莲船。凌波仙子待君久，霜辉何处团圞。阑干几曲凭遍，奈姮娥娇懒，妆不成妍。清歌一片，付黄昏、空自缠绵。　　转恐故园今夜，纤影透窗纱，惊起愁眠。同是离天俦侣，相逢香径，总怯清寒。溟蒙玉雾，阻心期、漏永如年。任青琴敲破，迢迢渔梦，飞到桥边。

望海潮

瑶光星迥，银壶天远，人间有此溪山。花外紫骢，萝阴翠带，春晴踏破烟寰。鸥梦到谁边。只绿杨能记，张绪当年。酒思诗情，十分萦绕碧溪湾。生来画里孤鹇。　　却菱波久撒，荷韵都删。三竺六桥，离魂欲倩谁怜。风艇柳丝牵。定勾留白传，重入梅田。携手斜阳，更披绡影认癯仙。

翠楼吟

题叶小庚司马本事词

慧果珠圆，仙心玉暖，花间向谁寻觅。凭他湘水绿，怎消受、愁痕千尺。柯亭残笛，早酿就春魂，潜催秋脉。遥天碧。一般摇漾，丽香清劫。

寂寂。追溯词场，问斜阳烟柳，可曾相识。画船秋醉后，只剩取、湖云如织。全抛心力。任怅惜年华，勾留陈迹。青尊湿。小红怜我，旧时风格。

《万善花室遗稿·词稿》，道光十二年闽中刊本

张扩庭（3 首）

张扩庭（1790—1846?），字充之，号海丞，直隶南皮（今河北省南皮县）人。开云子。嘉庆十八年（1813）举人，嘉庆二十五年进士，改庶吉士，散馆授翰林院编修。出为四川重庆县知县，历蜀中诸县厅事，政声卓著。道光二十二年（1842）在世，道光二十六年已卒。著有《西园诗余》一卷。

齐天乐
题《红楼梦》小照

一天凉影飘然堕，凄凄碧云秋树。翠袖单寒，香肩瘦损，禁得西风几度。庭阴又暮。听蛩语秋根，倍增凄楚。旧恨新愁，茜纱窗下断肠处。　　也知小郎解意，向梧桐影外，悄然延伫。叵耐娇羞，女儿心性，怎好向伊偷诉。欲言还住。但摩着阑干，碧波斜注。暗地思量，更觉心绪苦。

摸鱼儿
题丁兰谷小照

羡文人、三生慧业，者番消尽尘滓。空空落笔都无着，几费画工摹拟。清净理。便貌个、头陀一现龙禅指。我闻如是。料苏子逃禅，傅生佞佛，真意难同比。　　叹人世，魔障纠缠无底。梦中谁与提起。如如我是无牵挂，一领袈裟而已。行并止。但明镜台前，笑指莲花蕊。澄怀视此。早芥子须弥，一齐收拾，同人蒲团里。

水调歌头

中秋对月

为问银蟾窟，孰与弄清光。姮娥今夕开镜，着意理新妆。料得楼台寂寂，听彻下方玉笛，弥觉海天凉。恰好团圞夜，流影到君旁。　　忆当日，登绮阁，覆琼觞。众仙队里，也自乘兴咏霓裳。今日烟霞啸傲，不受人间拘束，米老更癫狂。玉女肯相顾，同醉白云乡。《西园诗余》

徐大镛（143首）

徐大镛（1793—?），字序东，号兰生，直隶天津（今天津市）人。徐世昌曾叔祖。道光二年（1822）举人，游幕山西。道光十年签分河南，历知偃师、杞县，遂家于杞。道光二十七年，缘事落职谪戍。道光三十年放还。年登大耋而卒。著有《见真吾斋诗余》二卷。

浪淘沙
戊午元旦作

流光草草。但催人老。衰年心力俱枯槁。更何求、但愿病少愁少别少。　　布衣麦饭粗温饱。且开怀抱。阳春烟景如相召。莫焦劳、负月好花好酒好。

南楼令
正月四日初度作

霜雪换华颠。颓唐老态全。一刹那、六十余年。堕地春光几占尽，九十日、欠三天。　　难炼九还丹。休寻大愿船。误生人、佞佛图仙。顺受但愁来日少，七十岁、欠三年。

其二

富贵等浮云。何如矍铄身。更承欢、绕膝儿孙。往日蹉跎今日补，名折寿、算来均。　　松柏不争春。逢春桃李新。到岁寒、然后知君。只为生涯甘冷淡，愈冷淡、愈精神。

金缕曲

新正初五日,次孙同儿生

祝嘏儿孙绕。为昨朝、是余初度,举家欢笑。隔宿旋开汤饼宴,又喜把孙儿抱。听昼漏、时刚过卯。孙生于辰刻。父子祖孙兼叔侄,数生辰、共占春光早次儿生于正月十三。似更比,子同巧。　命名合唤同儿好。惜眼前、满堂兰桂,阿翁衰老。犹忆前番征吉梦长孙生于甲寅,今已五龄,已遂含饴乐了。今再索、掌珠双耀。问我贻谋惟一砚,知他年、谁把箕裘绍。突而弁,莫愁小。

满庭芳

水仙

搓玉成肌,镂冰作骨,藐姑仙子初逢。凌波微步,又似洛川踪。所托清泉白石,冷香浸、高洁谁同。相辉映,梅兄矾弟,品定自涪翁。　仙风,还应藉,瑶琴弹出,雅操三终。笑银台金盏,刻意形容。底事求诸色相,清净域、色相皆空。参妙谛,前身今日,流水月明中。

木兰花慢

元宵对月

冯唐今老矣,向何处、觅生涯。爱默坐焚香,杜门谢客,消遣年华。清佳。晴窗画永,更呼僮扫地自烹茶。此日空余食粟,当年多事栽花。　思家。千里暮云遮。急景已西斜。腰满堂娇小,肩随膝绕,莺燕同谨。非夸。此中淡定,任穷通何损复何加。青眼常垂花竹,白头止话桑麻。

满江红

元宵对月

万里山河,都装作、晶宫贝阙。况复值、冰轮初满,上元佳节。今古照添诗料隽,尖圆相触禅机活。算一年、曾几见当头,盈还缺。　霜结。素有晕,白谁涅。任银花火树,清辉难夺。三五夜方灯影闹,一重春已风番泄。爱晴空、一碧略无云,真清绝。

珍珠帘

元宵对月

当头皓魄欣初靓。恋清辉、生怕早眠辜负。竟夕卷珠帘，任素波浸透。人语欢腾灯市里，已渐把、春光勾逗。如昼。正禁驰金吾，催停玉漏。　　可惜招邀无友。腾携筇独立，呼僮命酒。怅美景良辰，有几多时候。恰好绮窗花已着，暗浮动、黄昏香骤。盈袖。照林下美人，珊珊影瘦。

烛影摇红

元宵次日，大风昼晦

正说元宵，冰壶玉洞神仙界。如何晴景十分妍，到晓来顿改。恼煞封姨狡狯。做弄成、无边黑海。掀天卷地，除却虎威，狂无与赛。　　白昼无光，尘沙抖擞盈襟带。想因暖意骤然回，转把春光碍。曾约寻芳郊外。阻游期、大家兴败。最惘怅处，花已较迟，春偏无赖。

一剪梅

其一

枯坐青毡镇日忙。书满巾箱。诗满奚囊。闲中滋味淡偏长。花又芬芳。酒又馨香。　　阅遍升沉岂有常。天上星霜。地上沧桑。年来无梦到名场。心也清凉。身也康强。

其二

可惜华年付水流。有雪盈头。有雾盈眸。老来无地寄蜉蝣。欲去难休。欲住难留。　　独立无依孰与俦。性拙如鸠。性懒如鸥。饿寒幸免复何尤。知足无求。知命无忧。

一萼红

题叶小庚太守词存

话前缘。曾叨依广厦，青眼荷垂怜公守东都时，余宰偃师县，受知最深。夜烛治书，花天命酒，追陪杖履三年。叹此日、鸿泥安在，尚依略、隽语记楹联署中楹贴，皆公自撰，清隽绝伦。洒落襟怀，风流才调，自署词颠自号

"词颠"。　　　　本是蓬瀛仙侣，怅舟回风引，小谪尘寰公由翰林散馆改官。海上三山，人间五马，胜游都付云烟。空赢得、新词黄绢，纸价贵、洛下又争传。回首西州门外，泪洒羊昙。

摸鱼儿
正月二十日祝白少傅冥寿

取心头、瓣香烧就。祝公山岳同寿。百花生日无消息，正是初春时候。私淑久。问今古几人，福慧修并有。公真不朽。试细数千秋，由唐大历，恰已到今毂。　　琴诗酒。题作北窗三友。襟怀洒落谁偶。旧游杭郡并吴郡，占尽山清水秀。归洛后。更履道幽栖，补脱双骖购。名齐元九。若较量行藏，盖棺论定，输与此翁否。

凤凰台上忆吹箫
灯花

一寸芳心，三更丽影，花时不藉春风。任自开自落，非色非空。岂是传灯迦叶，妙莲涌、佛火光中。满堂上，欢呼报道，喜事重重。　　玲珑。岂同凡卉，须灌溉功勤，雨露恩浓。但托根离照，似染疑烘。绣阁晚妆才卸，镜台畔、点缀偏工。钗斜拔，将挑旋住，翠袖摇红。

齐天乐
新柳

驿桥又见春光乍。是谁暗中漏泄。青眼将舒，黛眉欲展，围减舞时腰衩。丝犹未挂。看来往行人，攀条尚寡。正欲清明，和烟带雨似相迓。　　妆楼定教愁惹，倘陌头凝眺，瞥见应怕。春殿当年，御沟永日，买向玉壶无价。楼台篝画。尚弱不胜莺，柔难系马。盼待成阴，东君归去也。

卖花声
为女孙桂儿作

乳媪任长行。漠不关情。解窥人意未三龄。依略前身明月是，金粟香盈桂儿生于八月。　　宠妒更怜争。舌啭春莺。兰心蕙质性生成。女子无才方是福，莫太聪明。

沁园春

春何处来，天朗气清，年丰民和。但一夕尚存，逢场作戏，百年如寄，对酒当歌。草草年华，花花世界，况更沧桑变态多。算暮景，除闲愁小疾，为欢几何。　　当年枉事奔波。只赢得星星鬓影皤。念薄宦微名，曾膺组绶，洪涛巨浪，陡起风波。鹿覆何因，蝶飞欲化，入世原同一梦过。差堪幸，天犹容不死，教补蹉跎。

满庭芳
紫荆花

锦绣浓攒，胭脂饱蘸，繁英占尽春光。清明才近，花信压群芳。疑是东来紫气，蟠结在、叶底枝旁。乍凝望，紫薇仿佛，休误紫薇郎。　　辉煌。最好是，朝来带雨，晚带斜阳。似丹砂乱捻，绛雾轻飏。直使杏桃无色，更勾引、蜂蝶奔忙。记佳话，感人兄弟，不复阋于墙。

西江月

半阴半晴天气，轻寒轻暖时光。关心花事细平章。便是老来勾当。早晚还亲翰墨，啸歌时藉壶觞。算来尽彀一天忙。那有工夫妄想。

水调歌头
独酌

小饮不成醉，但觉味津津。圣清贤浊，举杯皆可沃吾神。亦欲命俦啸侣，争奈旧游寥落，同志竟无人。对影复邀月，孰主孰为宾。　　算今古，真达者，刘伯伦。幕天席地，但荷一锸日随身。常笑公荣秽杂，物我津津较量，转被阮公摈。何似闭门好，独买玉壶春。

南乡子
海棠

一树醉东风。似觉春光尽此中。何况当年繁盛地，燕宫。颠了诗人陆放翁。　　娇艳冠芳丛。似比胭脂染更浓。回看杏桃双颊上，羞容。万紫千红一扫空。

风入松

廿年曾现宰官身。浪走风尘。脚韡手版无虚日,披爰书、听尽鸮音。捧檄难禁色喜,栽花要与时新。　　而今一笑迹成陈。莫问前因。黄粱熟后卢生觉,看浮名、何似烟云。谢奉漫称奇士,王维自署山人。

满江红
春草

原上离离,烧不尽、断桥野陇。况一霎、东风吹暖,依然萋奉。南浦离情浑似醉,西堂诗思偏因梦。看裙腰、一道是谁裁,斜无缝。　　杂苔藓,溷菲葑。朝露滴,晚烟弄。报天涯芳信,游人接踵。才没马蹄痕尚浅,频沾蝶翅香仍重。怅年年、归路盼王孙,愁应种。

一枝花

居食忘安饱。奔走连昏晓。六街尘不断、纷难扫。更百计千方,生怕人知道。止利名牵绕。似蜂蝶寻花,但是乱腾腾闹。　　恨当日、回头不早。枉把心神耗。到如今、识破真堪笑。世事几荣枯,天早安排好。更有何难了。闲是闲非,大抵皆、庸人自扰。

荷叶杯
三月朔日作

试问春还余几,惊起花落水流红。三分已是二分空。愁雨又愁风。春去明年仍有,依旧独惜送春人。一年衰甚一年身。还送几回春。

汉宫春
燕

画栋雕梁。记去年霜后,话别仓皇。巢痕无恙,重来补缀偏忙。衔泥往复,满衣襟、都带芹香。怕相误、疏帘不卷,庭闲春昼初长。　　呢喃絮语谁详。似关心故国,云水苍茫。乌衣巷口,别来几度斜阳。不须惆怅,我亦曾、卅载离乡。休提起、王亭谢馆,江南满地豺狼。

前调

莺

百卉齐芳。听金衣公子，度曲悠扬。珠喉一串，枝头惯引宫商。是谁打起，怕春闺、梦断甜乡。又岂识、辽西果到，觉来应更神伤。　　知音仲若无双。道针砭俗耳，鼓吹诗肠。花飞絮舞，声声啼老春光。东君去也，攀长条、无计留将。空赢得、柔吭百啭，离歌又唱河梁。

最高楼

同日购得端石一方、童二树梅花一幅，词以纪之

两美合，翰墨小因缘。画品逸，石质妍。香丸磨待窗前试，生绡展向壁间悬。南北枝，东西洞，见一斑。　　恍若睹、端溪深而秀。更可想、孤山清且瘦。水墨本，膏腴田。坡翁池废难为洗，徐熙图好许同传。攀虬龙，玩鹳鹆，乐陶然。

调笑令

其一

官柳。官柳。浓荫长亭短堠。千条万缕谁栽。送尽行人往来。来往。来往。张绪当年可想。

其二

春草。春草。一碧天涯浩渺。池塘无限诗情。枕上客儿梦惊。惊梦。惊梦。佳句至今传诵。

玉蝴蝶

生

忽落转回轮里，抛残躯壳，重换皮囊。絮果兰因，三生话去微茫。看生姿、贤愚各判，论生理、物则皆良。挂蓬桑。一声堕地，世味徐尝。　　难忘。发肤身体，是亲全授，罔极恩长。此后生涯，凭人自作圣与狂。渐拘牵、七情六欲，共形气、九有八荒。甚彭殇。百年弹指，乌兔偏忙。

双头莲

老

数十暑寒，惊华发星星，吾衰甚矣。譬如老骥。浑不是、当日霜蹄千里。回忆少壮经过，悲欢多少事。如隔世。春梦一场，此身不堪憔悴。　　岁不我与堪嗟，被家室功名，重为人累。两行清泪。切身事、此日只余食睡。且自匿迹销声，领略闲中味。惜好景，已近黄昏，夕阳红坠。

安公子

病

六极从头数。疾居其二先忧着。最是无情，二竖虐、膏肓深据。忆我中年，腹似河鱼瘤。终岁里、枕上消寒暑。常恐不才身，早晚玉楼召赴。　　与官同去。丁未年旧句。闲来犹忆旧时句。天道乘除，这消息、而今才悟。暮景萧条，幸免呻吟苦。藉康强、聊把蹉跎补。纵采薪偶抱，无妄爻占九五。

瑞鹤仙

死

有生端有死。看死死生生，循环不已。化工本无意。笑世人痴绝，争名夺利。相猜相忌。弱之肉、供强之食。到头来、谁弱谁强，相见鬼门关里。　　如寄。一朝撒手，来去分明，何牵何系。悠然而逝。独太息，身后事。尽贤愚一样，灰同草木，难得百年驻世。况姓名、漫说千秋，古今有几。

声声慢

仙

王乔遐算，茅许高踪，无非夙具灵根。烧丹采药，那能便换凡身。等闲沙飞汞走，笑俗流妄费心神。君不见，昔秦皇汉武，一样成尘。　　只道长生可学，便褰裳濡足，不惮辛勤。赢得童男帅女，老死无闻。香山梦仙诗就，唤世人莫误迷津。须三复，怅十洲三岛，匪我思存。

山亭宴
龙

屈伸变化依寥廓。岂藏身、漫同尺蠖。所托是青云，嵌雉里、乍窥头角。人间望泽正殷勤，待鞭起、莫因懒却。慰满到三农，再收敛、神功博。　　能潜能见能飞跃。披鳞甲、空中盘薄。额下抱灵珠，休酣睡、教人争攫。笑他点额尽凡鳞，望禹门、风饕浪恶。矫矫四灵中，道偏与、蛇相若。①

八声甘州
鬼

忆当年季路问非痴。此事久怀疑。念酆都何处，阎罗安在，毕竟谁知。既已形销气散，复何所凭依。胡有情有状，易繁诸辞。　　莫道圣人不语，止一言以蔽，敬而远之。岂能为祸福，何事祭非其。况分明、鬼为人化，怎生人、转怕鬼相欺。唤不醒、愚夫愚妇，抵死犹迷。

木兰花慢
蝶

一生花底活，但飞舞伴游蜂。惯弄粉揉香，金迷纸醉狂倚东风。匆匆。春光九十，花原无百日色常红。槛外韩魂寂寞，枕边庄梦惺忪。　　情情。渐渐绿阴浓。风信已成空。笑名随谤得，呼奴比时，此恨何穷。画工。滕王粉本，好常留清影四时同。倘是罗浮仙侣，梅花香里重逢。

四香词题画

秋蕊香
渔

红树碧云，绿蓑青篛，浮生还又浮家。孤舟为住趾，破网作生涯。市散后、扶醉脸如霞。两三星火渔叉。鸣榔过，移篷泛宅，晚宿芦花。　　惆怅志和安在，正万顷烟波，景色清佳。三石头、钓叟亦堪夸。垂纶坐、得不

① 东方朔诗：“圣人之道，一龙一蛇。”

得由他。濠梁乐更何加。櫂歌起，一声欸乃，雨细风斜。

桂枝香

樵

山深林远。莫笑此营生，既劳且贱。试看负薪翁子，骤登显宦。伐樵采若成高隐，更遐想、山阴遗范。穿云笠影，凌风笛韵，人疑天半。　　蹑草屩、崎岖踏遍。想鹿豕游同，木石居惯。八口生涯，都在肩头一担。运斤乍试生风手，顿惊飞乌啼鸟乱。倘逢弈叟，道旁休顾，斧柯易烂。

澡兰香

耕

献羔祭韭，剥枣烹葵，一幅豳风图画。课晴问雨，按候占星，满地犁牛秧马。但宫功、不害三时，年丰更民和也。西成庆、一年辛苦，筑场纳稼。　　上次食人八九，嗟我农夫，未遑休暇。鸣鸠春暖，熏鼠冬残，家世竹篱茅舍。笑士夫、五谷不分，粒粒盘中餐罢。又岂识、日午锄禾，汗如雨下。

绮罗香

读

傲彼百城，拥兹万卷，任使出经人史。金薤琳琅，不杂兔园册子。叹秦坑、浩劫成灰，对邺架、古香满纸。爱陶公、时读我书，不求甚解但神会。　　从吾所欲而已。敢望张华奇遇，乡嬛福地。风雨晦明，算有一灯知己。数晨昏、乐备四时，细咀嚼、饱寻三味。恨今生、读已嫌迟，且为来世计。

解语花

送春

牡丹谢后，芍药开前，忽送东君去。任留不住。莫回首、佳日已成辜负。清愁谁诉。游兴倦、柴门常杜。更无端、十日九风，满眼皆尘土。　　有脚重寻故步。但怅望前程，落红如雨。漫天飞絮。浑未识、此去竟归何处。问春不语。又一度、销魂南浦。听燕莺、唤彻旗亭，都带离声苦。

一落索
前题

记得去年春暮。正当客路。虎牢西畔洛川东，曾细把、离愁诉。　　转瞬星霜一度。正东娄住。明年再到送春时，又晓得、人何处。

满庭芳
十姊妹花

格是连珠，花皆并蒂，翕然姊妹成群。联芳竞秀，丽影斗缤纷。好似张磁堂上，胭脂拥、十队红裙。问当日，嘉名谁锡，辉映到闺门。　　生新。满架上，红酣紫姹，色夺香喷。恰图成十美，开到十分。杨氏诸姨较少，傲里诸娣如云。斜阳里，浓纤修短，姿态艳于人。

渔家傲

物候暗随风信转。翻阶红药偏其反。樱笋尝新刚小满。晴逾暖。紫蕉衫子蒲葵扇。　　麦陇如云黄不断。仓箱定下千斯万。乐岁声含人语遍。米价贱。老来努力加餐饭。

风中柳
适有卖花者，购得松一株，并绣球、迎夏二种

紫调红腔，遥听卖花声脆。压肩头、脂零粉碎。非杉非桂。不兰不蕙。爱孤松、一株挺翠。　　栽向磁盆，还去搜罗群卉。论逢时、数迎夏最此花惟洛中有之，他处罕见。物希为贵。绣球丰美。笑问花、有遗珠未。

雨中花
榴花

并蒂榴花重叠吐。张火伞、当窗一树。血染猩斑，烛衔龙照，色定罗裙妒。　　应候年年当夏五。明照眼、天中日午。百子虽输，群花独冠，盈恰将亏补榴之结实者，花多单薄，此则花盛而不实。

秋波媚
夏日口占

清凉招不到庭轩。赤帝又乘权。惯贪卯饮，难成午梦余向不昼寝，长日如年。　　柴门常闭交游少，无日不清闲。最亲切处，身心问答，形影周旋。

念奴娇
闻蝉

新晴院落，乍惊闻、嘒嘒蝉声盈耳。不待西风先梦醒，槐夏绿阴满地。翼薄于纱，身轻似叶，天假之鸣矣。吟虽同苦，砌虫无此高致。　　孤洁难染纤尘，脩然羽化，雅有登仙意。当暑知君，无热念、底事缠绵如此。得露弥清，因风益远，断续斜阳里。倚声遥和，顿将愁绪勾起。

金缕曲
读《晋书》

知己长康是。忆前言、一丘一壑，此身宜置。常笑幼舆夸任达，裸袒箕踞无忌。致邻女、肆行折齿。公论一时推彦辅，名教中、行乐宁无地。士君子，乃如此。　　竹林先辈无臧否谢安语。更谁知、效尤八达，偏多疵颣。况复盈廷腾口说，竞尚清谈娓娓。析名理、转遗治理。玉麈频挥风正炽，过江来、王谢殷刘辈。误天下，半名士。

金缕曲

黄心垣司马重修杞县城，工落成后，作此贺之，并以送别。

其一

剧任肩民社。最倾心、人如黄宪，治追黄霸。九万鹏程才振翮，百里暂教枝借。原不减、士元声价。联语雅堪铭坐右所撰楹帖，可当坐右铭，励循良、治谱楹前挂。名进士，贤司马。　　管城久仰鸣琴化。但向来、仁声逖听，臂犹未把。何幸年来依广厦，得受一廛宇下。益可信、人言非假。百废渐修先务急，正殷勤、百雉劳经画。难为继，后来者。

其二

楼堞当冲道。经几番、风霜兵燹，摧残不少。经始最难人所畏，偏是因难见巧。倘未信、劳谁肯效。众志共倾成杰构，保障资、福为苍生造。功莫大，利非小。　　筑堤郭外洪流绕甲辰年，黄河决口，杞境被灾。予履任后，重修堤工。忆当年、躬驱畚锸、狂澜挽倒。守土即今人十易，往事已随梦杳。旧令尹、空惭衰老。爱我方悬徐孺榻，念使君、瞬又瓜期到。骊唱罢，劳心悄。

满江红

咏史

满眼蓬蒿，张仲蔚、门庭寂静。更谢遣、清风明月，一杯寄兴。禽向同心游五岳，羊求携手来三径、笑右军、竹屋访幽栖，无人应。　　诸君子，相辉映。尘缘扫，天怀定。视浮云富贵，何殊泡影。绝迹名场坚似铁，保身乱世明如镜。况清风、陶柳复林梅，尤仙境。

前调

寄王澄川亲家。澄川南旋已十余年，今复来汴，尺素见贻，赋此二阕却寄

其一

一朵红云，似天半、好风吹下。十余载、相思饥渴，顿教牵惹。未奉芝颜增怅望，频披兰翰空惊讶。恨未能、插翅奋飞来，联床话。　　钱江水，片帆挂。梁园辙，轻车驾。怅老犹作客，南船北马。元亮已寻松竹去，季鹰旋又莼鲈舍。快良缘、犹未尽今生，真天假。

其二

桂子香中，定乘兴、车驱薄笨。来访戴、登堂一笑，须眉细认。往事不须回首忆，离惊各自从头问。想老来、相见倍相亲，心心印。　　羡君健，力犹振。愧我懒，迹甘遁。自玉关生入，又将十稔。多少烟云曾过眼，侵寻霜雪同堆鬓。笑清贫、我辈最相宜，病先遁来札有"凤恙避穷而去"语，余亦有"病与官同去"旧句。

前调

送别任甸春明府

其一

两载追随，论交道、居然管鲍。频往复、形骸脱略，坐忘昏晓。花县久经赞潘岳，莲池岂得羁庾杲甸春向在黄心垣司马幕中，今将入都赴选。怅西风、一夜起河渠，分襟早。　　留不住，旗亭道。唱不尽，阳关调。叹生人聚散，大都草草。握手那堪行色促，凝眸已是秋光老。最相期、努力树功名，干云表。

其二

落落晨星，正惆恨、旧游无几。那更值、毛生捧檄，又将去此。宛转新莺才出谷，颓唐老鹤空垂翅。笑山林、钟鼎各分途，偏投契。　　真面目，少缘饰。热肝胆，多经济。挟此才用世，何行不利。留别转叨公瑾酒，消魂难制文通泪。知他年、好会定何时，吾衰矣。

意难忘

八月初八日作。今日秋闱入场之期，竟日淫霖，廉纤不绝。因忆嘉庆庚午科，予初应京兆试，自初七日申刻至初八日未刻，倾盆大雨一昼夜，龙门下水深过膝，遍体淋漓，疲于奔命，距今四十九年矣。又忆道光己亥科分校豫，一时同人，半皆黄土，存者寥寥，亦不知所在，豫现无一人，忽亦二十年矣。感赋二阕。

其一

选佛开场。忆昔年辛苦，七度槐黄余七应秋试始获隽。庚年初赴举，午夜去观光。云黯淡、雨淋浪。似倒泻银潢。傍龙门、无边人海，跋涉惊惶。　　依稀此景难忘。试从头细数，五十星霜。不须怀旧雨，今雨亦非常。穿号舍、透衣裳。定艰苦难当。盼群英、云泥顷刻，雷电超骧。

其二

座近文昌。曾分曹校士，叨厕经房考官分住东西经房。蟾宫盈月魄，牛斗焕星光。朱衣畔、白袍旁。煎试院茶香。隔晶帘、鹓班十二豫省十二房，珊网齐张。　　而今回首堪伤。叹风流云散，满看沧桑。廿年如瞬息，几辈感存亡。独座主、两封疆。持节尚煌煌是科两主司福元修中丞抚安徽，劳辛阶中丞抚广西。最倾心、捐躯报国，更有邹阳是科外监试邹钟泉中丞殉难江南。

前调
中秋月

皓魄当头。正香飘桂子，佳节中秋。乍晴云尽敛，既雨雾全收。袁宏渚、庾公楼。发思古情幽。问嫦娥、当年灵药，果否曾偷。　　清辉千里同浮。记去年今日，雪苑勾留。冰轮仍不减，玉瑉又重周。临下土、宛中流。要洗尽闲愁。最移情、一声长笛，人倚层楼。

定风波
桂花

其一

嘉种疑从月窟移。人间岂有此仙姿。金粟飘成香世界。云外。诗书门第有丹梯。　　当日曾经亲手折。艳绝。卅余年事尚堪追。无奈东风频罢黜。终老。一生辜负杏花时。

其二

珍重昆山片玉同。一枝林下老西风。阅遍众香谁并好。兰草。十分清兴十分浓。　　参透禅机真妙品。无隐。恨难古寺访黄龙。怪底吴刚甘小谪。难得。一生常住广寒宫。

黄鹤引
八月廿六日，女孙馥儿生

绣绷锦褓。擎出琼林一枝玉。好逢八月秋风，不寒不燠。飘来金粟。璋瓦何分宠辱。掌珠秀，毓生如达平安真福。　　明月认前身，仙果知非俗。含饴影已成双现有两孙，镜台影独现止一女孙。离将巽续。同带天香芬馥长孙女亦生于八月。男贤女淑。剩老子、私心窃祝。

行香子
不寐

蝶枕时亲。鹤梦难寻。到五更、夜气萧森。兰釭影黯，莲漏声沉。正月如钩，星如斗，汉如银。　　当垂老身。作独醒人。拥青绫、憔悴寒

197

深。销磨病骨，勾引愁心。听犬争吠，鸡争唱，虫争吟。

金缕曲

十月廿二日，捻匪入境，纪事二阕，即寄黄心垣司马。

其一

忽报边尘起。蓦然间、声传风鹤，戒严城市。东道频年蹂躏尽，赤野荄延千里。过睢涣、自今伊始。不见一兵和一将，任长行、如入无人地。应贻笑，豺狼辈。　　雉楼百堞连云峙。一邑中、生灵托命，幸而有此。思患向非黄叔度，糜烂不知奚似。千万口、同声拜赐。我亦举家叨樾荫，愿买丝、学绣平原矣。彰公德，知天意。

其二

独任劳兼怨。赖广文、指挥筹划，婆心一片谓杨于冈广文。门内无虞门外泣，四野鸿嗷不断。望城奔、半遭涂炭。道左流民蝼蚁似，郑监门、谅亦图难遍。燎原火，烛霄汉贼以火为号，夜必延烧。　　轻车熟路从今惯。倘重来、天心难测，人心易散。纵使金汤堪御侮，依旧重门设险。恐地利、事犹未半。局外旁观空感愤，凡见闻、事事皆堪叹。高枕卧，甚忧患。

风流子

天下半滔滔。思高蹈、无地可诛茅。看上下两江，伏戎于莽，东南一带，群盗如毛。自来此、河防三度溃道光二十三四年，祥符、中牟相继决口；咸丰六年，兰仪决口；杞县均被灾，兵燹两番遭咸丰三年，粤匪窜入城内。本年捻匪又复滋扰。赋重民贫，原非乐土，风声鹤唳，更属危巢。　　梁园冠盖数，引领望、尽是翠羽金貂。任使妖氛出没，黎庶奔逃。岂膜不关心，鹗音渐近贼匪已至陈留、通许，距省甚近，褒如充耳，驿使空劳各府州县请兵告急，军书络绎。不识沉沉杀运，何日能销。

烛影摇红
己巳元旦作

腊鼓敲残，声声催换年华驶。高烧红烛进屠苏，后饮缘衰齿。后饮却先酣睡。到晓来、辛盘荐瑞。举家相见，笑说今朝，各添一岁。　　九九图中，寒消过半堪搂指。迎春恰好值元辰本年元旦迎春，初二立春，况又天晴霁。杖履都饶淑气。愿函夏、纤尘尽洗。时和岁稔，物我同春，笙簧酒醴。

花心动

黄心垣司马去杞时留赠蜡梅四株，岁朝盛开，睹物怀人，作此邮寄。

碧口檀心，趁年光、似争早春先放。疑染蜂脾，欲妒鹅翎，涂额汉宫新样。素心未许丹铅杂，秉受得、中央气旺。论香味，红苞绿萼，都应远让。　　堪赏转增惆怅。是潘岳、栽成临歧厚贶。遗爱常留，再度春风，犹幸此花无恙。遥知东虢棠阴满，想轩冕、同春和畅。劳远望、令人对花神往。

探春慢

初度日作

甚矣吾衰，一弹指顷，花甲重周又七。前去古稀，止余三载，或者望犹可即。暮景博清闲，终岁里、康强逢吉。算来好事从头，添子添孙各一去岁正月生一孙，十一月又举一男。　　知足更何所乞。愿冷淡生涯，常如今日。病鹤垂头，伤禽侧翅，看尽云烟起灭。回首谢名场，幸还我、青毡故物。老尚雕虫，人皆笑言何必。

一萼红

余初度日，有白头翁鸟集于庭，赋此戏赠

是何因。白头翁飞到，恰值我生辰。渐近耄荒，自惭德薄，岂解感召灵禽。看两鬓、冰霜一色，若相较、我尚二毛均。似趁青阳，兼操绛算，来寿骚人。　　衡宇偶然邂逅，岂漫同鸾凤，纪瑞称珍。水上白鸥，云中白鹤，料都无此丰神。忆当日、曾栖吴殿，听朝士、隽语解颐频。权当老人星降，酹以清尊。

满江红

寄赠郭笏珊

戴笠乘车，四十载、旧游有几。况复是、雷陈交谊，盟心知己。君困

青巾仍梗泛，我抛墨绶成匏系。算年来、暮景与劳踪，差相似。　　书不尽，欲言事。写不出，相思意。试重寻旧梦，恍如隔世。昔共青毡原太密，今皆白首空相忆。知此中、消息有乘除，盈虚理。

惜分钗

竹千个。花数朵。图书在右琴尊左。手雕虫。爪印鸿。无多佳日，有限春风。匆。匆。　　隐几卧。垂帘坐。终日周旋我共我。任穷通。学痴聋。水中月影，镜里花容。空。空。

解连环

新正八日，赴扶沟途中作

奔波到老。笑才过人日，便驰周道。一冬暖、未需祥霙，遍短堠长亭，尘沙缭绕。过眼村墟，尽去岁、豺狼所到。问蹂躏如何，道似狂风，比户一扫。　　黎庶尽惊弓鸟。叹室家荡析，转徙无告。趁暇日、思患豫防，正缩版经营，削屡成堡所过村庄，现俱筑寨。守望扶持，想小丑、胆寒不少。况而今、好音天降，将星远曜现奉旨，河南军务专交邱提戎办理。

水调歌头

正月十九日，先祖忌辰，祭毕敬赋

今日复何日，五十六年前时嘉庆甲子年予十二岁。死生离别，朔风吹雪白连天是日大雪。千里轮蹄才歇，万口呼号不起，凫舄竟登仙先祖宰山东宁阳县，镛随侍先祖母赴任，是日抵署，先祖即于是日弃养。往事忍回首，梦尚记祇园前夕，先祖梦至一处，有"西域祇园"匾额。　　侍杖履，承色笑，童稚年。一十二载深恩，刻骨笔难宣。敢说贻谋未坠，空恨缵戎无自，凄怆抚杯棬。何日脱尘网，捧砚到重泉。

应天长

久旱

祥霙天久靳。到腊鼓敲残，望眼穿尽。蛰启冰消，依旧泽难沾寸。土膏奚自润。况东去、豺狼穴近。底事合，人事天时，凑成愁闷。　　休道春如锦。正十丈红尘，纷绕藩溷。投虎鞭龙，赢得许多俗论。至诚回气运，问谁学、束长生肯。更说甚。梯柳柚梅，头番花信。

瑶池宴

晓阴望雨

浓阴似幄。云漠漠。日薄。天公多少做作。倚篱落。问声灵鹊。鹊三跃。　　想田畴、望深霈渥。关民瘝。只恐晚来风恶。又吹却。龙兴也莫。空依约。

河传

次日大风

风起。休矣。终宵不止。晓尚飞扬。封姨无赖力偏强。颠狂。虎威差可方。　　春愁合向东君诉。大王怒。少女寻何处。蔽长空。雾海同。日蒙。征祥洪范中。

金缕曲

正月廿八夜得雪

中谷休兴叹。正天公、重翻玉戏，浓膏补湛。云合暮天风乍定，六出花将水剪。恰玩芳、岭梅红绽。岂独条封尘尽洗，霎时间、飘得人心暖。泽下尺，何嫌晚。　　冻还未解春犹浅。想芳塍、均田纬末，三农望满。漏响沉沉炉烬冷，问夜已将过半。听窗外、竹枝压断。到晓袁安高卧起，讶庭前、铺玉堆琼遍。爱白雪，阳春艳。

齐天乐

二月十八日捻匪又至，廿日始南窜尽净。廿四日复行折回，四乡俱到，较上年被灾尤重。

其一

去冬曾已遭涂炭。此番又来席卷。出穴蚁喧，绕林乌合，都具杀人手段。心惊目惨。四野望城奔，户增十万。民命谁苏，无家可毁但长叹。　　幸逢岳家将健。率甘凉劲卒，中道折转岳竹臣参戎带陕甘兵三百名赴扬州，因前途梗塞，折回杞县。因奉请奏留河南防堵。彼众虽多，吾围聊固，不愧裘轻带缓。席犹未暖。忽电掣星驰，倒戈回窜。如此披猖，何时天厌乱。

其二

去冬害止东南甚。此番四郊俱振。鸡犬无踪，马牛绝迹，庐舍半成灰烬。死生休问。正望杏开田，芳塍蹂躏。除是仲由，那堪师旅又饥馑。　　频年军威不振。岂请缨投笔，世廋英俊。将有畏心，兵无斗志，况更粮空饷尽。只余静镇。念黎庶何辜，天开杀运。蒿目时艰，愁肠真断寸。

黄鹤引
挽邱总戎联桂阵亡

半壁河山，都仗将军群托命。一夕将星惨落，哀深万姓。前茅后劲。方快虎威远逞总戎自西华追贼至北五渡，杀贼甚多，贼恽其风，呼为"邱老虎"。不图折鼎。一腔血热喷鞍蹬。　　颇牧久知名，浩劫由天定。不如意事偏多，此心可镜。望风捉影现被中丞奏参，实未得其详也。料得忠魂未泯。不须悲愤。千万口、非无公论。

桂枝香
龙东皋明府德照宰宁陵，贼至，拒战被难，作此挽之

识荆望断余与明府素不相识。问贼焰躬撄，近今谁敢。偏是无城可守，无兵可战。跨鞍怒骂挥戈马，只赢得、浑身是胆。丹心白首，无惭张许，直追颜段。　　想平日、居官可见。念瘠土征徭，冲途驿传。非易操刀，况又边尘警惯宁陵贼亦屡到。此身已致非吾有，忍偷生幸逃苟免。九重恩诏。千秋血食，一朝名宦现已奉恩旨赐恤，并立专祠。

满庭芳

睢州王小林刺史遣家丁何坤探贼消息。坤深入贼巢，贼众细加盘诘，坤挺然独立，大言不屈，卒至被难。

满腹忠肠，浑身侠骨，此中大有伟人。深探虎穴，惟冀得情真。遇贼大言侃侃，任荼毒、若罔知闻。舌三寸，坚于铁铸，抵死尚轮囷。　　幽魂。怜应是，情殷报主，义勇堪钦。况捐躯王事，恤典常新现奉旨交部，从优议叙。愧煞许多守土，专城寄、平昔称尊。到危急，弃城一走，谁现宰官身。

过秦楼

三月廿九日郊外观麦，过亡室基前，感赋

迟日和风，轻寒薄暖，雨余万象清幽。恰寻芳天气，向遥村近郭，汗漫闲游。春色老还道。听流莺、犹啭歌喉。正柳桥絮舞，茅檐花覆，麦陇苗抽。　　忽好风吹送、桃园里，对夕阳流水，怕著吟眸。芳林今已实，念种桃人去，孤冢常留桃园为亡荆生前经理，没后即葬园中。霜露几春秋。顿勾起、一段清愁。觉半生尘梦，十年离绪亡荆没已十年，都到心头。

扫花游

送春

春光如许。才几番风信，又将归去。顿牵离绪。算良辰九十，等闲虚度。挑菜祓兰，催得韶华欲暮。最凄楚。是万点红飘，花落如雨。　　满地喧鼙鼓。偏春到今年，尽人愁苦。军书旁午。任万千红紫，更谁回顾。蝶板蜂衙，换作城狐社鼠。乱离处。知东君、亦难久住。

月城春

楝花信里。正梅雨初零，荷风乍起。长日如年，是困人天气。令当赤帝。物候换、时鲜佳丽。芍药翻阶，樱桃荐寝，玫瑰入市。　　麦田早晚秋至。喜首夏清和，徂暑犹未。畏景旋临，恨缩身无地。宜丘壑置。虽未逮、不妨有志。十顷红莲，千竿篆竹，依山傍水。

长相思庚申

其一

笑鸡虫。叹萍蓬。安乐无如学老农。愿为田舍翁。　　花影重。树阴浓。卧北窗前一枕风。清凉谁与同。

其二

长夏初。小年如。朽木平生昼寝无。应逃宣圣诛。　　吏催租。莫追呼。榆荚苔斑满地铺。青钱千万铢。①

----

① 此词下阕《全清词》（嘉道卷）本又作："荣与枯。毁和誉。无自传声到敝庐。水云深处居。"

庄椿岁

挽河督李梦韶师

谪仙博取人间贵。谪满仍归仙位。才名八斗，官阶一品，双修福慧。望重木天公由翰林外用，猷宣柏府外任至臬司，秋官奏最刑部侍郎。更探源星宿，帝教司寇，作底柱、中流里由侍郎简放河督。　　绛帐平生知己。敬事堂中，曾经面试公守开封府时，镛与执事。敬事堂，府瀻局名。独垂青眼，公方说项，我甘御李。廿载重来，两番抠谒，言犹在耳公壬子，镛癸丑，长镛一岁。去岁进谒时，犹津津道及。叹西州路杳，南柯梦短，益惊马齿。

金缕曲

目击生民苦。最难堪、锯牙钩爪，日防猛虎。狂视眈眈流毒远，随意食人无数。蹲当道、晨昏待哺。忆昔义兴三横在，曾首推、白额名尤着。恨此日，无周处。　　雄威易假狐还助。有数言、急呼虎至，听吾语汝。如此苛求非久计，最怕激成众怒。要防备、下车冯妇。攘臂前来施旧技，到那时、岂有崛堪负。将立见，虎如鼠。

前调

心与身相约。尽终朝、销声匿迹，莫辞寂寞。万感朋从忙不了，一笑皆堪推却。思往事、铁难铸错。辞蒜风情怀仲叔，欲省烦、岂更将烦作。此便是，医心药。　　名缰利锁难相缚。镇无聊、力驱烦恼，强寻欢乐。三寸楮冠双草屦，天外闲云野鹤。但身世、茫茫安托。话到时艰增感喟，漫悲歌、地效王郎斫。问谁抱，经时略。

西江月

榴花盛开，非常鲜艳，新篁解箨，亦较盛往年，走笔赋此。
美景良辰虚度，天中日午才过。莫言红瘦绿肥多。照眼榴花如火。

渐看夏畦同病，重寻春风①。无婆。销除烦暑有方么。有竹横窗千个。②

婆罗门引

次孙同儿痘殇，词以哭之

不如意事，十常八九暗消魂。从来祸福无门。暮景万缘皆淡，富贵等浮云。算此心关处，止有儿孙。　　知是前因。但久病、可怜人孙久病之后，气血大亏，继以出痘，知其无生理矣。犹忆牙牙学语，解与温存。优昙一现，犹漫说、天上石麒麟。愧德薄、转种愁根。

一丛花

雨窗遣闷

浓阴一夕酿为霖。膏雨及时新。筠帘棐几清如洗，推窗望、烟霭缤纷。遥知绿野，有人耕耨，秋稼定如云。　　疑倾河汉倒翻银。可以识天心。正逢疠疫流行际，涤荡尽、秽恶无痕。清凉徐引，纵当长夏，泽普尚如春③。

满庭芳

以葵花茎作杖，轻便可喜，词以纪之

缓步拖云，倾心向日，衰翁杖取诸葵。干如绳直，轻更便提携。平日漫空倚傍，今老矣、有待扶持。谁援手，友朋子弟，还恐不如伊香山《朱藤杖》诗："虽有佳子弟、良友朋，扶衰助蹇，不如朱藤。"　　相依。应不让，朱藤得力，白傅题诗。觉藜犹近俗，竹亦非奇。又况智能卫足，分余智、卫我兼资。倘犹得，两年借助，已是古来稀。

前调

为张小竹茂才题《翠袖倚竹图》④

红粉飘零，青毡憔悴，能无斫地悲歌。拈毫写照，清影认婆娑。忽忆珊

---

① "春风"，《全清词》（嘉道卷）本又作"一梦"。
② "销除烦暑有方么。有竹横窗千个"，《全清词》（嘉道卷）本又作"暑能不受别无他。修竹盈千万个"。
③ "泽普尚如春"，《全清词》（嘉道卷）本作"我泽总如春"。
④ 词题《全清词》（嘉道卷）本作"张小竹嘱题《翠袖倚竹图》"。

珊环珮，似一枕、春梦轻过。① 空赢得，修篁挺翠，不改四时柯。　　蹉跎。思往事，千条万绪，伤也如何。况镜奁琴匣，离别时多。此日招魂尺幅，素笺上、难托微波。但晨昏，② 心香一瓣，供养病维摩。

玉蝴蝶

咏竹

本是干霄骨格，十年手植竹为咸丰元年手植，已欲凌云。可惜阶前，屈于尺地难伸。枉可为、谁操直节，盈而荡、常抱虚心。最相亲。岁寒三友，梅伴松邻。③　　此君。最能医俗，何堪一日，小隔音尘。苔藓盈盈，瘦影常依石丈人。茁猫头、新篁解箨，摇凤尾、老干盘根。盼龙孙。竿头日上，光大吾门。

夺锦标

七夕

其一

蛛网牵丝，雀桥填恨，今夕又逢七夕。最是千秋恨事，一水沦涟，双星阻隔。问此情谁遣，应转羡、人间居室。笑神仙、亦累于贫，何日聘钱偿得。　　秋色暗催行色。未整轻装，泪雨已先淅沥今日午刻雨，晚又雨。赢得香闺绣阁，彩缕花瓜，竞思巧乞。奈佳期仓猝，说不尽、闲愁如织。纵天孙、不吝金针，那有工夫度及。

其二

机绚七襄，池开百子，莫把陈言撢拾。但念悲欢聚散，别是奇缘，不循常格。教骚坛扬扢，费多少、锦笺彩笔。空铺陈、月地云阶，因果有谁解识。　　我止抚今追夕。四十年前，丁沽雅集。此后天涯鸿雪，岁岁高歌，都留尘迹。笑雕虫到老，剩风雅、一堂作述两儿皆知诗。还盼他、幼子童孙一子一孙俱幼，异日能吟八夕。

---

① "似一枕、春梦轻过"，《全清词》（嘉道卷）本作"似春梦、枕上轻过"。
② "晨昏"，《全清词》（嘉道卷）本作"晨夕"。
③ "岁寒三友，梅伴松邻"，《全清词》（嘉道卷）本作"段家梅放，陶径松存"。

梅花引

七月下浣，贼忽有出巢之信。自廿七日，逃车络绎，杞城几不能容。至八月初四日，始行散尽，贼亦未至。

不胫走。萃渊薮。满地累累丧家狗。弃耕耘。聚族奔。不知若辈，何见复何闻。一家振策千家继。马渤牛溲遍街市。百堵盈。哀鸿声。因惧生疑，岂识又虚惊四月内曾虚逃两次。

贼何在。颍亳界。出没无常难坐待。大将营。官家兵。熊罴日厉，狐兔日纵横。可怜厌乱天无日。但见年光疾于矢。又中秋。月华流。安得金波，一洗净金瓯。

南楼令

重阳作壬戌

篱菊已堆黄。枫林渐染霜。弹指间、又是重阳。风雨满城人卧病，空辜负、好年光。　　瘦骨怯新凉。痴情忆故乡。正丁沽、虾蟹盈筐。比似莼鲈应不让，羡张翰、整归装。

咏竹林七贤

瑶台第一层
阮籍

如此猖狂。偏至慎、逢人不否藏。东平乞郡，坏将府壁，内外相望。旬余清兴尽，更骑驴、径去匆忙。旋复求，步兵校尉，旨酒思尝。　　思量。生当魏晋，身不逢辰已自伤。独开生面，放怀蔑礼，以醉为乡。苏门常啸罢，遇真人、目击心降。叹孤芳。难容乱世，著咏怀章。

逍遥乐
嵇康

拔俗风姿矫矫。立等孤松，醉似玉山倾倒。今愧孙登嵇康语，谓是才高，此身殊难自保。果然见到。念吕安、罹事无端，独敦交道。为题凤人来，池鱼殃了。　　此日人皆婉悼。亦算自招懊恼。士季昔相寻，任来去、疏言貌。岂知片刻已成衅，乘机图报。最怜广陵散绝，人琴俱杳。

三部乐

山涛

令公论断。如临下登山，悠然深远。浑金璞玉，更有安丰窃叹。谈次不肯自居，然老庄不读，旨常合暗。望重竹林，至友首，推嵇阮。　　巾帼亦垂青眼。道识度相交，差犹不忝。非望一时路绝，颓风力挽。人共钦、山公处选。启事成、贤豪登荐。更延祖劝。看天地、犹留缺陷。

八节长欢

刘伶

丑貌长身。悠悠忽忽，无所用心。形骸如土木，屋舍作衣裈。出常荷锸入常裸，浑不知、人世升沉。别有壶中岁月，瓮里乾坤。　　闺中劝戒殷殷。具酒肉、誓言毕竟无闻。一醉又熏熏，悟俗士、乍看横逆来临。和颜道，尊拳岂、鸡肋能禁。终其世、一篇著作，颂酒德渊深。

云仙引

阮咸

物不能移，清真寡欲，平生知己山公。樹雅望，竹林中。晒衣艳称北阮，尽是丝罗锦绣丛。对此何妨，一竿犊鼻，高挂庭中。　　姑家胡婢曾通。道人种、如何去绝踪。离鸾是恨，骑驴独往，道左相从。是生遥集，胡儿后起，好色居然有父风。异时宋祎，问谁欲得，独乞深宫。

采桑子慢

向秀

读书是好，一切物欲胥捐。更营生、共嵇锻铁，偕吕灌园。器宇非凡。自无叔夜失清欢。偶膺岁举，黄门一拜，换了箕山。　　司马家儿叹赏，受知不独巨源。苦心注、南华一卷，精义磨研。遽尽天年。平生任率少拘牵。高风谁继，阿奴今日，不减当年。

金菊对芙蓉

王戎

鸡骨支床，居然死孝，不须和峤为忧。更赙金累万，九郡空投。清操至性时无匹，如何晚节转贻羞。营心生计，既钻李核，又握牙筹。　　简要见重名流。看精光烂烂，电射双眸。经黄公垆下，感触前游。忆从嵇阮无人后，时羁绊、清兴全休。独留韵事，妇女卿婿，佳话千秋。

珍珠帘

对菊

金风玉露新凉乍。正重阳、买尽秋光无价。晚节傲霜姿，奚必东风假。名下无虚成逸品，笑俗艳、红酣紫姹。高雅。看淡欲离尘，瘦难盈把。　　顾影更宜清夜。当灯前月下，如将照写。三径赋归来，采采东篱下。处士高风今不作，问浮世、谁知音者。佳话。是楚客餐英，甘于食蔗。

金缕曲

忆梅

又是经年别。数风番廿四，已是小阳时节。望美人兮隔天末，耿耿此心如结。襟袖上、旧时香灭。篱落水边春未泄，看窗前、犹是寻常月。空怅望，枝南北。　　如君品格真高绝。只冰心独抱，羞与杏桃并列。犹忆去年花似雪，倍惹相思饥渴。待何日、得亲颜色。望眼久穿知不腊，定孤芳、早晚垂垂发。倩翠羽，报消息。

临江仙

太康小住将归，为贼所阻，作此遣怀

客路因循去复留。风声鹤唳惊秋。跳梁小丑几时休。连天烽燧远，卷地驿尘浮。　　淡荡心如不系舟。又如水上闲鸥。可行可止总悠悠。世途多窘步，暮景合埋头。

醉春风

其一

七十翁犹健。穷愁何久恋。平生已历尽艰虞，倦。倦。倦。莫漫悲歌，大都人事，生于忧患。　　随遇而安惯。无求心自坦。世间况是。苦人多，看。看。看。但免饥寒，布衣麦饭，外都不愿。

其二

老病真如缚。抚今还忆昨。半生误堕入名场，错。错。错。已醒黄粱，只余白发，天涯沦落。　　暮景甘萧索。何须嗟命薄。不师平子学荣

公，乐。乐。乐。放眼开怀，仰观俯察，鸢飞鱼跃。

蓦山溪

其一

中原逐鹿。烽燧惊心目。沦落寄天涯，怅余生、风前残烛。伤时感事，莫问后来因，杯中渌。盘中肉。醉饱今朝福。　　何荣何辱。但得平安足。疠疫继干戈，新故鬼、同遭荼毒。春光已老，雨泽况愆期，居无屋。耕无犊。剩有唐衢哭。

其二

雕龙刻凤。到此皆无用。力尚缚鸡难，况无边、豺狼蠢动。笑余迂拙，结习未能忘，书城拥。吟肩耸。柔翰朝朝弄。　　有谁英勇。身任安危重。往事忆淮阴，一饿夫、登坛惊众。九州宽大，定不乏奇才，抚林总。充梁栋。将相原无种。

卜算子慢

三月廿五夜，得雨甚畅

凉痕穿牖，湿气侵阶，一雨恰如人意。泽尚非迟，犹是暮春天气。酿浓膏、淅沥深宵里。应是兵燹频年，天心补以乐岁。　　绣野风光丽。想麦卷云黄，桑垂椹紫。叱犊眠蚕，尽是生人衣食。似洒来、滴滴杨枝水。笑龙懒、痴眠正熟，是何人鞭起。

高阳台

伤堤柳

密叶藏莺，长条系马，沿堤一色清妍。手种成阴，规模勉继前贤杞县堤工创始于前任甘公，并沿堤栽柳。时远年淹，黄河屡经决口，堤已淤成平陆，柳皆残缺。甲辰夏，余题补是邑，适遭水患，因重修堤段，补种柳五千余株。插秧记屭青苔破，五千株、锦簇花团。最无端。万绿飘零，化作齐烟。　　萍踪笑我羁栖久，叹桑田沧海，变态堪怜。是旧巢痕，忍看如此凋残。十年种树宁非计，霎时间、剪伐偏甘。更凄然。唇到亡时，齿亦将寒此番树皆伐尽，已伤堤根，将来堤亦难保矣。

沁园春
读宋信国公《正气歌》及赴燕途次所著各诗词

生不逢辰，世乱国危，挺身勤王。叹出艰入险，难回天意，成仁取义，独振人纲。八斗奇才，一朝名宦，盖世勋猷未展将。空博得，状元兼宰相，冠绝名场。　　此身与国存亡。知坏土犹留万古香。自小朝廷立，贻羞已久，瞎平章死，误国非常。海峤风霜，穹庐岁月，牛骥还同一皁伤。千秋下，读数行遗墨，痛断人肠。

卖花声
寒宵不寐

醒眼到宵终。万感交攻。欲寻佳梦也无从。一缕吟魂敲欲断，风柝霜钟。　　圆顶碧纹缝。斗帐寒冲。寒与梅花不睡同放翁诗，"寒与梅花同不睡"。嗅尽冷香频转侧，兴淡愁浓。

双调望江南
乙丑元旦

其一

通宵里，爆竹响如雷。懊恼驱同残腊去，吉祥迟共早春来。消息问寒梅。　　寒威重，满地尚冰霜。烛影摇红羞鬓影，炉香袅碧逗心香。虚掷好年光。

其二

一岁首，元日占春先初九日立春。但获平安无限福，得粗温饱有余欢。妄想一齐删。　　衰又病，无计遣年华。浅醉围炉肠已润，冷吟刻烛手频叉。诗酒是生涯。

前调
花朝

春无赖，人尽坐愁城。十日九逢飘雨雪，一年三见起刀兵自去岁三月至今，大兵三次临境。天怒亦难平。　　沉阴久，寒信几时销。卅载狐裘犹未脱，一炉兽炭尚频烧。愁闷度花朝。

祝英台近
初三眉月

嫩晴初，轻暖候，几点残云过。玉宇高寒，明星芒作作。笑看眉月初三，一弯如画，添京兆、镜台清课。　　卷帘坐。惆怅夜色凄清，倚声倩谁和。邀饮举杯，尚未清光堕。碧空爪印分明，又疑月姊，纤指掐、蔚蓝天破。

百字令
题芙蓉山馆已刻诗词集

才堪八斗，偏题雁无名，雕虫到老。树帜词坛推巨手，戛戛一时独造。作宰边城，备员京国，无分蓬瀛到。古今同慨，兼修福慧良少。　　最爱俊语生风，清词叠雪，笔可千人扫。科第不闻能寿世，此集流传独早。并世吴刚，齐名张绪集中有与吴谷人、张船山两先生唱和者，惆怅前贤杳。一瓻借得，挑灯读到天晓。

喜迁莺
三月初十日清明，是日心筠弟县试开场

艳阳天气。看雨余春色，者般明媚。蝶板敲余，蜂衙放毕，无限万千红紫。笑生花老眼，随雾里、寻春而已。引佳兴，正阿连花县，新栽桃李。　　往事。鸿泥似。西亳东娄予初补偃师，服阕后又补杞县，曾是操刀地。鹿野秋风己亥豫闱充同考官，鹗林夜雨在府谳局执事二十余年，回首光阴如驶。卅年同一梦，空博得、暮龄憔悴。春光好，爱风和日丽，强扶病起。

金缕曲
县试，书院中阅卷纪事

其一

一邑抡才地。正良辰、和风迟日，刚逢上巳。弊绝风清公令肃，百里宁无佳士。张铁网、重门扃试。圣谕煌煌垂至教，并孝经、性理颁新制近日奏准小试添默写圣谕并《孝经》《性理》两论。童若冠，进身始。　　瑕瑜不

掩纷难理。仗诸君、精心抉择，周行我示。绛帐心倾皋比座，老眼无花若此谓山长朱宝翁。更二仲、出经人史。炉火纯青非所望，但循规、蹈矩无疵颣。便有造，休轻视。

其二

心力衰残久。笑临池、强开倦眼，十余昏昼。墨沼波干毛颖脱，难得佳章邂逅。聊品定、卢前王后。生怕冤禽填海底，试重看、莫便挥残帚。问多士，珠遗否。　　蓦然触我前尘旧。忆当年、髫龄采取，芹香盈袖。早博一巾犹未冠，叨荷宗师奖诱。记亦是、暮春时候。往事分明犹在目，一追维、花甲周将又。搔白发，忍回首。

翠楼吟

郊游

红腻桃腮，青垂柳眼，艳阳烟景如许。寻春来绣野，正村社远闻箫鼓。祭先田祖。看秧马犁牛，芳塍趾举。歌且舞。欣逢乐岁，声含人语。　　记取。良辰美景，恰才后清明，又先谷雨。牡丹消息近，苞欲坼天香渐吐。游人无数。更乞借春阴，海棠待护。流连处。麦秋已兆，甘霖泽普数日内连得甘霖。

木兰花慢

新秋

南讹销尽暑，金火战、序方更。渐花谢琼枝，叶凋金井，凉信潜生。新晴。非风非雨，但萧森满耳尽秋声。虫语不胜幽咽，蝉吟倍觉凄清。　　关情。旗鼓竞登城。小丑暗偷行贼匪又过境。叹地经蹂躏，时当摇落，老病心惊。常醒。青绫坐拥，耿银河夜起看双星。蛛网千丝织就，雀桥一夕填平。

喜迁莺

贺费治平亲家题补睢阳

乔迁莺喜。是轻车熟路，使君旧治。剥复循环，穷通倚伏，可以识盈虚理。怅频年潦倒，老将至、身方有寄。几盘错，到山穷水尽，晚成大器。　　私意。还自计。睢涣合流二水名，一属睢，一属杞，相隔仅七十里，相去崇朝耳。近接棠封，得邀樾荫，我亦叨光非细。看栽花妙手，好一展、平生经济。遥相望，定老当益壮，天休滋至。

摸鱼儿

入伏以来，淫霖不绝，兼之贼匪入境，羁留多日。拗庭刺史十余昼夜未尝下城，防守周密，辛苦备尝，实深钦佩，爰作此以颂之。丙寅。

正淫霖、似倾如注。居人难得安堵。垣颓屋漏无完舍，流水没深阶础。当溽暑。况小丑跳梁，又引来愁绪。逗留不去。蹂躏到村墟，十余里内，负郭尽狐鼠。　　一邑主。不愧斯民父母。登城昕夕防护。眠餐几废无遗算，雉堞经旬常住。非小补。更城市周巡，怕有容奸处。不辞辛苦。但桑土绸缪，金汤巩固，谁或敢予侮。

一萼红

高阳寨失，感赋

笑蚩氓。是孽由自作，遇贼已心惊。彼尚未攻，我先自乱，开门聚族而行。又岂识、同心协力，坚壁垒、众志可成城。夜雨淋漓，转教若辈，得有居停。　　仓猝不遑顾虑，把室家荡析，食货飘零。带水拖泥，褰裳濡足，奔波直到天明。□□到、流离失所，应共悔、前夕太嘈腾。记否当年兴筑，几费经营。

沁园春

沙窝寨与贼交战，杀贼数百人，贼退避

锻戈砺矛，杀数百人，我武维扬。当辰墟杂沓，尘氛顿起，丁男矫健，膂力方刚。守既不能，和尤不可，一战居然不可当。贼穷蹙，剩望风而遁，耻雪高阳。　　果然义勇无双。想平日团成百炼钢。任大言恐吓，恣情需索，但凭镇定，莫漫惊惶。烽燧连天，鼓鼙震地，顷刻游魂半死伤。堪效法，愿大家努力，同剪豺狼。

风入松

天晴贼退，喜而有作

兼旬阴雨镇无聊。气息腥臊。朝来旭日瞳瞳上，空中望、气爽天高。

疑是碧翁沉醉，宿酲到此方□。　　妖氛绝迹已回巢。知有同袍。防□况又椠时懈，发鳏寡、止合潜逃。黎庶同深欢忭，使君备极贤劳。

沁园春
立秋日闻蝉

庭有双槐，绿阴丛中，嘒嘒声闻。忆西陆南冠，客愁偬儌，五更一树，诗思清新。秋忽今朝，暑犹昨日立秋仍在中伏，时序催人似雷奔。生太促，止夏秋一瞬，不识冬春。　　生成孤洁谁伦。应似人间避谷人。但餐风吸露，清能代食，栖云巢树，高欲离尘。热念全销，好音始诉，蜕壳仙人清净身。断复续，任遥吟俯唱，而有遁心。

台城路
玉簪花

抽簪已是金风肃，初秋仍当三伏。叶展蓬松，花开瘦削，挺出一枝枝玉。肖簪形酷。正佳人睡起，折来芬馥。插向云鬟，晶莹雅称鬒丝绿。　　清秋相与终始花自初秋陆续开至深秋，伴晚香楼畔，几丛花竹。金雁钿蝉，琼钗玉钏，都是□□流俗。华清新浴。任百卉齐芳，难资妆束。争似此花，镜中梳掠熟。

前调
秋声

井桐一叶初摇落，秋来尽人惊觉。蛮语蝉吟，蟹团蝶瘦，情绪益增萧索。时光非昨。甚衰柳枯荷，雨风交作。一种凄清，欧阳夜读正怅触。　　飞鸿几行横塞，引圆吭嘹唳，远音寥廓。砧杵霜凝，铎铃风紧，万籁一齐攒簇。惊心动魄。剩痴坐寒窗，深垂帘幕。灯火阑珊，又高城鼓角。

前调
秋色

贪看秋色披襟坐，晨昏已成清课。松菊篱边，芙蓉江上，玉露金风经过。千枝万朵。讶藤架豆棚，凉痕欲堕。更雁来红，几枝点缀倍婀娜。　　风霜难禁摧挫，想多情宋玉，悲由此作。淡亦娇娆，瘦兼风韵，不羡杏桃雾裹。

宜秋惟我。渐引蔓抽条，满畦瓜果。霜径停车，望枫林□火。

一剪梅

其一

乌兔狂奔似电光。春也抛将。秋也抛将。穷通一切任穹苍。贫又何妨。病又何妨。　　偃蹇终朝据一床。食少非常。睡少非常。略无好梦到甜乡。身不平康。家不平康

予自庚戌患风痹症，至今未愈。心筼弟宰鄢陵之秋，缘事落职。小崔侄宰山东单县，适接其来信，知于前月丁内艰。

其二

秋浅秋深问化工。兰已香融。桂已香融。旧游寥落杳无踪。吟与谁同。饮与谁同。　　博得长闲万虑空。乐在其中。忧在其中。惊心怕听响随风。朝几声钟。暮几声钟。

锦堂春慢

怀黄心垣

话别匆匆，十旬一瞬，迩来定已还家。此际停鞭驻马，藤洞烟霞。此地尚留鸿印，空叹宦途人遐。剩相思如结，欲将红豆，远寄天涯。　　春风几度回首，记敲诗评画，笑谈同哗。只今霜凝露结，梦绕兼葭。一日果如三岁，算此别、多少年华。倘是旧缘未尽，异日相逢，重看栽花。

梅花引

接小崔侄来信，知于月前丁内艰，感而赋此

火星残。金风寒。擘破双鱼泪不干。愁肠牵。愁肠牵。百计千方，难回家运艰。　　麻衣惨着浑身雪。素冠凄绝三更月。宦游难。宦游难。咫尺天涯，两心同一酸。《见真吾斋诗余》

张篯（29首）

张篯（1793—?），字述之，号雨香，别号彭龄，直隶磁州（今河北省磁县）人。嘉庆十八年癸酉（1813）举人，道光十五年乙未（1835）进士。官南和县训导，历陕西洵阳、澄城、大荔、长安诸县，调商州知州，留坝厅同知。性和霭，无急言遽色。学问渊博，于书无所不读。为文雅近韩、苏，尤工骈体。爱吟咏，精绘事。张篯词娴雅冲淡，赋笔如话家常，咏物传神。尤长于题画，比兴得体，别有寄托，曲得画家心事。著有《绿筠书屋诗稿》八卷、《绿筠书屋诗余》一卷。

满江红
九日怀维扬旧游

冷雨酸风，尽酿出、一天重九。蓦回首、隋堤烟景，几行疏柳。延寿老能为座客，傍花村记招吟友维扬傍花村多菊。唤浮云、权当白衣人，能来否。　　缄却了，哦诗口。闲却了，题糕手。剩瘦蝶寒蛩，相思相守。片纸难传南雁信，一杯空对东篱酒。试登高、短草满城头，秋风走。

金缕曲
题崔柳堂表叔《牧牛图》

作牧心劳矣。问当年、佩犊循声，于今有几。不是时苗官舍产，依样空教饮水。听沃国、牧人提起。都说鲁恭归去日，只几篇、挂角残书耳。乌犊影，斜阳里。　　停杯可忆求蒭事。且趁此、春风芳草，牧儿同醉。骨相愚公宁得假，毕肖东篱风致。谁画出、爱民龚遂。莫漫科头林下坐，恐新硎、正待庖人试。请叩角，予小子。

沁园春
题观农《课子图》

昨遇崔君，自田间来，来示我图。说未通千卷，难云学耨，不勤四体，只是书橱。带经而农，骑牛以读，岂碍樊迟学稼乎。闻斯语，请披受教，簪笔为徒。　　呫嗫诸凤庭趋。早荷芰风清读父书。算不如老圃，砚田几顷，告教小子，书种千车。元亮为兄，羲之有子，崔浩风神亦肖夫。抱经者，迨金瓯名覆，忆此图无。

贺新郎
上元后一日柳堂表叔招饮听钟楼

灯夜将残矣。步芳街、楼台泠落，俊游能几。捧到新诗清似水，说到画楼佳处。看月色、已倾杯底。携手重寻陶令宅，算白衣、进酒公应喜。同行者，二三子。　　肆筵高设东窗里。想元规、据床啸咏，此时风味。长老情多频问我，可解清谈妙理。直坐到、更残风起。不恨醇醪吾不饮，饮醇醪、恐动诗狂耳。聆妙论，已心醉。

前调
春试过邯郸题壁，仍用矣字韵

又到邯郸矣。且莫管、丛台日落，古今兴废。但解金貂沽浊酒，缅想相如豪概。便邀取、昔贤同醉。漫说文章颇牧少，算登坛、无敌英雄事。吾辈业，当如是。　　休言一枕黄粱耳。唤卢生、问登仙去，与梦游里。其乐何如为我说，还说梦中最美。况科目、仙缘同理。日下长安应未远，待趋车、直渡芦沟水。宫苑杏，开也未。

菩萨蛮
秋思

晶帘低放无人语。篆烟隔断梧桐雨。酿出十分秋。不知何处愁。　　秋思和谁说。小梦随风落。不见鼓琴人。清秋独我清。

小重山
有怀

雨雨风风纸帐眠。熏笼偎不暖、耐重寒。画楼人去雁横天。凭栏处、雪又近残年。　　欲寄锦诗函。拈毫吟不就、倚花关。想思如梦复如烟。随风去、吹过小重山。

金缕曲
题崔柳堂表叔《柳堂图》

五柳先生否。我见其、貌古于松，神闲似柳。记得柳衙官似水，人想陶潜去后。只一棹、蓼红时候。认取到门秋色好，更扁舟、琴鹤何须有。脱乌帽，先呼酒。　　图中深柳堂依旧。谁画出、交让枝繁，醴泉波皱。池上有亭同白傅，坐听松涛搔首。剩明月、清风两袖。梦里朗吟山水调，看青山、恰似诗肩瘦。崔子玉，君应偶。

台城路
柳絮

杨花不锁章台梦，飞飞一天晴絮。趁暖团云，和香作雪，隔断东风归路。红桥横处。想乱扑征衣，轻绵难贮。萍水因缘，者番南浦又离绪。　　画楼人更凝伫。蓦相思搅乱，难绾伊住。捉向花边，冒来钗畔，小骂喃喃私语。又迷红雨。料凤泊鸾飘，不教尘污。飞白书空，字儿谁寄去。

金缕曲
榆钱

买得春光否。似者般、风流挥霍，东君富有。卷起金榆飞荚乱，乱扑簪钱女手。可沽与、一壶春酒。九陌风前谁数遍，正当垆、阿堵传神候。和絮影，迷清昼。　　白榆天上钱星久。只合与、花神作聘，没些铜臭。捉向画楼偷地卜，又被藕心猜透。切莫作、蝶儿飞走。香饭煮成春满座，怕老饕、对此贪心陡。休飘向，清风袖。

春云怨

花魂

春云怨切。把一段香魂，替花愁绝。几日雨丝风片，剪彩欲招招不得。梦到罗浮，神游阆苑，拟向禅关悟空色。倩女氤氲，真仙飘渺，一缕芳心接。　　三生香国因缘惜。愿金鸦留彩，玉蟾留魄。小样旖儿为伊立。莫作巫云，乞取花神，长生妙诀。明月前身，美人幻相，更向画图省识。

梦横塘

鸟梦

偎烟宿柳，藉月眠花，鸟儿一般春梦。睡稳香巢，黑甜处、双栖情重。化羽前因，游仙新幻，任风吹送。蓦南枝故国，欲到还遥，朦胧里、香魂共。　　沉酣也似人痴，问燕祥孰卜，莺魂何恐。迷杀鹦哥，梦旧日、雪衣恩宠。唤不醒、相思一树，吐出文章挂幺凤。红豆抛残，鸳鸯惊觉，絮语花间弄。

瑶华慢

题沈桂岩《探梅图》

寒香欲进，冷梦初回，雪拥孤山口。匹马寻芳，认取沈郎腰瘦。非关访戴，有梦里、缟仙相候。试霜蹄、一路琼瑶，送入罗浮香薮。　　踏遍风雪燕山，看入画红衣，标格依旧。梅花玉照，问修到、明月前身是否。玉龙鳞甲，愿扑转、探花马首。恐爱梅、有个采蘋，翠袖天寒待久。

西子妆

题《二乔观书图》

姊妹花双，鸳鸯玉并，画出二乔娇面。宛是皖江戈戟里，识英雄、一般俊眼。手书一卷。是孙郎、读残左传。是周郎，又新翻曲谱，倚肩同玩。　　雄图换。侠气柔肠，别有眉痕怨。江东霸业随流水，剩贞操、共人吟叹。阿瞒空羡。谁道东风无便。便铜台，锁住双飞燕燕。

解语花

旧曾画秋海棠于箑，两阅秋矣，检箧得之，怅触旧怀

阶头碎雨，墙角零烟，画出相思影。燕支香凝。浑不似、旧日眉山红晕。秋心谁领。只瘦蝶、寒蛩同证。是断肠、人也前身，折取柔枝认。　　记得秋波相映。蓦青苔遮断，伊人去迳。露寒宵静。分明忆、捉醉凉天风景。茜销翠冷。宛红豆、乱抛无定。想芳姿、写向柔毫，扇底愁红膡。

菩萨蛮

题画

文章空负横行笔。涂鸦权当吟秋色。郭索一篮秋。鲜鳞甫脱钩。　　聊作幽人供。引得鲈乡梦。风味忆江南。萸香菊冷天。

浣溪沙

春日怀人

倚遍阑干翠袖单。桃花历乱李花残。相思滋味耐春寒。　　别绪又过风几信，情痴只学柳三眠。个侬何处飏珠鞭。

捣练子

独夜

秋一叶，月三更。玉露零阶独自行。正是离愁眠不得，隔墙又送玉箫声。

合欢带

题陶达甫《阳平却扇图》

银屏桦烛摇红。掩罗扇、障芙蓉。展闺重阳风景好，乍凉天、月满窗栊。扶出鸾俦，遮来凤侣，人在瑶宫。却轻纨、一双琼璧，眼波同注玲珑。　　聚头名好恰相逢。听吉语、唱吴侬。占叶鸣凤昌五世，正黄堂、晚菊香浓。　　元亮多男，魏公昼锦，他日应同。遍阳平、夭桃式化，更歌麟趾奉仁风达甫尊人凫香先生时官阳平太守。

贺新凉

题安康大令吴粹卿小照

棠荫阴浓矣。问隐之、饮水家风，循声孰比。正是桂林香满候，秋到官衙似水。听四境、弦歌声起。都说金州新政好，看如山、案牍从容理。颂神明，称乐只。　　延陵世胄多君子。更堪钦、妙论风生，俊仪岳峙。手种名花芬绕座，恰称贤侯风致。羡画里、神闲如是。我幸同舟亲叔度，况论交、臭味幽兰似。披玉照，增仰止。

十六字令

春寒

寒。缃帘一缝晓风钻。金炉拨，莫放麝煤烟。

前调

嘲燕

烦。画梁燕子语绵蛮。双栖稳，何事聒春眠。

行香子

题对月图

浅淡蛾眉。彩照花枝。晶帘下、比斗丰姿。一弯纤影，步步相随。正纨扇罢，罗衣换，晚妆迟。　　嫦娥休妒，伊人何处，对冰轮、独自沉思。思量三五，合是佳期。待云容倦，花光暗，梦来时。

临江仙

送春

帘外落红飞作雨，雨中多少春光。相留无计愿相忘。骊歌莺又唱，驹影絮偏忙。　　几日春山离恨锁，为春搅断柔肠。东君可许细商量。海棠留几宿，归赏待檀郎。

南柯子

洛西居士画扇，谓有所貌，嘱题

宛转停歌后，轻盈欲语时。似嗔还喜倍多姿。难写惊鸿风致、是娇痴。　　倾耳音犹绕，回眸笑更宜。珊珊仙影剧堪思。花下频开便面、讶来迟。

金缕曲

题李云生大令《讯镜图》

欲向青铜问。问此中、本自空灵，何来形影。只为霜华容易染，换了潘郎绿鬓。纵明月、前生谁证。惟有才人能不老，更寿光、长驻圆灵境。对金背，清标认。　　谪仙丰度畴堪并。最分明、照胆冰清，澄心玉映。莫恨芙蓉春梦断，毕竟君胸如镜。羡画里、眼光炯炯。试看虚堂悬照处，洞观他、百里苍生病。千秋鉴，常持定。

雨中花

题画凤仙花

指上脂痕消不了。染作妆台画稿。貌出仙仙，飞来凤凤，秋思知多少。　　露艳霞香蝉鬓绕。似此女儿尤好。麈尾膏鲜，鹤头丹驻，不使朱颜老。

卖花声

题画僧帽菊

脱帽尽风流。莲社谁俦。拈花一笑虎溪游。赠与渊明堪漉酒，不上僧头。　　折角半篱秋。绀髻云浮。昙花顶上冷香留。怕被龙山风落去，粉本新勾。

金缕曲

题李云生《胭脂虎》传奇

折狱才休负。也须知、镜纵能清，判还防误。勘破惊龙为李代，不道错犹堪铸。怎不究、枭飞何处。翻案文宗偏解事，更簿书、转作氤氲簿。

披判牒，多风趣。　　何如演入梨园部。便夺取、留仙妙笔，谪仙制谱。玉茗词华应不让，宛听讼庭怨诉。足警动、痴邪妇竖。莫按红牙空点拍，要追维、平反心思苦。示我辈，金针度。《绿筠书屋诗余》

姚承恩 （3首）

姚承恩（1795—1851），字桐云，号朗山，直隶天津（今天津市）人。道光十三年（1833）进士，补河南遂平知县。调盛京盖平县。仕历南北，屡任繁剧。工诗词，受学于梅成栋，道光中尝入梅成栋主持的梅花诗社。著有《朗山诗草》一卷，词附。

大江东去
题徐如庵《结网图》

文心组织，看花样新翻，都成奇格。画图写出经纶志，知有牵丝之策。雨笠烟蓑乌蓬兰桨，划破吴江碧。一收一撤，网将珊树盈尺。　　岂是湖海渔翁，浮家泛宅，聊溷烟波迹。凭仗玲珑心转宛，雪练冰丝抽绎。万绪千头，横经竖纬，一缕幽丝擘。蓬瀛不远，看君高立鳌脊。

金缕曲
题胡竹屏先生《松阴问砚图》

手把红丝石。叹年来、雪案萤窗，不教轻掷。试看盈盈双眼活，都被墨痕狼藉。我欲向、画图人问，何事珍如琼璧。青铁磨穿，未展经纶策。五十载，发颁白。　　葫芦闷煞生平迹。回首忆，金门献赋，共遭落魄丑岁公车北上，与先生遇于藁村旅邸，匆匆已四载矣。喜见兰孙头角好，雅爱先生此癖。学弄笔、簪花奇格。人有青毡君有砚，作良田、岁岁逢膏泽。看异日，奋云翮。

浪淘沙

题《美人出浴图》

香汗腻春兰，花露初干。悄无人处立珊珊。只恐罗衣遮不住，半臂生寒。　　翠鬓绿云蟠。茉莉轻拈。何时抛却扇齐纨。使我痴魂销尽了，颠倒相看。《朗山诗草》所附词

李钧（1首）

李钧（？—1859），字夔韶，又字梦韶，号伯衡，又号春帆，直隶河间（今河北省河间市）人。嘉庆二十二年（1817）进士，改庶吉士，散馆授翰林院编修。道光八年（1828）记名以道府用，道光十八年由河南粮盐道迁陕西按察使。咸丰中，历太常寺卿、内阁学士、刑部侍郎，累仕河东河道总督。工诗，与吴振棫、吴嵩梁、张祥河等往还唱和。

渔家傲
使粤途中作

饭罢登程才过未。升舆又复蓸腾睡。一簇弓刀成小队。人语沸。路旁艳说郎君贵。　　笑我短装携幞被。寒酸依旧书生味。茅店几家悬酒旆。堪买醉。斜阳且驻行人辔。《词综补遗》

陈祺龄（12首）

　　陈祺龄（1796—1836），字梦年，号莲浦，别号我我生、剑花龛主人，直隶献县（今河北省献县）人。道光乙酉（1825）拔贡生，任保定满城县训导，后调顺天府府学训导，敕授修职佐郎。陈祺龄天才警敏，文学优长，然狂放不羁，性嗜饮酒，竟以病酒卒。乃师陶樑痛悼之曰："莲浦为余及门士，天才警敏，潇洒不羁。诗学温李，缠绵幽艳，间闯长吉之室。嗜酒，醉则悲歌慷慨，四座皆惊。喜填小词，书画、篆刻俱工秀绝伦。以通才沈滞冷官，非其志也。年未四十，病酒，一夕卒。浏览遗集，不胜毁璧摧柯之痛。"① 其友刘书年《哭陈莲浦四首》怀之，其三云："当代论才子，如君本自奇。有生惟纵酒，将死渐无诗。冷宦心如水，孤儿命若丝。谁赏磨镜具，千里为扶持。"② 陈祺龄主张作诗须有"眼界""意识"而归于"有情"，《剑花龛诗影自序》曰："天地间，可以不作诗者，其惟佛乎？佛云'无眼界'，又云'无意识界'，二根去，诗不来矣。有眼破万卷书以完其神，更得观世界览江山风物之胜，凭吊古今以助浩汗缠绵之气，然后抒新意出杰识，于是乎不能无诗。诗乃于是乎可存。"③ 故其诗写景如画，或清新淡泊，或荒寒萧索，皆语新意奇，妙趣横生而情韵悠然。可惜的是祺龄人生阅历未广，视野狭窄，内容比较单一，意象复沓，尚没能达到更高的境界。其词小令活泼而有深情，灵动处自能动人；长调多低徊感慨之音，自嘲自伤，时露诙谐机趣，于词中别具一格。著有《剑花龛诗影》二卷，收录古近体诗百余首，存稿本和刻本两种，均藏于天津图书馆。

---

　① 武树慧辑校：《陈祺龄诗集》，河北大学出版社 2018 年版，第 75 页。
　② 杜书恒辑校：《清芬丛钞诗全集》，河北大学出版社 2018 年版，第 90 页。
　③ 武树慧辑校：《陈祺龄诗集》，河北大学出版社 2018 年版，第 23 页。

十六字令

愁

愁。寄与青天替我收。天风下，依旧落心头。

长相思

本意

为春悲。为花痴。多少闲愁已不支。更禁长别离。　　长别离。苦相思。思到君边君可知。无言有泪垂。

又

春愁

雨丝丝。柳丝丝。织片春愁不用机。栏杆独倚时。　　瞋黄鹂。问黄鹂。眼见红香去故枝。如何忍得啼。

菩萨蛮

瓶花

小楼自有藏春地。不教轻嫁东风去。含笑问东风。东风可奈侬。　　香泉亲手注。更把罗帏护。留住欲开花。朝朝饱看他。

诉衷情

寄毓梅

总将万纸诉衷情。写煞也难清。不如盼得君到，两地事，一时听。杨柳陌，短长亭。又清明。几回屈指，无限关心，何日登程。

忆秦娥

闺晓

心儿恼。梦魂忽破纱窗晓。纱窗晓。梦还不远，重寻才好。　　起来闷倚帘栊悄。关心花事愁难扫。愁难扫。一声杜宇，惊人不小。

又
清明

莺儿说，今朝又是清明节。清明节，连云芳草，惊心春别。丁香细缀闲愁结，桃花红映离情热。离情热，柳枝无力，可怜攀折。

踏莎行
题画，莺坐海棠枝上

春困浓添，春阴低护。梦魂几被杨花误。梨云一片唤将归，翩翩公子来何暮。　　旧曲重翻，新愁如诉。玲珑珠串轻相付。卷帘人纵是周郎，知他不敢回眸顾。

满江红
次答王谷庵见寄，即用来词起二句

同到人间，廿六载、风花雪月。输一着、青云先路，忽然飞越。化羽经秋探月窟，攀花计日凌仙阙。恰教人、抬眼望层霄，思量切。　　情深也，红泪竭。歌苦也，青萍缺。羡君真换骨，我空存舌。太瘦生惟吟兴好，孔方兄已交情绝。问何时，彼此把欢愁，从头说。

金缕曲
醉歌

咄咄何堪此。尽当前风光，入眼总教愁死。月地花天都幻杳，诗亦芜城而已。旧面目，更添憔悴。扯碎《离骚》和酒咽，化伤心、泪堕深杯底。竟醉也，悲歌起。　　欲弹锦瑟歌难倚。算华年，一弦一柱，从头屈指。二十五弦清怨少，添出两条弦矣。问何苦、现身浮世。著向家园多垒碍，便天涯、是处堪容尔。看足下，拖泥水。

沁园春
早春感兴

似水流光，如梦东风，又早惊春。计小楼剪烛，杏花待雨，小桥响屐，芳草连云。未老年华，正堪跌宕，谁使相如直恁贫。还无奈、奈床头善病，有个文君。　　萧然四壁徒存。更鬓影、频年药气薰。算百愁百恨，三生早种，一贫一病，两字平分。卿病忘贫，我贫非病，且自相宽拭泪痕。无聊极、把两人心事，诉与花神。

<h1 style="text-align:center">又</h1>
写怀

生幸非顽，几度回头，恍记前因。奈情天佛海，徒寻幻梦，业缘魔障，苦吓痴魂。过去泥痕，未来风影，摹拟虚空总不真。愁难谢、剩廿余年里，现在吟身。　　绿章伏上天门。但许我、心闲我愿贫。向纸窗竹屋，欢来旧雨，说诗弹剑，快倒芳樽。万丈铜山，十围金带，让与人间有福人。些儿愿、问何时遂也，闷煞乾坤。《剑花龛诗影》

王庆元（24 首）

王庆元（1796—1841），字燮堂，一字协塘，号谷庵，别号莲东，直隶盐山（今河北省盐山县）人。少年奇才，擅诗文，文章脱俗，具清刚气。道光六年（1826）会元，官吏部文选司主事，为吏部尚书朱士彦器重。道光二十年九月擢江南道监察御史，十月请准省母，假满改浙江道监察御史。二十一年，因抽查大通桥漕粮亏空之事被满御史恒景及监督德珩所害，后恒景、德珩撤任销案。著有《古文奏疏》、《莲东诗集》三卷、附《听槐馆诗余》一卷。

百字令
题舅氏羽健张公《西湖试茗图》

钱唐雄胜，有亭铺草荐，依江为麓。舟缆绿杨无棹子，汲水一童丫角。玉琢蝉膏，珠跳蟹眼，短几支青玉。戛鸣仙鸟，和他有两仙鹿。　　料得花落琴停，风生两腋，消受西湖福。树色涛声传万籁，何必更携丝竹。解组归来，山林高隐，尔日谁能续。三生面目，试披图认芳躅。

满江红
寄怀陈莲浦

同到人间，廿六载、风花雪月。忆相见、良宵烛秉，高谈清越。岂有高才遭白眼，稳期指日游丹阙。恨而今、八比尚埋头，名心切。　　酒一石，樽倾竭。诗千首，壶敲缺。羡年来进境，不须饶舌。太白长歌多灏汗，剑南小品还清绝。只何堪、旧雨别三年，相思澈。

唐多令

四时词

其一　春

天际抹晴霞。窗开六扇纱。画栏西、开遍桃花。分付侍儿休折取，墙以外、有人家。　一笑熟胡麻。桃源路已赊。盼归期、人远天涯。记得攀条相赠别，垂垂柳、可藏鸦。

其二　夏

细雨晚凉天。新声送小蝉。碧荷风、香到帘前。伫立闲阶时一晌，为开过、并头莲。　莲叶衬田田。鸳鸯叶底眠。采花人、顾影生怜。愿绣上罗裙六幅，寄佳谶、好因缘。

其三　秋

瓜果列闲庭。双星笑乞灵。竹花深、有个流萤。长笛一声何处起，相思曲、雨淋铃。　团扇影伶俜。相期雁过汀。将书来、否恼人听。多谢你远来北塞，惊人起、梦魂醒。

其四　冬

雪压短长桥。红闺兽炭烧。欲裁书、指冷难挑。竹叶樽开聊自饮，醉双颊、上红潮。　澈夜响刁调。悬知冻画桡。待来时、错过元宵。看壁上图开九九，等何日、始寒消。

沁园春

柳枝青时，小儿每脱皮吹之，念堂先生名之曰"柳管"而赋其事，予亦拈此。

灞水桥边，东风吹澈，柳色青青。当柔枝初长，截来竹样，薄皮轻脱，幻出筒形。抗坠无腔，咿呀有韵，牛背横骑下短亭。清明近，是小儿双髻，斗此精灵。　斜风细雨初停。有多少羁人不惯听。得小姑挑菜，和他瓦卦，少年编埒，应彼鸾铃。拗可为鞭，编还作帽，此更清圆透野坰。消清福，遇诗人耳慧，谱入农经。

满江红

忆天津

久别天津，却不道、天津别我。想当日、青袍丫髻，初摇仙舸。杨柳津头催晓月，桃花渡口明渔火。到而今、忽忽十三年，心犹颇。　　某日看，繁花妥。某日怯，寒烟锁。记邀头十次，素心两个。壮岁安排居日下，儿时嬉戏曾江左。想浮生、寄住亦随缘，谁能躲。

一剪梅

寄李霁峰

一夜西风下短亭。定了流萤。老了秋菱。今年诗思旧年情。茶后看鹰。酒后谈经。　　一卷新词又结盟。写上吴绫。挂上云屏。卯兮城畔好传灯。得个良朋。添个诗僧僧海然，从霁峰学诗。

水龙吟

放歌

既然降到人间，肯听其有无而已。若盈我愿，拉姚作友，挞扬为隶。庶得教他，苍生首肯，儒林心醉。便两难兼得，熊鱼分划，心姑降、当容易。　　休道年今三纪。问前途、尚能为地。明年便见，词林才调。郎官星气。且向书窗，埋头风雨，背城思济。看狂奴故态，重新整顿，付千秋岁。

沁园春

九月十日赴圆明园奏事，归途与李燕轩同之茶楼小憩，遂成长调

一束轻装，十丈红尘，又到郊坰。看交驰薄笨，地平似掌，乱铺晚照，山矗如屏。鸟喜云高，树知秋老，芡暖菱寒蓼满汀。仙园近，有红排椔枑，灯灿繁星。　　晓来曙色微明。并鹭序鸳班到内廷。喜御香晨惹，敬随夔拜，天颜日近，愿效皋夔。人值朝房，退餐公膳，十里清光透进城。归途好，遇青帘微漾，细谱茶经。

醉花阴

题陈少室小照

是欢喜园谁供养。月碾秋轮朗。桐锁草庭凉，竹笑莲鞏，顽石都听讲。　　公然幻作僧伽像。趺坐蒲团上。将慧剑归囊，留得须眉，认方颐高颡。

柳梢青

月明之下，与心平三兄驾小舟，举网得鱼且得蟹

一叶扁舟。两人驾得，撑入清秋。月冷渔灯，星寒蟹火，又向寒流。　　有些个腮上钩。有些个、尖团上兜。云锁更深，酒香舵底，缆向前头。

赵小菊秋居四图索题

满江红

柳庄晚眺

三两人家，十万树、垂杨环抱。问秋色、如何渲染，乱堆残照。野水半篙随岸曲，寒鸦几点归林杪。是天工、写出淡秋图，谁家稿。　　竹篱畔，晚风峭。柴门外，疏星晓。恁收来眼底，者般秋老。乱叶打窗该弄笛，长条跪地还临道。记春前、送别短长亭，枝曾拗。

满庭芳

棠园秋步

秋气排空，秋声着树，秋光冷透花屏。编篱为壁，着意赠园名。为是青棠蠲忿，白棠尹、更赤棠邢。还饶个，秋棠别种，草本杂花生。　　犹以为小也，乾坤偌大、尽可行行。但山须乘马，水要扬舲。不若此间小步，须赚得、无宠无惊。是何处，红尘十丈，驰逐未曾停。

百字令

竹廊秋话

两千竿竹，有千竿秀削，千竿粗丑。都绕向回廊者答，隔着帘儿清透。换了薰风，引将凉露，袅出茶烟又。素心人到，问余何福消受。　　不过秋雨谈天，秋灯说梦，秋月论诗酒。十二阑干闲倚遍，新绿都归衫袖。迭谱

云门，罢参玉版，每到三更后。彼喃喃者，怎当初一心呪。

贺新凉

菊径秋吟

小立东篱下。看西风、梳烟架雨，此花开也。几许秋光花占满，一径盘蛇中跨。为借着、斜通吟榭。八面诗情无著处，向花魂、花梦花容写。供养愁，须风雅。　　一经品定花无价。任从他、诗仙诗圣，诗王诗霸。对此高风清澈骨，都要簪花入社。轮不到、翩翩游冶。纵便苦吟成太瘦，亦人同、花影相流亚。定有个，白衣者。

一痕沙

题《林下美人图》

春到南枝雪尽。惊动人探花信。玉碗一番寒。怯衣单。　　人与花枝同瘦。香气都归衫袖。真作点心餐。女中仙。

行香子

消寒第三集，题《九九消寒图》

老树便娟。小朵清圆。者寒香、沁人云笺。还些寒债，结个寒缘。认小香闺，妆阁罢，笑相前。　　玉腕轻揎。玉指轻拈。甚余香、腻到花边。酿来花慢，放得花颠。把一枝枝，直送到，杏花天。

大江东去

戈丈德庵既送御史，考居第四，未蒙记名，神情凄恻，寄此慰之

降来人间，不过是、流水行云而已。得固忻然无复感，失亦何尝非喜。馆阁裁云，台垣绣豸，岂必强于此。六官持重，治得天下无事。　　此亦共信不诬，岂故为高论，醒人渴睡。细雨声中无客到，一曲仰烦敲细以樛累操持正。雪点红炉，懈无可击，定压诸公矣。消除烦恼，政与文看双美。

金缕曲

为李爱堂指挥廷禧题《竹阴课子图》，即次其韵

六品襟裁绿《唐书》六品官衣绿。尽殷勤、安良除莠，颂谐金竹。一片冰心清彻底，不数咸宁夏谡。忽厌了、六街尘扑。从此挂冠高隐去，让先

生、潇洒归盘谷。林下乐，课儿读。　　森然树发阶前玉。看生来、峥嵘头角，文人奇福。恰好有亭深竹里，近在山东之麓。正仰合、奎星垣曲。记得当年栖老凤，到而今、雏凤清声续。京国客，遥相瞩。

水调歌头

放歌，即次坡公韵

四十平头矣，搔首问青天。自从金殿胪唱，今有十多年。赚得头衔依旧，把点儒生康济，都付酒杯寒。慷慨请缨士，迷闷簿书间。　　想当日，开别墅，任高眠。高堂侍膳，弟妹子女共团圆。消得诗书滋味，分得湖山胜概，何故姓名传。便欲挂冠去，松竹觅娟娟。

行香子

赵小菊《家廉吟秋图》卷子索题

天散秋光。地满秋香。尽秋情、沁人诗肠。闯开七夕，耐到重阳。恁蓼花疏，蕉叶大，柳枝黄。　　山也清凉。水也渺茫。划旗亭、人影双双。吟将秋碎，留得秋长。奈借秋难，听秋惯，送秋忙。

沁园春

题李枣之思补斋

我有遐思，万间广厦，要庇苍生。若卜园村左，百弓尚欠，结庐溪澳，十笏刚盈。树宿芝云，墙嵌铁藓，四季山中换雨晴。真高尚，占五爻肥遁，且自怡情。　　竭来澹透荣名。任世上风波总不惊。即退思观过，若教进取，定堪报国，一片冰清。君是清材，我成健者，请自分途庆太平。狂言发，古巢由伊吕，各各单行。《听槐馆诗余》

樊彬（80 首）

樊彬（1796—1881），字质夫，号文卿，直隶天津（今天津市）人。幼有才名，以诸生充国子馆誊录。道光五年（1825）叙劳授冀州训导，迁湖北蕲水县丞，调钟祥县，权知远安、建始诸县。告归后侨寓京师，居贫淡泊，至老精力不衰，所交皆好古之士。著有《津门小令》一卷，以《望江南》联章体词八十首备写天津形胜、民俗、政风、节庆等，表现了津门作为南北水陆要冲、京城门户的重要地位。

望江南

其一

津门好，渤海重名区。三辅星躔分析木，九河潮信溯丁沽。孔道近皇都。

《星经》："析木谓之天津。"丁字沽，即徒骇河。

其二

津门好，名胜共谁探。绕郭台形星聚七，抱城河势水分三。锁钥控畿南。

郭外炮台七座。南北运河与海河合流处，名三岔河，在城东北。

其三

津门好，礼乐化偏隆。榜揭问津开讲院，门临镇海耸簧宫。远近慕文风。

其四

津门好，福地五云边。柳墅春融花笑日，芥园秋老树含烟。望幸自年年。

柳墅行宫在海河滨，芥园行宫在运河南岸。

其五

津门好，何必慕乘鳌。铃阁千寻藏贝叶，鼓楼十里吼蒲牢。尺五接天高。

城西稽古阁，俗名铃铛阁。鼓楼，建城中。

其六

津门好，防海有新城。拦港沙横舟莫近，逆河潮上水才平。险阻本天成。

海口有拦港沙河，水高于海水，即逆河也。潮至，大船始得入。

其七

津门好，雄郡压东瀛。画戟宏开镲使院，楼船壮拥水师营。冠盖日逢迎。

其八

津门好，迭道去迢迢。泄水红桥阑几曲，傍堤绿柳线千条。堪作画图描。

西沽迭道，设桥二十座以泄河涨，傍多植柳。

其九

津门好，形势巩金汤。教场观兵开御幄，城门赐额仰宸章。气象自堂堂。

御教场，在城南海光寺旁。郡城为安三秦捐修，仁庙赐西门名卫安，以存其姓。

其十

津门好，规画有良模。十字围田抽早稻，四门潴水灌壶卢。遗迹未模糊。

稻田共有十字围，城内四隅有阮，旧引河水注之，名壶卢灌，今淤。

其十一

津门好，到处水为乡。东淀花开莲采白，北河水下麦翻黄。潮不过三杨。

海潮，南至杨柳青，北至杨村，西至杨芬港，故有"潮不过三杨"之谚。

其十二

津门好，烟水渺无涯。柳口芦飘三尺雪，葛沽桃放一林霞。孤棹老渔家。

杨柳青，古名柳口。葛沽，多桃林。

其十三

津门好，巡幸忆当年。安福御橹深坞贮，崇禧神观画楼连。花木早春天。

皇船坞贮安福橹、翔凤艇、行春舫等船，在海河岸。河北崇禧观，接望海楼行宫。

其十四

津门好，轶事几搜罗。杨柳营开周总帅，桃花血溅费宫娥。姓字未销磨。

明周遇吉于我朝大兵入关，伏兵杨柳青，大战。东门内费家巷，相传明费宫人故居，即刺贼一只虎者。

其十五

津门好，石道北城新。供税大关喧到晚，卖饧小市闹凌晨。水陆尽忙人。

天津关俗名大关，以别盐关、海关也。皇华亭今颓，每日卖糖人集此，名小市。俱在北门外。

其十六

津门好，望海有高台。云拥金盆晴日上，岸翻银练早潮来。放眼敞襟怀。

海口望海台，可观日出，仁庙有诗镌石，供奉碑亭。

其十七

津门好，古迹海滨传。遗庙唐皇曾挂甲，荒城秦帝昔求仙。兴废付云烟。

海河岸挂甲寺，唐太宗征辽，挂甲于此。海口卯兮城，为秦始皇使童男女人海求仙处。

其十八

津门好，祀典纪辉煌。万灶盆牢传圣姥，百年俎豆报贤王。风日祭河旁。

圣姥，不知姓名，始教津人晒盐之神，海滨有庙。怡贤亲王兴畿辅水利，有祠在河北。又有薰风烈日祠。

其十九

津门好，诗酒兴飞扬。风雅吟成沽上集，烟波人访水西庄。花月醉千场。

《沽上题襟集》，多名人作。水西庄，为查莲坡别业，今芥园即旧址。

其二十

津门好，庙宇足流连。寺入海光喧梵呗，阁临河口祀皇天。多少布施钱。

南门外海光寺，旧名普陀，仁庙赐今名。玉皇阁，在三岔河，额书"清虚阁"。

其二十一

津门好，远聚四方财。舶趁风高洋客至，水衡钱纳广船来。枣豆任装回。

其二十二

津门好，救火事匆匆。万面传锣趋似鹜，千条机水矫如龙。旗帜望连空。

救火会四十余局，集众有传锣贮水，有水机，大小旗以识别之。

其二十三

津门好，水陆好生涯。桂蠹文犀洋货局，天吴紫凤估衣街。金粉认招牌。

俱在北门外。

其二十四

津门好，广种福为田。香塔烟飘攒斗庙，河灯光放救生船。欢喜共人天。

重阳道观聚施主香为塔燃之，名攒斗。救生船，中元放河灯。

其二十五

津门好，诵读课童蒙。解榻每留徐孺子，谈经不少马扶风。岁岁易宾东。

其二十六

津门好，生业仿京城。剧演新班茶社敞，筵开雅座饭庄精。开市日分明。

其二十七

津门好，河岸布棚开。红纸摊膏人卖药，青钱占卦客求财。衣食此中来。

其二十八

津门好风俗美还淳。会起恤嫠怜节妇，社开惜字聚文人。河岸路灯新。

其二十九

津门好，公事拣殷商。年贡早收南办局，剥船备运北仓粮。花进四时香。

盐政各贡，有南办等商承管。北仓剥船数千只，芦商捐造。

其三十

津门好，时派说纷纷。听曲挥金轻似土，出门跑轿快于云。口岸有新闻。

其三十一

津门好，纲总势扬扬。额引畅销输国课，头衔新议学官场。公所日奔忙。

其三十二

津门好，夥友带财来。内事辛金多厚馈，外村子店贺新开。瞭望菜秋回。

其三十三

津门好，善事出芦纲。千领共捐施袄厂，百间新建育婴堂。丸药舍端阳。

其三十四

津门好，盐晒灶丁勤。卤放一滩明积雪，坨堆十里接晴云。香讶桂花薰。

引海水为卤，入池为滩，堆积为坨。间有桂花香者，是盐瑞也。

其三十五

津门好，乡俗久难更。灯照元宵无鼠耗，针停上巳护龙睛。爬月蟹横行。

灯夕照鼠耗。上巳闺中不动针，恐刺龙睛。中秋于蟹壳燃油捻，名爬月。

其三十六

津门好，上冢暮春初。柳絮纸萦公子辔，松阴深驻美人车。归去路纡徐。

其三十七

津门好，天后庙开时。铁马珠悬红线络，金鱼瓶映碧玻璃。灯市上元期。

天妃庙，建于泰定三年，见《元史》。正月，庙市半月。

其三十八

津门好，灯夕乐忘归。几队秧歌喧月上，满城花爆乱星飞。柳翠大头围。

其三十九

津门好，皇会暮春天。十里笙歌喧报赛，千家罗绮斗鲜妍。河泊进香船。

其四十

津门好，味溢齿牙香。暖入饧箫调杏酪，凉敲冰盏卖梅汤。十锦桂花糖。

其四十一

津门好，祈福共登场。万盏明灯酬土地，一街变相赛城隍。举国信如狂。

户部街土地庙，上元悬灯最多。城隍庙，在城西北隅，四月赛会。

其四十二

津门好，新岁兴偏佳。人日几家尝豆粥，天灯半月缚麻秸。卖病走长街。

人日，食豆粥，云免头痛。正月，天灯上缚麻秸。灯夕，妇女出游，名走百病。

其四十三

津门好，佳节俗堪夸。仗剑门悬朱判子，倒沙钟响兔儿爷。祭灶供糖瓜。

端阳，门挂朱判祛疫。中秋，卖倒沙兔儿爷。祭灶，供瓜糖，具刍秣。

其四十四

津门好，元旦更增华。室暖共围欢喜火，窗新早插吉祥花。锣鼓闹家家。

其四十五

津门好，海舶善漂洋。风利一帆官豆送，日行千里客粮装。岁岁赴牛庄。

海船，承运官豆。牛庄，在盛京。

其四十六

津门好，钱赚富家多。鞋式雅宜夫子履，衫痕轻剪状元罗。耍帽俏如何。

其四十七

津门好,奇货不寻常。滴露桂油恒泰局,去风药酒育生堂。价值倍腾昂。

其四十八

津门好,人力夺天工。窖菜剪来春韭白,唐花催放牡丹红。苗蒜浴堂烘。

其四十九

津门好,巧匠艺偏高。芦席结成楼阁壮,纸人扎出婢鬟娇。金玉镂还雕。

其五十

津门好,服饰换随时。武备尖靴双底薄,军机短褂半肩齐。新样帽檐低。

其五十一

津门好,年少兴翩翩。城月一鞭调马地,林霜十里放鹰天。习射鹄心圆。

其五十二

津门好,关税榷年年。幞被轻车轮坐口,烟波画舫派查船。欢乐正无边。

其五十三

津门好,美味数冬初。雪落林巢罗铁雀,冰敲河岸网银鱼。火拥兽炉余。

其五十四

津门好,时物细评论。嫩拌香椿尝海蟹,凉生苦荬食河豚。春晚佐芳樽。

其五十五

津门好,风景记迷离。曲唱连环佳子弟,技翻筋斗莽妞儿。烛尽酒阑时。

妞,读平声。

其五十六

津门好,积善散多财。舍豆结缘陀佛念,谢花还愿道童来。庵院岁修开。

腊八日舍结缘豆，痘愈者愿舍道童。

其五十七

津门好，携酒去招凉。味嚼菜根春不老，醉熏花气夜来香。水槛几壶觞。

春不老，芥菜名。

其五十八

津门好，荒渺任传讹。王母拆衣丝线细，阎罗借寿纸钱多。仙粉落天河。

游丝，俗谓王母拆衣。病，谒神前，焚纸陌借寿。七夕，花架下寻仙粉。

其五十九

津门好，水族四方稀。蚌小名传瑶柱美，虾多味爱玉环肥。海舌趁潮归。

小蚌，名江瑶柱。虾，去皮烹之，名虾环。海舌，即海蜇。

其六十

津门好，容易小星求。但得红丝牵月老，仁看碧玉逞风流。宛转抱衾裯。

其六十一

津门好，名士有园亭。篆水楼前秋月白，数帆台外晚烟青。唱和聚良朋。

篆水楼，在城北思源庄张笨山别业。数帆台，在城西水西庄查莲坡别业。

其六十二

津门好，囊袋剪青红。绫碎堆成花鸟细，纱轻穿就草虫工。佩玉缀玲珑。

其六十三

津门好，珍品重华筵。鳇骨鲨皮夸海错，蟹奴蚬子货冰鲜。狍鹿馈新年。

其六十四

津门好，蔬味信堪夸。玉切一盘鲜国藕，翠生千粟小王瓜。菘晚说黄芽。

其六十五

津门好，意匠妙生新。坐稳冰床疑缩地，梦酣火炕早回春。冷暖总宜人。

其六十六

津门好，幼稚事分明。线索钱穿长命缕，铁环鼓打太平声。嬉笑闹春晴。

其六十七

津门好，野外踏青游。绛雪楼荒花自笑，白云寺圮水长流。犹有旧名留。

芥园对岸绛雪楼，诗人佟蔗村姬人所居。河北白云寺，仁庙时敕建，今圮，额存。

其六十八

津门好，脂粉女儿家。鬒颤银丝穿茉莉，鞋弯木底印梅花。风露晚妆夸。

其六十九

津门好，闺阁事新闻。门外笋舆回对月，裙边莲瓣隐绚云。兰麝异香熏。

新妇踰月归省父母，名"回对月"。杂剪绫帛作云蝠钩连，名"绚云鞋"。

其七十

津门好，时见丽人行。元宝髻梳蝉鬓薄，栏干缠织犬牙精。相遇也多情。

其七十一

津门好，插戴耀金钗。红袄裹来开脸线，紫绫换却晒堂鞋。吉日卜和谐。

其七十二

津门好，无事也喧哗。城郭风高晴放鸽，池塘雨过夜鸣蛙。鸡犬万千家。

其七十三

津门好，乐部义男多。眉语已添离别恨，皮杯还侑定情歌。休问夜如何。

其七十四

津门好，烟景绕云屏。香可返魂成妙药，城开不夜有传灯。脸色照人青。

其七十五

津门好，薄技细搜求。烟管雕成罗汉笑，风筝放出美人游。花样巧工留。

其七十六

津门好，调养羽禽工。春昼画眉鸣绣闼，秋风白眼噪雕笼。黄雀语玲珑。

其七十七

津门好，好胜到禽虫。绣袋鹌鹑邀赌采，泥盆蟋蟀看争雄。也有斗鸡风。

其七十八

津门好，儿戏笑声哗。碎剪羊皮糊老虎，细穿马尾叫虾蟆。竹马纸乌纱。

其七十九

津门好，物产数多般。菜贩大头新出窖，鱼烹比目早登盘。努力劝加餐。

其八十

津门好，无事任逍遥。犊剑遗风难刻画，鱼盐琐语人歌谣。问答付渔樵。《津门小令》

裘宝善（4首）

裘宝善（1798—1873），字华南，号菊泉，直隶河间（今河北省河间市）人。道光十二年（1832）举人，授安徽贵池知县，升任泗州直隶州知州。性淡泊，不喜逢迎。诗近白居易。有《对影闲吟草》十二卷。

卖花声
瓶中杏花

有客惜年华。望杏堪嗟。折来供养一枝斜。净水铜瓶开对面，春满诗家。　　碎锦闹窗纱。伴我无差。绛唇轻点似娇娃。燕子不来春尚冷，休当梅花。

玉玤坠金环
连阴不雨，夜来少寐

岁月如流，嫩寒空把花朝过。昨宵微雨洒灯窗，窗纸湿轻破。听雨忽来风簸。会封姨、当成功课连日大雨。云行有影，润物无声，何曾真个。寂寞空斋，杏花伴我终朝坐。买春赏雨欲敲诗，诗又少人和。一夜小壶频唾。听钟声、几番摆播。鸡鸣四起，好梦不成，更教难卧。

红窗听
踏青美人

满地蘼芜花似绣。正美人、踏青时候。风绉湘裙弓影漏，衬出尖儿瘦。　　嫩柳垂垂眉样秀。溪桥外、远招红袖，暗尘香软。闲花簪透，引得游蜂凑。

鹊桥仙

春暮伤怀

柳眉杏眼，雾鬓烟鬟，仿佛那人装束。鸳鸯债欠几时还，甘拆散、平生双福。　　月季枝头，葫芦架断，都付一场蕉鹿。菊苗菜甲牡丹芽，添多少，伤心题目。《对影闲吟草》

白燕卿 （1首）

白燕卿（1798—?），字叔嘉，号又迁，又号蓉溪，直隶通州（今北京市通州区）人。道光九年（1829）进士，改庶吉士，散馆以部属用，官户部主事。咸丰三年（1853）放广东高州知府。

柳梢青
题《淮海扁舟集》

落拓多情，江湖载酒，杜牧平生。一卷新词，南唐小令，红袖金尊。　　有时秋恨纵横。绰铁板、伊凉数声。惆怅屯田，晓风残月，水驿山程。《词综补遗》

刘书年（12首）

　　刘书年（1801—1861），字仙石，自号秋冶子，刘廷楠第四子，直隶献县（今河北省献县）人。年十五补县学生，道光二十年（1840）顺天乡试中举，道光二十五年成进士，改翰林院庶吉士，授编修。充会试同考官，浙江乡试副考官。道光三十年诏以贵阳府遗缺知府，寻补安顺，移知贵阳，以功加道员衔。丁忧归，卒于家。书年早年与倪澜、燕晋、包炜、马龙骊号称献县"文坛五虎"。书年状貌皙瘠，温温下人，然内陌直，胸有尺寸，一不为义所挠，其论人物及辨事是非崖岸斩绝。交游简贵，进士出曾国藩之门，最为曾氏所爱重，以学行相切劘。所交友如河间苗夔、善化孙鼎臣、贵筑黄彭年、遵义郑珍、独山莫友芝等辈，均一时翘楚，讨论学业，长大不衰。书年少好学知名，于书无所不读，后肆力于学经史小学，手写口诵至达意乃止，晚尤好"三礼"之学。其说经笃守清代诸大师家法，但更为详密。他立身有本末，而学行完粹，所作文、赋、诗、杂著，各数十百篇，《经说》数十条为一卷，藏于家。已刊的有《黔行日记》一卷、《黔乱纪实》一卷、《黔粤接壤里数考》一卷。黔人朱启钤搜其遗诗为《刘贵阳遗稿》刊入《黔南丛书》续集。书年长于词，张之洞论其词称："公喜为诗，尤工长短句，类南宋能者所为。"许乃普谓："公所为诗古文词、长短句之属甚夥，絜静妍雅，已有足传。"其孙修鑑《涤滥轩词残稿跋》曰："据两公所述，当日词应不少，乃所授无之，盖其散失也久矣。兹词十一阕，其四录于《思旧集》，余乃累年搜辑而得者。虽非完璧，敢不珍如拱球，敬编集中。谨仿文勤公名经说之名以名之，俾后之览者亦将有感斯词散佚之足惜也。"①

贺新郎
鹊桥惜别

小别经年矣。叹从前、良缘断阻，盈盈一水。怪煞广寒三五夜，动说团圆有几。眼波浟浟，况复一年才一会，问姮娥、谁更能消此。今夜雨，当零涕。　　鹊桥填就须臾耳。没些时、红墙一隔，又成千里。便道尘寰多蘖劫，薄命惯逢游子。还有个、幸拼情死。偏是神仙无死法，万千年、生受离愁里。人世感，漫提起。

万年欢
题麻姑献寿图

万顷波涛，任往来无碍，浮槎轻触。雾鬓风鬟，掩映珊珊丰骨。几日未离蓬岛，又一度、沧桑过目。不须问、掷米前程，蟠桃今岁新熟。　　省识神仙眷属。配轻据广袖，内家装束。忆别方平何处，去寻灵窟。春酒一瓶同载，不类人间芬馥。借长爪、亲发瑶函道书，留我披读。

望海潮
维扬泛舟

摇波风暖，偎林烟嫩，孤情引过虹桥。如许荒芜，几番惊絮，匆匆兜入吟瓢。山叠乱青遥。向斜阳影里，换尽南朝。一掬秋怀，轻衫载酒客停桡。　　低徊无奈今朝。尽虚传跨鹤，何处吹箫。残月二分，颓花十里，凄凉红豆全抛。鸳鸯暗香销，恐分司重到，一样无聊。拌取零金剩粉，分付暮江潮。

壶中天②
维扬感兴

三生杜牧，早扬州梦觉，倦停风楫。一掬秋怀消不得，隔岸乱山青叠。

---

①　（清）刘修鑑纂，杜书恒辑校：《清芬丛钞诗全集》，河北大学出版社 2018 年版，第 262 页。

②　此词刘书年之孙修鑑录自《思旧集》。

小海歌终，大江淘尽，豪气都磨折。暝鸦飞动，绿杨还映城堞。　　休论织锦轻帆，泥金小户，一例繁华歇。问讯玉钩斜畔路，无恙二分明月。草际黏愁，烟中流恨，萤火交明灭。酒醒寒骤，玉箫声听凄咽。

台城路①
渡江怀古

一条天堑中分处，兴亡料经多少。鼍喷②涛崩，豚吹浪卷，万里长风如扫。中流鼓棹。甚吴头楚尾③，尽供凭吊。岸帻高歌，酒酣不怕蛰龙恼。　　遗踪向人问，道佛狸祠畔路，都长荒草。北固高楼，南徐重镇，古今一般残照。江山不老。惹过客天涯，暗伤怀抱。东去滔滔，六朝催换了。

湘月④
舟中望惠山

岚光如滴，染轻帆泾⑤翠，满陂烟雨。秋入江南皆画本，况到水云深处。竹里红墙，松巅白塔，招我寻诗去。一鸥前导，冲波飞过沙渚。　　便欲借榻山中，竹炉瓦鼎，随意携茶具。第二泉边尘梦洗，领略茗禅风趣。落叶邀凉，疏钟报晓⑥，未肯留人住。邮签催换，夕阳还曳烟橹。

望海潮⑦
姑苏道中

遗邱虎踞，荒台鹿走，当年霸业全消。花柳余妍，山川昨梦，繁华留向今朝。歌舞等闲抛。凭⑧扁舟共载，烟水迢迢。剩粉残脂，漂流不尽暮江潮。　　厌闻吴市声嚣。怕英雄犹在，溷迹吹箫。暝色添愁，秋声写

----

① 此词刘书年之孙修鑑录自《思旧集》。
② "喷"，《思旧集》本作"愤"。
③ "吴头楚尾"，《思旧集》本作"楚尾吴头"。
④ 此词刘书年之孙修鑑录自《思旧集》。
⑤ "泾"，《思旧集》本作"湿"。
⑥ "晓"，《思旧集》本作"晚"。
⑦ 此词刘书年之孙修鑑录自《思旧集》。
⑧ "凭"，《思旧集》本作"恁"。

怨，故宫梧叶先凋。双桨绿波摇。任魁泉坐石，莫便招邀。只待乌啼月落，移泊近枫桥。

徵招^①

癸丑七月至兰仪口，时以河防严不急，舟航断绝，末由问渡，感愤拈此。

去年问渡经袁浦，河流那般清浅。舟子不须招，徒涉直^②成惯。今来重放眼。恁使我、临流而返。击楫无因，投胶何济，望洋兴叹。　　跋浪骇鲸鲵，奔腾过、天险几曾雄擅。但作剧年年，耗折宣房楗。防秋无胜算。空费尽、水衡千万时贼已由汜水北渡，而丰工复决。倩谁个、只手龙拏，把狂澜力挽。

长亭怨慢^③
月夜听邻舟弄琵琶，戊午泊辰州作^④

猛搅入、秋城寒漏。凄绝哀弦，不禁挑逗^⑤。诉尽飘零，一声声想翠眉皱。客愁唤起，篷背谁先回首^⑥。清泪枉安排，浑未许、移船相就。　　僝僽。念冷冷俊语，可是十三妙手。曲终人远，只波面、月痕依旧。恁萧条、枫叶芦花，便抵得、浔阳江口。应怅望来宵，何处回灯添酒。

水龙吟
舟中秋暝写怀

客中易恼秋阴故，遮一片征帆影。晚枫如醉，残芦如诉，摇波不定。底事年年，阻风中酒，尚迟归兴。算暮潮鸣咽，东流千里，不抵似愁心迥。　　风信几番催紧，可能拌、者番凄清冷。鸥边梦短，雁边书滞，孤怀自警。如此江山，几曾见惯，篷窗倦凭。又数声清角，和烟吹堕，作空

---

① 此词刘书年之孙修镪录自《黔行日记》。
② "直"，《思旧集》本作"真"。
③ 此词刘书年之孙修镪录自《黔行日记》。
④ 词题中"戊午泊辰州作"数语据《涤滥轩诗钞》黔刻本补。
⑤ "不禁挑逗"，《全清词钞》本作"檀槽初逗"。
⑥ "篷背谁先回首"，《全清词钞》本作"问篷背、谁回首。"

江暝。

疏影

庚申十月，予将由黔北归，薄寒相逼，试雪未成。旧植缃梅四五株，数日前尽含蓓蕾，一夕疏花齐放，若知予之欲去，而故以相慰者，心窃异之。时以匆匆首途，且祥琴未调，初无暇托于音也。小别经年，花信又近，偶然忆及，追①赋此阕。

归程渐紧。记促装天气，小雪将近。芳意犹含，一缕冰飔，试把暗香催引。绮窗别绪增凄恋，似相约、薄寒同忍。怕来宵、一笛风亭②，飞梦欲寻无准。　　七载天涯漂泊，素心零落遍，踪迹谁问。消息③癯仙，送客多情，探借南枝春信。而今索笑和谁共，应笑④我、平生疏俊。为远人、寄谢⑤频烦，辛苦衔杯无分。《涤滥轩词残稿》

金缕曲⑥

邵亭先生留余斋中经年，时时以学行文章相切劚。兹以计偕北上，有迫而行，非其志也。后期莫必，不能无情，为赋此解。不作祝赞之辞，但为招隐之语，庶别于世酬应云耳。

霜气侵城堞。剩无多、旗亭衰柳，争禁攀折。不为青衫伤迟暮，对此已成凄绝。那更听、阳关催迭。涤尾沇头烽火照，算严程、战鼓何时歇。拎席帽，犯风雪。长安火急车轮热。　　试探取，怀中判字，三年漫灭。草檄修书浑闲事，只有干时谋拙。问何似、重寻旧业。老我天涯归梦苦，怎逢君、又作天涯别。但万里，共明月。《清芬丛钞诗全集》

谨按张文襄公撰先祖墓碑称：“公喜为诗，尤工长短句，类南宋能者所为。诗赋杂著数十百首，经说数十条为一卷，藏于家。”许文恪公驰书曾文正公则谓：“公所为诗、古文、词、长短句之属甚夥，絜静妍雅，已有足传。”其为两公推重如此。修鉴幼侍蜀

---

① “追”，《涤滥轩诗钞》黔刻本作“返”。
② “亭”，《涤滥轩诗钞》黔刻本作“高”。
③ “息”，《涤滥轩诗钞》黔刻本作“得”。
④ “笑”，《涤滥轩诗钞》黔刻本作“念”。
⑤ “谢”，《涤滥轩诗钞》黔刻本作“语”。
⑥ 此词据南京图书馆藏莫友芝手稿《邵亭诗文稿》录，《清芬馆丛钞》本未收。

中，习闻公著述蜚声艺林，顾未之见。己亥冬，自蜀东下，晤古遗姊氏于武昌，亟以相询，乃出而授之曰："为子保存多年，既知爱重，即以相付，幸善珍藏，日后能梓而行世，则更善矣！"敬谨受读，计诗三册，骈散文一册，笔记四册，《黔乱纪实》一册，《四书集字》一册，《江左王谢世系考》一册，《圣庙从祀录》二册而已。据两公所述，当日词应不少，乃所授无之，盖其散失也久矣。兹词十一阕，其四录于《思旧集》，余乃累年搜辑而得者，虽非完璧，敢不珍如拱球，敬编集中。谨仿文勤公名经说之名以名之，俾后之览者亦将有感斯词散佚之足惜也。抑更有感者，乙巳浪迹江右，沈公子培（曾植，时守南昌），询悉公之著述未经校编，慨惜久之，欲为整齐董理之，因以呈政。其夏，奉本生母讳星奔沙市，沈公旋亦升任安徽提学，不相闻问者十稔。迨国体变后，沈公避地黄浦，乃属黄楼表兄（彬）为致殷勤。比经检寄，则骈散文一册，笔记二册，竟未能随之珠还矣，至今尝用耿耿。近旅通州，乃于潘氏《滂喜斋丛书》中将经说残稿录补集中，私心窃用少慰。然究无补囊所遗失，有孤女兄付托之恨，并附以志余咎，冀不负吾姊之重托。　　戊寅夏正冬至日孙修鉴谨记

李际春（1首）

李际春（1802—1876?），字啸山，直隶蔚州（今河北省蔚县）人。道光八年（1828）举人，选授保定训导。同治二年（1863）任湖北公安知县，历汉川、孝感诸县。著有《啸山初草》。

买陂塘
登高望会盟台

正重阳、登高何处，城西琼阁飞起。云山迢递烟波冷，极目乡关千里。秋暮矣。有落帽、衔杯相忆羁游子。光阴似水。计海上观荷，山中赏桂，又过菊花市。　　黄花好，更喜佳辰清美。良朋游兴同寄。盟邦旧事重凭吊，留得古台遗址。斜照里。好共访、残碑断碣凌清泚。余霞散绮。任古往今来，茱萸醉把，且看晚枫紫。《有恒心斋诗余》附

李钧和（16首）

李钧和（1805—1872），字仲衡，直隶清苑（今河北省保定市清苑区）人。道光八年（1828）举人，授枣强县教谕，不就。性旷达，好扶乩，精于评书读画，工填词。尝游济南，名重一时，与嵇春原、何绍基、李佐贤交游甚笃。著有《红豆词》一卷。

醉花阴
芭蕉

碧玉裁笺笺未半。欲展还慵展。问有几多愁，叠叠重重，只在芳心卷。　　谩言听两人肠断。一声声凄婉。不是梦回时，窗外潇潇，窗里谁曾管。

疏影
咏梅，用白石韵

谁家碧玉。入罗浮梦里，抱影同宿。缟袂翩翩，缓步珊珊，芳魂只恋修竹。参横月落朦胧际，浑不辨、山南山北。待醒来、纸帐残灯，惆怅拥衾人独。　　还忆西泠旧路，小桥俯一水，低映波绿。恰似蛾眉，对镜新妆，甚日深藏金屋。欲催驿使频频寄，又玉笛、惊心羌曲。尽商量、吟笔重拈，写出寒香成幅。

前调
蛛网

柔丝几缕。学柔肠乱结，檐罅低处。雨湿还明，一任风吹，时有晴尘凝聚。多情惯恼闲蜂蠛，更惹偏、落英飞絮。忆那回、拂面牵衣，也解暂留人住。——疏篱都罥，又晚红屋角，添织如许。记得前宵，钿盒齐开，输与痴骏儿女。怪他不碍愁城路，只隔断、梦魂来去。把花枝、欲拭还休，独自凭阑情绪。

曲游春
草痕

春到瀛洲路，已池塘波暖，残雪初释。乙乙新抽，恼芳痕偏浅，浓情非昔。一任金钩屈。认澹澹、晴烟如织。纵斜阳、引入长亭，未动王孙游勒。　　远陌。望中凝碧。奈翠拟随轮，香未粘屐。绣出裙腰，怕针痕半露，尚输绵密。再费东风力。便一道、空青无迹。待取绿遍天涯，可怜秀色。

台城路
苔晕

墙腰深处斜阳冷，芳茵衬来纤软。叠小于钱，密偏似缬，一径纡回铺遍。闲庭闭晚。问谁立花阴，凤鞋痕浅。帖地鲜妍，有时擎住落红片。幽景惯寻古刹，看零碑断碣，斑剥葱蒨。翠上铜铺，碧缘玉甃，搀入蜗涎如篆。烟光映远。更蛾岫浓妆，螺鬟匀染。积雨新晴，望中青万点。

柳色黄
柳意

一缕柔魂，暗际青回，认来春浅。冰消水镜初开，波底慵窥娇眼。几番学舞，刚是梦醒惺忪，东风扶起腰肢软。早有画眉人，傍楼头惊见。　　难辨。依稀嫩碧，似有疑无，谁家池馆。入望溟蒙，只觉烟痕全敛。有何心事，镇日惯作愁鬟，修蛾描出春前怨。待苒苒成阴，把别离牵绾。

探春慢
梅魂

篱落烟濛，园林雪霁，暗向枝头来去。澹澹无痕，飞飞入幻，认作梨云应误。月落参横后，渐忘却、罗浮归路。只愁翠羽啁啾，问他还受惊不。　　流水依然前度。想疏影欹斜，也曾扶住。薄暝山家，黄昏庭院，仿佛珊珊来步。一片迷离际，错疑是、梦中相晤。巡遍霜檐，遍仙悄地延伫。

金缕曲
秋柳

万树黄金线。最无端、霜前露后，垂垂欲倦。一自漫空飞絮尽，多少朱门昼掩。便背了、东风一面。记得清明寒食路，倚纤腰、乱打桃花片。断肠似，花间燕。　　俊游抛掷光阴贱。却几枝、冷烟疏雨，水村茅店。六代山河斜照里，无数暮鸦啼遍。又何处、笛声哀怨。凄绝右丞三迭句，任行人、唱煞无心管。长亭道，极天远。

疏影
芦花

萧萧瑟瑟。惯摇烟弄暝，描出秋色。飐碎西风，搅乱斜阳，化作江心空碧。几枝忽送潇潇响，恍篷背、雨筛凄切。认幽丛、渐透微明，渔火星星遥隔。　　恰是霜枫未落，浔阳送客后，夜景岑寂。云拥荒洲，雪压回汀，满目离愁如织。声声断雁横空叫，又搀入、一声残笛。怎耐得、月冷波寒，容易看他头白。

摸鱼儿
题盟鸥图

绕清溪、一湾流水，今番须作盟证。十年辜负闲鸥约，待放归来渔艇。秋满径。要软裹蓑衣，坐向苔矶等。垂杨破暝。看浴雪沙头，寻烟舵尾，扑簌下凉影。　　平生数，几度萍乡断梗。一般踪迹曾并。催人旅鬓如伊白，憔悴怕窥青镜。回首听。听斟酌桥边，唱到风波定。江湖梦醒。傍枫叶芦花，心心照见，月上一丸冷。

高阳台
春雨

薄醉分凉，深怜谢病，天涯怕忆疏檠。前度斜阳，几番作尽红晴。林莺已抱飞花感，到啼鹃、换了池亭。堤柳笼烟，一碧如城。　　关情最是歌楼上，有笑桃移拍，浅袖抛筝。辛苦双眉，春来又觉愁生。瘦红我记钱塘路，带断云、吹过西泠。漫微吟。数点飘来，檐角残声。

摸鱼儿
秋风

蓦吹来、萧萧飒飒，一天消尽残暑。罗帏无意亲冰簟，早闭游红窗户。蛩莫语。叹未寄寒衣，谁识征人苦。支颐听取。但檐铁丁东，帘钩戛击，都是作愁处。　　秋如许。料得心惊倦旅。病怀无限酸楚。年光过眼如流水，已见冷枫飞舞。江上路。怎忍取莼鲈，俊味轻辜负。归程又阻。任落叶声中，凄凉一片，暗和打窗雨。

疏影
绿萼梅

天寒日暮。恍佳人袖薄，林下延伫。碧玉何时，招得芳魂，步入罗浮村路。苍苔满地浑无影，认隐约、眉痕如故。一任渠、月落参横，镇伴翠禽啼处。　　看到铜瓶纸帐，绿窗正暗锁，濛密香雾。可是春风，青眼垂垂，惯向骚人留顾。雪儿莫负东君意，快净洗、螺樽休误。待醉卧、帘影明边，吟彻霜天将曙。

桂枝香
真州后游

刘郎来也。问江上桃花，几番开谢。叶叶苹风，又送酒船西下。垂杨瘦影春波藉。记嫣然、一枝红亚。绣旗帘断，艺兰径合，旧时台榭。　　有谁识、重来游冶。剩夕阳双燕，杏梁闲话。一段闲愁，青子绿阴如画。前尘分付随潮泻。怅仙源、兰桨空打。碧云渺渺，渔天缺月，照人凉夜。

摸鱼儿
题元人《秋山暮霭图》

挂霜林、半痕斜照，烟光澹沱如许。写来橘绿橙黄外，恰补乱峰疏处。才缕缕。蓦缭白萦青，隔断苹花渚。归帆影误。只一片苍茫，雁声遥递，隐隐答樵语。　　凭高望，曾记半山红树。浑疑云外无路。依稀辨得

招提影，孤塔但余尖露。人延伫。似到耳琅琅，听见疏钟度。刚催日暮。试凝睇沙汀，星星幽火，渔艇自来去。《红豆词》

百字令

题熊兰坡《浣花阁续诗词草》

相逢佳日，早新诗一卷，袖中携出。无限闲情真旖旎，除却玉溪谁识。兰畹搴芳，金茎摘艳，兼擅春风笔。为君倾倒，文人大抵同癖。　　堪叹世路悠悠，无多同调，一见倾胸臆。残月晓风杨柳岸，羡煞屯田工尺。烛炧酒阑，豪情逸兴，占尽风流格。狂吟未已，不知今夕何夕。《浣花阁续诗词草》附

王鸿（80首）

王鸿（1806—?），一名鹄，字子梅，直隶天津（今天津市）人，寄居江苏长洲（今江苏省苏州市）。官山东聊城县丞。诗学杜甫、苏轼，颇具才名，兼通绘事，与曹楸坚、龚自珍、蒋敦复诸名士交游酬答。著有《喝月楼诗录》二十卷，收词一卷。

点绛唇
和周绣峰韵

玉女峰前，一湾流水春云绿。翠飞红蹴。花影鸳钓槛香深，睆睆莺鸣谷。忘尘俗。笑歌莺浴。丝竹。漫和阳春曲。

减字木兰花

荷缸明灭。雨过半帘花影湿。小醉才醒。竹坞云轻月朗。　　欢语昨宵瑶席上。秋风一径清。蕉梦浮沉。滴碎幽人写韵心。

点绛唇

香雨飘檐，惺忪梦觉蕉窗绿。吟声断续。研水龙宾浴。　　闲拍红牙，小玉歌新曲。横烟竹。秋风茅屋。空弄相思木。

柳梢青
上元前二夕作

昔日今朝。闹蛾邀月，斗酒吹箫。柳绿初新，山青如旧，回首魂消。　　雨丝暮暮朝朝。却负了、烧灯那宵。香湿檐梅，云遮镜月，愁思频撩。

卜算子
元夕

幡彩舞轻风，玺卜人何处。梅影疏疏瘦自怜，香暗清如故。　　何日喜春晴，几日愁春雨。懒把穷通问紫姑，题遍花灯句。

月宫春

玉楼春暖锦芙蓉。眉语故惺忪。碧城十二月朦胧。何处认芳踪。　　嫦娥解识芳心恨，花世界、战绿酣红。团圆梦断别离风。依旧帐屏空。

西江月
题修箫忆远图

衣缬宽斜神倦，眼波娇漾魂销。海棠月冷倚琼箫。梦断天涯芳草。　　吹得莺愁燕懒，负他雨暮云朝。风飘倩影淡红绡。杜宇一声春老。

少年游

鸦盘暮堞，芦鸣烟渚，残日淡汀州。塞雁霜寒，孤云风紧，凄绝一天愁。　　湖波绿荡横波转，离别已三秋。柳影魂销，桃花门旧，辜负醉春游。

惜分飞

九十韶华红豆数。风月始嗟错度。燕子知离苦。愁心乱挂斜阳树。莫亟摇鞭言去去。醉里不妨小住。别泪如飞雨。转眸已失春归处。

南乡子
美人指

娇韵黛眉含。弄粉调铅对镜奁。弹罢瑶琴挥义甲，纤纤。又拍清歌昔昔盐。　　斜曳五铢衫。微笑看花取次拈。最是惹人春色处，尖尖。红袖轻拢慢下帘。

南歌子
帘

掩映含波活，玲珑望月清。虾须千缕总盈盈。最是销魂红袖、下时声。　　密密遮朱户，垂垂绕碧城。画来隐约梦分明。不隔花香偏隔、看花情。

江南春

梅梦冷，雪花飞。灯孤红黯淡，香炉碧依微。玉关非远人心远，春又归来郎未归。

琴调相思引
题《红雨楼遗稿》

吟冷梨云梦断春。画图空认旧眉痕。为君惆怅，红雨黯黄昏。　　不信玉楼须妙手，征才偏到玉闺人。千秋一卷，倩女未离魂。

南歌子
蝶

扑去随罗扇，飘来入梦帏。一生花底乐芳菲。未识青陵魂化、是耶非。　　栩栩寻香远，翩翩舞月归。玉腰无力态依依。忽又双双相戏、逆风飞。

少年游

去年人醉可中亭。酒影荡春星。瑶瑟声和，桃花香软，舞袖惜娉婷。　　今年月冷明湖夜，残絮易飘零。歌韵消红，黛痕剩绿，梦绕虎山青。

鹧鸪天

绿绉红鬟人倦题。帘腰风扬落花低。闲看曲沼鱼吞絮，静听深梁燕堕泥。　　春影瘦，蝶魂迷。故园残月海棠西。林禽不识侬归梦，犹是催归急急啼。

忆江南

其一

江南忆，钟韵落寒山。词客寻春香雪海，美人消夏月明湾。乡梦绕吴关。

其二

江南忆，游燕虎山时。三月莺花红女艇，中秋香桂白公祠。笙管醉归迟。

其三

江南忆，重午舞龙舟。照眼旌旗飞彩鹢，鸣波箫鼓避浮鸥。水戏竞中流。

其四

江南忆，士女集灵岩。响屧廊深寻艳迹，采香径暖舞春衫。花洞碧云缄。

其五

江南忆，鞭笋竹香催。蚕豆绿余登燕麦，枇杷黄过熟杨梅。鲀鲌荐新醅。

其六

江南忆，绝色玉肌肤。春影娇如花韵格，芳朝消与睡工夫。微步倩人扶。

金缕曲

春感寄吴中故旧，同秋槎叔赋

又起江南感。忆故乡、鸭栏鱼港，旧游池馆。香雪玲珑春如海，一别数经寒暖。梦遥路、月斜云缓。红豆抛残红袖湿，影迷离、好梦惊宵短。恨煞那，莺啼断。　　惺忪态似杨丝软。握湘毫、帘波绿映，花光红转。记得锦棚闲拈韵，记得兰樽酒满。怅今日、莺花谁管。漂泊何时同返棹，载愁人、吟到枫江岸。歌一曲，春云远。

望海潮
观海

浮天无岸，望洋浩叹，长空日黯秋华。犀甲月翻，鲛珠雪舞，浪淘万古沉沙。飞炮乱云车。听龙涛猛吼，鼍鼓声加。飔母无情，掣风帆险煞渔家。　　不须烟笛霜笳。有连琴幻梦，湘瑟飞花。江国人遥，蓬壶鹤远，茫茫身世堪嗟。长啸落霞斜。看几行塞雁，千点樯鸦。莫叹沧桑壮怀，吾正浩无涯。

鹊桥仙
七夕次秦淮海韵

金风梧绿，银湾榆白，曲曲红桥暗度。人间天上两关情，究终始、此情难数。　　蓬山月远，莲湖波冷，云树凄迷梦路。相思玉镜袅红丝，且孤唱、美人迟暮。

夜行船
秋暮偕秋槎叔泛湖

秋水莲湖涵冷翠。看疏林、叶红如绮。月子钩银，雁儿书碧，小舫芦花中系。　　旧梦闲寻何处是。小沧浪、追凉同憩。荷叶青残，菊花黄乍，重醉作消愁计。

一剪梅

积雪窗明雁语酸。竹影阑珊。梅影阑珊。云光低压画栏干。窗外霜寒。帘外风寒。　　长啸登楼月色宽。去岁同看。今岁孤看。故人何处问平安。别思心攒。愁思眉攒。

浪淘沙
病中赠玉鱿内史

多病体轻盈。颦也风情。额黄眉翠可怜生。底事桃花香骨露，消瘦伶仃。　　同意惜惺惺。絮语分明。夜凉鸳被梦难成。窗外梧桐初过雨，叶叶秋声。

三姝媚
和殳积堂白十姊妹花，用秋锦老人原韵

几番花信谢。又并带，春繁连枝香乍。月姊霜娥，恍群芳同队，清游晶榭。缟袂联翩，如舞倦、交敧瑶架。笑比琼肩，十索歌新，十香词写。　　娇鸟相思名借。指屈遍，排行数花月下。絮雨梨云，互相怜倩丽，杜家姨亚。淡扫蛾眉，恰共向、图中描画。澹斗春心如许，杏儿偷嫁。

金缕曲
芸崖、复生过访南郭草堂

鸟信风偏起。惹愁多、絮飞莺老，绿阴天气。竹里双扉谁剥啄，一笑忽来知己。共促膝、豪谈无已。香草美人吟扇画，羡怜花、好似怜才意。风雅客，消愁计。　　同心臭也如兰未。叹名流、桃潭情重，玉溪风味。郁勃壮怀同未展，屈宋衔官如此。而况我、名心淡矣。记否陆郎相与访，恨萍蓬、别绪何时理。今昔感，词中记。

前调
题袁复生《斜倚熏笼图》

虬箭声频转。只凄清、凤缸一点，迷离作伴。影冷红绡闲翠被，悄倚似闲如倦。魂断处、钗斜云乱。自昔红颜还自叹，偎香篝、冻玉空温软。怎得似，郎心暖。　　泪珠红晕罗巾满。可怜宵、酸波拭尽，谁知情款。何处歌声惊睡鸭，春梦欲成忽断。端的不、夜长愁短。无限思量无限恨，剩多情、镜月知幽怨。空写闷，灰成篆。

蝴蝶儿
题蝴蝶画扇

飏柳风。入花丛。栩蓬初解舞春红。彩毫偷化工。　　飘泊寻香瘦，依稀宿蕊浓。江南金粉故园中。翩跹仙梦空。

满江红

闻鬼声作

山鬼何来，缘底事、声声幽绝。料应也、能吟好句，棠梨残月。不学东方书谩骂，且随韩子文催别。定揶揄、暗里笑诗狂，计何拙。　　槐屋底，薜墙缺。灯暗淡，音清越。早啸抒垒块，和君啼血。冷路夔魖伊或是，无形面目吾还咥。胜人间、乞食苦吹箫，犹偷活。

八声甘州

汪芸崖招同人饯陆憩园之甘州

恰黄梅雨过碧莲幽，正好共遨头。奈离樽又满，离人又集，离思绸缪。拼得酒痕狼藉，一笑作清游。叹汪伦情重，怎解心愁。　　纵使阳关唱遍，恨双轮无角，一任难留。转催君早去，好早早归辀。慎炎途、须珍眠食，念家山、慈母远凝眸。重送尔、江南归去，醉菊三秋。

眼儿媚

初秋偕秋槎叔泛舟明湖，有怀同社诸君，感倚此解

溪芦烟水一湖秋。酿得许多愁。半篙萍破，万莲花老，歌起渔舟。湖光山色还如旧，春与客俱休。千般愁思，千番恨事，迸上心头。

前调

蓬飘鬓影雨敲门。瘦了海棠魂。怕看镜月，懒描眉黛，销尽脂痕。盈盈秋水芙蓉隔，红玉倩谁温。两心离思，一般滋味，怕到黄昏。

金缕曲

按钟馗，五代石恪有《嫁妹图》，宋马和之有《读易图》，刘松年有《出猎图》，李伯时有《策蹇图》，元赵松雪有《搔背》及《跳圈》两图，王叔明有《寒林图》，王孤云有《濯足图》，钱舜举有《垂钓图》，明杜惧男有《照水图》，沈启南有《移家图》，唐子畏有《骑牛图》，丁云鹏有《问渡图》，陈老莲有《吟诗图》，钱叔美有《醉钟馗图》。古人作是图，笔墨间有士气，可以传世。若剑拔弩张之势，不足取也。未有《顾曲图》，

今见刘鉴塘作图，戏倚此解。

月冷梨云夕。倚云阴、风流顾误，揶揄按拍。冠带风清悬柳绿，潇洒不衫不帻。倩芳影、悄横羌笛。不和熏风琴一曲，快此时、耳听佳消息。红牙脆，青衫湿。　　仙乎生气犹千尺。记当年、终南进士，题名淡墨。沉醉太平长剑弃，魑魅早潜行迹。好闲趣、征歌选色。碧血青磷都化了，问知音、何处能寻得。同绝调，金荃客。

浪淘沙

喜陆憩园来自故乡

独自上湖楼。春水春愁。江南梦远冷盟鸥。浪说今朝相见也，恨已绸缪。　　闻已棹轻舟。芳讯悠悠。天涯老去为贫游。心恋春晖身远宦，难去难留。

高阳台

为戚青云题《璇宫夜织图》

缕缕丝丝，声声轧轧，徐徐乙乙无穷。谁说斯时，春人辛苦深衷。缫车宵冷机灯炧，恁璇闺、促织鸣风。且休夸，花样新奇，云锦玲珑。　　纤纤手织缣缣素，纵缕能连爱，茧是同功。犹恐鸳鸯，惊分裂帛声中。裁红剪绿纷争艳，叹女红、经纬重重。况欢场，一笑缠头，抛掷西东。

渔家傲

初日山衔红欲吐。晓烟犹护前村树。瘦客伶仃披露渡。输素鹭。同飞同宿芦花渚。　　凤泊鸾飘何足数。惊沙寒雾谁知苦。云海苍茫孤影度。回首处。尘迷已失来时路。

浪淘沙

苦雨又三更。一点灯青。劳人水驿复山程。怕听潇潇还点点，冷冷清清。　　夜午响初停。吊月蛩鸣。蛩鸣无那尽秋声。直欲将人愁化了，魂梦飘零。

蝶恋花

独客凄清寒影护。吟倦眠时，影也抛依遽。盟冷难寻莲子渚。魂孤不到枫江树。　　最恨潇潇惊梦雨。催起愁丝，脉脉栖无语。鸿雁不来鱼睡去。书成没个将书处。

金缕曲

道中书怀

咄咄何为者。促轮蹄、燕南赵北，浪游去也。一剑光寒千里月，睚目尘沙四野。却更被、风欺雨打。世上飘零无限客，涌酸波、进作银河泻。溢今古，狂挥洒。　　壮怀蓬勃雄难化。笑依然、醉时歌啸，醒时悲咤。落拓青衫寒不死，一任俗人嬉骂。叹古调、弹来和寡。斯世岂无知己客，看黄金台上凌云驾。同此意，尘辕马。

菩萨蛮

怀湛霭洲，时在兰州

莲花月冷祁连树。遥随飞雁栖何处。红树驿边楼。楼头客正愁。　　独歌西塞曲。难剪西窗烛。帘卷瘦西风。思君君忆侬。

念奴娇

忆故园双桂轩中丹桂，感倚此解

辟疆园里，缀西风双树，小山尘隔。绕屋古香清若此，吟到无声露华湿。梦里乡心，醉中豪语，金粟生奇色。而今回首，却愁花笑吟客。　　不见秋雨梧宫，秋风燕塞，秋士伤孤寂。月若有情花有恨，顷刻月残花谪。天上攀枝，山中招隐，此愿知何日。江城春去，梅花还怨羌笛。

声声慢

客中书怀，用杨伯夔题陶兔香先生《客舫填词图》韵

津迷齐雨，影冷燕云，马驮残梦飘摇。泪落郎当声里，忽又萧萧。良宵恰逢秋半，郁孤怀、客恁无聊。叹寂寞、似饼虚名说，愁却如潮。　　自叹浪游漂泊，忆旧雨鲈乡，仙被迢遥。最好梯云高去，别绪全消。歌笑归浮

钓舫，听参差、唤月琼箫。恨难了，这天香寒迥，梦到枫桥。

满江红

长啸西风，又黄到、寒花之日。愁见那、燕鸿声怨，鹊华眉碧。壮士闲持赊酒券，才人懒弄题糕笔。欲狂登、泰岱最高峰，呼天诘。　　霜易染，青丝白。漏易促，黄昏黑。看浮云变幻，夜光难得。一树蚨能惊俗子，九霄鹤自随狂客。笑吾曹、吐气便成虹，空千尺。

醉花阴

和李易安原韵

中酒情怀慵寝昼。斐几喷香兽。何处碧梧箫，肠断声声，泪渍红冰透。　　书来已在春归后。又偷藏怀袖。从此绝相思，已被相思，翠减眉痕瘦。

一剪梅

病中书怀

秋树声清梦也虚。恨也难除。愁也难除。秋风秋雨病相如。腹患河鱼。身似枯鱼。　　心血空酬药一炉。奈有诗逋。更有钱逋。凄清一枕五更初。雁又惊呼。蛩又惊呼。

唐多令

蝶影去悠悠。梨云带月流。助相思、烟树绸缪。却恨罡风吹梦断，吹不断、一丝愁。　　雁路又催秋。花天月一钩。赠怀香、何处西楼。化作乘风仙鹤去，谁梦得、到瀛洲。

金缕曲

头虱

咄咄么么物。何伎俩、居人绝顶，食人膏血。尔腹皤然难属餍，偏爱萧萧疏发。者搔首、问天之颊。多少珥貂头上暖，更有情、双鬓鸦雏妾。俱不去，营蚕啮。　　家风扪也谁堪说。却令我、悲歌掷帽，看他蓬活。摩顶自怜如秃管，却似兜鍪虮谪。汤沐俱、终难附热。髓海已枯休诵赋，笑头皮、未老禁梳镊。移宅好，恣饕餮。

琐窗寒

雨冷云浓，苍然画出，重阳天气。无边别思。忽地团成愁字。忆洞庭、蟹满橙香，五湖抛却莼鲈味。怅离经九载，吟残五夜，魂飞千里。　　偏是。凉如此。笑客伴青萍"萍"下原衍"飘"字，据词律删，盟寒白水。心情萧悴。不必蛮狮争制。把茱萸、笑口闲开，诗人以饮为忙事。梦登高、才扫愁魔，雁又惊呼起。

念奴娇

题元萨天锡词，用集中《凤凰台怀古》韵，同秋槎叔作

雁门才客，谱宫商几曲，惊残云雾。斫地高歌歌不已，塞外孤鸿飞去。遥想当年，大江南北，醉酒豪游处。风云天远，墨花香散飞雨。　　如此豪竹哀丝，苏秦生也，摇笔垂秋露。一片幽怀谁可和，烟竹声中龙语。古调如弹，古人可作，应梦梨云路。好将亥豕，研朱清夜同注。

菩萨蛮

题韩小螺嘉配鹤仙夫人画册

奇香炷尽魂难醒。忍看画里昙花影。转眼画留痕。无时不断魂。　　春风还似旧。鸾镜窥人瘦。红泪湿阑干。春归梦也寒。

金缕曲

重题《菊瘦图》有感

又见黄花瘦。卷帘人、飘零何处，寒深翠袖。料得眉山慵淡扫，愁锁鹊华双岫。情万迭、数残红豆。御史惜春今不是，叹名花、魂弱惊风骤。醋醋怨，喃喃咒。　　柔情脉脉吟怀旧。引相思、数声孤雁，几声残漏。记得桐阴闲并笛，记得烹茶韵斗。更记得、詑人醉后。此际不禁红泪泻，悔多情、点滴青衫透。秋梦远，怕回首。

高阳台

题孔琴南《柳村图》

漠漠阴阴，<u>丝丝缕缕</u>，依依柔影飞花。篱舍悠然，绿天深处横斜。绝无尘俗无凡梦，算乡居、闲福清华。尽风骚，别有仙源，那识天涯。　　钓竿高拂珊瑚树，有丝纶心事，诗酒烟霞。北海豪怀，万株柳色谁家。绿杨我梦扬州路，触归心、深巷浓遮。笑劳劳，未访幽人，又拂征车。

菩萨蛮

题《词律》卷首，送高丽李藕船东归

离愁别绪心如织。移情海上琴声寂。诗酒独悲歌。人生可若何。　　雁书天万里。鸭绿江边水。仙蝶梦难通。蓬莱东复东。

琐窗寒

重九

掷笔凌空，天惊雨溜，且持螯耳。人生识字。忧煞许多才子。扫西风、富贵神仙，芭蕉梦冷秋如此。输南山人老，东篱菊瘦，黯然千里。　　何似。挥长剑，忽斩尽魑魅，洗将江水。湖山游戏。啸咏乐而忘死。雨风中、笠屐寻秋，枫人醉也鸥眠矣。记登高、喝散痴云，淡月随鸦起。

东坡引

丁酉十二月十九日孔绣山招集挐云馆，祝东坡生日，题改七芗画《金莲归院图》。

奎明添鹤算。公醉三蕉满。金莲归院图重展。奇才人已远。奇才人已远。　　聪明误否，峨眉魂返。玉堂春酤梦何短。几人放鸽云天缓。心香拈一瓣。心香拈一瓣。

满江红

题秋槎叔《苍茫独立图》，和沈鹤坪韵

梦到陈芳，有一客、拈诗而立。居绝顶、淡无尘染，静无人觅。避俗欲携浮海磬，放怀且试惊天笔。笑英雄、几辈逞奇豪，头能白。　　翰墨

侣，云霞质。诗酒兴，冰霜魄。看图中神韵，毫间心力。潇洒只堪琴鹤侣，清闲不爱芝兰植。咏苍茫、千古调高寒，音难寂。

虞美人

同人祝秋槎叔生日，醉后，孔琴南谱此调，倚声和之

酒为性命诗为宝。风月中原好。墨兰挥洒洽幽情。爱煞枝枝朵朵、笔端生。　　麻姑劈有仙麟脯。铃舫闲池圃。柘枝颠舞竹枝歌。四座花光人影、夜如何。

卜算子

酿蟹

笑尔未将糖，佐馔犹堪嚼。逃却秋风一背红，人瓮糟丘捉。　　梦想长卿奇，狂胜铜阳乐。醉死依然傲骨坚，酒国倾身托。

前调

冰鱼

一寸细银鳞，妙味冰丝冷。白小浑如去乙余，雪洁盘中莹。　　陟负暖东风，春水娱游泳。买得冬江个个鲜，醉里冬心醒。

少年游

醉中斫剑梦吹笙。豪兴尚纵横。少年过了，少年负了，长啸九天清。　　狂来泼墨惊人句，闲福让诗星。梅花放也，笔花冻也，喝月退深更。

齐天乐

孔少齐以陶兔香先生制银斗上孔荃溪先生寿词见示，谨和一解

文章气骨神仙福，千古镜虹词老。经学承家，才华绝世，知己当年多少。仙苏佛岛。况大海琴声，玉山人表。杯泛银槎，骑箕人去叹何早。　　中仙今日渺矣，寒云埋玉笥，愁绪难扫。北海琴樽，南山松菊，八斗难盈冲抱。我今醉了。问数点梅花，几生修到。载酒重来，座中春已晓。

浪淘沙
除夕用周晋仙韵寄诸故旧

笑少画叉钱。且伴琴眠。何能身蜕学飞蝉。吟得莺花消得恨，药玉觥船。　梦到故人边。诗酒因缘。无愁无病自悠然。静惜韶华无事事，明日新年。

一剪梅
寄江南故旧

料峭春寒透绮寮。已负元宵。又负花朝。莺愁燕怨月无聊。杏梦红娇。柳影青娇。　唱到江南绿鬓雕。离思难消。病骨愁消。茴香赠了尚神交。孤了酒瓢。空了诗瓢。

河传
怀明湖寄旧同游者

湖上。近况。烟波无恙。鸥梦迷津。芦芽初绿草初熏。销魂。桃花红映门。　画眉啼断琴樽冷。眠花影。春又飘红杏。近清明。恨莺声。离情。七桥云水清。

七字令
鸿

鸿。鸿。天外，芦中。且印雪，莫书空。豪怀戏海，健翼乘风。江湖秋梦梦，关塞月弓弓。高入云霄冥冥，因何来去匆匆。无心一笑闲鸥白，有志千年老鹄红。

前调
梅

梅。梅。霜朵，雪催。林月下，岭云隈。孤山鹤放，罗浮蝶飞。有闲情索笑，偏冷处相思。世上花皆后进，天边春让先归。爱清绝韵绝香绝，寻山涯水涯天涯。

前调
诗

诗。诗。苦瘦，相思。莺花日，雨风时。高歌欢喜，亦号詅痴。梦幽湘瑟远，情雅海琴移。工到绝无人爱，惊来只有天奇。笑咏边衣三步捷，推敲古镜十年迟。

前调
词

词。词。似曲，非诗。歌花影，折杨枝。静持玉拍，笑醉金卮。红牙莺也顾，青眼柳先垂。唱到晓风残月，和来雪竹冰丝。听风听水霓裳曲，闲弄参差入梦时。

前调
饭

饭。饭。月华，蜂幻。书乞米，歌授粲。青䭆仙饫，红莲客馔。埃墨可先尝，斗筲何足算。千金重报人少，三适古音梦远。几家鱼釜勉庚呼，抛卷蝶状摊午倦。

前调
酒

酒。酒。浇胸，濡首。不时需，何处有。留客投辖，扫愁握帚。狂奴酌毋多，清圣中之否。乡梦洞庭千里，谁送葡萄一斗。白波狂卷酌银河，风月低昂日廿九。

前调
病

病。病。消摩，败兴。众生忧，庸医竞。高士寻药，美人续命。骨出笑飞龙，颜枯悲掷镜。终输海岳无恙，难治疏狂本性。负花负酒负湖山，好懒好愁好啸咏。

前调
愁

愁。愁。肠断，眉收。无限事，几时休。慵看缺月，怕送残秋。一时双鬓改，万斛寸心留。听取石城新曲，载将舴艋轻舟。诗吟平子难消释，书著虞卿苦冥搜。

瑞鹤仙
初度日，病中书怀，用蒋竹山韵

烛花双穗也。助芙蓉气豪，斗牛低也。而吾泪垂也。好雄怀，负了太平时也。年华递也。竹丝声、沧桑处也。可若何、病起维摩，春又二分归也。　　嬉也。花天月地，笛裂琴焦，且醋酡也。鱼龙睡也。江湖一钓衣也。惹梅花笑我，梨云梦我，闲煞芳春序也。洗胸春、酿海成醪，与天醉也。

水龙吟
谢诗社同人赠诗，并约吟宴，用辛稼轩韵

客兮歌赠奇瑶些。花兮放仙毫些。君应笑我，诗狂管秃、如枯蒿些。角逐云龙，却输变幻，狼狐猱些。忆江南香雪，海东蓬岛，同歌啸、惊涛些。　　梦远兮天高些。今卧丈室无聊些。虚过生日，花朝约客，酌春醪些。舞鹤歌花，醋香题月，漱琼膏些。八关斋、那用祠山，输我醉诗瓢些。

山花子
集古

一片春愁待酒浇《一剪梅》蒋捷。琼窗时听语莺娇《望远行》李珣。青鸟不来天地老《江城梅花引》李献龙，两魂消《燕归来》柳永。　　明月楼高愁独倚《调笑令》无名氏，谁能伴凤上云霄《水调歌》无名氏。好梦才成成又断《恨春迟》张先，赋离骚《明月引》周密。

烛影摇红
集古

　　深掩房栊《凤楼春》欧阳炯，东君故遣春来缓《梁州令》晁补之。海棠明月杏花天《金人捧露盘》程垓，离恨天涯远《忆故人》王诜。　　怕逐东风零乱《冉冉云》卢炳。恨流莺、不能拘管《忆汉月》杜安世。他乡寒食《祝英台近》韩淲，可怜又是《柳梢青》贺铸，黄昏庭院《烛影摇红》周邦彦。《喝月楼诗余》

王增年（147首）

　　王增年（1820？—？），字逸兰，直隶天津（今属天津市）人。活动在道光、咸丰年间，咸丰三年（1853）后，客死山东。诸生，屡应乡试不第，一生坎坷不偶，幕游南北。民国《天津县新志》有传。工诗，尤擅词曲。与泰州官本昂最为相契，同治二年，本昂为之镌板刊行《妙莲花室诗草》五卷，《诗余》二卷。民国十一年（1922）壬戌，金钺重刻《妙莲花室诗词钞》，诗一卷，诗余一卷。另著传奇《暗香媒》一种，有咸丰辛亥年（1851）稿本传世，今人吴晓铃收藏。[①] 曾连载《小说月报》民国三年第四卷第十号至十二号。友人长洲宋祖骏《妙莲华室词钞序》论其词曰"俨然两宋之遗制，而姜张之后劲也。方为之绌绎数四，而或者用靡曼少之。余曰'否否，盖自抗声艺苑者，类皆以李、杜、韩、苏自命，而后律吕之言绌焉。虽然，言各有当也。揽江山之平远，吊风月之孤清。挐舟曳杖，悲慨交深。烛跋杯阑，情文并至。读斯编者，未尝不叹其才思之隽逸、音节之铿鲸、辞旨之哀艳也。'"并将王增年与以孙廷镳、戈载、秦耀曾等深受浙西词派影响的江东词社词人相提并论，谓"今有逸兰角逐其间，夫岂独不愧而已？譬诸武事，搴考叔之旗，用士鞅之剑，抑亦可谓先登者与？"[②]

满江红

　　搔首踟蹰，看宇宙、苍茫若此。竟不解、无端生我，碧翁何意。聚散几弹儿女泪，穷愁易短英雄气。数平生、乐少但悲多，真无谓。　　　　秦淮

---

　　①　庄一拂：《古典戏曲存目汇考》，上海古籍出版社1982年版，第1405页。
　　②　（清）王增年：《妙莲花室诗词钞》，中国书店1993年版。

岸，舟曾舣。章台路，骢曾系。算而今只有，断肠滋味。过眼莺花春似梦，侧身天地吾何事。况百年、生灭幻尘中，浑如寄。

念奴娇

西风无赖，忽吹堕几点，萧萧霜叶。十二廊空人语歇，剩有一帘新月。香冷螭头，灯昏雁足，纸帐明如雪。凉宵无寐，半窗花影重叠。　　独自惆怅无聊，细君初睡熟，锦衾温贴。一握鬓云堆枕滑，冰簟银床幽洁。旧恨新愁，平生细数，难向伊人说。此情谁诉，暗墙蛩语凄切。

蝶恋花
立秋

一线斜阳檐角去，午梦回时帘卷幽庭暮。小立桐阴摇白羽，微风吹堕花无数。　　似有商声生远树。亦是秋来，不见秋来处。几点芭蕉窗外雨，夜深便觉凉如许。

捣练子

新霁后，晚春天。窈窕文窗竟日闲。深院下帘人不到，落花红过小阑干。

卜算子

共道到送春归，归向谁家去。试看遥空暖雪飞，便是春归处。　　才过矮檐来，又傍疏帘住。嘱咐东风缓缓吹。莫误来时路。

醉公子
自德州归道中作

此日归来好。芳草清明道。早晚尚轻寒。征衣未换单。　　走马东风里。鞭影摇春水。一路看桃花。迢迢送到家。

摸鱼儿

秋日，偕同人游大明湖，芦翠荷香，波光树影，景象略似淀泊中，不禁黯然有乡思也。

洗斜阳、鸥波不断，碧空遥闪新霁。城南山色飞来处，倒影一湖寒翠。烟柳际。有几叠、楼台隔岸参差起。晚云十里。正露蓼欹红，风荷卷绿。凉战鹊华水。　　依稀听，老树寒蝉韵里。诉来无限秋思。苹花不怨西风冷，犹覆锦鸳双睡。敲梦碎。绕历下、荒亭几簇萧萧苇。危栏更倚。看碧网捞虾，红船放鸭，多少故乡意。

月华清

九日登历山

乱叶翻红，疏萸缀紫，西风来约双屐。携酒峰头，踏破一山寒碧。看湖上、十里波光，荡历下、满城秋色。萧瑟。正斜阳衰柳，鹊华烟白。　　东望青徐何极。但海岱连云，乱峰愁积。寥廓霜空，风紧雁程无力。欹破帽、短发萧骚，早孤负、樽前吟笔。今夕。且黄花醉插，蟹螯亲擘。

鹧鸪天

柳下朱栏卍字斜。绿阴如水泛纹纱。池塘雨过初生草，庭院春深正落花。　　残照敛，暝烟遮。风帘低卷燕归家。小窗睡起无情思，独倚西楼看晚霞。

声声慢

疏星耿露，斜汉流云，刚逢新爽时节。院静人闲，消受一庭明月。凄凄画屏无睡，袅余香、翠帘低揭。独坐处，对风床露簟，一时愁绝。　　屈指几回圆缺，我欲问嫦娥，今宵何夕。怅望天阶，不见广寒宫阙。浮生百年似梦，怎容人、不变华发。最苦是，更添些、生死离别。

念奴娇

缃帘不卷，被莺声约住，春愁无数。一缕芳情柔似水，流向绣屏深处。秘院花交，曲廊月暝，咫尺遥如许。绿窗灯火，分明犹听人语。　　曾记倦绣偷闲，几回花下，索我吟诗句。钏影钗痕依约在，回首竟成修阻。一空纹纱，四围雕槛，隔断蓬山路。相思何限，晚风吹上眉宇。

前调

苏台览古

江山如此，问千秋霸业，销沉何处。黯然斜阳依古堞，不照吴宫歌舞。响牒廊倾，浣花池涸，旧国更新主。萧萧榛莽，高台空剩抔土。　　寂寞破楚门东，吴姬还按，旧日菱歌谱。回首繁华无处所，惟有荒祠云树。市里箫声，芦中剑影，同付沧波去。至今江上，暮潮犹带余怒。

送入我门来

柳

剪碧梳烟，搓青胃雨，依依拂遍红楼。几处藏莺，跪地翠丝柔。春风走马章台晓，更落日栖鸦板渚秋。看年年依旧，树犹如此，谁继欢游。　　闻道行人去也，空将万条攀尽，亦复难留。短堠长亭，香雪卷春流。风前一唱阳关曲，便不是离人也自愁。况吴姬店里，征夫塞上，少妇楼头。

法曲献仙音

翠箔辞寒，玉笙参暖，人在红窗深处。蝶懒愁风，莺娇怨雨，春来一样情绪。正睡起危阑倚，斜阳上高树。　　漫凝伫。看蔷薇、翠摇红颤，垂满架、都是乱愁无主。楼阁绿沉沉，渐枝头、吹尽香絮。无计留春，更何堪、听着杜宇。恰空庭人静，又散一帘花雨。

满江红

吴门旅中自寿

其一

今夕何年，叹故我、飘蓬如旧。已料定、王侯将相，此生乌有。朱履耻随宾客队，黄金谁上先生寿。但自歌、自舞自徘徊，倾春酒。　　辙中鲋，行将朽。株下兔，真难守。况伤哉贫也，小人有母。斫地谩弹冯客铗，仰天欲击杨生缶。且醉来、白眼看青天，嗟苍狗。

其二

帆影轮声，卅二载、未容休暇。却渐看、黑头更变，朱颜凋谢。著作深惭燕许手，遭逢屡值淮阴胯。剪青灯、含笑看吴钩，思相假。　　守财虏，胡为者。食肉相，何人也。知谁为枭凤，谁呼牛马。卜式封侯原有术，刘蕡下第何须诧。剩两行、老泪洒穷途，空盈把。

喜迁莺
杨花

东君归矣。剩花搅残春，一天离思。碎似闲愁，轻如短梦，去住真难为计。可是珠楼翠幕，何处花天月地。开帘看，想人生聚散，都应如是。　　犹记弯桥际。独咏香绵，闲把朱阑倚。蝶掠还飞，燕兜不住，旧事那堪提起。望断蘼芜烟外，老去楝花风里。攀条问，问春归何处，春随流水。

南乡子
春雨

檐外雨如丝。深院无人乍醒时。杏子衫轻朝怯起，迷离。更倚红蕤下翠帏。　　风定漏参差。润逼炉烟欲散迟。几日春寒帘不卷，纷披。落尽庭花燕未知。

浪淘沙

多恨怕逢秋。况是淹留。萧萧庭树晚风遒。落叶东西浑似我，竟欲谁投。　　凉夜怨衾帱。欲睡还休。独凭疏槛望牵牛。又被一钩新月影，钩起离愁。

误佳期

帘额篆香犹袅。屏角残灯罢照。无端风雨战芭蕉，又向虚窗闹。　　冷浸布衾单，梦破罗帏悄。空房永夜断人来，只有愁能到。

齐天乐
秋海棠

飞琼只合瑶台住，何缘寄人庭院。栏角苔红，墙腰月碧，写出秋心无限。重帘不卷。任憔悴年年，更无人管。独立空阶，夜深风露那曾惯。　　凉宵谁更相伴，珊珊停瘦影，珠泪难断。欹绿愁烟，低红梦雨，总是无言有怨。

回廊倚遍。试屈指秋光，几回相见。怅望西风，意中人独远。

满庭芳

淡月窥愁，嫩寒欺梦，夜深露湿铜街。翠帏人远，咫尺即天涯。冷落尘凝绣榻，屏山掩、灯暗银台。偏无那，香残漏断，重触旧情怀。　　那回携手处，画帘空卷，无复人来。但满庭红雨，点破苍苔。六曲栏干倚遍，怎闲愁、无处安排。难禁受，碧窗岑寂，花影上瑶阶。

临江仙
吴中重九

波冷吴江霜雁到，平台秋色无边。那堪还上翠微巅。客愁诗卷里，乡泪酒杯前。　　记得登临呼酒伴，年年不似今年。凭高回首太凄然。家山枫叶路，风雨菊花天。

满江红
对镜

照我分明，是旧日、王郎无恙。空自笑、头颅如此，一无奇状。强项但招流俗忌，通眉岂是封侯相。便鸢肩、燕颔待何如，都无当。　　憔悴色，空惆怅。缡褉态，堪悲怆。剩婆娑短发，雄心难壮。长钓连鳌东海下，短衣射虎南山上。似这般、都已付云飞，随波漾。

念奴娇
立春

山矾风过，刚屈指数到，花番第七。暖入春旗青弄影，渐觉老寒无力。彩燕红翻，土牛香碎，兰沼洄新碧。谁家庭院，秋千犹自闲寂。　　闻道今日春来，来从何处，难觅春踪迹。堤柳薝腾苏倦眼，欲漏东风消息。百五芳辰，二三佳月，计日频看历。莺花又换，年年增感今昔。

菩萨蛮
沧州道中

人家三五沿溪住。溪边一带垂杨树。树底小桃花。傍人篱外斜。　　天涯愁极目。渺渺平芜绿。绿遍短长亭。行人又几程。

绮罗香
春寒

雨禁莺声，烟迷蝶梦，花信未传芳树。庭院阴阴，闲煞画阑无主。春衣润、篝火重添，玉炉温、水沉频炷。恋鸳衾、慵起梳头，倚窗闲自教鹦鹉。　　最怜南陌弱柳，几日斜风细雨，不开眉妩。莫上高楼，怕触天涯离绪。误几回、拾翠芳期，空冷落、汀洲兰杜。却教人、放下帘钩，剪灯寻绣谱。

凤凰台上忆吹箫
二月晦日沧浪亭探梅

水餍琼酥，山眉翠活，东风才上南枝。甚春寒不退，误了花期。生怕玉龙吹散，做弄到、月冷烟迷。商量且，巡檐一笑，慰我相思。　　清奇。湖山佳处，正水竹萧疏，亭榭参差。有新香古艳，点缀偏宜。欲折一枝寄远，怅陇上、驿使归迟。空延伫，愁怀何限，翠羽应知。

疏影
将返都门，寄怀冯鲁川员外

归期未决。又因循过了，烧灯时节。欲买扁舟，几度踌躇，春江烟水愁绝。二年风雨思家泪，并散入、晓山千叠。空负他、多少莺花，未抵一声啼鴂。　　犹记当时握手，小窗共剪烛，俊赏曾说。此日金台，歌冷樽闲，应念故人遥别。相思特倩东风便，先寄与、吟窗笺札。道北来、须待残春，约略牡丹花发。

齐天乐
人春以来，无日不雨，作此排闷

峭寒不下帘钩去，春来几番风雨。花槛红愁，苔坳绿醒，冷落闲庭深处。屏山几许。尚未彻香篝，水沉重炷。料理清樽，小楼昨夜剪灯语。　　还怜晓莺絮絮。似言香径外，春色无主。翠袜憎泥，铢衣怨冷，空负踏青心绪。芳辰细数。便几日清明，可能晴否。莫更垂檐，乱愁千万缕。

临江仙

几日微阴莺叫破，夕阳红到帘钩。画桥西畔碧云收。柳烟皴晚色，花雨涩春流。　　却上高楼还望远，东风吹绿汀洲。怕从天际见归舟。最怜江上水，浓似故乡愁。

浣溪沙

睡起无心续篆香。卷帘闲立小回廊。海棠风紧袷衣凉。　　别恨乱随芳草远，春愁欲共柳丝长。画楼西角正斜阳。

东风第一枝

三月十九日沧浪亭寻春

密树攒红，回波解绿，东风吹尽余九。消磨几日春阴，又是去年节候。流莺乱语，似约我、寻花探柳。便检点、酒楯诗牌，肯把青春孤负。　　芳草外、嫩晴乍逗。修竹里、晚烟初透。重寻往日朱阑，不见旧时翠袖。斜阳深院，剩窗网、帘旌如旧。空冷落、满地花阴，闲煞碧苔鸳甃。

祝英台近

感旧

乱山斜，残照矮，芳草带愁远。莫更登临，故国渺何限。自怜卧酒吞花，旧游如梦，空赢得、鬓丝霜满。　　怎消遣。依旧往日东风，天涯又相见。欲问归程，江阔暮云断。几时曲槛围花，深廊贮月，重醉我、玉箫金管。

洞仙歌

吴中春感

阑干谩倚，正高楼风雨。楼下春江接南浦。隔春江一行、烟柳依微，烟柳外，指点故园何处。　　天涯饶客恨，漂泊经年，芳草重迷旧时路。花落未曾归、又被东风，因循过、吴天春暮。算只有、多情杜鹃声，总劝我殷勤，不如归去。

浣溪沙

金铔香寒宿酒醒。晓窗欹枕梦难成。碧桃花外一声莺。　　四五分春犹酝酿，两三点雨易阴晴。风光无赖欲清明。

扬州慢
春日吴中有怀吴橘崖内兄

花院藏莺，柳塘邀燕，东风暖入吴天。便踏青挑菜，都不放春闲。算惟有、殊乡滞客，怨红嗟绿，转怕凭阑。最难禁斜日，长亭芳草如烟。　　燕台回首，想吴郎、俊赏依然。记夏簟分棋，秋灯说剑，事已前年。何日归舟风雨，重携手、花下琼筵。问相思多少，一江春水无边。

念奴娇
雨中清明，和震生侄韵

帘钩不止，正沉沉红腻，一庭花片。病酒伤春过百五，人比无吴蚕还懒。榆荚烟新，木兰花老，时序忽忽换。重门深闭，客愁何处勘散。　　一缕漠漠炉香，凉搀雨气，隔座依稀辨。窗下怨春词末就，几日清吟谁伴。翠滴球场，红粘胥索，罗幕朝慵卷。游丝不起，这番春思难绾。

前调
次日新霁，用前韵

饧箫吹暖，早殷勤扫尽，归云千片。嫩日忽蒸花梦觉，不许蝶痴蜂懒。桐翠流檐，薇红走架，料理春衣换。新烟犹湿，东风无力吹散。　　何处隔水夭桃，交香接影，约略莺能辨。土润沙松挑菜好，早约东邻游伴。沁袜泥酥，湔裙水腻，喜见晴丝卷。那堪迟暮，却怜春去难绾。

玲珑四犯
隔水小桃花

昨夜东风，正碧月窥帘，露井寒浅。脉脉含情，竹外数枝红短。犹记春水生时，曾几度、前溪相见。向门外、带雨无言，低映隔花人面。　　自从桃叶凌波去，隔春江、相思天远。染成凤纸愁难寄，色比泪痕深浅。也似息国人归，倚斜阳、伤心无限。都不见，旧日刘郎，空把画阑偎暖。

桂枝香

吴宫故址

青山不改，望寂寞荒原，故宫何处。回首池台莽莽，乔林平楚。寒烟衰草无情甚，尽侵凌、采香残路。土花青老，野棠红瘦，寝园无主。　　抵多少、珠帘绣户。剩崎岖古道，秋风禾黍。旧日菱歌，换作夕阳人语。凄凉往事谁能说，但寒鸦，飞上高树。至今惟有，西江明月，照人如故。

醉公子

欲别留难住。梦里随君去。梦不识关山。知君向那边。　　半醒犹偎枕。再睡何能稳。起坐下金钱。偏逢坼与单。

二郎神

春残

游丝如线，倩谁把、年光都转。正满地翠阴，帘影湿飞，倦了画梁双燕。肥绿痴红春不惜，都付与、东风吹散。只剩得荼蘼，一架香梦，尚沉深院。　　嗟晚。踏青节过，春游渐懒。千万树杨花留不住，空费尽、晓林莺唤。惟有多情芳草色，直绿到、天涯相伴。奈寂寞汀州，宝马香车，水边人远。

念奴娇

题汪镜涵梅花帐檐，时予将赴唐县

墨华千点，把春痕逗向，小屏山里。永夜翠帏清似水，凉沁一身花气。瘦影偎衾，疏香醉枕，多少空山意。雪明烟暖，揭来芳思谁寄。　　何事往日罗浮，林间翠羽，苦唤清愁起。檐角一眉新月嫩，合与仙禽同睡。金铧温香，芳尊泥酒，好梦迷离记。玉龙休叫，黯然离思将起。

鹊桥仙

题寿阳梅花图

月殿春融，雪屏昼暖，几日深宫人静。偎阑幽梦半圆时，乍零乱、一身花影。 　香腻云鬟，玉黏雪额，冉冉飞英不定。东风睡醒正斜阳，较锦帐、春寒应更。

绮罗香
旧腊将残，春风欲动，客窗愁寂，有怀故园诸友

山额云苏，林腰雪老，闻道东风传信。篝火慵添，帘幕峭寒微褪。看檐牙、嫩月黄娇，正栏角、小梅红晕。叹羁人、岁晚愁生，流年草草换双鬓。 　天涯旧雨不见，空望津门树色，绿遮红隐。南雁无情，误我几回芳讯。篆离怀、金鼎香销，燃旅恨、翠屏灯烬。但安排、一枕蒪腾，故园归梦稳昨梦扁舟归去。

水调歌头
寄怀潘学愚秀才

记得棘闱里，午夜话绸缪。碧云万里如洗，皓月恰当头。君正高吟欲醉，我亦狂歌无节，叫破一天秋。浮白递相酌，涤尽古今愁。 　思往事，悲逝日，忆前游。那堪故我踪迹，依旧类浮鸥。一任吴钩锈满，几度唾壶敲碎，何处觅封侯。徙倚望良友，无计遣离忧。

摸鱼儿
客窗孤闷，追忆昔游，谱此寄李玉生表弟

记当年、芹香满袖，天涯归棹曾驻。绿郊买醉同吟遍，七十二沽烟雨。分手处。又却被孤帆，送我苏台去。离怀若许。把吴苑新愁，蓟门旧梦，都入断肠句。 　萍游倦，却喜春明小住。十年旧雨重聚。烧灯煮酒连床话，不减向时豪趣。春几度。便丝鬓星星，难做莺花主。人生最苦。叹易散如云，难圆似月，无定类风絮。

洞仙歌
雪夜有怀莲品七兄

愁边病里，又年华将晚。几日清寒袭幽幔。正梁园夜雪、苦忆连枝，背银烛、孤枕怕闻归雁。 　遥知今夜里，康乐吟情，把酒应悲惠连远。试折早梅看、咫尺家山，空孤负、绮窗花满。剩一缕、相思似春云，便荡

尽东风，总难吹散。

凤凰台上忆吹箫
题樾庭舅氏自画梅花帐檐

暖雪黏帷，寒香压被，醉魂不到罗浮。恰满床花影，淡月如钩。空记游仙旧约，都负了、碧懦红柔。偏无奈，声声玉漏，又逗新愁。　　休休。吟樽歌板，叹老去何郎，减却风流。剩权杈秃笔，豪气难收。闲点生绡尺幅，良宵伴、好梦勾留。怕还触，十年尘事，重上心头。

台城路

乙巳，余客吴中，日游沧浪亭下。丙午，既返都门，遂成间阻。春风聚散，影事如烟，流水西东，芳游似梦。作《沧浪春影图》。

霜纨一角青山影，分明个人游处。压水楼台，覆垣花竹，围取芳春无数。画阑偎树。记拾翠阑坳，那回曾遇。烟絮蒙蒙，夕阳红透柳阴路。　　无情江上画舸，春来偏载得，离恨归去。燕外盟愁，莺边絮别，回首空成凄楚。秋灯夜雨。试闲展新图，旧游重数。梦入吴天，乱云遮不住。

夺锦标
病中送春

浓翠浮帘，蔫红亚槛，此日东君如客。便觉秋千院落，燕垒泥干，蝶衣香落。奈恹恹小病，早孤负、芳春时节。但缠绵、药盏茶铛，误了莺花消息。　　烟雨晓来如织。池阁惜惜，断送余芳无迹。几处朱楼人静，宝鼎香消，玉炉烟熄。叹花番易过，系东风、柳丝无力。算只余、衣上飞红，留得一分春色。

高阳台
十方禅院看花

烟影黏窗，雨声喧枕，已拼花事阑珊。谁料朝来，十分春在禅关。红娇翠惰扶难起，倚东风、十二回阑。映参差，芳树笼香，弱柳吹绵。　　松阴满地凉云湿，更沉沉院宇，碧润苔钱。人影衣香，追随总在莺边。清游不厌芳时晚，听一声、幽磬初圆。待归来，满路斜阳，催送吟鞭。

满庭芳

月旧愁新，宵长梦短，断肠情味难支。绮疏深闭，花影背灯欹。记得湘纹窣地，频携手、絮语依依。真无奈，风潺雨傱，竟到别离时。　　迟迟。分袂去，兰因絮果，莫定归期。叹钿车轻小，难载相思。却羡香尘冉冉，随绣毂、直到天涯。空惆怅，云山万叠，憔悴两心知。

南乡子

何处送遥砧。风急秋声正满林。新月上帘人未寝，孤吟。愁比闲阶落叶深。　　离思感瑶簪。仰看明河影欲沉。不是爱闲贪坐久，难禁。永夜清寒逼锦衾。

清平乐

西风梦短。好境匆匆换。流水斜阳天不管。各自东西渐远。　　已拼今世长休。百端遣得离愁。却被旁人提起，一时重上心头。

疏影
自题梅花帐檐

皴云染雪。看墨渖淋漓，几树如活。纸帐春寒，锦屩宵温，不许玉人偷折。蔷腾一枕微醒后，正雪满、山中时节。爱四围、疏影纵横，交印半窗斜月。　　回首年时旧事，黄昏初见了，缟袂愁绝。世外孤标，林下高风，只合幽人相接。却怜好梦匆匆去，被翠羽、无情催别。剩满床、花气如云，冷浸越罗重叠。

念奴娇
延禧寺贮经楼，在唐县郭外，高五层，望数十里，又名十方禅院

层楼高迥，正西风寥沉，新秋时节。平楚苍然天似笠，云表断霞如抹。山抱孤城，河明大野，暝色横林樾。隔墟烟起，夕阳红隐颓堞。　　独立天外昂头，关河满目，俯仰双眸豁。山接居庸青不断，万古峰峦重叠。脱帽狂吟，凭阑长啸，神志都飞越。拂衣归去，暮钟林下初歇。

摸鱼儿
题胥江梦别图

猛消魂、一声欸乃，天涯勾起离绪。空蒙烟水春江上，梦里霎时还聚。留不住。怪小小、吴艖载恨偏如许。前欢细数。把月底鸥盟，灯边燕约，总付断潮去。　　金阊地，我亦兰桡曾驻。旧游如梦无据。十年江海添华发，忍问莺花谁主。君记取。怕重到、苏台风景非前度。醒来甚处。算只有吴波，和愁不断，千里送柔橹。

喜迁莺
秋夜

晚晴天气。正桂花香里，袷衣才试。斜露催蛩，横云界雁，作出十分秋意。疏星闲自数，槐影下、碧阑孤倚。帘乍卷，听西风揉叶，叶声初碎。　　此际。团扇底。凉入鬓丝，夜气清如水。捣月砧孤，吹烟笛瘦，惊起几家离思。绿窗刀尺歇，应自傍、画屏无睡。人不到，但残萤冷照，一庭疏翠。

探春慢
题梅小树梅花香里觅诗痕册子

松磴云青，竹溪烟白，霁痕遥破春暝。空谷无人，荒村有雪，树底暗香才孕。仄径闲巡处，谩踏碎、一林疏影。黄昏谁伴清吟，苔坳眠鹤初醒。　　恍忆孤山幽境，似花满西泠，欲寻烟艇。选石横琴，敲门索酒，一任鬓丝吹冷。多少湖山意，都写入、逋仙高咏。好约凉蟾，夜深花下来听。

南歌子

笠影摇斜日，鞭丝拂黯尘。小桥幽径认渔村。袅袅数枝烟柳、不胜春。　　宿雨生溪溜，东风醒烧痕。谁家隔水小篱门。一树桃花红得、可怜人。

望海潮

津门望海楼题壁

星分析木，河雄覆釜，孤城下枕洪流。日色荡金，澜光绚紫，混茫直接层楼。何处是瀛洲。但烟林杳霭，云水沉浮。呼伴登临，长风吹破古今愁。　　山川满目悠悠。叹几番兴废，逝者难留。浪啮断桥，潮吞古岸，年年只送行舟。一啸海天秋。把阑干拍遍，惊起潜虬。便欲乘风直去，万里泛槎游。

洞仙歌

题秋宵弄笛图

池亭退暑，恰桐阴如水。坐久新凉袭衣袂。把一枝横竹、吹醒痴云，云破处，月影和秋都碎。　　山阳增昔感，试问明蟾，可识梅边旧时意。寄语倚楼人、莫卷珠帘，怕离思、西风勾起。爱曲罢、闲庭少人知，但约住秋声，一林烟翠。

梦横塘

咏莲子

镂翠为衣，搓琼作颗，烟波无限情思。碧玉轻盈，偏付与、断蓬身世。密意深含，苦心难喻，只增憔悴。更宵深露冷，谁伴伶俜，镇常在、空房里。　　当时叶小如钱，已安排桂楫，思涉芳沚。小摘清芬，谩剖破、绿珠圆细。忍便打、鸳鸯飞散，零乱抛残向秋水。好祝明年，早成嘉藕，放双花同蒂。

玉楼春

春风春雨兼春病。十二阑干烟外冷。勾留香梦落花痕，摇荡离情飞絮影。　　枕红印脸余醒醒。起倚妆台慵对镜。怜他双燕语呢喃，诉尽芳心人不省。

西子妆

庚戌六月，雨中过西苑桥，循石汉海至积水潭赏荷。雨气如烟，波纹似縠。粉光黛色，偎影于帘前，水佩风裳，含情于槛外。怡然相对，使人意消。乃用梦窗自度腔，以写其致，而志雅游焉。

水叶挬珠，烟茎搁翠，花界清凉无暑。御沟宛转注鸥波，绕金堤、绿杨低护。丝儿梦雨。刚渍透、碧钿车路。笑搴帷，说袖罗红皱，水沉消遽。　　凌波步。金缕斜抠，扶上层楼去。低鬟不肯照芳漪，怕阑坳、睡鸳生妒。衣香人语。都只在、不分明处。把沉沉，一桁湘筠隔住。

浣溪沙

莫是春愁倦剪裁。红罗未绣牡丹鞋。如何不见踏青来。　　花底晓烟腮晕活，柳阴春水眼波回。芳时空负好情怀。

生查子

睡起整春妆，花下闲游戏。不肯上秋千，怕触飞红起。　　十二画阑干，倚遍无情思。默默向东风，不说心中事。

浣溪沙

抱得琵琶不肯弹。春风微掠玉葱寒。宿醒余晕要人看。　　舞罢含情兜凤舄，歌成凝笑抚鸦鬟。偎人不顾鬓花残。

浪淘沙

何处客帆停。柳岸莎汀。半篙霞水荡空明。波底夕阳流不去，红恋渔罾。　　清露藕花零。冷却鸥盟。萧萧江葭翠烟横。一叶扁舟容得下，万斛秋声。

鹧鸪天

浅白深红次第排。池塘骤暖水潆洄。莎庭雨过龙孙长，花院春深凤子来。　　闲伫立，且徘徊。孤吟谁伴白螺杯。愁怀结似丁香蕊，吹尽东风解不开。

玉楼春

晚凉初浸珍珠箔。露重无声莲瓣落。微风一扇夜吟清，斜月半床春梦觉。　　起来携手慵梳掠。欲扑流萤怜腕弱。三更庭户悄无人，闲看桐阴转阑角。

虞美人

纤纤新月鹅黄色。斜挂楼西角。红窗深掩画帘垂。又是碧梧庭院、上灯时。　　鬵腾不展鸳鸯被。只是和衣睡。梦回珊枕绿云香。觉道今宵差比、昨宵凉。

西江月

眼底离筵草草，心头别绪溶溶。泪痕红渍郁金浓。怪底酒杯能重。望断云帆影外，魂销烟橹声中。今宵布被拥西风。剩有闲鸥同梦。

扫花游

由保阳赴津门，夜泊淀中。清风吹空，碧月在水，荷香芦影，静绝无尘，倚棹延望，黯然有怀。乃赋此解，扣舷而歌，益觉离思之盈襟也。

凉波不动，正秋入平湖，水云无际。瀚红濯翠。爱扁舟小舣，藕花香里。瘦月依人，满袖清光似洗。短篷底。写烟影露痕，多少幽意。　　参差渔笛脆。向鸥梦圆时，曼声吹起。芦汀蓼汜。映萧萧水叶，一灯红醉。别思苍茫，更被鸣蛙恼睡。这滋味。问今宵、那人知未。

玉楼春

绿烟冉冉蚊帱护。倦倚桃笙无意绪。相思浓似雨余菭，春梦乱于风里絮。　　醒来倚枕人何处。拨尽兰灯销蕙炷。素娥亦怕触人愁，收拾半窗花影去。

相见欢

用李后主韵

疏灯人在红楼。下帘钩。帘外一声云雁、报新秋。　　香缕断。锦衾乱。易生愁。何况梧桐风雨、五更头。

菩萨蛮
用李太白韵

萧萧翠羽初停织。黄昏锁院桐阴碧。秋色满西楼。离人愁不愁。　　凭阑成独立。天外孤帆急。故里几多程。斜阳廿四亭。

洞仙歌
用苏子瞻韵

晚凉新浴，乍揩残红汗。香拥钗梁素馨满。向天街领取、一扇微风，风过处，花外流萤历乱。　　画屏闲不睡，笑指牵牛，悄问何时渡银汉。斜月耿疏桐、瘦影昏黄，听楼上、丽谯初转。才觉道、蕡腾倦思眠，早背解莲勾，睡红先换。

满庭芳
用秦少游韵

蓼水溅红，芦风戛翠，秋声直到篱门。光阴萧槭，只合倒清樽。绝爱平林晚色，皴斜照、黄叶缤纷。溪流静，炊烟暖暖，青接远人村。　　乡魂。飞不去，寒山缭绕，云树难分。想故园松鞠，三径空存。且复登高望远，凭清籁、吹断愁痕。愁难断，却吹嫩月，花外照黄昏。

玉楼春
用宋子京韵

曲廊宛转池亭好。消夏时移烟际棹。疏帘风意藕花香，凉簟雨声荷叶闹。　　清吟莫叹同心少。还倚阑干成独笑。片时幽梦落沧浪，渔笛一声横晚照。

天仙子
用张子野韵

花底新莺初入听。残梦惺忪惊乍醒。起鬟山黛懒梳头，开玉镜。怜芳景。梦里情怀重忆省。　　天作轻阴成薄暝。柳怨花愁收艳影。黄昏独自掩兰闺，帘押定。窗纹静。风雨由他喧小径。

青玉案

用贺方回韵

绿芜冉冉江南路。都不见、寻春去。碧玉芳年愁里度。听莺栏槛，映花窗户。总是相思处。　　层阴漠漠梨云暮。自界蛮笺写新句。几度祈晴天不许。春浓如梦，梦轻如絮。絮乱如春雨。

二郎神

用徐干臣韵

絮云吹晚，正撩乱、一天春影。便不卷流苏，重熏沉水，犹说鸳鸯被冷。玉困香屧无聊甚，还只是、因循成病。任粉褪梨涡，黄添梅额，懒开鸾镜。　　谁省。芙蓉枕甗，红冰长凝。纵料理衾窝，欲寻香梦，无奈春眠易醒。莺槛尘封，燕梁泥燥，空负一年流景。又早是、零落梨花满地，绿窗幽静。

祝英台近

用辛稼轩韵

理征衣，张祖醮，离思黯南浦。草草清樽，凉挂一帆雨。怪他多事春风，无情江水，直送到、天涯才住。　　谩相觑。日暮还倚高楼，归程暗中数。袖湿红冰，重忆去时语。愿将身化江头，一枝柔橹，千里傍、木兰船去。

凤凰台上忆吹箫

用李易安韵

蛮杼缫烟，雁书题露，凉飔已报枝头。正碧空收雨，月挂琼钩。心似玉炉香篆，相思缕、宛转难休。兰房静，无聊意绪，最是新秋。　　休休。欢情艳迹，都付与西风，如梦难留。剩新凉一枕，人在南楼。卧看云屏帆影，思旧约、盼断星眸。云屏黯，粉朱零落，益触人愁。

南歌子

水绿芙蓉祆，春红杏子衫。晓寒梳洗未应忺。教把珠帘放下、再开衮。　　花钿侵眉窄，兰膏润发粘。宿醒慵举玉葱尖。却泥旁人代插、碧瑶簪。

声声慢

西冶村，在密云县北十余里，桃花梨花，遍满山谷。宁容斋明经携樽约游。既至其地，野老迎笑，情意蔼然。乃瀹茗煮酒，坐卧花下，抵暮而归，飘飘乎有尘外致也。

涂黄上柳，渲碧成苔，东风唤我山行。十里梨云，和烟和雨相迎。吟鞭谩捎石磴，扑春衣、湿翠层层。幽谷里，正绿阴初透，第一声莺。　　更向绯桃林下，扫青芜围坐，村醑同倾。醉舞婆娑，花光人影纵横。斜阳亦知客意，傍前溪、红眷林亭。尘虑涤，似当年、人在武陵。

喝火令
中秋

酒盏飞难住，箫声雅欲流。十分圆影照当头。便有一分欢乐，难敌九分愁。　　玉露疏还滴，银云淡不收。有人今夜在西楼。独自凭阑，独自挂帘钩。独自桂花香里，清泪晕双眸。

浣溪沙

城下春芜一径斜。绿杨门巷谢娘家。好云深护隔墙花。　　舞燕尚容衔绣缕，啼莺犹得傍窗纱。不堪门外是天涯。

前调

窈窕文窗碧似烟。晓寒微觉被池单。斜风疏雨落花天。　　旧梦每怀莲叶浦，新愁长在谢家山。伤春伤别一年年。

西湖月
微雪步后圃

柴门晚色沉沉，正凉逼炊烟，一痕低洄。絮云如梦，催将雪意，乍飞还住。林梢微抹白，衬几点、模糊霜叶蠹。更冻雀、飞满疏篱，点缀半园幽趣。　　平畦菜甲新开，爱斜触冰泥，嫩红初吐。故家风味，凄凉庚信，旧时曾赋。清愁无处着，合写入、云林新画谱。皴几笔、水墨荒寒，暮鸦高树。

庆清朝慢

夏杪，舟过新安，见饮酒肆中者，慨然有作

柳外村孤，芦边港曲，扁舟遥指鸥乡。依依布帆，摇曳凉入篷窗。水影云痕断处，绿阴城郭藕花香。红桥静，卖鱼市散，空岸斜阳。　　今日客、明日客，叹江湖岁岁，老却王郎。输他野鸥闲鹭，暗笑人忙。争似渔樵小隐，一尊相对话沧桑。无聊甚，扣舷独啸，聊作疏狂。

齐天乐

丙辰七夕立秋

无端吹瘦桐梢月，西风暗生金井。钿盒蜘丝，画罗萤焰，小院黄昏人静。星河渐耿。香露染天衣，定增凄冷。空碧沉沉，一痕秋入鹊桥影。　　谁家画屏无睡。爱分瓜取果，儿女喧竞。翠杼无声，红墙有界，笑指斗回西柄。云轺路迥。正林薄商音，乍传清警。好诉相思，夜凉情话永。

摸鱼儿

题梅小树《梦游香国图》册子

遍齐州、翠烟如簇，洞天知在何许。五云飘渺仙山地，梦里这回曾去。花满路。绕碧榭红栏，总是销魂树。一襟别绪。记影外斟春，香边话月，幽恨忽千古。　　人间世，我亦红尘懒住。青山招隐空慕。芙蓉冷落仙城迥，万里好春谁主。君认取。认十二琼楼，只在朦胧处。相思细诉。有梅月窥纱，茶烟拂烛，伴我砌愁句。

浣溪沙

楼阁晴薰淑气融。绿窗残梦乍惺忪。起来慵整髻鬟松。　　弱柳渐垂莺户绿，落花新上燕巢红。小阑无日不东风。

念奴娇

书灯

玉虫凝蕊，向豆篱疏处，清光微透。红映芸窗人夜课，恰好三余时候。一穗频挑，双花不剪，影照牙签瘦。新凉宜近，添香还藉红袖。　　犹记曩昔儿时，青荧相对，书味浓于酒。蟋蟀声中秋有焰，不假邻辉斜逗。萤练深藏，蟫编细展，乙夜长相守。他年紫禁，金莲还听宫漏。

八声甘州

樵斧

趁霜华砺得傍云根，山村晚秋天。听荒林远近，西风处处，逸韵遥传。惊起幽溪麋鹿，挥手破苍烟。瘦影斜阳外，斫遍层峦。　　何事逢人看弈，把云柯烂了，悄不知还。向翠微弄罢，寒籁满空山。待归来、腰间稳插，伴权枒、红叶拥癯肩。逢蚕月，远扬堪伐，又出桑田。

疏影

锄

杏花时节。正雨晴绿野，鸦觜争出。隔水闲田，几处挥来，画将春影如活。无烦健妇同犁把，早划破、酥泥香滑。恰分芽、几陇疏匀，烟暖翠苗齐发。　　长伴高人作苦，黄金挥不顾，谁比高洁。十亩粗完，日午聊停，枕处贪眠清樾。夕阳偶语归村路，看荷去、一肩飘忽。待夜深、还种梅花，自剧后庭明月。

迈陂塘

网

剪渔灯、夜深茅屋，碧丝千缕曾织。芦花影瘦鸥波冷，几处澄潭初集。风浪急。恰宛转牵回，藻翠粘犹湿。空明懒击。更挂作蒲帆，随风轻漾，出没水云宅。　　玲珑处，盈尺江鱼腻白。触来还自跳掷。江空潮落初收后，挈取一溪寒碧。枫岸侧。恰负得归时，点染江村色。漫须收拾。且趁着斜阳，当门晒去，红影缀篱落。

南乡子
秋海棠

掩映碧苔稠。砌角栏腰点缀幽。耐尽夜深风露冷，纤柔。小院无人自在秋。　　粉泪湿难收。瘦影偎烟月似钩。莫怪玉容消削甚，知不。红是相思绿是愁。

高阳台
花朝日大雪

酿雨成花，揉云作絮，一天寒色沉沉。闻说东风，如今未到园林。无端玉戏缘何事，似防他、容易春深。最愁人，杨柳池台，闲煞春禽。　　飞琼冷压千红梦，便香凝粉冻，忍俊谁禁。燕榭莺楼，二分春色难寻。踏青小约如何践，但朝来、困拥红衾。对空庭，松竹萧萧，伴我清吟。

扫花游
山斋春晚

深春院宇，正雨过苔浓，落红轻碎。湘筠不启。映阴阴庭树，绿凝窗纸。凉翠满床，都是扑来山气。拂檐际。更润我琴书，云影如水。　　午醒思小睡。被叶底春禽，又还呼起。危栏暂倚。对花风腻软，浴蚕天气。永日无人，芳草闲门静闭。自凝睇。爱斜阳、一痕红霁。

齐天乐

夏夜，与宋伟度、宫子行、宫玉甫由鹊华桥放棹明湖，绕历下亭，过惠泉寺，至城闉，登北极台，望南岸灯火。归舟溯洄于荷荡空阔处，水影满衣，月净如洗，或吟或讴，舟子倚歌而和之，相与笑乐。既归，谯鼓四响矣。

兰桡乱击空明去，芦漪棹讴轻发。柳影偎鸦，荷香醉鹭，满眼寒光如泼。沧波数叠。爱夜静亭闲，酒阑歌阕。曲港烟清，露华斜闪紫菱叶。　　维舟更寻古岸，葛衣轻欲折，凉浸诗骨。俯槛微吟，登台长啸，逸响遥穿林樾。疏更渐歇。剩远市残灯，一星红怯。联袂归来，满身都是月。

眼儿媚

绿杨池馆乍闻莺。风暖入衣轻。吹箫广市，筑球深院，都作春声。风光渐觉归红杏，几日酿阴晴。一帘疏雨，万家烟火，又是清明。

醉春风

细雨春如醉。红上夭桃蕊。问他双燕可归来，未。未。未。今日花朝，明朝社日，几番凝睇。　妆镜都慵启。绣谱无心理。翠帏红被恋余香，睡。睡。睡。春梦成愁，春愁成梦，只增憔悴。

柳梢青

杨柳溪桥。琵琶门巷，蓦地逢伊。挑菜光阴，破瓜年纪，正是芳时。　梨花静掩双扉。最难忘、流苏半垂。一尺高鬟，一分愁态，一寸相思。

南乡子

深院锁晴晖。昼永人闲乍困时。满地落红飞不起，迟迟。无力东风懒更吹。　独坐惜芳菲。开到酴醿第几枝。蝴蝶也怜春欲去，依依。只向杨花密处飞。

如梦令

深院语声初定。灯下绣衾慵整。斜月射窗纱，散乱一床花影。清冷。清冷。孤枕伴人长醒。

梦江南

新浴罢，双袖卷红纱。闲看流云敧短榻，月波凉浸一庭花。鬟髻玉钗斜。

长相思

风疏疏。雨疏疏。紫豆花开覆草庐。秋光入画图。　茶一壶。酒一壶。纸阁芦帘味有余。夜凉人读书。

豆叶黄

微霜昨夜椮金铺。小院西风剪碧梧。翠簟凄凉宝扇疏。寄家书。为问寒衣熨也无。

金橘对芙蓉

秋日过西村田家

早稼堆场，新茅覆屋，山村农事初闲。正壶肥雨架，瓜老霜田。催租已去柴门静，爱春歌、隔巷遥传。斜阳里，家家碓响，处处炊烟。　　宛转枳棘篱边。带婆娑紫豆，点缀秋园。听机声比户，衣褐催绵。村翁晚饭无余事，但一杯、春酒高眠。任他儿女，描鸾蜡凤，喧笑灯前。

踏莎行

新月纱窗，断蛩苔院。重帘不挂重门掩。梳犀慵理鬓唇偏，镜鸾长禁眉头展。　　蕙炷频添，兰灯再剪。香浓绣被眠犹懒。不愁无梦到关山，只愁梦觉关山远。

催雪

淳水胶池，老树撑风，惨淡一天寒景。正云拥空山，睡酣难醒。林外荒鸦数点，恰点破、依依斜阳影。萧条庭院，晚来天气，倍增凄迥。　　薄暝。小窗静。爱窗外梅胎，带霜初孕。便几度、巡檐慰他孤冷。新月柴门不闭，怕尚有、寻诗山阴艇。向湖上、载酒携琴，访我竹篱松径。

菩萨蛮

飞云弄影遮庭树。疏帘一阵潇潇雨。雨过断霞明。楼台作嫩晴。　　落红吹满地。春去留无计。双燕晚归家。衔来一瓣花。

西江月

细雨才过社日，新烟欲报清明。池台柳眼尚酣腾。恰被东风唤醒。绣阁薰炉未彻，画桥油碧无情。怜他双燕飐帘旌。偏是不嫌春冷。

望江南

春一半，天气日初长。雨后苔粘双屐绿，风前花扑一身香。时节踏青忙。　　城郭外，微觉袷衣凉。欲买村醪何处是，一竿旗影出红墙。茅店隔垂杨。

苏幕遮

绣衾温，珊枕腻。残梦无心，恰被莺啼碎。红日一帘慵不起。悄悄闲庭，满地花阴缀。　　慢支颐，斜挽髻。有限精神，无限春情思。怪煞寻香双凤子。对舞东风，仿佛知人意。

采桑子

余寒退尽清明后，浅浅池塘。嫩柳才黄。未许东风作意狂。　　绿窗幽梦谁惊觉，燕子双双。软语商量。料理春愁到海棠。

西湖月
题宫玉甫《明湖读书图》

藕花藕叶重重，点十里平湖，水云无际。碧芦斜港，垂杨曲岸，数椽聊寄。红尘飞不到，拥半榻、琴书山影里。衬几点、雨荇烟蒲，并作一窗凉翠。　　纵横万轴牙签，尽消受湖天，嫩秋情味。芰荷风外，芙蓉露下，几番吟醉。新凉宜夜读，恨少个、添香红袖丽。却只有、闲鹭多情，伴人帘底。

减字木兰花

槐阴庭院。阵雨初过天欲晚。犹有斜阳。楼角横涂一线黄。　　晚凉天气。睡起纱橱无个事。帘外花飞。静听幽禽自在啼。

国香慢

七月之初，同人买舟泛大明湖。微云缀空，新月挂树，放棹于碧芦红蓼间，飒然已有秋意。因赋此阕。

澄碧摇空。作满湖凉意，暗袭吟篷。娟娟一痕眉月，已带秋容。露冷苹花未老，且留伴、鸥梦惺忪。怜他小桥外，柳影萧疏，欲写西风。　　更无人载酒，望楼台寂寞，灯火微红。渔歌乍歇，何处一杵清钟。满眼栖鸦流水，舣兰舟、冷落芙蓉。年华暗催换，小聚天涯，易感萍踪。

琴调相思引

　　倦倚桃笙褪晚妆。懒将红被展鸳鸯。嫩秋天气，未作十分凉。　　竹叶薄添双颊晕，素馨浓压两鬟香。莫教良夜，闲却合欢床。

唐多令

　　秋色满关河。天涯别思多。打寒窗、黄叶婆娑。追想少年无限事，从客里、暗消磨。　　岁月老干戈。萧萧两鬓皤。对孤灯、聊复长歌。何日故园归去好，沽水上、买渔蓑。

霜天晓角

　　伊人何处。凝望青山暮。嘱咐归鸿少待，替寄个、信儿去。　　欲说别离苦。吮豪还复住。又怕添他幽恨，不敢写、断肠语。

忆秦娥

　　相思夕。一林霜月清寒逼。清寒逼。梅花影里，夜深吹笛。暗香浮动烟痕碧。嫦娥也解相怜惜。相怜惜。空山流水，伴他孤寂。

醉花阴

　　纸帐云屏清夜永。倚枕人初定。暖阁小于舟，不卷重帘，一任霜华冷。　　沉香暗暗销金鼎。漏转兰灯烬。忽地触相思，月上虚窗，一树梅花影。

忆旧游

客中岁暮，风雪凄其，追念昔游，黯然有作

　　又惊心听到，爆竹声声，旧岁将除。故国青山外，满天涯风雪，何处吾庐。已负请缨壮志，白发老江湖。但长铗弹鱼，短衣骑马，俯仰欷歔。　　往事空回首，忆选艳听歌，倚醉呼卢。多少莺花意，叹故人星

散，愁过黄垆。寂寞异乡风味，剩拥一床书。纵拨尽寒灯，霜空雁信今也无。以上《妙莲花室诗余》

柳梢青

怕卷珠帘，斜阳时候，最是销魂。几片飞花，几丝飞絮，断送余春。　　东风不管莺嗔。便扫尽、红香翠痕。寂寞空庭，倚栏人去，又近黄昏。

琵琶仙

湖上早春

猛一声莺，蓦地把、百斛春愁惊醒。湖上几日微阴，东风尚尖冷。新水绿、芦芽短短，画桥外、未移烟艇。柳色朱阑，桃花碧岸，初逗春影。　　漫孤负、拾翠芳辰，正浅草、微波弄烟景。几度问晴商雨，奈光阴无定。争怪得、琴樽冷落，料玉人、翠鬟慵整。空对亭角斜阳，画栏孤凭。

琐窗寒

旅夜

乱杵敲烟，疏钟扣月，夜深如许。空房悄悄，独坐不闻人语。漾重帘、花阴满阶，渐看移过栏杆去。最无聊、茶罢香销，况是客怀凄楚。　　庭树。葳蕤处。覆睡鸟双栖，怕人惊痦。孤吟未就，听彻几番谯鼓。绿窗虚、瘦影横纱，一丝玉蟾留不住。倚屏山、自剪灯花，夜寒生院宇。

点绛唇

长昼迟迟，斜阳懒上花梢去。燕莺俦侣。竟日交相语。　　帘碧窗红，深护藏春处。春欲暮。困人时序。昨夜楼头雨。以上《妙莲花室词钞》

过秦楼

夏夜新晴，中庭独坐，晚云如画，凉月依人，灯影红窗，茶香碧灶，感今怀昔，黯然成吟。顾视无可与语者，惆怅就寝。明日，录示何青士醛令、严仲抢广文。

云影流青，露痕凝白，凉夜苦无情绪。槐阴浸榻，花气浮衣，独自几回延伫。只有学语新蛩，苔砌微吟，伴侬裁句。对闲庭寂寞，香温茶熟，更谁堪诉。　　空记忆、诗酒坛场，莺花岁月，旧日艳游何处。红牙按曲，白发填词，今夕但余凄楚。凝望星河渐低，灯黯帘栊，锁严庭户。剩明蟾瘦影，玲珑向我，依依不去。

菩萨蛮
戏为回文体

月明斜影疏窗隔。隔窗疏影斜明月。横榻向槐庭。庭槐向榻横。　　卷帘珠露泫。泫露珠帘卷。楼上几人愁。愁人几上楼。

南乡子
夜雪

峭冷破余醒。窗外悠扬扑纸轻。炉火微红灯欲烬，蓇腾。静听空阶折竹声。　　碎响逼疏棂。欲睡踌躇睡未能。归梦只愁迷路径，消停。独拥寒衾坐到明。

唐多令
女德华为吴宝三明府画菊一帧，作此题之

凉雨润东篱。孤芳一两枝。似陶家、三径初移。如此清贫仍绝俗，偏与我、最相宜。　　秋色渐离披。西风动远思。偕渊明、归去休迟。娇女亦知人意淡，摩写出、傲霜姿。

念奴娇
题倪耘劬司马《湖楼茶花图》卷子

湖山无恙，看云树苍茫，旧游重记。满眼江南云水阔，未得追陪游履。倚棹敲诗，登楼试茗，多少翛然意。波光照槛，满衣都是凉翠。　　回忆五十年前，六朝金粉，处处忙春屐予侨寓金陵十年之久，时尚未乱，湖山佳胜，日事游览。忽地连江笳鼓震，旧迹荒凉如洗。儿女新愁，英雄往事，总付沧波逝楼上旧有徐中山王像，楼下旧有卢莫愁像，今不知存否。云腴啜罢，夕阳无语西坠。

长亭怨慢

岁在甲申，客乐安署中，僻院闲庭，萧然事外，土阶茅屋纸阁芦帘，颇有山颠水涯之致。夜深静坐，鲜可与谈，惟初月昏黄，疏星淡白，伴人萧瑟而已。因效吴梦窗体，以写其意。

又挨到、晚凉时节。檐角斜阳，断红如抹。独坐闲庭，渐看灯影射帘隙。一眉纤月，筛满地、槐阴碧。滴露润桃笙，新爽荐、罗衫微湿。　　寂寂。但苔痕绿滑，深院悄无人迹。惺忪小倦，已先逗、嫩秋消息。听丽谯、渐转三更，叹梦里、家山遥隔。只断续吟蛩，如话离人萧索。

踏莎行

残梦初回，微醒乍醒。片云忽过高槐顶。骤风急雨打窗纱，斜阳已照窗纱影。　　玉鼎温香，泥炉瀹茗。晚来新爽轻罗屏。隐囊斜倚坐填词，却愁难画阴晴景。

醉花阴
赴乐安途中作

温柔乡好留难住。又领愁乡趣。回首故乡遥，已在他乡，又向殊乡去。　　山重水复无穷路。不许轮蹄驻。可惜好年光，事业文章，总被饥驱误。

双调忆江南
四时闺情，和何青士作

其一

惊梦破，窗外晓莺啼。眉月低垂娇尚困，鬓云鬖挽起来迟。无语似凝思。　　没个事，妆罢下兰墀。绕槛细寻花并带，开帘亲放燕双飞。微笑理春衣。

其二

深院宇，人静日偏长。午睡乍醒重整鬓，晚凉新浴更匀妆。顾影自评量。　　新月上，相倚坐银床。爱看鸳雏皆比翼，却嗤莲子半空房。低语问檀郎。

其三

针线罢，贪耍下中庭。闲捣凤仙堆万字，戏穿莲子作珠璎。娇惰越娉婷。　　欹榻坐，闲告小鬟听。常为爱圆憎缺月，却缘乞巧识双星。絮语过三更。

其四

微霰后，寒色逼兰房。浓麝滞人慵久坐，丰貂覆额懒重妆。更爇郁金香。　　帘不卷，呼婢剪珠灯。梅月印窗摹绣谱，竹风敲□□银簧。没法遣宵长。以上《妙莲花室词稿》

念奴娇

唾壶敲碎，看宇宙，满眼苍茫何限。惆怅人间，多少事，万古愁根难断。白发填词，红牙摺谱，自把伊州按。一枝青镂，写来无数幽怨。　　当日拾翠林坳，无端遥迕，笑捻寒香看。玉手一枝亲把赠。回首春风人远。千里相思，一朝佳会，楼阁空中现。梅花撮合，这椿奇事堪羡。《暗香媒》提纲

史乐善（1首）

史乐善，生卒年不详，号雨汀，直隶天津（今天津市）人。廪生，充盐掾。道光二十年（1840）尝与沽上同人续举"梅花诗社"。著有《梅影集》二卷。

氐州第一

己亥仲春，梅庄十一表弟携其《縢香馆词钞》，并和黄薛青《氐州第一》词见示，聊步元韵，用题大集，即希斧削。雨汀史乐善未定稿。

廿载蜗庐，一编蠹简，每惭此腹吾负。结习难忘，敲诗作字，更向骚坛求友。绮岁知君，早压倒、丁沽巨手。艳管生花，悲歌击剑，春芜秋柳。　　衣钵梧侯传已久，况莫辨、边韶先后。何幸鲰生，动劳国士，劝制词千首。纵枯肠、搜索尽，能逃却、君家窠臼。彳亍歌斜，许余学、邯郸步否。《縢香馆词钞》附

黄阁 （1首）

黄阁，生卒年不详，字薛青，直隶天津（今天津市）人。

氐州第一

承示大集，始知词宗。咫尺十数载竟未识荆，足征弟乃抗尘走俗人也。读竟，漫题一阕，以志倾慕，即祁梅庄十一兄大人正误。

蜀道垂鞭，梁园蹑屦，年华半百孤负。盐荚埋头，俗尘扑面，未识梓桑词友。乍启瑶编，盥薇露、何能释手。关西铁板，仙掌红牙，豪苏艳柳。　　敢道词坛驰逐久。览兹集、瞠乎其后。喜人灯花，愁侵砚滴，屡俯霜华首。笑廿载、析津住，今纵读、外孙齑臼。著作等身，可容吾、披吟再否。《朦香馆词钞》附

牛翰鉁 （1首）

牛翰鉁，生卒年不详，字仲远，顺天大兴（今北京市大兴区）人。举人。道光二十八年（1848）补山东莘县知县，咸丰五年（1855）补山东高唐州知州。善度曲，与何绍基、朱琦等有交游。咸丰九年在世，同治四年（1865）已卒。

荆州亭

好句琳琅满纸。才调如君有几。忼慨更忧时，肯让少陵诗史。　　无意相逢萍水。有幸相投知己。合我独拳拳，不但能诗而已。《江阴承守丹先生杂著词稿》附

刘肇域（1首）

刘肇域（1806—1878），字陟山，号蕉雪，刘廷楠次子刘一士之子，刘书年之侄。道光丁酉科举人，甲酉科大挑二等，候选教谕，署河南县训导。咸丰癸丑科进士，分发浙江为知县，呈请改选大名府教谕。调升顺天府汉学教授，钦加五品衔，诰授奉政大夫。刘肇域有劲节，见官场污浊，改教职。平生以淡泊自许，酷爱苏轼诗，自作诗亦冲和淡雅。著有《蜀游日录》四卷、《蜀中日录》二卷、《绣佛斋诗文集》八卷。

一剪梅
旅店题壁

汗水多情助寂寥。风也飘飘。雨也飘飘。陈仓曾否度明朝。云看山椒。雾看山椒。　满壁涂鸦漫解嘲。诗也无聊。字也无聊。故乡正是可怜宵。梦断征袍。望断征袍。《清芬丛钞诗全集》卷二之《修佛斋诗集》

白桐生（2首）

　　白桐生，生卒年不详，字书亭，顺天通州（今北京市通州区）人。桐生生当晚清，与淮海词人群相唱和。这一词人群的形成以咸丰庚申（1860）冬迟云山馆镌李肇增编《淮海秋笳集》为标志，此集除附刻桐生二词外，收张安保（仪征）《晚翠轩词》、范凌霄膏庵（甘泉）《冷灰词》、吴熙载让之（仪征）《鲍瓜室词》、汪望砚山（仪征）《梅边吹笛词》、李肇增（甘泉）《冰持庵词》、王菱小汀（甘泉）《受辛词》、张丙炎午桥（仪征）《冰瓯馆词》、黄泾祥琴川（乐平）《董蔻词》、郭夔尧卿（江都）《印山堂词》、马汝楫济川（江都）《云笙词》、黄锡禧子鸿（甘泉）栖云山馆词》、姚正镛仲海（辽东盖平人，流寓泰州）《江上维舟词》。同治癸亥（1863）春，泰州又兴"军中九秋词社"，声气广被，淮海词人益呈宗派之特点。"淮海词人群的领袖是蒋春霖、杜文澜、丁至和、郭夔诸人，执牛耳的则允推蒋春霖。淮海词人群虽没有明确提出词学纲领，但从创作实践所体现的审美意趣看，基本上宗南宋，奉格律派为圭臬，言必称白石、梦窗或玉田、草窗，实际还沿袭浙派老路，雕章琢句，归于醇雅。"①

惜秋华
黄叶

　　换了霜信，正清秋、已透几分寒意。满树乱莺，疑是春风归未。雨中衬出凄凉色，照我愁人憔悴。留得，伴重阳、过了菊花天气。　　飘落甚情味。断江南好梦，扁舟千里。客路对、萧瑟况，又添愁思。故乡几度槐花，只染出、病容如此。何事。幻残阳、暮山苍翠。

---

　　① 刘勇刚：《水云楼词研究》，辽宁师范大学出版社2008年版，第205页。

惜秋华

红叶

点染秋色，近黄昏、又见暮霞环绕。衬人远山，凄凉翠眉寒早。芳魂化作相思树，挽住春光多少。还疑，是繁华二月，朱楼初晓。　　一抹艳情好。对芙蓉帐冷，暗愁花恼。薄影共、衰鬓掩，绮怀都老。看来不是胭脂，是恨人、泪痕滴到。凝眺。正西泠、六桥残照。《淮海秋笳集》附

廉兆纶（11首）

廉兆纶（1811—1867），榜名师敏，字葆醇，号琴舫，顺天宁河（今天津市宁河县）人。道光二十年（1840）进士，选授庶吉士，散馆授翰林院编修。咸丰三年（1853）直南书房，明年擢翰林院侍讲学士，提督江西学政，累仕工部侍郎、户部侍郎、仓场侍郎。同治元年（1862）罢归家居，主讲天津问津书院。著有《深柳堂集》四卷，附词一卷。

疏影

咏水仙花

藐姑何处。喜珊珊环珮，凌波微步。漫下帘栊，凭仗东风，暗把芳情约住。倚天照海花多少，争足比、芝兰玉树。好安排、清操香名，并入琴心一赋。　　遥想燕台吾里，有名葩万朵，开遍瑶圃。酒绿灯红，何色何空，只有幽怀难诉。凭将人面桃花好，都付与、多情崔护。待归来、静对琼华，同浥玉阶仙露。

菩萨蛮

绿杨庭院东风小。娇肢学舞和烟袅。容易过春华。无端飞柳花。　　绕栏花似雪。幽怨凭谁说。无限别离情。依依长短亭。

前调

天涯何处无芳草。寻春自喜春光好。忽听踏青歌。忆君无奈何。　　别离浑似昨。独自来南国。红豆最相思。迩来生几枝。

前调

西风黄菊秋容旧。南园绿草春光又。蝴蝶镇双飞。懊侬胡不归。　　欲归归未得。江上波涛阔。明月是知音。照侬千里心。

前调

江西省城作，时瑞、临已陷，吉安望救甚急

梨花院落声声雨。狂蜂醉蝶纷如许。望远独登楼。凭栏愁更愁。　　闲愁无一事。只为花颜憔悴。历乱不成枝。东君知未知。

前调

怀罗罗山观察也

等闲到了花时节。春阴漠漠思君切。亲为扫苍苔。可人期不来。　　渡头风转急。君去无消息。倚遍玉栏杆。莫教花事残。

前调

将赴广信作

惊寒鹦鹉声声唤。等闲消歇春风半。意绪可怜侬。隔花情未通。　　江南佳丽地。无处将愁寄。多谢小梅花。尚留疏影斜。

金缕曲

寓集贤院，咏海棠

畅好亭前树。乍相看、倚天照海，名花无数。春到人间才几日，酝造千枝香露。却来伴、西川工部。独立芳阶人悄悄，笑游蜂醉蝶忙何故。思远道，感前度。　　年年芳草天涯路。怅故园、花开花谢，韶华轻负。拟买燕支传彩笔，暗把红妍留住。又怕惹、东风骄妒。我是玉皇香案吏，奏通明、要乞轻阴护。情缱绻，托毫素。

疏影

咏柳，用沈朗亭前辈韵

楼台烟雨。正芳垂马埒，娇拂莺路。过了清明，忙煞东风，丝丝捻出金缕。绕陡蘸水摇新碧，恰引到、同舟仙侣。更相逢、陌上花开，莫放二分春去。　　不恨流年暗换，恨花飞一片，团作轻絮。任卷珠帘，倚遍栏干，总是无憀情绪。春来领略愁滋味，浑难辨、荼甘茶苦。记年时、曲唱阳关，声断送君南浦。

东风第一枝
牡丹

柳絮飞余，海棠谢后，名花又发庭院。六朝金粉春浓，一曲羽霓歌艳。生香活色，都不靠、胭脂深浅。是谁家、纮管楼台，想象翠蛾微敛。　　虽说是、流年偷换。谁敢把、韶光贱看。衬将金带双围，值得珠帘一卷。几生修到，屡移向、沉香亭畔。喜相逢、解释春风，漫道隔花人远。

浪淘沙
郊外即景，正月二十八日

古刹语风铃。缓度丁丁。有声一段画中情。自是村居真乐趣，低小茅亭。　　山鸟自呼名。韶景堪凭。晴云千朵丽空明。记得往时频策马，路近春城。《深柳堂词》

朱寯瀛（1首）

朱寯瀛，生卒年不详，字芷青，顺天大兴（今属北京）人。同治元年（1862）举人，官至河南陈州知府。长于诗词，受词家冯秀莹影响较大。祝椿年《玉屑词题辞》论其词"蝉蜕其迹，风逸其神；清歌偶寄，玉屑纷纶；芳妍周、柳，豪忼苏、辛。"① 著有《金粟山房诗钞》十卷、《玉屑词》三卷、《杔湖词》一卷。《玉屑词自序》："仆幼耽柔翰，同治初，得与冯蕙襟、许容生、周叔昀、鲍寅初、龙松琴诸君子过从谈艺，间为倚声。顾率尔操觚，罕登著录。于今老矣，追忆四十年以来世事沧桑，朋侪雨散，独文字因缘，风雅结习，久益怦怦，不以荣悴而或易。……非敢冀抗行作者，亦聊于尘区局蹐中仰托风月，藉以自娱。"②

临江仙

铁君自辛亥冬杪阁笔不为诗，人谓以后诗或可不作，以前诗正不可不存。乃辑旧咏三十六天字韵并同人叠和者为一册，印以示人。其用意殆较五柳先生为尤高远矣。爰题此阕志佩。

卅六宫才调风吹，轩然沧海波新。曾栖香案忍沈沦。名标唐内翰，踪写宋山民。　　知己伯牙琴竟和，无言自远嚣尘。联珠缀玉灿星辰。暂存天地内，分照几千春。《素园晚稿》

---

① 冯乾编校：《清词序跋汇编》，凤凰出版社 2013 年版，第 1871 页。
② 冯乾编校：《清词序跋汇编》，凤凰出版社 2013 年版，第 1870 页。

刘文嘉（1首）

刘文嘉（1860—1930），号古遗女史，直隶献县（今河北省献县）人，刘肇均之女，刘书年之嫡孙女。文嘉天资聪敏，自幼受到良好的教育，琴书笔砚，四书五经，皆能博通。长适南皮张权（张之洞长子，光绪二十年进士）。文嘉安贫乐道，颇有气节，肖其曾父、祖。喜好吟咏，为诗雅致有梗慨之气。《晚晴簃诗汇》诗话称："《然藜阁诗》言志书怀具见学养，如《村居杂兴》《读书》《知命》诸作，其胸襟非寻常闺阁所有。"著有《然藜阁诗钞》《无邪堂诗存》《春蚕斋词》《古遗诗钞》等。然多散逸，其弟修鉴为董理之，辑为《张可园征君夫妇遗稿》，藏于国家图书馆和天津图书馆。

满庭芳
感瑜、瑨二太妃事

徐惠陈疏，左棻献颂，二南雅化温柔。桂宫椒殿，彤管粲银钩。一旦虞渊日落，苍梧暗，龙驭难留。分金镜，孤鸾寡凤，湘竹泪痕稠。　　沧桑更眼底，黍离麦秀，王气全收。化冤禽衔石，此恨无休。肯似签名，降表龙沙路，翟茀蒙羞。漫漫夜，杜鹃啼血，梦绕凤凰楼。《古遗诗钞》

王荫昌（17首）

　　王荫昌（1813—1877），字子言，号五桥，直隶正定（今河北省正定县）人，汾阳县知县远亭次子。由拔贡生中道光庚子科举人，授国子监学正，迁助教，以守城功擢知府用，终山东武定府督捕水利同知，赐花翎。为人孝谨笃厚，少以文辞书法名当世。砥砺名节，超淡绝俗，不可以私干分。守武定时，以整饬捕务，屡获巨盗，诸州县辄疾之如仇。志既不得逞，乃叹曰："天下事皆如是耶！余不负丞，丞其负余哉！"光绪三年卒，年六十有五。著有《廄斋诗》《尺壶词》若干卷，已佚。今从《怀隐盦剩稿》辑录其词十七首。

摸鱼儿
画蝶

　　宿琼台、露兜烟里，蒙蒙花气如海。珠须粉翅翻筠砌，无限轻盈春态。春恁快。又报道、芳芜绿遍红亭改。软云一带。剩几许香痕，半丝幽梦，栩栩碧阑外。无聊赖。　　遮莫罗浮仙界。花房飞尽轻霭。冰绡钩取滕王本，金粉撩人无奈。愁莫解。有多少晴丝，落絮禁挥洒。踏青挑菜。但回忆芳时，夕阳双影，仿佛隔帘在。

望湘人
雾淞

　　乍珠宫宴罢，青女意闲，倚空雕镂霜魄。冻粉黏霄，矮烟渖墨。小幰营邱新格。数偏层林，一拳寒鹭，应难寻得。似万枝、银海珊瑚，莽被尖风吹白。　　别有琼思脉脉。弄参差冷玉，暮愁如织。更错认疏梅，欲问翠禽消息。为语今、宵半梳斜月。莫照玲珑窗隙。恐粉睫、梦入瑶台，萦惹峭寒无力。

蝶恋花
壬子四月十日作

鹧鸪声声啼不住。唤醒春人，远梦浑无据。愁似春波，语无尽处。碧箫空怨河桥路。　　镜里眉痕余几许。怕展香奁，重见蛮笺句。绿遍蘼芜飞遍絮。夕阳帘外花无语。

疏影
由保定至淀津舟中作

堤阴似笠，恁晓风剪剪，催送萍迹。岸草汀花，小作句留，清愁也逐兰鹢。孤怀一掬谁堪诉，全付与、雨疏烟密。厌长波、断梦纵横，无奈过窗渔笛。　　忆否昵人眉月，春钿共素影，流艳遥夕。绿锁笼香，紫曲分花，佳节匆匆寒食。寂寥珠佩江皋远，肠断也、去欢难觅。剩萧然、短棹斜帆，一片无情空碧。

百字令
月夜同李筠庄杨子萱游汇通寺

苍烟迤逦，认薜萝一径，行寻兰若。梵呗声沈湖树暝，素月初悬楼角。簌曲搀苹，桥低让柳，蜡屐幽怀托。轻红尘里，何如来此林壑。　　却意莲子湖头，箬篷兰桨，曾傍丛花泊。断梦鸥沙容易散，翠盏经时罢酌。今夕何年，飘萍聚影，吟啸成良约。碧筒吸尽，流萤和露飞落。

祝英台近
怡园感旧

翠帘低，香径远，忽忽又春半。没个人来，阑干自凭遍。俊游才是经年，燕池莺树，都化作、清愁一片。　　久依黯。一痕山似眉颦，斜阳绿芜浅。人影衣香，晴昼那时见。断肠杨柳村西，杏花桥北，谁记取、钿车归晚。

望海潮

扬州泛舟

摇波风软，偎林烟嫩，孤情引过虹桥。如许瘦芜，几番惊絮，匆匆兜入吟瓢。山迭乱青遥。向斜阳影里，换尽南朝。一掬秋怀，轻衫载酒客停桡。　　低回无奈今朝。尽虚传跨鹤，何处吹箫。残月二分，颓花十里，凄凉红豆全抛。鸳甃暗香消。纵分司重到，一样无聊。拼取零金剩粉，分付暮江潮。

一萼红

西湖舟中作

似闲鸥。向白苹香里，片影落芳洲。水皱涡圆，岚皱黛浅，绝代西子风流。凭唤我、一声渔笛，倚乌篷、俊约满心头。诗上横桥，梦中山色，画里晴楼。　　最喜湖天澄霁，况芙蓉未老，才换新秋。画舫丛丝，琼台乱蕊，珍重囊底频收。休便说、江空塞远，恐疏烟、冷月不胜愁。酒罢襟痕莫浣，记取杭州。

高阳台

答李竽仙同年

鹤让情慵，雁呼春浅，暮窗愁断吟魂。待访梅花，峭寒阑住闲门。玉溪俊侣湘豪润。记年时、惯扬春痕。镇殷勤，砑纸飞来，香雨纷纶。寂寥一桁青罗幕，料庄生梦冷，心字香温。淡雪疏烟，凭消几个黄昏。多应善识云郎意，便团成、诗思如云。待寻君，流水冰丝，同唤清樽。

南歌子

黄啸谷七夕初度纳姬作《银屏花影图》为拈小令

纨扇丝风定，华灯颗露香。碧阑眉月引秋光。多少兰情，珍重付瑶觞。　　镂玉鱼笺薄，抛珠雁柱凉。双星回照郁金堂。天上不知何处、是红墙。

百字令
落花

庭阴冉冉，又东风吹散，一重香雾。憔悴琼华成小劫，乱扑春衫无数。陌少人声，楼低幔影，胜赏翻成误。沉沉铃索，伴他一桁红雨。　　记得锦句新裁，银笙脆炙，宛转歌前度曲。按香山犹未彻听，道不如归去。天上人间，弯飘凤泊，我也魂难住。芳樽吸尽，莺啼残月何处。

八声甘州
兰因室话十年旧事，感而赋此

记画屏兰烬夜惺忪，斜月荡帘阴。正荼蘼放后，风丝露颗，凉遍罗襟。多少秦筝清怨，池阁总悄悄。说到天涯远，愁比春深。　　去梦不堪重省，尽江天不尽，烟霭沉沉。更芳芜绿减，鬓影渐霜侵。长亭路、杨丝攀罢，甚离怀、犹系到而今。浑无奈、有斜阳处，都是秋心。

卖花声

风峭雨凌晨。凉意三分。最难调护客中身。偏是轻寒轻暖候，又作离人。　　盼到柳条新。惆怅连旬。乡心芳信两逡巡。莫向曲阑西畔望。无限春云。

金缕曲
送叶芸士落弟出都

又作燕台别。最难禁、旗亭烟柳，频来攀折。送却残春重送客，无限离情骚屑。况恰对、刘蕡凄绝。昨夜天风真浩浩，竟琼枝、吹堕纷如雪。襟上泪，今犹热。　　飘萍我更何时歇。尽年来、北平尘土，磨穿轮铁。领取桂蟾香不得，别觅旁枝另叶。安得不、唾壶敲缺。题凤清才偏不乏，看公然、消受泥金帖。直去耳，何堪说。

卜算子
题《美人收琴图》

茜袖嫩凉生，碧藓湖山小。无那携将绿绮来，心上秋多少。　　凤卜几番虚，雁信长空杳。才理冰丝怨更深，争似休弹好。

如此江山

旅病

黄花时节谁家笛，吹入病怀萧槭。客枕愁风，药铛沸月，挨尽长安秋夕。梦归何益。便晓望南天，凉云空碧。拥鼻孤吟，尘襟无那感今昔。　　珍重春华难觅。十年诗酒伴，都成虚忆。潦倒轮蹄。伶俜书剑，憔悴更逢今日。蟾痕驹隙，渐逝水年光，漫来相逼。凄绝宵深，听乱蛰不息。

浣溪纱

题顾白楼《荷净纳凉图》

凉接鸥波一径通。钓丝茶灶镇从容。虎头披葛恰当风。　　烟外晴湖香匼匝，水西别馆碧玲珑。不知何地软尘红。《怀隐盦剩稿》

王荫祜（7首）

王荫祜（1824—1875），字子受，号鞠龛，直隶正定（今河北省正定县）人，流寓江苏泰州。以附贡生候补两淮盐经历，官江苏角斜场大使。陈廷焯称其《满江红》四篇："感激豪宕，直可摩迦陵（陈维崧）之垒。"著有《觉华庵诗存》《尚诗征名》二卷。

金缕曲
深州书院对月

听彻愁中雨。又今宵、萧寒片月，牵人离绪。风稍云低花雾重，泼水愔愔庭户。止孤景、徘徊伴汝。触忤频年棠棣感，正相思、遥夜音尘误。圆缺憾，同今古。　漫漫千里江南路。问天涯、雁行无恙，可禁凄楚。我亦蓬飞乡国外，一夜伤心几处。便不耐、寂廖如许。绝好中天高朗色，共谁看、怕读凄凉句。襟上泪，空成缕。

喝火令
题美人团扇

眉月横轻黛，鬓云堕眇鬟。分明春景斗娟娟。暮唱秋风纨扇，怀袖尽相怜。　镜里音尘误，琴边信息寒。又撩人梦到河干。记得年时，记得杏花天，记得杏花时节，深夜倚阑干。

买陂塘
题周莲亭《霞林春晓图》

绾春丝、枝枝叶叶，无端挑逗晴景。云情艳到销魂处，合付东皇管领。须记省。便草长、天涯未误寻芳兴。绛蚬明靓，看翠里烟轻，红边日暖，晓晕一痕映。　　嬉游路，可是天台幽境。为谁踏遍云岭。休吟叶已成黔句，恰正丹楼春礼。秋水冰。向滃碧、层霄认取桃花景。闲愁消屏，早擘柳风停，揉花雨过，梦稳采香径。

满江红

题周莲亭《海国骚音图》

咸丰甲寅，游海州，与许牧生宝谦、吴莲卿廷炬、王子扬诩、刘子谦世大、殷壎世仲、周莲亭尧辅、张慰霖守恩晨夕过从，极觞咏之盛。吴介轩世祺次少陵《饮中八仙歌》韵贱诗，矜宠之。睽隔以来，成陈迹矣。今莲亭便涂过我，谓将绘图，留证佐欢，兼示所为弁言及诸贤题咏。枨触征梦，不能无言。[①]

弹铗悲吟，问谁是、平津侯者。尽年来，怀中刺灭，琴前曲寡。一例空堂栖燕雀，虚名随处伴牛马。海东头、忽值钓鳌人，[②] 争相迓。　　延陵季，词原泻。高阳裔，才名亚。又客星几点，攒眉结社。湘汉骚人联棣萼，张王乐府争雄霸。便多情，[③] 把臂到狂奴，论风雅。

又

击钵声声，浑不为、风云月露。算都是，苍茫身世，郁怀喷吐。柳色虹桥惊战伐，菊花九日伤迟暮。尽旁人、肿背诧驼峰，甘陵部。　　仙邪怪，予吓汝。床上下，人三五。杖采豪[④]收入，浣花旧谱。杜老风华传绮季，酒龙次叙[⑤]排诗虎。愧齿牙，[⑥] 余论我难胜，公其误。

---

① 陈廷焯著、彭玉平导读《白雨斋词话》（上海古籍出版社 2009 年版，第 176 页）第【陆壹】条所录词序曰：“咸丰甲寅，客海州，与王子扬、刘子谦、殷壎、许牧生、吴莲卿、周廉廷、张溥斋朝夕过从，觞咏甚乐。吴介轩用少陵《饮中八仙歌》韵贱诗，矜宠之。睽隔以来，几陈迹矣。今廉廷便涂过我，谓已绘图，留证堕欢，命曰《海国骚音》，兼示所为弁言及诸贤题咏。枨触征梦，不能无言。”

② “海东头、忽值钓鳌人”，《白雨斋词话》本作“甚海滨、翻值钓鳌人。”

③ “便多情”，《白雨斋词话》本作“镇多情”

④ “杖采豪”，《白雨斋词话》本作“仗彩毫”。

⑤ “次叙”，《白雨斋词话》本作“序次”。

⑥ “愧齿牙”《白雨斋词话》本作“只齿牙”。

又

顾曲雄才，合放尔、出人头地。尚关心，西园余韵，再翻图记。鸿爪印留修禊帖，龙头人似催租叟。倚征篷、促和右军诗，斜阳里。　　君且去，门须闭。侬便学，陈无已。待哀猿啼彻，恐应出涕。偶破天悭成此会，再联萍景谈何易。看眼中，落落聚星群，还余几。

又

对此茫茫，漫①着落、愁人一个。浑不耐，堕欢如梦，乱愁如火。聚合何关神鬼忌，抛离忍使因缘左。诵河梁、五字断肠诗，铅波②堕。　　休便说，刘琨卧。休浪炙，淳于髡。怕阶前尺地，也难容我。谁读皋言③怜杜牧，枉传仙侣伴张果。是④何年，位业纪真灵，弹冠贺。《觉华庵诗存》附词

---

① “漫”，《白雨斋词话》本作“没”。
② “铅波”，《白雨斋词话》本作“铅婆”。
③ “皋言”，《白雨斋词话》本作“《罪言》”。
④ “是”，《白雨斋词话》本作“问”。

苏耀宗（2首）

苏耀宗，生卒年不详，字孟宾，晚号钝禅老人，直隶交河县（今河北省泊头市）人。光绪丁酉（1897）举人，拣发广东知县。与巨鹿高月卿、津门高毓浵等人交游。著有《忏余词》一卷。其词抒写情志，亢爽沉郁，是苏辛一脉，而少风流蕴藉。论诗、题画词知人论艺，颇有知言。

永遇乐

莲池之东，有起小楼者，能尽览园中花木之胜，鸠庵过而美之，名以远香，为诗纪事，并匀和章，为此解应之。

池北莲东，是谁偷领，湖山一曲。小阁穿云，危栏俯水，布置无尘俗。百年名胜，亭台一揽，不能盈掬。便三春，燕语莺声，都成座上琴筑。　　劳劳过客，叹结茅无分，妒煞伊侬清福。取不伤廉，巧能近雅，善把芳邻卜。低徊半晌，吟诗纪事，未许敲门看竹。更莫问、晓风来处，远香清否。①

---

① 此词为唱和刘修鉴《远香楼》诗之作，其诗前有小序："莲池东邻，不知何许人倚墙筑楼一楹，近俯莲池，远挹抱犊，山光水色，共纳一楼，洵韵事也。然要非尘嚣中人所能解此，不禁曲中人远之羡。鸠老戏以远香名之，且约同人纪之以诗，勉成短章四韵，录呈鸠老并诸大吟坛一粲。"诗曰："主人殊解事，楼构俯莲池。不用登山具，偏宜得月时。荷香清几案，柏黛扑帘帷。地辟尘嚣外，幽栖读楚词。"刘修鉴（1880—?），字式三，号荫余居士。刘其年之孙，刘肇坦子，刘肇埌嗣子，《清芬丛钞》的收集整理传抄者。褪褓中送之贵阳，由刘肇埌之妻唐孟端抚养。唐孟端病故，由舅氏唐炯抚育。1899 年，随张之洞在武昌读书，见刘文嘉，得刘书年遗著。后留学日本，历任江西通判署江西南昌府同知、江西安县知县、直隶卢龙县知事。民国时，刘修鉴所藏刘书年遗著经李响泉、朱启钤之手，刊为《刘贵阳遗稿》四卷，入《黔南丛书》别集。又将刘氏著述汇辑为《清芬丛钞》。著有《荫余斋诗草》三卷。天津市图书馆藏《荫余齐诗选》为四卷，李浚之选评。高毓浵《燕赵词征》亦收录此《永遇乐》，与《清芬丛钞》本所附词字句略有出入。其小序曰："保阳古莲池之东有起小楼者，能尽揽园中花木之胜。鸠盦过而赞之，且曰是楼可名远香，以其得遥挹荷芬也。偶成此解。"词曰："池北莲东，是谁偷领，湖山一曲。小阁穿云，危栏俯水，布置无尘俗。百年名胜，亭台花石，一揽不能盈掬。便三春、燕语莺声，都成座上琴筑。　劳劳过客，诔茅无地，羡煞伊侬清福。取不伤廉，涉还成趣。珍重芳邻卜。任徊半晌，吟哦敬遍，未许敲门看竹。更莫问、晓风来处，远香佳否。"

齐天乐

题冯问田先生紫箫声馆诗存

黄钟毁弃中声歇，纷纷幺弦侧调。世岂无才，君真作者，重睹浣花神貌。纤尘净扫。向万里秋空，独抒怀抱。名重江关，青云未暮共倾倒。　　多憾长才未竟，有连枝玉友，收拾残稿。务观清音，玉溪丽什，当日几经深造。津桥再到。怅燕冀骚坛，名流更少。把卷哀吟，悠然余韵碧天杳。①

　　按：高毓澎《燕赵词征》收录此词，字句颇有出入。其词曰："钟毁弃中声歇，纷纷幺弦侧调。世岂无才，君真作者，重睹浣花神貌。纤尘净扫。向万里秋空，独抒怀抱。萧瑟江关，青云未暮共倾倒。　　多憾长才未竟，有芦帘缟袂，收拾残稿。开府清新，剑南潇洒，妙句每惊天造。城南再到（先生为津门城南诗社健将）。怅燕冀骚坛，名流更少。击节环吟，悠然余韵杳。"

---

　　① 冯文洵：《紫箫声馆诗存》，天津古籍出版社 2018 年版，第 7 页。

刘修镠（11首）

刘修镠（1883—?），字钝成，刘其年之孙，刘肇坦次子，刘肇均嗣子。少负聪明，不甚致力于学。比出应世，殊不称意，每借酒消其块垒，以是常在醉乡，半生潦倒，但所为诗词，语尚性灵。著有《识耕堂诗草》一卷。取妻湖北郧阳通守武进王作霖之次女，从刘修镠女兄学诗，"抒写胸臆，凡有抑郁辄泄于诗，久之积成卷轴，搞辞措句，虽未能工，意尚可达"。二人诗词结集为《耕俭倡随录》，上卷收刘修镠《识耕堂诗草》，存诗36首，词11首，前有诸城刘维城与交河苏耀宗题词。下卷收其妻王韵婉《相春庐稿》，存诗104首，词8首。前有宛平袁励杰、涿县陈善同、诸城刘维城、交河苏耀宗题词。

如梦令

风定花飞红雨。酒醒香消兰炷。往事细思量，尽被聪明耽误。休住。休住。且伴东风归去。

清平乐
癸丑暮春，重寓张文襄公故邸

杨花乱扑。芳草无情绿。浊酒自斟歌当哭。且伴嫦娥幽独。　　落红似我飘零。更堪绿野堂扃。春尽凄清池馆，羊昙醉里魂惊。

前调
有感

客愁谁共。酒薄春寒重。天也将人胡作弄。往事总如春梦。　　懵腾春梦频惊。恼人枝上流莺。一阵微风吹过，落红点地无声。

眼儿媚

无端鹣鲽各东西。长遗梦魂迷。两行红泪，一般憔悴，万种相思。个人应似黄花瘦，刀尺制秋衣。帘前明月，窗前灯火，同照鸳机。

南歌子
旅感

客雁寒如我，秋花瘦似伊。月斜孤馆费矜持。近日带围宽褪、怕教知。　　欲致缠绵意，频通宛转词。书中不敢说相思。可奈浣花笺上、泪痕滋。

前调
中秋

倦旅伤心易，深闺慰意难。清辉移近曲阑干。照见影儿厮并、是何年。　　露下罗衣薄，风前鬓影寒。嫦娥若是肯相怜。唤取离魂同向、月中圆。

前调
有忆

岩角中宵咽，新寒入夜增。披衣坐起数残更。偏是虫声絮絮、不堪听。　　意密书难写，魂牵梦易惊。却嫌秋月太分明。勾惹客愁别恨、一时生。

梦江南
暮春重游中央公园

生意满，草长更莺飞。水榭回廊还似昨，衣香鬓影踏青归。风景记依稀。

遐方怨
游南海公园

携女伴，踏香尘。柳絮如绵，点衣日丽恰良辰。瀛台胜地且游春。莺

333

花看未足，月痕新。

玉楼春
春感

名园何处风光好。帽影鞭丝长安道。袂衣初试不知寒，有约玉楼人去早。　　隔花倩影喧娇笑。小弄秋千飞燕巧。谁知游子客天涯，别具牢愁满怀抱。

清平乐
春游

昨宵微雨。乳燕双双语。卖饧声里人催起，凭遍红栏九曲。　　一番花事又更新。陌头几许游人。约共嬉春去也，百花生日今辰。

附记：钝成仲弟，少负聪明，不甚致力于学，比出应世，殊不称意。每借杯中物消其块垒，以是常在醉乡，迨其悔悟，时亦不再来矣。半生潦倒，殊可感伤。邮来诗词，虽不多，语尚性灵。兹将伊妇所作合辑一编，本其诗语，颜曰《耕馌倡随录》，藏诸行箧，聊自怡悦，何敢望堂登大雅，不过藉志先绪之有承而不坠也。己卯夏正长至节兄鉴志于保定莲花池北。《识耕堂诗草》

王韵婉（5 首）

王韵婉（1884—?），刘修镠之妻，湖北郧阳通守武进王子均先生作霖之次女。幼年失恃，父抚成文立，天赋聪明，性复柔则，仅诵女诫。嫁与刘修镠后，见女兄刘文嘉每日吟咏，于是向刘文嘉学习作诗，学三月即能吟诗。其《述怀》诗曰："何处是故乡，征人正断肠。九岁已失恃，父慈胜阿娘。二十赋于归，山川阻且长。闻父弃我去，欲归河无梁。夫婿不得志，寸草未酬将。姊妹先我逝，骨肉叹凋伤。阴阳两决绝，往事焉能忘。人事有代谢，草木凛冰霜。强自作达观，登临望八荒。"刘修镒谓"言为心声，无怪乎音多愁苦；诵未终篇，不禁顿增身世之感"，细读其词，声韵或不稳称，而意趣却正如此诗，如其所论，音多愁苦，深寓身世之感。有《相春庐稿》传世。

眼儿媚

极目登高望八荒。云水自幽扬。齐侯霸业，夷吾才略，几度沧桑。人事升沉却是幻，春去断人肠。一帘风雨，两地离绪，何处寻芳。

前调

游大明湖

东风剪剪柳含烟。遍地鸟声欢。千红万紫，夕阳西照，人倚桥边。渔翁张网湖波绿，云山水接天。春光淡荡，留连无尽，似醉如仙。

忆江南

风兼雨，寂寞又黄昏。往事思量如幻影，怕听咽露冻蝉声，絮絮更愁人。

南歌子
夜雨

洒窗一夜雨，萦怀别绪增。残灯挑尽数深更。风送谁家，幽怨玉箫声。　　万点飞花落，千条弱柳轻。杜鹃啼血不堪听。可奈流光，春去太无情。

前调
感怀

风急催木落，霜重压梅寒。拈毫欲写泪潸然。憔悴韶光，人事共摧残。　　潦倒人轻视，迷离梦不安。江南旧事化云烟。老大徒悲，生计叹难。

钝成仲弟妇，湖北郧阳通守武进王子均先生作霖之次女。幼年失恃，父抚成立，天赋聪明，性复柔则，仅诵女诫，他非所习。于归后，见古遗女兄日事吟哦而心好之，因问："诗可学乎？"曰："可。"授以《唐诗三百首》，为之讲解声律、比兴之体例，俾讽诵之。不三月，试使作之，居然出口成章，大为女兄所嘉许。于是始习弄笔墨，抒写胸臆，凡有抑郁辄泄于诗。久之，积成卷轴，摘辞措句虽未能工，意尚可达。以学无根柢之闺秀而能若是，岂不有愧须眉耶！假使不萦情儿女，劳形井臼，专致于斯，抑或处夫通都大邑，请益作者，造诣殊未可量。惜迫环境，意殊不适。言为心声，无怪乎音多愁苦；诵未终篇，不禁顿增身世之感。为之掩卷而长叹息也！壬午夏正冬至日，修鉴记于荫余堂。《相春庐稿》

王晋之（12 首）

王晋之（1835—1888），字竹舫，号问青山人，直隶蓟州（今天津市蓟县）人。咸丰五年（1855）举人。历掌乐亭、昌黎等书院讲学。又受李鸿章聘，主持天津广仁堂。同治十年（1871），追随李江，携家同隐于穿芳峪，建问青园。为学与李江相近，以程朱性理之学为宗，尝说："训诂之学，有功于经。经济之学，有裨于事。然无义理之学以为之主，讲训诂者，每至无用。谈经济者，亦或入于功利。"又说："汉学精于考证，亦有徒矜渊博，枉费心力，无裨实用者。要从宋学出来底汉学，便有断制。"（《问青园语》）由此可以窥其宗尚。晋之感于晚清内外交困之奇变，提倡经世致用之学，重视农田水利，主张士与农合。所撰《山居琐言》《沟洫私议》等是晚清农学的重要著作，而《沟洫私议》各附图说，尤为明晰，可补历来农书之所未备。晋之入山后，又尝应有司之请，出任书院讲席。所订课程及学规，切近事理，议卑易行。学者拳拳服膺，成就甚众。长于诗文，擅画山水、梅兰，名重一时。曾入探骊吟社，[①]与京师宗韶、陈宝琛等颇多酬答。认为诗道宜端，用以扶持性情，成其志意；诗与史相表里，其用更切于当时，故推崇"温柔敦厚，古质奥博"的有用之诗。词作不甚多，羁旅写愁、归隐明志、登览题画，幽微细腻中见清雅峭拔，如其

[①] 探骊吟社于同治初期成立于北京，文社成员以旗人贵族为主，主要成员有宗韶、宝廷、志润、俞士彦、致泽、延秀、文海、陈宝琛、钟旗、戢谷、豫丰，果勒敏、穆清、宝昌、德准、寿英、王晋之、吴起鸿、启名、英瑞、贵荣、音德讷、增元、退龄、孙广顺、如格、桂霖、志观、希文、王裕芬等。社集辑为《日下联吟集》，有同治四年（1865）刻本和光绪五年（1879）刻本，前有简宗杰、冯呈霖序，后有宗韶跋。共四卷，前三卷为诗课，第四卷为词课。据震钧《天咫偶闻》称："同治初，京师士大夫结探骊吟社，扶大雅之轮，遵正始之轨，倡而和者，一时称盛。伯敦乃择其尤者刻之，名《日下联吟集》。"文社延续近十年。

诗，似其画。有《问青园集》十三卷行世。

十六字令
画梅

清。月印前溪水有情。颠厓畔，老树一枝横。

江南春
题画

波皱碧，柳舒青。一堤芳草远，十里夕阳晴。江南江北春如许，有客停舟不肯行。

如梦令
题秋虫画扇

淡紫深红浅碧。描出一团秋色。断续作秋声，催得草黄霜白。相迫。相迫。终日耳边聒聒。

如梦令
客枕

放下愁肠睡了。一夜梦魂颠倒。刚是到家乡，陡被雨声敲觉。堪恼。堪恼。悔把芭蕉种早。

眼儿媚
残暑

火云渐敛午风薰。余热尚堪瞑。池荷花谢，窗蕉叶大，小院无人。如年常昼难消遣，独坐屡眉颦。晚凉却好，闲愁暗扰，又怕黄昏。

月中行
画梅

冰肌玉骨好丰标。性情忒孤高。一丸凉月下花梢。无语倚窗娇。　　百花头上开何早，看不惯秾李夭桃。一般姿态最难描，林下雪微消。

虞美人
秋虫

凄风苦雨值多少。秋亦如人老。旧书封起怕重开。又被吟虫提起旧愁来。　　寒衣打叠愁难寄。独坐偷垂泪。那堪楚语断还连。屋角墙根搅得不成眠。

一斛珠
雨中登城望北山

雨迟风迫。丝丝团作珍珠掷。壁上旧诗经雨涤。一半模糊，一半痕逾黑。　　和就天然图画色。疑将粉本加勾勒。遥山点树浓如墨。峰染螺青，越显绵云白。

踏莎行
春游

草渐铺茵，柳初成絮。冶游看遍春如许。酒旗斜挂杏花梢，飘飘引我沾春去。　　溪上人家，渡头归路。垂鬟小女含娇怒。喃喃低语骂东风，纸鸢吹上垂杨树。

惜黄花
晚秋书闷

秋思难按。雁声初断。薄罗云，被西风、揉团成片。心事苦谁知，寄与青天看。独立在、碧梧庭院。　　花随秋变。叶经霜炼。好时光，又将他、暗中迁换。佳节近重阳，不得登高伴。独自把、画栏凭遍。

金缕曲
诉愁

柳又飞轻絮。甚情由、才将春到，便将春去。谁说封侯容易觅，底事侬将郎误。忆昨日、楼阑独抚。红板桥边春水外，尚分明、记是郎行处。到甚日，作归路。　　回文诗就教鹦鹉。等檀郎、衣锦归来，代将心诉。怕看如钩新月曲，钩起愁思千缕。谁想到、月儿十五。美满光华无欠缺，更无方、能解团圆苦。愁万斛，共谁语。

多丽

思隐

一年年。雨丝风片征鞍。奔功名、轮蹄铁尽，文章莫解饥寒。纵一朝、纡青拖紫，奈半生、骨碎心酸。宦海飘流，升沉无定，风紧收帆况更难。莫漫愁、空囊羞涩，缺少买山钱。也还有、数椽茅屋，几亩薄田。　急须将，俗尘扫却，休教唐突林泉。好安排、芒鞋布袜，徐料理、樵斧渔竿。江上梳风，山间弄月，逍遥世外作神仙。约几个、园翁社友，瓜架豆棚间。无个事，量晴课雨，自在安闲。《问青园集》

李树屏 （114 首）

李树屏（1846—1903），字小山，号梦园，别号李髯，直隶天津（今天津市蓟县）人。家贫无意进取，居乡设帐授徒。曾主吏部尚书万青藜、侍御王鹏运家馆。光绪二十三年（1897），因查仲嘉司马推荐任职安肃管理盐业的小官。师事李江、王晋之，并追随二子隐居小穿芳峪，时人号"穿芳三隐"。论学与李江、王晋之相近，崇性理之学而关注时事，以经世致用为本。长于诗词，尝与王晋之等人结春柳吟社。词学受王鹏运影响甚深，自谓："嗣客都门，获交王半塘侍御，读其所作，发其所论议，始知别有词在，非仅纤靡恻艳、状景描情已也。"又说："给谏招余课其童孙，课余勤其编校所刊诸词，并尽读其所藏诸集。心追手写，似得少探涯岸。给谏复力强余作，乃复少少为之。顾中年已过，哀乐无端，触事感时，别伤怀抱。所作虽与前异后，而复特嫌其意多偒恍，音多幽怨也。"在王鹏运引导下，其词前后两期有很大不同。前期词多率性情、抒怀抱，声律不精且多粘滞于一情一事一物，不免质实之弊。后期词选声择调多学两宋大家，声律即精，文辞研炼，神理俱得，凝实中有清宕之美。而词中身世之感、羁旅之愁、时事之悲往往交相融合，故其词风前后大不相同，却也有一脉相承的幽怨不平之气。李树屏在"穿芳三隐"中于词用力最多，同所唱和的词坛名家除王鹏运之外，还有况周颐、冯煦、蔡寿臻等人。有《蓼花轩词》《铁籁词》传世。

浣溪沙
春暮

新绿沿阶草脚肥。柳知春去蹙纤眉。诗情争被晚风吹。　　树底流莺声乍歇，枝头宿蝶梦初回。落花微雨燕双飞。

踏莎行
诉愁

客去亭空，昼长人静。揽愁风絮飞难定。几多情绪恹恹恹，无言悄立苍苔径。　　帘袅茶烟，炉添香饼。斜阳挂在西峰顶。断肠风景又黄昏，海棠一树摇红影。

又
雨后晚归

溪口桥横，渡头路转。雨余径草铺茵软。炊烟几点隐孤村，人家一带疏篱短。　　暝色催归，夕阳告晚。牧童也自驱牛返。湿云未起任风吹，闲情争似诗情懒。

归客情忙，疲驴步懒。暝烟杨树蝉嘶晚。小桥流水路弯环，一鞭残照青山远。　　衣浥尘清，径铺沙软。身轻险被飞云卷。灯窗红影认山家，打门声急惊邻犬。

佳期误

针黹晚来方罢。天气因人初夏。闲携纨扇出兰房，悄立秋千下。　　蓦地见檀郎，躲向荼蘼架。花枝低惹挂云鬟，小语喃喃骂。

眉峰碧
花石湖晚眺

点水蜻蜓斗。云破斜阳漏。几树蝉声噪暮愁，早又是黄昏时候。　　雨过微凉逗。凉沁罗衫袖。溪蓼枝摇弄晚风，把波面乱烟吹皱。

玉连环
秋宵独坐偶拈此解

院花欲落门空锁。月来庭左。晚风吹起薄罗云，月又把，人抛躲。几缕闲愁无那，欲言谁可。含情坐小窗前，剥瘦影，孤灯我。

好事近

秋虫

小院雨初晴。虫语暗传莎径。为底者般幽咽，似怯西风横。　　苔根露冷滴无声。入夜凄凉更。那管窗儿底下，却有人愁听。

南歌子

寒蝉

噪晚西风冷，惊寒暗露流。夕阳衰柳不胜愁。暮雨初收吟碎，半林秋。

如梦令

月夜

遣睡自然烹芳茗。拨火重添香饼。负手步闲阶，恰喜月升东岭。清景。清景。踏碎半庭花影。

凤栖梧

雨过闲庭清课罢。树影横窗，弓月天边挂。耳畔飕飗心转怕。西风小院微凉乍。　　逋客不来谁共话。断续虫吟，绕砌花低亚。露湿罗衫时自讶。夜深犹立府帘下。

昭君怨

秋宵雨后

雨过凉生幽院。风起雁声初断。花影印双双。月横窗。　　孤榻薄衾如水。客梦乱蛩声里。好梦最闲情。却教醒。

惜分飞

秋晚

客去花飞愁永昼。何事眉峰紧绉。好景禁消受。一帘疏雨黄昏后。破壁灯摇人影瘦。傍晚西风更骤。半臂凉初透。最难将息残秋候。

如梦令
秋闺

料峭风穿罗幕。忆远懒窥妆阁。不与寄寒衣，却等伊来自著。轻薄。轻薄。又恐病躯娇弱。

清平乐
秋暮

心情如醉。镇日恹恹睡。落叶打窗秋欲碎。恁景物凄凉最。　　金炉香篆烟残。含愁倚遍栏杆。那更雨僝风僽，恼人做弄轻寒。

眼儿媚
晚归过花石湖

横溪略约恁欹斜。仄岸接平沙。清流几曲，断岩千尺，归路三叉。遥看云影太烟里，隐隐露山家。两行疏柳，一丝残照，数点语啊

白蘋香
寒衣

黯黯孤灯似豆，迢迢长夜如年。含情倚枕未成眠。烟缕袅残香串。惆怅那人不住，萧条旅况谁怜。空床不耐五更寒，闲却鸳衾一半。

如梦令

屏角炉烟细袅。几缕闲愁暗搅。刚自睡朦胧，邻寺钟声报晓。烦恼。烦恼。又把梦见惊觉。

沁园春
龙泉园落成敬赋

村近穿芳，寺倚龙泉，小筑林隈。看远山迥合，云生草榻，碧溪横绕，花覆茅斋。游客时过，闲人见访，漫作辋川图画猜。空山里，是武夷讲学，问字人来。　　松间三径初开。拟更把梅花近水栽。待月明觅醉，香侵酒盏，风清琢句，影落诗牌。立雪偷闲，谈经得暇，捧杖借游实快

哉。休相问，问先生宦味，贱子羁怀。树屏明春亦拟携砚回里

浣溪沙
雪中写望

山色凌晨作粉妆。四围云影接苍茫。寒林古寺露红墙。　　行客偶来溪水上，骑驴闲过小桥旁。一鞭诗思孟襄阳。

竹香子
溪行过龙泉园

碎石横铺鹅卵。隔岸柳丝犹短。夕阳红处见桃花，花底莺儿啭。　　路转淇烟深，春早溪流浅。闲随云影过闲园，迎我来黄犬。

点绛唇
南溪晚步

莺唤游人，杏花深处东风冷。炊烟扬瞑。斜日西峰顶。　　犬解偕行，似在前溪等。寻樵径。更过南岭。踏破闲云影。

又
自遣

负手无言，昼栏十二闲凭遍。一声孤叹。软语来双燕。　　欲诉情怀，未宿心先乱。休相怨。且将花看。我已穷愁惯。

思佳客
东方粹庵

离思和人闭小斋。柳丝牵恨恼人怀。闲愁欲寄书慵写，旧约频乖句懒裁。　　携酒盏，检诗牌。山前昨夜杏花开。遥从春水斜阳外，贮待看山策蹇来。

一剪梅

独立空庭静掩门。怕到黄昏。又到黄昏。月明花落悄无人。欲不销魂。能不销魂。　　偷展罗巾揾泪痕。不是伤春。却是伤春。一腔幽怨向

谁论。且把香焚。懒把香焚。

客去庭空景寂寥。风又飘潇。雨又飘潇。梦醒孤起暗魂销。徒倚廊腰。度转墙腰。　　底事闲愁竟未抛。行也无聊。坐也无聊。对话沽酒酌诗瓢。且过今朝。休问明朝。

捣练子
闺晚

灯淡淡，影婷婷。烟篆香留掩曲屏。细语人来轻零住，隔窗听得不分明。

忆汉月
有忆

傍晚依窗慵绣。几缕香喷金兽。含情无语下阶行，拈取枝头红豆。相思时暗逗。漫蹴过，荼蘼阴后。月明花落近黄昏，却又到愁时候。

如梦令
夏日

窗外南风徐送。花片吹来阶空。宝鼎袅残烟，低押帘波不动。休哄。休哄。梁燕与人同梦。

十六字令
雨后

凉。小院风情雨过刚。无人到，花影睡斜阳。

调笑令
夏夜

清绝。清绝。掩映一庭花月。背人闲立花阴。月落西峰夜深。深夜。深夜。灯下残妆初卸。

满江红

秋感

肮脏情怀，恁恹恹、已非畴昔。对长天，无言搔首，恨填胸臆。衰草含云迷古寺，乱蝉疏柳吟斜日。望山□、几点矗荒林，伤心碧。　　寻旧梦，空成忆。思往事，嗟何及。叹年华逝水，坠欢离拾。树杪烟霏归鸟去，石根露冷阴虫泣。莽归来、庭竹响凄清，西风急。

醉花阴

龙泉园坐月

净扫苔阶铺竹簟。月上门空掩。小院悄无人，竹影筛墙，墙角孤萤闪。　　新诗吟就诗情险。犹自推敲欠。负手诵喃喃，风动花枝，一似头频点。

虞美人影

梦香阁作

夕阳告晚催鸦阵。又是黄昏时分。诗句推敲未稳。暗自添孤闷。　　窗前搅断柔肠寸。消息合谁探论。赢得山妻笑问。道苦吟因甚。

钓船笛

妙沟溪上

飞瀑泻潺湲，怎似珠玑齐簸。一石中流孤立，妙供诗人坐。　　风前幽鸟弄春晴，声与溪流和。谁果听泉好事，更茅亭添个。

渔歌子

红蓼花轩书事

蝴蝶双双过豆篱。鸣蝉飞上蓼花枝。风乍定，日斜移。红藕香中自课诗。

瑞鹧鸪

晓起

恼人檐飕飕飕。故乡幽斋报早秋。红影半窗朝日上，拥衾孤坐不胜愁。　　空庭烟冷残香袅，小院花开宿露浮。怪底晓风吹梦醒，夜来忘却下帘钩。

忆汉月

秋闺

心绪日来如病。梳掠懒窥妆镜。空床独守已无聊，那更雨狂风横。笑侬愁不胜。争不到，伊无归兴。男儿怪底号刚肠，直恁地心肠硬。

眉峰碧

雨夜

瘦影空相并，泪点珍珠进。意懒情昏笑语无，却便似恹恹病。　　夜雨添愁更，孤闷挑灯听。风响蕉窗梦不成，梦魂也怕西风横。

渔歌子

寒夜书事示梦香阁

风结冰花点砚池。深闺寒透二更时。炉火妮，案灯移。细君含笑看誊诗。

误佳期

春日自遣

雨后远峰千朵。青映小窗正可。生恐晚春归，暗把柴门锁。　　小倦枕书眠，好梦莺啼破。起携苔瓮灌盆花，了却闲中课。

捣练子

雨中

寻午梦，下帘钩。花外东风冷似秋。细雨洒窗无客到，一双梁燕话春愁。

眉峰碧
小别

细雨穿花径。斗室添凉更。辗转空床梦不成，恁一半鸳衾剩。　　小别情难胜，欲语愁谁证。双燕雕梁夜有声，喃喃似笑人孤另。

金缕曲
酬王半塘侍读韵

雅约终成否。忆山居、田盘东麓，龙泉谷口。消受田家风味足，畦稻园蔬村酒。况更有、同心某某。结队狂游游未已，草新诗、一任讥寒瘦。数乐事，尽多有。　　年来面目惭非旧。恋东华、佣书厌线，客窗埋首。空说八家同卜筑，春事已荒南亩。恁惆怅、岁华虚负。准拟明春归去也，拂吟尊、迟子云屏山名后。非与懒，共参透。半塘别号"懒和尚"，余近得号曰"非上人"。以上《红蓼花轩词》

南浦
春柳用玉田春水韵，同王半塘侍御鹏运

融尽岸容舒，展新阴，昼出湖堤昏晓。无力舞东风，烟波外、一片绿云如扫。前林遥认，深深门巷藏苏小。怊怅河桥人去远，飞絮乱萦芳草。　　几枝牵惹闲愁，向斜阳、隔水浓青未了。路曲恁弯环，闲行处、却喜红尘难到。吟怀邈渺。歌残金缕莺声悄。底甚不知离别苦，拣尽长条多少。

又
清明客感，用前韵同半塘

无赖困书佣，意恹恹，镇日都忘昏晓。节物触乡愁，愁堆叠、一似落花慵扫。池鱼笼鸟，昂头坐望青天小。漫道长安行乐处，寄愁王孙芳草。　　惊心今日清明，滞他乡、已是十三回了。丙舍倚横云岭名，抚松帐、只有去年曾到。东风信渺。半窗斜日书声悄。问天涯流落客，此日离情谁少。

清平乐
和况夔生舍人周仪韵

听风听雨。镇日愁无主。雨雨风风春又暮。匝地冷云惨雾。　　含情漫惜芳华。任他开落风花。检点诗囊酒榼，行行归卧山家。

虞美人
和半塘

曲栏杆外桃花好。一树开清晓。流莺啼上最高枝。那管绿窗人正梦辽西。　　惊心昨夜风兼雨。花落莺飞去。曲阑重倚更何人。只有一双痴蝶惜残春。

寿楼春
和半塘侍御游陶然亭作，忆怀

曩时，与君招同人九日登高，醵饮于此，忽忽已十年矣。座中施子谦太守（典章）、左幼和比部盛均皆先后奉讳归里，张延秋太史（鼎华）、万葵生比部（本敦）亦相继下世，怆怀今昔，因继此声。

招吟朋寻芳。向宜南路曲，同醉僧房。却喜嚣尘不到，雨过晴刚。闲举目，何苍凉。镇凭栏、柔牵吟肠。试选韵拈词，消愁纵酒，权且托疏狂。　　江亭景，时难忘。记登高醵饮，曾共壶觞。可奈萍蓬踪杳，蕙兰魂伤。思往事，惊沧桑。蓦倚风、怆怀南望。只云树高城，阴摇夕阳红半墙。

鹧鸪天
春柳和半塘

十里新阴接驿亭。雨梳烟袅不胜情。劫来思妇眉横黛，看到行人眼独青。　　堪系马，好藏莺。最缠绵处可怜生。玉关近日无消息，愁听风前怨笛声。

浣溪沙

柬半塘

无那愁怀唱恼公。眼看春去太匆匆。小桃丝柳怨东风。　　却怪流莺捎落絮，累教痴蝶抱残红。伤心都是可怜虫。

料峭东风独闭门。海棠庭院又黄昏。曲阑斜倚黯销魂。　　怅望鸿飞难寄远，欲呼花语恨无闻。万千心事向谁论。

唐多令

和半塘乙未四月初九日作

烟絮黯帘栊。鹃声啼晚风。蓦关怀、春去匆匆。遥望柳昏花暝处，斜日色、冷青松。　　好景怅难逢。闲愁空恼侬。暗销凝、惨绿阴浓。却笑流莺同舞燕，全不解、惜残红。

祝英台近

感春和文道希学士（廷式）韵

蝶飞慵，莺语滑，荏苒怨春暮。极目园林，斜日黯愁绪。惊心沅芷江篱，意销香断，尽摇落、草风沙雨。　　郊原路。几度会约寻芳，佳期悔教误。为惜韶光，偷换已如许。无言悄倚危阑，遥天苍莽，飙晴雪、更飘烟絮。

点绛唇

“夜来丝雨浥香尘，懒约重寻集水滨。笑尔花光偏昵我，恼他山色远招人。波翻夕日逢蛙怒，帘漏微风惹燕嗔。悔不径遥双桨去，白莲深处置闲身。”此辛卯六月六日重游南河泡，戏效艳体纪事作也。偶翻旧什，深悔当年径蹈前愆，有惭今日，因拈一解，用代三缄。

悄立花阴，晚风偷送莺声巧。海棠开了。春色十分好。　　谑翠嘲红，争那萦怀抱。轻怜笑。蜂狂蝶闹。翻被东皇恼。

东风第一枝

读周青原《落花词》，半塘喜其语句空灵，约用其调，各拟一解，并禁用"衰飒"字意。

蝶路风柔，蜂衙雨腻，落红点点红妩。冷香犹亘琼枝，剩粉乱涂绣户。春归何速，尚记得、探春来处。恁脉脉、相对无言，忍教燕猜莺妒。　　飞已倦、悄依绛树。吟未了、暗萦芳绪。幻情从悟空花，证果漫怜弱絮。飘茵堕溷，一任取、升沉随遇。笑累他、蛛网牵丝，故故欲留春住。

点绛唇
饯春和半塘均

折柳攀条，痴情欲绾韶光住。落花无语。怅望东风路。　　为问春残，莺燕还知否。伤迟暮。梦清吟苦。枉把离愁诉。

踏莎行
半塘惠题《燕燕集》，依均酬之

贝叶闲编，花笺秘制。莺莺燕燕联名字。风怀老去未全删，寻春别有闲中事。　　镌恨缄题，浇愁种纸。剧怜潦倒情场里。不会真个也销魂，酒香犹带些些子。

东风第一枝

夔生舍人既和《落花词》，复广其意，并禁用"飘零轻盈"等字，成《柳絮词》，索和，爰同半塘倚声奉答。

棟雪楼台，梨云院宇，春心摇荡无主。泥人特地缠绵，倚树偶教小住。行踪落落，且漫笑、颠狂如许。一任取、燕掠莺捎，未肯遽相依附。　　吹乍起，暗穿绣户。散又聚、乱荣花溆。枉将离绪怜侬，政雨倦飞念汝。东风得意，莫更向、天街争路。待化作、点水萍圆，日日伴他鸳侣。

三姝媚
次半塘均

依栏吟正苦。蓦东风吹来，万花飞舞。碎捣胭脂，蘸怨红写出，断肠新句。懊恼愁怀，凭荡漾、纷如烟絮。欲寄相思，谁惜琴心，调孤音古。　　惆怅银屏微步。看玉宇星孤，月横云路。路渺灵槎，尽几回搔首。诉愁无处，草色天涯，空剩得、春痕如雾。却累伤春词侣，春词漫谱。

踏莎行
对月次半塘均

人立闲阶，花明深院。含情望远情如见。他乡应怅滞音书，凉宵料已抛刀剪。　　路阻归鞭，愁牵倚扇。剧怜两地成孤怨。何时双照共金尊，一尊笑向嫦娥劝。

三姝媚
柬半塘即步其倒次道希均

背人翻绣谱。笑吴绫偷裁，眼迷花雾。绣出鸳鸯，尽巧牵针线，迹无寻处。旧日寻春，还记得、偕行前路。弱足趻踔，空望凌波，莫追芳步。　　此事输君千古。羡君咏湘兰，我沾泥絮。小病侵寻，镇客怀懊恼。更无新句，瘦了垂杨，谁解识、临风慵舞。那又遥鸿音渺，离情恁苦。

踏莎行

他乡小病，风雨凄然，辗转空床，夜不成寐，拈次遣闷，并寄故乡诸同好，俾知余之近况也。

百感交萦，孤怀谁证。他乡又自恹恹病。黄昏庭院雨潇潇，一声声向愁中听。　　展卷思眠，摊衾恁醒。无聊情绪浑难省。俨更数书梦云空，多情伴我怜灯影。

扬州慢
送吕叔梅水部（光琦）榜后归扬州

花底寻春，酒边题句，赏心乐事交并。蓦骊歌忽唱，恁黯黯魂惊。试遥望、隋堤十里，舞风杨柳，无限青青。怅香分，兰畹啼红，尤系离情。　　送君南浦，且归休、休羡浮名。纵咏到霓裳，词人渐老，双鬓添星。二十四桥无恙，尽明月，听彻萧声。问团乐梅鹤，烟波忘否鸥盟。

卖花声

宵雨初晴，凉衾无梦，娟娟新月特来窥人，风景凄然，漫拈此解。

风急响帘钩。暮雨初收。凄清庭院似初秋。抚事怀乡多少恨，兜上心头。　　独坐数更筹。闲理香簝。篆烟如水，梦悠悠。恼煞窥人檐际月，不管人愁。

一斛珠
次半塘均

霜风肆虐。支离病骨偏先觉。怪他愁至如相约。诉尽琴心，弦涩意难托。　　君苗笔砚甘焚却。浮名耻占蜗牛角。客怀休怨闺情薄。未到寒衣，多恐雁程错。

唐多令

疏雨打幽窗。庭柯夜陨霜。莽西风、吹老秋光。无那离魂销未得，残醉醒、梦还乡。　　佳节过重阳。黄花剩晚香。理瑶徽、怨写清商。怊怅砌阴虫语咽，如伴我、话凄凉。

南歌子
梦得起十字拈此纪之

斜日屏山紫，新霜院柳黄。小庭风景特凄凉。那更些儿、离绪恼人肠。　　梦醒嫌宵永，归迟怨路长。渠侬底事惯离乡。不见无情、征雁尚南翔。

浪淘沙
春寒柬半塘

门外晚风尖。怕卷重帘。恼人雨雪镇连绵。天气憎憎迷望眼，也作愁颜。　　倦客怯凭阑。无限云山。争时花柳恁依然。纸醉金迷行乐地，谁说春寒。

鹊踏枝

和冯正中均同半塘作

日射晴云摊锦片。欲度前峰，又被风吹转。世事无端成聚散。劳生有限情无限。　几点落花飘水面。流水无情，那管春深浅。望断南鸿书不见。阑干十二闲凭遍。

病起晨妆窥镜久。惆怅朱颜，暗里惊非旧。强向花前闲命酒。却怜花亦如人瘦。　别院笙歌闻折柳。如许欢情，不信人偏有。曲罢泪痕沾彩袖。争知已近黄昏后。

愁入琴心琴欲裂。喜接鸾笺，怕向灯前折。懊恼相思无断歇。情根悔向生前结。　漫道团乐如满月。暗减清辉，欲语声先咽。往事销魂休再说。花间忍泪轻相别。

斜月笼明天未曙。起坐无憀，倚枕牵愁绪。窗外东风吹冷雾。鹊声催唤人归去。　香篆如云飘麝缕。残梦迷离，悄步花阴路。路转忽闻鶗鴂语。乱红堆满春归处。

已分乖离安命薄。陡忆前欢，又觉情难却。静倚桃笙珠泪落。恼他苦语重相约。　风寡鸾孤伤落寞，酒好浇愁，劝影同斟酌。室外闲人殊好作。人生计日须行乐。

晓日将升残月坠。恼煞娇环，兀自摊衾寐。莺语隔花呼不起。乱烟匝地凉如水。　漆室孤嫠伤恤纬。惜取年芳，花里门空闭。好向青山寻片地。免教霜鬓成憔悴。

拟乞闲身天不许。旧恨新愁，暗地频来去。心事恢恢谁可语。浮生那被虚名误。　独向闲窗盘绣缕。欲寄相思，不识相思路。试问檀郎游冶处。有人相忆会知否。

逐队寻欢嫌日短。纸醉金迷，咄咄芳筵换。恼恨寄情双翠管。芳魂一霎当筵断。　风送歌声来隔岸。地占湖山，楼观连宵汉。笑问欢场诸酒伴。可能常使金尊满。

极望烟尘粉满目。清泪泠泠，点滴成斑竹。架引朱藤花□□。空庭雨过花如浴。　帐掩流苏钗卸玉。一枕薲腾，梦绕屏山曲。拟寄音书劳雁足。扶桑日跃忧心促。

竞说昆仑开夜宴。灯火元宵，遮莫教谁见。忽漫筇声来四面。惊心休道边尘远。　　羌笛玉关杨柳怨。吹动乡愁，已觉游情懒。斜日一帆风力满。青山两岸猿声断。

几叠闲愁祛不去。醉梦昏昏，怎自忘朝暮。水复山重嗟远路。无言抚遍庭前树。　　雨霁遥天闻雁语。为问来时，带得书来否。犹记联吟夸咏絮。寒宵赌何灯红处。

欲约寻春应见许。绿惨红愁，花落粉无数。一样清游寻乐处。重来已是伤心路。　　风雨连朝春欲暮，费尽黄金，难买春光住。双燕呢喃花底语。衔花争向雕梁去。

无那园林花事尽。天气初长，作意将人困。戏叠花笺偷写恨。指尖红印香腮粉。　　不分红墙邻切近。咫尺天涯，永断青鸾信。棋局邀郎成坐隐。角巾低惹钗横鬓。

身似江潭摇落树。针线慵拈，闲却鸳鸯缕。羞说芳期坚抱柱。月明愁过河桥去。　　落尽夭桃飞尽絮。孤枕无眠，怕听空阶雨。坐起背灯时自语。旧欢欲觅人何处。

红情
和半塘苇湾观荷均

万花如幕。有闹红一舸，欢联吟席。过雨追凉，暍到闲身水云国。休遣沙鸥岸鹭，分占取、无穷空碧。漫倚醉、碧浸筒杯，愁塞酒肠窄。　　脉脉。复侧侧。嗟一叶一花，吟露凝积。恨丝乙乙。香散蘋风咽离笛。为问同心种处，□欲语、难忘前夕。怅隔浦、花似笑，也应识得。

绿意
苇湾观荷，和沈子培舍人均

波澄似镜。记昔年载酒，曾共荀令。倦眼迷离，云水空濛，情伤隔浦光景。菰蒲叶卷西风起，竟莫辨、荷喧浪静。镇关怀、粉腻霞腴，往事那堪重省。　　凄绝香盟顿歇，恼人夕日里，难认尘影。悄撚花枝，净植亭亭，别具苦心孤性。双蕖一曲君休怨，蓦唱晚、踽歌愁听。待恁时同续清游，往取雨昏烟暝。

忆江南
梦得斜日二句促成此阕

闲倚枕，梦境小句留。斜日红薰山欲醉，晚波碧皱水生愁。人在画中游。

烛影摇红
七夕

玉宇秋澄，暗风吹澈银河浅。珊珊仙驾渡来迟，弱步凌波懒。万里纤云尽卷。俯尘寰、应惊望眼。雁迷归路，鹊架飞桥，天衢争展。　　乞巧筵开，怯听笑语喧邻院。佳期如梦动经年，客鬓他乡换。遥想针楼意倦。倚危阑、衫痕泪泫。画屏无睡，钿盒缄愁，翠衾肠断。

思佳客
纪游

画阁更深月上时。偈来同赋冶春词。分题险韵思先窘，呼写华笺意已痴。　　偷拥鼻，独拈髭。不堪惆怅对花枝。无情特觉吟情苦，只有窗前短烛知。

风蝶令
酬半塘

月殿琼筵敞，星冠宝髻松。灵槎波泛暗潮通。消得黄粱一梦、十年中。　　远道归心切，遥天望眼空。停杯低拍唱回风。又道花开仍作、旧时红。

喜迁莺令
酬半塘

蝶辞花，蝉咽柳。秋意恁凄迷。情酣犹恋酒阑时。那信暗凉滋。　　檐月斜，阶露冷。夜永客怀谁省。断肠风景奈愁何。深院正笙歌。

贺新凉

半塘、辛峰出示和稼轩词联床酬唱，乐写友于，怅触余怀，有感先香伯兄长制已廿余年矣，依韵和之。不觉泪沾襟袖也。

潦倒何堪说。看欢场、蝇攒蚁附，几多胶葛。老我十年长安客，历尽凄风寒雪。漫赚得、盈颠华发。弹铗归来歌欲断，解怜人、剩有清宵月。商去住，感竽瑟。　　有兄廿载成长别。梦池塘、春生碧草，吟魂离合。羡煞君家联床乐，顿使悲思刻骨。更语雁、声声凄绝。数尽严更愁不寐，拥空衾、恻恻凉如铁。孤枕湿，泪皆裂。

浣溪沙
题李易安三十一岁拈菊小照

卅一年华绝世姿。那堪垂老怅流离。风怀争似旧家时。　　题句空留偕隐字"真堪偕隐"，原明诚题句，锦书愁寄送行词。个人心事菊花知。

木兰花慢

半塘、辛峰侈谈家园山水之胜，用稼轩均，制词索和。眷念故山，动余乡思，依均酬之。所谓"人言愁我始欲愁"也。

吟怀同落拓，试茗话、念家山。道倚树牵萝，临流钟石，小筑花间。林泉尽容啸傲，更高楼华萼映层阑。一自投身尘海，负他天外烟鬟。　　龙泉山名愁向客中看。我亦怅前欢。笑风引闲云，无心出岫，轻去乡关。征鸿昨传远信，喜溪山无恙竹平安。悔不携书归早，忍教鸥鹭盟寒。

又
晓起雪，叠前均酬半塘、辛峰

天公开玉戏，梦邀我、到神山。看缟鹤横飞，玉龙怒舞，杂遝云间。罡风暗惊拂面，俯琼楼情怯倚危阑。漫道千峰如画，争知厌损烟鬟。　　乾坤休作旧时看。凄望不成欢。莽绝塞长征，荷戈人老，马拥蓝关。无端客窗梦觉，恁漫天风雨满长安。好掬梅梢香屑，与君同嚼清寒。

浪淘沙

半塘出示盛伯羲祭酒（昱）近作，并云昨见余题其《忆远图》作，殷殷致询，拟明春入山见访，拉作田盘之游。因依均酬之，以坚雅约。

冥契托烟霞。情思无涯。飘零世身感红纱。多事东风轻送暖，吹到梅花。　　何日泛仙槎。谢却纷麻。田盘东畔认山家。准备诗囊兼酒榼，共访云华。

曩梦至一洞，额曰后石居，壁镌一联，款题为云华老人祝釐。醒忆其地，仿佛田盘白猿洞云。

柳梢青
祀灶日旋里东下宿枣林村

野店荒村。斜阳影里，小驻征轮。岁暮归迟，路长心急，容易黄昏。　　隔邻爆竹声闻，倦梦醒、孤衾未温。遥想寒闺。髻神送罢，说着归人。

琐窗寒
雨雪兼旬，嫩晴未稳，感怀书闷，漫成此词

雪意悭晴，云容做暝，积旬阴雨。帘栊似水，酿得一庭愁绪。望遥山、黛眉未舒，隔林浅睡浑无语。更兽环静掩，看花期负，懒携尊俎。　　知否。嬉游处。正宴启瑶池，快呼俊侣。空濛画里，羡煞仙舟容与。想湖堤、杨柳自春，舞风力怯谁念取。蓦惊心、杜宇声声，唤辄斜阳暮。

踏莎行

节近清明，春光黯寂，连朝阴雨，天气恼人，慨念平生，不觉客情怦怦动矣。

掠地风凄，漫空云锁。天公亦似愁无那。花朝已过近清明，一春强半恹恹过。　　应世才粗，谋生计左。年来事事都无可。男儿五十未成名，人间剩有伤心我。

南乡子

和孙驾航大京兆楫三月三日清明作

节序又清明。病客地乡百感生。那更连朝风雨恶，凄清。辜负桃花旧日盟。　　丙舍暮云横。梦向西溪水畔行。挂扫欲归逢恨饮，初醒。一点孤灯映壁青。

先阡在西溪横云岭下。

又

往与半塘侍御同作柳絮词，半塘附刊《味梨集》内。驾航大京兆见而赏之，并闻余多聱，近晤半塘。垂询者再。盖公亦以聱自豪者也。既和前作，仍依调赋此奉寄。

情性太憨生。虫鸟无心应候鸣。花外梅边时自遗，偷声。争敢当筵与客听。　　身世凭飘零。飞絮年年未化萍。忽地东风开柳眼，垂青。写入药系感不胜。

声声慢

送吕叔梅（光琦）改官之任英德

春生粤峤，客去燕台，惊心又启离筵。执手临歧无言，一笑相看。黯然暗怜此别，算相逢、知是何年。君且住、看连朝风雨，似阻征鞍。　　遥望南云天远，羡花栽、潘县政有余闲。艳说桃溪清游，好浣吟笺。嗟余久伤倦旅，浣缁尘、犹滞长安。空赢得、忏兰因□□，时理素弦。

踏莎行

送王辛峰（鹏豫）就盐官之扬州

才喜相逢，俄惊又别。骊歌欲唱声先咽。才人无那就闲官，合教饱看扬州月。　　应客诗篇，势形禹□。欢君惜取心头血。他时骑鹤倘相寻，竹西共试游春屧。

碧桃春

午梦初回，斜阳告晚，怀乡忆友，情见乎词

茶烟如水扬帘波。东风吹帐罗。梦回孤坐闷无那，花阴夕照斜。　　牵客感，怅骊歌。闲愁奈若何。恹恹转瞬一春过。今年离别多。

台城路

新安晚泊，有怀都门诸友

扁舟容与斜阳里，荒城晚临古渡。桨划波圆，篙撑浪软，掉入蘋花深处。烟生远渚。扬垂柳丝丝，好牵船住。叶底哀蝉，一声幽怨向谁诉。　　嗟余萍梗漂泛，镇闲盟顿负，时愧鸥鹭。舵尾邀凉，灯边选梦，望断燕云燕树。羁愁恁苦。更感重并州，倍饶凄楚。甚日归休，看花陪笑语。

菩萨蛮

凉月浸阶，虫声如雨，虚廊独步，怅然有怀，柬东刘印山山长琼。

寻诗踏碎空廊月。乱虫絮壁声凄咽。负手独徘徊。个人来不来。　　偎兰时伫立。露重侵吟屐。小院晚风凉。秋花开断肠。

浣溪沙

帘影摇波袅篆烟。恼人情绪恁恹恹。睡余扶病步阶前。　　小院晚花飞瘦蝶，夕阳高树咽残蝉。断肠风景又今年。

苏幕遮

客窗书闷

拂庭花，摧院树。怪煞西风，尽力吹秋去。点检吟情无觅处。南雁飞来，苦欲留人住。　　碾龙团，烧麝炷。理罢鸥弦，只是无情绪。笺恨缄愁谁与诉。悄步花阴，独与寒虫语。

更漏子

竹风凉，梧月冷。会出残秋光景。香烬候，酒醒时。此景谁得知。　　泪空流，声更咽。心事吟虫能说。更漏永，枕衾单。愁人独夜寒。

剔银灯

梁门半载，客况无聊，言返故山，仍理旧业。宗人瑞庭置酒为别，并招玉香、阿金两眉史侑觞。玉娘薄醉，历诉飘零。因拈此解慰之。把酒相看，亦不觉青衫泪湿矣。

昨夜枝头杜宇。苦苦唤人归去。倦路东风，多情旧雨，花底特留人住。携来芳醑。更招得、玉京瑶侣。　　醉后琴心漫诉。摇落此身谁主。老我青衫，误卿红粉，一样伤心迟暮。明朝甚处。且怜取、眼前尊俎。

虞美人

抵家

低墙窄户幽居浅。独客遄归晚。更深人睡恐难惊。偏是老妻先应打门声。　　重孙含笑牵衣说。事巧真难得。阿耶今夕果来家方言呼祖曰耶。怪道清晨鹊躁夜灯花。

浣溪沙

回梁门作

宿雨初晴午日迟。东风吹瘦小桃枝。等闲又到晚春时。　　冷抱残红怜蝶病，惯捎飞絮笑莺痴。花魂柳影尽相思。

怊怅花前泪暗垂。舞衫歌扇已全非。剧怜身世与心违。　　对客强教开口笑，背人偷写断肠词。此时幽恨有谁知。

蝶恋花

朝雨初霁，海棠欲花，拈此赏之

小立棠阴情悄悄。为问花枝，占却春多少。花自鲜妍春自老。看花应惹花相笑。　　困倚东风香睡好。不怕开迟，只怕飘零早。拟待今宵佳客到。高烧红烛金尊倒。

归国谣

凝望处。蓦地愁霖兼冷雾。眼看胜日繁华去，流莺隔树啼难住。东风暮。海棠落尽春无主。

蝶恋花

竹铭。用清真咏柳均咏月，余亦倚声，怀抱各别，不觉其言之凄惋也。

已过团栾圆满候。耀彩腾辉，兀自摇琼牖。有客楼头争纵酒。举杯邀饮齐招手。　　泪滴方谙酸意透。瘦影凄凉，不似眉痕秀。冷照旌旗回望首。西山含笑情依旧。

卖花声

阴雨兼旬，客窗孤守，西风萧瑟，振触人怀。留滞梁门，不觉已匝岁也。

独夜气萧森，坐怨秋霖。西风罗袂暗凉侵。一事因循成久客，憔悴而今。　　懒去理瑶琴。别有伤心。茫茫尘海几知音。人与寒虫同不睡，共絮愁吟。

倦寻芳

风雨凉宵，他乡客病，空床不寐，情何以堪。偶拈此调，用梦窗均写之。

药烟袅恨，香篆萦愁，情思撩乱。雨冷风凄，困卧海棠秋院。触事何堪增客感，观河时自惊尘面。蓦伤心，怅重来计左，故山家远。　　试听取、阶前花底，如慰幽怀，虫语都软。漫理鹍弦，谁念倚琴人倦。强起偎衾扶病坐，玲珑孤影孤灯畔。恁销魂，更添来，数声凉雁。

定风波

戊戌中秋前作

夕日西斜瘦影寒。冷烟凄露恁迷漫。怊怅长安花事尽，谁问。茫茫举目感河山。　　浊酒浇愁愁未展。休怨。一声声苦咽哀蝉。蓦地西风吹雨散。争看。明月照人又当天。以上《铁籁词》

边保枢（53 首）

边保枢（1848—1901），字竺潭，直隶任丘人。同治九年（1870）举人，光绪四年（1878）任浙江仁和盐场大使。边浴礼第五子。官仁和期间，与宗山、邓嘉纯、俞廷瑛、吴唐林、秦缃业、江顺诒、谭献、况周颐等人唱和。其词本色当行，赠别思人之词温厚清婉，凄凄动人处不减秦七黄九。行旅怀古之词悲慨沉郁，苍凉浑厚处，得苏辛神采。曾编《侯鲭词》五种五卷，收己作《剑虹盦词》一卷，吴唐林于光绪十一年刻于杭州。今另存《剑虹盦词存》抄本一卷，从卷首"现官浙江盐大使，著有《剑虹盦词存》，摘录二十三首"①的表述及所收词作看，此本当就稿本所抄，早于刻本②。

摸鱼儿

丙子春晚，偕陈小农民部、武抑斋孝廉暨家卓存兄游崇效寺③，观红杏青松卷子。官浙以来，旧交星散，抑斋返蜀，旋即病殁；小农滞迹都下，与家兄均落拓不偶。偶填此解，怀人感旧，情见乎词。

---

① （清）边保枢：《剑虹盦词存》，《清词珍本丛刊》第 15 册，凤凰出版社 2007 年版，第 4 页。

② 抄本《剑虹盦词存》与吴唐林刻本《剑虹盦词》因字句差异、调名同异两存之词，均只统计一次，共得 50 首。另清丁绍仪辑《清词综补》续编卷五所收《摸鱼儿·游理安寺》《瑞鹤仙·琐窗明月影》《一萼红·步墙阴》》三调抄本、刻本均不载，今据以补入。

③ 陈小农，即陈福绶，字邺斋，号小农，山东荣县人，户部候选员外郎，有《邺斋文集》。武抑斋孝廉，即武谦，字虚己，初名光谦，字子卿，成都人。弱冠时驰马击剑，任侠自喜。后从射洪胡炳奎问学，擅书画，所画山水人物，皆有家法。旁及琴筝洞箫音律之属，无不精审。同治十二年（1873）癸酉举人，出张之洞之门。有《澄霞阁诗略》传世。家卓存兄，即葆枢兄边保楗（1845—1899），字拙存，边浴礼第四子。增广生，曾官工部、安庆府知府。

记城南、胜游联袂，匆匆芳事刚谢。僧房绿罥凉阴悄，展卷几人清暇。陈迹写。证默坐、枯禅文杏长松下。词坛墨渖。惜梵夹虫雕，瑶笙鹤去，香冷旧莲社卷中自渔洋尚书以次，名流题句甚多。　　风轮劫，絮影萍踪都假。伤心邻笛吹罢。锦江天远花辞树，栩栩蝶衣初化。铅泪泻。向叶底、鹃啼几度春归也。金台整马。剩忆剪烛敲诗，看云忆弟，斗酒酹兰若。

柳梢青
湖上咏秋柳

烟雨秋多。愁丝恨缕，弄影婆娑。苏小坟前，段家桥畔，岁岁经过。风流张绪如何。叹憔悴、于今怎么。写出萧疏，昏鸦乱落，夕照微拖。

长亭怨慢
武林北归，留别同人

又收拾、片帆东去。草草天涯，顿悲歧路。岁晚沧江，蓬飘一样总无据。孤舟听雨，任数遍、年年羁旅。明日征程，知残月、晓风何处。　　留驻。怅河桥骢马，携手故人情绪。魂销南浦。重整缆、津亭秋树。怪此身、不恋湖山，更遥踏、软红尘土。纵盼到归来，误了早梅时序。

柳梢青
舟过北新关

水面红楼。晚凉天气，齐下帘钩。新月初弯，夕灯未上，人倚孤舟。暮烟杨柳汀洲。休认取、春风旧游。白纻歌残，青衫酒满，重别杭州。

满江红
金陵道中

如此头颅，问何事、风尘肮脏。收拾起、囊书匣剑，一身跌宕。仙尉已甘吴市隐，浪一作壮游且溯秋江上。爱六朝山色，望中来、诗怀壮。花月艳，空劳想。沧桑劫，休重怅。任一作叹沙沉折戟，寒涛千丈。王气金陵今日尽，后庭玉树无人唱。只夜深，潮打石城回，添悲怆。

清平乐
见新月有怀

授衣时节。愁对沧江月。记得早春刚赋别。经了几番①圆缺。　　天涯岁岁逢秋。坠欢忽上心头。知否眉痕初晕，有人盼断高楼。

齐天乐
得家书感赋

深闺误尽刀镮梦，关山尚留羁客。砧韵翻空，泪痕缄札，寸寸离肠凄恻。江南塞北。算两地情怀，一般萧索。拟答琼瑶，朔云千里驿程隔。　　平安何事足慰，只残书绣铗，随分迁谪。芳草凄迷，幽兰衰谢，岁岁他乡偪侧。茸裘缝坼。抚旧日征袍，流黄无色。三匝乌飞，欲归愁倦翮。

朝中措
江干野望

江云漠漠雨丝丝。风拗片帆迟。野饭烟低客艇，乱流沙没渔矶。　　四围画堞，一声清角，人在天涯。隔岸霜枫几树，记侬双桨来时。

金缕曲

庚辰岁暮，自皖返浙，与家兄别于江上。惊涛骇目，朔吹逼人，渺渺余怀，感成此阕

苍莽分襟处。恰连朝、风饕雪虐，攒成羁绪。漫说联床清梦，稳翻作江湖倦旅。叹岁晚、飘零谁主。最好中年兄弟乐，怕侵寻、丝鬓嗟迟暮。情脉脉，各无语。　　扁舟一叶沧江路。记来时、烟杨绕岸，尚摇残缕。黛色遥山千万叠，也学双蛾愁聚。只惯送、征人南去。怪底幽燕豪兴减，扣舷歌、都是消魂句。谁识我，别离苦。

----

① "番"，吴唐林刻本《剑虹盦词》作"回"。

醉太平
沪上感怀

仙居碧城。浓春画屏。小楼弦索枨枨。正斜街月明。　　风尘旅情。烟波去程。驿桥杨柳青青。又来朝赠行。

金明池
采石矶怀古

叠浪奔一作喧腾，垂岩一作崖剗屴。天险中流堪据。叹一霎、争关夺隘，磨洗尽弓刀楼橹。俛当时、锁钥横江，截①不住、千里涛声东去。但夜火星微，寒潮雪卷，照见空明牛渚。　　百战勋名渺何处。忆一作记画舸遨游，锦袍前度。曾记否、邻舟高咏，且闲觅、摩崖题句。任古今、豪杰消沉，有十笏丛祠，青莲独②踞。想捉月重来，骑鲸招手，犹隔仙城云雾。

浪淘沙
宋周晋仙有明日新年一阕，句曲外史尝戏和之，今当岁除，辄师其意

羞数阮囊钱。随分闲眠。轻身一叶托秋蝉。梦到大罗银汉外，仙藕如船。　　放棹五湖边。休著尘缘。看花酾酒也欣然。莫道山中无甲子，明日新年。

前调
卧③闻雨声，感赋

凉雨忽潇潇。霜叶微凋。客心闻得太无聊。解道相思如梦里，明镜春潮。　　踪迹久飘摇。被冷香销。断肠人住可怜宵。一种秋声听不惯，窗外芭蕉。④

---

① "截"，《清词综补续编》本作"载"。
② "独"，《清词综补续编》本作"高"。
③ "赋"，《清词综补续编》本作"时"。
④ 《清词综补续编》本作"凉雨忽潇潇。霜叶微凋。便非愁病也无聊。悔煞钱唐上住，相思如潮。客路尚飘摇。被冷香销。断肠人在可怜宵。一种秋声听不得，窗外芭蕉。"

风蝶令

武林秋思

曲渚霜波净，高楼客思孤。断桥烟柳认模糊。多少黄金销尽、向西湖。　　斗蟀繁华歇，骑驴岁月徂。冬青零落一株株。怕听年年寒夜、怆啼乌。

国香慢

纪事用张玉田赠沈梅娇韵

浪暖浮堤。听绿阴门外，款语莺儿。隔帘渐通芳讯，银押低垂。畅好江南重见，偏惆怅、花落残枝。娇羞正无赖，荳蔻梢头，二月良时。　　欢惊频暗数，记梦回昨夜，蟢子轻飞。钗微钏逐，犹是往日心期。莫忆年年离恨，怕啼痕、还上征衣。天涯但芳草，待得侬来，又送春归。

转应曲

薄幸。薄幸。拼与鸳鸯共命。五更月惨霜浓。背影摇摇烛红。红烛。红烛。留唱恼侬一曲。

酷相思

记得年时江上住。才识遍、横塘路。指小院、樱桃花满树。春正在、无人处。人正在、伤春处。　　楼角痴云帘外雨。只好梦、和愁度。问身是、浮萍还是絮。今日逐、东风去。明日逐、东流去。

蝶恋花

数点梅花和月冻。斗帐香温，少个人儿共。半掩衷衣鬟翠拥。峭寒不度湘帘缝。　　多病经时双袖拢。莫倚阑干，只为春愁重。欲展衾窝寻昨梦。痴心又把相思种。

南浦

见新柳有怀

青青如此，荡愁心、都在画桥西。搀著水流花放，烟缕故凄迷。才是陌头春暖，惹深闺、惆怅几多时。记那人去后，一年一度，相见总依依。　　欲把客程绾住，胃吟鞭、娇影不成丝。怪煞无情有恨，凉露早莺啼。直待芳魂解脱，飞絮又沾泥。叹阿侬、飘泊可容，先借一枝栖。

渡江云
绿阴，和江秋珊

软红飞不到，夕阳如画，空翠落庭阴。流莺无意绪，叶底声声，闲煞惜花心。青青子满，怕重来、旧约难寻。争怪得、伤春小杜，惆怅总难禁。　　惜惜。一帘蕉雨，半榻松风，把梦痕凉沁。唤起我、苔阶点屐，萝石眠琴。年光似与人俱远，自花时、盼到于今。偏隔断、碧天消息沉沉。

台城路
出都有作

寒林惨澹都无色，西山笑人重到。健鹘盘云，明驼卧雪，揽辔长安古道。平沙浩淼，只一线桑干，洗愁不了。冉冉车尘，俊游回首碧天渺。　　昨宵犹自中酒，怎珠啼锦怨，此别难料。子夜歌声，丁帘梦影，消尽柔怀一作情多少。何戡未老。借银烛乌丝，谱成商调。为语人间，赋情休懊恼。

法曲献仙音
题涿州店壁。计自甲戌以后，往来京师，信宿于此，不知凡几度矣

冻柳垂鞍，惊沙拂帽，野饭邮亭才驻。唤起征程，一鞭斜袋，残一作斜阳断堠重数。是往日、消魂地，羁怀那堪诉。　　叹歧路。甚年年、倒冠落珮，虚负了、茅屋绿杉烟雨。舌敝且归来，指星星、华发非故。半晌黄粱，更无端、梦也相误。倩何人吹笛，谱入离愁千缕。

促拍丑奴儿
春感

微雨掩重门。绛纱底、依约黄昏。残红乱糁蘼芜径，韶光如客，客怀如梦，梦境如尘。　　小劫逐飙轮。游丝细、不绾春魂。临歧别有难忘

处，风前情影，月中花颜，露下啼痕。以上抄本《剑虹庵词存》

解连环

偶憩摩诃庵，西山朝爽、苍翠扑人、洒然有出尘之想。归拈此解、用周稚圭中丞《登香山北麓宋普庆禅师塔院》韵。

早霞城郭。见西山一抹，翠鬟如约。趁晓色、茸帽丝鞭，指旛影石坛，梵铃高阁。渐远淄尘，有初地、清凉堪托。叹官闲似隐，便拟此间，招我猿鹤。　　黄粱霎时梦觉。对晶荧佛火，花雨争落。转傲他、煨芋年光，领青琐朝班，夜听金钥。欲证枯禅，试叩取、天亲无着。谩消凝、促人归骑，丽谯画角。

齐天乐①
出都有作

寒林惨澹都无色，西山笑人重到。健鹘盘云，明驼卧雪，揽辔长安古道。平沙浩渺，只一线桑干，洗愁不了。冉冉车尘，俊游回首五云杪。　　昨宵犹自中酒，怪珠啼锦怨，此别难料。子夜歌声，丁帘梦影，销剩柔怀多少。何戡未老。借银烛乌丝，谱成商调。寄语他年，赋情休懊恼。

浣溪沙

绾髻涂妆贴翠钿。茜花微压鬓云偏。一回相见一回怜。　　密约同心银烛底，断肠春色画帘前。生憎好梦不曾圆。

踏莎行

零露抛珠，明河络角。忍凉悄立铢衣薄。直教无地不思量，如何有约偏耽阁。　　藕骨玲珑，蕉心束缚。春魂一点虚难捉。年来肺病怯深宵，迎秋便觉情怀恶。

---

① 此词抄本《剑虹庵词存》已收，调名"台城路"，字句略有出入，今两存之。

八声甘州

余筮仕成均已历三稔，戊寅春始改官武林。饥驱薄宦，非余志也。脂车有日，同社争来饯别，谱此奉酬。凄切之音，不啻一声《河满》矣。

怅无端小谪梦江湖，堆怀暗愁生。正五陵裘马，少年结客，忽谩南征。怕见离筵人去，飞絮满春城。岂是无家别，茅屋关情。　　几载曲坊贳酒，便娇花稚蕊，也念飘零。负琴尊社里，多少旧鸥盟。争道我、不如且住，有故山、猿鹤盼归程。骊歌阕、洒青衫泪，谱入瑶筝。

好事近

舟行数往来嘉禾，竟未一至南湖，词以纪之。

小舫拓乌篷，划破一湾春水。未识澄湖何处，艳鸳鸯名字。　　迷离烟雨画楼深，移棹傍沙觜。待溯柔波去也，又藕花风起。

金菊对芙蓉

醉芙蓉

秋水传神，明霞写艳，树枝掩映芳丛。怪沉酣风貌，翻比春浓。瑶池宴罢仙城远，悄扶归、香雾朦胧。寒江乍涉，宿醒未解，半颊添红。　　浓露酝酿偏工。借天厨?? 酥，幻出娇容。恰搴来太液，粉弹脂融。垂杨自惜凌波影，蓦朱颜、一笑相逢。谁摹粉本，伴他疏蓼，夕照微烘。

柳梢青①

湖上咏秋柳

烟雨秋多。愁丝恨缕，弄影婆娑。苏小坟前，段家桥畔，莫舞迴波。风流张绪如何。叹憔悴、于今怎么。一片萧疏，昏鸦乱落，夕照微拖。

前调②

舟过北新关

水面红楼。晚凉天气，齐下帘钩。纤月初弯，疏灯未上，人倚孤舟。

---

① 此词抄本《剑虹庵词存》已收，字句略有出入，今两存之。
② 此词抄本《剑虹庵词存》已收，字句略有出入，今两存之。

澹烟杨柳汀洲。莫回首、春风旧游。白纻歌残，青衫酒满，又别杭州。

长亭怨慢①
北归道中，寄武林同人

又收拾、片帆东去。草草天涯，顿悲歧路。岁晚沧江，蓬飘一样总无据。孤舟听雨，数遍了、年年羁旅。明日征程，知残月、晓风何处。　　留驻。记河桥骢马，携手故人情绪。魂销南浦。且系缆、津亭秋树。怪此身、不恋湖山，还遥②踏、软红尘土。纵盼到归来，误了早梅时序。

满庭芳
申江后游纪事

鲛鮹楼空，鸳鸯社冷，海天旧恨分明。仙源重溯，怪特煞多情。忆否凉蟾夜寂，留人处、帘影箫声。偷相问、盈盈春水，吹皱可干卿。　　芳心频暗逗，娇姿婀娜，锁骨珑玲。是梅花、修到别样幽清。老我青衫谪客，秋江上、同病飘零。便何日、桃根桃叶，双桨渡头迎。

金明池③
采石矶怀古

峭石嵯峨，回泷激荡。天险中流堪踞。叹一霎、争关夺隘，磨洗尽弓刀楼橹。倮当时、锁钥横江，截不住、千里涛声东去。但夜火星微，寒潮雪卷，照见空明牛渚。　　百战勋名渺何处。忆画舸遨游，锦袍前度。曾记否、邻舟高咏，且闲觅、摩崖断句。任古今、豪杰消沉，有十笏丛祠，青莲独据。想捉月重来，骑鲸招手，犹隔碧城仙雾。

---

① 此词抄本《剑虹庵词存》已收，字句略有出入，今两存之。
② "遥"字脱，据抄本《剑虹庵词存》补。
③ 此词抄本《剑虹庵词存》已收，字句略有出入，今两存之。

朝中措①

皖江野望

江云漠漠雨丝丝。风拗片帆迟。野饭烟低客艇，浅流沙没渔矶。　　四围画堞，一声清角，人在天涯。隔岸霜红几树，记侬双桨来时。

齐天乐②

得家书感赋

深闺误尽刀镮梦，关山尚留羁客。砧韵翻空，泪痕缄札，寸寸离肠凄恻。江南塞北。算两地情怀，一般萧瑟。拟答琼瑶，朔云千里驿程隔。　　平安何事足慰，只残书绣袂，随分迁谪。名刺消磨，裯裰零落，岁岁他乡偪侧。茸裘缝圻。叹旧日征袍，流黄无色。三匝乌飞，欲归伤倦翮。

菩萨蛮

重门独下萎蕤钥。燕泥点点闲抛落。蝴蝶上阶来。碧桃昨夜开。　　芳心无一可。不似从前我。睡起昼惛惛。小楼春色深。

高阳台

庚辰七月重至武林，范岱峰昆仲招集湖上。蓼影垂红，柳丝飏碧，均依依有故人情也。

鹭点栖烟，鸥沙漱雨，碧波凉抱尊前。打桨湖心，旧游回首经年。秋光似共人蕉萃，转输他、花鸟相怜。看依依、瘦蝶伶俜，归燕翩跹。　　凭阑我欲停杯认，认西泠云树，南渡山川。作意句留，夕阳红到梅边。疏钟一杵惊何处，悟重来、香火因缘。约他时、载酒题诗，月满舣船。

绮罗香

西湖上集庆寺，宋理宗妃阎氏功德院也。旧藏理宗御容，妃之攒宫即

---

① 此词抄本《剑虹庵词存》已收，字句略有出入，今两存之。
② 此词抄本《剑虹庵词存》已收，字句略有出入，今两存之。

在寺后，今则塔院仅存，余皆冷烟衰草矣。偶过咏之。

　　椒壁云昏，莲台露冷，浩劫苍凉重阅。天水销沉，布地虚传金埒。剩蝙掠、古殿秋阴，听虫语、幽房片月。料深宵、火入荒陵，宝衣难觅旧罗袜。　　芝宪零落何处，犹想司香阿监，旃檀朝爇。玉冕珠旒，尘黯当年黄帕。指瓶钵、功德都忘，数铃铎、兴亡同说。转胜他、江上冬青，一抔空怅绝。

摸鱼儿①

　　丙子春晚，偕陈小农民部、武抑斋孝廉暨家兄游崇效寺，观红杏青松卷子。官浙以来，无复昔游之乐。抑斋返蜀，旋归道山；小农滞迹都下，与家兄均落拓如旧。偶成此解，怀人感旧，情见乎辞。

　　记宣南、胜游联袂，匆匆芳事刚谢。僧房绿罥凉阴悄，展卷片时清暇。陈迹写。证默坐、枯禅文杏长松下。词坛墨洒。惜梵夹虫雕，瑶笙鹤去，香冷旧莲社 卷中自渔洋尚书以下，名流题句甚多。　　东华梦，絮影萍踪都假。伤心邻笛吹罢。锦江天远花辞树，栩栩蝶魂初化。铅泪泻。问叶底、啼鹃几度春归也。前尘空话。剩剪烛敲诗，看云忆弟，斗酒醉兰若。

浪淘沙
夜雨书怀

　　凉雨忽潇潇。霜叶微彫。便非愁病也无聊。悔煞钱塘江上住，乡思如潮。　　客路尚飘摇。禁得魂销。断肠人在可怜宵。只有秋声听不惯，窗外芭蕉。

一萼红
红叶

　　绚秋光。指嫣红几树，萧瑟恋余芳。鱼尾霞明，雁行风急，半林浅衬斜阳。诧老去、多情烂漫，伴栖鸦、野水共苍凉。欲诉飘零，可怜颜色，偏在江乡。　　犹记御沟传恨，和愁心流出，云冷波长。一抹燕支，四围

---

①　此词抄本《剑虹庵词存》已收，字句略有出入，今两存之。

画木，暮天试倚新妆。莫误作、玉阶花片，扫闲门、无语怨清霜。忆到秾华二月，蓦地回肠。

解佩令

自述①

半生书剑，一身湖海。叹年来、惯作江南客②。盘马呼鹰，有多少、酒人相识。怕重提、旧游京洛③。　　冰弦铁拨，翠尊红袖，谱妍词、偶然画壁。淡月疏花，还伴我④、夜凉吹笛。问豪情、可曾消得。

探春慢

壬午三月，薄游沪渎，旋买棹赴杭。落花飞絮，芳绪困人，酒醒孤蓬，漫吟成阕。

帆叶欹烟，橹枝摇月，稳载柔情多少。宛转琴心，惺忪酒病，一霎雨荒云杳。芳草江南路，记送我、几番归棹。禁他岁岁伤春，清磨诗鬓催老。　　岂是寻芳迟到。只听水听风，客程难料。玉笛吹愁，翠尊劝醑，忍俊中年怀抱。便拟移舟去，任孤负、蝶围莺绕。明日津亭，绿阴啼煞娇鸟。

酷相思⑤

记得年时江上住。才识遍、横塘路。对小院、樱桃花满树。春正在、无人处。人正在、伤春处。　　楼角痴云帘外雨。遮不断、闲愁绪。叹身是、浮萍还是絮。今日逐、东风去。明日逐、东流去。

忆秦娥

别意

邮亭路。一鞭远作游人去。游人去。乱流残照，暝烟荒墅。　　　　箜篌

---

① 原本无词题，据《清词综补续编》补。
② "惯作江南客"，《清词综补续编》作"江南久客"。
③ "京洛"，《清词综补续编》作"京国"。
④ "伴我"，《清词综补续编》作"照我"。
⑤ 此词抄本《剑虹庵词存》已收，字句略有出入，今两存之。

解唱公无渡。声声尚欲留侬住。留侬住。昨宵明月，今宵何处。

促拍丑奴儿①

春感

芳草闭闲门。茜纱底、依约黄昏。如何直恁恹恹地，韶光如客，客怀如梦，梦也如尘。　　小劫逐飙轮。游丝细、不缩春魂。临歧别有难忘处，风前情影，月中花貌，露下啼痕。

解连环

武林门外黄文节公祠旧祔厉樊榭征君及月上栗主，道光时复移祀西溪交芦庵。粤寇之乱，旋就芜废。偶过访之，碧藓疏花，苍云老树，景物凄绝。敬赋此阕，用玉田拜陈西麓墓词韵。

水村山郭。指秋原华表，翩跹孤鹤。觅旧时、荐菊荒龛，问谁启深沉，碧城仙钥。劫火丛祠，剩一树、野梅开落。想修文去后，犹有玉容，相伴离索。　　双栖几会忘却。只芦菴夜雨，鸳梦非昨。便恁时、春到牙湾文节旧祠在牙湾，又社散斜阳，野田飞雀。拟谱神弦，怕笠屐、归来无着。但留得、冷泉翠篆，响流夜壑。

玉漏迟

蘧卢戢影，霜序已阑，渚鸿流音，砌蛩息诉，端忧多暇，朋从弥邈。翰翁以兼旬不余晤也，倚声相询，缠绵之思，流溢宫徵。拈毫赋答，触绪怅然。

饯秋人意懒，闲眠浅醉，几曾得遣。凉雁声中，刚是梦回天远。旧侣多情问讯，争识我、愁深欢浅。霜序晚。青苔黄叶，乱书孤馆。　　此身不为饥驱，问何事年年，旅怀禁惯。听雨江湖，草草鬓丝催换。莫倚当筵豪竹，怕唱到、家山肠断。吟兴减。天涯倦游思返。

---

① 此词抄本《剑虹庵词存》已收，字句略有出入，今两存之。

疏影
菊影和江秋珊

疏篱片月。正西风帘卷，冻雨初歇。才过重阳，瘦影枝枝，寒到可怜时节。一花一叶丰神澹，偏映出、花魂清绝。最念他、老圃秋容，照彻鬓丝如雪。　　冷落陶家三径，白衣人去后，蛩语幽咽。灯下婆娑，镜里扶疏，空色都无分别。拈毫更有难描处，添栩栩、晒翎双蝶。待醉余写上屏山，疑是酒痕重叠。

桂枝香
醉蟹与俞小甫、江秋珊同作

持螯有约。秘一瓮冻云，隐听郭索。不待江东盐豉，老饕堪噱。横行意气消磨尽，贡雌黄、满腔糟粕。瑶脂漫数，金膏差拟，玉纤亲斫。　　才盼到、橙香酒熟。凭换取尖团，芳会同酹。怪尔沉酣，得意顿遭肤剥。从今不羡莼鲈味，咀清华休负龈腭。哪知许事，配他霜蛤，一例评泊。

凤栖梧
闺情

竹阴筛得秋痕碎。才着微凉，便有闲情味。窣地湘纹如贴水。貂奴蜷向花间睡。　　两小聪明真个是。写韵吟香，宛转常相对。针线罢拈无一事。彩毫密注鸳鸯字。

南浦①
见新柳有怀

青青如此，荡愁心、都在画桥西。挽著水流花放，烟缕故凄迷。刚是陌头春暖，惹深闺、惆怅几多时。自那人去后，一年一度，相见总依依。欲把客程绾住，冑吟鞭、娇影不成丝。底事无情有恨，凉露早莺啼。直待完成絮果，化青萍、犹自胜沾泥。叹阿侬飘泊，可容先借一枝栖。

---

① 此词抄本《剑虹庵词存》已收，字句略有出入，今两存之。

渡江云[①]

绿阴，和江秋珊

软红飞不到，夕阳如画，空翠落庭阴。流莺无意绪，叶底声声，闲煞惜花心。青青子满，怕重来、影事难寻。争怪得、伤春小杜，惆怅独情深。　　憎憎。一帘蕉雨，半榻松风，把梦痕凉沁。唤起我、苔阶点屐，萝凳眠琴。韶光似与人俱远，自花时、瘦到于今。空盼断、碧天消息沉沉。

绮罗香

隐囊

吉贝棉装，团窠锦制，徒倚天然高座。雅称乌纱，巧样嘉名同播。伴药笼、宰相山中，配羽扇、夷吾江左。午窗闲、宜醉宜吟。饭余添了睡功课。　　疏帘清簟佳处，为约庄衿老带，支颐斜坐。恍负朝喧，静里光阴轻过。未输他、鸳褥浓薰，还傲我、牛衣冷卧。隔银屏、拥背低徊，夜凉闻咳唾。

浪淘沙

皖江阻雨

怒浪走空江。寒雨淙淙。春风缘隙入篷窗。一穗疏灯无定影，人语孤艭。　　梦断白鸥乡。系缆渔庄。苦将心事托苍茫。听水听风都已惯，不觉凄谅。

三姝媚

春阴如梦，薄寒中人，蔑杨弄柔，繁卉成阵。时余方自皖公山下买舟赴巢湖，阻风江上已十日矣。书此为武林故人问。

春魂谁唤觉。又江北江南，一番花落。芳事匆匆，倩消磨客里，有怀都恶。小极年华，问禁得、几回飘泊。怕系回肠，树树垂杨，那家帘箔。目断西泠前约。纵陌上归来，顿成耽阁。怅触离愁，是津亭渔笛，戍楼画

---

① 此词抄本《剑虹庵词存》已收，字句略有出入，今两存之。

角。弭棹江皋，怅锦字、缄书谁托。准备醿醱开了，玉壶同酌。

少年游

癸未春，偶拈《南浦》调赋新柳，同社和者数人，转眴一年矣。顷维舟江上，夹岸垂杨回黄转绿，晓风残月旖旎向人，再成此解。

去年曾赋冶春词。芳绪托杨枝。戏蝶光阴，啼莺门巷，随处寄相思。江南旧是消魂地，烟景足凄迷。水碧沙明，风尖月瘦，记我断肠时。

长亭怨慢
与家兄别于芜湖却寄

问何事、一江流水。片片飞花，送春归矣。偏有离人，那堪飘泊亦如此。海云东指。空洒遍、青衫泪。依旧少年游，总只觉、心情不是。

眼底。怅关河千里。几日玉尊同醉。残宵唤起。又云影、一帆天际。争怪我、岁岁江湖，浑忘了、对床情味。待写寄回肠，折入衍波笺纸。

庆春宫
并头兰

本是同根，愿为连理，沅湘旧恨重叠。青鬟斯磨，青心密证，此生休赋离别。也应解语，只空谷、鸳俦难撇。芳魔竟体，耦立娉婷，靓妆幽洁。　　一春形影相怜，叩叩香囊，并肩偷结。澹墨双钩，骚吟九畹，妒煞海山鹣鲽。灵犀暗逗，忆昨梦、娇羞晕颊。情苗种就，叶叶花花，背人愁绝。

一剪梅

草长莺啼独闭关。蛛网屏山。燕蹴筝弦。一春幽恨有谁怜。花替缠绵。月替缠绵。　　艾蒳薰炉几度残。解绣文鸳。怕赋离鸾。强扶娇病倚阑干。闷损芳年。瘦损芳年。以上吴唐林刻本《剑虹盦词》

摸鱼儿
游理安寺

数平生、青鞋布袜，胜游历历亲试。香台旧拓莲花界，昨夜旅魂飞坠。清净地。认台绣、经幢法雨前朝寺。凉阴侣水。听落叶凄蝉，幽篁啼鸟，都是静中意。　　沧桑劫，不改寒山苍翠。三生慧业犹记。茶烟绕榻松风歇，竹外僧楼慵倚。尘境里。证半晌、蒲团尽扫闲罗绮。暮钟唤起。指坏塔斜阳，平湖暝色，归路远峰底。

瑞鹤仙
题江秋珊《愿为明镜图》

琐窗明月影。认画里、双文素肩慵凭。团栾照妆靓。证前身圆相，今生薄命。粉香脂凝。摹不尽、丰姿玉映。甚痴情愿作，冰奁常与，翠鬟厮并。　　漫咏秦淮旧事，草草欢惊，雨昏烟暝。残春梦醒。昙华劫，怕重醒。只丹青描出，伤心眉妩，一样恹恹愁病。伴伊人花坞，填词鬓丝秋冷

君所居曰花坞夕阳楼。

一萼红

早春雪霁，独游皋园，南枝向荣，迎春破萼，偶成此调，用白石道人韵。

步墙阴。认旧家池馆，当日集华簪。笋径龚云，苔柯卧水，胜迹回首销沉。指几点、梅梢红萼，邀鹤伴、冰雪护仙禽。绮序收灯，清吟载酒，蹑屐初临。　　省识江南春信，便重逢驿使，难寄乡心。京洛浮踪，莺花昨梦，影事空费招寻。畅好是、湖山闲住，骋豪华、一例惯销金。剩有前游未忘，忍俊情深。以上《清词综补（附续编）》

马骧（1 首）

马骧，生卒年不详，字子龙，又字颉云，以字行。少治《孝经》、"四子书"、《诗》、《书》等，光绪二年（1876）应童子试，县府院皆第一，声振庠序。以酒遘疾，辍举子业。光绪三十三年岁贡生，虽得举官而未仕，后以次子钟琇官刑部主事诰封中宪大夫。性好施与，笃志佛学，终年疏食，不臧否人物，乡里称为善士。所为诗词，多散佚。著《颉云词》一卷，亦不存。有铅印本《竹荫斋丛稿》一册传世，今藏国家图书馆。

卖花声
荷珠

清露点荷盘。个个匀圆。玲珑无孔蚁难穿。惟有游鱼争欲戏，小跃池边。　　忆昔叠青钱。今又珠联。休夸其下藕如船。好趁波心明月印，一样嫣然。马钟琇辑录《味古堂集》

李孺（111 首）

　　李孺（1861—1931），字思徐，晚号仑阁，直隶遵化（今河北省遵化县）人。世隶内务府正白旗汉军籍，先任职地方，抚按有方，后赴日本为留学生监督，调护周至。回国后一直在湖北任职。辛亥革命中，一度遭革命党人囚禁。释放后，辗转至天津，以鬻文卖画为生。李孺以清遗民自处，与三五耆旧结词社，写沧海桑田的家国之悲，其自题《太平花画扇》曰："放翁于宋南渡后，目击时艰，忧国之诚，时见乎词，今则故宫寥落，寂寞花红，更增添黍离之感矣。"念旧伤往，今昔何世是其词的情感主调，如《长亭怨慢·题毓清臣藏钓台泛舟图》："念旧京风景，寂寞太平歌舞。王侯第宅，叹今日半更新主。且休道，已破山河，算斯地依然吾土。"《鹊桥仙》："去年风雪，今年风雪，只是年年如此。岁寒寂寞似空山，都不记而今何世。"李孺为词与其性情相似，"性豪迈伉爽，与人交无城府，虽处困厄而意气弗少衰"，以情为文，情绪抒发多能直抒胸臆，有时为表达不满，毫不遮掩，竟以粗鄙出之，如"笑新声入耳，是何狗曲。游人觌面，多半猴冠"（《沁园春·夏日携童孙游张氏园效刘后村体》），等等。除此之外，李孺还写了相当多情致宛转的词作，颇得五代、北宋词之精髓。有《仑阁词》一卷，民国二十二年（1933）铅印本。

虞美人
光绪丙戌春闱后作

　　千红万紫春晓，绿意怜芳草。东风不为展愁眉，又是花卖声里落花时。　　年年柳色黄金缕，未解离人苦。早知骨相不封侯，惭对香闺春日一登楼。

永遇乐

什刹海酒楼丙戌夏六月作

载酒湖边，小楼愁倚，无计消暑。一片凝云，随风途到，几阵潇湘雨。柳阴亭宇，冥冥悄悄，便做嫩凉如许。画栏外，烟波浩渺，移家我欲来住。　　调冰雪藕，浮瓜沉李，几辈曾携侪侣。虾菜亭荒，龙华寺废，胜迹难重数。年年风景，碧荷红稻，迭作此湖宾主。且休负，半城斜日，一樽绿醑。

好事近

赠歌郎五九

春色个中多，占得风光一半。比似依人飞鸟，说生来娇惯。桃花颜面玉歌喉，朝朝侍芳宴。卅六消寒才过，画者番梅瓣。

菩萨蛮

晓窗压枕春寒重，啼莺惊觉双栖梦。绿水打吴篷，轻舠载个侬。长隄千万柳，风景还依旧。往事去如烟，相思又一年。

绮筵红烛花如锦，月明双倚阑干影。心事诉琵琶，含羞半面遮。侬家何处住，莫认横塘路。柳下有新诗，相逢暗记时。

桃花坞里花千树，行人莫识桃源路。门外静沉沉，画楼春思深。玉钩帘半卷，放入双飞燕。帐底缔兰因。梦中真未真。

瑶签书架珠琴柱，屏山曲曲深深护。金鸭艺香熏，春寒怯出门。象床红锦褥，并坐倾春酿。何事艳胡麻，吴酸风味夸。

流苏帐里春风暖，鸳鸯枕上春人孄。落月在梅枝，翠禽飞起迟。娇娆怜翠袖，抱月腰围瘦。晓镜看梳头，艳容红玉羞。

梦中夜夜双飞蝶，腰前绮带同心结。妾命薄于花，青楼不是家。柳丝千万缕，恨人沾泥絮。燕语新商量，举头新画梁。

晓妆新罢香云腻，绮窗学写鸳鸯字。写得几回看，深心更画兰。花开愁易谢，又是蟾圆夜。私语怯天明，香风吹曲琼。

虎邱山畔团栾月，碧荷花底船如叶。弱小不禁风，昵人怀抱中。花间不可住，袖薄愁风露。归去试兰汤，开轩乘夜凉。

水晶帘子玻璃枕，中庭残暑都收尽。携手看牵牛，鹊桥今夜秋。　　嫩凉风习习，睡起娇无力。几度误鸡鸣，苍蝇窗外声。

梅花树绕三间屋，窗前照影三竿竹。睡倚小红炉，阿郎中酒余。　　雪花飞似掌，疑月明珠幌。梦里不知寒，铜荷蜡泪残。

春秋好景惟风月，等闲度了佳时节。门外有骊歌，两心愁奈何。　　明朝江上路，别思萦南浦。无语对离筵，凄然人可怜。

离愁汨汨春来水，落花片片千行泪。香帕湿红绡，重于金错刀。　　欢情原不薄，只是东风恶，桃叶与桃根，黯然空断魂。

天涯回首人千里，花间韵事从头记。有梦到兰闺，恨无双翼飞。　　梦醒何处地，身在轻舟里。筝柱十三行，雁飞云路长。

浣溪沙

曲曲溪流浅浅沙，柳阴门外问渔家。一钩新月照人斜。　　薄倖杜郎怜豆蔻，重来崔护感桃花。满腔心事向天涯。

蝶恋花

曾系青骢隄畔柳。春色经年，依旧青青否。病里郎腰看渐瘦，天涯寄与相思豆。　　不恨莺啼香梦负。只恨东风，那日轻分手。非是悲秋非病酒，愁伊结子成阴后。

金缕曲

庚子

万里匆匆去。最凄然、满襟血泪，满天愁雨。画轴朱轮金勒马，一霎凄凉行旅。几曾惯、长途辛苦。秋色萧条西风冷，莽无边、衰草斜阳暮。云叠起，恨千缕。　　灞陵流水长安路。荡离魂、此乡虽乐，故乡何处。夜夜秦关旧时月，犹照汉家宫树。怕更有、燕莺歌舞。马汗凝红鹃血碧，盼音书、远觅孤鸿羽。天北斗，几回顾。

减字木兰

辛丑中秋在福州

天涯信远，寄语但凭来取雁。月照关山，一样清辉两样看。　　西风乍冷，客里梦魂吹未醒。又到中秋，一斗香醪万斛愁。

祝英台近

柳烟霏，梅雪霁，上苑春归了。燕子飞来，梁上旧痕扫。那知别恨深深，才如云散，怎新恨、又如芳草。　　嫩寒峭。依旧十二珠帘，轻阴压春晓。花信风催。容易送春老。纵教草蔻工愁，青楼留梦，只赢得、十年一觉。

满庭芳

隈柳梳风，岸蒲湔雨，夜深凉月孤圆。绿荷香远，湖水静无烟。却恨群仙不语，玉盘滴、珠露溅溅。垂虹外，歌声宛转，何处夜游船。　　频年相望是，花开十丈，藕大如橡。怎舞衣娇艳，空袅风前。寂寞寻芳旧侣，问谁理、酒盏琴弦。池塘晚，西风渐紧，沙际看鸥眠。

菩萨蛮

绿窗瑟瑟西风紧，中庭月落梧桐冷。惆怅卷帘时，玉阶生悄思。　　朱栏人独倚，秋色凉如水。夜起看天河，闻声愁雁多。

祝英台近

水纹生，山绿秀，窗外过新雨。独倚朱栏，别思向南浦。眼中何处天涯，斜阳影里，但一片、昏鸦争树。　　几凝伫。最怜满地香尘，落红已无数。曲曲屏山。无计梗愁路。更愁柳径春深，东风多事，又吹起、一天飞絮。

采桑子

云屏梦断鸳衾冷，说甚相知。说甚相思。记得分明乍别时。　　东风久惯无凭准，误了幽期。负了花期。是我因循不怨伊。

扫花游

丁未立秋前一夕，迺园席间有所闻，归后作

梧桐小院，忽井角阑边，飘来一叶。流光电瞥。恰明朝正是，立秋时

385

节。闻道长安，乞巧针楼彩结。最凄切。是高处寒，多天上宫阙。　　中庭深夜立。看斗柄将移，商飙欲发。云痕乱叠。掩星河隐隐，乍明还灭。草际流萤，数点光欺淡月。晚风烈。怕寒蝉、晓来声咽。

春从天上来

丁未冬，程子十发于庭梅下石旁得芝一茎，供之案头，奇香满室。于是遍征题咏，以词纪其瑞。余为画《三友图》，并系之以词，为芝贺，又兼为芝惜也。

奇秀芳荄，是何物仙灵，春孕琼胎。汉宫歌动，唐殿祥开。居住合在蓬莱。叹人间小谪，惜影瘦，悄倚霜阶。岁寒时，与疏梅介石，呼作朋侪。　　三生旧缘莫问，料造化无言，早为安排。色灿云鲜，姿含风古，独自寂寞荒苔。怕苏髯知觉，留香魄，遁迹清斋。诉幽怀，对小窗图画，琴酒无乖。

高阳台

三月三日，偕宜昌各官至郊外踏青作

如画江城，挑青时节，香风陌上游鞿。柳岸清歌，少年裙屐翩翩。那知自古伤春地，最不祥、惟是青山。笑年年，几辈齐人，几处春墦。　　山阴旧事成陈迹，又一觞一咏，曲水依然。好趁春晴，莫教莺燕偷闲。经过百草千花路，怎寻芳、不见幽兰。尽消魂、满地飞花，满树轻烟。

醉太平

吴江道中

舟行半程，斜阳半亭。倚窗残酒初醒，昨宵愁又生。　　风声水声，青荧一灯。总教好梦难成听，村鸡五更。

浣溪沙

同梁节盦游当阳玉泉山

雨后泉声最可听。小桥西畔夕阳明。水流云在此时情。　　散步松林时见鹿，闲过竹院喜逢僧。更无尘事到山亭。

又

题画石赠程六石巢

明净身无半点埃。灵岩神护不曾开。几时偷向指尖来。　　天阙未能西北满，娲皇灶底拾余灰，阿侬原有补天才。

又

为石巢画　　用顾梁汾韵

不作人间艳冶姿。小园新苗雪中枝。相期珍重岁寒时。　　热耳应教寒避酒，点头或许石听诗。岭南千里有相思谓节盒。

念奴娇

一枰闲局，笑茫茫，造物用人如奕。无定萍踪，风约去、任向东西南北。燕子几头，卢龙山畔，不速新来客。相逢差幸，老翁犹未头白。　　那堪回首当年，江山如此，俯仰皆陈迹。我有东山，哀乐感杯酒，且欢今夕。楚水迢迢，吴山隐隐，梦里劳相忆。明朝归也，春帆天际空碧。

浣溪沙

寄语江头一树梅，相思寸寸总成灰。春风有意到莓苔。　　极望前林方病渴，题诗官阁待传杯。罗浮清梦几时回。

前调

同作顾印愚印伯

近讯江春递岭梅，消寒乞与酒淋灰。翠禽宿梦缀枝苔。　　疏影更寻君复句，红情合泛石湖杯。巡檐绕树日千回。

又

程颂万子大

破雪江亭一萼梅，阴阳陶铸未成灰。娉婷顾影立莓苔。　　寒月昨宵犹在树，诗情今夕且衔杯。绿窗风定有人回。

暗香
画梅送曾履初之官施南用白石韵

大江月色,正客愁唤起,楼头长笛。赠与一枝,也当依依柳条折。多少寻春旧恨,都归入、窗前狂笔。试伴压、千里轻装,风顺送帆席。　　山国。定岑寂。想悄倚画屏,恨缕云积。对花欲泣。江上离人有相忆。太白亭边好梦,诗思满、池塘春碧。问甚日、重会也,旧欢拾得。

东风第一枝[①]
和夏午彝韵

栏午新晴,池波又雨,霎时顿别寒暖。含愁独自垂帘,悔压年年金线。江山眼底,谁误我、流光如箭。问当时、载酒寻芳,旧侣早随云散。　　花乍放、任凭风剪,酒乍熟、任凭花劝。人闲花落花开,春去都无人管。粼粼碧水,有别泪和波流远。怕画梁未扫巢痕,软语更来新燕。

和作
杨钟羲芷晴

朝雨欺寒,夕阳吹瞑,东风犹勒新暖。尽教间爇香篝,阁住春衫针线。一年花事,拼迟放、几枝兰箭。初不道、社鼓枫林,容易日斜人散。　　愁似水、并刀难剪,酒如潟、提壶休劝。是谁断送年华,相与急催弦管。重衾醉拥,只惆怅铜舆梦远。那堪问易主楼台,又见空巢语燕。

浣溪沙

记得春寒二月天。海棠簃外擘蛮笺。清吟倚遍画栏前。　　无那看花人易老,沈思旧梦杳如烟。惟余花事尚年年。

---

① 夏畴《东风第一枝》(除夕江行,阻沙黄石港)原作:"客思吟残,吴烟楚雪,江波鸥外先暖。扁舟待放春朝,兀自夷犹沙线。天涯倦旅,只随例、暗惊年箭。奈风光、已作新情,都把旧愁吹散。　　任绛蜡、铜荷不剪,更素手、屠苏频劝。人间换世如年,那要无眠间管。高歌才罢,付一枕梅花清远。待晓春对镜梳头,蓦忆玉钗双燕。"

金缕曲
寄任公日本

楼阁钟声歇。又几声、荒鸡唱晓，漫催人别。海水茫茫连天白，中有一舟如叶。才一度、冰轮圆缺。已恨蓬山相去远，隔蓬山、更有云千叠。凭雁语，与君说。　　家山正是花飞雪。倚危栏、寒欺袖薄，酒浇肠热。几树寒梅娑婆老，零落无花堪折。空负了、春江风月。试待珠帘重卷起，是双双、燕子归时节。寻旧约，坠欢拾。

长亭怨慢
为李幼梅题越南贡使阮叔恂倜诗卷

有天外、飞来星使，小驻湘春，醉逢仙李。柳雪经年，海天万里，片帆驶。阮郎归矣，惊满地、烟尘起。回首卅年前，直看到、江山如此。　　往事，忆名花乞取，一卷小诗频寄。爪痕尚在，更南雁、北来无字。叹故国、一例荆驼，莫重问、汉鸢周雉。算只有深情，深过桃花潭水。

又
题毓清臣藏钓台泛舟图

望中见、城西烟树，听说当时，六龙曾驻。碧柳偎隄，绿波迎棹，几容与。钓台依旧，嗟代谢、成今古。历历画中人，又只剩、天涯孤羽。　　凝伫，念旧京风景，寂寞太平歌舞。王侯第宅，叹今日、半更新主。且休道、已破山河，算斯地、依然吾土。待约与良朋，重访荷花深处。

兰陵王
用美成韵和程六石巢

玉绳直，夜气和云一碧。天阶静，斜月半规，照影凄凉又秋色。怆然忆故国，一例流光过客。疏篱外，黄鞠未花，野草迷离已盈尺。　　斯须便陈迹。况酒罢旗亭，歌歇芳席。而今同乞天涯食。问鹄渚风月，故人无恙，梅开不见旧使驿。信鸿杳南北。　　心恻，恨萦积。念雨坠云飞，三径岑寂。年华易老愁无极。更向秀思旧。怕闻邻笛。前游如昨，但泪雨点点滴。

水调歌头

辛亥秋陷贼中，脱虎口后，印伯寄示。壬子九日新咏，诸作依韵和之，兼示石巢诸君。

经过两重九，不见菊花开。升高何必峰顶，我志自崔嵬。深羡浔阳陶令，犹有故园松菊，慷慨赋归来。俯仰在人世，野马与尘埃。　　世间事，无限感，酒盈杯。古来一例，贫士金玉贱蒿莱。眼底江山如此，回首故乡何处，万里梦燕台。海上飞鸿影，月夜照徘徊。

貂裘换酒

辛亥春，吴汇香词人客武昌，以《竹屋填词图》属题簿书，闲暇阁置几上，秋间乱起，遂付劫尘。壬子，同寓海上。

秋信闻黄鹄。恁忽忽、楼头风景，一时陵谷。地老天荒今何有，何有数间茅屋。更何有数竿修竹。海角飘零憔悴甚，似彦高泣听梨园曲。写幽怨，几枨触。　　江头蓴菜篱边菊。怅而今、天涯同是，归期难卜。一尺新图愁千叠，中有泪珠盈掬。只梦里、家山路熟。楚炬无情图籍尽，话劫余比似秦燔酷。甲乙稿，待重续。

月下笛

甲寅暮春，友人约游扬州，计与红桥二十年矣。追溯昔游，已成隔世，归途赋此，太息弥襟。

帘倚春风，箫愁夜月，旧销魂处。繁华梦里，轻放流光等闲度。而今怕说伤心事，况又是烟花欲暮。看桥边红药，郊原绿荠，晤惊无语。　　归路频回顾。问巢燕人家，第皆新主。闲愁几许，系情都在烟树。白头不分江南老，算只有、哀时词赋。途不尽、水滔滔，天际孤帆又去。

又

许五惩忆幼随父任，久客扬州，壮年奔走四方。辛壬之岁，避兵海上，近复归扬。书来，赋此答之。

九曲池荒，甘泉井竭，故人如故。残山剩水，犹是儿时钓游处。春风无恙归来燕，觅旧巷新巢又住。念天涯之子，惧情冷落，旧盟鸥鹭。　　凝仁浑无据。但北望家山，草萋迷路。江南倦旅，暮年心事难诉。记曾载酒青楼上，已老却、江湖小杜。更夜夜、听鸡声，魂断凄风晦雨。

念奴娇

为胡二惜仲画通景墨梅并题

垂垂一树，是逋仙，去后诗魂凝化。西子湖边，山下路，琼艳当年初嫁。月落禽啾，天寒羽倦，寂寞相思夜。玉容如许，肯随桃李娇姹。　　犹记东阁扬州，酒尊诗卷、共几人争霸。往事匆匆，随梦了，数点愁心难写。玉笛无情，瑶台有恨，天上春归也。岁寒盟在，甚时仙袂重把。

水调歌头①

胡瘦篁、胡惜仲、汪晦人、潘若海、麦孺博小饮寓斋，若海有词索和，依韵答之。

三千大千界，色色与空空。偶然着我来此，禅坐看山容。今雨今年今日，相对斯楼斯景。流泪几人同。心事一杯酒，憔悴鬓双蓬。　　念亲故，哀逝者，半鬼雄。无多芳草，堪撷落落岁寒松。多少伤春怀抱，懒向人前深诉。且共倒金钟。别后倘相忆，消息往来鸿。

长亭怨慢

乙卯三月晦，汪甘卿参赞约余与温毅甫侍御偕至苏州，遂主其家。明日招同曹庚荪、石子源两太守泛舟作虎邱之游。夕阳西下，晚风送凉，余与毅甫徘徊斟酌桥畔，不忍归去。屈指流年，今日已是绿阴时节矣。凄然赋此，呈同游诸子。四月朔日记。

又今日、举舟江浦，绿涨平隄，一声柔橹。唤起东风，垂杨依旧，万千缕。曲尘轻飐，怕有落红随去。去去已如斯，更阅世、何人能故。　　几处，记寻芳那日，曾见太平歌舞。忽忽一别，试寻觅、梦痕无据。知此会、不是尊常，只叹怨、天涯迟暮。算除却司勋，谁解伤春情绪。

---

① 潘若海《水调歌头》原作："朝晖散爽籁，嵩阁倚晴空。三山缥渺弄影，天外削芙蓉。数子乾坤落落，身世百年冉冉。聊复此尊同。今古一邱貉，风雨几秋蓬。　　念元龙，虽老矣，尚豪雄。时能飞洒，狂墨峭壁出孤松。青鬓舍君欲去，白眼看人则甚，且醉百千钟。江阔更天远，何处凭冥鸿。"

浪淘沙
咏蛛

胡琴初约为消夏之会，同社为张子蔚、贺类庵、丁闿公、陈相尘、长叔起、许守之及余共八人。七日一局，迭为宾主。此第一集也。子蔚主席，命题咏物。题为蚊蝇蛙蜗蚤□蛛蚁八字，余分得蛛字。乙卯夏五月朔日记。

络妇浪留名，一缓身轻。檐牙屋角几经营。布满弥天罗纲密，尔试聪明。　　不翼不飞鸣，风露劳生。枉然七夕说神灵。堪笑痴骇儿女子，瓜果中庭。

高阳台
盘香限先韵，消夏第二集，□厂主席二题，盘香折扇同咏

螺挽云丝，螭蟠月璧，氤氲小阁笼烟。坐久心清，闻根多在吟边。乘云欲化龙身去，趁睡余、偷拾流涎。抱孤心，宛转多时，空自焚煎。　　深闺那日遗芳梦，记浓携满袖，与我周旋。别几经秋，愁来曲共肠牵。金猊久冷梳头懒，下帘钩、待与重然。纵相思，寸寸成灰，不断缠绵。

一萼红
折扇限东韵

漾微风。有白松巧制，来渡海之东。舒尾成屏，镂牙作骨，依稀宝玦还同。度一柄、轻飔袅袅，快披襟、未抵大王雄。只合香闺，摇将皓腕，擘向春葱。　　应共罗纨争宠。算招凉逐暑，尺寸论功。辟阖阴阳，都归清握，屏面还逊玲珑。怕此后、相思定苦，尽欢情、付与聚头中。知否清秋又至，时节匆匆。

法曲献仙音

乙卯五月晦日，同陈散原、胡瘦篁、吴鉴泉、胡憺仲、丁闿公、贺□庵、陈相尘、沈小兰、许守之小集金陵城南胡园。

亭倚高垣，园依绿水，宛尔人来林屋。柳线萦波，萝衣被树，莓苔色连深竹。更缭绕回廊外。山屏叠层曲。　　尽游目，且句留、未能抛去，

相与约、杯酒只鸡近局。却忆晚春时，认前踪、花径来熟。芳草萋萋，天涯杳然高蹋三月曾同毅甫晦人来游。问重来何日，更与夜游烧烛。

六幺令

杜鹃声苦，凄黯愁如织。东风几番花信，到此都无力。万紫千红眼底，怎忍轻抛掷。驹光过隙。留春不住，漠漠浓阴已欺日。　　相逢多半，梦里辛苦成空忆。沟水依旧西东，坠叶沈消息。只道天涯万里，怅望红墙隔。依稀陈迹。雕梁宛在，燕子归来不相识。

瑶华
画水仙为胡惜仲作

珊珊玉骨，消尽纤尘，自天然高洁。芳心数点，料楚客、去后骚魂凝结。明珰翠羽，恍微步、浅兜罗袜。都道是、洛浦灵妃，合住水晶宫阙。　　而今绿绮窗前，照缕缕清痕，浮动烟月。先春消息，却自喜、不识花时蜂蝶。人间冷艳，有如此、丰神奇绝。试唤取、矾弟梅兄，领略岁寒冰雪。

霜花腴
画菊为惜仲作

一天暝色，做晚凉，萧萧听战西风。迟暮天涯，众芳摇落，凭伊写出秋容。晚香径中。有夕阳数点凄红。倚疏帘瘦影支离，雾霏烟袅短篱东。　　霜信一声寒雁，只乔柯瘦石，掩映幽丛。擘蟹杯宽，呼鹰台迥，重阳旧约谁同。老来兴慵。引暮愁哀语阶蛩。向何人，诉与芳心，义熙人觉逢。

暗香
万篠园属画梅并题

一株香雪。正水边竹外，烟笼云叠。莫是玉仙，幻魄千年此凝结。多少微尘世界，都不到、玲珑冰骨。试更问、百草千花，谁与共高洁。　　凄绝。怎堪说。叹笛里落花，那回轻别。曲肠铸铁。鏖尽风霜几摧折。消息春光又到，休忘了、岁寒时节。把酒待、孤月上，此心照澈。

浣溪沙

苍虬自京师移菊湖上，越数年，始开赋词寄慨，属为貌之，并题二阕

细细秋眉入鬓长。微酡粉靥绿罗裳。定香桥畔晚风凉。　　独抱清香珍晚节，羞同紫色斗新妆。旧京风物意难忘。

辛苦移根历几霜。好秋轩外见秋光。花开今日不寻常。　　逢着便为开口笑，招来容有返魂香。携拿相约话重阳。

踏莎行
和陈苍虬韵

袖渍啼痕，笺书恨字。经绵苦语知心悴。一回搔首一回肠，梦梦难问苍苍意。　　原草春生，川波秋逝。无情白发如期至。旧愁未涤又新愁，眼前多少凄凉事。

祝英台近
咏苔

玉阶前，金井畔，夜夜湿秋露。云覆松阴，又过几番雨。故国倘许归来，经行旧地。试认取、屐痕前度。　　昔游处。愁看满壁蜗涎，不见旧题句。寂寞花开，径滑已迷路。伤心别后春宫，青青一色，空付与、江郎词赋。

蝶恋花
题伶人唐采芝画秋蝶图

记与春风曾识面。昨梦醒来，容易秋光换。粉翼不随尘絮乱，怜伊禁得霜风惯。　　瘦影娉婷谁与伴。别后思量，那得时相见。画里秋魂吹不散，幽香独抱黄花晚。

庆春泽
初雪

柳絮先春，葭灰未腊，朔风吹送霏霏。才过重阳，龙公试手偏奇。菊花天气新霜近，艳秋容，刚到芳时。怎桥头，驴背诗情，移向东篱。　　回思

去岁茱萸月，正初捐团扇。未换秋衣，容易经年。围炉却怕寒欺。飘飘满地琼花舞，这光阴，未遣梅知。且招来，天外飞鸿，共踏轻泥。

锦缠道
冬至

六琯炭飞，弱线乍添时候。记阴晴、染图初九，破寒春信梅梢透。数点青痕，岸上将舒柳。　　叹年年海滨，景光依旧。只穷愁、客中消受。更猛惊、吾独形容，老路迷乡国，且覆杯中酒。

东风第一枝
咏唐花用史梅溪韵

腊鼓声闻，春雷响阆，马塍初破香土。众芳久叹成尘，百蛰尚封瑾户。天工夺得，早开遍、园林佳处。更不借、吹万东风，唤醒倩魂一作平缕。　　才咏罢、探梅妙句，还惹起、斗花情绪。寂然第一鹃声，误了旧时燕侣。香风一担，费商略、更番晴雨。待看到、春色十作平分，且莫放春归去。

齐天乐
丁卯重九李氏莹园登高

重阳自昔多风雨，阴晴更无凭据。雁路云高，蛩阶露冷，寥阔今秋天宇。呼俦命侣，访绿水名园，旧家林墅。曲径深深，一亭巍起最高处。　　龙山昔曾小住，几回伤往事，愁共谁诉。眼底云烟，闲中岁月，只道河山如故。清尊绿醑。对冉冉斜阳，碧天将暮。负了黄花，鬓丝无一缕。

月华清
戊辰中秋杨昧云同年招饮莹园分韵得一字

林动风篁，溪堆霜叶，恰逢佳节今日。天意苍茫，只恐阴晴难必。举头看、银汉西流，引领望、玉盘东出。追忆，喜斯园风景，依稀犹昔。　　最是秋风容易，叹客里光阴。催人头白。世有沧桑，今古月明如一。念禁寒、高处琼楼，且对酒、当前瑶席。欢集。待重寻旧约，明年斯夕。

霜花腴

戊辰重九，词社同人于李氏莹园作登高之会，凡二十八人，分咏得溪字。

放歌此地，醉月明，秋分曾几何时。黄菊初霜，紫萸朝艳，匆匆又到花期。晚晴共怡。认此园人外桃溪。记前番月夜游踪，倚栏围坐画堂西。　　佳节喜无风雨，好招邀近局，旧侣重携。一老婆娑谓陈发老师傅，群贤跄济，银笺姓字同题。记年义熙。试较量何似陶篱。忍登临，剩水残山，竭来兹会稀。

湘月
怀塔

一铃欲堕，向风前夜夜，和雨凄怨。突兀依然阅几世，宝相庄严都变。善业泥残，题名字灭，寂寞香花荐。主僧谁是，老苔绿满空院。　　曾记旧日登临，茫茫一气，讶皇州难辨。破碎河山那更有，南八男儿留箭。群燕何归，池龙无恙，古壁空余半。斜阳红处，眼中一片鸦乱。

一萼红

津邑河北李文忠祠西偏小院有海棠数株，年年花时，极游燕之盛。今以战事，过客寂寥。芷升徐兄曾一独往，赋词寄慨，雨窗无事，辄倚声和之。弹指光阴，已落花时节矣。

倚斜阳。对残山剩水，丞相有祠堂。槐荫当门，苏衣铺径，曲曲流水春塘。看几树、燕支染偏，好颜色、何事恨无香。旖旎花时，清寒芳景，寂寞壶觞。　　生怕绿肥红瘦。更新妆睡损，负了韶光。金屋初成，东风偏恶，惟见峰蝶闲忙。任狼籍、残英满地，趁雨后、蜗角斗东墙。漠漠轻阴一院，无语凄凉。

惜黄花慢
残菊

冷落篱边。听乱蛩唧唧，秋色堪怜。晚晴时候，晚香径里。一觞一咏。有客留连。恼人最是风兼雨，倚帘瘦、衣怯初寒。细把看，未容作佩，差可供餐。　　金英记赋芳年，奈晓含露气，晚报霜天。理妆初罢，已羞鬓秃。含情欲语，却对枝残。素秋负了清樽约，料从此、开也应难。更悄然，夜来雁语声酸。

买陂塘
梨花

泪阑干、一枝含雨，重门春日深闭。玉容惆怅无消息，禽语暗藏春意。妆待洗。恰有客殷勤，携酒来花底。那回曾几。看白雪飘香，任风吹落，吹落又还起。　　传风信。辛苦蜂媒暗递。移根曾傍瑶砌，而今重做如云梦，独自象床斜倚。花满地。怕莺燕盟寒，寂寞黄昏际。流光似水。寒食自年年，何时得见，春色上林霁。

乳燕飞
燕子

又向花间舞。记那年、争飞径里，被弹惊羽。相约重来春社后，准拟雕梁小住。偏梦里、啼莺多语。幕上忽忽栖未稳，奈春残、日日愁风雨。烟水阔，掠波去。　　多情惜尔双飞侣。却憎尔、衔泥滴滴，坏人檐宇。一桁珠帘重放下，隔断归来旧路。枉教费、将雏辛苦。紫颔封侯空有相，定新巢、更托邻僧护。飘泊况，向谁诉。

霜叶飞
落叶

晚蝉无语。伤心地，萧萧愁入枯树。小园蜂蝶闹春风，曾向芳丛舞。一霎见，凄凉院宇。霜华满径啼蛩苦。忆昨岁秋深，正断南、归戢影冰，怎忘前度。　　独记绿渐肥时，浓阴乍满，翳日难辨昏曙。朅来踪迹感飘零，旧梦都无据。诉不尽、春怀别绪。根株浮海随波去。莫再寻、寒沟畔，纵有题诗，更无流处。

疏影
盆中红梅盛开，因为写照，并题此阕

胭脂染雪，似薄醒未解，浓态疑活。一两三枝，无影无香，画里那堪

攀折。当年点额惊眠醒，料玉儿、多增羞怯。错认伊、冶杏夭桃，误了扑香蜂蝶。　　曾记罗浮月夜，吟残雪里，花好时节。不道芳情，一梦迷离，忍使韶光轻别。红罗亭子今何在，对寂寞、疏花凄绝。试吮霜毫，写赠相思，数点泪痕凝血。

南柯子
题画凌香花

凉意生幽院，浓阴翳古松。女葳花放一重重，恰喜韶颜相映、晚霞红。　　蔓结流苏带，花开玛瑙钟。最高枝上寄芳踪，生怕庭前零乱、夜来风。

醉花阴

浅水池塘新雨后，叶底微云逗。一笑刺船来，柄柄风摇，赚得香盈袖。　　何时种下同心藕，盼到花开候。欲采恰思量，打浆人儿，莫漫轻招手。

浣溪沙

风露凄凄冷被池。枕边痕惹泪丝丝。最无聊赖五更时。　　旧事了如春梦去，新愁叠似乱云痴。孤眠滋味一灯知。

忆旧游
寄答麦蜕厂

记红炉煮茗，白战分曹，小住蓬莱。那便催人去，趁浮槎泛汉，轻逐溯回。楼头频问芳信，消息碎车雷。望天涯万里，美人不见，独步苍苔。　　低徊。梦游处，是西园载酒，东阁吟梅。夜夜相思苦，奈春阴漠漠，做定愁媒。玉钩低锁云影，花径几时开。怕已近黄昏，斜阳一点凄半阶。

浣溪沙

高髻盘云压鬓垂，东风吹透一丝丝。背人偷剔指尖儿。　　眉黛描山嫌淡薄，秋波不雨却涟漪。柔肠割去已多时。

武陵春
题程十发桃源放棹图

溪上青山山外树，树底水潺潺。不是山中别有天，世上有桑田。　　爽岸桃花随处有，随处有神仙。生怕尘根未断缘，洞口隔林烟。

忆旧游
题十发衡岳开云图

问昌黎去后，落落千年，几度云开。小历沧桑劫，又门楼写句，有客重来。七十二峰都出，天为扫阴霾。看紫盖晴张，芙蓉晓丽，天柱崔嵬。　　楼台。最高处，有仙风入户，星斗罗阶。天外奇情落，把东酉沧海，引作流杯。何论潇湘沅礼，襟带在胸怀。算将相王侯，浮云一瞬飞点埃。

浣溪沙
题余秋室美人对镜图

手把菱花独倚楼。年年日日对梳头。生情欲学却含羞。　　着意安花频拂鬓，相思有泪暗回眸。恨伊不解照人愁。

齐天乐
春阴

好春镇日眉峰锁，沉沉作晴消息。庭树烟昏，屏山雾暝，酿就几重秋色。层楼寂寂。任帘外寒多，水晶低隔。独自无言，恨天只是没情黑。　　闲凭小阑斜立，叹寻芳旧事，回首空忆。暮暮朝朝，翻云覆雨，休说东风无力。天涯目极。怕燕懒莺闲，绿啼红泣。负了韶光，何时重拾得。

汉宫春
春思用麦蜕厂元夕韵

庭院黄昏，有莺啼雨后，蝶舞花间。萋萋满阶芳草，比似人闲。东风信杳，数花期重，绕雕栏、空想像消魂。昨夜梦中，环佩珊珊。　　曾记旧时姊妹，弄新妆云鬓，争戴春幡。而今帐前惟有，轻凤飞鸾。双双照影，对菱花娇，动眉山、谁更念幽闺。日暮有人，袖倚天寒。

苏幕遮

柳腰蛮，樱口素。玉燕金虫，春意生翘股。昨夜香盟君记取。珍重千言，生怕韶光误。　　盼春来，春又去。绿水无情，愁思萦南浦。今日途君桃叶渡。满树桃花，点点飞红雨。

无闷
鄱阳湖舟中

蓬背风寒，舟尾浪生，飘荡离魂千里。又雁语、声凄搅人心碎。有酒且拼痛饮，试唤起骊龙来同醉。但看一片，中天月白，满湖秋水。　　憔悴。可怜意对，枕畔寒檠，一襟铅泪。奈此夜、漫漫有孤清睡。便睡也无好梦，算只有添些，愁滋味。待点点听尽，更筹搔首，看天明未。

水龙吟
为曾履初画荷花扇面

黑风低压眉峰，翠阴满地蝉声住。迷离一片，花花叶叶，风风雨雨。蒲剑参差，絮泥飘泊，凄凉如许。想罗衣尽湿，香愁粉怨，娇盈态，为谁舞。　　回首昔游佳处，有人曾，筑庄消暑。而今依旧，调冰雪藕，携传命侣。问讯湖山，旧时风景，似今时否。指山城一角，空留隐约，夕阳高树。

南浦
代妓送行，感时恨别意，别有在也

携手几何时，正好风送凉，吹破愁雨。江上一波平，平白地、春水又生南浦。嗟君此别，再逢他日知何处。云山北望。斯须共，一叶扁舟容与。　　愁怀对此茫茫，怕锦瑟年华，蹉跎自误。心绪万千条，谁知道，相对却还无语。沈吟半晌，颤声低与哀情诉。天涯咫尺。郎去也应念，此时心苦。

祝英台近

访李易安故居限藕字

碧梧高，黄菊冷，秋色入红藕。流水楼前，愁思系垂柳。当时赌句烹茶，填词写恨，共销尽、几番清昼。　　试回首。年年帘外西风，犹是古重九。苔院尘梁，寂寞燕来否。而今处处销魂，湖山满目。算惟有、泉声依旧。

念奴娇

题陈圆圆小像限一字

神仙装束，乍披图，惊见倾城颜色。千古有情，成眷属，休说佳人难得。楚调琴凄，秦声缶破，泪雨红绡湿。英雄儿女，此情不可无一。　　吹起万里边尘，迢迢湘水，云雨无消息。应悔鸳衾，同梦里，多事干人家国。帐歇虞歌，坞残郎粉，一例都萧寂。芳魂何处，艳香飞入词笔。

扬州慢

画梧桐寄李姚琴夷陵并赋一阕

姜孝祠前，数间茅屋，虎牢关外山深。趁春秋好日，有客与登临。自江上、西风起后，白头蝉鬓，相对沈吟。看斜阳、无限昏鸦，栖满烟林。　　旧游梦里，写离愁、泪弥襟。悔壮岁文章勋业，到而今、空误光阴。十二碧桐无恙，惊烽火，怕有琴音。料一泓泉水，清泠犹印心心。

临江仙

入画江山无限景，却教笔底齐收。开函触目忆前游。烹茶僧院井，载酒小溪舟。　　闻说昔年金粉地，而今多半荒邱。思量往事不胜愁。山形无恙在，依旧枕寒流。

鹊桥仙

新秋

虫声在壁，蝉声在树。更听鸠声凄楚。何时世界得清凉，一洗尽、人闲溽暑。　　藤阴漏月，莲房坠露，依旧低吟怀绪。昨霄斗柄已潜移，遥望断，长安何处。

又

去年风雪，今年风雪，只是年年如此。岁寒寂寞似空山，都不记、而今何世。　　乐中情态，忙中手眼，那似闲中滋味。打量书画了残生，写不尽、耿耿心事。

又

畴昔之夜，寒斋小聚，辱惠新词，感情意之缠绵，佩词句之清丽，依韵赋呈姜堪。

最是多愁，二月天暂，欢聊破酒肠悭。新槐近节将傅火，弱柳笼、寒未放绵。　　云北望日，西迁伤心，有恨已难笺梦。中况是身为客闲，里谁知、味近禅。

菩萨蛮

我家旧住盘山麓，一湾流水三间屋。山在万松闲，见松不见山。　　浮云千万态，终古青难改。倚树听风鸣，寒涛有怒声。

霜天月落寒塘晓，红妆嫁尽秋容老。愁损翠萝衣，夜来风露凄。　　绕阑虫唧唧，似说秋消息。苦处似莲心，心还比藕深。

太常引

戊午之秋，朱彊村、王病山两侍郎，况夔笙舍人，集于陈苍虬西湖好秋轩，仙蝶适来。因各制词记事，函索作图，并和原调。

栖迟僧寺得身闲仙蝶于壬子岁移居增寿寺。随兴访湖山，回首望长安。忆香案、当年旧班。　　悠悠岁月，蘧蘧身世，小集岂徒然。准拟酒如川，待重证、春明梦缘。

疏影

壬戌秋七月，李七允盒来自徐州，以家藏白石道人旧砚相赠，背铭"清赏"二字，下款"白石翁"三字。砚质虽非上品，确系老端石也，为填此词报之。

云烟供养，喜箬坑故物白石于秦桧当国时隐居箬坑之丁山，拜君嘉贶。入手摩挲，珍重开函，背铭两字清赏。当年南渡中兴后，十四首、铙歌曾上宁宗时白石道人作鼓吹曲十四章上于尚书省。料兴酣、落纸挥毫，笔力更无人抗宋陈藏一曰，"白石道人气貌若不胜衣，而笔力足以扛百斛之鼎"。　　曾续过庭书谱，又名帖改禊。丛帖评白石著有《续书谱》《禊帖偏傍考》《绛帖评》绛，片石流传，几阅沧桑。得共名留天壤。周公瑾《齐东野语》："杨伯子长孺之言曰：先君在朝列时，薄海英才，云次鳞集，亦不少矣。而布衣中得一人焉曰，姜尧章。呜呼！尧章一布衣耳，乃得盛名于天壤间。若此，则轩冕钟鼎真可敝屣矣。"羯来亦有新词句，却只欠、小红低唱。趁酒余、偶学临池，付与日华收掌。白石有陈目华，侍儿读书、诗余。又一婢亦姓陈姓，略识之无，未能□句□章也。

高山流水

越凡六兄同年善鼓琴，翛然物外。咋出旧册索书，填此赠之，甲子秋九月。

松风响入七弦寒，问今人，古调谁弹。瓦缶忽雷鸣，黄钟枉被摧残。闻鼛鼓，已几经年。伤心事，一自南薰罢奏，聒耳蛙喧。更无人解得，流水与高山。　　翛然。坐中有佳客，怀故里，迢递西川。韵事慕相如，遗风绿绮争傅。弄清声，手敏心闲。移情处，如见风云变态，俗虑都删。奈未能识，曲欲和，却无弦。

金缕曲

咏寒鸦

阵势盘空舞。向晚来、朔风吹急，黯云沙浦。空际翻飞千万点，接翅喧争暖树。更占取、鹤巢栖住。直向最高枝上，落粉纷，相对黄昏语。风雪地，夜啼苦。　　当年上苑千门曙。乱啼声、傅宣漏点，凤城马处。一夕延秋飞啄屋，冷落鸳俦鹭侣。算惟有、垂杨终古。凄绝女墙残照里，寂无声、旧社冬冬鼓。朝日起，待腾鶱。

瑞鹤仙

戊辰冬东坡生日，悟仲同年招伙于酮伯斋中，与诸同社同赋。

眉山千叠秀。记纱縠行中，降临奎宿。生时值牛斗，奈偏遭磨蝎，命宫长守。天才不偶，问生初、盛逢景祐。自黄州、歌罢南飞，笛曲久无人奏。　　今又。诗龛人去，韵事谁赓，喜逢嘉友。一尊芳酒。拜公像，为公寿。料神游天上，长留正气，千古文章不朽。更相期名世重来，五百年后。

疏影
寄锦江一薛

波纹碎缬，看曲琼照影，疑对新月。栏外秋河，夜半凉生，彷佛云头金玦。溪边落日留连处，曾卷入、溪山稠叠。且伴伊、银蒜低垂，一缕玉炉香爇。　　翻恐双飞燕子，为遮断一桁，唷向人说。晓起窗前，开户风来，落下虫丝萦结。还看倒影芳池底，有误忽、游鱼吞协。待染成、笺纸桃花，题咏问谁才捷。

琵琶仙
栖白口小集即送郭詞伯林有道行

征驹归来，带关外、几许边尘盈发。香社朋辈依然，鸥盟未衰歇。才数面，招邀近局，遽过了、浴兰佳节。万事难忘，深情耿耿，惟是离别。　　更还有、湖上逋仙，恰同听、鹏歌待将发。怅望天涯千里，北南分辕辙。嗟此会、离筵共对，搅柳条、细与攀折。甚日吹聚萍踪，旧欢重结。

庆春泽

栩楼桃花初开，忆前岁花时与浪公花底联吟之乐，怅然赋此。

袂浅傅霞，鬓低敛雨，背人偏自嫣然。唤起春魂，绮情多少缠绵。盈盈不隔东风面，早东风、换了朱颜。数流年。散尽香尘，休问飞钿。　　庭阴犹记行吟地，奈词人去后，断梦沈烟。剪碎轻红，任教蝶醉蜂颠。多情漫为伤春瘦，便情多、那得春怜。向愁边。飘坠绀云，澹照心禅。

画堂春
咏烛

深夜无眠，燃烛默坐，旧怀怅触，悲从中来。辄忆前社题，赋成此解，不自知其凄怨也。

窗前听雨夜谈清，深闺兰炬香凝。红妆曾与照分明，飞去作烟轻。有恨画屏秋冷，无眠罗帐愁生。替侬垂泪到残更，无限别离情。

惜秋华
限满字

又到重阳。对秋容、惨淡伤心多难。回溯旧游，飘飘社鸥飞散。十年负却黄花。抚霜鬓登临都倦。闲居。吾嗟寂寞，欣然来简。　　好客座常满。况异乡佳节，醉巾同岸。为写数枝，曾待妙词题遍。灯前笑把茱萸问，此会明年谁健。深劝约重来，更飞花盏。

八声甘州
雷峰塔圮仁先补图

耸孤标、突兀压湖滣，雄图古临安。叹销沈霸气，巍然一柱，风雪千年。讵是波臣作恶，泡幻刹那间。昔日庄严地，换了容颜。　　但见寒鸦万点，照斜阳满地，秋色凄然。剩砖泥善业，贝叶半零残。溯前游、无边风景，觅真形、移向画图看。低吟久，最伤心处，如此江山。

金缕曲

湖上重携手。话韶年、同游京国，纵情诗酒。四十年来如一梦，相见都成老叟。叹寥落、竹林群友。饱阅沧桑公与我，忆前游、那可重回首。惜今别，五年又。　　人生七十原稀有。喜先生、苍前同健，黄花同瘦。闭户不闻人世事，镇日琴书左右。料矍铄、精神依旧。引领南天云万里，列华筵、未得随宾后。遥举爵，介眉寿。

暗香

晦人家有小园，园有闻妙香室望珪楼，桐桂交荫，好花四时，有短松一株在芍药栏前，盘曲作絮云势，极可珍贵。晦人频年作客，园半芜秽，经营知尚有待也。

一弓园占。有四时好景，倚楼收揽。径路迷花，绿水方塘对吟槛。最是苍松可爱，初日照、龙鳞光闪。试扫除、遍地蓁芜，恶竹且先斩。　　看剑。

共肝胆。更一室琴书，妙香幽淡。春愁客感。花外莺声破窗暗。相与重安奕局，早位置、石床藤簟。愿莫忘、携手处，此时此念。

满江红
同毅甫晦人访徐俟斋涧上草堂

云隐灵岩，度涧曲、一湾流水。平沙远，数间茅屋，数丛芳芷。名字自高书画外，江山又入荆榛里。自首阳，以后见斯人，兄携弟俟斋弟名柯，字贯时，号东海一老。　　今与古，一邱尔。天网折，人心死。笑表文，陶袖囊声危履。扫地忍教名教尽，惊人漫说文章美。问何如，忠孝照人寰，闻风起。

又
若海来词，索画长松，赋此题之

千丈森森，问太古、何人手栽。深宵听，怒涛声里，风雨吟哀。涧底龙鳞悲日黯，枝头猿路背人开。老空山，高隐避秦封，归去来。　　思往事，无好怀。观棋局，饭清斋。奈春痕，如梦双鬓愁摧。白犬青牛随变化，笔端却走太阴雷。且待看，霜雪岁寒时，春意回。

木兰花慢
次韵若海秦淮泛舟

记寻芳载酒，曾秉烛、少年游。叹老大天涯，笙歌续梦，又为诗留。东流几番去水，只无情终古碧油油。莫去凭栏照影，镜中鬓已成秋。　　花羞不上簪头。还认否，旧红楼。问小小轻舠，可能载得，多少离愁。王侯亦如蝼蚁，更销魂、几度玉帘钩。算有归途山色，青葱送入吟眸。

解连环

六月十四日消夏第七集吴剑泉主席，余以北归未得与会，赋寄此词，以寄相忆。

大江南北，收青山眼底，壮依行色。喜久客、千里归来，有绕膝，儿孙候门犹识。仓酒琴书,且安慰、老怀岑寂。但天涯梦远,旧日社鸥,阁住消息。　　清游定知似昔。对凄风晦雨,今夕何夕。想水阁、刻烛催吟,料睹句裁笺,几人狂笔。渺渺云山,问知否、此时相忆。待重来坐花,弄月坠欢共拾。

丹凤吟

寿杨子崖

岁月忽忽催急,五十之年,忽焉来至。公为始满,仆已华年过四。尘飞海竭,梗飘萍泛,着处为家,思归无里。料得幽居闭户,甲子浑忘,应问今是何世。　　往事那堪记省,眼中只见人老矣。壮志销磨甚,叹繁霜欺鬓,新肉生髀。滔滔天下,漫说昨非今是。极目长安吟望人,只低头垂泪。者般风浪,眸子何日洗。

霓裳中序第一

客居白下,倏又经秋,夜雨打窗,百感交集,挑灯赋此,不自知其声之哀也。

西窗正夜寂。怨入秋心听雨滴。无语背灯叹息。数筹报五更,蛩吟空壁。悠悠反侧。寄远怀、千里人隔。欢情在,怎忘旧约,盼断晚来汐。　　堪惜。华年轻掷。况似水、暗中流易。韶颜看得几日。扇别秋风,镜惊霜色。异乡为异客。但默默、追思宿昔。闲居久,文章都懒,莫比子云宅。

八声甘州

为陈相尘画梅题词

有风风、雨雨送春归,惨颜变园林。记相逢那日,松边竹外,载酒频斟。不道流光偷换,绿叶欲成阴。隔断相思路,庭院深深。　　曾共惧情帐底,怎孤山旧约,忍负同心。料枝头梦破,惊起小双禽。纵几番、蜂狂蝶舞,怕一声、哀入玉龙吟。池台上,月黄昏处,何日登临。

八归①

石巢来词，依韵答之

燕云暮冷，湘波秋杳，人隔万里天涯。登临又对重阳酒，堪怜满鬓繁霜，帽怕风欹。眼底江山无限恨，奈偏值黄菊花时。问岳麓、七十二峰前，更谁共心期。　　沧湄沙鸥飘处，羁鸿归后，几番惊见星移。昔游回首，故交零落，云树魂断荒祠。况神仙李郭，露苔泪湿墓门碑李幼梅郭子秩近皆逝世。怆然久，我行自念，哀吟头但垂。

浣溪沙

为李浪公画梅和陈仁先韵

记得逢君处士家。阑干人立月西斜。相思争奈鬓边华。　　一缕香魂萦别梦，几时旧约赏新花。微闻消息到天涯。

满庭芳

七夕和徐砺厂韵

翠合藏蛛，香婴筑蜡，旧京风物年年。世间儿女，都说有情天。那管离长会短，相思苦、怨比春鹃。秋风近，星河耿耿，依旧画帘前。　　绵绵无尽处，欢情一夕，有恨难笺。算偷药嫦娥，怀抱同怜。多事金针度与，忙乞取、惊起宵眠。闲庭畔，青瓜玉果，还酹酒涓涓。

沁园春

夏日携童孙游张氏园效刘后村体

饭罢携筇，信步行来，夕阳在山。笑新声入耳，是何狗曲。游人觌面，多半猴冠。青眼看天，白头飘雪，太息春秋付等闲。欢场地，但荷风香处，有水清涟。　　草间萤火星繁，又阁阁蛙声出井栏。指莓苔砌侧，战酣蚁垤；槿花篱角，推转蜣丸。笑谓童孙，翁翁告尔，世事如今这样

---

① 程颂万《八归》原作："蓟鸿向暝，江禅吟骤，襟恨正满云涯。帘衣润裛相思篆，新笼密字珠尘，墨晕行欹。隔岁芳斠涯舫集，料吟鬟枯甚当时。况住傍津驿回桥，又鹃迫花期。　　湘湄灯偏帘卷，组秋丛挂，瘦惨云水中移。乱钟惊客，破帆停宿，篝火魂拜姜祠辛亥秋君遭难宜昌。几风花劫剩，姓名叵奈党人碑。嬉南北，老怀暂寄长歌。"

看。归途上，见绿槐高顶，新月眉弯。

疏影

为蠖巢画凌霄花并题

春光一瞥，又匆匆到了，梅熟时节。倚遍阑干，多少飘红，东风怎忍轻别。亭亭却有攀天意，恰比似、丹葵倾叶。趁晓来、露浥韶颜，日下绛云重叠。　　不作平事萦林络石，最高独立处，花无如缬。宛转多姿，料想深根，应有虬龙蟠秸。纵教一例同枯菀，但未肯、因人炎熟。笑世间、篱落疏英，轮与此花豪杰。《仑闇词》

陈永寿（31首）

陈永寿（1853—1914），字同山，直隶清苑（今河北省保定市清苑区）人。幼学诗于同邑诸崇俭，长从新城王振纲、贵筑黄彭年、桐城吴汝纶、武昌张裕钊游，刻志文学。光绪二十年（1894）成进士，授内阁中书，改官河南知县。豫抚刘树堂、河督任道熔常任直隶，知其才，争招之幕中。二十三年丁酉，分校河南乡试，署考城知县，后连署祥符、唐县，精于听断，能息民教之争。永寿长于诗歌，诗学由诸崇俭上溯王士禛，认为"风雅之宗，大抵因物起兴，寄托遥深，言如此而意在彼。所谓诗中有人在，诗外有事在也"（《莲漪馆诗存自记》）。其词亦遵此旨，慷慨低徊，多胸中语，有似辛弃疾。著有《家乘蒐遗》一卷、《五禽图纂注》一卷、《莲漪馆诗存》四卷、《慎初堂文集》四卷、《竹所词存》一卷、《秋菘老屋手札》二卷、《莲漪馆随笔》三卷。

念奴娇
黄金台怀古

蓟门秋霁。但寒烟衰草，淡鸦斜日。笳吹悲凉龙塞晚，为问全台旧迹。断础尘埋，残碑苔绣，终古燕山碧。登高纵目，西风落叶萧瑟。　　当年骏骨求才，乌头立誓。积愤填胸臆。霸业兴亡如转毂，往事何堪回忆。物换星移，奇材辈出，世有谁人识。临风舒啸，易水东流不息。

金缕曲
喜晤姚十四，即以志别

绿遍燕台柳。正思量、踏青无侣，难消晴昼。燕子归来芳草碧，复遇天涯旧友。恰正是、花朝前后。略记年时游冶处，两相逢、莫负春如绣。

才晤面，又分手。　　狂奴意态仍依旧。却输他、风流吏隐，无荣无咎。笑我蓬窗钻故纸，铁砚何时磨透。怎博得、黄金堆斗。剩有貂裘堪典去，且同君、买醉当垆妇，须痛饮，屠苏酒。

南柯子
闺情

篱豆花垂紫，庭梧叶损黄。一番秋雨一番凉。昨夜个侬初换、夹罗裳。　　浅笑灯前语，柔肤梦里香。绮窗眉月却羞郎。准备明朝佳节、是重阳。

齐天乐
蟋蟀

满阶梧叶秋声碎，西窗乍收冻雨。花径吟红，苔阴泣翠，伴我匏瓜独处。深情几许。总诉尽凄凉，有谁解语。角枕单衾，警残好梦怅无绪。　　年来何事羁旅。乡愁消不得，那堪听汝。灯影帘栊，砧声庭院，多少离人怨女。余音激楚，渐雀噪鸦警，银河欲曙。认取啼痕，海棠枝上露。

前调
寒蝉

清商谱作深宫怨。西风暗中偷换。纨扇警秋，铜盘咽露，消得几番梦幻。一腔恨满。正烟柳斜阳，声声肠断。碧树无情，那人髯影苦难见。　　年年绿阴留恋。说相思不尽，铅泪如霰。翠滴槐柯，凉侵梧井，遗脱空余莎面。流光梦短。记前度相逢，榴花庭院。不信而今，竟者般凄惋。

前调
蛙

池塘萍碎初过雨。蛙声阁阁无数。萝月昏黄，苇烟凉翠，任尔乱敲更鼓。藕花深处。听一片梵音，恼人正苦。柳阴苹香，流萤一点暗中度。　　怪他暮夜相聚。亦纤青托紫，浮沉汀渚。草际昂头，风前耸耳，笑煞闲眠鸥鹭。莫逢彼怒。但晓日初红，便难寻汝。底事宵来，又嘈嘈若许。

前调
萤

空林积雨秋阴黑，飞来湿萤一点。树杪流星，蓬柯坠露，耀耀乍明还黯。荒台废苑，似碧火青磷，随风聚散。孤馆灯残，穿帘伴我照书卷。　　前身自伤腐烂。竟变化飞腾，依然梦幻。窗竹阴森，池荷香定，独坐沈沈庭院。伊人不见。想玉腕娉婷，轻罗小扇。瓜果筵前，恁年年肠断。

水调歌头
登定武试院揽胜楼

斜照澹平楚，暮色上高楼。满眼苍烟黄叶，客里又逢秋。笑尔数行鸿雁，毕竟替谁作字，书破一天愁。早晚顺风去，暂为稻粱谋。　　倚恒山，回滱水，宋军州。塔移日影，寒鸦点点带城陬。为问兰亭妙墨，待访东坡片石，云物总悠悠。今古一搔首，逸兴傲沧洲。

醉花阴
客中晴明

窗外丁香初作结。似惜人离别。屈指又清明，雨病风狂，辜负花时节。　　故乡春社连三月。有踏青金埒。城畔柳如烟，帽影鞭丝，妒煞寻香蝶。

一剪梅
王右丞石刻阴阳竹，为杨晓亭题。石在定武

玉如双竿上碧霄。风也潇潇。雨也潇潇。右丞逸兴快挥豪。诗里名高。画里情遥。　　片石中山閟暮朝。半亚花梢。半拂松梢。剡溪一幅拓琼瑶。墨瀋春潮。笔挟秋涛。

菩萨蛮
小饮众春园

嫩晴天气春人醉。绿杨枝上莺声脆。一树海棠梨。花开蜂蝶迷。　　酒阑吟兴懒。曲逐回廊转。墙角小桃红，无言独笑风。

前调

宫怨

红罗斗帐熏香坐。玲珑月影穿珠薄。芳树乱啼雅，抛残满地花。　　玉颜人未老。辇路生秋草。梳理待君王。君王宴未央。

贺新郎

题吴甸侯《引杯看剑图》

老子豪犹昔。记少年、从征万里，大呼杀贼。奉父归来辞上赏，还我英雄本色。遄计那、金貂翠饰。名酒美人消岁月，半生来，淹尽胸中策。须发白，肝肠赤。　　酣歌四顾乾坤窄，辜负却、奇书万卷，龙泉三尺。摩抚好同十五女用梁琅琊王歌词，疑是飞仙侍侧。便抵得、云台一画，此是等闲游戏耳。更长年，花鸟成幽癖。奇男子，信难测。

满江红

感怀

三十男儿，尚碌碌、随人作计。怎博得，明珠千斛，黄金万亿。衔石难填儿女恨，望云漫洒英雄泪。更无端，花月惹闲愁，都情累。　　苦与乐，胸中味。富与贵，何时遂。但对酒高歌，唾壶击碎。知己二三差足语，世情八九不如意。问何年，宝剑出丰城，舒奇气。

前调

海山眺远，山在正定获鹿县

望远生愁，愁不见、乡关何处。斜阳外、平芜不断，乱峰无数。绕郭晴岚青似染，连村烟树浓如许。恰正好、万绿一时生，家家雨。　　眼前景，留人住。胸中事，凭谁诉。但野寺寻碑，深林觅句。曲径不辞芳草远，寥天独送孤鸿去。三百里，咫尺故乡思，燕云暮。

蝶恋花

偏弦独张，抑郁谁语，赏音相遇，不惜一弹

枇杷门巷多芳草。几度花开花落，无人扫。帽影鞭丝游客少。芙蓉镜

里朱颜老。　　玉勒不归归及早。别后情怀，絮语从头告。绿绣琴囊尘拂了，为君弹作相思调。

浪淘沙
山有虫名金钟者，似促织而头锐，其声琅然

清磬一声圆。暮色苍然。平林古寺夕阳边。曲径有人行处觅，乱石荒烟。　　夜半警愁眠。响答流泉。风凄露咽总缠绵。数尽寒山一百八，月满霜天。

高阳台
客中清明

乍暖还寒，欲晴疑雨，蒘腾过了清明。柳困花憨，添人几许离情。一双燕子逢春社，啄香泥、旧垒重营。笑年年、飞去飞来，总是依人。　　故乡风景何堪忆，正旗享赌酒，曲卷调筝。尘浣征衫，无端作客荒城。游丝绾住青骢辔，下帘钩、偷听流莺。问何时、望杏长安，分取狂名。

念奴娇
张使君沚莼解组有日，与谈西湖之胜，既已赋诗赠行，复填此阕达意

风涛宦海，问几人、肯向中流返棹。棹入湖山嘉胜处，为访逋仙坡老。万树梅花，六朝烟柳，风景随时好。软红尘里，劝君归去须早。　　忆自京国栖迟，莼丝鲈脍，乡梦菰蒲绕。此后行踪无管束，不羡官居蓬岛。白社联吟，青山载酒，清福人间少。扁舟一叶，藕花多处垂钓。

满江红

吴下少年，风流自赏，手弹琵琶，歌江南新调诸曲，声情哀艳，闻者意销，不啻置身金阊画舫间也。

一曲琵琶，添多少、江南哀怨。空令我，三生杜牧，竟销肠断。商妇风情今已老，吴侬水调人争羡。听徐郎、花下度新腔，珠成串。　　湖船拍，声声婉。渔舟唱，声声慢。总声声入耳，香娇玉艳。击筑悲来燕市暮，闻歌梦逐横塘远。问何年，载酒上苏台，邀君伴。

忆秦娥
题红豆相思画

相思苦。个中滋味同谁诉。同谁诉。拈来红豆，戏调鹦鹉。　　绮窗读曲闲翻谱。芳心抛乱春无主。春无主。落花满地，欲寻无处。

苏幕遮
秋夜闺思

井梧寒，窗竹翠。半掩纱橱，凉夜人无睡。细雨帘栊灯影背，满院虫声，叫得秋心碎。　　梦难成，心若醉。酒冷香残，怕展鸳鸯被。万绪如潮朝夕至，辛苦酸咸，只少甜滋味。

满江红
吹台登高

衰柳长堤，剩一片、淡鸦残照。何处是，钿车珠勒，踏青旧道。紫塞秋高征马瘦，黄河风劲飞鸿杳。尽无聊，扶病强登台，重□到。　　今古事，人难料。家国恨，谁堪告。任天空海阔，一声长啸。废垒旌门堆落叶，离宫辇路生秋草。采茱萸，寄语故乡人，归来好。

醉太平
水村感旧

山崖水涯，风清日斜。环村四面荷花。看溪头浣纱。　　柴门绩麻。桑阴种瓜。绿杨深处人家。淡红衫是他。

水调歌头
中秋感赋

万古一明月，岁岁有中秋。回忆京华旧迹，珥笔凤池头。万户千门沈寂，玉宇琼楼缥缈，独坐数鸡筹。今昔一搔首，真作广寒游。　　泣铜驼，梦金马，恨悠悠。山河小影，依然常在月中留。到处离宫深闭，何日翠华归去，重整旧神州。夜半星汉转，把酒看吴钩。

百字令
癸卯归里感赋

河桥烟柳，是当日、故人送行之处。梁苑归来重访旧。春草绿波南浦。古寺烟销，离亭芜没，莫辨城西路。伊人安在，落花流水东去。　　犹记上巳踏青，重阳采菊。尊酒常相聚。二十年来家国恨，付与飘蓬断絮。泪洒黄垆，愁添白发，抑郁同谁语。夕阳天外，数峰青峭如故。

金缕曲
戊申回乡与樊荫荪、胡子泉照相

苦被虚名误，半生来、行踪不定。飘萍飞絮，两度还乡同作客，那更诗吟屺岵。借一览、钓游旧处。文酒流连无几日，奈匆匆、又向梁园去。悲与乐，行且住。　　莲池一炬成焦土。喜重来，松萝无恙，亭台如故。竹石萧森容小座，返照影留岩户。抵多少，停云梦雨。三径有资归及早，理前盟、说与闲鸥鹭。莫辜负，桃千树。

疏影
题龚云石亡姬小影

情长梦短。问兰因絮果，是谁裁判。鄂渚初逢，桃桨迎归，成就风流美眷。官斋剪烛添红袖，尽销受、香温玉软。曾几时、月缺花残，相见争如不见。　　留得惊鸿小影，镜中人宛在，明眸笑脸。门掩黄昏，酒冷灯残，那不魂消肠断。东坡未老朝云散。空惆怅、舞衫歌扇。想君家、当日眉楼，并入横波画卷。

浪淘沙
立秋日闻虫

节物最分明。秋以虫鸣。年年芳草动离情。败井颓垣先得气，客梦偏惊。　　小院豆花棚。夜雨孤灯。儿童捉得斗输赢。楚汉雌雄何足道，都付闲评。

高阳台

秋雨连宵，良朋共话，剪灯煮若，慰我羁怀

灯影帘栊，虫声庭院，夜来风雨潇潇。一枕新凉，蓦将纨扇轻抛。梦回数罢醮楼鼓，听孤鸿水远山遥。惹乡愁、墙外梧桐，窗外芭蕉。　　是贫是病浑无赖，赖故人情重，伴我无聊。盼甚新晴，看花约在明朝。懵腾又到中秋节，碾冰轮、万里云销。最关心、红藕香残，丹桂香飘。

忆江南

怀归

归来好，家近凤皇城。南浦春波停画舫，西山晓翠列瑶屏。绕郭树啼莺。

归来好，风味故乡饶。杨柳春条穿石首，菊花天气卖霜螯。佳节醉香醪。

归来好，修竹旧吾庐。近世只余三亩宅，传家尚有两楹书。教子带经锄。

归来好，心念左茶才。略备盘餐酬令节，浅斟杯酒叙离怀。兄妹笑颜开。《莲漪馆诗存》附词

417

王守恂（78 首）

　　王守恂，（1864—1937）①，字仁安，一字纫庵，号筱槐、阮南，晚署拙老人，直隶天津（今天津市）人。清光绪二十四年（1898）戊戌科进士，授刑部陕西司主事。1905 年巡警部成立，任警法司员外郎、郎中。1906 年改民政部，任警政司郎中、总办兼掌印参议上行走。1910 年出任河南巡警道。辛亥革命后，曾任内务部顾问兼行政咨询特派员、内务部佥事、考绩司第二科科长、浙江钱塘道尹。1920 年任直隶烟酒事务局会办。王氏受业于南通范当世，习诗古文，负有诗名，学问文章亦见重于时。晚年与严修等组织城南诗社与崇化学会。在近代诗坛和京津地方史上有一席之地。汪辟疆《近代诗派与地域》论"河北派"诗人群，以南皮张之洞、丰润张佩纶、胶州柯劭忞三家为领袖，张继祖、纪钜维、王懿荣、李葆恂、李刚己、王树枏、严修、王守恂为羽翼。认为此派诗家，力崇雅正，瓣香浣花，时时出入于韩、苏，自谓得诗家正法眼藏，与闽赣派宗趣相近。王守恂作词重声律，尊词体，尚真情，多寄托之语，缠绵悱恻，动人心曲。《题自作〈传恨词〉后》曰："漫道新词难解脱，遇难解脱始填词。

---

　　① 朱则杰《清诗考证续编》（浙江大学出版社 2018 年版，第 172 页）考证王守恂卒年："王守恂，《提要》及《清人别集总目》均已定其生年为同治三年甲子（1864），而卒年尚缺。按今人编纂的《〈益世报〉天津资料点校汇编》第 3 册，'人物往来'类'1937 年'有'王守恂逝世（1月 23 日）'条：'王守恂，字仁安，曾任前清河南开封巡警道，民国后任会稽道尹，近隐居津门，与各遗老名士唱酬，诗文颇佳，突于日前病故，年七十三岁，遗著有《王仁安文集》三卷，未刊者一卷，现有门弟子王纶阁、王北瞻、徐镜波、张异荪等，筹备定期联合窗友公祭云。'据此推测，王守恂应卒于民国二十六年（1937）公历'1 月 23 日'稍前数日，而于农历仍在对应的丙子年（公历 1936 年 1 月 24 日至 1937 年 2 月 10 日），所以其享年按传统的农历虚龄计算正是'七十三岁'。至如前及《天津近代人物录》王守恂小传将其卒年标注为'1936'，则很可能是忽略了农历年末于公历往往跨年这一点。"

似无似有空中恨，直被牵缠到死时。"（《仁安诗稿》卷十二），又《冯梦老与人书有云"词为羁人迁客藉以写忧，非学者恒轨"，题之以诗》："多少牢愁涸性真，半由抑塞半沉沦。不经灯火阑珊处，寻觅何曾念那人。""日来豪气渐消磨，花落仍须唤奈何。留得小诗作陶写，任他风水自成波。"（《仁安诗稿》卷十五）又《偶成二绝句》其一："筝笛无端学小词，去年早自悔支离。我今且放文章胆，不呕心肝苦作诗。"（《仁安诗稿》卷十八）均能见出王氏以词写心传情的独特之处。著述有《王仁安集》、《天津政俗沿革记》十六卷、《天津崇祀乡贤祠诸先生事略》等。

一萼红
和思巽十刹海观荷原韵

影稀微，若凌波仙子，欲认似还非。镜水澄清，绿痕净唾，来此林外题诗。果谁复、哀音烈拍，隔花阴、愁绝断肠时。碧宇云寒，银河浪浅，有恨难知。　　我是倦游词客，受轻嘲冷诮，久厌芳菲。筝笛怀人，楼台写梦，添得双鬓丝丝。更何待、金樽檀板，谱新声、歌笑向隋堤。只剩鸣蝉啼鸟，同咽斜晖。

念奴娇
感旧用书舟韵

炎炎酷暑，耐熏蒸、况更一身孤绝。风雪长安，欢宴罢、记与那人离别。汴水筵开，梁园客到，争奈心凄切。光阴弹指，几番愁对明月。　　谁道重见愁多，我今难望，重把新愁说。天上鹊桥仙路断，不管人间蜂蝶。汲尽情澜，填平恨海，未改愁时节。最难堪处，隔帘花影重叠。

倦寻芳
槐花用梦窗韵

檐头滴雨，屋角横云，天色将晚。独坐摊书，一桁湘帘未卷。小步回廊寻梦影，墙边绿树青遮眼。待西风，正新秋信息，欲催归雁。　　看高槐、邻家同巷，叶密阴浓，枝繁花浅。淡碧轻黄，画出半帧幽怨。老桂多香徒取媚，垂杨飘薄应羞见。喜孤芳，对诗人、昼长不倦。

满庭芳
妓席用清真韵

筝掇鸊丝，笛吹龙竹，歌喉字字轻圆。华灯照夜，掣电净无烟。更有冰黎雪藕，浸瓜果、泉水溅溅。尽豪客，笑伊司马，泪湿估人船。　　如年。销夏日，曲房洞榭，广厦修椽。看握香袖底，偎影栏前。我久伤心情海，似孤鸿、避缴惊弦。歌筵散，归来衾枕，寻我旧时眠。

玉蝴蝶
无题

独枕孤栖欲绝，柝声凄紧，尚未成眠。万绪千端，不知多少丝牵。曾记取，衣香鬓影，都付与、笛孔筝弦。奈缠绵。离魂倩女隔别人天。　　徒然。无期再见，绮愁虽写，锦素谁传。一现昙华，此间那得人流连。问何时、始逢雁信，料今生、难达鸾笺。且逃禅。还思两地，各种青莲。

江城子
蝉声

吸残清露艳纤埃。小园开，晚风才。择得幽栖，百尺有高槐。下视蜉蝣供一笑，安解此，雅人怀。　　日长掩卷步青苔。望天街，几徘徊。不断哀吟，心苦为谁来。我欲约君同避世，默无语，首常埋。

玉梅令
茉莉

天然灵秀。清洁宜长昼。新过雨、晚风凉逗。栽苔阶藓砌，几树倚朱栏，雪涧玉琢。比梅还瘦。　　无端采摘，上灯时侯。临画阁、淡妆初就。任钗头低压，粘腻粉污脂，对明月、色香依旧。

一萼红
村夜

夜凄清。听依稀严柝，深巷报三更。寂无人语，村尨何事，水边篱落声声。趁此檐头斜月，弄余晖、微照半窗明。孤枕单衾，断魂残梦，欲睡鸡成。　　忆昔赋京游洛，曾怀奇负异，慷慨平生。尘海翻身，乡关息影，无复豪气纵横。只博得、典衣乞米，度衰年、未报故人情。安问镜中鸾影，浪里鸥盟。

蝶恋花
妓席

一夜西风残暑卷。新着罗衣，玉手调笙管。歌罢霞红微上脸。殷勤翠釉玻璃盏。　　座有衰翁心意懒。酒量芭蕉，遑问杯深浅。避席倚楼频望远。夕阳落后关河晚。

南歌子
蟋蟀

倦鸟归邻树，寒虫出短篱。似将冷信报先期。唧唧多情，道是捣衣时。　　别院喧筝笛。长筵唱柘枝。歌酣那管夜归迟。如许秋声，能得几人知。

更漏子
蟋蟀

杂更筹，随夜漏。正是欲眠时候。始啾唧，转凄清。声声都不平。暮天愁，秋信苦。多少情怀未吐。双鬓白，一灯青。垂帘独自听。

解连环
言怀

闲愁无数。欺镜中、华发又添霜素。念少年，阅尽酸辛，更驱逐名场，剪裁词赋。往迹都空，早已是、途穷日暮。想春花秋月，香梦初醒，禅心顿悟。　　回头帝城云树。尽倡楼歌馆，等闲虚度。记那时、酒冷灯昏，破晓侵晨，欢娱未足。好事流连，重追忆、逝同朝露。剩余年，感恩一饭，凄凉末路。

解连环

言怀

凄凉末路。且埋头乡里，偷生苟度。受人间、侧笑旁嘲，吹市上箫声，哀吟苦诉。炙冷羹残，怜衰老、任天与付。只豪情绮思，兴到挥毫，风流如故。　　试看庭阶秋露。正蝉声虫语，好诗能赋。喜孤村、侧近河干，棹唱渔歌，晚凉争渡。图画天然，恰宜我、幽栖僻住。谢刘郎、万木千帆，掉头不顾。

淡黄柳

孤槐

繁华消散。今岁将过半。无限西风吹画幔。别有高槐一树，欲把残阳带愁缩。　　正凄断。蝉声促归雁。绿阴减，流晖换。叹年光、几度秋来惯。落尽黄花，婆娑老态，独倚碧栏斜畔。

临江仙

蟋蟀

昨见庭槐叶落，兰池夏气全收。夕阳西下最高楼。一灯对孤影，闲坐挂帘钩。　　恰好寄怀幽旷，林间尽可埋头。问君底事触人愁。疏星横数点，向夜独鸣秋。

惜秋华

本意

别院西风，正百尺、梧桐叶凋井干。开遍芙蓉，寒香已过秋半。小围一簇闲花，不知名、锦章灿烂。趁时节，芬菲满径，露零碧汉。　　感触词人怨。听萧条林外，几声征雁。流水年华，旧迹那堪复按。晚来无意相逢，惜幽芳、凭栏自看。抵多少、酒阑灯散。

声声慢

中秋

云披软絮，露滴圆珠，一轮月转回廊。皓影澂晖，天街别样清凉。灯前掩书孤坐，觉今霄、渐渐更长。谁家庭院，堆筵瓜果，列座笙簧。　甘载驰驱微禄，看平分秋色，尽在他乡。京国梁园，思量两地难忘。年来罢官归老，向人间、寄食何妨。且寻乐，漫摩挲、双鬓雪霜。

绛都春
歌妓

酒鳞波样。正攒动冰丝，垂鬟低唱。牙板轻敲，舞折腰支氍毹上。愿花长好人无恙。赏秋光、凭栏凝望。五陵豪客，征声选色，风怀骀宕。　凄怆。阿侬心事，含愁处、蹙损两湾眉样。软语柔情，一曲屏山身依傍。可怜檀口羞相向。学娇媚、脸霞红涨。无端堕落，天涯萍浮蕊浪。

生查子
怀人

久病为思君，愁极忘昏晓。小步出芳原，懒看开花草。　几度易星霜，各作分栖鸟。梦里果逢君，应亦芳容老。

清平乐
怀人

挽春难住。再见全无路。当日雪天离别处。悔不许君同去。　回头京国迢迢。衣边洒泪都消。谁道渐疏远，思君暮暮朝朝。

伤情怨
话旧

还乡喜逢旧友。不道别离久。相见惊疑，一般成老丑。　西风惯催白首。秋未暮，早凋槐柳。好景无多，夕阳君识否。

少年游
寓怀

旧家规范玉亭亭。衣袖透芳馨，当阶小立，曼声细语，风过被谁听。　我今绮思都消灭，双鬓已凋零。难得佳人，临行一顾，俊眼独垂清。

苏幕遮
写恨

腕风凉，寒意近。试望天边，飞雁排成阵。自别那人难寄信，无日归来，踪迹何须问。　　雪盈头，霜满鬓。梦里形容，醒后谁追认。偷谱宫商闲破闷。写尽花笺，未尽心中恨。

高阳台
秋夜

短榻灯青，小窗月白，惹人无限幽思。夜气沈沈，不堪漏永更迟。情知独枕难成梦，耐孤单、枯坐移时。悔那番，雪地冰天，易别轻离。　　昔会吟得断肠诗。奈好云散后，再聚无期。况值重阳，黄花开遍枝枝。薄寒两袖西风冷。又吹来、细雨成丝。最堪怜，蹙损眉头，瘦尽腰肢。

烛影摇红
秋夜

孤客凉宵，前欢追忆成凭吊。蚕僵蝶老借宫商，谱作悲凉调。试问更筹几报。读新词、只堪一笑。旧游虽在，自愿形容，要非年少。　　收拾闲愁，高吟密咏从吾好。放开双眼对人间，任我烟霞傲。欲买渔舟一棹。趁沽水、垂纶把钓。梦回香断，洗尽铅华，发聋长啸。

水龙吟
感旧

一庭月色重圆湘，帘不卷、黄花瘦。安排衾枕，剔残蜡炬，未眠时候。影入屏山，光韬镜箧，坐听更漏。恨香消梦冷，凄惶似我，怎禁得、西风透。　　往事长吟未就。再休说、相思红豆。长安宾客，曲江花柳，好春如绣。斜巷琵琶，教坊笙鼓，芳樽劝侑。到今朝、剩此鬓丝禅榻，寒生两袖。

莺啼序

有怀

老去恹恹如病，更追回往事。帝城远、曲巷斜坊，无数笙歌沸地。春风度、珠帘绣户，谁家惯写鸳鸯字。念前番酒斝。诗愁幽怀绮思。　　跌荡风花，徘徊烟柳，觅酣歌沉醉。入门一笑，却是芳情初试。谱新声、重编艳曲，定佳期、暗传密意。几曾经，夜静灯昏，更寒月坠。　　长安梦短，一别天涯，叹流光容易。三载矣、至今难望，倚红偎翠，分飞燕过，旧家门巷。临风空洒沾衣泪。即相逢、恐亦匆匆。避昔年、影事谁知，誓重盟深，都作一场游戏。　　旌旗汉上，戈甲江边，听暮天笳吹。且检点、青衫司马，身世飘零。白发萧郎，形容憔悴。梦魂不识，京华何处，黄花开后霜气。冷耐寒衾，只解孤单睡。他生或续缘，再试荀香，重薰鄂被。

风流子

霜风

霜风吹老屋，更漏紧、天气不胜寒。正纸裂虚窗，苦吟未就，灯昏矮壁，独坐无欢。况又是、黄金囊底尽，白发镜中残。今夜炉香，愁思宛转，昔年衫袖，泪渍阑干。　　人间多乐事，赏心地、粉黛罗纨。更有俊游伴侣，歌笑团栾。觉放眼篱花，江山大好，寄身湖海，天地皆宽。奈我出门荆棘，一味辛酸。

夜合花

忆去年旧事

旅馆燃灯，帝城落照，结伴重作良游。临归那日，相将载酒青楼。逢旧侣诉新愁。抵深宵忘却更筹。同声一哭，故人往矣，覆水难收。　　今年霜月深秋。奈自归井里，望断庚邮。者番春梦，依然云散风流。前日事此生休话，连床谁解绸缪。仰天长笑，镜中幻影，怎得常留。

唐多令

无题

何处得重逢。相期在梦中。见时应笑已成翁。更祝长宵天不曙，休易到、晓窗红。　　幻迹总成空。芳心谁与同。菊花篱落又霜风。自料故人无信使，莫天外、盼归鸿。

御街行
夜坐

昔年情趣心头印。事事堪追认。美人如玉惯娇嗔，宝枕泪痕珠晕。日长昼静，屏风翠掩，对说相思恨。　　只个寒夜灯光烬。独照繁霜鬓。槐花落尽菊先开，似箭流光更迅。朝云伴老，小红低唱，此后全无分。

一丛花
夜坐

灯前枯坐掩重门。被冷倩谁温。玉环零落无消息，几曾经、暮树春云。那堪深夜，纵饶好梦，欲觅无痕。　　南华闻道有天人。竟体似兰芬。绰如处子肤冰雪，更不解、薄怒轻嗔。何须留恋，世间脂粉，一醉傍红裙。

沁园春
秋眺

独立河干，落照苍茫，孤影沈沈。看低垂两岸，几行衰柳，依稀烟霭，欲作寒霖。有客停舟，与人把酒，乐事真堪到处寻。怎似我、只临流望远，狂啸悲吟。　　几番挑动琴心。憔悴文园已至今。记帝城雨过，碧荷点水，故乡秋老，黄叶辞林。早谢虫声重闻。雁语添得，千家万户砧。归来晚、更听残严柝，怕展香衾。

小栏杆
白菊

铅华洗尽，向西风、玉立认篱东。比粉犹轻，似霜更洁，淡影画图中。　　人间多少，如花美、傲骨有谁同。桃杏春浓，海棠秋泣，徒作可怜红。

雨中花
木瓜

露橘霜柑风味足。更生得、黄金一树。摘出林间，堆来几上，别有芬芳处。　佛手玲珑休见妒。最好是、天然朴素。香不媚人，色能耐久，慰我年华暮。

人月圆
枕上

新词一卷横孤枕，人影对灯光。浅庐曲巷，严更寒夜，怎耐凄惶。那人居处，芙蓉别馆，燕子凋梁。可能念我，归来陶令，老去萧郎。

渡江云
言怀

菊花霜满径，邻家乞食，靖节晚归来。念茫茫人海，几辈知交，同是仙才。忆从退老，掩蓬门、不许轻开。唤奚奴、扫除落叶，独自步苍苔。　堪哀。大河晓渡，京国春游，曾徘徊两地。犹记得、清香燕寝，歌舞楼台。白头竟作黄冠客，借一廛、小隐蒿莱。今后事、任天替我安排。

玉漏迟
晓起

眼前风物好。随时颂略，都堪娱老。睡起开帘，旭日烘晴树杪。云外不闻啼雁，依旧有、高枝鸣鸟。尘俗少。常摊一卷，可忘昏晓。　惟此绮思哀情，似作茧蚕丝，将身自绕。忆昔相逢，春院人家幽悄。记得风流态度，懒梳掠、双蛾淡扫。离别早。别后天长路杳。

湘春夜月
黄昏

近黄昏，苍茫烟色无垠。试看一带残霞，千里接寒云。欲问客归何处，认临河树影，直到篱根。正上灯时候，奚僮垂首，静待敲门。　饭徐夜坐，碧瓯瀹茗，炉火微温。几度思量，念京国旧家，声价想象犹存。积愁成疾，渍青衫、尚有啼痕。当日事、任谁人亲见，那般体贴，恐亦消魂。

汉宫春
晚渡

趁晚归来，正残霞欲落，寒日初收。隐约人家如画，高屋危楼。沿河傍岸，卸轻帆、多少行舟。入望里，海门空阔，朝水向东流。　　眼底春秋代谢，问劳尘过隙，几日方休。纵说故乡云树，旧地重游。壮年一去，叹霜华白了人头。今学得、含光混俗，此身与世沈浮。

壶中天慢
愁来

柴门夜晚，倩奚奴、双扉静掩。车马如飞，尘不到、恰好幽居僻远。茶碧香清，炉红火活，未许重帘卷。乍寒天气，拥裘衣袖轻暖。　　是夜北里人家，琼筵绮席，几度调笙管。谢却风花孤客冷，旧事何堪。梦想金粉消残，玉容零落，终是情缘浅。愁来无绪，一灯空照书卷。

瑞鹤仙
孤影

蓬茅孤影息。任日暮天高，寒侵冷逼。挥毫写胸臆，似菊老，花残枝枯无色。意难自得。亦只比、蝉嘶虫唧。叹游仙咏史，个中滋味，外人谁测。　　默默。俊侣吟朋，长安一别，天南地北。不堪追忆，千里霜痕如拭。屋梁颜色，梦魂来往月落，枫林黑抵相思。换羽移宫，肺肝凄恻。

凤凰台上忆吹箫
访旧

酒醉肴残，歌余弦谢，闲踪同步香街。认坠欢断梦，故剑遗钗。恰好曲坊斜巷，新开临画阁。净无尘到，煞费安排。　　重来。乍相逢处，犹记得阶前，冷落青苔。喜别营池馆，复起楼台。回忆去年情话，负良宵、几度徘徊。徘徊处，问卿念否，浴罢妆才。

过秦楼
约友人谯集

阮籍囊空，苏秦裘敝，不料老来坎坷。写恨填词，征歌选色，却道风怀犹颇。何妨少许句留，趁懒偷闲，对花婀娜。只登场作剧，从今休说，絮兰因果。　　且招集、裙屐吟朋，弦丝俊侣，觅醉今宵可。韶颜稚齿，妙伎雏伶，不解眉愁黛锁。奚必销魂最好酒，饮微醺、花开半弾。任追欢此夜，过日仍还故我。

陌上花
宴罢

昔年游冶长安，老去何堪回首。为道牢愁，招客重携杯酒。场谁说伤心事，谈笑新朋故友。忆前游、别是关情宛转，有人识否。　　记玉京风格，胸中梦里，意绪缠绵久。试想当时，不是闲花野柳。此番再入笙歌地，聊慰衰残叟。但归来、一念那人旧约，应呼负负。

昼夜乐
寒鸦枯树

骚情绮思都无据。却只见，年华去。自从落拓归来，那得风流再遇。老境悲凉空写恨，且检点、断肠词句。回念好春秋，在暗中虚度。　　遭逢与世常相忤。受笑嘲，总无数。尽伊裘马轻狂，奈我关河迟暮。黯自销魂何处。是早怕、读春江别赋。剩有旧诗怀，咏寒鸦枯树。

庆春泽
楼台七宝

暮影摇窗，风声撼树，空庭无限凄惶。底处愁来，可怜地远天长。滴残满目伤心泪，问谁知、旧日清狂。少年场，园尽繁华，好事难忘。　　穷途落寞从何说，只重翻律谱，自引宫商。欲付歌儿，恐教断尽人肠。楼台七宝凭空起，此中甘苦亲尝。且收藏、不遇词仙，孰与商量。

疏影
一庭晴雪

一庭瞒雪。更洒砌铺阶，者般净洁。屋瓦参差，粉抹霜涂，竟得补齐残缺。江南未识春多少，应早有、梅花堪折。敞西窗，休畏寒来，最喜天光清绝。　　经过西风苦雨，阴阳催短景，岁终时节。独倚栏杆，那处那人，立久衣裳吹彻。碧翁不管相思苦，看玉戏、愁心如结。可念我、秃尽狐裘，坐对夕阳明灭。

摸鱼儿
雪窗寒

雪窗寒、寂寥庭宇，暗中牵惹愁绪。冰心一片清仍在，到此孰能共语。飞絮舞。看满地、珠尘铺得平如许。新茶欲煮。奈海上波长，天边云冷，莫访同心侣。　　念羁旅，几度良游相阻。可怜情味凄楚。旧家何处逢轻俊，对景闲挥谈麈。恨难补。更那堪、瑶阶玉砌今无主。冰丝缕缕。正冻雀偎林，暮鸦寻树，感触离人苦。

南浦
北风来

残雪压檐端，北风来，动摇窗纸。炉火闪微红，拥敝裘、清寒若此。自家顾影，一身孤介空无倚。闻凭素几。听败叶声声，枝头吹起。　　那堪晚景颓唐，只念往期来，茹悲忏绮。有泪向谁弹，欢乐事、都在镜中梦里。开庭别馆，过时歌笑随流水。残年暮齿。奈惹柳沾花，心灰未死。

好事近
自题词稿

容易度年光，又到岁寒时节。独坐清寒彻骨，有一庭冰雪。　　旧游伴侣最欢心，末路成悲诀。细认行行字字，是离人啼血。

菩萨蛮

猩红帘幕胭脂透。光明画烛丁冬漏。坐到夜深时，掩书眠睡迟。　　开窗星月耿。不见征鸿影。惯耐五更寒。背人清泪弹。

念奴娇

答无闷

才人末路，赋闲情、寄与楚江香草。曾记春华，愁里度、添得鬓霜多少。丝断蚕僵，粉销蝶蜕，眼底人都老。羡君跌荡，此间花月常好。　　前日经过香街，帘开屋静，日落窗棂悄。果是玉人，能避俗、不许软红尘扰。旧梦难寻，新欢易逝，天上青鸾杳。我今何似，暮天林外鸟。

浣溪沙

答无闷

阅尽酸辛鬓发残。喜人结纳说新欢。祝花旖旎月团圞。　　芳径苔阶香仿佛，云窗雾阁影迷漫。可容白首座中看。

一萼红

雨窗寒。正绿槐滴响，冷浸烛花残。行人渐少，欲归不得，那堪宵静更阑。况又是、鬓云初卸，放双蛾、媚眼坐相看。掩映纱厨，安排绡枕，且拾余欢。　　应记昔年游冶，会风晨月夕，小作盘桓。乐永悲来，情长梦短，此生重见都难。纵今日、再翻旧谱，念伊人、清涕尚阑干。怎向新知道得，有泪偷弹。

念奴娇

朝来爽气，喜高槐、报得数声啼鸟。昨夜被香，消灭尽、却剩房棂幽悄。雨滴庭阶，风摇帘幕，听到天都晓。向谁问讯，会有落英多少。　　空道仙境流连，玉容秀靥，能使人忘老。争奈风光容易度，偷把年华换了。香过难留，枝柔易折，那复花常好。一番游戏，添得一番烦恼。

云仙引

有赠

云度栏前，风来座上，登楼瞥见惊鸿。似相识，复重逢。珊珊别饶风致，陌上胭脂未许同。引入情谈，探知心性，异样玲珑。　　侬家门巷重

431

重。看一树、高槐绿荫浓。室静无尘，入门雨到，湿浸房栊。临别殷勤，寄声珍重。归路天开月在空。付与新词，愿邀袖拂，不愿纱笼。

三姝媚

青楼残梦醒。为俊侣偕游，复来仙境。同访苹香，觉桃源再到，玉容更整。有意无言情脉脉，芳心自领。客主忘归，已是深更，漏长宵永。　　往事那堪重省。纵妆阁湘帘，金吾不警。未老徐娘，奈依然、沦落浮萍断梗。今夜相逢，亲得见、美人倩影。何惜归来睡晚，枕寒被冷。

采桑子

寻芳无计欢情减，坐待深更。近榻灯明。布被单寒一枕横。　　几番欲睡心先怯，夜梦虚惊。语燕流莺。羡煞花间过此生。

又

枇杷门巷人如旧，无限思量。夜永更长。今夜西风特地凉。　　章台游骑知多少，歌舞笙簧。好事难忘。安得春风醉万场。

又

灯光半灭无人语，何处疏钟。摇曳随风。似与寒山夜半同。　　年来影事全无着，短梦匆匆。争奈衰翁。万恨都归一笑中。

眼儿媚

浅卢短榻矮灯明。时候欲三更。掩书枯坐，有谁对语，夜静无声。　　忽闻寒雨到帘旌。时作不平鸣。愁人今夜，孤衾听雨，梦恐难成。

画堂春

昨宵帐底睡眠迟。玉钩半下低垂。深情语，两相宜。真耐寻思。　　今夜归来独早，挑灯独自填词。打窗雨在未停时，冷暖谁知。

琴调相思引

冷雨今宵未忍闻。罗帷不暖被难温。个人心事，无语向黄昏。　　往迹成灰吹又起，只今两袖带啼痕。余生有几，禁得几销魂。

浣溪沙

冻雨连宵湿绿苔。放晴蟾月照妆台。卸妆看月独徘徊。　　炉内香烟呼婢续，床边帐影待郎开。夜深何事不归来。

菩萨蛮

帘钩不动房栊悄。鸳鸯对宿都忘晓。绣幕叠重重。日高方睡浓。　　东家人梦醒。难耐孤衾冷。竹外倚栏杆，朝来双袖寒。

忆旧游

听钟鸣萧寺，犬吠柴门，又是深宵。更掩书枯坐，知檐前林外，月落天高。新霜今夜初冷，酒力复全消。趁此炉烬灰寒，灯昏影黯，情味萧条。　　无聊。谁知我、置身天外，独立当霄。脱世间烦恼，咏游仙诗句，不读离骚。赏音欲问谁是，尘俗已寥寥。且直上青云，天风送我吹玉箫。

忆江南

官舍静，宛似读书堂。小有山林供眺望，新闻东牖纳清光。最好看斜阳。

斜阳好，返照到墙根。留得淡黄同月色，错将丹赭认霞痕。何必怕黄昏。

孤鸾

灯光如豆。值人静无声，滴残更漏。夜半青霜冷，渐新寒入袖。黄花已经零落，趁今宵、北风初逗。孤客临窗未寝，正惹愁时候。　　蓦思量，不堪念旧。恨功业文章，一般未就。岁序催人老，奈流光太骤。才华近来销尽，让少年、句如花秀。只有池边月下，与浪仙同瘦。

南浦

雪飞洒面，被风吹、肌鬲透清凉。翘首楼台入画，粉饰杂银装。休问人间天上，正时晴、快雪送年光。看万松绝顶，依稀琼岛，晓日照微黄。　　记得秋风未到，爱新荷、绿盖点池塘。不料霜寒露冷，好梦破鸳鸯。又是冰澌冻缬，渐枯槐、衰柳带斜阳。更有谁知得，老来词句断人肠。

新荷叶

天气微阴，绘成水墨云林。独坐开窗，松风吹入衣襟。庭前叠石，寄幽怀、看作遥岑。寂无人语，此间正好长吟。　　兴尽悲来，思量况味难禁。往迹前尘，可怜事事伤心。年华辜负，几春宵、抵得千金。所思何在，而今水远山深。

丑奴儿慢
官舍中作

与人相忤，还是一身孤寄。趁垂老无多，岁月特地清闲。喜得窗明几净，何必隐高山。道旁车马，门前冠盖，过眼无关。　　最好盘桓。松间日照，柳外云还。看阶畔、草黄没迹，苔碧留斑。将日流连。读书坐待夕阳殷，晚来归去，一灯残火，伴我阑珊。

双双燕
拟梅溪春燕

往年恨事，记满院西风，凋梁月冷。匆匆归去，那复香巢厮并。从此梧桐金井。看落叶、翻飞不定。可怜春梦无痕，望断天边雁影。　　今岁。衔泥带润。得再入红楼，依然轻俊。风光尚好，只是夕阳易暝。愿得双栖暂稳。休细数、几番花信。愁绝旧主多情，相对栏杆自凭。

水龙吟
糊泛

良时已过清明，满湖细雨东风悄。浅螺深黛，轻脂薄粉，美人妆好。叠染重渲，细描微抹，画图偏巧。想嫱施姿态，荆关笔札，形容处、抵多少。　　两岸娇啼新鸟。恰春阴、烟渡浩渺。张帆荡桨，登楼陟阜，遍寻芳草。俊侣吟朋，雅谈诙笑。顿忘衰老。喜梁园京洛，闲愁何在，此番都扫。

满庭芳
宴湖心亭赠幼腴

十里波平，命侪啸侣，此番更续良游。主人情厚，买得木兰舟。指顾湖心，宛在绿杨外，挽住船头。重开宴、同浮大白，奚用折花筹。　　就中离索感，那堪词客，将下扬州。但眼前取快，身外何求。海内尽多知己，临歧别、沉醉方休。君知否、长亭茸好，遗爱此常留。

湘月
答蔡谷清

肠回气荡，记生平孤僻，都无好语。暗地伤心，何处遣吟啸那逢俊侣。对月怀思，临风系想，半是离愁绪。喜君同调，客中常共尊俎。　　故乡九曲河流，万家灯火，咿哑人鸣橹。两岸斜阳，凭眺晚多少，芦汀蓼溆。身在江南，梦回蓟北，松菊今何许。几时归去，买舟重泛烟渚。《仁安词稿》

宋兆麐（1首）

宋兆麐，生卒年不详，字仁甫，号酿花词史，直隶遵化（今河北省遵化县）人。

金缕曲①
题李髯《鬼混图》

世事纷淆久。叹年来、风尘颒洞，膻腥难剖。物狂奴工貌托生，□就于思满口。更两眼、颏深如臼。枉说须眉真似戟，恁人前、愈觉条条丑。两峰见，定惊走。　　鬼乡惯作逋逃薮。最堪嗟、黎邱面目，蝇营狗苟。变服武灵休错怪，别是英雄抱负。况断发、仲雍曾有。一笑现身聊说法，问世人、可识婆心否。相戏耳，共搔首。《非上人鬼混图记》

---

① 《李树屏集》，（清）王晋之、（清）李树屏著，罗海燕、苑雅文整理点校：《小穿芳峪艺文汇编　二编》，天津社会科学院出版社 2017 年版。

赵黼鸿（1 首）

赵黼鸿，生卒年不详，字青侣，号九峰山人。

百字令[①]
题李犟《鬼混图》

披图咄咄，正磐云如墨，寒灯闪绿。长鬣何人工狡狯，幻出黎邱面目。前辈东坡，君家长吉，逼处惊他族。老颠欲裂，此中无限怅触。　　慨自小丑跳梁，鼾眠卧榻，受尽揶揄辱。壮不如人今老矣，安事儒冠儒服。与魅争光，现身说法，痛甚长沙哭。夫余海外，虬髯□创奇局。《非上人鬼混图记》

---

① 此词与宋兆麐《金缕曲》均是题李犟《鬼混图》而作。李犟之子李萱有跋曰："是卷为先严《鬼混图记》并同人所题词。共录为一卷，恐失散也。噫！是图记照已五年矣。图犹无恙，题句毕存，而先严则已亡去逾月。触目伤情，不胜忧感。因忆先严在日，终年游走，未得少息尘劳，使萱得尽子职。今归甫廿日，遽尔长辞，竟使抱恨终天，攀号莫及。故虽只字片纸，亦必珍重存焉，庶藉此少尽子职而已。光绪二十九年癸卯五月十六日，男萱谨识。"

戴旭（5首）

戴旭（1870—?），本名廷绶，字晓堂，顺天府通州人（今北京市通州区）。岁贡生戴凤池孝文先生之子。其《戴孝文先生夫妇事略》中自谓："光绪戊子游泮，庚子补廪生。宣统元年己酉科考取拔贡生。次年朝考覆试一等，授邮传部七品小京官。"《通县志要》卷十《艺文》收其《重修通顺桥记》，作于民国二十年（1931）夏。

一剪梅

逝水流光又一年。月到中天。雁到前川。旧时人物去联翩。风也来牵。云也相连。　　一味新凉送几筵。琴已调弦。诗已盈笺。壶觞自浊①酒中仙。松伴山巅。菊伴篱边。

临江仙
遣怀

四十余年磨铁砚，诗书枉费搜罗。从前岁月已蹉跎。未酬安国志，空奋鲁阳戈。　　转眼韶华随水逝，叩天欲问如何。伤今思古绪偏多。更深庭砌下，踏月几回过。

浪淘沙
秋思

流水去悠悠。独倚层楼。空庭只有月华留。篱菊不知人意思，啸傲枝头。　　楚客怕经秋。身世沉浮。离怀日与梦相谋。嚓唳一声惊断雁，蓼

---

① "浊"，疑为"酌"之误。

岸苹洲。

虞美人
新秋

清风明月何人管。时与诗相伴。阶前一叶报新秋。毕竟不如听雨望春楼。　　扑萤小扇犹遮面。怕与西风见。楼头倩女欲书空。归雁又来断续月明中。

何满子
惜阴

岁月如梭不息，芳时昨是今非。柳外街泥新燕子，营巢两两齐飞。莫谓青年无限，晨光转眼斜晖。　　漫道时乎不再，鲁阳苦战戈挥。三径就荒归去也，鲈鱼莼菜初肥。及早传经教子，莫贪功业巍巍。《通县志要》卷十

赵鼎铭（1首）

赵鼎铭，生卒年不详，直隶清河（今河北省清河县）人。民国二十二年（1933）《清河县志》修纂。有《梦觉草堂诗钞》十卷、附诗余一卷，《梦余录》一卷。

满江红
咏南宋史

江山一隅，伤炎宋、气运非旧。想当年、神州沉陆，中原沦覆。举朝不知和议误，千载休谈偏安谬。到头看、总是天欲兴，太祖后。　　三字狱，谁交构。九州错，谁铸就。破天荒另把，原因说透。靖康耻辱竟忘雪，父兄仇（恨）忍不复。乃冥冥、注定悉弗由，高宗构。民国《清河县志》卷十五

范澍珣（1首）

范澍珣，生卒年不详，直隶清河（今河北省清河县）人，增生。民国二十二年（1933）《清河县志》修纂。有《似僧吟草》传世。

行香子
遣兴

小院清幽。闭户潜修。世间理乱不须愁。吟风弄月，终日优游。问酒熟乎，花开否，客来不。　　闲步芳洲。观水东流。今生莫作杞人忧。功名富贵，一笔都勾。乐负锦囊，携藤杖，把金瓯。民国《清河县志》卷十五

张璠（1首）

张璠，生卒年不详，直隶安肃（今河北省保定市徐水区）人。

念奴娇
己未中秋徐水怀古

汾门城上，偶登临、西北乱山凹凸。指点历朝争战地，剩有残碑断碣。突厥健儿，幽燕英杰，早已蓬蒿没。分流瀑派，添却许多呜咽。　　巍峨铁雁雄关，铜梁峻垒，半被风霜啮。古刹无人，苔砌冷、极目浮图云接。国事蜩螗，万方多难，后先如一辙。伤心四代兴亡，附①与明月。民国《徐水县新志》卷十二

---

① "附"，疑为"付"。

刘鹍书 （1首）

刘鹍书，生卒年不详，直隶安肃（今河北省保定市徐水区）人。

满江红
壬申嘉平

莽莽神洲，果孰是、干城豪杰。叹榆关、河山带砺，变生仓猝。烽火频传千里驿，梦魂惊断三更月。秦庭七日哭无灵，速自决。　　边氛急，金瓯缺。悲国耻，何日雪。但兄弟阋墙，依然分裂。长蛇封豕竞磨牙，黑水白山空喋血。望国人，屈雨济同舟，真团精。民国《徐水县新志》卷十二

张克家（156首）

张克家（1870—1955），字仲佳，号志齐，直隶天津（今天津市）人。父张芝庭为津门通儒。清光绪十七年（1891）辛卯科举人，拣选知县。历任直隶督练处总参议、探访局提调、直隶警务公所顾问、禁烟处处长等职。长于"红学"研究，以诗风超迈，闻名于清末民初的津门诗坛。其《如法受持馆诗余小引》曰："士至欲以文字传，其志亦大可哀己。况复所志在吴歈，残山剩水南唐史。自从亚子困伶官，协律诸郎散江涘。人人握瑾家怀瑜，遂谓沱潜发正始。词综词律皆南人，古音反陋中州士。尤怪冀眉莽莽尘，幽并豪客被吓死。我本颓然自放身，得句即将书兰纸。凄凉噍杀两失之，威时伤遇不由己。若还黄钟定中声，此种自然销灭矣。"① 认为因唐五代以来，北方战乱频仍，文化南迁，词体兴起于南方，带有鲜明的南方文化特质。词体成熟以后，也以清切婉丽为宗，不尚中州之音。所以，他说"诗以道性情、正风俗、明礼义也。词则不然，其志淫，其气靡，其辞纤而缛，其音噍杀而哀，盖优俳之所蓄，倡伎之所弄，而亡国之士宜之。"② 他对词体的审美特质和音乐文学性质有深刻的体会，《水调歌头》词曰："绮语不能除，忏悔亦云痴。多愁多病心绪，写照向乌丝。岂必铜琶铁板，岂必色飞魂绝，妙处贵知希"，《虞美人》词曰："边风吹入龟兹乐。散序人间落。却劳法善破天荒。幻出彩云舒卷到遐方。　　甘凉未醒游仙梦。只是新声重。李暮墙外记分明。可似苍黄蜀道雨淋铃。"张克家作词，以自然之音书写性情，追求小词能歌，虽因感时伤世而不免凄凉噍杀，但能用中州正声协和词律，以为范式，自然能够得词体之正。有

---

① （清）张克家：《如法受持馆诗余》，民国八年刊本，卷首。
② （清）张克家：《如法受持馆诗余》，民国八年刊本，卷首。

《如法受持馆诗》《如法受持馆诗续》《如法受持馆诗余》各一卷及《如法受持馆文集》四卷传世。

春宵曲
即南歌子，唐温庭筠词有"恨春宵"句改名

笑口如樊素，纤腰似小乔。暗里眼相招。欲留留不得，马嘶骄。

摘得新

风一林。谁家小妇碪。冻檐冰箸坼，夜沈沈。轮蹄旅客惊残梦，起乡心。

碧窗梦

岸转风帆稳，檐低酒旆平。子规烟里一舟横。不饮流光嗤我，莫杯停。

潇湘神

沽水流。沽水流。之元水汇大堤头。三里直河开不尽，可怜妃子梦中愁。

桂殿秋

磨一剑，挂中庭。头颅几许饮寒星。未谙黄雀螳螂喻，只有鹓雏腐鼠惊。

捣练子

情密密，意双双。小鹿心头不住撞。欲解罗襟清睡稳，狸奴瓦上使人樁。

江南春

衣窄窄，髻松松。双轮驰若鹜，四盏烛犹龙。如何觌面勿忙去，催场今交十一钟。

法驾导引

佳期误，佳期误，好事盼和谐。花影一帘人不至，杏楼妆罢卸钿钗。鬼卦风头鞋。

一夜落

夜雨骤。檐前溜。薄寒衾枕风吹透。挑灯那复眠，坐听眉频皱。眉频皱。正是愁时候。

忆王孙

十三楼畔捉迷藏。默记阑干第五行。雪白罗衫是粉郎。笑郎当。郎吃新茶送夕阳。

如梦令

袅袅孀上山僧磬。曲曲下山松径。迢递数归程。几日侬家千乘。蹭蹬。蹭蹬。消受满林清听。

天仙子

熠耀容光生鬓发，玉肤辉映船头月。估帆昨夜去浮梁，轻言别情断绝。荻叶荻花秋雁咽。

思帝乡

一纸书。秋风鸿雁扶。侬到江洲沙畔，甚工夫。记得昨宵梦见，渺愁予。将欲从头说、总模糊。

连理枝

磔磔髻如汇。闪闪晴含碧。短服劲装，钩轴格桀，鲸呿鳌掷。那有温柔意、倚关才，见红裙匿迹。

水晶帘

碧天如幕，月初三也，纤纤也弯弯。画屏深处，女伴斗眉尖。屈指到团圞。十五重见，一镜开奁。

望江怨

清江水。跨上金鳞赤色鲤。一霎行千里。小楼深处雕阑里。嗔和喜。好梦不归来，甘为多情死。

长相思

花白头。鸟白头。花鸟争妍未是秋。如何看镜羞。　今一邱。古一邱。绿鬓苍颜总似沤。到时休便休。

一痕沙

锦簇花团轻幰。双马如飞莎阪。坠珥不须停。玉珑玲。　前日学堂见惯。今日教堂觌面。金戒半消磨。奈卿何。

减字木兰花

远山如画。送眼一泓秋水卖。十四年华。妒煞昭阳姊妹花。　背人弹泪。堕落红尘无意思。暗解罗裙。缚作风帆上白云。

好事近

好事隔红绳，流水一湾清浅。西风不知侬意，送檀郎帆转。　从教芳讯阻三年，情思难消遣。欲寄一封书去，又誊腾心懒惰。

秦楼月

腰肢𣎴。恹恹一病新来可。新来可。楼头柳色，远烟横锁。　皈依净土跏趺坐。欲除烦恼须无我。须无我。慈航宝筏，临流回柂。

阮郎归

窗前海棠谢，填此慰之

昨霄风雨战墙西。海棠花乱飞。晓窗慵起柳烟迷。玉容春化泥。　怜寂寞，怅分离。封姨伴不知。返魂更上最高枝。青青结子时。

三字令

新月白，晚霞朱。上灯初。湘帘下，桃笙铺。烬霏罪，香细细，透窗疏。　　红印脸，粉凝肤。梦魂苏。驱虹拂，枕函隅。眼微惺，眉欲语，有情无。

人月圆

儿书不用交流电。无线亦虚玄。离魂倩女，寻寻觅觅，飞落郎边。多应有梦，梦中见了，人月同圆。老鸦偏噪，肠回九转，梦里云山。

摊破浣溪沙

蒻叶阴阴绿满筬。晚凉风细送通街。丫髻雏鬟先失笑，卖花来。　　绿衬牡丹怜玉影。黄搀蘑葡落香埃。一半瓶中一牛剪，上金钗。

贺圣朝

豆棚缺处，团焦独绿，茸茸眠鹿。石桥横路。二分杨柳，三分修竹。　　春来春去无荣辱。点对麻姑箓。芒鞋棕笠，楚风吴雨归天目。

朝中措

斧声烛影镇摇红。艺祖禅文宗。看取枭雄末路，能消几个春冬。　　莺莺燕燕，朝朝暮暮，剧散场空。赢得齐桓内壁，须防出户尸虫。

那堪拍膝叹蹉跎。粲粲鬓毛皤。大长蛮夷赵尉，饶他岁月如梭。　　锯人夹板，请君入瓮，老子婆娑。充户常流碧血，何知柱国阎罗。

阳台梦

鱼囊牡丹

钓鳌人去竿儿在。雨淋日炙经千载。余腥化尽发幽香，又高低蓓蕾。　　汉皋排一一，将解罗襦有待。游蜂闲蝶总相知，怕恨天情海。

又

磬口蜡梅

传闻梅尉神仙去。药铛茶鼎迷烟雾。却留金磬在枝头，放教凡眼觑。　　无声圆个个，为厌人间聒絮。有时风送好香来，是木犀禅衲。

惜分飞

布帐纸屏清夜冷。居士枯入定。莫梦安槐境。更无福分鸳鸯并。　　叹此日根因未净。尚有诗愁酒病。婢作夫人请，且姑待他年高兴。

望江东

不着青衣着青履。更着个、鹦哥觜。冲泥踏月谢桥几。再不似、金莲矣。　　香风一阵诸姑姊。相调笑、黄尘里。新裁鞜靸薄于纸。乙乙骄罗绮。

南柯子

寂寂槐花径，喃喃贝叶经。连朝不见许飞琼。恰好小楼、明月正吹笙。　　雁阵横银汉，鸾骖下玉京。一声嘹亮声情。飞出禅关、绵邈动心旌。

李峤真才子，新翻水调歌。诸郎扈跸入烟萝。懊恼催花羯、鼓变鸣鼍。　　断栈愁云隔，蚕丛泪雨多。雪衣明惠念弥陀。吉了不知、南内是南柯。

醉红妆

秋江漠漠影横飞。饱菰蒲，早雁归。相呼休近钓鱼矶。人心险，敢忘机。　　横塘旧迹认春泥。衡阳路，数行期。更有燕山书欲寄，勤护惜，莫乖违。

浪淘沙

唐花牡丹

旧是洛阳花。移种官衙。先开毕竟让京华。应记沈香亭畔路，艳羡宫娃。　　春事尚迟些。火里生涯。青莲一样长萌芽。好过嫩寒时候也，还要笼纱。

虞美人

边风吹入龟兹乐。散序人间落。却劳法善破天荒。幻出彩云舒卷到遐方。　　甘凉未醒游仙梦。只是新声重。李摹墙外记分明。可似苍黄蜀道雨淋铃。

一剪梅

勺药花开尺许围。到眼芳菲。谢客柴扉。抽簪细数蕊纷披。生小蜂儿，飞上人衣。　　折取和烟带雨归。烟也霏霏。雨也丝丝。多娇潋滟泪犹垂。说杨妃。又似梅妃。

蝶恋花

玉女洗头盆既倒。剩粉零脂，觅去声香杳。老树啼鸦人起早。遗簪却在墙根掉。　　看去群夸颜色好。入手芳芬，欲寄无青鸟。留伴五更清梦稳，屏风不羡梅花绕。

醉春风

开罢荼蘼候。无计消永昼。双双条脱不从前，瘦。瘦。瘦。压骨成劳，低回玉腕，那能将就。　　闲却挡筝手。懒解连环扣。熏炉揭起试添香，透。透。透。一缕青烟，随风荡漾，绕人衫袖。

青玉案
纪事

不知春向何方去。只把祁寒留住。熟食清明都过了。轻裘料峭，欲晴还雨。翻覆天无主。　　客来说过杨村路。滕六施威布雷鼓。又霰颗前驱负弩。柔荑新箨，顿逢伊怒。那管农夫苦。

离亭燕

桂

向住广寒宫殿。春药不闻声乱。照影落阆浮世界，被一夕风吹断。金粟证前因，畅饮过流霞饯。　　最是夜深寒浅。恰好月明香远。客去酒阑容款步，薄醉微醒参半。莫忘小山丛，招隐何曾心懒。

内家娇

残霞收拾了，倡家笛、吹出按牙檀。记晴放夕曛，楸枰含润，水滑新浴，枕簟无尘。朦胧是，暮鸦乌帽影，香麝璧人魂。素手携来，才过响蹀，双肩偎并，小立前轩。　　下阶罗袜划，衣如叶、最好浅淡无痕。说甚舞深衫重，歌罢声吞。任枇杷别巷，秋千闲院，我侬厮守，得意忘言。翻笑隔河牛女，都欠温存。

满江红

寿卞九丈七十

玉露金风，恁飒飒、秋光潜递。看罨画，楼台深处，月华如水。檀板红牙新子弟，香车宝马争游戏。又咿哑、似箭走摩拖，鸣珂里。　　残罍设，酒且旨。兰桂秀，花并美。傲西川程卓，商山公季。玳瑁筵辉灯雁足，珍珠帘上钩鹦嘴。问年来，孰与捧霞觞，钟离氏。

一水衣襟，看莽莽、分疆蛮触。问孰是，与人无竞，自求多福。眼底红羊经浩劫，天边白鹤难拘束。到而今，七十两齐眉，浮生足。　　画阁敞，琼筵簇。华烛烧，芳尘蹴。正菊前莲后，快弹丝竹。绕膝儿孙森玉树，登堂戚里倾醽醁。倩丹青，写出小香山，银屏幅。

玉漏迟

题吴梅村集

词人高北宋。开篇想见，科名巍重。年少多才，给予翰林清俸。除却闲愁中酒，便谱出、风流情种。谁与共。花街十二，青骢飞鞚。　　泅泅转烛南朝，被胡骑纵横，渐醒春梦。选调征歌，强半是江山恸。莫怪伊凉绝响，但一片、寒潮声送。风雅颂。变体不能欺哄。

满庭芳

西下斜阳，晚来风弱，霞采散尽红绡。青楼夹路，飞燕逗纤腰。两扇屧窗开了，经行处、掷果相招。个侬是，徐公城北，先尽邓通邀。　　金貂呼换酒，珠围翠绕，玉凤金翘。任凉州按笛，邝上吹箫。感起十年旧恨，兴亡事、浊酒频浇。江南道、龟年太白，一样叹无憀。

水调歌头
白发

白发几时有，揽镜得新霜。问平生甚勋业，堪与尔相当。我欲尽情烧薙，偏又争先恐后，种种比心长。护惜因无奈，犹较不毛臧。　　改朱颜，凋绿鬓，总寻常。不应老丑，忽见顶上放毫光。人有看朱成碧，理有疑立为白，此事古难详。但共鬘眉在，何用辨青苍。

声声慢
剪秋罗

芙蓉开罢，无力秋风，又剪叶叶罗衣。寄语天孙费将，几日鸳机。移来时值三月，快并刀、曾傍春晖。春去也，一年两度，绿瘦红肥。　　不较五铢轻重，拼七襄组织，带锁金围。浅色宫妆，旖旎堪补裙祎。邻家乞巧女伴，共游蜂联袂纷飞。抽一双，玉簪儿、软款竹扉。

新雁过南楼①

对酒当歌。壮夫志、何妨托与春婆。昨非今是，争似不二维摩。树外王郎酬谢傅，市头列子遇韩娥。叹尊前、人皆老大，一笑颜酡。　　曩时潞河买棹，看锦鳞泼刺，钓叟篷焌。起来吟月，东北白练横波。凉宵露珠的历，漫量去、鲛宫泪多。青衫在、有香痕尘渍，都无奈何。

------

① "新雁过南楼"应为"新雁过妆楼"。

解语花

题罗两峰《鬼趣图》

倾盆雨倒，萧瑟飙寒，正客窗人兀。一檠明灭，才开卷、忽现神荼郁垒。冠裳安贴。亦似解、秋坟啸月。归去来、纸醉金迷，早赋无家别。　　几见防风步阔。便屈伸千丈，随意飘瞥。长头巨眼，相逢处、亦作狂花惊叶。髯鬣短发，怎辨鼻颧凹凸。更髑髅、歌舞山林，禹鼎饶饕餮。

披萝带荔，若有人兮，早被三闾辨。两峰怪眼，穷神相、又作冥游漫汗。迷离恍惚，梦呓把、憔侥压扁。偌大头、行步蹒跚。蒲伏因吁喘。　　也爱小童婉娈。仗一竿修竹，据地牵犬。短奴撑伞。高官罢、尚怕雨淋风划。无言澳涩。惜未并、啾啾译转。鬼董狐、深夜钩皴，壁上山魈看。

意难忘

题《水西庄图》

销夏扁舟。爱水西驻泊，选胜探幽。炊烟低不见，钩月淡初浮。谈往事、数帆楼。身外认轻沤。摩顶悟、三生石上，曾作句留。　　何人吮笔冥搜。似导江界画，石谷绸缪。看枫空有恨，拾芥总添愁。欺措大、愿难酬。更买个林邱。莫谩使、南阳佳话，独擅千秋。

查莲坡居士《水西庄图》，旧为王石谷画，久已不传矣。朱导江更为查茶垞绘一图，今在华壁臣处。严范孙见而好之，更情良工摹写。遍征题咏，余为填此。

百字令

故人招饮，趁斜阳、恰到童时书屋。满院槐阴，摇细碎、但少寒鸦飞逐。雪夜评诗，风檐赌句，梦觉黄粱熟。同群何在，最难寻、旧蕉鹿。　　偻指四十年来，英华顿歇，只为将军腹。写韵佣书成甚事，羌值龙蛇行陆。舌底吞刀，脑中藏剑，侠气谁能复。一杯沉醉，击残高渐离筑。

永遇乐

过太平湖醇邸

一带红墙，数声啼鸟，楼阁回互。记得贤王，金封玉阃，往日经宸御。门开车骤，紫衣赤棒，不是大官家数。好时光、瞒人几易，雪鸿已无寻处。　　榆钱满地，杨花糁径，我至逢春暮。无药阶翻，有池泉竭，都为公民住。呼童汛扫，支床设几，只见旧时庭树。想佛法、飙轮刹那，那堪话絮。

踏莎行

载饼高阳，炙肝章武，游春早被春皇怒。豪华几日已堪怜，杜鹃啼血风兼雨。　　万点青磷，一抔黄土。才拼得霸才无主。悲歌慷慨属幽燕，莫教后橹催前橹。

燕归梁

纪月编年甲子编。运会贞元。却愁鸡肋饱尊拳。浪花滚，过惊湍。冰山一旦和云倒，群鸦涣散如烟。钱神不驻大罗天。潜水底，贾胡船。

清平乐

打开青瓮。五石瓢来送。不读刘伶酒德颂。为洗心头沈痛。　　苍红芋大专车。娇黄枣大如瓜。醉饱西窗酣睡，双成向我窅娿。

减兰

翠华戾止。白羽珍禽充内史。命坐薇垣。霞帔云冠侍至尊。　　春回寒尽。开口常逢含笑鞴。红佩无忧。况复宜男夙愿酬。

鹧鸪天

海棠

浅碧楼阑茜影窗。宵深院落女儿棠。沈沈宿醉呈娇靥，脉脉含羞腻粉光。　　云淡白，月昏黄。阴晴天气最难量。频添安息通芳讯，心字香浮亚字墙。

玉楼春

绿阴如幕垂杨覆，破葛头巾新漉酒。裴回终日不闻香，空使承蜩腰折柳。　　主人大笑吾何有。伸出拏云擎日手。藤萝一架幂台池，水上花间金玉镂。

生查子

彼美清且扬，眉语来相就。今夜好风光，凉在三更后。　　橄榄圆不圆，两处尖儿瘦。隔水望香莲，何日能成藕。

丑奴儿

匆匆记得烧灯了，才过元宵。又值花朝。寂寞山城一蝶遥。　　今年如此春寒重，帕首围貂。袖手裘羔。抵住风威有酒瓢。

凤凰台上忆吹箫

倒挂收香，绿毛幺凤，为他个个安巢。谢海红生小，少妇梁侨。粉壁半天月上，听别院、弦管敖曹。浔阳调，陡来心上，又逐眉梢。　　呶呶。今番误也，奈冷落鸳衾，孤负春霄。趁文君新寡，司马琴挑。回首梳翎刷羽，千万里、一瞥云霄。鸿泥印，翻新花样，也则魂销。

金缕曲

挽乔年嫂刘淑人

稽首慈云下。去来今生都了彻，者番潇洒。劳顿文殊常视疾，方信皮囊是假。尽听得、盲词闲话。一点灵台莹十界，见阳乌、西下如驰马。姑放稳，画裙衩。　　魂兮切勿寻庐舍。有空中、天龙入八部，绣幡迎迓。四相胥捐无个事，付与羚羊角挂。更莫论、儿孙婚嫁。回忆蒲团修净业，怕泉明、醉死莲花社。香火愿，泪盈把。

贺圣朝

乌飞兔走更芳序。放韶光轻去。蓬莱阆苑衲衣便，初不知寒暑。　　花开花谢，曾经细注。合尧阶蓂数。重重叠叠十三回，闰月今年过。

醉花阴

枸杞

薄采蘼芜香满袖。梦忆甘州旧。病可下层楼，佳节重阳，人与风俱瘦。　　角灯初上光疏透。闲点金筌读。玉树后庭花，抛撒商家，记曲拈红豆。

鹊桥仙
指甲花

　　铅黄点额，珠钿傅靥，见惯司空一笑。涂涂指甲未干时，莫谩使、何郎知道。　　横云却月，洗妆台畔，眉样新翻维肖。晓来狼藉在阶除，应俏骂、无情风暴。

卜算子
紫薇

　　联步探花郎，衮衮登台省。散直优游左掖中，偎月痕落影。　　敕旨赐绯衣，拜舞天王圣。独少山呼万岁声，鸟语偏相庆。

诉衷情
江西蜡

　　山村过夏靓新妆。兰佩杂蓉裳。寸心别有幽恨，落拓不见春光。　　兴废事，几沧桑。意难降。剧怜楚舞消瘦，虞兮影飐西江。

忆江南
剪秋罗

　　黄叶下，有客试轻纨。映月三更疑濯锦，裁云一段好装绵。不费水衡钱。

　　帘半卷，懒妇起惊看。熨帖已无针线迹，参差犹见剪刀便。还较嫁衣鲜。

减字木兰花
青荷莲

　　岐王长见。竹里纳凉离水殿。廿八丝牵。海外乘来太乙船。　　慵妆微醉。粉颈低垂贪午睡。错认萱花，占断秋光处士家。

南歌子
秋海棠

绿蜡衣裳冷，红丝梦想劳。女墙阴下女桑交。经惯凄风苦雨、畏阳骄。　　归雁亭亭影，惊鸿嫚袅袅腰。美人香草情谁描。浊酒不辞痛饮读离骚。

桃源忆故人
绣球

须弥芥子难分剖，大好江山如绣。多少周陔方卦，谁识全球纽。　　胸前卍字先编就。知把玄关参透。南北冰洋跬步，卅六天开又。

水调歌头

绮语不能除，忏悔亦云痴。多愁多病心绪，写照向乌丝。岂必铜琶铁板，岂必色飞魂绝，妙处贵知希。风趣扶云上，一卷衍波词。　　奈何天，振触地，殢人时。干卿底事，月圆月缺总情移。十二时中生活，驱使龙宾鼠仆，件件镇相随。夙好谁能恝，今古较修眉。

过秦楼
苦虻

喋血怜卿，露筋怜我，彻夜梦魂颠倒。闻声已近，嘘气偏遥，待觅去么麽狡。罗扇下渐蒙胧，抵隙投瑕，百般滋扰。起来空鼓掌，怎能批杀，雪余薅媰。　　一任是、屈成镕金，流苏缀玉，莫绾游行斑豹。臣饥欲死，割肉从廉，似可让侏儒饱。叵耐贪残，为伊不住爬搔，麻姑鸟爪。盼明河案户，阵阵霜风迅扫。

河传

花弾。人惰。睡乌彪。不耐花街日长。连朝盼雨如玉浆。刚刚。远峰明夕阳。　　与我共兹蕉萃思。浑难说。树亦凝青睇。记书墙。插新秧。浪浪。解衣挥汗忙。

宵静。人定。步中庭。倾耳银河有声。沈寥万里凄且清。冷冷。夹罗衣袂轻。　　除却姮娥谁共语。天难曙。露脚迷寒兔。野鸡鸣。鼓六更。棱棱。启明遥一星。

沁园春

大海汪洋，后顾茫茫，四面飓风。正天昏月黑，遭逢鱼母，涛飞雨急，迫促螭宫。焦急篙师，呼号舟子，着甚支吾此日穷。相看罢，念载胥及溺，涕泪沾胸。　　关弓射杀虬龙。气象于今应不同。怎眠桅失燕，断篷飘婕，长年交讧，握稍称雄。蛾焰钗分，蛛丝手擘，便道人间闲千劫空。君休矣，想殷周鉴远，何去何从。

金人捧玉盘
抹丽

既宜晴，亦宜雨，更宜风。最相宜、初月溶溶。柔枝卧晚，送香和、冷入帘栊。却疑花底，暗窥醉、浅笑春容。　　检诗牌，叠棋子，闲中事，乐无穷。但愔愔、不响喉咙。歌衫舞扇，似嫌尘世尽粗工。问卿家、料在天上，可否携从。

望江南
客有询南市者，填此答之

南市好，瓦屋若云屯。小筑香巢招乳燕，深藏窟室驻孤鸾。翠柏竹林村。

南市好，高馆泛茶柯。似水输他弦索妙，悬河奈彼鼓簧何。惭愧敬新磨。

南市好，电影最堪娱。漆室何妨句绣舄，女墙不碍解罗襦。颜赭撤闱初。

南市好，露水正凄迷。道是鸳鸯能野宿，放将鹁鸽共幽栖。明日各东西。

南市好，婉娈本疑年。韩掾偷香工内媚，弥瑕断袖使人怜。太息数圆钱。

南市好，六博有同袍。韦后点筹人倚玉，昌黎争道客横刀。一掷万钱豪。

南市好，番菜不知名。揉纸一围抠肉医酱，磨（馐）半碗瀹鱼生。腥臭马头争。

南市好，游戏看变氂。折苇一茎粘蛱蝶，削签三寸射虾蟆。留意水行蛇。

南市好，剧场且裴回。不翼青蚨飞且去，于囊白袷探将来。转眼念成灰。

南市好，新戏切模新。都说梅妆颜色姣，亦夸谭派调门真。还是老乡亲。

梅兰芳、谭叫天、孙菊仙皆一时名伶。孙天津产，自号老乡亲。

摊破浣溪沙

浴

滑腻微闻濯水声。屏山幂历欲无灯。六幅湘裙桅上影，印池青。　　爱好一痕眉月鉴，畏人四照眼波横。削掠鬓云慵不起，拭吴绫。

偷声木兰花

黄姑剪断零蒙雨。碾破罗云新月吐。屈律回廊。难得今宵是乍凉。隔墙花影人如玉。落尽灯球红踯躅。一觉更谯。几处相思几处箫。

多丽

问前身。业缘曾造何因。恁胡涂、随风坠落，轻尝弱草栖尘。怅前途、铜驼泣汉，追故主、禾黍思邠。赋就牢骚，生来幸直感时伤，遇不由人。便强作、脂韦滑笏，啼笑总非真。终留得、几番侘傺，两字嶙峋。　　更难堪，连朝止酒，清秋一病经旬。药炉温、疏烟避鹤，蒲扇静、凉籁骗蜃虹。击节高歌，解衣起舞，狂花败叶莫须嗔。惜少却、嵇康咸籍，把臂入山林。无聊赖、旧愁新恨，绕梦纷纭。

如梦令

和漱玉词

逐逐归鸦将暮。携手苏堤一路。桃叶不将迎，行到晚烟疏处。呼渡。呼渡。振起半林栖鹭。

墙外钿车声骤。依若归时被酒。六扇茜纱窗，窥见容颜依旧。知否。知否。坐到一灯寒瘦。

木兰花慢
朱鱼

杖藜花下步，听匝匼、水中声。正溽暑初收，新凉乍到，流火三庚。凭阑，开一瓢洗眼，见朱鱼唯唯出荇菱。大有濠梁意兴，点头庄叟持平。　　研脂涂抹烂银莹。十二墨痕黮。忆茧纸朝阳，飞潜变化，小试鲲鹏。衣被已无宏愿，但风流文采耀人睛。艳羡临渊徙倚，不同鲂婢思烹。

霜天晓角

鹊桥唤渡。泪洒纤云缕。一桁丝瓜扁豆，飘几点、落花雨。　　饭颗软如芋。菜根清带露。留我水香山绿。且话到、月明去。

平韵满红红
题李贞女事略

弱质盈盈，正十五、年华始孩。甚前约、守贞不字，息壤关怀。风木每增人子痛，盂兰羌助女郎哀。尽瞻依、膝下咏南陔，学老莱。　　赌诗谜，姑姊来。校文艺，弟侄偕。畅一家欢聚，吾生有涯。天外孤鸿何弋篡，林闲媒鸹漫疑猜。费踌躇、小照要拂安排，黄土埋。

女年十五，母病，慨然以事母为己任，遂誓不嫁。母殁，有知其贤而求之者。家人劝驾曰："事母之事毕矣，不嫁云何也。"女曰："否。息壤在彼。"母葬之日适病，命以小照瘗母圹中。年二十五而卒。

摸鱼儿

恁修来、一团欢喜，了缘朝暮朝暮。间关车去南塘下，碾碎旅怀羁绪。宵晤度。畴信道、禅心已作沾泥絮。野田草露。镇坌息奔驰，马啼人迹，那若共春驻。　　重门闭，玉臂交加锁住。秋衾犹觉寒妒。惊回短梦檀郎诉，户外履声何故。君莫怒。君亦是、东眠西宿精纨袴。深闺最苦。待守到更阑，扶将不定，早向醉乡赴。

祝英台近

夏苦蟹，又苦虻。友言日本臭虫、药驱虻香均好，疾市之，试验有效，赋此二阕。

爇檀沈，熏艾纳，那管喷香鸭。指撮玦苏，顿使老蜃嗒。夤缘才到床边，屠门一过。便听取、春葱来掐。　　久相狎。满拟大腹盘跚，归时血犹喋。醉倒山公，皮骨告消乏。愿为广此奇方，脂膏民命，普天下、贪饕无法。

鹤筋长，鱼骨细，臭味杂兰桂。三两枝头，豹脚解回避。容余一梦华胥，都成昨日。应比似、鹧鸪班矣。　　锁窗闷。独自忙下帘衣，深防半丝泄。鼻观商量，先怯不平气。夜凉饱饭香厨，氤氲使者，领略得、阿难禅癖。

水龙吟
留声机

一盘圆走乌珠，便摹出、可人情韵。箜篌钲鼓，筝琶色拍，歌声远近。江上峰青，湘灵不见，为传幽恨。正洋洋盈耳，鹅鸠忽叫，怕扶起，科行壐。　　磨蝎命宫休问。向筵前、每央红粉。扬州小调，邯郸小曲，转喉犹齐。手握枢机，眼明炉锤，傲他香吻。绕梁能几日，真听遍、廿四番花信。

台城路
电灯

频邀月入华堂里，不分晴暝弦望。夕照笼烟，暮霞余绮，一颗掌珠擎上。是光明藏。任雨箭风梭，更教神王。透彻中边，金丝卷蚕早荷样。　　长绳系来磈砢，推移劳翠袖，莫愁偏向。落蕊敲棋，爆花卜信，畴昔事成虚诳。助余惆怅。似懒妇膏油，抟蒲弥亮。少逊空王。十方无色相。

柳色黄
风扇

火徼高张，少女潜踪，小阁人闷。乍添一缕秋飔，疑是晚凉来趁。轻罗叠雪，珊珊玉骨冰肌，已无汗液融香粉。移坐向檀栾，情话容相近。　　休韧。雷车激荡，蚁磨盘旋，不差分寸。大转轮王，恰好解吾民愠。今番快也，莫管竹悴荷憔，瓮头春、且开佳酝。只苦醉乡中，老眼生花晕。

笛家

喜晤金十丈向辰归自汉口

花发西楼，月寒东井，白莲灯底，解鞍人在中秋又。墨淋匀染，汉上题襟，梦尘乍落，津门呼酒。北地燕支，南朝金粉，是处随缘有。叹劳生，抚华发，扰攘一番别久。　　忆否。暌离百二，桐阴镂翠，午睡方长，麦浪翻黄，宵征无偶。未稔永日，凝妆妆罢，闷里只知挑绣。雁燕前头，衍波笺到，休去窥杨柳。恁良夜，忍空抛，缦被熏成豆蔻。

洞仙歌

折枝晚香玉得重台者，未开时骨突作浅红色，芳烈妖冶，秋花尤胜。赋之。

研南瓯北，倩幽花相伴。素袜凌波玉人面。讶前宵、醉月未解春醒，娇脸上，微晕红潮色泫。　　又重台宛抱，双结雌雄，不信秋风感团扇。纤手摘来时，一抹斜阳，浑疑似、指痕轻按。只醹醿、差同薛芸娘，任锁骨、玲珑暗中偷换。

夜阑人静，有妖姬同梦。分隔形骸只香送。口脂轻、褪后吹气如兰，曾告我、侬喜赢床空洞。　　忆蒲桃苜蓿，旧日芳邻，宝马驮来几家种。秋雨下秋风，秋士含毫，省识幽情为花颂。待和了、新词寄还君，恨纸帐低迷，胆瓶冰冻。

秋容黯淡，盼湘蘅沅芷。欲注骚经隔江水。屈平输、后死未识燕云，高寒况、伴取霜娥月姊。　　短屏兜不住，曲栏长廊，蛱蜨寻来怅疏绮。两翅自低昂，口角噙香，终难到卷鬓花蕊。但比似、羊城素馨球，问北胜南强，孰争衡是。

闲阶斗草，汇群芳无数。姹紫嫣红浅深处。拈来开、笑口若个称强，难觅对、只把枯肠输数。　　篱根儿女散，蟀咽蝉嘶，多少秋怀向秋诉。拭点点啼痕，欲寄还疑，天涯有美人迟暮。奈一夜、残荷雨潇潇。真听到消魂，不如归去。

东风第一枝

寿韩芰舟同年

老去佯狂，秋来强饭，旗亭一夕游冶。花枝遍插延年，好写入耆英社。鸬鹚杓大。满斟绿蚁香浮乍。是旧游、屈宋衙官，祝紫薇郎纯嘏。　　我亦蹇驴随骏马。共四度、春闱矮舍。希韡鞠跽奚辞，且料理寿筵杯斝。休言怕醉，想世事、只醒时怕。倩行厨、叠指书符，摄取西池妃。

雨中花慢

读朱词咏河豚泖蟹，似皆在天津之作。因忆《天津竹枝词》"三月河豚八月蟹，两般亦合住津门"之句，不觉朵颐遂分。赋之。

插柳栽松，祭扫归来，河豚初上舲舿。为藏珠剖腹，个个匀圆。咋得西施腻乳，疑人在、五湖船。想东坡不死，我辈欣逢，莫咽空涎。　　蒌蒿带苦，橄榄含酸。鼎烹翻助芳鲜。难解说、屏山背后，悄立心寒。无毒曾闻海客，探询蜃雨蛮烟。莼鲈风味，笋樱时节，失喜登盘。

狂客无肠，公子无肠，相逢灯出红楼。正山蕈罢捣，村酒新筡。盥露纤纤玉手，剥将夹舌蟾蜍。有畦边晚韭，篱下霜菘，味足高秋。　　筠篮约半，缚就青蒲。横行难望潮头。毕吏部、槽边一醉，饱我冬羞。雅瞻含黄伯号，崇封那管监州。蔡君谟误，长卿前世，终是清流。

菩萨蛮

铜钲挂树春阳午。绿毛绶带随风舞。触索起惊疑。鸟飞花亦飞。　　天丝飏不断。理去心还乱。咿喔下邻鸡。燕双人独栖。

临江仙

落叶

落叶当阶人未扫，秋园一片商音。萧萧搣搣总难寻，明河何处雨，白月几家碪。　　点水便为槎上客，涡旋篱角墙阴。薄寒侵袖且横琴。不知风乍定，惟有候虫吟。

摇落不禁悲宋玉，高槐我是东邻。垂髫犹记北窗深，一灯肠欲断，听到梦中云。　　苦恨金天胡自喜，教他堕溷飘茵。繁华消尽幻耶真。炼形须换骨，留作隔年春。

大酺

丙辰十月初三，梦书楹联，亡妻为按纸，醒而苦雨，终日兀坐寡侪，感而赋此。

甚得千愁，万愁绝、便把青天愁破。廉织还淅沥，打窗间一例，叶零枝堕。拥被思量，梦魂昨夜，半晌惺忪枯坐。寒衣凭谁寄，想长楸短草，妖狐野火。纵剪碎秋声，催开暮霭，纸灰风裹。　　浮云容易过。百年事、究竟先归妥。看镜里、头童齿豁。老人花丛，只教他、小娃眉锁。领取孤眠意，自检点、袁安高卧。须不用、卿怜我。空庭帘幕，冷雨阶前断续，似微闻道可可。

行香子

酒令以黑白瓜子三之二之共五枚，任藏一二三四枚于掌中，一人猜之，先奇偶，次数目，次花色，以两合者为胜，名曰握子。盖藏钩之遗意也。

素手脂凝，纤甲葱青。泥金秃袖腕微绷。眉梢眼角，山软波盈。有一分嗔，二分醉，十分情。　　黑白纵横，三五零丁。掷杯谁作不平鸣。先迷后得，欲拒还迎。是者般奇，者般拗，者般精。

临江仙
佛手

是否兜罗棉手，频将竖指相招。非心非佛总蹊跷。喜闻香世界，忏悔握荑苗。只恐骈枝多处，低回不耐吹箫。有时合十却难调。淡黄争月影，虚白舞云翘。

贺新耶
亦香纳姬赋此贺之

南市灯如昼。四轮开、鬓香衣影，马驰车骤。难得缤纷飘瑞雪，全为红妆白叟。掩映着、玻璃窗透。软踏氍毹花下拜，恁娉婷盈尺腰杨柳。今日事，莫须有。　　观心何若观情窦。想者回、程表朱里，细心研究。醑畅淋漓京兆笔，还是髯苏结构。作不到、双弯眉皱。把一天愁都扫却，盼来年自弧儿绷绣。屏六曲，翠衾覆。

海东春令

欲言鹦鹉前头事，惜没个、珠儿能记。袖底旧啼痕，反覆看来是。一尊清酒洌妃祀。问斑竹、何人善泪。归雁下斜阳，不写相思字。

被池香褪依和彼，恋残梦、莺声唤起。莫谩怨流莺，日上三竿矣。无端卸了双鸳履。忍轻笑、邻垣有耳。梅雨忆溯溽，鞋印双丫婢。

点绛唇

西北风尖，送凉偷向纱橱度。隔窗声是，阶下高梧乳。　　蹙损双蛾，背着菱花去。珠光冱。燕欺莺妒。共竹夫人语。

八节长欢

天上春多，最难邀取，老福婆娑。风来人白纻，雨过地青莎。池亭无处着尘块，看数头、金鲤抛梭。试问乌衣巷燕，此乐云何。　　茶烟袅袅云波。清睡足、摊书且遣诗魔。一颔有余欢，佳子弟、赢他洛下行窝。含饴乐，盼异日、昆玉同科。如如尔，真机流露，丹青枉费呵磨。

传言玉女

报载日本天皇以十五万金聘梅兰芳演剧，亦风流之佳话也。小梅海外游踪发轫矣。赋之。

最好相思，不见若人如雪。六郎丰貌，较莲花莫别。瀛海淼淼，想象馋涎空咽。倭船满载，宁馨尤物。　　响遏行云，曼声迟、凝又绝。舞衫初试，带长裙不揭。非耶是耶，一个常仪奔月。算来徐市，未生时节。

海外扶余，傲彼药师红拂。舞台扮演，问何人巨擘。三侠邈矣，企慕太原裙屐。灯荧酒酽，醉乡头白。　　满地戈铤，战芦塘、冷瑟瑟。后妃皇帝，亦名场一剧。花枝笑侬，肮脏须髯如戟。英雄儿女，泪痕凝赤。

一丛花

咏女伶刘喜奎

春三桃李带烟浓。无意嫁东风。柔肠但解葳蕤抱，最烦恼、说与梳栊。京华梦遥，津沽望断，两地记游踪。　　弓腰帖地一何慵。新病酒杯空。芳容只合公同好，又谁许、闭置樊笼。伧父思维，纵黄金万，那有惜花惊。

河满子

挽杨英甫

生小性儿樗栎，何堪满塞牢愁。七尺昂藏腰脚直，亦须檐下低头。空想蛇珠美报，换来蚁梦都休。　　万斛红潮喷洒，一腔热血奔流。百岁光阴今已矣，让他谣诼啁啾。短樽槽溪边新鬼，清明淡月如钩。

洞仙歌

题杨柏忱《石园诗集》

风潇雨晦，对书灯无伴。十纸瑶章觉春满。问平生、蓄有多少涕洟，襟袖浣、说尽情长气短。　　相州鸿爪迹，清沁清漳，难得参苓病魔转。到此日团圆，一室儿孙，消受者菜根香饭。待觅我、诗来便挥毫，是不老仙方，又将谁怨。

换巢鸾凤

题杨小坪《海天放鹤图》遗照

弱水三千，被横风引至，小结仙缘。荷樵人不在，倚操悟成连。斜晖鹤背任蹁跹。梦回坡老，江皋几年。淮南隘，仅带去、一家鸡犬。　　春晚。行缓缓。身外佐卿，飞过蓬山远。花底科头，竹间箕踞，莫放玻璃杯浅。华表归来旧令威，怎忘东海扬尘感。凉飙催叶，双眸对此珠泫。

永遇乐

消防队

九陌雷轰，三街尘碾，人去如鹜。咫尺惊疑，霞城十二，火箭妖蛇吐。井泉清洌，桔槔活泼，绾住祝融熛怒。履周行、烟焱土气，洒来一天凉雾。　　旌旗照眼，儿童嬉戏，空打几声锣鼓。杯水车薪，风号电激，那有纤微补。同心协力，当年艳说，到此尽成迂腐。判机事、机心得失，灌园不语。

琐窗寒

理学欺人，清谈误世，想来悲愤。名高厚利，缥缈一楼噓蜃。好头颅、阿么自知，血粘须鬓。从容认。到疑冢七二，分香卖履，老瞒微幸。　　无佞。天教定。彼末造君臣，不闻猛省。贪财黩货，未审所居何等。更纷呶、群小枋权，梦酣卧榻涵剑影。上方刀、缩项潜逃，忽改金源姓。

江月晃重山

廊外蓄百灵，能学呼大姐姐，听之宛肖，赋之。

偃仰便便腹笥，砚花香沁心脾。一声声、姐姐呼之。杨家妹，知是虢姨来。　　作片云遮槛影，团沙燕落梁泥。莺捎蝶拍正凄迷。十旬暇，调舌尚醰嬉。

杏花天

湿云低树东风懒。柳线拂、瓜皮船板。蜻蜓点点烟波远。落红更无人管。　　篷背后、吟髭细捻。放不下、黄莺儿啭。待余写出歌长短。只恐流光暗转。

河传

讱庵读余词，谓樱口不如檀口，作此调之

樱口。檀口。总芬芳。谩说倾城短长。桃腮捧过刚忖量。丁香。任教人断肠。　　嚼碎槟榔消宿腻。侬无睡，鼻息喧箛吹。要评章。太荒唐。新娘。阮郎狂不狂。

春风袅娜
诔华贞烈女

叹芸生冤苦，是女儿身。刚强煞，亦依人。埋头去做，五纹针绣，镜台温峤，台温潮上红云。嫁外黄奴，从汾阳婿，却扇才知眉一颦。胆小空房泪珠滴，孤灯偎影不成春。　　打破迷团几阵。双飞双宿，让时俊、自觅良姻。依无分，总前因。菩提波若，钟磬微闻。季子要余，敢烦荆蹇，陀罗为祟，竟剪芳林。玉鱼金椀，剩如弓新月，年年冷照，三尺荒坟。

天仙子
俳体

鹤发鸡皮休咄咄。老头光面如圆月。一经铸像受欢迎，男儿血。冤家孽。见了阿兄都灭绝。

广坐稠人辞喋喋。热心公益双眦裂。竭来我亦有商量，交通折。中国帖。不受恐君情意竭。

不受恐君情意竭，甚么银子轻于叶。只因爱好有交情，风声劣。人心别。秘密些儿休要揭。

高阳台
摩拖车

我马虺隤，仆夫况瘁，春郊怎豁远眸。大陆仙人，偏能驾屋遨游。排空驭气追飞燕，窄路逢、哮喘如牛。叹权衡在手，何须出入鸣驺。　　琉璃四面雕楼。儌（蟏）蛄腹蟹，带壳沈浮。列子冯虚，天风不住飕飀。何期地藏王开眼，蓦尔间、两盏灯球。莫仓皇、反揿机关，齑粉方休。

百字令

徐定超御史溺死虹口，招魂后降乩于其家，约期撮影，竟得之。余见其榻片宛然，但黯淡耳。此亦新学之可愕者也。

一夜霾黯，吸收将、缕缕毅魂强魄。胜国衣冠还宛在，雨折林宗巾角。万里沧瀛，澄波印月，是否骑鲸捉。先生仙也，几番来去如昨。　　世乱事杂言庞，江干诸子，方竞灵魂学。撮影竟传真色相，描对亏他冥索。变幻黎邱狰狞，罔象妙手，空中摸。良霄为鬼，可知余气犹恶。

西江月
沧酒

酽绝贤人微中，甜多大户犹嫌。郁金浮出更堆尖。唤取卢仝茶椀。卫水河中双楫，沧州城外三湾。麻姑美酒久相传，雪压芦花帘卷。

明月逐人来

沮洳卑湿，圩田交错。长沙小、不容驰马。板庐漆室，拳曲辕驹者。举目莓苔满瓦。　游客京津，占籍鱼鱼雅雅。闲谈到、归家转怕。白沙白草，高燥如台榭。胜似他乡梧槚。

蓦山溪
题姚品侯玉照

听风听雨，数载同林鸟。判牍役形神，试相看、何人不老。岱云淮月，踏寸寸征尘，鸬鹚笑。鸥鹭叫。失却当年少。　临池日课，早契坡公妙。幸健笔如椽，雨香亭、堪容舒啸。书生结习，已自误功名，过岭轿。游山屐。一任时贤好。

绮罗香
题姚品侯天涯行脚图

桑下浮屠，栖迟信宿，狂笑重逢无恙。八十行童，忙煞赵州和尚。惊笠重、泰岱霜寒，讶衣冷、舒庐风飔。息肩时、越水吴山，高挑又向竹篷放。　琴棋书画累赘，还藉横磨剑荡。开缠障。具大神通，拿住化龙禅杖。填海恨、精卫勤劬，补天术、女娲惆怅。更面壁、消歇音尘，草鞋闲五两。

卜算子

菊有徐家紫一种，即姚黄魏紫之例。相传吾乡前辈徐菊圃先生以药变之，遂成斯名。今可称为总统花矣。

脱却老僧鞋，为踏三津水。卓锡徐园不计年，新着袈裟紫。　芍药相公身，榴实科名记。待到陶潜发迹时，前事无伦比。

十六字令

花。约我楼头品细茶。闲谈罢，还与拨琵琶。

吟。万籁无声月照琴。飞鸿远，弦外有知音。

歌。手拍新翻曳落河。低声好，识曲爱哥哥。

寒。早起无心画远山。风涛恶，耽阁蘗碛还。

风。一斗桃花扑面红。消停些，不要大王雄。

春夏雨相期

记年年、三春迟误，经秋百卉丛灿。牛亩荒畦，尤爱菊华争艳。千枝缭绕亚疏篱，五色缤纷横孤馆。剥啄邻家，看花无阻，一行香伴。　　阴森土润尘软。认板桥陈迹，晓霜人远。吸露餐英，招得屈原魂返。薄绵衫子趁轻身，聚头折扇敲闲腕。缓步萦纡，指点犹疑，老奴谈健。

卖花声

题陈恭甫画菊

花事上眉头。冷艳全收。一枝一叶尽夷犹。沉濯心传张洽去，取法园邱。　　调弄粉胶投。暖礴凝眸。为他拼得九秋愁。墨客卧游声啧啧，品是高流。

瑞鹤仙

馆中杜鹃盆景盛开，沈孟起曰"杜鹃红似火"，问其下句，不属。王子芳觅得干蝶置花间，一笑而去。遂成此。

杜鹃红似火，位置鸡窗前。琴右卷左，泥香瓦盆妥。有重楗隔绝，小蜂巡逻。王乔入座。符檄来、太常仙跛太常仙蝶左翅不完，有跛仙之号。见徐士銮《宋艳》。黑章与、白质相参，旧友李唐张果。　　姑坐。芸编蠹简，蜀帝残魂，血痕犹涴。年湮莫考，空述说，拾余唾。待寻思、惟有秋山枫叶，比赛渠侬得过。但传神、只在多多，楚人曰夥。

金明池

朱氏家规，黎明即起，较辟宫门尚晏。三百日、烟霞供养，把丁夜乙夜数遍。隐星光、换出朝云，窗内外、虫飞鸦散。始倚枕、追随金枝公主，半面残妆偷看。　　反侧鸡号催午饭。纵启睑吹毛，涩开双眼。依今病、精神未返。容我睡、黑天休管。待经过、月上灯斜，有两泪流腮，连珠呵欠。已四体苏甦，新机徐引，一度轮回刚转。

东风第一枝

杨氏废园中多乔木。夏秋之交，辄有多人擎鸟笼于其墙外，木立良久不去，若有所伺者。询之，乃知鸟皆红脖、马蔺花二种，以能呼胡蝶秋凉为上品。胡蝶秋凉者，蝉嘶音也。故于丛林下，使其耳熟能详，但得一二声，即奇货矣。噫，艺之不可已也如是夫。

大树蒙阴，颓垣蔓草，高林爱煞公冶。双红马蔺花雏，翘足把筠笼挂。百金声价。回眸笑、傲呼哥姐。是逼真、技擅雕虫，一串珠喉倾泻。　　指顾东西留意者。莫向灌夫学骂。盘空怕有苍鹰，更风大、败墙飘瓦。惊魂一转，再弄舌、亦嫌音哑。两三行、雀跃人欢，到晚听他灯炧。

拜星月慢

水净杨枝，茶烹白鹤，苍狗云开月整。眼倦抛书，对半庭花影。绢灯下、信手拈来一炷，是淡巴菰香梗。余味回甘，助凤团龙饼。　　记朱明、吕宋风行甚。迨清室、遍后宫妃嫔。敌住瘴气寒淫，胜阿芙蓉隐。醉人时、亦似醇醪酪。终须戒、嗜好谁能屏。看洒洒、出户青雯，吸长劳祝哽。

浣溪沙

小院无人秋气深。好风吹过隔墙碪。匡床璧月照孤衾。　　雁北雁南催岁暮，欲归未去费沈吟。虫声如雨乱庭阴。

河满子

簇簇猩红衲袄，尖尖凤嘴丝鞋。驴背斜风真解事，飐他障面纱开。回首低询阿姥，可将白速香来。　　片席堪容双膝，虔诚敢避尘埃。清磬一敲扶欲起，于思广祝生财。偷眼隔花人远，小姑心事谁猜。

眉妩

京津之俗有玩草虫者，如蝈蝈油壶卢之属，启其翼以药傅之，清雄特异，亦嗜音者流也。余非同好，而听其乐道津津不倦，颇有人巧夺天之妙。造物者谢不敏矣。因为赋之。

噫喓喓虫耳，取暖偎寒，人力夺天巧。日月壶中大，长房术，为移春入秋杪。晓窗客到。一二三、探出怀抱。好都鲁、玉戛金敲里，又流水音绕。　　神妙开关通窍。是炙簧清肥，吹琯要眇。同好逡巡至，楼梯下、倾听偷写心稿。倚囊藉问。偏九城、京国还少。更强似泥盆，笼蟋蟀斗钱钞。

解佩令

楚伧燕客。胡卢掩口。笑何为、擅此般薑技。山抹微云，亦只爱、太虚佳婿。几曾怜、秃翁流辈。　　南唐二主。纳兰公子。隔千年、倚声谁寄。老泪阑珊，有优孟、个中真意。便倩红、岂能宽譬。

赌棋呼酒。花朝月夕。畅盘桓、有二三知己。画壁旗亭，暂指正、当筵雏伎。愿支离、一生身世。　　黄钟改律。清商音绝。待吹邠、属于民事。隔八相生，亦天地、自然终始。要更张、岂非儿戏。《如法受持馆诗余》

王猩酋（2首）

王猩酋（1876—1948），名文桂，字馨秋、行赇、腥虬，中年易字星球、猩囚，晚年更用猩酋，别号净饭王、石器猿人，直隶天津（今天津市武清区）人。资性颖悟，洁身高蹈。二十岁以第八名考入天津县学。家居设塾历四十余年。工诗文、时论，兼工金石书画。他是民国著名雨花石收藏家、鉴赏家、理论家，所作《雨花石子记》，是一生鉴赏、收藏雨花石的记录和总结，对于现代雨花石的收藏、鉴赏产生了深远的影响。与同乡张轮远和南方的许问石号称雨花石的"石坛三杰"，又称"南许北张天津王"。敢于正视现实，抨击黑暗社会，所作颇具时代生活气息。填词偶一为之，格律不甚严谨。身后有《猩酋老人诗文选》，录诗143首，文160篇，未刊。

一剪梅
军阀

督军各把地盘争。此处招兵。彼处招兵。连年战火不消停。枪响声声。炮响声声。　　欲求统一总无成。南有同盟。北有同盟。小民何日得安生。贫也心惊。富也心惊。

行香子
和信天原韵

老曰同尘，庄曰和焚。人生到底任何心。刹那世界，容易伤神。怎解其纷，挫其锐，外其身。　　寂寞田园，鱼鸟相亲。从无酬酢亦天真。岁寒三友，况复三人。如松之月，梅之雪，竹之云。《当代词综》

473

李萱（7首）

李萱（1878—?），号露生，直隶天津府蓟县（今天津市蓟州区）人，李树屏之子。受家学熏陶，幼而喜诗，见父亲诗稿辄喜诵之。其父见之，语之曰："诗是吾家事，汝既好之，不妨试为之，将来能以一好句博乃翁欢。胜于称觞戏彩也。"（《露生诗拾·露生自序》）由是始专心学之。得乃父诗友王鹏运、张远村、陈念亭诸人批评指示，获益良多。其诗词随作随弃，所存甚少。民国三十年（1941）六十四岁，念一生心血，半付于诗，若尽弃之，未免可惜。因搜拾若干首，辑成《露生诗拾》一册，词附。

十六字令
秋夜

听。窗外寒蛩断续鸣。深夜里，若为助诗情。

如梦令

细雨檐前初过。寒夜拥衾独卧。犬吠一声声，翻把梦儿惊破。起坐。起坐。孤枕长更无那。

十六字令

惊。剥啄时从枕上听。西风起，落叶打门声。

浪淘沙
春日独坐

天气正阴阴，斜日西沉。半庭残雪静诗心。独坐空斋浑似客，得句重吟。 　　特地晚风侵。万树萧森。更从闲里听山禽。一曲瑶琴初抚罢，却少知音。

南歌子
春晚

斜日催游客，垂杨送晚风。敲诗闲立小桥东。独倚吟笻一字，未吟工。

踏莎行
长夜

长夜失眠，拥衾自卧。无端俗虑来缠缚。诗书误尽廿余春，细思往日行全左。 　　一事未成，半生空活。谋生算计将安可。奉亲教子任非轻，从今不似从前我。

踏莎行
春日大雪

柳岸春回，池塘草绿。韶光渐可供游目。无情最是雪连朝，纷纷洒遍穿芳谷。 　　不喜寒消，又惊寒酷。天时怎亦多翻覆。病人心绪是东风。萧萧吹动窗前竹。《小穿芳峪艺文汇编·三编》

边嘉宜（26 首）

边嘉宜，生卒不详，约生活在清末民国时期，字让榛，直隶任丘（今河北省任丘市）人。出嫁杭州。其词或道母女、姐妹离别思念之情，或写夫妻相思之意，离缠绵沉挚，语辞婉转，颇见闺阁才女的真性情。著有《留云词》《福慧双修阁诗》。

浣溪沙

深护帘栊怯晚风。竹枝和月一重重。玉钗敲折不胜情。　　却忆去年相见日，茜纱窗下坐吹笙。离愁无奈水流东。

忆萝月①
芭蕉

芳心暗卷。因甚愁难展。一树蔷薇红满院。映出绿阴深浅。　　空怜点滴声声。故乡归梦难成。一夜离人心事，累他说到天明。

罗敷艳歌②
花朝

去年今日花朝节，细雨蒙蒙。慵卷帘栊。燕子飞来小院东。　　今年又是花朝节，宝篆香浓。人静楼空。一树桃花独自红。

------

① 此调即《清平乐》，张辑词有"忆着故山萝月"句，故名"忆萝月"。
② 此调即《采桑子》，冯延巳词名"罗敷媚歌"，陈师道词名"罗敷媚"。此词"双调四十四字，前后段各四句、三平韵"，用五代和凝《采桑子》（蝤蛴领上诃梨子）体。

鹊踏枝

长平公主

宫阙仓皇相决绝。故国沧桑，万事成消歇。寒食东风春夜月，霓裳一曲声呜咽。　　说到思陵肠欲裂。慷慨凄凉，又与周郎别。憔悴经年香玉折，至今遗恨罗襟血。

卖花声

新秋喜晤芷姊归宁

双桨送归艭。帆落秋江。十年幽梦忆钱塘。诉到分襟前后事，泪渍罗裳。　　百感集茫茫。贮满回肠。今宵且喜话西窗。往日离愁来日别，莫着思量。

前调

风叶下潇潇。秋思无聊。谁家庭院暮吹箫。谱出凄凉无限恨，清泪双飘。　　烟烬暗香消。寒漏迢迢。画屏愁对一灯挑。花影满阶人不寐，月转楼高。

十六字令

秋。立尽花梢月一钩。芭蕉里，不雨亦飕飀。

灯。斜照书帷半壁青。阑干外，花影欠分明。

一痕沙①

楼角一钩新月。又到穿针时节。花影澹帘波，拜星娥。　　镇日夜长无寐。窗外轻寒如水。独坐倚帏屏。剔秋灯。

金缕曲

与芷姊别一年矣，戊戌七月归宁，相聚未及一月，旋复返杭。时则慈帏久病未痊，余亦殷忧抱恙，伤秋赋别，殊难为情。谱此奉寄，不自知其

---

①　此调即《昭君怨》，明清词人多易词调名为"一痕沙"。

言之长也。

南浦销魂地。拭啼痕、斑斑凉沁，薄罗衫子。已是经秋伤摇落，况在愁中病里。待挥手、送君行矣。咫尺桃花人面隔，卷西风、帘幕清如洗。谁伴我，茜纱底。　　峭帆一霎遥天际。望钱塘、夕阳江郭，百重烟水。欲诉分襟前后事，莫惜衍波笺纸。骨肉外、几人知己。珍重免劳慈母念，翠琅玕、日暮休常倚。凄凉恨，慢提起。

鹊桥仙
夜念芷姊不能成寐，再拈此解寄怀

疏荷衰柳，晚烟芳草，还似去年离别。短长亭畔屡轻过，画纤雨、寒云时节。　　一声河满，几行清泪，今夜梦回愁绝。问君应亦感凄凉，正两岸、晓风残月。

黄金缕①
盆梅

卍字墙边闲倚遍。楚楚花身，更比阑干短。瘦得可怜颜色浅。淡红娇趁斜阳晚。　　流水一湾春意满。如此清高，幽思和谁遣。明月深宵微露浣。暗香疏影空庭院。

浪淘沙
除夕拈周晋仙《明日新年》韵

买酒掷青钱。浩饮酣眠。一生凄咽似秋蝉。记得涌金门外，泊桥畔湖船。　　闲住曲江边。鸥鹤为缘。思量往事已茫然。却怪韶光容易过，明日新年。

双双燕

清明过了，正乍暖还寒，困人天气。画屏静掩，十二阑干慵倚。几度无聊思睡，却又被、莺声呼起。徘徊卷上珠帘，先问海棠开未。　　镇日。风欺罗袂。看燕子梁间，更添新垒。呢喃小语，似说旧时幽意。多少惜花情

---

① 此调即《蝶恋花》，冯延巳词有"杨柳风轻，展尽黄金缕"句，故名《黄金缕》。

478

思，怕辜负、一年芳事。从今剪碎离愁，不为春归憔悴。

台城路

仿白石道人体

最无聊是清明雨。匆匆又催春去。冷醉闲吟，寻诗唤酒，怎遣这番情绪。愁闻杜宇。正梅子黄时，一庭飞絮。不尽凄凉，那堪重作断肠语。　　夭桃零落何许。叹残红满地，谁与为主。柳外芳塘，花前曲径，应即是春归路。相逢几度。只双燕依人，还如旧侣。此际思量，别离心更苦。

菩萨蛮

十年前向钱塘住。钱塘此日多风雨。记得早秋时。小庭花满枝。玉钗敲欲折。离恨和谁说。独立倚栏干。夜深罗袖单。

碧梧庭院秋风冷。窗前一片琅玕影。枕簟夜生凉。月明人晚妆。烛花和泪剪。寂寞湘帘卷。愁听漏声传。一声声欲残。

晚烟衰柳愁时节。去年此日多离别。回首梦难成。画楼秋雨声。徘徊阶下立。芳草和烟碧。庭院悄无人。晚来深闭门。

调笑令

明月。明月。照得离人愁绝。无言卷珠帘。灯下频将梦占。占梦。占梦。小阁夜深风定。

十六字令

寒。半臂吴棉昨夜添。纱窗外，小雨又廉纤。

百字令

辛丑四月，买棹还杭，回忆旧游，忽忽增怅，倚声谱此，不自知其感之深也。

大江东去，正潇潇细雨，落花时节。一叶扁舟天际远，回首暮云千叠。短橹摇愁，暗潮流梦，客泪空盈睫。乱山点点，对人如话离别。却忆往日桃花，旧时燕子，好景都抛撒。咫尺兰亭烟水隔，待看西湖明月。野寺钟疏，荒村日暝，未到心先怯。扣船歌罢，旅怀宛转凄绝。

菩萨蛮
集句

杏花零落闲庭院杜安世。隔帘微雨双飞燕牛峤。雨后却斜阳李珣。锦屏春昼长温庭筠。　．晓窗分袂处张炎。触目伤离绪蔡伸。回首恨依依李后主。此时心转迷韦庄。

小庭花落无人扫孙葆光①。旧愁新恨知多少冯延巳。无语倚屏风李珣。泪痕衣上重顾夐。　阑珊春色暮柳永。总是销魂处吴潜。蝴蝶为谁忙张磐。蔷薇一院香史介翁。

绿云髻上飞金雀牛峤。宿妆隐笑纱窗隔温庭筠。相见画屏中谢逸。霞衣曳晓红李珣。　旧欢如梦里韦庄。此恨何时已李之仪。心事有谁知陈克。鱼笺音信稀晏几道。

绿槐影里黄鹂语韦庄。牡丹一夜经微雨温庭筠。香径独徘徊南唐中主。眉愁那得开姚宽。　衣轻红袖皱谢逸。人比黄花瘦李清照。常恨小楼空卢祖皋。知君何日同舒亶。

洞仙歌②
寄外子保阳师范学校

轻寒似水，又中秋时候。底事伤心尚如旧。便归期暗数，别怨偷传，禁不得，镜里容华消瘦。　徘徊眠未得，倚遍阑干，今夜浓愁向谁剖。私语叩西风，此际相思，问孤馆、那人知否。算只有、姮娥最多情，却推下冰奁、与侬厮守。《文苑·留云词》

----

① 孙葆光，即五代词人孙光宪，号葆光子。
② 此词原本调名标为"百字令"，审其律调，当为《洞仙歌》，径改。

姜世刚（6首）

姜世刚（1901—1986），字毅然，现代画家，斋号十二石山堂，直隶天津（属天津市）人。8岁时学花鸟画，得家传，习工笔双钩及没骨法。22岁以卖画为生，遂纵笔作写意。后为了深造去北平美术学院学习，深得院长王悦之及王梦白先生赞赏。1932年在天津主办"毅然画会"，自任导师，教授国画。擅篆刻，所用多自刊。历任天津人民美术出版社及天津杨柳青画社编辑。与刘奎龄、刘子久、萧心泉、刘芷清号称画坛"津门五老"。曾参加梦碧词社与延秋词社，限调限题，按课填词。所作以题画居多，唱和之作次之，唯皆一时兴会，率意为之，少雕琢痕迹。诗词未结集。

菩萨蛮
回文

绤痕新叠红金绣。绣金红叠新痕绤。眉蹙正春思。思春正蹙眉。　　小山屏静悄。悄静屏山小。斜月透窗纱。纱窗透月斜。

洞仙歌
秋晚

几番风雨，喜黄花无恙。谁道清秋不堪赏。向东篱、把酒一醉陶然，千古事，多少兴亡漫想。　　残晖留晚照，寂寞空庭，红叶迎风舞飘飏。节已过重阳，妍暖如春，凭栏眺、微云轻漾。问底事、秋光怎勾留，但只愿、窗前早梅开放。

东风齐着力

拙作绣球花膺出国画展之选，写此志感

往迹蹉跎，雕虫笔墨，贫病为盟。何时了却，矫首问苍冥。几度为花写照，风雨恶，狼藉残英。都难遣，忍寒滋味，待旦心情。　旭日放光明。喜蓦见，天回地转河清。东风浴我，腕底起精灵。放眼纵游南国，胸怀拓，画本充盈。挥毫写，团圆丽态、春到蓬瀛。

长亭怨慢

两宋词人分赋，得吾家白石

叹词客、飘零如此。野鹤孤飞，冷鸥闲寄。半壁山河，独弦高唱倍心悴。遣愁无计。聊写出、凌云气。白石洞天旁，领略尽、浮峦晴翠。　且喜。小红低唱罢，回首水天无际。西泠几度，泛小艇、鸳鸯曾记。自去后、冷落湖山，总输与、塍花妍丽。听十四桥边，时有箫声清细。

庆春宫

壬子除夕访梦碧，雪甚。不及见而归

雁怯僵弦，莺沈远树，夜寒渐满春陌。唤起玉龙，翩翩欲舞。飞琼将洒天末。王郎休赋，念桃叶、孤芳自发。情怀长绕、歌底樽前，茜裙愁压。　斜街旧泪飘灯，鸥梦依依，醉魂一霎。余辉空照，幽阶人独，天际寒云如墨。罢催箫鼓，雪花黏、一簪华发。断肠谁续，回首孤城，冷飙自阖。

金缕曲

消寒雅集，分题得台湾凉席

锦叠鳞文软。是龙湖、巧工手织，云床初展。赚得玉人陈素体，长日罗衣绣懒。慵困倚，芳心难绾。自是丰肌莹如雪，喜清凉、香梦浑无汗。谁更忆，月眉畔。　芙蓉叶罐幽芳散。映斜阳、湘帘半透，波痕晕浅。午睡初过娇无那，皓臂红柔露祖。被印出、纤文虫篆。几尺色寒如秋水，怕芭蕉、夜雨西风卷。同见弃，与纨扇。以上《当代词综》

洞仙歌
题桃花源胜地图

红霞似锦，正春光明媚。夹岸繁枝碧波里。引渔人、桂棹惊起啼莺，寻津渡，误认溪头溪尾。　　武陵春密霭，红雨缤纷，绿满春山隔人世。别有洞中天，犬吠鸡鸣，迎佳客、逃秦隐避。算汉魏、前朝且休论，愿世代，桃源碧海同醉。

玉楼春
西沽怀古

西沽阵阵桃花雨。化作春光浓几许。堤头拂面柳丝风，陌上莺歌迎旧侣。游光耀影一身丹。荇藻空明日下看。回绕芳池人共乐，从来不羡五湖宽。以上《津门百家诗词选》

崔敬伯（84 首）

崔敬伯（1897—1988），名翊昆，号钦璧，笔名有静泊、劲柏、天吁、千山万水楼主人、风雪荡舟客等，直隶宁河（今天津市宁河县）人。1919年毕业于直隶公立政法专门学校商科，留校任教。1929年留学英国伦敦大学政治经济学院，习财政学。1932年回国，任燕京大学经济系教授。1934年兼任北平研究院研究员。1936年起，任财政部所得税筹备委员会特约研究员、财政部川康直接税局局长。1945年底任财政部直接税署副署长。1950年任中央税务总局副局长，1955年任中央财政干部学校副校长。后兼任中国财政学会顾问、中国税务学会顾问。崔氏本以财税专家名世，不以诗人自居。然性好吟咏，每寄兴性情于诗词。尝说："作诗和说外国话一样，只要你敢说，好说，日久天长，也就能说了。谁还想当诗人，不过寄趣而已。"又说："平生对诗词有所爱好，只是业余浏览，谈不到深入研究。嗜之既久，兴之所至，亦尝脱口而出，发为心声，肤浅平凡，略协音韵而已。"敬伯无意成为诗人，其词站在坚持真理、拥护正义的爱国立场，关注民生，记录和反映了时代，也寄托了自己的情怀和理想；文词犀利，寓意深长而沉厚郁勃，能够将思想性和艺术性完美结合。国共两党重庆谈判期间唱和毛泽东《沁园春·雪》，针砭时弊，企盼和平，尤受词家重视。晚年诸作繁华落尽，淡泊自然的生命灵韵寄兴日常感悟之中，蔼然而不失趣味。有《中国财政简史》《财税存稿选》，及《静泊诗词选》《静泊诗词荟萃》行世。

水调歌头

咏履一九三一年九月五日

夙夜凌多露，尘垢积肤颜。忆从沪滨邂逅，提絜已经年。踏破欧尘千里，赢得皱纹如许，眦裂与谁看。抚摩知创痛，相顾且欣然。　　蚕丛路，愁予渡，断雁关。相从荜路蓝缕，一往总无前。瞩目苍茫旅路，同志首推足下，交谊属艰难。裹创且再战，风雪万重山。

一九三〇年初春，赴伦敦读书，过沪上，购鞋子一双，相从一年矣。顷者数以眦目视余，余虽悭囊，非不可舍旧而新是图。顾念曾踏欧陆之东方屐子，终愿相与俱归，而不愿弃旧屐，携欧屐，使返踏我土也。于是补苴罅漏，频呼"足下"，并以词慰之。

浣溪沙
忆战场一九四五年二月十三日

万里长征志不回。天寒路远雪花飞。匈奴未灭敢言归。　　阵上机枪当爆竹，营中炬火照熹微。倭京痛饮夜光杯。

宋太祖赵匡胤元旦时，披裘赏雪，忽想到前方将士严寒作战，立刻把狐裘脱下，送往前方。现在我们后方的人，都要学习赵匡胤，发扬军民一体的精神，没有狐裘，就拿这阕土制的《浣溪沙》，当作春节劳军的礼品吧！

水调歌头
鹏搏九万一九四五年十月二十一日

道着当今事，翻从古话中。非是历史重演，真理古今同。时代日新月异，利欲熏心如故，吴下走阿蒙。腰缠千万贯，骑鹤下江东。　　苍生泪，健儿血，照眼红。笙歌过处，高楼依旧笑春风。顽敌虽输仍崛，宗国名强实弱，隐患梦魂萦。破晓窥朝旭，倚剑听晨钟。

偶读元曲，见有乔吉所写《山坡羊》（寓兴）诗一首，颇有意致。古人所讲，自然是古时事。但智慧一物，在古时是智慧，在今日还是智慧。因成《水调歌头》一阕。

水调歌头
别防空洞一九四五年十月二十七日

别矣防空洞，凄凉一望中。忆昔深秋月夜，高阁缀双红。驰逐幢幢人影，提挈纷纷潮拥，趋避此心同。信徒归圣地，流水竞朝宗。　　转丛莽，循曲户，照微荧。肩摩足触，争求一隙勉相容。思难相依为命，安乐顿成陌路，鸟尽弃良弓。世情翻冷暖，沉默对山城。

山城之防空洞，在此次抗战中，业已驰名于世。无山城则无此洞，无此洞则主持抗战之神经总枢，早已散乱而莫知所届。然而炎凉的世态，表现于防空洞者，则尤为赤裸，因成《水调歌头》一词以记之。

沁园春
日寇投降后的大后方①

一夕风横，八年抗战，万里萍飘。恨敌蹄到处，惟余榛莽；衣冠重睹，仍是滔滔。米共珠疏，薪同桂贵，欲与蟾宫试比高。抬望眼，盼山河收复，忍见妖娆。　　名城依旧多娇，引多少接收竞折腰。惜蒿里鹑衣，无情点缀，泥犁沟壑，未解兵骚。天予良时，稍纵即逝。苦恨颓梁不可雕。沧桑改，念今朝如此，还看明朝。

虞美人
一九四七年六月十四日

飞刍挽粟何时了。供应知多少。离离原上又春风。孑遗不堪榨取水深中。　　圣战声光应犹在。只是流年改。阋墙胜负总添愁。忍看万方膏血付东流。

虞美人
一九四七年六月二十日

风狂雨骤何时了。花落知多少。印机昨夜又加工。点缀千红万紫水深中。　　法币初功应犹在。只是圈儿改。米珠薪桂逐颜愁。赢得一天烽火照江流。

虞美人
一九四七年七月四日

东奔西突何时了。争逐知多少。飘如骤雨忽如风。仿佛迷藏捉扑万山

---

①　此词原稿标题为"蒋管区所谓的大后方——调寄《沁园春》"，为和毛泽东《沁园春·雪》之作，最早发表在《新民报晚刊》（1949 年 11 月 29 日）"本市新闻版"，署名"敬伯"。编辑加一［本报讯］"崔敬伯氏为国内有数之财政专家，公余之暇，颇寄其情兴于诗词。近以《沁园春》一阕见寄本报。道出老百姓衷怀。不愧为仁人之词，用特录享读者。"重庆《大公晚报》副刊（1945 年 11 月 30 日）发表此词作者自作小序："顷者读报，见近人多作《沁园春》体怅触衷怀，辄成短句，顶天立地之老百姓，亦当自有其立场也。"

中。　　围剿往忆应犹在。况复疆场改。穷兵到底要重筹。勿待夕阳西下水东流。

水调歌头

北望　　一九四七年七月三十日

安定知何日，搔首问青天。忆自卢沟肇衅，涂炭已十年。欣随凯歌归去，又苦驼铃桥影，相对只凄然。星文萦古堞，晓月照烽烟。　　天仍醉，人憔悴，易水寒。万千丁壮，征调能见几人还。今日兴修碉堡，昨夜宏开隧道，何处有田园。赤地明千里，曾是在人间。

菩萨蛮

北望　　一九四七年八月十一日

去乡十载云天隔。西山爽气迎归鹤。款段过书城。犹闻旧市声。　　郊外军情急。禾稼无生意。晓月照卢沟。烟波处处愁。

江南塞北遥相隔。旧京一去风云恶。缩毂赖幽燕。防边付等闲。　　八年争战苦。初胜奔京沪。偏安势已成。残民复北征。

鹧鸪天

送魏德迈①特使　　一九四七年八月二十五日

季札观风识废兴，鲁连排难屡经营。勤求百草千山后，可有奇方助弭兵。　　消壁垒，化顽冥。静观援手费平亭。几番人扫门前雪，尚自迷途摘埴行。

蝶恋花

蔓绕藤攀岩上树。展纵繁枝，总被繁枝误。倚势凌空天外去。空余弱草迷行路。　　缓步城狐驰社鼠。狐鼠凭依，城社那堪语。创巨②直同疽

---

①　魏德迈（Albert Coady Wedemeyer，1897—1989）上将，1944 年 10 月接任史迪威为盟军中国战区统帅部参谋长及驻华美军指挥官，至 1946 年 3 月卸任。1947 年 7 月再度奉命为特使到中国调查，写出《魏德迈报告》。

②　"创巨"，作者以"天吁"笔名发表于 1947 年 8 月 30 日上海《大公报》时作"刻入"，《静泊诗词荟萃》本同。

附骨。人间何日挥神斧。

卜算子

物价与生活　　一九四七年九月二

米是海中珠，薪是蟾宫树。若问群生去哪边，天海茫茫处。　　调整滞如龟，涨价奔如兔。也许龟行赶到前，兔肯途中宿。

长相思

海外逃资　　一九四七年九月十日

西海游。粤海游。海天佳处足栖留。荒江寂钓舟。　　去悠悠。恨悠悠。资金逃避几时休。看你不回头。

沁园春

寄北国教学旧游　　一九四七年九月十三日

十载漂流，万里崎岖，乍卸征尘。看垂垂城柳，深深巷路，门庭依旧，几度纷纭。检视图书，巡行教舍，桃李成荫别有春。青山在，且收拾斤斧，斩棘传薪。　　余生劫后呻吟。又岂料萧墙起战氛。望蓟门烟树，卢沟桥影，游踪咫尺，满目风云。苦念时艰，焦思作育，百折千磨余此身。须珍重，有同心万亿，与德为邻。

凭阑人

秋衣　　一九四七年九月十七日

欲制秋衣钱上难。不制秋衣身上寒。加了十万元。能裁几尺缣。

又

秋风

日盼秋风祛暑烦。秋风一到觉身寒。盼天又怨天。秋风进退难。

如梦令

寓公　　一九四七年九月二十七日

飞运奇珍东注。囊括金钞西渡。域外最高楼，那管啼痕处处。休误。

休误。宗国不堪一顾。

如梦令

走私　　一九四七年十月十四日

银翼凌空飞落。帆影横波出没。谁人识走私。且把关津瞒过。洋货。洋货。深入寒村野陌。

又

将军自天而降。海客溯江而上。分明是走私，却要大模大样。惆怅。惆怅。何必八年苦抗。

减字木兰花

寄心仪报友　　一九四七年十月二十一日

津沽振笔。辐射光铓烟瘴里。江汉凌风。誓破惊涛千万重。　　巴渝斥敌。黄金稻苗香满地。歇浦重归。天外风云暗四围。

生查子

一九四七年十月三十日

铮铮国士名，矻矻寒斋苦。生事困樵薪，珍袭归书贾。　　燎原战火燃，断续炊烟舞。何异又焚书，风教委尘土。

陈寅恪教授困于生计，卖书买煤，而矻矻不舍之精神如故也。此种师表万方之卓越操行，实为民族生命之所系。

采桑子

登高看红叶　　一九四七年十一月十六日

四方多难逢重九，也想登高。却怕登高。物价扶摇上九霄。　　栖霞道上人如织，山半霜枫。闪烁晴空。遥衬江天烽火红。

南歌子

美援　　一九四七年十一月二十七日

远引西江水，来苏涸辙鳞。欲前将却复沉吟。方记童鸿灶冷不因人。　　　大漠飞沙久，荒山喋血频。几番甘露总成尘。何若慈祥一念转天心。

近因美援，想到幼时所读的一段修身教科书："梁鸿少孤，比舍先炊已，呼鸿因热灶炊。鸿曰：'童子鸿，不因人热者也，灭火而更燃之。'"面对现实，缅怀先哲，泫然者久之，因成《南歌子》一阕。

丑奴儿

辞岁　　一九四八年一月一日

人间到处崎岖甚，如此流年。如此流年。浊酒一杯洗足眠。　　　时间兀自无穷尽，且看明年。且看明年。旋转乾坤别有天。

浣溪沙

今年　　一九四八年一月二十七日

风景依稀似去年。问君明月几回圆。那堪挥件霍似从前。　　　竭泽取鱼终有尽，杀鸡求卵事徒然。斯民憔悴奈何天。

鹧鸪天

京华即景　　一九四八年四月十五日

万马奔腾似脱缰。万头攒挤屡轰堂。商情选况尘嚣甚，不记田间有战场。　　城日蹙，野日荒。残民以逞事堪伤。迷途知返回头岸，何必燃其自速亡。

蝶恋花

善导学潮　　一九四八年四月十九日

热血方新自腾沸。活水源头，荡涤人间路。污浊如斯谁之误。那堪再筑防川窟。　　　原野日荒城日蹙。老树枯垂，喜看新枝拂。养育扶疏资雨露。斧斤莫向原头树枚荪大兄郢政，天籁木□草。

鹧鸪天

盛筵难再　　一九四八年五月十七日

镇日筵开笑语哗。连宵宴集鼓声挝。门迎朱屦三千客，路骋游龙百辆车。　　　无限好，夕阳斜。吁嗟万姓已无家。拼将有限人间血，洒向无边大漠沙。

生查子
一九四八年八月三十日

苍黄泣素丝，胡越悲歧路。当道有豺狼，漫野弥尘雾。　　孺子尔何辜，代罪羔羊赎。何处觅王通，为我存房杜。

隋末，朝政日非，王通退居河汾教授，受业者千数。房玄龄、杜如晦等皆出其门。卒能于丧乱之余，蔚成贞观之治。益可见培育后进、珍重英年之不可缓也！

生查子
一九四八年九月十二日

逆耳见忠言，苦口知良药。监谤徒纷纷，川壅多横决。　　昔贤戒作威，无助天为虐。大禹拜昌言，开国有宏略。

言论自由，不必待宪政实施后始有之。在昔子产之不毁乡校，唐宗之礼重魏徵。听舆人之诵，察城者之讴，当政不以为侮。甚至射钩斩袪，几危生命，桓文礼而用之，不以为仇，而况区区诽谤乎？厉王监谤，道路以目，卒流于彘。"我闻忠善以损怨，不闻作威以防怨"，子产之识，亦邈乎远矣！

卜算子
一九四八年九月二十三日

昔闻虎而冠，今见冠而虎。纵虎焉能不噬人，豪门余白骨。　　出柙痛犹存，打虎从今数。慎防傅翼飞向天，有勇无从贾。

韩非子有言："毋为虎傅翼，飞入邑，择人而噬之。夫乘不肖人于势，是为虎傅也！"傅翼而入市，固足噬人；傅翼而远扬，亦足败政。瞻望景阳冈，令人苦忆武都头不置也。

水调歌头
一九四八年十月一日

明月人皆有，何必问青天。只是人间天上，分别论流年。我欲乘风逐月，又恐天涯海角，到处有饥寒。清辉照烽火，曾是在人间。　　转碉阁，低逶户，警无眠。刀光剑影，何事偏向乱时圆。战有回旋进退，休有补充秣厉，鸡犬苦难全。但愿重携手，骷髅变婵娟。

东坡于中秋节日作《水调歌头》一词，千古传诵。惟开首二句"明月几时有，把酒问青天"，窃意不然。谚谓"清风明月，不用一钱买"，坡公于赤壁赋中，亦曾道之，岂自相矛盾耶？因反其意，而效其词。

浪淘沙

一九四八年十月五日

云暗雨潇潇。绿谢红凋。朱门深掩舞妖娆。点缀荒原多饿莩，马跃兵骄。　　东鲁复西辽。战火高烧。愿自难偿路自遥。挽粟飞刍何日了。梦想明朝。

秋色使人思，使人悲。值此肃杀之气，弥漫两间，令人有大劫飞灰、人间何世之感。欧阳子《秋声赋》，犹是以太平人作太平语也。

鹧鸪天

一九四八年十月九日

谁计关河战火烧。香车驰骋竞观潮。丽人指点扶肩语，健仆追随掉臂嚣。　　谈节约，说勤劳。滴油滴血自哓哓。天风一扫凡庸扰，自有仙人海上招。

报载海宁观潮，汽车行列，长达四里，亦勤俭运动中之无情点缀也。谚谓"一滴汽油一滴血"，世人所观者为海潮，海若所观者，岂非血潮乎？

浣溪沙

一九四八年十月十一日

惆怅年华逝水流。兄弟阋墙私斗几时休。生民无计避离忧。　　甫过双十惊度岁，又逢重九怯登楼。万方多难使人愁。

昨夜月华初上，搭小马车，逶迤长街，所过肆门多掩，灯火疏稀，此即三十七年之国庆日也！

忆秦娥

一介书生　　一九四八年十一月赴长沙湖南大学途中作

勤专业，书生积习堪发噱。堪发噱。土洋八股，并无实学。　　浮文衔世程门雪。虚名误我泥潭蹶。泥潭蹶。迷途知返，秣陵永诀。

卜算子

一九四八年十二月十三日

贪生未必全，怕死恒多辱。冲向汪洋五月花，且看哥伦布。　　仁民物望归，剥众天人怒。纵使偷生作寄生，早晚囊中物。

一四九二年，哥伦布率领三艘帆船，驶向苍茫的大西洋，发现了北美洲新大陆。不晓得豪门先生，这些现代的哥伦布，掉头不顾吾其西，发现了什么新大陆？怀其宝而迷其邦，寄生异宇以为偷生之谋，果足以卫其宝乎？不仅是异邦统治的囊中物，而且整个的老百姓，总有一天发挥"囊括"的力量，一个筋斗，十万八千里，毕竟不出我佛的手心。所以豪门早晚是要成正果的。

卜算子

一九四九年一月九日

人生朝露微，忽忽归尘土。前线冲锋道上流，熟识岂无睹。　　只重千金躯，但作守财虏。自古多藏必厚亡，捷足终何补。

采桑子

离秣陵到长沙湖大教书　　一九四九年一月十一日

儿曹塞北江南路，不愿情牵。未免情牵。况复椒华插旅檐。　　劳生风雨轮蹄惯，浊酒催眠。号角惊眠。老骥征途肯着鞭。

一九四八年十一月，我自愿、自动地辞掉了当时立法院委员职务。应李鹤鸣、李祖荫、江之泳三位老友的电邀，到长沙湖南大学经济系教书。并在《湖南日报》登出启事，声明本人已辞掉立法委员的职务，自一九四八年十一月起，不再支领委员薪金。初到长沙，暂住乐陶旅馆，时在一九四八年的岁尾。"椒华"二字，表示度新年住在旅馆。这时，长女君慧在河北省阜平白求恩医院工作；次女君定在沪上海化工厂工作；三女君戒在清华大学读书；望、壮两儿尚小，随行在长沙。

鹧鸪天

一九四九年三月十五日

十扣豪门九不开。忍看黎庶委尘埃。八方切齿千夫指，自古秦人不自哀。　　　居累卵，尚聚财。剥肤及骨胜天灾。权门偃蹇豪门寝，谁识狂飙卷地来。

多少年来，国内有识之士，提议征用豪门资本，征收临时财产税，备受既得利益的反对，少数人主张，而不肯施行。政权操之豪门，而欲重课豪门，岂不与虎谋皮乎！

采桑子

奉电召到新中国的首都　　一九四九年十月

儿曹久别重逢后，一见潜然。絮语欢然。喜沐新天共倚栏。　　华府电约来京国，征及刍言。勉进肤言。税政新规应嘱编。

一九四八年及四九年，我在长沙湖南大学教书，参加湖南省的和平解放运动。一九四九年九月六日接到华北人民政府的电报（当时中央人民政府尚未正式成立），约我到北京工作，于十月三日抵达首都。领导约我参加新成立的中央财政部，并嘱草拟各项新税法的草案，准备提交十一月召开的第一次全国税务会议。

关于这阕词，还有一件事，足资回忆。当在报上发表时，黄任之老先生看到，对我说："以前我以为你是个财经战线上的一位实干、苦干的干部，现在发现你还是个诗词的作者。"深致奖勖之意。并给我指出"一见泫然"，"泫"字是仄声，应该用平声的字，以与"絮语欢然"的"欢"字相协调。任老的指教很对，我就把"泫"字改成"潜"字，"潜然泪下"更有成语可据，与下句的"欢然"，平仄正合。一字之师，使我感念！

采桑子

开国经建　　一九五〇年二月十六日

开国规模有重点，经建为先。稳币为先。物价趋平好过年。　　多年膨胀一朝逝，睡也安然。作也安然。熙往熙来笑逐颜。

浣溪沙

新都春节放歌　　一九五〇年二月十七日

飘泊江湖十二年。风尘行脚任留连。春明春节总情牵。　　竟挟顽躯归冀北，岂容残翼扰江南。雄师指日下台湾。

浣溪沙

祝中苏友好条约　　一九五〇年二月二十七日

残帝阴谋亦枉然。亲仁中国与苏联。和平壁垒障江天。　　大地春融冰化水，晴空光射鬼成烟。中苏友善亘千年。

更漏子

不惊慌，不麻痹　　一九五〇年三月二十四日

不惊慌，不麻痹。预防敌机侵袭。砂土积，桶水添，遮光垂画帘。深壕窖，除燃物。到处组成防护。人力集，方法多，何必怕妖魔。

《天津日报》社论，号召"不麻痹，不惊慌，预防敌机侵袭"，辄成短句以应。

水调歌头

三把刀与三条路　　一九五一年八月二十四日

乾人血泪语，头上挂三刀。租多利重不算，更有押金高。如此层层剥削，那有乾人活路，上吊坐监牢。到处伸魔爪，逃亡何处逃。　　轰天响，翻身炮，起蓬蒿。三刀在手，反帝反霸反官僚。展开土改三斗，穷根苦根挖净，收获手中操。大道新民主，田畴泛碧涛。

友人袁穆如同志参加西南土改，一九五一年七月二十一日自川南泸州寨子乡来信，说道四川的"乾人"（指贫、雇农）流传着一首民谣。"乾人头上三把刀，租多利重押金高。乾人面前三条路，逃亡上吊坐监牢"。现在进行"三斗"——斗霸、斗不法、斗剥削，挖穷根，挖苦根，读后深为感动，辄成短句以纪。

采桑子

夜课　　一九五一年十二月十九日

匆匆来去一宵隔，红日衔山。明月衔山。迎我出城送我还。　　华灯高照明寒夜，炉火一团。英气一团。满座青年红果园。

一九五一年，我在财政部税务总局工作，同时兼任北京铁道学院《财政学》的课程。下午下班后出城，正值红日衔山；夜间授课毕宿校，次晨返城，为时尚早，明月衔山，得句以纪。

采桑子

一九五二年一月一日

国防建设凭群力，你也支援。我也支援。保卫和平庆凯旋。　　贪污浪费都除尽，节约空前。增产空前。扫雾拨云万象妍。

采桑子

一九五三年二月十四日

年来越觉精神旺，学习提高。实践提高。错节盘根腕底消。　　春回喜共儿曹聚，几日新苗。又长新苗。绕膝扶床笑语嚣。

采桑子

财院剪影　　一九五五年五月

高粱桥路层楼起，柳色如烟。翠柏遥连。财院巍峨绿野间。　　东西南北来相聚，握手言欢。共力钻研。秋往春来历岁年。

园林错落如堆锦，激水池喧。绕架藤牵。课暇盘桓意态闲。　　四围楼舍明灯火，展卷窗前。自习心专。天外疏星眨眼看。

晨操浩荡如棋布，曙色新妍。露气清鲜。俯仰回旋水一般。　　英年身手多骄健，跃掷球篮。蹴踏秋千。杨柳春风夕照天。

乒乓球赛常宵战，银柱灯悬。碧案球翻。侧击斜攻各竞先。　　文娱活动能多彩，急管繁弦。响遏云端。曼舞清歌满座欢。

琳琅书库供翻检，展卷灯前。古籍新篇。四座无言月影阑。　　凭高教室临郊野，槛外田园。窗外青山。开拓胸襟眼界宽。

一九五五年五月，我调任中央财政干部学校副校长，负责教学科研工作，同时，还兼任中央税务总局副局长。

浣溪沙

晨起锻炼　　一九五八年春季

血液循环遍体周。深深呼吸浩然收。胸怀心地两优游。　　曙色初升荧天际，清风拂柳弄轻柔。青山绿水眼前收。

南乡子①

咏射箭能手李淑兰　　一九六二年五月

挥手谢雕栏。校场旗翻景色妍。手里暮云凝望处，婵娟。敛袖弯弓百

---

① "南乡子"，《静泊诗词荟萃》本、《崔敬伯纪念文集》本均作"定风波"，审其律调当为"南乡子"。王继钰、陈秀衡编《武术诗选》本作"南乡子"。

步穿。　　何必重生男。巾帼须眉各竞先。卫笔班书辉旧史，惊天。认取红装奋铁肩。

忆秦娥

　　　　君定二女自沪来京开会　　一九六五年十一月十五日

　　深深院。推门乍睹娇儿面。娇儿面。迢迢千里，今宵相见。　　儿年不惑娘仍健。窗前絮语灯花绚。灯花绚。江南冀北，旅情庭恋。

菩萨蛮

　　　　迁移新楼工作室　　一九六六年七月二十八日

　　一瓶一钵垂垂老。鹪鹩巢木一枝好。更上一层楼。千岩万壑收。　　举目西山近。拂袖东风迅。徙屋换新天。高潮在眼前。

菩萨蛮

　　　　献书　　一九六六年七月二十八日

　　南楼楼下经寒暑。书城四壁明华烛。徙层到新楼。郊原眼底收。　　献书千百卷。伴我惟经典。鹜博祇蹉跎。研精不贵多。

翠华引

　　　　窗外　　一九六七年九月十八日

　　窗外绿荫缭绕。旭影扶疏清晓。风来舞态蹁跹。雨后斜阳更好。

长相思

　　　　君望返哈尔滨军工学院　　一九六八年二月二十日

　　山一程。水一程。身向榆关那畔行。夜深千镇灯。　　风一更。雪一更。敛却乡心梦亦宁。校园多友声。借用清代词家纳兰性德的词体而出之以新意。

菩萨蛮

　　　　老干看花红　　一九六八年四月十四日

　　姚山东望饶佳气。清溪岸柳摇空碧。古柏郁亭亭。苍枝分外青。　　蟠桃初放蕊。绿叶惊春睡。老干看花红。园林一望中。

一九六八年的春天，偶到学院附近之皂君庙散步，庙中有古柏数株，高耸入云。西行过姚山，为农业科学研究院之试验田，蟠桃初放蕊，得句以纪。

菩萨蛮

雨后　　一九六八年四月二十四日

夜来几阵风和雨。庭前积潦明如玉。晨旭透轻阴。园林触目新。　　田间纷集伍。锄耰黄金土。雨后望郊原。新苗到处妍。

满江红

参加体力劳动　　一九六八年七月一日

七十残年，有勇气，参加劳动。开始际，也曾顾虑，不堪供用。壮不如人今老矣，无能为也何能竞。列队时，耳重不闻声，惟从众。　　年虽迈，气犹劲，参集体，劳逸共。小螺钉，可助机轮制控。壮志曾传歌落日，战场永记挥余勇。莫等闲，辜负盛明时，东风颂。

"无能为也何能竞"，《左传》载，郑国一位老人烛之武对他的国君说："臣之壮也，犹不如人，今老矣，无能为也已"。老敬在这首词里，点画古典，使为我用，尚属自然。想同壮年同志们一起竞赛，是办不到的了。下地劳动之前，列队出发，由于耳重，听不到号令，只好看大家，照样子做。

"可助机轮制控"，虽然如此，老敬还是自动自愿地踊跃参加，干不了重活，可以干些轻活。顶不了大机件，还可以当一枚小螺丝钉，只要全心全意地去干，可以干的，应该干的，老年人可以办得到的农活，可多啦。活计不分大小，配合起来，都是有用的。不仅不至于妨碍大家的手脚，而且对大家还多少有点用，有点帮助，大家高兴，我也就高兴了。

"壮志曾传歌落日"，"落日心犹壮"是诗人杜甫的诗句，意思是说：青年好比早晨的太阳，壮年好比中午的太阳，老年则成了晚照将落的太阳了。别看晚照将落，而个人的心情还是很壮的。杜甫这首诗的末尾结句是"古来存老马，不必取长途"，意思更好。对于老马，还叫它负重载，跑长途，是不行的了。但是老马识途，还有他的用场，因而把老马也保存起来了。老年人参加劳动，也当作如是观，量才器使，量力而行，还是有用！

"战场永记挥余勇"，"余勇可贾"也是《左传》里的著名典故。战场上谁要有余勇，而又肯于坚持下去，谁就可以赢得最后的胜利。

蝶恋花

参加"么零九"号学习班　　一九六八年九月三日

学习班中容老叟。行李一肩，直上么零九。问讯华佗能治否。华佗自有回春手。　　换骨脱胎需解剖，苦口回甘，胜饮南山酒。盛世躬逢须抖擞。东风到处生枯朽。

"文化大革命"开始后，于一九六八年九月三日参加我院"么零九"号学习班，地点在原来的幼儿园，门牌号数是"么零九"，即住在班内，曾写小词以记其事。

减字木兰花

侵晨扫雪　　一九六八年十二月三十日

门前皆白。雪地挥除胸际廓。点点灯光。犹照园林几卧房。　　拔炉添火。暖气微微盈盥所。扫径成文。归卧楼床被尚温。

"侵晨扫雪"，一九六八年十二月三十日晨五时赴厕，雪深扫径，得句以纪。"楼床"即架子床，缘梯上下，亦分楼上楼下也。"扫径成文"系指老敬所扫的，不仅是一条路，扫了几条交叉成文。另位同志讲，扫路扫出"文"来啦！

浪淘沙

自砺　　一九六九年一月一日

人海泛微澜。幼读陈篇。诗云子曰枉钻研。"阶级""斗争"都不识，知向谁边。　　圣地仰延安。未敢着鞭。浮沉乱世愧英贤。幸际明时容改造，誓奋余年。

临江仙

自砺　　一九六九年一月四日

七十年来无限事，而今悔恨难追。已知六十九年非。只应今日是，后日又寻思。　　立足乖方成大错，一生劬苦空持。脱胎换骨及明时。烘炉腾烈火，洗炼莫稽迟。效辛稼轩体，而出以新意。

西江月

晨起郊行　　一九六九年一月六日

天际朝阳初涌，西山残月犹明。凌风踏步事晨行。领略郊原胜境。

旧染心头涤净，新年争取新生。日新不已记汤铭。一片生机萌动。

　　"西山残月犹明"：那时住在"么零九"，晨起可望西山，故曰："西山残月犹明。"
"汤铭"即汤之盘铭，其曰"苟日新，日日新，又日新"，出自《礼记·大学》。汤即
成汤，商朝的开国君主。盘铭是刻在器皿上警醒自己的箴言。成汤刻在澡盆上的箴言
说，"如果能够做到一天新，就应保持天天新，新了还要更新"。

十六字令
一九六九年一月十四日

　　山。曾为愚公他处搬。齐心干，陆海布荒滩。
　　山。引水缘山泛碧澜。银河远，何似在人间。
　　山。弥望梯田锦绣般。沧桑改，农垦着先鞭。

　　第一首系根据一九六九年一月七日《北京日报》所载密云县两河大队改造荒滩的
事迹。其余二首，亦写于一九六九年一月。

菩萨蛮
迭次瑞雪　　一九六九年二月二十六日

　　天时人事交相辅。飘空滚滚鹅毛舞。雪后复斜阳。郊原溢土香。　　虬松
枝干秀。蜡象银蛇斗。堆絮耸飞檐。高楼赤帜翻。

采桑子
支援三夏劳动　　一九六九年六月十五日

　　下乡劳动蒙批准，心念怀柔。身到怀柔。三夏支援战麦收。　　倚山
茶坞风光丽，弥望田畴。活跃田畴。龙口夺刍计划周。

水调歌头
奔赴三夏前线　　一九六九年六月十六日

　　才饮京城水，踏上北郊途。千倾麦田横渡，弥望锦黄铺。城市知识分
子，涌向农村前线，投笔习镰锄。流水车行路，乘风破浪初。　　天虽
厚，人能斗，启鸿图。革命促进生产，到处见丰腴。三夏支援纷向，公社
社员学习，野战起欢呼。打好丰收仗，先声夺美苏。

水调歌头

麦收劳动归途　　一九六九年七月三日

三夏支援日，京郊事短征。庙城队伍纷集，工毕引归程。连续晴明天气，劳动毫无阻滞，仓廪庆丰盈。山光笼旷野，红日正当中。　　二十日，留茶坞，喜三同。晓耕翻锄露草，禾垄泛清风。公社社员教导，此生永不忘记，临别惜匆匆。挥手殷勤道，相期再度逢。

中央财院支援大队于一九六九年六月十五日出发，搭火车于当日下午四时许到达怀柔县属之庙城车站，转赴公社的平义分大队，住在一位农民师傅段有绪家里。收割的麦田有一千七百五十亩，从十六日到廿八日都是搞麦收劳动。从割麦开镰起，捆麦、运麦、晒场、铡杆、打谷、清土、晒粒、进仓、再晒、再进，以及一些零碎劳动。六月廿九日起，搞玉米地锄草、清苗劳动。七月二日开会总结，三日返京。

卜算子

遥望"幺零九"一九六九年九月

行止在西楼，遥望幺零九。一片园林似去年，无语频搔首。　　天意远难知，人事翻斛斗。无限风光滚滚来，触及灵魂否。

卜算子

读放翁词质疑　　一九七〇年十月二十九日

荷风五月清，菊圃重阳秀。花开花谢各有时，不必争先后。　　花落俱成尘，何分香与臭。满村听唱蔡中郎，负鼓盲翁诌。

读陆游咏梅词，拟从物理角度，向放翁提出一点质疑。陆词有"无意苦争春"之句。从物理上讲，好花开放，各有一定的时节，莲池五月飘香，菊圃重阳秀蕊，并非均在春天。张九龄《感遇》诗已有"兰叶春葳蕤，桂华秋皎洁"之名句。陆词又说"零落成泥辗作尘，只有香如故"，按词义和词句说，当然很好，但从物理方面看，花落成尘之后，俱成泥土，无从分出香与臭来。陆词另一首也有"王侯蝼蚁俱各成尘"之句。放翁亦在另一首七绝中有"斜阳古柳赵家庄，负鼓盲翁正作场，死后是非谁管得，满村听唱蔡中郎"，自己的词意和诗意，向其作之《卜算子》提出质疑。

水调歌头

淮滨待月寄颖若　　一九七一年十月三日

明月几时有。中秋第二天。雨后清光彻照，如雪兆丰年。槛外田畴入画，园内秋蔬似锦，溪水溢轻寒。玉宇琼楼夜，何似在田间。　　倾杯酒，啖苹实，洗足眠。一轮光满，明窗初透月儿圆。遥祝家人康乐，任凭老夫高卧，形隔喜神全。人物今朝数，霜鬓亦婵娟。

　　一九七一年十月三日，农历八月十五日，秋霖渐沥，月光隐蔽。次晨雨霁，入夜月涌。雨后倍显莹沏。因成小词以纪，步东坡韵，而广其义。

虞美人
新中国的财政与金融　　一九七七年二月十八日

　　熙来熙往迎春晓。市场风光好。物资供应日充盈。人民币值稳定裕群生。　　金圆卢布曾争俏。赤字知多少。交流贸易靠金融。喜看华币结账最通行。

　　国际贸易以及国际收支的结账计算，各国都欢迎采用中华人民共和国的人民币作结算的标准，因为我们人民币的币值是稳定的。

贺新郎
周永林兄偕刘明霞姊见过　　一九七九年十二月十八日

　　欣逢高轩过。感深情，渝州远道，相逢京国。座上昌黎和皇甫，自愧身非李贺。无以副采风嘉客。荠菲靡遗钦远瞩，新长征、自有新佳作。迷雾扫，天地廓。识荆重庆堪追述。　　忆当年，崎岖抗战，只呈微薄。堪笑书生徒自守，未逐贪污泪没。公论许、尚无大错。三十年后承枉顾，仰丰神，健朗侔松鹤。祝俪景，赢长祚。

水调歌头
财政与金融　　一九八三年十月二十日

　　金融与财政，相得而益彰。分配流通并重，周转靠银行。太公九府圜法，重核算，管仲弘羊心计，平准古称扬。社会主义好，领袖党中央。　　节成本，建规章。钱如流水，刘晏马上总思量。洪范五福先言富，民富蔚成国富，源远自流长。转亏增效益，四化展辉光。

诉衷情
效陆放翁词　　一九八七年七月十七日

当年万里誓同仇。匹马戍梁州。关河望断何处，尘暗旧征裘。　　邻犹逞，鬓先秋，泪空流。此生谁料，频传警报，身老沧州。

　　"梁州"抗战八年，从北平赴四川。今之四川古称梁州。"沧州"系指水边，泛指隐者居处。《静泊诗词荟萃》

陈大远（111 首）

　　陈大远（1916—1994），原名李树人，笔名胡青、大风，河北丰润（今河北省唐山市丰润区）人。先后从事新闻、文艺、外事工作。1941 年在冀东参加抗日，历任《救国报》编辑，《冀东日报》编辑部长，唐山《劳动日报》社社长、总编。1949 年后历任中共唐山市委宣传部副部长、河北省文联副主任、中国驻丹麦大使馆文化委员、文化部对外四司负责人。在现当代文坛与管桦、端木蕻良、远千里、王学仲等交游甚密切。长于小说、散文，亦寄情古典诗词。其词有典则，有新意，词笔清新明亮，用调丰富，音律严谨，纯熟而新颖，使古典诗词在新中国焕发出新的艺术魅力。陈氏自谓其词都是一时即兴之作，虽也从个人角度反映了某些历史情况，其意义更多的在自娱情性。在创作上要求写旧体诗词应该遵守格律，以成其体。但随着时代和语音的变化，格律也应该有所变化，不必完全拘泥于传统的束缚，尤其是在用韵上，认为可以邻韵同押。他认为所谓诗词体制的新旧是辩证的，根本上也无所谓新与旧。"旧体诗词"实即我国传统的、民族的诗歌形式。正如从先秦到近现代，诗体屡变，而并存并传，而不是一种形式代替另一种形式。正是这样，才成就了我国诗歌园地丰富多彩、艺术纷呈的形态。管桦论其诗词创作说："大远是有多方面艺术素养的诗人和作家。但他是在繁忙的外事工作之余写作。我知道大远从没想使自己成为一个诗人或作家，而是出于对生活的感受，胸中勃勃，形于诗文，就象那流泉奔流时自然发出的声音一样。在他从容地剖析人类的天性，洞察生活的隐秘，不知不觉中成为一名人类灵魂的使者时，连他自己也不知道。"① 有诗词集《大风集》（收《野火》《远游》《江河》三

---

　　① 陈大远：《碎石集》，湖南人民出版社 1983 年版，第 1 页。

集）、《瓠尊集》（收《春草》《片云》《风雷》三集）行世。

浣溪沙

出塞五首

水碧山青动晚风。千军万马陇头行。阵云飞过马蹄轻。　　今日才吟塞土曲，明朝欣听凯歌声。月华相伴出长城。

登上城头晚风凉。青岚隐约水苍苍。明霞起处是还乡。　　大好江山南共北，长驱长进战转强。旌旗如血自飘扬。

塞外高山高插天。奇峰怪岭势巍然。苍穹如线晓星寒。　　无尽黄花秋色好，此间风物赛江南。前头应是瀑河川。

百里丛芜少人行。狼吟鸟唱一声声。朝阳才出又西冥。　　斩棘披荆成院宇，依山筑起小茅棚。送将捷报进长城。

峭壁层岩路转稀。山头高与暮云齐。朔风频卷雪花飞。　　翻过长城逢旧友，前方消息报君知。明天就道赴滦西。

浪淘沙

悼布于同志

布于同志生前任冀东《老百姓》报主编，一九四二年反"扫荡"中牺牲于丰润县北腰带山。后冀东《救国报》出专刊进追悼死难烈士，余作此词以悼之。

战火已燎原。遍地腥膻。燕山北度别篱园。方冀功成初愿遂，辞却人间。　　促膝写诗篇，毛瑟三千。晓日如花残月寒。莫道生离死别苦，待看明天。

霜天晓角

忆布于

余与布于同任教于丰润七树庄，每多诗记唱和。复过其地，有感作此。词中所云"草桥诗，疏篱句"，见于"晨游即景联句"，为纪念布于，附录于后。

山青水碧，芳草寻幽路。联袂行吟垄渚。草桥诗，疏篱句。　　故地莫回首，故人委尘土。怀恨登临凭吊，山无容，水无语。

水调歌头
告别祖国

就道游欧陆，挥手别京门。漫漫长途无尽，曷兴说风尘。目送南鸿北雁，望断草原泽薮，万里渡丛林。越波罗的海，到哥本哈根。　　接南欧，衔北极，望昆仑。如是江山一脉，天下共长春。深夜小楼驰笔，遍录异乡风味，蓦见月西沉。故国天方晓，此地正黄昏。

虞美人
仲夏夜观送巫神

丹麦风俗，每年仲夏之夜，扎巨人，燃篝火，青年男女，着民族服装，歌舞通督。然后，焚巨人，名曰"烧鬼"。各家亦有烧破条帛，掷于高空者，名曰"送巫婆"。即驱鬼除晦之意。

笼沙篝火腾云处。阵阵歌声促。长裙拖地布缠头。犹台通宵达旦舞不休。　　残阳如泣月如晦。知是谁家鬼。条条敝帛送巫婆。偏道巫婆又比往年多。

剪牡丹
寄千里同志

故国迢遥，知交阻隔，处处异乡风味。海水临窗，看落照千里。念君小楼当风，漫惊秋雨。几时扶栏轻举。雁不西飞，凭窗曾相忆。　　又把新居重正，对楼前睡莲憔悴。花不为君开，且倩曙蟾光代传消息。雨地黄昏隔几许，举标遥祝，愿文情如水。还有，向故人朋辈，问声声康否。

如梦命
梵内岛上

梵内岛在丹多西海岸，岛上有宝石店、咖啡馆多处，女营业员着民族服装，以招徕顾客。

岛上花娇柳媚，片片沙鹏沉睡。少女卖咖啡，着起锦裙玉佩。梵内。梵内。偏若游人如醉。

阮郎归
斯卡根角

斯卡根是丹麦日德兰最北端一城市，市北小半岛，名曰斯卡根季角。每年夏，游人不绝。余秋季来此，别是一番风光。

水涯地角一沙丘，风吹楼外楼。楼头远整白云浮，浮云遮北欧。　　天淡淡，浪悠悠，荒烟送晚秋。千帆不是打渔舟，长空过海鸥。

撼庭竹
再访安徒生故居

游遍菲茵看画图。风卷障云舒。清流漏雨自疾徐，名城虽老若珍珠。一霎天光翠，鹤影照红庐。　　窄窄回廊旧时居，大业有还无。安徒生氏凝神处，千百儿童泪可掬。架上五车书，书画满蠹鱼。

凤凰台上忆吹箫
醉酒

赫尔辛基，波罗的海，两相映带回还。夕照里参差岛屿，历落青山。叠浪腾银击岸，舒望眼，点点风帆。长林远，森森壁立，奔赴云间。　　风光似珠如玉，出一片孤城，半壁晴川。便深夜，楼头换酒，墙下酣眠。底事驰驱微俸，馨囊橐，买醉寻欢。原来是，今日未卜明天。

画堂春
游人民公园

柳眠花老好风光，半园多少村庄。清秋野墅木生香，睡损挪王。　　游人有置身数百年前之感。楼上招摇翠袖，门前隐豹红妆。古今错落着新裳，相伴斜阳。

蝶恋花
瑞典南部之游

余闻瑞典南部马尔摩城，为世界生活水平最高之城市，遂往游。不解，询之，云标志有二：一，妓女多；二，物价高。闻之不胜慨叹。

北国名城名何据，一晌斜阳，一晌连绵雨。莫道通途无所阻，行人路上成白骨。　　翠馆红楼春欲暮，舞榭歌台，鱼肉凭刀俎。富者豪奢贫者苦，此情翻作骄人处。

鹊桥仙
皇后岛

葱龙野岛，清流环抱，茂苑苍苍郁郁。渡头停棹是离宫，这一带花花絮絮。　　成茵碧草，如云残梦，飞鸟来来去去。亭台筑就学东方，又岂在红红绿绿。

蝶恋花
瑞典仲夏节

瑞典仲夏风俗，与丹麦相类，惟烧鬼者甚少，岩鬼已烧尽，抑或它迁也欤？

月逗繁花风逗柳，仲夏黄香，济济人无数。长裙拂地歌且舞，清声阵阵如风雨。　　束帛缠头来复去。留得云停，留得晨星住。舞罢歌收闻鸟语，天边一缕红霞出。

丑奴儿

丹麦、瑞典、挪威等地，亦有人着民族服装，或在节日，或为招徕顾客之时。冰岛女郎多于平日着之，不以为异，盖欲保存民族传统也。

家家女子弄颜色，暮蔼朝云。万壑堆银，千里冰封一点春。　　束装偏喜腰肢瘦，花式均匀。紫带红裙，一缕长缨遮半身。

阮郎归
偶游但泽

回国途中，驶经波兰琴尼亚港，上岸后，旅行社已备好汽车，社会主义国家旅客可乘车住游但泽。但泽今名革旦斯克，大战遗迹尚存。

长堤抱海海迷蒙，四垂漂渺中。细风吹雨雨随风，石滑岸上行。古堡黑，大楼倾，群魔不息兵。云飞雾逝出晴空。大旗映日红。

柳稍青

游列宁格勒

雨后清晨，初秋天气，万树垂金。彼得冬宫，列宁别馆，史迹堪寻。　画廊久渴登临，徘徊处，山浅云深。一日驰驱，半宵逆旅，再蹈征尘。

点绛唇

鸿雁南征，丛山渐入平沙路。苍穹垂护，无际茫茫处。　星点牛羊，水草连云幕。听一曲扶风振玉，飞向天边去。

北国群山，山连草地无涯岸。马群花片，铁路如一线。　云上斜阳，大漠斜阳晚。犹道是途程漫远，故国遥相见。

菩萨蛮

重谒首都

几年暂别情如海，首都又把容改。翻教百花开，歌声动地来。　灯火繁星照。偏是朝阳笑。广场映长空，高楼十月成。

浣溪沙

参观唐山第二钢铁厂

一九五八年临时回国，返抵唐山，参观"二钢"，据云系工人与技术人员于短期所建成。真惊人奇迹。

风送陡河两岸春。家家锣鼓唱新人。千军万马践轻尘。　未老英雄城不夜，一斛煤铁一斛金。月来新起小洋群。

满庭芳

回丰润故居

余乡在还乡河畔，一别十年。今日归来，旧貌至改，昔日穷乡，已为繁荣之人民公社。余之故居，为公社之养畜场，牛马成群，景象一新。惜余乡诸烈士不得亲见。

十载轻离，一朝重踏，油然喜上心头。还乡河水，细浪激浮鸥。沙际三棵嫩柳，犹相忆，展臂舒眸。青山远，环屏列嶂，多少旧风流。　　故苑浑如昨，羞红妒紫，风雨百花稠。看人民公社，春遍田曦。昔日寒街陌巷，今满厩，健马肥牛。倘先烈同临目击，和泪唱丰收。

蓦山溪
访天津有感

金钢桥下，九曲沽河畔。记得十年事，谁道是柳丝花片。人间激雨，策马踏云飞，乾坤转，流年换。处处歌声颤。　　新坊旧厂，捷报都传遍。公社开新面。翻教那花娇柳艳。会几何年，罪日小扬州，云程远，春色满，红日当头绽。

长相思
西湖泛舟

一九六一年初秋，与苏联鄂姆斯克合唱团同游西湖，闲行于堤柳之间，弄舟于清波之上。虽秋也，有万里长春之感。

一抹轻霞，半城秋水，弄舟西子湖心。清光碎玉，波影流风，最是山色宜人。碧柳堤头，像鬓边插翠，袖底榣金。凭舷望四极，看江山万里长春。　　念坟垒将军，墓封诗客，世代多少英魂。斑斑成史迹，被管弦说到如今。塔断雷峰，又黄楼碧宇翻新。正彩练长虹贯日，月明潮水腾云。

浣溪沙
登六合望钱塘

塔势庞然照大江。行云帆影共旁徨。轻雷阵阵过钱塘。　　望尽平畴三百里，富春山上雨飞扬。东风吹舞稻花香。

临江仙
西湖上度中秋

收拾残阳山色紫，朦胧月上东楼。平湖云影碧光浮。偏藏羞怯样，不肯就出头。　　过了中秋多少遍，去年还在欧洲。我乡明月最温柔。为何西去后，便有许多愁。

霜天晓角
珠江岸上晚眺

江头细雨，江水清如许。波上传来荡桨声，知是渔家女。　　五万离江去，三千江上住。雨歇云开出夕阳，船上烟如缕。以上《大风集》

望江南
登楼

一九六二年秋，奉命回冀东写小说。初到唐山，登楼北望，遥思昔时战友，百感云集。

登楼望，斜日近黄昏。稻黍接天天更远，青峦遮路路弥深。思旧怨秋云。　　忆往昔，塞下起边尘。弹雨缘生新战友，山花常伴夜行人。回首几多春。

点绛唇
宿潘家峪

一九四一年初，日寇血洗潘家峪，千余人遇难。今日往访，已是一片繁荣景象。

环列崇山，一湾逝水东流去。几经风雨，血泊曾漂杵。　　誓报村仇，踏上征人路。今如许，社旗飘舞。秋色连天处。

腰带横云，新村郁郁经秋雨。绿坟红树，写遍英雄谱。　　万盏灯明，萤火纷飞处。频笑语，轻歌急鼓。相祝葡萄熟。

浣溪沙
访鲁家峪

相识群峰笑靥开。连天碧树弄青睐。山梨丹柿染红腮。　　羞见故人云落地，歌声何处费凝猜。牛羊踽踽下山来。

菩萨蛮
与鲁家峪故老闲话

当年战火纷飞日。山山树树曾相识。故老话桑榆。相与论胡须。　　争夸公社好。须斑人未老。红玉累垂垂。山鸡对对飞。

菩萨蛮
慕杨大娘

十年仰慕不相遇。而今相遇临丘墓。寒夜宿农家。灯前啜枣茶。　　拥军传佳话。儿女满天下。巾帼出英雄。盘山一盏星。

菩萨蛮
夜访崔大娘

九华顶上动秋色。暮云轻拢山村黑。林外有灯明。遥闻犬犬声。　　窗前寒月缺。偷照鬓如雪。相对细叮咛，十冬长别情。

梦江南
宿锦州

锦州好，当日战云横。千百英雄今未死，大凌河上听歌声。古塔月华生。

一落索
承德

北国山城红树。地合燕楚。千回百转出离宫，锁不住。烟和雨。　　一带云楼鸥浦。欢声何处。儿童相竞展红旗，似维鹰，抒新羽。

梦江南
忆无人区

千嶂外，应是小江南。昔日青青成战友，从来战友重于山。远地问平安。

又

公社好，废址起家园。若许山村今又是，牧于沃野播于田。瓜李庆丰年。

一九四二年，日寇在冀东长城线上实行集家并村，制造"无人区"，封锁抗日游击根据地。日降后始得新生。

菩萨蛮
大灰窑公社

十年战火飞红雨，如今广厦稠如许。相祝雾灵山，山高高插天。　　村人舒望眼，累累仓储满。秋色艳于春，山头落彩云。

惜红衣
题画

碧树垂条，疏林弄影，天高云淡。槛外黄花，秋叶飞红片。白头何事，啼不住，流光偷换。烂漫。三春种菊，待西风肥绽。　　排衣金线。缕缕香魂，便诗情如幻。写成一纸，画前频频唤。欲把墙头眼底，移在我家篱畔。俟酒熟同祝，岁岁长随人愿。

浪淘沙
迎春

瑞雪自霏霏，天外轻雷。迎来细雨试新犁。北国嫣红南国绿，一样花肥。　　百圃弄芳姿。绰约披离。东风吹绽万千枝。料应今年春更好，燕舞莺飞。

菩萨蛮
北戴河

茫茫渤海当头立。狂涛尽卷征云去。潮落放渔船。白帆飘上天。　　东方才破晓。长笛和烟袅。霞色舞遥空。关山次第红。

女冠子
参观秦皇岛玻璃丝工厂

新楼幼树，曾是荒烟僻处。疾飞驰。密雨千条线，狂轮万卷丝。　　玻璃成玉帛，炉火照英姿。谁是红旗手，尽人知。

菩萨蛮
山海关

长城顿向千山起。蛇龙吸尽重洋水。巨浪漫榆关。连绵下陕甘。　燕云横沃土。队队红旗舞。麦季碧葱葱。天高五月风。

采桑子
过戟门

蒹葭犹恐弯庐去，乱挽云头。多少春秋。且倚桥栏看水流。　断蓬朽槽今何处，废了王侯。建了新楼。队队渔舟天上浮。

蒲芦染得天光绿，望尽平滩。过了桥栏。缕缕清声响彻天。　寻踪觅迹人何在，少女摇船。白发扬帆。合唱新歌下海南。

卜算子
新居

窗下绽黄梅，墙上摇新柳。一架豆棚紫蝶飞，阵阵飘香久。　何处雨声来，又伴斜风走。正是杨花扑面时，唤女沽春酒。

沁园春
小说初稿写成感兴

挥手京门，来我还乡，一度岁华。正秋风起处，葡萄酿酒，重阳落雪，边塞飞上元过了，秉灯命笔，炮火当年漫自嗟。唱彻也，诸英雄沥血，戎马生涯。　几多异卉奇葩。抒腕底，犹恐乱涂鸦。悲五河命尽，姑娘远徙；九江负弹，天染红霞。原报村仇，翻成国士，燕尾滦头处处家。枯肠竭，待书成题字，战地黄花。

"还乡"系余家乡一条河名。"五河""九江"系小说中人物。①

---

① "五河""九江"是陈大远抗日革命题材小说《蟠龙山》的主人公。

满江红

冀东抗日大暴动二十五周年

古道秦榆，生荆杞，河山半壁。同敌忾，一人振臂，千人踵迹。十万戈矛星斗转，八方响应鬼神匿。听惊雷，号角遍幽燕，风云黑。　　举烽火，燎原势。神州怒，谁能敌。最国防前线，英雄气魄。滦水田盘如锁钥，长城渤海成磐石。自崇光烈焰照天红，狼烟息。

浣溪沙

久雨初晴

连日不知天色明。睑帘初透晓阳晴。开窗蓦见一枝樱。　　机手驱牛新绿绽，儿童喝犊柳鞭轻。歌声常伴马达声。

汉宫春

读毛主席诗词

一卷诗词，只三十七首，力抵千钧。睥睨秦皇汉武，乱石崩云。楚天极目抽宝剑，截断昆仑。谈笑里，苍蝇碰壁，笔尖横扫瘟君。　　气足包容宇宙，撮苏辛才调，李杜精神。韵比飞花泻玉，远过参军。红霞万朵，郁葱葱尽染朝暾。风光无限，豪情独照乾坤。

浣溪沙

五一之夜

向晚时钟久不敲。登楼送目夜空高。华灯如海照云霄。　　地迸梅花飘碎玉，天开碧宇出琼瑶。光矛乱剪落葡萄。

浣溪沙

麦收

大地铺金麦色新。儿童漫指问娘亲。一时能打几多斤。　　妙手齐攉千里浪，高歌同唱万家春。今年增产胜三分。

红日高悬打麦场。笑迎书记送茶汤。歌声麦雨共飞扬。　　冈地好收秋玉米，低田应种晚高粱。同将社务作家常。

浣溪沙
陪英国朋友游西湖龙井

迤逦行来山渐青。若停若续响泉声。云峰雾岭自空灵。　　微雨常如西子泪，闲花初解杜鹃情。品茶相对远来朋。

如梦令
三八林

健妇村姑幼女，插柳栽桃艺圃。今日育成林，明日千条万缕。万缕，万缕，多少花风絮雨。

减字木兰花
寒潮

黄桥春老。多少桐花开未了。北极流寒，万里蒸云水满天。　　红旗竞展。平畴一望青山远。抢种方酣，狂风乱卷过河南。

浣溪沙
谒列宁墓

十年前过莫斯科，谒列宁、斯大林墓，列、斯遗体并陈。今日再来瞻仰，斯大林遗体已被赫鲁晓夫火化，葬于墓后。不胜感慨，因成此阕。

今昔空伤两代秋。楚尸惟有赫光头。屠刀不向死人休。　　墓草衔愁新绿染，鲜花忍泪嫩香浮。西风携雨过宫楼。

菩萨蛮
芬兰

才离故国炎如火。北欧季侯长关锁。千岛画青虹。飞云遮太空。　　一雯花街雨。雨来腾细缕。市场问黄瓜，黄瓜片片斜。

浣溪沙
美人鱼复活

美人鱼铜雕，系据安徒生童话"小人鱼"雕塑而成，置于哥本哈根海边。一九六四年，为纪念安徒生诞辰一百六十周年，移于安徒生故乡奥登斯展出。一夜，头被劫锯而去。余往访时，已以原型重铸新头，恢复旧观，美人鱼得以复生矣。

海水弥天细浪开，沉鱼底事泪盈腮。夜阑愁上断头台。　　王子无缘长寂寞，香魂有幸起非灾。潮生重见美人来。

菩萨蛮
莫斯科国民经济展览

遥看怪物凌云起。星罗馆舍秋林里。原始论加盟。高低物外情。　　三无新世界。贱把灵魂卖。灵魂变作铜。华展亦成空。

浣溪沙
再谒列宁墓

大雪弥天北极风，人流伫候一声钟。墓门开处仰遗容。　　眼底僵花花艳艳，碑前冻草草茸茸。岂教桀犬骂英雄。

浣溪沙
自摩尔曼斯克抵哈瓦那

一九六六年访问古巴。中古关系虽被古巴某些领导人蒙上一层乌云。但古巴人民对中国人民的友谊是深厚的，因此成诗。

无际冰天雪乱飞。故乡星斗渐相违。寒空惟有朔风吹。　　振翼南疆三万里，迎来新柳两三枝。密云衔雨过春时。

采桑子
宿多宝湖

今宵馆舍归何处。古代瓜麻。现代瓜麻。印第安人水上家。　　夕阳如血兼葭远，湖上轻纱。天外飞鸦。万里苍萍一树花。

瓜麻是古巴地名，此地有多宝湖，湖上港汊甚多，设旅馆，房舍悉仿印第安人茅庐式样。

菩萨蛮
抄录毛主席诗词后作

初阳喷薄天生色。雄文壮韵流南北。坚比老松苍。惊雷落大荒。　　鹰击长空去。指点江山处。风雨势如滔。诗情鼓浪高。

南乡子
怀千里同志

一九六七年夏，远千里同志自津来京，未及促谈即赴保定。千里坦荡乐观，使我记忆甚深。不久后惊悉千里逝世，不悉所因，乃含泪作《南乡子》。

磐石故人情。每听敲金裂玉声。坦荡胸怀犹自励，堪惊。大道沧桑有几程。　　坎何路难行。午夜相逢酒未倾。谁与叮咛成永诀，无凭。怅望南天泪雨零。

采桑子
国庆之夜

彩云万里城不夜，香蔼迷弥。焰火阑珊。十石珍珠散九天。　　英雄碑下翻红浪，锣鼓喧阗。歌舞狂欢。阵阵惊雷起巨澜。

沁园春
河南之春，用毛主席《沁园春·雪》原韵

稻麦连天，芹椒照眼，欲与云飘。看沟合渠复，青萍成浪，桃开李落，香雪如滔。战歌唱晓，机声破夜，风卷红旗舞渐高。谁裁出，便玉田金垅，无限妖娆。　　不羡柳媚花娇。多少事，泥土竟缠腰。待驱牛纵马，流浆滚滚，开塍作堰，松韵骚骚。规划农林，坚持牧副，一纸蓝图众手雕。春正好，算长江飞渡，决在明朝。

菩萨蛮
扬州

一九七三年访扬州，参观南水北调工程，大坝长虹，已成其三，第四

座坝桥正在计划之中。

半生未遂扬州梦。扬州好似桃源洞。微雨下扬州，扬州风满楼。　　长江三万里。化作黄河水。石壁倚云高。明朝第四桥。

浣溪沙
访东京横滨

复栈重桥浊雾天，人流暮影舞蹁跹。楼头明月几时圆。　　春到三溪花满径，樱开十里脂生烟。筵前同唱谱新弦。

浣溪沙
箱根遇雨

百缕垂泉挂乱峰。箱根春色染青松。卢湖深处雨蒙蒙。　　富士云开披白发，樱花浴罢泛嫣红。千年诗卷唱扶东。

处处友情处处春。车行九曲笑相闻。清泉激越响鸣琴。　　富士白头愁细雨，卢湖涌谷出飞云。樱花满地下箱根。

浣溪沙
题画江南梨花

万树梨花万仞山。滩头绿涨水无边。春光如许到人间。　　多少红楼飞白雨，连翩帆影上青天。清明风暖送江南。

浣溪沙
题画巫峡烟云

万里长江一叶宽。旋开吴楚水弥天。相离神女过千帆。　　高峡缘何腾巨浪，巫山底事起云烟。好将春色播人间。

菩萨蛮
西行漫记

访问美国，途中草成《菩萨蛮》八首，以纪游程。客中无词谱，只得以较熟悉的此调为式。

西行

巡天逐日弯庐小。漫漫长夜何时了。云影自低垂。寒星头上飞。　　朝阳才欲绽。铁塔依稀见。此处是巴黎。巴黎晨鸟啼。

巴黎

驱车赛纳河边走。春宵风舞凡宫柳。塔影入云天。华灯照凯旋。　　英雄创世纪。徒见江中水。今日识名城。花都最有情。

华盛顿

白宫玫瑰空千树。衣冠代代今何处。大厦为谁开。游人络绎来。　　水门风雨骤。难辨香和臭。塔影照群山。华城静欲眠。

纽约遇雨

长街扰镶人如缕。危楼耸峙斜阳里。万巷落深山。黄香日色残。　　自由神象立。神象缘何泣。云合雨淋淋。明朝花木新。

登摩天楼

摩天更有摩天处。凭窗恰似随云去。楼上看新晴。人间细雨零。　　举箸欣共酌。剩把鲜蛏嚼。花树尽根除，高楼千万株。

银宫夜宴

银宫锣鼓灯花落。佳宾举酒千杯错。独唱北风吹。笛声满场飞。　　五洲相共醉。漫揾狂欢泪。寒夜正难明。人间话友情。

韩家山庄

寒宵雨雪冰花白。丛林叠岭浑如璧。远客访山家。相逢酒作茶。　　秋深农事晚。空羡仓储满。圣诞喜提前。天涯共聚餐。

东归

寰球半匝穿欧陆。扪星揽月天行速。滚滚大西洋，茫茫旧战场。　　腾云三万里。红日照扬子。痴女展双眉。擎来酒一杯。

浣溪沙

访缅甸蒲甘

蒲甘是缅三代王朝故都，佛塔林立，号称"千塔之城"。

江畔山头淡淡天。登临历数塔三千。风尘无尽鸟盘旋。　　王国空留佛世界，故城何处玉栏杆。三朝荆杞在人间。

清平乐
宿吉伦坡

青山未断。不识花浓淡。万树千楼娇欲绽。疑是晓鬟金钏。　　新城绿染胶园。赤道犹耽夜寒。闽粤风光换取。云横北国南天。

破阵子
悼朱委员长

梅尽才哭总理，花飞又失元戎。流却人间多少泪，犹觅雕弓向九重。寒凝七月风。　　征战江南漠北，驱驰白马青骢。敌寇闻声魂欲落，万众长歌太岳功。虬然一劲松。

十六字令
喜报

愁。一片妖氛顶上头。乌云乱，衔雨暗神州。
狂。狗党狐群四人帮。谋篡逆，成败错估量。
瞧。时雨轻吹四害消。乌云散，风卷落花飘。
欢。十万旌旗红满天。群情奋，鬼魅胆应寒。
敲。鼙鼓迎风响怒潮。普天乐，市上酒脱销。
天。万里春风宇宙间。舒望眼，煦日照江山。

满江红
斥四害乱文窃国

四害横行，挥大棒传书飞檄。诬创业，十条罪状，乱文祸国。砍杀红旗难罢手，谩诮元老不遗力。校航程，领袖拨乌云，天如碧。　　反击出，全然黑，弄诡计，未稍息。要待机抛售，与党为敌。策划夺权恶作剧，图谋政变文为镝。响春雷，一霎又东风，真了得。

相思令
悼被"四人帮"迫害致死的亡友

燕山青。乌云横。忠骨长埋墓未凭。恨如春草生。　　天色清。沉冤平。泪雨十年不敢倾。今朝哭尽情。

念奴娇
一九七七年元旦

苍龙作祟，痛天倾日月，泪湿双眼。地动山崩灾异遍，又是雨丝风片。鬼蜮无踪，族旗如画，村酿浮千盏。皇冠何处，酒醒梦破魂断。　　迎来烂漫春光，绿肥红绽。天际摇金线。奋笔讵成诗万首，搜尽旧章新典。鞭答牛蛇，讴歌盛世，坎坷非虚幻。年开七秩，翻将朽骨抽换。

飞雪满群山
总理周年祭

痛别经年，岁寒一序，泪河流到如今。红梅香远，青松耸峙，劲风吹向乾坤。昆仑怀璞玉，英雄肝胆，冰雪精神。骨洒千秋，魂凝五岳，万古仰行云。　　从来是，忠奸不两立，纵群魔乱舞，谣诼纷绘。擘海擒蛟，黄尘捉鬼，无情历史车轮。一击诸丑尽，拨航向，扫净妖氛。蓝图绘就，祖国明朝万里春。

汉宫春
参观总理展览

两载悲愁。忆长庚西坠，江水东流。仰凭手泽，高风拂满重楼。褐衣敝履，尽瘁身，为相为牛。河汉落，晨灯不灭，豪光独照千秋。　　气吞海岳天球。经蛮缠骤雨，无撼金瓯。扶摇星际，常同斗转云浮。青山何处，凝望眼，支持神州。人去也，苍穹如盖，一轮明月当头。

西江月
大治之歌

大干翻成有罪，丰收却道无功。仓储米尽腹中空，这样才称革命。四逆花天酒地，万民苦雨妻风。一朝殄灭害人虫，从此航程拨正。
夜读难寻灯泡。收音没有电池。寒天拥雪怕风吹，碎了玻璃糊纸。不为修牌生产，好教逆党营私。刀光剑影血如丝，大乱赢来大治。
只要翻天有术，何愁颗粒无收。管他冬夏与春秋，乱得还嫌不够。

饿鬼最能革命，活人势必变修。恶魔罪满死临头，臭比瘟猪癫狗。

四害初呈恶果，三餐已觉艰难。厨房几度不生烟，肉类供求凭券。曾是莺歌燕舞，换来雨冷风寒。神州八亿力回天，形势翻然好转。

贺新郎

读毛主席《贺新郎·读史》，用毛主席原调原韵。

重九悲长别。流光速两周年祭，初凉时节。新词一阕千秋史，战罢惊涛才得。阅沧桑天寒地热。莫道林江耽影射，弄权谋多少年和月。枉费了，心和血。 群英鉴察明如雪。恰昨宵女皇幽梦，又成陈迹。实践无情揭真理，唤醒书生墨客。悟彻也，玄黄唯物。细嚼人猿千百度，再长征万马挥金钺。欢声动，须眉白。

双燕儿

三园劫

颐和园

江青在颐和园长廊跑马，长廊垂檐碰头，即令砍去。"四人帮"粉碎后才得修复，旧迹尚存。

昆明池上轻寒。一泓水，半壁山。长廊走马，垂檐扑面，砍断雕栏。 天生万物皆归我，莫迁延，纵欲寻欢。眼巴慈禧，涎滴吕雉，羡死则天。

碧云寺

碧云寺被"四人帮"封闭多年，五塔、罗汉、中山先生水晶棺，皆成有罪之物。

碧云苍翠幽森。姚郎妒，老娘嗔。清流获罪，贞松邀惩，空冢当焚。 难从禁令明原委。眼望穿，锁了山门。尘封五塔，生因罗汉，扫荡游人。

北海

北海成为江青"御花园"，王洪文垂钓之所，霸占多年，任意践踏。"四人帮"奸除后，乃重新开放。

难忘太液芙蓉。塔送影，月如弓。江妖别馆，王郎钓苑，鬼魅离宫。 湖山依旧归原主，叹经年，细检园容。林塘微雨，柳丝轻拂，芍药新红。

诉衷情

看话剧《曙光》怀贺龙同志

洪湖浪急列戈矛。谁与主沉浮。百经征伐战阵。功业著千秋。　　林江陷，嫉如仇。弄权谋。半生戎马，几载班房，一个坟头。

国人钦仰鬼狐谗。冰解水犹寒。狂涛难撼毫发，砥柱折微澜。　　风云怒，扫尘寰。见晴天。除了林逆，缚了江妖，雪了沉冤。

苏幕遮

祝中日和平友好条约签订

君西来，我东渡。滚滚长河，和约今方署。水土栽培人已去。英灵笑指，友谊花千树。　　翠微山，芳菲路。战火八年，祸者如一粟。万世同歌棠棣曲。桀犬声嘶、没在花飞处。

八声甘州

新长征

念南疆北王日方晴，阵雨过春城。却才除林逆，初平陈党，四害横行。恨把神州易色，薄海不聊生。引狂飙怒浪，水碧山青。　　歌鼓喧阗十月，焕凌云宿志，石破天惊。攻关排险阻，绝顶勇攀登。看百卉迎风弄态，听千岩万壑响涛声。从今又，红旗高举，骤马长征。以上《瓠尊集》

浣溪沙

曹雪芹故居

曹子著书黄叶村。村居何处不堪寻。西山旧舍种前因。　　半叠平桥一逝水，石成白玉铁成金，长怀磨玉炼金人。

曹雪芹西山故居坐落何处，久无定论。十多年前，红学界经过长期研究、访问、查证，终于在北京海淀区白家疃发现雪芹西山著书处，近年已在此建成纪念馆。郁葱主编：《河北50年诗歌大系》，花山出版社1999年版，第612页。

孙正刚（28 首）

孙正刚（1919—1980），名铮，号晋斋、千印长，天津人。早年毕业于燕京大学国文系，为邓之诚高足。20 世纪 40 年代起开始活跃于京津文坛，参与关庚麟、张伯驹等人主持的稊园诗社唱和活动。1950 年，张伯驹于展春园创立"庚寅词社"，主要成员有章士钊、叶恭绰、夏仁虎、龙榆生、王冷斋、黄君坦、萧劳、黄佘、汪曾武、许季湘、陈宗藩、关庚麟、溥儒、夏纬明等。孙正刚与周汝昌、寇梦碧同时入社，称"津门三君"。其后，孙正刚与周汝昌常客展春园，时人目为张伯驹主持京津词学坛坫的"左膀右臂"。历任天津师范学院、天津教育学院教职，有《天上旧曲》《人间新词》二集，及《词学新探》行世。孙正刚早年从顾随先生学词，风格颇近苏辛，慷慨豪迈，有雄杰之气。中华人民共和国成立后，受时代风气影响，多以词笔表现社会政治变革、乡村城市人民生产生活的新貌，雄壮之气未减，增添了主动接近、融入平民的通俗清新之气。论词的创作重视声律，与津门词家寇梦碧、张牧石、陈机峰声气相通。

风流子

桐阴秋转薄，看双翼、飞上紫珑玲。记词笔洒余，玉肤逾腻，篆铭镌处，鸲眼犹青。蓦回首、石交翻自弃，神物已无凭。和氏泪枯，海桑经惯，广陵人士，风雅谁赓。　　摩挲今安在，须留得、蚕纸鸟迹纵横容若铭文介篆榴之间。不待墨池蒸雨，四壁云生。任蕉鹿梦残，铜台寂寞，羽衣谱就，兰魄飘零叶小鸾疏香阁眉子砚拓本题解者数十人。相伴绿窗吟课，终古长馨。

霓裳中序第一

依白石四声

天香借万斛。占得秋痕刚半掬。何处绝堪莹目。正才下素娥，新移华屋。幽眠渐熟。看亚枝稠缀金粟。丹墀近，不须浪说，犹托瘦根宿。　　芳馥。妒他雏菊。暗残送流光转轴。蟾宫嘉会又续。墨聚群仙，履跂高蹰。浩歌思化鹄。奈顾昒良宵禾卜。深杯里，重游清梦，愿鬓影长绿。

虞美人

咏虞美人草

虞兮莫是湘娥裔。总嫁重瞳婿。谁将幽草著题评。料得拔山歌罢尚无名。　　郊原回望迷今古。肠断知何处。年年兀自舞春风。生怕八千子弟唱江东。

水调歌头

次遐庵原韵

携得此身去，天外恣神游。人间莫是无地，何处著蓬丘。试把山稠水叠，收入笔端缣尾，还似在皇州。跌坐一盦畔，辛苦莫回头。　　鸟惊心，花溅泪，总闲愁。白云亲舍谁问，风木几经秋。公自宁庵图就宋张仁叔庐墓扁曰宁庵，以记无涯之戚，谢叠山为撰《宁庵记》，我亦蓼莪篇废，余怆不能休。掩卷涕沾袂，佳句若为酬。

浣溪沙

题叶遐庵自画竹石长卷

碎影筛天碧四围。长劳风雨护严扉。此中有客憺忘归。　　嶰谷蛮湖思往日，丹邱（柯）石室（文）话前微。拂云枝上五云飞。以上《咫社词钞》卷一

定风波

水殿凉生六月秋。暗香棲稳露华稠。好梦惊回无觅处。飞去。一双鸂鶒不回头。　　渐觉西风欺素魄。遮莫。画眉人在也应愁。过眼繁华谁是

主。怜取。洞仙歌罢泪偷流。《咫社词钞》卷二

大圣乐

咏梅，依玉田词四声

剪水双眸，曳云纤影，更教分付。道恁般、虚掩罗帏，乍卸宝钿，交颈文鸳偷觑。占断小春能多少，看一瞬、檐花飞细雨。君听取。问疏韵解吹，香瘢谁补。

倾心几人暗许。便簇拥匆忙来北土。奈丽谯居惯，幽禽避冷，愁损年时眉妩。带月映溪浑相似，只惆怅、乡昔犹横阻。消凝处。尽今宵、梦魂无据。《咫社词钞》卷三

鹧鸪天

题姜毅然白描花卉

绣遍星球古不闻。花花叶叶幻乾坤。千般旖旎凭勾勒，一种娇娆罢染皴。　　吴道子，李公麟。白描仕女且休论。老姜晚景人争羡，旧著新镌世所珍。

虞美人

问胡荦秋疾，诵来书"惟丛碧翁之命是从"句，情不能已。

汴州尘土荆州客。懒画梅花额。一春长是病恹恹。借问隔邻花絮底相黏。　　多情薄倖双无意。抱影还孤寐。落花忍见夏初临。犹自芳心一点护禅心。

水龙吟

甲辰正月十一日，丛碧主人来津晤谈之余，以《春游词》手稿见贻，敬题此解。

少时歌舞升平，老来一纵春游辔。新邦绝域，热肠冷眼，怎生料理。忍续离骚，休赓孤愤，且从宾戏。尽瘦金书圣，秋笳怨客，论偶傥，须难似。　　十载人间睥睨，喜重逢、倍增豪气。中唐以降，声家八代，余衰谁起。给偶算难似。动我清吟，添君旧稿，朝饥顿已。待辽东尘倦，京华梦稳，主耆英会。

金缕曲
题《斋毁石存图》①

丙辰天津地震，千印斋毁于一夕，惟石章尚完好无缺。夜泊为作《斋毁石存图》，爰赋此解，并征和作。

掩卷追陈迹。恍年时、深摇地脉，猛翻天极。小筑行窝曾栖凤，乍可将雏比翼。甚惨淡、经营朝夕。巢覆卵完知多幸，怕千章，去我嫌孤寂。拼性命，葆魂魄。　　哀鸿只恁从抛掷。写流民、丹青郑侠，狂矜才力。崛起琅琊传宗派，逸少还兼摩诘。照肝胆、百心如石。瓦甓堆中存吾道，便一身、万死宁须惜。三载血，半城碧。以上《当代词综》

金缕曲
旧稿问世，自题识愧

故纸丛中物。惯曾经、尘封垢锁，蠹钻鼠啮。万马齐喑独花放，熬过严冬时节。歼四害、乱云都拨。霞起赤诚千秋愿，浴春阳，志士肝肠热。擎火炬，继先烈。　　骚坛自古宁虚设。况而今、乾坤初转，弦歌未辍。词苑词人兼词史，糟粕精华洞彻。五声备，森如毫发。得失寸心终何有，向工农、问道重开箧。拼献丑，肯藏拙！

木兰花慢
抄选校辑《述堂集》成，敬题卷尾

述堂沧海水，一杯勺，此遗编。数设帐临池，耽吟作剧，括古谈禅。流传尽饶万。惜分阴，灯下望丛残。频视苏黄米蔡，上承陶杜辛关。　　钻研马列晚弥坚，奋着祖生鞭。趁浩荡东风，探奇揽胜，绝代江山。毫端顿添异采。秀孤松，掩映百花妍。环诵先生手泽，忧闻无尽心弦。以上《柴德赓来往书信集》

---

① 唐圭璋先生作《浣溪沙》（题《斋毁石存图》）："地裂灰飞四海惊，小楼顿圮亦伤情，幸存千石抵连城。　　如馈绨袍恩义厚，且摇蒲扇觉身轻，传神彩笔慰平生。"词末自注曰："孙正刚，天津人，藏石千余方。唐山地震，楼塌石存，其友王学仲为绘《斋毁石存图》。"

贺新郎

说尽平生意。又当时、高秋季节，晚晴天气。千古骚人登临处，幻想风云相会。总输与、糟堂夫子。腹稿新来安排就，正神州、大业飞腾里。文物盛，甲兵洗。　　尊前甚事情难已。一桩桩、从头细数，卅年遭际。挥尘谈禅今犹昔，逐岁更添佳士。几曾见、黄花能坠。清角惊回迷离梦，晓星沉、冉冉朝阳起。思往哲，涕还喜。赵林涛、顾之京整理：《顾随致周汝昌书》，河北教育出版社 2010 年版，第 178 页。

清平乐①

当初古木昏鸦，而今春柳朝霞。恰似东方一个，百花深处人家。　　不同景象分明，世人冷眼看清，那里夕阳西下，这里旭日东升。武占坤主编：《现代汉语》，河北人民出版社 1985 年版，第 247 页。

鹧鸪天
岁暮怀人（赠寇梦碧）

饮罢残春便入冬，迎秋雅集梦相从。神舟著我为行者，六合微君少溷公。　　天欲堕，道终穷，岁寒消息托宾鸿。课余能几抛心力，沧海横流一笑中。天津文史研究馆编：《天津文史丛刊》第 7 期，第 145 页。

金缕曲
为周汝昌当选斐陶斐学会会员表示祝贺

客梦重回首。恍当年、上黉负笈，殊科同臭。助墨攻儒浑间事，青眼却非偏受。海桑变、松筠仍秀。九转丹成休矜衔，问谁人，省识雕龙手。身外誉，露华藕。　　百年春榜题名久。且逡巡、名园嘉会，紫绡红袖。好报家书泥金帖，芳草绿杨依旧。须满酌、菖蒲花酒。一纸新词劳存注，漫平生、孤负霜前柳。能事毕，万夫后。伦玲：《燕园谁不识周郎》，《中华读书

---

① 依此调格律，当为《江亭怨》，《花庵词选》名《清平乐令》。《冷斋夜话》云："黄鲁直登荆州亭，见亭柱间有此词，夜梦一女子云'有感而作'，鲁直惊悟曰：'此必吴城小龙女也。'因又名《荆州亭》。"

报》2012 年 4 月 18 日第 3 版。

木兰花慢
建闸工地即景

海河工地上，看来往，尽人英。喜日丽中天，红旗招展，分外鲜明。新型。众辘辘马，疾如飞，恍在十三陵。两臂排山倒海，一肩戴月披星。　　银灯。远近筑灯城，明月又东升。是何等襟怀，千秋万岁，无此豪情！深更。劲头更猛，用深锹痛掘下深坑。辛苦追求幸福，艰难保卫和平。

下乡词（3 首）

南乡子
打苇子

打苇在南洼，雪地冰天未有涯。人影钐光交织处，沙沙，声落俄看一径斜。　　风雪任交加，热汗何曾少淌些。超额完成千万捆，装车，戴月归途笑语哗。

水调歌头
积肥

"低产变高产，粮食过长江。"积肥标语大字，写遍百家墙。比照兴修水利，更要劲头加倍，学习卧河乡。六七级风里，抬土上筐忙。　　掏猪圈，捡鸡粪，拆茅房。动员男女老幼，甚至懒婆娘。大力肥源寻找，秋后丰收确保，添建几千仓。再个五年后，稳步达康庄。

鹧鸪天
扫盲

春日农村夜不闲，扫盲也要着先鞭。看图识字多容易，见物思名最简单。　　非树下，即灯前，地头班更炕头班。无盲乡思无盲队，苦战成功在一年。

人间新词（3首）

水龙吟

两条绞索

人间幸福花园，理当自己来开辟。古巴刚果，英雄不再甘于沉寂。振臂高呼："要求民主！要求独立！"看这边风起，那边云涌，歌声沸，欢声溢。　　真个双双"比""美"，到穷途，一般饮泣。殖民主义，葬身海外，归魂难觅。面目狰狞，力图遮盖，浑身战栗。剩两条绞索，自家享用，断无人惜！

鹧鸪天

一九八五年十月，杜勒斯在台湾活动

魔术家中第一流，舞台妄想设全球。当场出丑还嬉笑，到处丢人不害羞。　　寻诡计，弄阴谋，匆匆会见蒋光头。"可怜咱俩伤心事，无处容身七大洲！"

菩萨蛮

全国一盘棋

红旗高举前头走，炮兵车马齐驰骤。全国一盘棋，纵横无不宜。　　集中来领导，统一安排好。一子要争先，有时须让贤。

手谈局势超前古，神舟一部新棋谱。胜算准能操，兵强将也骁。　　指标能实现，主要抓关键。跃进共加鞭，钢煤粮与棉。

腾欢词

（为建国十年大庆作）

水调歌头

建国十周年献辞

国庆喜今日，陡忆十年前。天安门上公告，始建好河山。一个巨人站起，屹立和平堡垒，光采照人寰。秋日正萧洒，大地被欢颜。　　新中国，论风度，自翩翩。人民民主专政，保卫着春天。客服右倾情绪，不怕任何艰巨，直破九重关。寸土保丰产。分秒不清间。

百字令

新天津市颂

突飞猛进，看天津面貌，日新月异。奋战十年今作个，重点工业基地。文教争妍，农商并茂，捷报传双喜。持家建国，养成勤俭风气。　　真个清浊分流，海河驯服，两岸风光美。生产扫盲除四害，胜利接连胜利。继续加鞭，提前过渡，树立新旗帜。信心百倍，力争先进城市。以上《天津日报》1979 年 8 月 26 日

鹧鸪天①

斋中宝卷勾魂诀，乞语东风好护持。

浣溪沙②

鸟向平芜远近，人随流水东西。

---

① 李世瑜：《社会历史学文集》，天津古籍出版社 2007 年版，第 719 页。原词缺，依原本。

② 杨光祥主编：《典籍中的北辰》，天津古籍出版社 2007 年版，第 927 页。原词缺，依原本。

王达津（11首）

王达津（1916—1997），北京通县（今北京市通州区）人。毕业于昆明北京大学文学研究所。曾任南开大学中文系教授、博士生导师，中华诗词学会顾问，天津诗词学会名誉会长。著有《中国古代文论研究论文集》《中国古典文学研究丛稿》《唐诗丛考》等。

鹧鸪天
题杨叔进教授夫人生前画册（居美）

芍药花开情意深，传神一朶真千金。秋山春水留余韵，故国他邦两系心。　高格调，远胸襟，人间天上怎重寻。艺通中外才难尽，对画哀词忍泪吟。

如梦令
九六年暮春

又是絮飞庭院。留下春光有限。双燕也争春，花雨满身归晏。心羡。心羡。丽日芳时堪恋。

又

莫怪年华迟暮。只怨流光流速。大块假文章，烟景笔难描述。应妒。应妒。池上鸳鸯相逐。

菩萨蛮
别温泉

紫藤花盛蔷薇老。一院杜鹃红未了。香气透窗栊。春情如此浓。

绿荫随日密。啼鸟藏难觅。短梦可曾真。明朝万里人。

又

墙头杨柳垂新绿。墙上蔷薇红扑簌。仔细辨春光。休随蜂蝶忙。春光容易去。飘尽轻浮絮。人也伴春归。燕山雪尚飞。

浣溪沙
昭陵、乾陵

到处看花马似飞。长安当日气崔巍。樱桃新熟宴追随。　　石马犹嘶唐日月，手碑已失旧光辉。我来思古一纸回。

解连环
龙年春末

绿添新叶。想春光荏苒，又将离别。已万柳、到处飞花，促芍药红凋，蔷薇黄谢。芳事阑珊，还胜我、白头如雪。但文章大业，采笔仍挥，壮心难歇。　　迎风浩歌激烈。尚高情迈远，逸兴豪绝。看鱼戏、澄碧池塘，竟倏然来去，神超形越。草长莺飞，敢辜负、清和时节。况人间、喜讯频传，闲忧尽灭。

离亭燕
游黄山

一片翠屏围匝。景色十分潇洒。云海葱笼无断处，衬得千峰如画。止止又行行，看仙人上下。　　百丈高岩豪发。瀑练满山飞挂。到此低回缘底事，处处神奇堪诧。更喜黛眉青，遥送横波相迓。

湘月
咏留园

漫游而已，把园林收入，自家眼底。红叶黄花三五处，轩馆凉生寒意。怪石凌空，危亭拢翠，水木清华极。回廊曲折，池塘澄碧。　　莫叹金谷人非，玉堂屏冷，朝市沧桑异。已是大同新世界，才见游人如蚁。鬼斧神工，诗情画味，妙趣难思议。刹时归云，摄得几张景迹。

菩萨蛮
由漓江至平乐参加柚子节

漓江水碧峰峦秀。看来尽日何曾够。山水笑来迟。风光君不知。　　驱车平乐歇。柚子甜时节。今始识沙田。相思六十年。1936 年在长沙食沙田柚，后思之五十余年。

朝天子
喜见海外友人中秋见访又言别

归来晚些。天外飞来者，高空毕竟莫庶拦，赶上中秋节。　　无限相思，雁书难说，又匆匆归去也。只道分离，可惜了团圆月。以上《王达津文粹》

史树青（39首）

　　史树青（1922—2007），字君长，号东堂，河北乐亭人。辅仁大学中国语文系毕业，同校文科研究所史学研究生。长期从事文物考古工作。曾任中国历史博物馆研究员，兼任南开大学历史系博物馆专业教授。曾从顾随、孙人和治词及词史，复从郭则沄请业。俞陛云《浣溪沙》（题《几士居填词图）云："一角虚亭映日明，数竿修竹带秋声。此时吟兴水同清。

　　因学前师王伯厚，高吟追慕柳耆卿。知君词苑定成名。"① 郭则沄评其词曰："词中机杼已具，虽未尽纯，却有韵致。"顾随《几士居词甲稿》序曰："《几士居词》诚少作也。然吾读其《采桑子》：'宫墙十里丝丝柳，红也成堆。绿也成堆。夕照低迷燕子飞。'《浪淘沙》之'泪是相思华是恨，梦是无憀。'若斯之类，适宜少作，及壮且老、殆难为役。"② 有《几士居词甲稿》行世。

春光好

　　花事晚，草痕青。近清明。道是丝丝春柳、带愁生。　　天上雨轻云淡，人间别泪离情。漠漠诗愁吹不散、一声莺。

菩萨蛮

　　陌头杨柳垂金色。长安锦字无消息。何处避春寒。人生相聚难。　　遣怀观醉舞。歌是鲜卑语。子夜弄瑶琴。谁知舷外音。

---

　　① 史树青：《几士居词甲稿》，民国三十二年（1943）铅印本，卷首。
　　② 史树青：《几士居词甲稿》，民国三十二年（1943）铅印本，卷首。

浣溪沙

春到人间晓梦柔。轻寒细雨入东楼。江关极目使人愁。　　梦里不知身已嫁，醒来心又在他州。盈盈双泪不能收。

疏雨轻阴夜枕寒。新人那及故人怜。梦回忍取旧词看。　　秋老芙蕖同有恨，春来莺燕总无缘。不堪重忆十年前。

蝶恋花

往事酸辛和泪咽。极目天涯，愁似山千叠。盼得春来情又怯。青山吹偏荼蘼雪。　　料是今番芳信歇。卷绿残红，怕共东风别。花外一声啼断鴂。无情有恨从谁说。

生世多情知悔否。镜里朱颜，憔悴都非旧。一寸芳心春共皱。博山香冷低徊久。　　几许温柔新梦后。柳带花丝，绾梦空携手。长日厌厌如中酒。东风不管人消瘦。

门巷桃花三月暮。褪粉罗衣，犹带春前雨。斟酌锦笺书好句。可怜多是伤心语。　　卍字廊前携手处。燕燕交飞，蹙损双蛾否。薄酒醒时情更苦。天涯处处闻啼宇。

减字木兰花

西园旧约。桃李开时人寂寞。独泛兰舟。不载春光只载愁。　　平湖碧水，都是离人心上泪。莫问欢惊。尘梦无凭是事空。

临江仙

多少闲愁兼往事，凭阑何限思量。小桥流水隔红墙。梦回非昨夜，燕去已空堂。　　满院飞花情漠漠，随风吹过西厢。眼前无价算春光。天寒人共瘦，雁到泪成行。

清平乐

人生难说。一见伤轻别。长记粉裳银样月。柳外瘦眉愁绝。　　东风几拂花开。花开消尽风埃。莫倚蒨桃颜色，闲枝不当春来。

一番风雨。听到啼鹃苦。昨日柳丝今日絮。怕是舒韶归路。　　春归未了春心。春前愁到而今。却卷小帘无力，斜阳又过花阴。

虞美人

欢尘如梦浑难了。花落春情老。夭桃曾映木兰舟，偏是淡阴画作十分秋。　　年时多少伤心事。是事尽追忆。夜深独独坐月相邀。帘外梨花如雪絮如潮。

浪淘沙

多恨怕逢春。细雨桃村。清波照见柳眉颦。过尽兰舟天又晚，负了伊人。　　花片落缤纷。碎织愁痕。心香一寸自温存。知否相怜相恨意，月暗灯昏。

亭馆爱黄昏。柳掩重门。断霭犹学脸波匀。偏是行裙无觅处，芳草斜曛。　　相见亦前因。如梦如云。东风吹散绮罗尘。曲彔阑干闲倚遍，不暖春魂。

采桑子

宫墙十里丝丝柳，红也成堆。绿也成堆。夕照低迷燕子飞。　　暗云商略黄昏雨，才听莺啼。又听鹃啼。九十春光一梦归。

双双燕

轻襟傍柳，怨楼外纤寒，淡消金缕。雕阑又换，愁觅去年归路。凭问乌衣旧伴，断肠在、斜阳夕处。殷勤暂结香泥，好约韶光同住。　　庭树。夭桃暗吐。倚妆镜低，窥谢娘眉妩。东风如梦，荡尽客怀千绪。珠馆重朝应许。定不负、锁窗朱户。拼飞怕堕梨云，且向画帘偷语。

山花子

谁道今年似去年。飞花一阵又春残。重过旧时携手地，泪偷弹。　　流水不迷烟外客，行云欲破定中禅。如此心情如此世，爱孤眠。

鹧鸪天

飘梦江城楝子风。花情絮影两朦胧。近来带眼宽多少，别后箫心恨万重。　　湘雨歇，楚云浓。蓬山咫尺隔千峰。阶前人影窗前月，只有寒簧肯伴侬。

往事翻成忏悔词。青衫揾泪莫偷垂。泪波不比东流水，流到天涯有转时。　　春满地，雨如丝。别情似与落花期。红笺叠尽相思句，说向双莺恐未知。

更漏子

月低眉，灯敛豆。人影比伊还瘦。三月别，五更寒，梦痕和泪干。情似醉，愁无睡。帘外落花知未。当日事，莫寻思。曲江春又归。以上《几士居词甲稿·念春词》

卖花声
新秋

一叶已惊秋。心上牵愁。小红桥下水东流。黯黯韶华飘恨去，晓梦妆楼。　　玉簪涩痕留。半晌温柔。离人远渡莫归休。万里西风吹不断，何处孤舟。

秋到便销魂。是处愁痕。芭蕉庭院易黄昏。一夜潇潇帘外雨，寒锁重门。　　对影暂温存。心字香薰。漫持双泪寄殷勤。纵到霜枫红尽日，见亦无因。

夜雨正潇潇。梦又迢迢。烛华红泪一条条。泪是相思华是恨，梦是无聊。　　孤馆忆春桃。门巷花朝。秋魂瘦损蝶难招。多少旧情余梦在，流水红桥。

阮郎归
拟小山

秋千影里淡银河。闲情奈夜何。何麝香新褪薄红罗。新凉扇底过。明月底，碧云拖。帘衣漾素波。含愁懒与整妆螺。远山楼外多。

女冠子
梦中恍惚作韦相去年今日词意，醒来枕上成之

江关怅望。红楼晶帘微漾。忆别时。西风征人瘦，秋花战马肥。　　空留

游子恨，天远梦相随。极目长安道，不胜悲。

琴调相思引

水外红阑一晌温。人间易断是柔魂。柳丝心眼，牵系去来人。　　故国秋心都似梦。新来春梦苦无痕、寻常哀乐。催老百年身。

双调忆王孙

秋草

风雨催寒秋暗度。愁又近、柳塘深处低。流萤火趁人行，恍惚是，江南浦。　　梦回千里迷归路。灯影畔、自怜无绪。可堪身世等萧疏，护不尽，寒蛩侣。

浣溪沙

拼得多情换薄情。一生萧瑟属兰成。自家憔悴更怜卿。　　旧馆欢尘花代谢，春庭别梦月分明。画罗小枕泪痕横。

罗敷媚

梦魂曾入潇湘路，风也茫茫。雨也茫茫。总为愁人写断肠。　　春蚕丝尽情难尽，待不思量。怎不思量。别后清宵细细长。

梦回悄忆凭阑处，薄薄罗衣。浅浅山眉。媚眼偷看故放低。　　今宵相见还疑梦，待说相思，却误佳期。灯萼红时定为谁。

思佳客

寂寞心情独倚阑。银屏坠影远于天。梦同子夜花无语，思怯荒春燕亦寒。　　山鬓瘦，月眉弯。相思望断碧云宽。等闲哀乐如中酒，醒后无聊醉更难。

钿约钗盟忆旧时，碧云迢递盼佳期。可怜一夕凄凉雨，化作三生忏悔词。　　情似酒，恨如丝。恹恹情绪强禁持。自知有分成惆怅，拌得销魂是一痴。

梦芙蓉

秋荷

翠塘惊夜雨。便红衣瘦了，做成秋序。卧虹桥畔，愁共冷鸥侣。按歌心自苦。沈吟难写幽绪。休怨飘零，认凌波瘦影，妆面尚如许。　　记否兰舟荡处。杨柳风轻，卷入霓裳舞。脸霞微醉，临镜淡无语。倚寒还媚妩。亭亭耐尽风露。后夜西亭，倩凉风一片，低引梦魂去。

水龙吟

秋夕听雨

潇潇似唱吴船歌，云暗向秋窗坠。一天梦影，半帘寒色，匀黄叶碎。几度销凝，眼迷烟柳，曲阑干外。有愁痕千点，西风吹散，还飘向，灯屏底。　　多少欢情应记，到而今、壮怀都悔。云低迫雁，飙回惊燕，乱云难洗。蕉梦醒初，桐心焦否，付伊流水。奈罗衾孤拥，檐声滴尽，更悲秋泪

玲珑四犯

秋夕听雨

烛炧宵残，早梦觉隍蕉，春恨余几。旧约红楼，曾记玉箫同倚。还是转枕低屏，只惹怨、翠蛾弦底。怕夜来碧浪新涨，心绕万重烟水。　　去鸿飞断天如纸。琐窗寒、楚魂敲碎。汀花渚叶飘都湿，何处兰舟舣。芳绪寸寸总灰，怎禁得、漂苓千泪。蓦西风又紧，愁乱点，吹还起。

琐窗寒

秋阴

点翠寒蘋，匀红碎蓼，暗秋来处。西风正紧，白雁孤飞江路。渺征槎、路迷绛河，锦云望断慵无语。只夜深、梦觉钉花，滴泪悄牵幽绪。　　凝仁。愁千缕。乍思绕湘波，目迷蓟树。寻春坠梦，付与薄情风雨。倚瑶云、谁会旧心，冷弦掩抑肠断语。更吟筝、怕近江干，泪结枫林暮。

霜花腴
秋菊和梦窗

雁飞露白，步晚篱，残英暗胃尘冠。灯影钗屏，月痕钿陌，风光背写都难。带围恨宽。涨秋情、愁近花前。怨年华、旧色飘零，梦回霜雨凤城寒。　　萧发者番添瘦，尽重帘却卷，影伴凉蝉。幽约怜香，疏怀留醉，殷勤剩叠蛮笺。五湖画船。问恁时、邀载婵娟。对残妆、半面还羞，敛颜独自看。

鹊踏枝
秋晚

几日相逢春又远。素手香罗，长印愁心眼。瘦损韶华应过半。镜中白发知何限。　　渺渺江山愁一片。泪眼黄昏，肯信新寒浅。望里归鸦飞不断。疏林落日西风乱。以上《几士居词甲稿·待秋词》

浣溪沙
自北京飞东京，机上有作

万里晴空海不波。巡天欲上一千河。云山常在客中过。　　富士白头春未老。唐津青眼阅人多。御风今日莫蹉跎。

临江仙

圆城寺次郎先生致力中日文化交流，不遗余力，年近八旬，老而弥笃。一九八二年四月十六日邀游箱根，填词为报。兼示白土吾夫、宫田国维二先生。

闻说箱根形胜，芦湖涌谷知名。四围山色向人青。淡云收宿雨，初日照新晴。　　到处天风海水，同游鹤侣鸥盟。两邦文物俱关情，鉴真与阿倍，此老续征程。

望海潮
紫禁城写感

幽燕名胜，都门佳处，周围百万人家。烟柳几重，宫墙十里，忽忽历尽纷华。余事莫虚夸。有南州翠羽，西域金瓜。万户千门，白头宫女说乾嘉。　　百年忧思频加。剩迷巢旧燕，寒树昏鸦。帘锁养心。房开御膳，光宣是事堪嗟。迢递赤城霞。正俊游时节，俦侣停车。好待春深，御园开遍太平花。以上《当代词综》

陈宗枢（207 首）

陈宗枢（1917—2006），字机峰。天津人。法商学院毕业，高级会计师。陈氏博学多才，诗词曲俱工，尤精于曲学。陈氏为诗，初取径玉溪、山谷，寄慨深沉，有"唐音宋骨"；为词，初宗苏、辛，入梦碧词社后，改宗梦窗、碧山，所作丽而有则，艳而有骨，以本事寓于美人香草之中，切事比典，吻合无间。陈氏为曲乃得力于唱曲，其少时去戏园观剧后，归辄手舞足蹈而效之，服膺吴梅之《霜崖曲录》，取以为作曲之典范。尝自言其所作曲胜于诗词。陈氏文坛交游颇广，除津人寇梦碧、张牧石、孙正刚外，亦与张伯驹、夏承焘、周采泉、黄君坦、孔凡章、周退密等时相酬唱。有《琴雪斋诗词》（此集除序、跋、题词外，共分《琴雪斋诗》《琴雪斋词》《琴雪斋曲》及《秋碧词传奇》《秋笳怨杂剧》《诗钟选辑》六部分）、《佛教与戏剧艺术》行世。

浣溪沙

一觉蘧然失彩云。丝风零雨正黄昏。卷帘不是去年人。　　去似轻烟来似梦。一分流水二分尘。冰弦难谱旧春魂。

鹧鸪天

半世劳歌鬓易华。又惊霜讯报黄花。懒从夏日输肝胆，敢望春风上齿牙。　　抛鼓笛，弃筝琶。忍教古趣误生涯。偷闻谱得无声曲，留唱空林傍噪鸦。

临江仙

百卉妆成春色好，谁知春又无凭。几番风雨变阴晴。溷泥原似醉，飘絮几曾醒。　　念四番风都过了，依然羯鼓声声。催花心事惜花情。园林如许瘦，犹自繁金铃。

清平乐
元宵

瓦棱新雪。装点春光别。何处金鳌连玉阙。休问今宵明月。　　寒窗一豆灯红。只应恼杀儿童。不识天风海上，朝朝曼衍鱼龙。

清平乐
重九

悲秋心绪。别有低回处。每入槐宫思小住。寂寞人间无路。　　满城风雨恹恹。登高不见龙山。惟有恋头破帽，不知戴到何年。

鹧鸪天
赠梦碧

吟事西园久寂寥。骚魂九逝倩谁招。只缘小草生春梦，又踏杨花过谢桥。　　将短笛，付长宵。忍寒滋味几曾消。徒薪未计思传火，冰玉何堪共一焦。

点绛唇
为牧石赋排云殿残瓦

一殿排空，千云万采争相亚。湖山如画。五代残阳下。　　多少兴亡，劫烬归零瓦。秋无镈，古悲今诧。并入哀商泻。

金缕曲

阛阓千人聚。渺空山伶俜凄听，足音何许。狂药冲愁倾百盏，依旧槎枒肺腑。待料理玉筝瑶柱。尘涩宫商难措手，但茕茕踏遍江头路。枫满地，醉秋暮。　　池塘春草传佳句。误生涯、衔哀一例。桃花千树。已是鹑衣牵百结，犹畏长生作罟。再休题禁风禁雨。舌在犹堪留自醋。遁天刑甘入重泉住。还怕有，蛰龙语。

好事近

转惠任光风，又是开冰时节。一枕余寒谁共，有窥窗黄月。　　重重百舌媚春声，应也伴春咽。还怕鬼车载梦，辗花间残血。

八声甘州
买菊

拍空囊不负买花钱，移来一丛金。办盆泥将护，灯窗徙倚，相接苔芩。瘦蕾斓斑吐秀，珍重岁寒心。不睹春阳面，更耐霜侵。　　把酒东篱时候，甚尘封笑口，雨乱清吟。望关河冷落，秋气正萧森。愿余生长依黄绮，奈仙山深处渺难寻。怜佳色，有华予意，发短争簪。

定风波
戊申除夕

炮竹连宵已惯闻。无端此际倍相亲。酒泛屠苏拼一醉。思睡。商量借笔写宜春。　　儿女灯前前岁话。今夜。茫茫如梦又如真。烛泪成灰同劫烬。随分。此身原是劫中人。

鹧鸪天

珍重余间得暂留。避喧自下小帘钩。灯清似水劳湔梦，酒酽如刀解断愁。　　藩上角，棘端猴。沉思强耐两难休。且将冷泪还鲛目，看取春风入蜃楼。

华胥引
尺蠖

金弧先挽，琼尺才量，将伸且屈。局蹐征途，腰强可耐千度折。骷髅休笑人间，自逶迤缘叶。随分苍黄，漆身还为饥渴。　　垂老空肠，孕愁丝茧衣凄结。劫余残魄，偏同青陵化蝶。怕绕南园东阁，认旧时遗蜕。泥滓前生，梦边教与重说。

霜花腴
枫叶

御沟怨叶，化断霞，浮光密染林峦。娇妒春花，妍添秋色，翻来蜀锦千端。岸迷暮帆。问倦魂归向谁边。念依稀汉苑秋风，泪红半浣晚妆残。　　销得夕阳几度，便偷香殢醉，总是衰颜。巫峡萧森，吴江凄冷，何如渭水长安。驻车待看。怕不禁霜重天寒。剩低回、小牍幽窗，梦华寻故欢。

洞仙歌

苍茫独立，可醉醒无处。暮色黄云夹城雾。正岁华摇落，满地干戈，休再问、迢递江湖行路。　　青红浮海蜃，高浪翻天，蓦地春山绣眉妩。三十六宫秋，碧浣土花，又争遣回风自舞。且收拾残梦一些些，唤酒魄灯魂，归来同住。

烛影摇红
题梦边填词图

栩蝶惊回，百忧堕影钉花笑。春轻犹自挂行云，绿满池塘草。弹指韶光似扫。镇消凝、丝繁絮绕。剪愁裁怨，怕也难杅，啼鹃怀抱。珍重心香。梦鸥碧水歌同调。荠甘茶苦味青灯，传恨乌阑稿。绮语债多未了。待吟成更残露晓。曙窗莺语，唤写春风；花间流照。

菩萨蛮

眠鬟半觯残红背。啼妆微晕胭脂泪。阑梦断昭阳。金槽流夜香。　　托根原是絮。休怨娥眉妒。忍使故情空。蓬山无路通。

青罗小贴题当户。纷纷宝马香车住。只为藻苹香。蜻蜓嬉水忙。　　绛榴湘茢璨。蒲艾还同荐。续命祝长生，绿窗儿女情。

金堂博簺良宵午。烛红暗转春光去。一掷尽成卢。登盘纷乱呼。　　切云冠压鬓。舞袖郎当甚。含睇望山阿。迷离烟水多。

一丛花

辛亥中秋，梦碧、牧石集寒斋赏月，时牧石拟迁家郊区

十年霜雪着寒鸥。禁断古今愁。沉沉淡碧迷天水，镇销与画梦灯篝。各理哀弦，空帷悄掩，几共月当头。 时当三五一登楼。正是别离秋。人间些许方诸泪，歌剩今夕，共洗银舟。明月明年，何须再问，且尽小绸缪。

唐多令

为牧石题彊村《落叶词》手稿

脂水咽宫沟。飞霜闭井幽。赋奇哀、野老江头。写到鹃啼环佩月，一叶落，满笺秋。 何处看孤愁。枯蝉片蜕留。拾丛残、唤梦灯篝。羽坠商零无限感，念天地，自悠悠。

浣溪沙

题丛碧翁夫妇合作《梦华图咏》册页

笔解道无家胜有家。辽天重理旧生涯。牛衣相对莫须嗟。 笛里关山花外梦，笔端桑㵊梦中花。无凭花梦是京华。

鹧鸪天

和丛碧翁自祝《上元双寿》词原韵

双照清辉又上元。良辰美景奈何天。画梅争借南枝暖，呵笔还思北地寒。 歌井上，戏花间。风流岂让柳屯田。楝花落后春光尽，肯许红楼梦再园。

鹧鸪天

贺牧石伉俪银婚

比翼南塘浴晚晴。何须共命羡迦陵。梅花瘦与黄花并，词笔妍同画笔争。 偎短烛，对楸枰。耐他二十五声钲。沉沉秋夜闺中过，袅袅春痕梦底生。

鹧鸪天

拟元裕之《宫词》八首

已是华鬘韧后身。合离又傍楚台云。临窗娇语浓如酒，扑帐杨花巧作春。　　囚鬟整，泪妆新。妖娆可似内家人。买丝枉绣平原像，薄暮依然倚市门。

间事罗窗接紫姑。凭他片语定乘除。摇光共展愁眉锦，饮恨谁怜血泪壶。　　升上洞，谪凡夫。几番赌胜选仙图。绕枝多少寒鸦过，戴得昭阳日影无。

妆罢攀钩卷细帘。故留春色与人看。华堂重聚三千履，锦瑟新调五十弦。　　湔素手，驻朱颜。当筵枉说断缠绵。翻新别有霓裳谱，留待宫墙取次传。

灯晕摇窗漾暮愁。横陈已惯懒梳头。思随深缏牵无尽，梦逐轻烟逝不留。　　垂帐慢，下帘钩。任他明月到西楼。琼钗卜得星期近，罗荐生寒又入秋。

人面悠悠去不还。春风犹绕画图间。入宫出塞承新命，下地升天本旧缘。　　言似鼎，笔如椽。墨池雪岭两无端。昭阳车与章台马，一样逡巡选色难。

九转回肠剩一迴。烧残心字未成灰。贞禽有分巢君室，细鸟无端点妾衣。　　千宛转，百禁持。此情争遣外人知。池光不定花光乱，记否微风乍起时。

劫到恒沙梦已残。偏教金屋贮婵娟。墙花次第都辞树，春色无端又满园。　　空踯躅，枉缠绵。当时应悔系连环。七弦作意呈新巧，只是人前出手难。

学语笼鹦又一时。不知何处着相思。漫教宫里歌都护，且听人间唱叛儿。　　嗟后约，误前期。沟头流水各东西。凭阑莫问秋深浅，只看空林落叶飞。

甘州

辛亥端阳前，猛雨初霁，晚风瑟然，东堁小立，触绪成咏

怪薰风烈烈入商弦，沈谬似残秋。甚端阳偏有、重阳滋味，呼唤登

楼。遮莫危阑轻倚，夕照正悠悠。多少青山梦，收拾江头。　　此地曾容啸傲，记伶俜相惜，照影临流。伴鸣蝉高树，旧谱入新愁。几低回、兰骚蕙些，只醉时偷按醒时休。明朝事，又续纷也，且稍淹留。

解蹀躞
和清真

破袖氍毹相对，已惯郎当舞。息程何处、天涯倦征旅。洒泪共望千秋，可堪异代萧条，独弦声苦。　　是何绪。愁试邯郸新步。低回旧时遇。海天嘘蜃、春涛作秋雨。便许蚊睫栖迟，只凭霞晕酣酣，梦魂将去。

摸鱼子
题《秋风闻雁图》

正黄昏、酸风乍起，敲窗枯叶如扫。不堪槭槭萧萧处，嘹唳又传天杪。添懊恼。共铁马阴虫，作足凄凉调。无端梦绕。讶珠箔灯沉，锦屏簟冷。霜讯报何早。　　悲秋意，结得同俦多少。钿筝心眼谁晓。稻粱终是关生计，辛苦书空衔草。归尽好。君不见、栖鸦已是闲枝杳，声声未了。便尺帛能裁，青冥堪寄，总是断肠稿。

阮郎归
忆虎丘

高秋虎气接云天。雄风七里间。白虹淬水迈千年。尺波生昼寒。　　留片石，伴贞媛。点头谁与言。回春满树缀晴峦。十分黄半山。

祝英台近

短长桥，灯火市。倚岸漫凝睇。半强孤欢，相对甚情味。惯经风雨年年，断歌何处，总休问今宵流水。　　眼前事。可堪醒醉无端，疑非又疑是。写叶书花，蠹管苦相泥。借他一剪微波，兰荃须报，莫惆怅秋风容易。

夜游宫

七夕

夜织天丝万里。总难度佳期迢递。终古朦胧意难会。枉人间，盼鸾音，思鹤唳。　　巧拙关何事。且料理西窗愁悴。素约江头践无计。背新霜，理商歌，弦涩指。

减字木兰花

梦碧抄录所为绝诗，托名古人。余喻其意，为赋此解。①

诗肠鲊瓮。何似醢鸡犹世用。肝肺槎枒。春梦须寻铁树花。　　未逢黄父。点鬼差堪留一簿。哀入人间。莫作惊蝉翳叶看。

木兰花慢

辛亥重九前一日赠梦碧

怪天胡此醉，任磨蝎、厄清才。叹抵死耽吟，不辞搔尽，鬓缕霜埃。低回汐盟旧侣，早西风残梦卷斜街。牢落九秋肺腑，为谁青眼重开。　　天涯岁晚识君才。蛮触若为怀。把袖底瑶华，十年都付，短烛深杯。新哀泪狂待理，误身边、魑魅几惊猜。风雨来朝未准，登高莫上金台。

惜秋华

辛亥中秋

续梦楼头，正沉沉碧落，清辉初午。怨笛破空，吹醒夜薰如雾。新歌叠换觉裳，总不似开元旧谱。何苦。恁年年桂丛，空磨玉斧。　　寂寞广寒路，对孤光今夕，问幔亭谁主。持冷泪，洗素盏，酹秋无语。拼教踏阵长堤，怕不禁袂寒如许。归去。又喧阗乱鸦争树。

---

① 词题《南风》杂志第14期作"梦碧抄录旧作七绝若干首为一册，托为选录古人诗，以避劫火。戏赠两阕。录一"。

减字木兰花

赋蝉墨

逡巡清景。晚照西风留鬓影。和入松身。寂寞深宫怨女魂。　　难忘灰劫。一缕吟丝惊鬓叶。古梦婆娑。人意天心与共磨。

平韵满江红

为卢为峰先生题《掬沤室读书图》

傍麓临湄，人海外、诛茅数橼。排闼入、烟皱远黛，露涴晴峦。密树笼葱三径里，野花红绿短篱间。濯春波、正好洗吟壶，耕砚田。　　谷音起，应万山。涪沤掏，渐千澜。写沧洲新意，笔借荆关。湘素离离萦带草，词源湜湜到珠船。问灯窗、雪户乐何如，宜忘言。

水龙吟

悼张轮远先生

老年欣沐河清，倏然鹤化应无憾。平生细数，几逢桑海，几经巽坎。白傅诗魔，米颠石癖，盛名无忝。任皆头昆脚，衣皂帽，酬人处，惟肝胆。　　鬓雪销凝枕簟。乐箪瓢吟情未减。率真其语，心倾葵藿，词成琬琰。老铁风流，坡公颖事，遗辉堪掞。恍余霞宛在，黄垆回首，倍人天感。

霜叶飞

题《斜街唤梦图》用梦窗韵

断歌绵绪。丁沽水、遗音飘著双树。岁寒濡沫慰劳生，珍重斜街雨。悄掇拾、零宫剩羽。秋虫絮答墙阴古。识笛外惊尘，按谱引清娱，韵结土花幽素。　　漫道破帽笼头，青衫溅泪，换了萧瑟词赋。旧盟鸥鹭已无多，难忘空中语。算理得、吟丝几缕。白头目送浮云去。醉醒意、空桑感，冷蝶逡巡，梦寻何处。

鹧鸪天

和梦碧为周汝昌先生咏金陵织造府残石词原韵

惹梦依稀画戟风。斑纹磨洗认璁珑。晕花似韭供浮白,片石能言助解红。　脂砚在,笏评通。笔端狡狯古今同。荧屏待展闲风月。好与王孙续断蓬。

壶中天

题姜毅然先生作《葫芦图》,祝陈兼老八十八寿辰

采青滴翠。正熏风拂晓,藤阴深密。泻露卷荷榴照眼,作就幽窗清意。弱蔓牵文,园瓠映日。午梦迷薜薜。蓬瀛缥缈,望中别有天地。　秀笔点缀清妍,画来依旧,倒景浑然气。玉液琼浆堪破闷,可是醍醐滋味。稚子唇边,仙家背上,一笑人间世。丹书凉沈,金壶荐祝千岁。

虞美人

为张轮远先生题《余霞集》

东坡海上传疑事。石破天惊际。秋风萧瑟换春温。诗酒依然料理白头人。　余霞流照千红簇。咳唾成珠玉。沧桑不话句还工。自握灵蛇莫再忆杯弓。沪上友人误传先生殒于十年浩劫中,郑逸梅先生采以入文,牧石曾为驰书辟谣。

解连环

郑逸梅翁折杨铁崖手植松枯枝,制龟形以赠周石窗光生,石窗为词征和,应壶公嘱次韵。

影沉空碧。恍苍皮黛甲,尚余星魄。见说是、老铁亲栽,历霜重雪寒,雨昏云湿。谡谡清风,略相似、迷花骚客。识沧江岁晚,浊世遁形,妇谣脱厄。　荣枯百年逸逸。叹遗音寂寞,闲了渔笛。惹惆怅,异代箫条,漫折取残钗,幻留香色。吊古心期,唤渭北、江南泠笔。护灵迹、赋形五总,夜光未熄。

祝英台近

庚申除夜立春，和梦窗韵，梦碧兄嘱作

怅前尘，怀远道，潮思荡千股。年换今宵，漏带剩寒去。不劳葭管吹灰，金泥添胜，且消受灯唇低语。脱刀俎。谁与相呴相濡。相怜共心素。哀乐纵横，氤氲大河路。任他曼衍鱼龙，烟云变幻，总难忘鸡鸣风雨。

风入松

丛碧翁得蛇尾马头一联，正刚兄采入《风入松》词，书来索和，予亦继声。时戊午正月二日也。

十年礼佛守心斋。髭雪忽盈腮。孤灯淡酒柴门闭，望前路渺渺予怀。蛇尾杯弓影过，马头云雾山开。　　着微醺后倚窗才。随意拨残煤。瓦棱新雪生春艳，放千花伫听惊雷。垂老心情谁识，人间百事堪哀。

水龙吟

祝丛碧翁八十一寿和晋斋韵

月华人意相欢，白头共赏春灯萼。花间绮梦，楸盘妙理，随君斟酌。挣脱尘笼，皈依佛海，无拘无缚。着闲身笛里，连情芳信，应难忘，娇棠约。　　不信词坛寥落。沐东风、千红跃跃。吟边今古，会心风雅，无妨清谑。有女河阳，写沧洲趣，供仁者乐。值佳辰神往，京华翘首，望云中鹤。

小重山

焕庸嘱题赵振东画兰

摇落空山忆古香。灵根何处托，费思量。尘迷露眼夜茫茫。冰丝绝，谁与诉凄凉。　　破雾发春阳。光风随笔转，写明窗。骚魂唤起吐幽芳。思翘楚，清梦入三湘。

水调歌头

祝刘海粟先生八旬晋二寿，和罗慷烈教授词原韵

艺苑有奇士，健笔吐长虹。远搜西法真谛，快栉海槎风。打破清规戒

律，摹写生香活色，启创属斯翁。唯美得天趣，无复界时空。　征词友，介眉寿，祝千钟。峥嵘岁月欢度，放眼看霞红。领袖春风桃李，挥洒山河壮采，百流翕然宗。盛誉播湖海，高寿接衡嵩。

浣溪沙
悼冯殊庵先生

书法文章一代师。遗篇搜集嗟谁为。半生丈履愧追随。　清话琳琅征故实。大声鞳论当时。斯人已去剩低回。

满江红
南开中学东楼为周总理少年读书处，总理有诗句"面壁十年图破壁"

破壁凌空，面壁处、长传胜迹。舒壮采、乾坤旋转，山川挥斥。雷电奔驱冲暗夜，风云际会迎朝日。赋甘棠，万众念丰功，心潮激。　调鼎鼐，无遗力。施兼济，存遗泽，任重阉魑魅。迎风辟易。吐握殷殷天下计，忠员皭皭千秋式。数风流，当代几完人。唯公一。

东风第一枝
庆祝我国第一颗原子弹发射成功

蓦突云头，星奔电脚，破空初运神斧。一声震地春雷，万丈射天玉弩。红翻戈壁，是激荡东风强处。看此日昂首神州，东亚巨人飞步。应休矣，握奇霸主。堪哂也，破门妄语。寰中净扫欃枪，域外顿惊兕虎。南针在手，有何畏、风狂涛怒。听沸歌共唱康哉，绚日万旗红舞。

金缕曲
祝丛碧翁丁巳上元八十寿辰，和黄君坦先生词韵

琴趣寻弦外。任纷纷蜂衙蚁穴，喧阗百怪。沆瀣千秋佳句，不管笼诗壁坏。等闲看、红桑碧海。古董先生谁似我，续梦华、犹有诗囊在。痴未了，向谁卖。　童心一点终无改。喜春来团圆三五，八十初届。伉俪双清齐白首，还似华堂交拜。怕撩梦巢痕增慨。今古房名相契巧，总后人偿却前人债。休惆怅，说庞垲。

惜黄花慢

正刚索题丛碧翁夫妇为拜菊词人写《寒菊图》，用梦窗赋菊词韵

秀俪坤裳。认九华正色，妆点秋娘。碧云红叶，满川爽气，衰兰倦柳，几处斜阳。隔篱休怅幽姿远，看端正、帘底凝妆。似醉乡。义熙俊赏，插帽传觞。　　消凝压梦繁霜。念岁寒护取，婉翠娇黄。托根无地，独怜瘦蕾，游仙半枕，甘抱孤香。白头悄理闲情赋，换多少、九辩凄凉。未断肠。故人漫许能狂。

玉楼春

和夏瞿禅先生访四印斋故址词原韵

吟鸥相伴秋灯老。料理十洲残梦稿。松根息壤傍要离，江上伤神余叔宝。　　纵横哀乐风吹扫。石火流光长杲杲。草堂人去薜萝空，谁识江湖书客到。

满江红

和夏瞿禅先生柴市口吊文天祥词原韵

慷慨捐生，怎抵得、从容就死。赴国难、皋亭雨黑，重围孤骑。一片丹心坚铁石，三年奇节羞朱紫。论忠贞，合并汉之苏，明之史。　　指南录，平生事。挥血泪，为宫徵。射斗牛犹是，堂堂剑气。清蕙弦中关塞怨，水云诗里兴亡记。历沧桑、重忆浩然歌。来燕市。

减字木兰花

和夏瞿禅先生西山访曹雪芹故居词原韵

闺房间气。写入红楼残梦里。多少酸辛。料理花间煮梦人。　　征衣未浣。看遍枫林休计远。爽气西山。归到西湖忘也难。

菩萨蛮

集义山句

烟云消尽寒灯晦。一年几度枯荣事。始看忆春风。芳条得意红。　　闻君来日下。而我何为者。襞锦不成书。人前道得无。

秋风动地黄云暮。梧桐莫更翻清露。不得作年芳。含情双玉珰。　　天涯长病意。固有楼堪倚。梦断赤城标。人间烛焰销。

蓦山溪

病怀倦暑，雨约凉微堕。珍重短檠灯，熨眉愁几分舒觯。屏山残路，梦与觉难分，波渺渺，絮茫茫，何处留真我。　　耽吟偎醉，中道因循过。弦断酒瓶空，惜湛冥、夜阑孤坐。新声涩尽，可许赋闲情，寒雁语，晚蝉歌，取次邀相和。

齐天乐
甲寅岁除

孤桐半死心还直，无弦自鸣秋籁。倚槛看天，偎窗嘘日，禁断浮云睚眦。连环未解。惯开眼终宵，岁寒强耐。梦寄虚舟，雨恩风怨重难载。　　换年箫鼓又起，两三杯淡酒，聊助潇洒。渺渺予怀，茫茫远道，珍重东风无赖。春丛似海。好看意逢迎，翠疏红隘。不废劳歌，但惊蓬鬓改。

惜红衣
癸丑中秋与诸友集胡君楼头赏月，是夜微云掩月，时隐时现

过雨将秋，归云阁月，那堪佳节。旧鹭新鸥，西风晚盟结。楼头续梦，期共沐、金波天末。争得管弦，把轻阴吹豁。　　谁开玉窟，呼醒姮娥，新妆试瑶阙。纱笼罩护，素屬半堆雪。依约小山残影，知历几千番劫。且随缘吟赏，休话幔亭遗阕。

西河
题《大河小集图》

销夏计。江头偶占余地。爱他夜色人多，旧狂漫理。爨桐断语不堪听，灵芬聊此孤寄。　　澥桑感，湘楚泪。几番似醒疑醉。沉沉逝者竟如斯，十年过矣。冷沤着意续寒盟，相看共认憔悴。旧香旧色岂旧味。更休题、苕雪清会。画取此中真意。是惊尘、一蠛三人成世。肝肺槎枒黄流洗。

河传
再题《大河小集图》

鸥侣。弦语。此中弹。花外花间。恨传。晚蝉在树星在天。无言。逝波将梦还。　　梦里蓬瀛三度浅。情不倦。听水听风远。恁匆匆。烟水空。断钟。渐添秋绪浓。

金缕曲
题《庚寅词集图》

蝴蝶花间活。费逡巡、轻阴池馆，胭脂晴雪。一觉遽然春梦渺，着体天花未脱。宛转入、词心千叠。眼底纷纷何足数，但红牙、铁板供闲业。弦上语，最清发。　　汐盟当日多英杰。逐流尘、零鸥断雁，故欢都歇。夜半长安秋似许，耐得清寒沁骨。莫便把、残灰重拨。翠墨摩挲回冷忆，照空梁犹是西园月。图画外，更愁绝。

菩萨蛮

忏情临路分钗股。兰芳玉白难相顾。南国种相思。　　树成还寄谁。钿蝉金雁落。寂寞闲池阁。容易过春风。一栏深浅红。

微风微雨清明节。凭阑倚树心情别。取意讳春寒。　　耐他罗袖单。芄波迎岸起。荡晚疑无霁。楚梦断天涯。满庭山杏花。

玉楼春
二首和小山

幽兰露啼春宵静。和雨和烟和泪听。情移醉里几曾酣，梦到甜时偏易醒。　　伶俜两鬓霜生镜。纷沓孤灯忧堕影。心花意蕊向晨飞，十八杵敲钟又定。

望春无计呼春醒。欲写相思还背镜。眉妆倒晕画难肖。花额新黥湔不净。　　连宵风雨西园径。飘絮归花何日定。伤高一往忒情多，洗面今朝无泪剩。

木兰花慢

壬子重阳前后无风雨

又重阳过也。正秋气，入萧森。对斜雁书空，高云敛色，满目霜侵。商音万方一概，好江山、何意唤登临。望断丝风片雨，迢迢永夜须禁。　　寒衾坐拥到更深。旧梦费沉吟。记酒泛红萸，歌翻白苎，泪铸黄金。何心衔碑喋口，更千秋、痴绝笑冤禽。悟得蜉蝣况味，新来只惜多。

暗香疏影

题姜毅然先生画《笑梅图》

素心谁托。又欻春韵入，疏香红萼。小靥嫣然，临水巡檐漫相索。多少啼烟翠羽，算只供仙云评泊。更怅惘、冻驿黄昏，音信望辽邈。　　珍重罗浮旧梦，佩环渺月夜，空忆仙魄。彩笔南田，点缀清妍，逗取相思如昨。题琼俊赏依稀在，浅深泪、怕都无着。渐怨笛吹彻江城，一夕钿尘飘落。

绮寮怨

亥灵胎馆夜坐谈词，和清真

鼓枻寒江人渺，与谁歌醉醒。漫料理、坠绪孤欢，空惆怅、并上旗亭。凄迷天涯芳草，斜阳外、倦眼相向青。惜寸阴、按笛呼杯，朦腾里、酒波和泪盈。　　珍重烛边梦程。兰荃共撷，殷勤报李投琼。午夜凄清。独弦语、此中听。一般飘摇身世，且尽此、一宵情。酸风满城。冲寒蝶归晓，朝雾零。

念奴娇

丛碧翁出示《洪宪纪事诗补注》手稿，为题一解

出头何处。叹当涂无分，霸图终拙。八十三天如戏耳，多少登场袍笏。玉佩公卿，珠珰贵戚，梦断燕台月。豆棚瓜架，传闻疑事纷叠。　　珍重白发青灯，蔚然诗史，落笔成奇绝。骏马貂裘名藉甚，抵得沧桑一瞥。洹上歌残，春游迹渺，别有伤情切。看天目冷，可怜心火犹热。

渡江云

辛亥初春，自题夜坐小影

春风何处是，乱尘歧路，流怨画图中。梦程天样阔，枕上人间，去住任匆匆。孤弦悄理，怕未许、歌透帘拢。赋晓寒、羽零宫断，惆几心同。　　情慵。笼灯翳帐，待月深宵，照吟肩瘦筇。空负他、敲瓶花妥，破梦杯浓。湛冥人意如天意，半醉醒一例朦胧。更拆尽，惊鸦又起楼东。

朝中措

辛亥九日

浮云万态幻晴空。寥落度飞鸿。已惯秋怀摇兀，可堪笳鼓声中。　　看天醉眼，难禁眍眍，但惜朦胧。满地黄花开瘦，卷帘还是西风。

齐天乐

白芍药

晖章殿里珠芽秀，梅妆晓阑初试。剪雪妍晴，围灯缟夜，占断雾红烟紫。纤尘尽洗。恁薄掩冰绡，腻云香殢。宛转霓裳，卷帘看、舞一枝媚。　　湔裙新约未准，可离方赋罢，心绪谁会。秀槛移春，赤城绚影，不信东君狡狯。番风过矣。怕环上罗衣，飞琼凝泪，冷照亭台，续芳空梦底。

西子妆

为胡君素先生题《兼葭楼填词图》

沙雨迷晴，浦烟织暝，作就秋容醒醉。掠空零雁不成行，断横汾、昔年歌吹。荒波万里。问何处、伊人曾历。渺苍苍，白头谙尽。江湖滋味。　　笺天意。减字偷声，不作惊人计。商音栖绝素心难，剩冷蟾、识君无寐。阑干漫倚。怕篱落霜花凝涕。惹低徊。邻笛风前又起。

醉翁操

壬子新正四日，与梦碧、牧石共聚扬斋，掩帷听旧唱机播放京剧唱片，感赋。

凋零燕京遗声。嗟谁庚。无凭。惟机括兮扬其灵。玉函烟语星星。倾耳听。往矣米嘉荣。恍惚如接兮老成。　　艺兰九畹，孰挹其馨。八音毕奏，留响悲夫故郢。蛩壁居而宵征。鸠惜芳而秋鸣。娱忧兮未能。中心兮怦怦。傩鼓正春城。酹天聊尽三两觥。

千秋岁引

索梦依稀，临歧踯躅。悄剔灯花照蛾绿。山阿惯觑薜荔影，人间又结连环束。总输他，下蹊桃，当篱菊。　　谁拨箜篌赓旧曲。秋叶蓟门长幽独。莫便登楼抛远目。花场尽堪迷醒醉，书城岂待消陵谷。问渠侬，几萦损，伤春局。

杨柳枝

萌圻春光独占光，禁他三起复三眠。看看凉照金城下，消息何须问晚蝉。

丝绣繁华巧作春，和烟和雾建章门。可怜未省青阳意，漫把长条乱拂人。

苏小门前万缕丝，青青还斗远山眉。一朝移入灵和殿，记否章台走马时。

天棘金丝漫自夸，因风飘絮任天涯。沾泥堕溷都无碍，未入池塘总是花。

西子妆

和丛碧翁重过斜街故宅词原韵

鸿寄寥天，燕迷故垒，万里重重云雾。溯回七十五长亭，系巢痕、梦痕无数。苔花换主。更岁晚、兰成老去。恋空桑、奈断蓬流转，春程轻误。　　当门觑。柳认前朝，早尽婆娑舞。垂髫影事更难忘，胜搔残、鬓丝千缕。调宫按羽。几曾把、童心留住。镇徘徊，前路繁霜冻雨。

减字木兰花

丛碧翁目疾痊愈　　甲寅

斤风巧运。斫去当眸纱一寸。银海空尘。好役春芳画喜神。　　　　车渠真赏。可否心筌留镜象。依旧愁余。山色何须辨有无。

破阵子

乙卯中秋，与梦碧、牧石小集赏月

祥署频推才去，好风乍喜来过。夜气楼头清沁骨，逸典尊前醉作歌。流空看冻波。　　谱剩残宫犹记，心如桂斧长磨。佳会临年欢可念，衰鬓当风已多。悠悠忆大河。

倦寻芳

辛末腊月二十一日立春

翠盘荐韭，阑雪催梅，春意初送。剪燕裁幡，虚结小鬟钗凤。蕙草宜忘荒戍火，条风待解琼箫冻。劫灰凝，问沉沉、可许琯葭吹动。　　且平息一天兢战，独影偎灯。霜鬓窥镜。暮景无多，销得螺杯频纵。冷蝶逡巡迷旧苑，醽鸡溶曳浮新瓷。渺予怀，又惓惓，蜃云将梦。

鹧鸪天

歌舞金堂独起愁。残蛾匀罢斗还休。新妆漫道真宜面，旧曲谁知几换头。　　慵趁拍，怯回眸。微波一剪若为酬。天寒翠袖浑经惯，倚竹何妨更倚楼。

凄凉犯

癸丑上元夜与梦碧联句，和白石韵

夜窗寸蜡消红字，春城绮梦空索。乍醒醉眼，孤怀付与，断宫零角，花愁酒恶，更休问、天寒袖薄。送凄风，瑶台月淡，一片冷云漠。　　应弛金吾禁，宝马蕃街，纵情游乐。那知此夕，暗灯坊、万花齐落。已惯沧桑，等闲又无端念着。奈钗头、不见旧燕，了断约。

八六子

癸丑

醉凝眸。倚阑遥听，萧萧落木沉秋。任侧帽孤立临风，垂首无言对景，消凝夕寒酿愁。回思十载绸缪。艺苑琴心迤逗，春闱素手携游。

叹比翼三年，蓦逢尘劫，忍尤心苦，慰情恩稠。谁能料、一夜音容永隔，余生恩爱全休。剩当头。凄凉玦环一钩。

小秦王

甲寅春，牧石夫妇应丛碧翁约去京看牡丹，至则牡丹未开，怅然而返。丛碧翁为赋《小秦王》四阕。牧石和后示余，余亦继声。

游屉无根春有涯。踏芳漫说缓归佳。梦边护取春根在，莫惜人间富贵花。

铺殿繁英岂足奇。透春端在欲开时。如何秀笔追逋景，不倩君家女画师。

湖山有待本因缘。负了桃花又牡丹。前岁盟鸥今比翼，花迟人滞两姗姗。

看花日下证多闻。妙语风生座上春。虹蚓霞车堪借重，不劳挽鹿费殷勤。注：丛碧翁词中言及北京首见火车事，借此以调牧石。

解连环

癸丑四月二十九日为十年前与故继室秀琴结褵日，感赋。

籁沉更寂。有偎灯瘦影，暗怀凄恻。办一醉能接魂馨，奈欢隔梦云，障烟如幂。十载消凝，耐思量、烛花今夕。认传红镜盏，织翠縠裙，未信陈迷。　　人间等闲聚散，怅前期顿绝，前路幽仄。恨不尽、故剑沉埋，又苎发侵年，弦断新瑟。夜鐣悠悠，可识我思君肠直。待凭窗、照人又是，那年月色。

高阳台

白梅

重叠烟绡，朦胧月地，倚竹唤起新妆。琢玉雕冰，风前谁惜幽芳。飞英无计寻娇额，若为酬、晕色涂香。伴凄凉。纸帐无温，野笛无腔。　　匆匆消尽东阑雪，又恼人春色，流转春光。泪浣莓鬟，满川雾雨添黄。翠禽与唱招魂曲，入屏山、小幅横窗。且排当。无益相思，有限清狂。

沁园春

癸丑重阳前三日柬梦碧

老圃黄花，节近重阳，端宜盍簪。忆炊米矛头，未妨英会，藏身藕孔，犹斗叉尖。古梦难寻，丛悲待理，珍重灯窗雨夜谈。清欢暂，倘题糕无句，我辈何堪。　　小楼聊代巉岩。料无碍临风破帽拈。念仆本长头，应招大眼杨绍基，难逢莘老孙正刚，且约文潜张牧石。更待王郎王焕庸，奥君冰玉寇梦碧、曹长河，讴聚乘时莫二三。云何意，便满城风雨，莫滞还缄。

唐多令

梦寄武陵霞。迷人洞里家。误前期、青岛来赊。盼到成蹊桃李下，才相看，又天涯。　　容易损年华。团圆足怨嗟。惜春归小住为佳。鹃泣莺啼多少泪，总难湿，最高花。

水龙吟

和稼轩登建康赏心亭词韵　　丁未

短檠支尽长宵，严城更鼓深无际。啼秋病蟀，迷群疮雁，彀人无寐。涢洞忧来，伶俜影过，朦胧眸子。便残灰掇尽，铁衾偎软，都难解，凌兢意。　　惯见砧刀鱼脍。问华胥今朝醒未。笼头破帽，早应压绝，当年英气。门外天涯，绨袍谁念，叔寒如此。待春回黍谷，千红闹处，认辞柯泪。

浣溪沙

丁未

听三浅蓬瀛幻亦真。低回今古枉劳神。还凭杯酒寄余身。　　开口休忘持语戒，听歌争许净闻根。断愁须待小逡巡。

鹧鸪天

辛亥除夕

冰雪虚堂正此时。不辞搔短鬓边丝。宜春漫许留心画，卜镜何妨着眼衣。　　啼曙蜡，唱荒鸡。换年箫鼓伴凄迷。五更卖尽三春困，莫待东风唤旧痴。

雪梅香
壬子除夕大雪，梦碧、牧石在寒斋守岁联句

饯残腊，凭将雪意画春踪。机认题香前地，依稀往梦犹同。牧衰鬓愁添絮花白，小楼闲话烛花红。梦漫料理、岁晚心期，分付琼钟。机　匆匆。十年事，过眼桑尘，节物都空。牧旧鼙新笑，醉来只任朦。梦幽抱犹堪托笺素，峭寒差是隔帘栊。机今宵尽，漏转晴云，还待东风。梦

百字令
丙辰

风尘涊洞，又匆匆、齐头甲子到也。偏遇中宵翻地轴，万户飘砖飞瓦。一角危楼，十年冷忆，耐此凄凉夜。凄身劫罅，鲦鱼无泪堪洒。　为问人事浮沉，古今兴废，主宰谁为者。漫道英雄人物在，难免为鱼为鲊。历乱蜂衙。纷仍蚁穴，莫许谈王霸。思潮起伏，侵晨钟点敲罢。

千秋岁引
丙辰除夕夜，由姜毅然先生宅归，感赋此解，时有震情

卜镜无缘，聒厅乏力。那信今宵是除夕。送寒又传寒信息。迎春不见春踪迹。换桃符，咏椒颂，总空忆。　昔日蕃街今瓦碟。昔日繁华今狼藉。踽踽谁怜独行客。倜张蜃楼真象掩，浮沉人海丛悲集。赋芜城，待分付，宜春笔。

踏莎行
丙辰除夜，在姜宅与毅老、梦碧共为诗钟及商灯之戏。

雕玉双联，折枝别体。驱文遣字成佳对。热肠冷眼傲秋荣，屡魂断梦干春水。　寂寞吟憬，郎当岁事。怀情不尽应何寄。白头料理费商量，旧狂且入商灯继。

长亭怨慢

丁巳元日

再休说、贴鸡粘燕。聒鼓声沉，梦华凄断。蜃海澜翻。十年惯阅瀣桑变。劫灰犹热，遮不住、登楼眼。仙路本无凭，怕误了迷归刘阮。　　相伴。听灯唇细语，已过换年更箭。芳辰到也，只难忘、压天霜霰。待吹遍、念四番风，可能见、春光流转。且独守心魂，销受斜阳深浅。

定风波

丁巳上元

甲子齐头又上元。旧时明月不须看。且觅无何寻古梦。无用。当头霜雪苦缠绵。　　检点平生成一瞥。休说。升天入地本因缘。料理闲身偿宿债。无奈。身在虚无缥缈间。

好事近

题赵震东画朱竹

闲扫两三竿，借取石榴裙色。梦入箟簜深谷，觅杜鹃残魄。　　图形写意任纵横，随缘变朱碧。泼出胸中逸气，对秋风萧瑟。

高阳台

戊午立秋日午后暴雨

猛雨拚花，商风薄叶，今宵凉意初侵。听雨听风，临窗书客惊心。老来自觉聪明诚，恁无端废了呕吟。到今朝，盼到秋凉，又怕秋深。　　前鸥冷梦劳牵想，叹那时清景，一逝难寻。蜕树枯蝉，何如独鸟投林。江湖犹有回舟地，怎身劳，毕世长勤。几低回，窈渺朱弦，寥落琴音。

贺新郎

晋斋约同作二首，用毛主席《读史》词原韵

鲁迅先生四十二年祭

一暝人间别。正纷纷、友盟敌阵，盘根错节。笔下分明憎与爱，牛弩几人当得。撑长夜脑冰肠热。动地哀歌催不起，息英魂、萧瑟虹桥月。终

挤尽，奶和血。　　沦阴迫日霜兼雪。吐遗芬、春华劲草，灵踪墨迹。多少跳梁猫狗鼠，苦搏佩兰之客。更颠倒、英雄人物。名世文章光茫在，似温犀、秦镜春秋钺。妖雾扫，剑花白。

阅《学术月刊》，载陈寅恪先生《柳如是别传·缘起》

朱紫何须别。莽风尘、轻烟淡粉，尽多奇节。轶事风流钱与柳，雪鬓霜肤相得。我闻室盟深情热。解难酬思轻一死，闭朱楼、冷照空梁月。知已感，美人血。　　因缘遇合如鸿雪。费精神、发皇幽隐，阐明心迹。灰劫昆明红豆在，料理庞眉书客。资评泊、明清人物。史笔阳秋争一字，识荣于、华衮严于钺。功岂逊，释元白。

金缕曲
为晋斋题《斋毁石存图》戊午

念往悲沉陆。蓦中宵、雷生地轴，簸翻棋局。飘瓦飞砖掀尘暗，浩劫千家破屋。正秋气弥空萧萧。有客栖栖为行者，傍颓垣、俯拾玲珑玉。存掠影。画成幅。　　吟风拜石娱心目。费功夫、青田鸡血，半生珍蓄。服具荡然浑闲事，千印归来愿足。乘逸典、吟事须续。漫道清歌天上有，倚新声、再谱人间曲。文字里，祈多福。

望江南
四首
与晋斋同作　　己未

春节好，大地浴春阳。马足尘飞醉旧栈，羊肠路转入康壮。正道是沧桑。

春节好，岁月日峥嵘。万马奔腾抒壮采，三羊开泰颂新声。勋业继长征。

春节好，艺圃撷芳华。有兴吟边寻草叶，偷闲扇底看桃花。生意满生涯。

春节好，春色入毫端。五采缤纷浮世绘，百年缱绻再生缘。点缀更清妍。

千秋岁

悼杨轶伦诗家

溪桥近处。自筑诗巢古。鸥梦接，灯魂语。寒郊兮瘦岛，拜李兮怀杜。兰佩结，吹花写叶留湘素。　往事堪重数。扑面风兼雨。春意满，人非故。黄炉悲不尽，邻笛伤何许。风雅老，白云明镜空凝伫。

眼儿媚

李园海棠吟集

潮红淡粉斗芳园。浅照润轻烟。倾城无语，东风睡足，劫换华鬘。倦桃新柳交相映，半面出妆鬟。展春旧赏，游春佳兴，料理吟边。

满江红

天津诗词社成立献辞

沽上风流成佳会，猗与盛哉。秋正好，明云送爽，宇净无埃。夕秀朝华情并启，椎轮大辂道先开。念千秋、沆瀣与风骚，惟我侪。　劫灰尽，花始胎。谷音继，乐重谐。喜鸥盟汐社，缘广斜街。索句闭门逢小极，挥毫落纸仰多才。待明朝，国庆颂新天，舒壮怀。

减字木兰花

悼三王

零鸥重聚。渺渺烟波亡叔度。吭引宫清。疑识弹词出正声。　结邻城北。品茗听书同遣日。不在山阳。闻笛思悲在学堂。

王祉延为大学同窗，曾为一江风曲社社长，六十年代初病逝。余近年每在曲会配演《牡丹亭·学堂》中陈最良，忆及当年祉延曾扮此角，不觉黯然。

风前濯濯。条尔峥嵘犹豁落。恩怨牛衣。空穴风传孰是非。　沉沉春酌。醉客迷离延醒客。一暝随尘。疑事难征劫后人。

王莳君擅演正旦，余常为配演。君嗜饮而量宏，没于浩劫初年。

风华正茂。曲社交游年最少。消渴文园。药裹关心四十年。　健谈如昔。一面谁知成永忆。故景难追。留照飘风伴劫灰。

王世洸撅工笛及小生，多年病肺。浩劫后始获一晤，时已康复，不意竟闻以宿疾逝世。曾有当年与余同台剧照，惜毁于浩劫中。

减字木兰花

悼黄仲方曲友

人淡如菊。余事乎生耽剧曲。弦索随身。双庆何人不识君。　　溯源探胜。北调分勘功未竟。昆讯流传。乐谱文章一手镌。

黄仲芳昔曾参加一江风、辛巳、开滦三曲社，能戏甚夥。荣庆、祥庆二剧团在津演出时，每晚必携二胡义务伴奏，剧团人员无不识之。近年曲会所刊曲讯、曲谱均出其手。编辑《北曲联套述例》，未竟而逝，惜哉！

金缕曲

诗词社约赴重九诗会，因足病未践，词以代书。丙寅

佳节逢重九。豁吟眸、天高云淡，金风梳柳。雄厦飞桥随处见，妆点粉乡锦绣。这光景何时曾有。十载飘摇惊风雨，倏劫灰、吹尽十年又。消块垒，开笑口。　　书来约赏黄花瘦。酹高秋、清娱共引，盍簪诗友。志切追陪愁窘步，况夏持斋止酒。空惆怅、临风搔首。信美江山须彩笔，莫放闲、把盏持螯手。诗益我，过醇酎。

定风波

丙寅清明前二日与文史馆诸公游宁园

过雨微风拂嫩晴。柳丝新染水初澄。云气烟光凝彩榭。如画。相看人在画中行。　　魏晋风流修上已。闲事。偷闲池上证鸥盟。把酒迎春春有尽。须信。吟边日月古今情。

减字木兰花

悼姜毅然先生

软袍挟锦。绿鬓当年名籍甚。比迹熙荃。脱手东风百卉妍。　　谊兼师友。细雨灯前诗共酒。词客凋零。何处西风吊马塍。

鹧鸪天

丁卯元日试笔

七十番春瞥眼经。童心一逝觅何能。漂花流水常为世，蕙雪梅风几见

情。　　无尽意，有涯生。鸡虫得失苦劳形。有缘济胜容腰脚，助借湖山写性灵。

浣溪沙
奉题退密吟长《芳草集》。丁卯

诗里乾坤看不穷。照人山水适为容。冬花秋井共玲珑。　　墨上云峰存妙颖。谱成渔笛绍宗风。天涯芳草意多同。

鹧鸪天
谢蕙愔阁主赠诗词集

词苑风流迹渐陈。彭城宗范出东闽。吟边兴寄诗中我。指下波生象外春。　　寻胜境，着闲身。河清人寿益精神。频将丹露滋兰畹，广撷幽芳益后昆。

踏莎行
挽黄君坦丈

枚马文章，兰荃才调。连枝风雅传江表。京华息影阅沧桑，嘤鸣岁月吟中老。　　碧字终清，昊天不吊。翩然化鹤归何早。一编剔抉继花庵，弦音凄共虞渊杳。

采桑子
赠魏新河君

小荷才露尖尖角，寂寞池边。挺秀风前。出水来朝映日妍。　　红衣翠顶交明镜，摇曳嫣然。十里香传。鸥梦清冷入砑笺。

菩萨蛮
红楼词谜，梦碧嘱作

催花御史殷勤到。芳官艳阳初起桃花笑。迎春恰恰窗啼。莺儿氤氲梦九疑。湘云　　添香心画作。侍书新样元和脚。柳家的惆怅过番风。惜春春团炉火红。焙茗

百字令

己巳秋，上海昆剧团来津，与津昆会在和平宫茶叙。俞振飞先生莅临并摄影留念，敬赋此词为俞老颂。步俞老为苏州昆剧展览馆题词元韵。

浮沉曲海，信声应气求，新交如故。禹甸腾辉秋宇净，胜会烟沽欢度。楚畹留香，吴歈奕世，古调翻新谱。清芬喜挹，词仙乘兴临驻。　　堪仰雅乐承庭，辞黉从艺，傲俗存真趣。鲁殿灵光歌苑宝，典继潜心朝暮。度世金针，弥天大老，三乐从容赋。米家山过俞老年八十八，俗米字寿，寿跻衡嵩高处。

石州慢
题刘凤梧先生《蕉雨轩诗词》遗稿　　庚午

鹤已归云，潜谱护韶，犹灿遗墨。青溪桃李多芳，带草春窗摇碧。余霞散绮。字偕秋水华星，模风范雅抛心力。坐雨绿天庵，写羁秋寂。　　追昔。惊尘涨海，料理吟边，庞眉书客。过眼沧桑，莫许笺天呵壁。虫沙万劫，消得夜气漫漫，瑶华箧底存真色。继业喜珠明，发幽光潜德。

洞仙歌
题刘梦芙先生《啸云楼诗词》

碧梧翠竹，耀彭城宗望。掇拾丛残志道上。禹声方追蠡，式古耽吟，输不尽、填胸诗潮荡。　　江山堪啸傲，随意登楼，哀乐纵横易惆怅。直取性情真，任过眼、浮云千状。问纫兰、孤抱定谁知，有鸥鹭吟边，会心酬唱。

西平乐

己巳春，诗词班部分学员与梦碧弟子约梦碧、浣菊、牧石及余聚饮长河家，祝贺梦碧后社成立，感赋此解。

煮梦灯前，寻声弦外，珍重意蕊心香。兴引江湖，情传律吕，词流百辈幽光。忆帜拔城东盛举，韵踔沽西往迹，霜腴谱俊，清欢尽耐思量。谁许花间驻景，频把酒、几度劝斜阳。　　忍寒禁燠，停辛伫苦，风雪村炉，星月河梁。算抵得、千秋沉澹，十年濡嘘，省识吟商不断，乐笑无边，笛里光阴若许长。真率约，杯盘草草，桃李欣欣，放眼神州，直写心声。何须晕色涂妆。

念奴娇
谒中山先生纪念堂

睡狮难醒，引仁人智士，忧心如灼。际会风云凌健翮，奋起先知先觉。汉朔延黄，上医治国。纵镝天狼落。万方多难，迂回真理求索。　　矢志联共师俄。鞠躬尽瘁，身后留方略。代谢春秋如一瞬，社会几番飞跃。碑建金陵，堂开南粤，遗范崇山岳。九州同日，两岸同献清爵。

水龙吟
读《敦六诗集》感赋

朗如霁月光风，惊雷划地迎霜刃。传经绛帐，笼头皂帽，沧桑一瞬。瓜蔓风狂，倾阳藿炽，几番花信。甚虞罗遍野，苍黄翻复。石街口，天难问。　　我亦幽篁曾困。读公诗，低回无尽。白头迁客，苍茫独立，伶俜自忍。黄叶纷披，桑田留命，千秋哀韵。叹斯人云逝，河清不见，倍人天愤。

水龙吟
纪念北京昆曲研习社创办四十周年

跫然空谷来音，苔岑重接同声气。磨腔雅调，魏梁遗绪，可堪陵替。俞老开基，群朋簪盍，续成佳会。喜滋兰育秀，拍檀按笛。幽香泛，歌魂起。　　缩本还魂曾记。巧排场，云蒸霞蔚，曲坛盛赞，张家典范。周门桃李。海外风流，都门胜业，孤标名世。愿因缘广结，琼瑰长保，历千秋岁。

清平乐
乙亥秋，与世瑜、哲余等五人游妙峰山

枫红褪早。霞晕霜天晓。几度停车欣远眺。领略荆关画稿。　　行歌醉步蹁跹。悠悠似脱尘寰。近面瑶青笋立，依稀缩本黄山。

六州歌头
过卢沟桥

卢沟晓月，胜景丽燕都。碑亭著。狮栏古。控通渠。接平芜。指点鏖兵处。石无语。心激楚。倭黩武。邦遭侮。此权舆。衅起中宵，鸣镝桥头柱。铁马驰驱。我干城将士，抗暴舍头颅。战力悬殊。失平沽。　　叹神州土。膏豺虎。权衡误。拒守疏。资狂虏。申江据。达康屠。惨何如。擢发辜难数。舌空鼓。罪安逭。同仇与。同袍助。克艰虞。百战功成，敌垒降旗竖。腾利欢呼。念河清重睹，战孽未根除。绅带须书。

鹧鸪天
四首
游仙

壮岁求仙欠道缘。云笈苦诵鬓毛斑。望空玄圃思回步，惊遇洪崖一拍肩。　　欣共路，访三山。上穷碧落下穷泉。依稀似见方壶影，恍在齐州顶上悬。

疑事千秋绪万殊。仙家眼里付胡卢。禹梁飞处休重问，彤管无文暂阙书。　　丹几颗，酒盈壶，琼玉字足欢愉。三尸尽斩应何日，不待人间接紫姑。

见说丹丘跨赤龙。乘风入海与天通。瑞烟琼树春长在，玉液蟠桃宴未终。　　颁玉诏，迓仙翁。姮娥广袖舞飞鸿。淋浪汗渍吴刚斧，别样风光在月宫。

不恋仙人洞里幽。长桑度世有心谋。驶开阊阖金为马，渡越沧澜纸作舟。　　歌有解，愿当酬。灵符秘籍足千秋。鼎湖已断攀髯路，鸡犬淮南据上游。

踏莎行

戊寅春，熊盛元君自南昌来舍，与蛰堪、抱一、景宽在舍小酌，因赋短章

偶梦溪山，微耽醉饱。地偏心远闲娱老。故人零落谷音稀，跫然喜迓新英到。　　谈屑霏霏，杯盘草草。花间胜事知多少。一天风絮几分春，

为谁重赋清平调。

鹧鸪天

戊寅春与长河、连珠、晓光、景宽陪熊盛元君同赏李园海棠。复在酒肆小饮。（词阙）

八声甘州

游西安慈恩寺（词阙）

水调歌头

参观半坡村遗址（词阙）

南柯子

二首

和退密吟长《红豆》词原韵（辛巳）

琼树生嘉实，唐音着别名。珊瑚光凝智珠莹。缘物抒怀雅调入心灵。采撷原多事，相看觉有情。花开蒂落岁常经。还待同心绾结契生平。

前哲存佳话，新名换旧窀。右丞真赏渺难知。异种双收域外足珍奇。合里宜深贮，闲中每自携。白头灯下系相思。抵得清欢一晌入新词。

南柯子

昔年与词友孙正刚同作《金缕曲》，用毛主席《读史》词韵，咏及陈寅恪先生大作《柳如是别传》。今正刚已逝，因和《红豆》词忆及故人，再为此调志感。

红豆成缘久，柳丝引恨长。愁肠十载阐幽光。自道著书惟有颂红妆陈诗原句。　劫后赓新弄，尊前理旧狂。当时酬唱本寻常。触绪今朝生死雨茫茫。

醉翁操

贺哲余诗兄八旬晋八

津沽新卢燕居。据槁梧。清癯。心澄意安常如如。白头料理诗书。欢且劬。李杜窥堂庑。更倚声，旧狂未除。　　启期带索，三乐为愉。放翁富制，英气发乎毫楮。　　情有结兮随摅。景可追兮休遹。薪灯欣有徒。高名倾寰区。寿客喜霜腴。祝期颐式康式娱。

减字木兰花

追挽孔凡章先生。近三年两度迁居，瞀乱失聪经岁，友朋音问多疏。阅《南风》刊登哀孔词作，始悉孔公辞世。爰为短章追唁。

蜀中翘楚。绝诣公推诗奕舞。马足关河。避乱伤时涕泪多。　　桑田坐阅。白发回舟江海阔。落笔神惊。砥柱中流有正声。

迎春好曲。年例良辰添馥郁。记迓高轩。珍重平生一面缘。　　崩松千丈。风雨骚坛惊巨响。闻唁何迟。怅望云天不尽思。

玉楼春

题《渐斋填词图》

尊前花外清光泛。好着闲身消百感。素弦不厌曲弹频，俊思纷呈佳境渐。　　歃瓶花妥词怀淡。双柏堂中存琬琰。斟宫酌羽谱霜花，香烬灯微千息敛。

摸鱼子

题《鲛斋续梦图》

正阑宵、小楼一角，有人歃坐无睡。中年哀乐侵寻倦，尘海衣缁慵洗。争遣此。伴月影摇窗，飘箔灯花悴。旧狂漫理。问絮答鸣蟹，琤然落叶，谁解擘笺意。　　金荃梦，掇送词流百辈。歌弦曾激沾水。春风碧草斜街路，天挺艳才高会。俱往矣。只碧断痕留，剩馥沾桃李。梦牵知己。镇烟语星星，心光作作，悄唤蝶魂起。

琐窗寒

窗上冰花

层玉攒霙，颓云凝白，窗装点。严飙劲夜，作就冬心一片。银海蜃华，山河幂缟荧屏现。怕琉璃冻破，迎春误了，簇鸡黏燕。　　帘卷。阴阴见。认残雪檐棱，木冰池畔。霜姿照世，不惜水流花散。伴寒宵，珍重素娥，婵娟一色缘终短。送冰魂，霁日温馨，泪滴疏棂满。

鹧鸪天

看《芙蓉镇》电影感赋。丙寅

十里荷香翠镜开。压天霜霰破空来。终风猛雨拼花尽，敝帚项筐敛梦回。　　甘皂帽，赋风怀。合离生死任安排。洗声聒耳留心印，宁为刀头舍一哀。

凄凉犯①

悼柏丽诗家。辛巳

晚珠并灼。晶莹处，重襟独运哀乐。穿云拂露，箫声剑气，赋情寥郭。葱葱郁若君斋名郁若室。甚端的，星沉婺落。送西风君译有雪莱《西风颂》，哀弦庚角。怒湃卷诗魄君译有《怒湃诗集》。　　谈艺今犹记，口舌澜翻，辩才赡博。丽辞剪织，巧张机、锦蕃彩错君集句诗词最佳胜。简断还云，怆惊悉，归岩卧壑今春致书，久未回音。十月初，阅津沽联讯始得凶耗。抚遗编，自愧病拙负宿诺。

君曾嘱为其《柏丽诗词集》写书评。已承诺，因病脑未果。病愈后方欲属稿，其人已亡，痛哉！

----

① 《南风窗》杂志第 16 期收录此词文字略有不同，录全文如下：《凄凉犯》（悼柏丽词家）："晓珠并灼。晶莹处，灵襟独运哀乐。穿云拂露，箫声剑气，赋情寥廓。葱葱郁若。（君斋名郁若室）甚端的，星沉婺落。送西风，（君译有雪莱《西风颂》）哀弦庚角。怒湃卷诗魄。（君译有《怒湃诗集》施北山老曾为文盛赞之）　　谈艺今犹记，口舌澜翻，辩才赡博。丽辞剪织，巧张机，（君有《九张机》词一套，共十三首，甚奇伟）锦蕃彩错。（君集句诗词最佳胜）简断还云，怆惊悉，归休撤瑟。抚遗篇，自愧疾拙负宿诺。（君曾嘱予为其诗词集写书评，诺而因脑病未果成）"

和观堂长短句

少年游

恹恹斗室，沉沉清夜，冷月觑窗斜。戍鼓敲残，霜林寒重，可有后栖鸦。　　终宵开眼常无寐，思绪乱交加。灯火楼台，婆娑烟柳，憔悴入繁华。

阮郎归

微茫星下望遥关。陂陀前路弯。林荫小息系征鞍。夕阳红半山。　　近柳眼，远峰鬟。如今都怕看。黄泉碧落有无间。欲忘音貌艰。

蝶恋花

生小谁知愁与恨。竹马青梅，嬉戏常相近。一点情缘天破损。蓬山远隔稀存问。　　村外邮车声辚辚。珍重家书，肠断兰摧讯。衣带为伊宽几寸。从今永断相思分。

虞美人

柔情密语分携路。莫被风怀误。一声欸乃已魂销。管甚秦娘容与泰娘娇。　　尊前莺燕经常在，旧约应无悔。玉珰缄札记深恩。随分何妨怜取眼前人。

浣溪沙

话到清时已暮年。仰看碧落俯临川。游翔自在羡鱼鸢。　　花近高楼迷客醉，莺鸣锦树唤人怜。才知有味是春颠。

点绛唇

负笈当年，言谈志趣常偏左。激流浮舸。思趁东风可。　　岁月消凝，换了龙钟我。秋风大，掩窗独坐。影事灯前堕。

蝶恋花

棱瓦纵横沉积雪，深浅流光，商略昏黄月，万窍余音吹未彻，入窗还共人呜咽。　　遥念征途银一色，马滑人痛，难觅前车辙。百种思量都莫说，者番只悔轻离别。

蝶恋花

卷地风沙天气恶。虚了游悰，闷坐情萧索。把似先知今非昨，忺寻晓梦垂床幕。　　细数人间谁最乐，去住随缘，不作前期约。东沐晖阳西雨落，天公喜看缤纷错。

蝶恋花

暗惹相思无可道。一笑回眸，邂逅临清晓。两度重逢人窈窕。莫非缘近寰球小。　　容易秋风将岁杪。无计通辞，怎为然疑老。众里寻他心尽到。沟行终可鞋沾潦。

蝶恋花

独立凭闲观碧落。人意天心，颇耐思量著。踌躇当年仙侣约。而今争忍全抛却。　　不竞南风行六博。一掷成卢。那识倾阳藿。泣罢馨香三嗅作。红稀敢怨东风薄。

浣溪沙

阅世迷茫喜叩端。放言无忌效童顽。每从花笑见花残。　　晓梦逢欣常恋枕，旧文伤赘悔灾铅。艰难索句觅孤欢。

清平乐

萧条庭院。巢恋将归燕。细细金风吹梦浅。影事前尘如见。　　银□滟引霞流。千家歌吹扬州。寂寞青灯白发，当年皓齿明眸。

浣溪沙

莫做寻常打鸭看。西风划地闹清澜。揉红扫翠一宵间。　　摇兀秋怀休放棹，珑聪野色且凭阑。几家儿女在长安。

谒金门

金桥侧。可有香红残迹。花落花开青帝力。望春寒恻恻。　　此夜萍飘无迹。他日尘埋成碧。雁阵无妨鸳网密。冥飞何处觅。

苏幕遮

黛文眉，香覆髻。霞映芙蓉，妙称菱花意。翠袖轻罗迤逗里。目缬春风，竞许迎时世。　　美言多，捐信易。眺远临窗，萧瑟秋风际。鸳枕双横伤独寐。阵雁排空，偏作人人字。

浣溪沙

舌笔谰翻事有无。沧桑几阅尚模糊。瓜棚闲话史官书。　　较易成眠宵少忆，多乖得句老为娱。身安何用赤灵符。

蝶恋花

未入池塘终是絮。漫道非花，自古花名许。狂舞蕢腾朝到暮，倒眉怕遇零濛雨。　　食采家门非妄诉。哲妇多情，宫里新歌度。待息颠时风不住，飘茵入溷随缘去。

蝶恋花

春色三分愁几许。好梦无端，又被莺拦住。只恨啼莺难解语，行云悄度帘旌去。　　侬我情深交水乳。待结同心，长伴朝和暮。莫怨周全天不与，思来总被然疑误。

点绛唇

稽核生涯，新收旧管增何益。精神轻掷，故我休重觅。　　过眼风花，一例观存灭。生虚白，此心如月，映对颠如雪。

清平乐

庾郎俊墨，铺写春踪迹。细绿团红难尽说，陌上楼头何别。　　软风吹昼昏昏，藤阴午梦无痕。坐使莺啼花笑，不知为怨为恩。

浣溪沙

本事诗删故景凋。迷离云雨楚天高。洗多红字渐全消。　　魂梦索回风靡靡，楼台辉耀夜昭昭。谁将虬箭射长宵。

蝶恋花

山上晨曦轩过半。霞晕枫浓，返照明云汉。石径通幽行看看，溪泉泻地无拘管。　　古树槎枒青迓面。物我交融，记甚恩和怨。独惜禅心无一片，前方即是观音殿。

菩萨蛮

银烛高张良宵半。繁弦急管尊前乱。元圃帝王家。寒门钟丽华。　　重城围十二，都是无常字。多少有缘人。新闻还旧闻。

临江仙

寿石窗①吟长八旬晋八，次《八八放歌》韵六首

独占芳菲当夏景，露凝晓日扶桑。紫薇花下进壶觞。亲人多好在，遥祝亦无妨②。　　临池啸傲都尽兴，北窗小坐迎凉。唱酬耆旧有襄阳。宗风存笛谱，《四稿》出同乡。

绛帐春风吹拂久，成蹊桃李连排。退闲海上吟书呆君有上海藏书家叙事诗。忍冬青未了，红豆又新侪。　　细绿团红约俊赏，枝头莺语喈喈。室

---

① "石窗"，《南风》杂志第14期作"退密"。
② "遥祝亦无妨"，《南风》杂志第14期作"遥祝又何妨"。

生虚白净尘埃。盘筋存傲骨，风貌证仙骸。

挥洒淋漓飞逸兴，会心百咏临池。行如龙鹤篆蟠螭。雕顽令付语，偶或一为之。　碑帖丛残搜集富，吉金片语无辞。因缘天与①未须祠。兰亭收定武，鹦鹉唤新词。

湘缥连床欣坐拥，生涯料理吟边。怡情翰墨倦时眠。迎窗芳草密，对酒晚霞妍。　百辈词流存琬琰②，风流未化云烟。虎丘野唱记清欢。空青天作幕，绣绿地为毡。

墨海词林通素问，此中有术长生。澄心养气发潜能。冲愁缘笔阵，引兴遣诗兵。　古董先生康且寿③，市曹得砚言曾④。观山听水策筇行。欹奇知意豁，健步识身轻。

草阁燃灯观自在，管他外道天魔。闹中肆外未蹉跎。金针传法典，白发乐醍歌。　阅尽沧桑当米寿，又闻海外扬波。虫沙猿鹤化为何。传媒都没底，君且惜砂锅。

高山流水

《津门百家诗词选》读后感，用梦窗韵　　壬午

竟流九囿海门风。拂琼田，烟景笼葱。分席醉鱼天，瓢摇梦逐飞鸿。西堤路，千树霞红。骚魂在，依约香雅舍，篆水雕栊。任沧桑世换，沆瀣气犹浓。　楼中。殷勤搜集苦，功岂逊、广厦璇宫。清事续枌榆，博采古艳新茸。百花开、不负春工。沽河水，看取心源不竭，秀毓灵钟。有天闲一我，吟讽起衰慵。

金缕曲

赠顾国华先生

顾子奇人也。有唐官拾遗补阙，子其流亚。半世浸淫丛残里，志切扬风抉雅。惜文苑、珍闻流谢。折节殷勤征耆老，记平生知见泉林下。留晚照，耀华夏。　官书从来多虚假。算何如、齐东野语，豆棚瓜架。辛苦

---

① "天与"，《南风》杂志第14期作"天赋"。
② "百辈词流存琬琰"，《南风》杂志第14期作"百辈词灵留琬琰"。
③ "康且寿"，《南风》杂志第14期作"康而寿"。
④ "言曾"，《南风》杂志第14期作"云曾"。

搜编成多卷，粲烂琼瑰盈把。问当世，谁能方驾。历十余年心犹壮，这无私贡献真无价。千载业，此佳话。

贺圣朝

少作仅忆及此首，时余在初中肄业，约壬申癸酉间

螺杯满酌犹嫌浅。蓄得相思满。尊前莫许唱阳关。幸暂通情款。　　柔情如水，月光似练。对景魂应断。休道离恨似春江，比春江还远。

江南好

津门新景　　丁卯

龙潭古，新日展新猷。十里花风连卫水，一湖烟景借杭州。极目快登楼水上风光。

灰劫尽，天后复行宫。金碧重修三宝殿，叙裙遗恨满堂红。灵迹有无中神宫古迹。

周行建，驰道地空分。星拱长安环套月，霞飞蝶舞栈连云。接踵又翻新环行立交桥。

滦河水，甜美利喉咙。长隧宽宏圆拱月，深渠盘折戏游龙。碑记万年功引滦入津工程。

摸鱼子

香港回归夜看电视播放大型舞剧实况

映荧屏，艳霞舒彩，绚云光射千柱。仙蓬倒影银花合，交绮锦丛琪树。凝望处。万人海，心潮澎湃欢同度。新翻乐府。喻青史沧桑，凭空构象，翔翥入歌舞。　　蛮烟炽，激荡涛飞浪鼓。百年龙愤罴怒。燎原星火新天换，鞋鞳声震寰宇。应证取。经纶策，富民有术邦基固。南针指路。引港澳同归，红旗耀日，两岸共轩举。

踏莎行

为江西靖安县诗词之乡五十家题词

绣谷花繁，宝峰霞照，森林荟蔚天工造。江乡百里画图开，青山碧水添诗料。　　太守仁声，白香才调，后贤代起前贤绍。清风吹拂遍神州，骚坛艺圃千红俏。

注：况钟、舒白香均该县人。

人月圆
视败荷有感

晴澜一夜红心变，莫许怨西风。镜空不见，赪霞娉队，云锦成丛。回思旧曲，田田叶底，鱼戏从容。待秋时节，凭阑怅望，天外飞鸿。以上《琴雪斋韵语》

八六子
贺复兴、菊生伉俪金婚之喜

似坚金，百年琴瑟，居诸过半侵寻。对绕戏孙枝膝下，奉欢儿女尊前，逸然放襟。 天缘欣结同心。报国立身同梦，停辛伫苦同禁。莫再思，蹄涔呴濡前事，劫灰飞尽，夕阳晖好，老来药裹扶康阅世，联坛称誉鸣今。乐泉林，迦陵并传妙音。

祝英台近
庚申除夜立春和梦窗

怅前尘，怀远道，潮思荡千股。年换今宵，漏带剩寒去。不劳葭管吹灰，金泥添胜，且消受、灯唇低语。 脱刀俎。谁与相沫相濡，相怜共心素。哀乐纵横，氤氲大河路。任他曼衍鱼龙，烟云变幻，总难忘，鸡鸣风雨。以上中华诗词学会编《中华诗词》第 2 辑，中国文史出版社 1991 年版，第 179 页。

张牧石（166 首）

张牧石（1928—2011），字介庵，号邱园，天津人。早年毕业于天津法商学院法律系，又从寿石工研习书法、篆刻、倚声诸艺。新中国成立初加入梦碧词社，与张伯驹为忘年交。曾任东方艺术学院教务长，《中国书画报》编审，天津文史馆馆员。陈声聪曰："梦边词郁勃窣，在诗家为韩昌黎、樊宗师之流亚也。"张伯驹曰："梦边词能入于情境，出于情境，学梦窗而又能自树，岂徒嗜饾者可同日语耶。"龙榆生曰："婉曲厚丽，四明法乳、读《梦边词》可知七宝楼台不容碎拆也。"寇泰逢曰："牧石词师法觉翁，衍彊村、大鹤之余绪，情真、意新、辞美、律严，允为当代巨手。"刘梦芙《冷翠轩词话》："介庵与寇翁梦碧、陈翁机峰并称津门词坛三家，宗尚梦窗、《花外》，词采若金碧楼台，词境则沉郁幽咽。介庵年辈较晚，而才华卓异，诗、骈体文、书法与篆刻色色精工。《茧梦庐词》小令出入五代北宋，长调则纯是南宋家数，字研句炼，落笔迥不犹人，度音审律，细入毫芒，工力之深，今人罕有能及者。寇翁作古多年，陈翁亦以衰病搁笔，介庵虽独存，学梦窗一派，已渐成广陵散矣。"① 主张词之上乘须达四项要求："情真""义新""辞美""律严"，尤其严于声律。认为"诗词要革新，是新其内容，要随时代内容革新，而非新其韵律。……传统旧体诗的格律是其本身的特征，如革新其特征，即非传统旧体诗了"②。有《茧梦庐诗词》存世。

---

① 刘梦芙编著：《二十世纪中华词选》，黄山书社 2008 年版，第 1300 页。
② 张牧石：《关于传统旧体诗的韵律》，载天津市文史研究馆编《天津市文史研究馆诗文选集》，天津市文史研究馆 2003 年版，第 485 页。

鹧鸪天

题内子画《秋风闻雁图》

雁路冥冥响弋风，劫云一霎幻千重。惊天血影埋心碧，欺梦窗痕压眼红。休寄远，漫书空，只应悄邃病愁中。烛边纵有回肠地，奈此秋寒几倍浓。

蝶恋花

人日立春用稼轩元日立春韵

春字纵堪簪巧胜，几见春风，肯上迎春鬓。别梦莺花休再省，疏香那抵盈盈恨。　　更苦人间无处问，浅黛深螺，若个能相近。辗转芳心初计定，临妆偏又难裁准。

高阳台

芍药为溥仪作

倚槛呈愁，翻阶弄彩，风流占断残春。娈尾韶光，凄凉忍自因循。余芳一任金玲护，甚匆匆，也付斜曛。更休提，梦转扶桑，几幻朝云。　　花农纵折丰台去。问栽红植翠，可有伊人。催劫华鬘，剧怜金谷空尘。檀心便解东君意，总还须，巧说承恩。谩思量，后日荒园，谁与招魂。

临江仙

一线斜阳红未减，东风依旧阑干。飘香小径独盘桓。泾云疑胃雨，飞絮恍迷天。　　著意邀愁偿梦债，可堪残梦年年。模糊朱碧几回看。情移浓醉里，身在半醒间。

石州慢

《梦边填词图题咏》装池成册，词以代跋

萼损新枝，莺散故林，残照如血。余狂尽付吟尊，酝病孤怀犹渴。逡巡往迹，几度觅恨披图，零惊拼共春抛撒。弹指幻楼台，恁疏光明灭。　　凄切。采芝歌杳，纫佩情枯，独弦慵拨。煮泪荒灯，消得夜痕愁绝。嚼宫含徵，便可谱入花间，惊魂不识南华蝶。空外晓声寒，又虚廊沉月。

八声甘州

重九

背西风独认旧山河，秋心坠危弦。便顽云吟破，浓烟弹瘦，天外无天。恣意鱼龙醉舞，暗汐冷江干。无赖残枫影，红簌尊前。　　筋力新来多减，纵登临有意，哀乐都难。对荒垣枯冢，应作化城看。近黄昏，沉沉兵气。笑暮鸿，空自占高寒。凭栏久，甚斜阳懒，不下遥山。

西子妆慢

过故居

红浅蕚梅，绿疏篁竹，勒梦余寒轻沍。十年经乱觅前尘，待禁持，已无回顾。流光细数，拼逐到，新愁来处。惹低徊，剩半痕墙阙，斜阳黄补。　　频偷觑，掩泪吟题，垩损嵌壁句。玉阶凉紫晕苔花，尽蚀残，旧春娇步。迷巢病羽，镇抛断，衔泥遗绪。怕归来，又入衰灯夜雨。

霜花腴

碧丈客长春所为词集，成一卷名之，春游将附剞劂，书来索题。

玉关岁月，系旧缘，余生也在春游。回浪惊鸥，别巢迷燕，孤怀纠缠繁忧。自行自留，任等闲，归计难酬。怅天涯，白袷风尘，眼中何物不成秋。　　回昐故园芳事，奈池台拆绣，翠歇红收。边柝愁宽，灯窗吟瘦，争禁夜色悠悠。蜃嘘幻楼，误几番，沙际凝眸。寄骚情，密织鲛绡，缀珠和泪流。

玉漏迟

得彊村侍郎手书落叶词初稿，慨然赋此，并寄榆生丈沪渎。

爨桐遗书谱，宫魂怨寄，声声凄楚。钿鳌波枯，争觅玉箫啼处。独向西风陨涕，更谁识，哀蝉幽素。空付与，觚棱剩泪，拜鹃臣甫。　　晚芳倍惜词心。叹玉笥云埋，锦鲸仙去。雁影依依，珍重故情如许侍郎手书初稿曾寄雁影斋主人。几度昆池换劫，待收拾，笛边残绪。寻梦语，落叶又惊秋暮。

浣溪沙
酒边偶赋

霜鬓华年映酒杯，春来几误旧芳菲。更堪秋也异当时。　　人外炎凉浑是幻，劫中哀乐尽成痴。一魂何地带云飞。

莺啼序
香山登高和梦窗丰乐楼韵

湉湉绀波漾晚，浸明霞倒绮。豁愁眼、旷宇高寒，数峰青蹙眉际。蓦惊觉、阴晴片霎，颓云织黑笼新霁。滞秋吟，枫老江桥，败叶红坠。　　佳节登临，念往自苦，甚孤笻倦倚。忑禁得、百感苍凉，湿烟依约凝翠。尽沾衣、霜花遽泣，滴鲛泪，都成铅水。暗低徊，萧悴年年，暮蝉身世。　　银华洗魄，玉醵湔肠，信道醉乡美。嗟病里，鸣局松馆，葑艳梅圃。暂理闲娱，亦嫌多事，香羞独苣。娇矜群荞，沧浪清浊从休问。怅何楼，占尽人间地。风骚堕劫，千丝网结长生。映天怯看星纬。　　芸苔焰直，苜蓿盘空。况夜阑漏迟，待盼到，忧怀销歇，险梦苏醒。帝遣乘轩，碧城十二。仙居惯望，尘缘轻误，幽霾如幂霄路隔。谩歔欷，偷掩哀时袂。堪他溆雾林霏，作足凄迷，断魂万里。

玲珑四犯

得亮吉翁书，告大鹤山人昔客沽上，寓紫竹林，因访遗址，感成此阕，依白石双调。

柳覆绿渠。烟藏金刹，衡门多背花圃。① 水香浮梵呗，一磬禅天古。劳劳待帆客旅，浣征尘，宝船空渡海河下有宝船口渡。借梦陈题，讨春荒迹，犹自费延伫。　　当年冷红词赋。省高楼怨角，孤馆愁语。背灯伤去国，卧枕惊闻雨。归来倦鹤迷华表，料应怯，斜阳红处。吟望苦。东风外，低徊净土。

---

① 梅树君过紫竹林诗："高柳绿围村，村烟接水痕。板桥通古寺，花圃背衡门。"

鹧鸪天

醉中成此，不知为何题也，世有醒者，定许知音。

著酒闲愁不厌多，醒时可奈醉时何。无春梦里空花历，有乐人间尽鸟歌。　　将悱愤，付蹉跎，虚窗一任觉星过。烛残莫笑投膏计，红炫初灯又聚蛾。

解语花
灯

蚖脂泪凝，雁足音沉，花冷愁边眼。绣街红绚，当时景，蚕逐暗尘飘散。寻芳恨晚，认依约，瘦蕤孤绽。摇晕波，兰影俶俶，几误琼酥面。　　争奈宵长焰短，共微春料理，秋外吟卷。剩温酒犹恋，煎熬处，只为旧情难断。烟光自转，便拥鬓，敢搋轻怨。留寸欢，休照银钅工，宜梦中相伴。

浣溪沙
同碧丈游故李园，偶溯前尘，感成二解

旧地重来事事非。那时欢迹者时悲。小栏花影尽斜晖。　　赚梦诗痕寻渺邈，浮香水色认凄迷。可堪愁与病相宜。

水榭摊书想象间。重来已是感人天。春愁更底不相怜。　　卧地残阳颓似病，没空孤鸟淡于烟。者般情味晚风前。

渡江云
清明

荒凉愁入眼，坏云郁郁。藓结半黏蜗，柳丝縻乱绪。九陌纷纭，迤逦走樵车。窀芳尽采，渺塞黑，魂已无家。空几番，白头惊见，野阔舞担鸦。　　堪嗟，枯鹃啼血，蠹羽飞灰，付残灯低话。休讳说，光阴弹指，身世搏沙。长房袖里壶天小，更夕阳，天外红遮。春不管，东风又拂桐华。

南乡子
效花间李珣体

携小醉，立微凉，阴晴那更问斜阳。雁外行云飞一缕，秋如许，昨日西风今日雨。　　斜日敛，暮云重，长空黯淡没孤鸿。雨雨风风浑是怨，秋光懒，红染诗魂枫影乱。

石湖仙
亮吉翁嘱题鹤馆得书图

摩挲缣素，叹华表云迷，归鹤无路。凉月泾芝崦，认前身，空余旧句。①芸香偷熨，但领略，等闲朝暮。凄楚，念冷红，怨笛谁谱。　　书藏博陵半稿，喜而今，珠还合浦。历劫虫沙，料有长恩呵护。入曲仙音，出尘灵羽，剩堪回顾。吟思苦，依稀破梦风雨。

鹧鸪天
除夜

扰扰纷纷又一年。漫将旧语话辛酸。不知何事犹堪惜，纵道前情尚可怜。　　轻贵贱，少悲欢，孤怀敢许味人间。来朝风雨凭先觉，其奈当然尽偶然。

前调
如晦书问近况，词以答之

剩墨应怜染梦迟。更怜无梦到残卮。笔端风雨凝成织。劫罅沧桑敢入词。　　身似絮，命如丝。飘茵堕混定何时。也知往事难凭借，犹望前期是后期。

长亭怨慢

去岁今日，应碧丈邀，去京赏牡丹。曷来一载，恍如隔世，孤灯坐雨，感吟成调，并寄碧丈长春。

---

① 大鹤（郑文焯）《瑞鹤仙》句："认芝崦明月前身，待招旧隐。"

又催恨，流光飞羽、折简招邀，一番寒暑。忍忆前娱，暖香温遍旧吟趣，艳晨如此，空怅惘，成今古。等是玉关情，更说甚，他乡吾土。　　牵绪，待幽帘坠瞑。暗理蠹余春句，微馨著梦。几魂绕，锦巢开处。料客里，贮泪深杯。镇低咽，芳期轻负。伴落蕊残灯，愁共天涯风雨。

汉宫春

蒹葭楼主寄示新制，即用同调，以抒近怀

宛转炉烟，滞梦云一缕。缲尽愁丝，闲情半疏病枕。慵赋新词，枯芸坐拥。惜伶俜，几费支颐。还认取，颓墙剥垩，问天空忆湘累。　　多少艳春虚掷，对红稀绿暗，怯话芳期。朦胧旧欢未理。先自迟疑。尘绡寄泪，奈丁宁，已不成悲。拼耐惯，屏风僽雨，倦魂留送斜晖。

蝶恋花

迟日阑干惊晚眺。莽莽烽烟，极目关山道。万里飞霜披塞草。阵云偏压孤城小。　　堕影丹枫红似烧。几点昏鸦，犹傍空林噪。寄语斜阳休更好。有情天已和秋老。

水龙吟

杨花踵章、苏唱和韵

疑花似雾全非，素球次第轻盈坠。飘零纵解，天涯不到、迷离远思，半暖微寒。书长人懒，小门深闭。正莺衔燕逐，惊魂难定。浑不耐，东风起。　　已是年芳催换，又何须，残春装缀。悠飏幻影，穿廊度槛，忍甘抛碎。妒梦斜阳，依然红黯，青萍流水。剩游丝自转，乱云一片，映参差泪。

解连环

秋夜书怀，又念碧丈久无音信，故篇中述及

暮阴愁阁，听凉风病叶，伴人萧索。渐不是，哀乐年时。待重剪瘦檠，剩怀无著，乡涩秋筇。料禁得，玉关霜恶。便鸿奴警月，卧影噤风，短笺难托。　　天寒自怜袖薄，对模窗竹影。潜锁眉角，怙惯说，撤笛情疏。奈心字烧残，寸肠犹灼。梦路多歧，甚新鬼，揶揄如咋。幻缯云，乍

晴乍雨，悴魂暗觉。

虞美人
烛

绛花红结相思影。寂寞芳辉冷。夜阑低映小屏山，赢得几番轻睡又迟眠。　　拥衾挨尽煎心泪。忍剔兰钉碎。蜃脂且为吐楼台。消受茜云一缕未成灰。

鹧鸪天
自题小影

尚有风流认梦边。悠悠往事已云烟。脱胎幸未成新骨，对影何须感旧颜。　　羞逐恶，怯从贤。自应随分软红间。词人与世元相弃，相弃于今也大难。

前调
八月二十日作

如此人间二十秋。缤纷变易苦淹留。小欢且向贫中觅，大耋还从病里求。　　冬衣葛，夏披裘。长年冷暖问无由。焦头烂额浑闲事，皱面靴纹那计羞。

凄凉犯
古冢

怪禽磔磔，霜天冷，残魂画出昏月。峭风渐紧，秃枝暗曳，淡磷明灭。尘封断碣。认何处，灰留剩蝶。锁千年，鱼膏焰弱，恨碧自沈血。　　惊说人间事，照野烽传，压城云结。石麟怨语，似依稀，戍笳呜咽。地轴频翻，等犹是，沧桑一瞥。下幽都，恐被卷入土伯舌。

雪梅香
壬子除夕大雪

饯残腊，凭将雪意画春踪。认题香前地，依稀往梦犹同。衰鬓愁添絮花白，小楼闲对烛花红。漫料理，岁晚心期，分付琼钟。　　匆匆，十年事，过眼沧尘，节物都空。浅笑深颦，醉来只任朦胧。古抱犹堪托笺素，峭寒差是隔帘栊。今宵尽，漏转晴云，还待东风。

菩萨蛮

流苏四角金铃动，被池红锁鸳鸯。梦明月照空帏，薄情归不归。　　乱山愁里长，莫更凭高望。开遍小园花，雁行书字斜。

念奴娇
岁除怀人

绚空千竹，蓦东风吹作，漫天银两。小篆回肠飘桂烬，幻出秋情一缕。熨眼梅枝，催人莲漏，暗触年时绪。烛边心影，泪痕和梦同煮。　　岁暮刻意迎春，杯盘草草，懒祭伤春句。有客玉关支独夜，何日鸥盟重补。斟酌清寒，温煁芳思，待理闲筝柱。抹窗霞晓，淡红遮断魂路。

摸鱼子
春尽写臆时内子摹绘《长门赋图》

问斜阳，几番惆怅，依依还送春去。春来早识东风意，禁惯等闲心绪。犹自苦。恁掷尽、余情也则成孤注。低腔细谱。把往日浮沉，悲欢此夕，并入败笺句。　　千秋事，一例蛾眉见妒。纷纷谣诼无数。长门宿草年年绿，凄断翠华前路。愁谩诉。拼独托、空堂羞买相如赋。承恩未许。但夜永金铺，残妆暗理，偷赏镜中汝。

浣溪沙

碧丈来津同游宁园，丈先得春感四阕，余亦继声，盖言秋碧事也。

一曲新词唱纥那，生怜桃叶已随波。离肠揉碎奈愁何。　　寻梦尊前嫌醉浅，伤春花底苦情多。大千尘劫恁婆娑。

画里池台梦里家，归来依旧是天涯。惊风燕子任天斜。　　扶病有缘寻故榭，倚栏无地觅残花。伤心岂独感芳华。

枉费陈王八斗才，惊鸿几见雾中来。无端聚散惹尘埃。　　杯酒唯应和泪咽，心花只合傍愁开。何须传恨与妆台。

望里并州只一尘，蓬瀛咫尺接心魂。谁知展到梦中春。　　多事莺儿穿柳线，无情蟢子上罗巾。玉珰缄札寄何人。

木兰花令
得玉谷丈白下寄词，率同其韵

晚来风息魂初定。窣地重帘深院静。乱云抵死幻晴阴。片晌斜阳红欲暝。　　破衾兜梦愁难醒，薄晕疏灯供夜冷。病余无力耐长更，一阵打窗惊霰影。

鹧鸪天
秋意渐深，十日九阴，默有枨触，泚毫成弄

小醉吟边渐不胜，醒时滋味又难名。已疏愁共低云聚，强作欢同暗月生。　　年有尽，梦无凭，可堪人寿待河清。天公也学岩廊计，几日阴阴一日晴。

月华清
秋宵不寐，枕上偶成

卷梦荷枯，窥尊烛瘦，画帘秋意先省。过雁拿音，划破一庭幽静。映疏棂，寒月槎了、绕颓砌，暗虫鸣咽。倾听，镇商声四起，縠人愁病。　　罔两何须问影，伴乱帙匡床，自甘孤回。缀绣天吴，波蹙被池秋冷。蚤西风，恨结冰纨。更梧叶，怨沈金井。烟蒀，甚而今转恋，暮春残景。

菩萨蛮
西山秋眺

湖山惯省词人泪。夕阳红倦愁将睡。秋外古寒深。雁风惊客心。　　骖鸾迷梦路。极目丹枫舞。残叶点吟杯。逝波肠九回。

菩萨蛮
和寥士韵却寄

吟边寂寞湘帘月，梨花冷溅秋襟雪。阑夜唱荒鸡，梦中难久栖。　　检踪怜静女，万感云来去。新恨抵清酾，旧愁疑有无。

桂枝香
分拟乐府补题得赋蟹

寥天浸碧。渐远水潦收，霜信寒逼。寻向芦滩隐处，暂苏微息。秋梧枉自留残谱，便行行、按愁无力。夜篝鱼寨，飞桡暗浦，障帘惊识。　　尚记取、江湖浪迹。共多少词人，商略吟笔。千古斜阳一瞬，俊游都寂。凄凉已是无肠断，漫低徊今夕何夕。雨余风后，纷然还证，玉关兵急。①

鹧鸪天
梦至辽后洗妆楼题壁

小院回心枉自伤，两间清气因椒房。愁丝尽络宫墙柳，冤叶犹滋辇路桑。　　昏白日，遏飞霜，吹空粉练挂昭阳。只今楼影残鸦外，留与行人说洗妆。

临江仙
和行严翁杏花词

彊半韶光都过了，依然寒意丝丝。漫将春色傲墙枝，东君嫌晕薄，还待著胭脂。　　问酒寻芳无好计，斑杂也自行迟。乱红深处一长嘶，听风花落后，忆雨燕归时。

浣溪沙

庚戌七月望，雨中偕颖儿游颐和园，拾得排云殿残瓦，偶书其上。

万拱飞丹失旧容。依然云意自排空。湖山换劫几回同。　　殿瓦何宜矜古碧，池花未肯歇秋红。独歌人在雨声中。

鹧鸪天

庚戌九月十九日结褵二十五年，西俗所谓银婚纪念，倩潘素夫人写梦边双栖图，题此述感。

检点沧尘廿五年，匆匆消得几悲欢。栖春乍敛穿花翼，偎病还交荷露

---

① 吴俗有虾荒蟹乱之说，以其披坚执锐也，故蟹或暴至则乡人以为兵证。

肩。　　惊幕覆，惜巢安，禁他风雨洒西园。斜阳红炽人间世，互吼微凉到梦边。

瑞鹤仙

依美成高平调，题《苍葭楼填词图》

映藤萝旧月，霜露冷，日暮秋摇揭揭。羁怀雁休说，傍楼阴魂共。西风催折，枯吟易竭。便夜窗，搜句烛跋，有孤尊证取。沍上影疏，白下欢缺。　　忍向鹅鸡托兴，咫尺轻鸥，一痕遥没。敧琴半叶，愁侵鬓，恨销骨。解承平冠盖，当时嘉会。而今追梦暗怯，剩凉边答飒，凄惹醉歌乍阙。

卜算子

薄病经月，不知春之将去，病起小游，口占短章。

病里不知春，帘外春如旧。多少新愁并旧愁，商略眉间皱。　　心共百花残，身似孤檠瘦。待向东风觅晚春，片晌阴晴骤。

鹧鸪天

公忏好为佛语，戏效一阕

如是朝朝诵我闻，扬声偏说响为根。易心空自求三昧，折体还应聚五分。　　因似果，果非因，大千无计破微尘。咨禅穷子生欢喜，说法人间枉见身。

华胥引

风梳烟瘦，霜积苔腴，九秋郁勃。破帽遮狂，残衫护病犹暗怯。絮壁蛩咽长宵，傍古怀凄绝。料理饥吟，半笺愁共秋阔。　　魂隔仙源，甚年年，自甘腰折。楚兰歌罢，拼禁词肠菀结，短梦槐根重试。剩蚁迷枯垤，消受余情，又惊昏烛寒裂。

采桑子

西风冷拨商弦苦，檐语泠泠。月气冥冥。絮夜釭花一倍凝。　　伤秋惯领年时味，别样心情。依样凄清。着意缄愁寄未成。

高阳台

除夕

狂雪瞒红，痴云翳碧，谩惊春步姗姗。护幕香浓，小梅犹滞娇寒。漏壶不管人憔悴，镇声声，滴尽残年。认依稀，一点春痕，红上鸦鬟。　　万家萧鼓迎新岁，甚偎灯煮梦，独耸吟肩。滟引屠苏，酒波幻出朱颜。尊前没个埋愁地。问愁来，知向谁边。自销凝，蜜苣余花，片晌犹怜。

玲珑玉

听雪

寒坠空花，甚天外，玉戏无声。更残夜阑，恍闻仙籁泠泠。想见飞琼妙舞，正流音缥缈，纨袖轻盈。玲玎，还因风，瑶佩细鸣。　　便到崆峒绝顶，叩微尘消息，难问焦螟。借映陈篇，欲低吟，抢卷犹惊。休夸梁园高会，纵堪许，愁边赌句，那识旗亭。更何处，觅阳春，留与梦听。

小重山

万翠含烟忆旧时，陌头杨柳色，正依依。相思无限寄伊谁，闲情绪，空诉断云知。　　春梦已全非。拼教春去后，莫重归。斜阳消息惯禁持。东风外，偏又书迟迟。

梦芙蓉

赠禹人用梦窗韵

兰薰飘梦绮，忆探幽载酒，水西残里。一齐恬静，人海隔天外，短吟催古醉。当窗云叠罗被，万感孤怀。浮微澜玉椀，春幻逝波起。　　检点秋词箧底，红赋夕平阳兰有夕阳红者。怨结骚人佩，泪余鲛织，还付暗尘洗。晚香矜故翠，低徊岁暮芳意。剩韵重拈，寻传空恨迹，寒碧淡天水。

似娘儿

辛夷

春梦忒无凭。奈禁他、覆手阴晴。当时误逐东风暖，而今空羡，望秋蒲柳，犹解先零。　　凄黯感平生。镇无语、有泪难倾。插天枉作书空势，云笺难写，委身林薄，尔许骚情。

好事近
月季蔷薇

花好四时看，自有娇红苍碧。无碍两傔风偬，占秋光春色。　　一般多刺异荣枯，压架转狼藉。欲待牵衣留话，奈残枝无力。

石州慢
为灵犀丈题陈少梅所绘传砚图

转尽飙轮，吹冷烬灰，蟫梦无觅。难抛尔许闲愁，古匣劫尘轻拭。雕虫艺贱，漫惜南皋持螯。昆刀巧割蕉云白砚铭为高凤翰所刻。异代感萧条，傍蟾蜍凄魄。　　岑寂松阴跪履，梅壑传衣。可堪今昔，玉润冰清，省识画图吟迹。寻桑溯海，片石共语韩陵，潸潸鸲眼如相泣。残影幻天波，贮秋光寒碧。

鹧鸪天
元日

莫压椒觞取次斟，等闲岁月易侵寻。量愁钿尺愁无极，镂恨琼箫恨转深。　　人悄悄，夜愔愔，梦边残梦试沉吟。迎春已作伤春计，何必春来始不禁。

惜红衣
题秋碧词依白石韵

马岭横云，龙沙闭日，倍增吟力。岁晚相思，清词孕秋碧。栽笺写韵，聊寄慰，天涯迁客。寒寂、弹泪锦弦，但赓歌无息。　　酸风远陌，斜照黄烵，青鸾渺云藉。萍蓬共感，去国、雁门北。解惜旧愁生处，何地梦中寻厉。对断肠萧谱，凄绝一帘灯色。

浣溪沙
对牡丹作应碧丈课题

盘锦天香倚梦栽，多情偏又向人开。去年零落尚低徊。　　心上剩春拼已尽，眼中新燕怯重来。可堪花发旧池台。

　　劫后芳菲未放休，娇红一捻为谁留。花情人意忍相酬。　　暂对争如成久别，浓春那便抵残秋。几回深惜旧时愁。

　　姚魏风流迹总陈，宝阑多是别家春。看花底苦为花颦。　　醉里还教愁作酒，醒来始觉梦如云。花边醒醉两难真。

淡黄柳

寒食后一日，夜梦饯春，率拈白石此调寄之

　　飘花一席，红入啼鹃血。瞥眼东风寒食节，取次韶光促促，容易疏烟与愁结。　　赋情别，应羞旧时月。笛萧冷，肺肠热，甚金茎莫疗文园渴。宿梦难醒，酒边还待，凄遣秋心半箧。

踏莎行

为轮翁悼亡作，即题其所藏弓舄古美图

　　雨泣残红，霜凋剩粉，花前往誓应难问。象床独耐薄衾寒，凤钩谁惜轻苔润。　　彩墨尘封，缃缣蠹损，淡眉犹锁经年恨。魂兮已自怯归来，犀廊休递春风信。

浣溪沙

得灵岩石子，中隐奇树一株，意有所触，率成短拍。

　　万化途中剩一柯，风轮历劫未销磨。断云凝影小婆娑。　　新碧还同天水淡，旧红争比夕阳多。树犹如此奈人何。

河满子

牡丹

　　万簇凡葩竞秀，一枝浓艳凝香。总领花间元是梦，空怜花后花王。尽是桃时杏日，旧家谁识姚黄。　　入夜暗羞粉颊，凌晨忍效新妆。京洛漫嗟春事远，依稀一线斜阳。肯许韶光留驻，东风欲待商量。

澡兰香

纫兰觅句图为萧斋丈题，和自题韵

灵根种恨，妙叶滋愁，往事楚骚历历。摇风碧健，浥露红鲜，恍见诸山遗迹。浴春晖、长秀葳蕤，移来开庭自植。古洁含烟，肯负名标幽客。　莫叹凄凉旧畹，滞艳顽香。尚玉真息，琴援梦里，佩结图中。谩许杂糅芳泽，镇销凝，觅句修业，禁得新寒夜袭。待赋罢，破闷清歌，尘生孤隙。

烛影摇红

瞿蜕园先生寄题梦边填词图，用韵为答。

金谷春迷，故园芳事今休道。绵绵有意绿迎人，敢赋庭前草。未许潜心世表，但随缘，供颦献笑。醉醒无据，闷倚罘罳，轻隐柔峭。　烛泪多情，铜荷滴冷犹相照。楚骚遗韵，抢风流，蠹损床头稿。千结回肠自绕，待新声，重翻旧调。恼人偏是，梦底晴明，流莺窥干。

声声慢

夜雨兀坐，追悼白岩先生，悲不自持，爰成此阕，以当哀些。

愁魔逐我，疙鬼欺君，相逢又自相怜。韵渺中州，断歌谁埋枯弦先生晚年精研国剧音韵。凄凉忍挥词笔，赋招魂，哀拂吟笺。情不尽，愿钱梅再世，重结忘年。　犹念人间天上，共云楼幽寂，竹馆清寒，幻劫须臾。惊心梦外家山，依稀烛痕明灭。恍浮生，离合无端，帘雨急。搅回肠，残泪未干。

减字木兰花

赋杨轶伦先生诗巢

天怜疏雅，樗栎能邀斤斧赦。雨榻聊吟，姜被余温许暂寻。　清诗漫与，醉里且消寒共暑先生有消寒消夏诗征和。懒问群嚣，胸有云梦平睫可巢。

贺新郎

碧丈回京，同钟美莲痕看牡丹，有词纪事，嘱和。

倦客归遥塞，暂寻芳，柔风暖日。玉栏干外，绝艳奇香元无价，漫道倾囊堪买。话京洛，萧条异代，几许风流贪欢赏。笑书生，结习殊难改。邀俊侣，忍相对。　　春游幻影今安在，剩依稀，旧经行处，夕阳红界。一梦扬州成空忆，枉负樊川风概。但侧帽，清吟犹再，片晌流连终惆怅。怕看花，看到花如海。仙粉堕，等蓬块。

点绛唇
游仙

飞梦层霄，绛虬轻驾香云暖。碧桃红绽，依约瑶池宴。　　病榻秋灯，瞥眼人天换，烟霞远，鼎余空羡，无分同鸡犬。

疏影
落梅

铢衣碎襞，怅彩云影逝，仙梦无迹。点额情疏，黏鬓香迷，拼教宝镜尘涩。江南故侣应憔悴，问赠远，何由寻得。但翠禽，遍绕残枝，忍觅那时春色。　　谁念孤山旧事，薄妆浅醉里，长伴吟笔，坠艳飘芳。竹外苔边，付与东风狼藉。休惊换世斜阳冷，已惯听，江城哀笛。又月回，玉照堂空，怨入半窗凄白。

侧犯
读春游词续书后，用彊村韵

春游未倦，展春旧主吟新卷。谁遣，是别路蓬山暗中换。何缘客梦永，岂意仙尘贱。流转，甚戌月多情肯相伴。　　鹣盟久负，末秋风远。空自许，赋归来，三径夕阳晚。怨曲重歌，醉觞频劝，涸海萎桑，叠笺题遍。

鹊桥仙
七夕无雨

梭停宝锦，桥通灵鹊，一岁相逢一度。秋河耿耿鉴同心。乍喜得，离情款诉。　　殊乡夜冷，深闺灯寂，妒煞世间儿女。尽将别泪夺双星，又争怪，今宵无雨。

霜叶飞
重阳小集，是夜写感，用清真韵

接天秋草，凉云霁，西风吹散彻尘表。插萸心事总无凭，正暮烟凄悄。再莫说吟昏赋晓，钉花红伴痴魂小。对傲霜寒英，忍掇拾、东篱坠绪，疆恋余照。　　聊共冷酌残杯，响濡幽侣，往迹依约重到。酒阑歌罢待追寻，剩坐惊孤抱。甚一夕商声未了，衰蝉犹和骚人调。想宋玉，空憔悴。毕竟登临，有愁多少。

被花恼
题内子画，和紫霞翁自度曲

飞云逐雁送秋来，凉入一天霜晓。倦拥芸签古香少，帷灯焰白，檐铃语细，醒后还慵觉。拈蠹管，擘尘笺，几番惊写虚窗照。　　春已不须归，留向天涯怨芳草。歌尊旧月，戏鼓新晴，幻迹寻难到。剩微馨默默散丛金，乍拼得，愁边肯相恼。惊识取，满幅西风吹梦老。《梦边词》

浣溪沙
感事二首

断谱零缣几护持，秋寒差许作吟痴。如今翻忆是春时。　　结习兰荃应尽忏，旧盟鸥鹭忍相违。悲欢有梦不须知。

十载栖迟悔梦多，不堪拥鼻尚低哦。支愁酒力奈愁何。　　残蜡近灰空费泪，孤弦垂绝已无歌。余生转觉易消磨。

琵琶仙
听颖儿弹琵琶，感赋

痴梦轻挝，梦回处、古拍参差成节。相感犹忆荷间，蕤宾跃方铁。凭自遣、清商送日，也应是、怨肠千折。赚泪悲凉，谵愁悄寂，都付残阕。　　暂偷作、天际真人，任余想、匆匆易飘瞥。留得半弦幽籁，共疏蝉低说。还试把、闲情细数，对烛花、冷抱孤月。恍见秋漾波帘，暗声如缬。

减字木兰花

和瞿禅游西山访曹雪芹故居韵

漫天霜气。黄叶秋风残照里。见说悲辛。一样红楼梦里人。　　泪痕休浣。云外归鸿劳寄远。似醉西山。知道明朝醒也难。

满江红

瞿禅丈谒文信国祠，填是解，命和

不变精金，任磷火、锻生炼死。空几待、护持彝鼎，奋戈回骑。三载魂归鹃血碧，七年衣混旃裘紫。甚平生、俎豆志长存，追前史。　　山河易，终吾事。砂石走，传哀征。剩一腔，忠烈乾坤同气。地下犹衔南国恨，人间再哭西台记。看今朝，冠带谒高祠，还如市。

朝中措

重九

等闲心绪过重阳，有恨不回肠。佳节喜无风雨，深杯怯话沧桑。　　荒台野度，乱烟残照，做出苍茫。纵使登临有地，也应难著思量。

暗香

题碧丈画梅

几分雪色，认缟裙乍剪，前身姑射。细雨隔烟，一帧仙云衬娇泾。篱角清寒自倚，何须伴孤山吟帻。但照影玉瘦横溪，香梦压愁碧。　　花国，夜恻恻。正艳沁古春，素月沾臆。半舒的皪，东阁诗情忍追惜。还共湖山小劫，流恨渺何郎残笔。剩坠钿、空伫想，旧宫粉额。

临江仙

壬子九月廿一日，偕内子陪碧丈、蟄丈香山看红叶，蟄丈有作，命和。

挂眼秋光红欲坠，登临漫负霜辰，万峰脚底竞罗陈。乱云时作态，惊鸟不成群。　　别样苍茫残照里，禁他古趣犹存，梦边寻梦更何人。等闲情未已，回首又前尘。

水调歌头

碧丈寄示月夕新什，依韵奉酬

遥夜月如水，洗出乱山秋。雁边风讯初峭，凉照动帘钩。忍对霓裳旧谱，偷理广寒孤绪，清兴渺南楼。今古几圆缺，得失等虚沤。　　塞笛冷，乡梦窄，负春游。更堪万窍，凄厉天地入兜鍪。身系玉关杨柳，目断小山丛桂，何处五湖舟。且泛酒觥去，载取一襟愁。

惜秋华

中秋寄况又寒教授

做弄秋容，蓦惊烽影逐，颓云一片。桂殿露零，依稀梦痕都浣。已拼废却枯吟，料此后、流光应贱。何须，问悲秋可是，伤春心眼。　　翻说病愁惯。纵人间万感，等闲催变。曲送幔亭，哀入劫余杯盏。冰蛟泪滴方诸，镇暗触孤情无限。争遣。又声声、砌虫啼乱。

高山流水

题秋梧选韵图，应双梧馆征

老春一瞥总无凭，觅秋心、还在秋声。遗韵纵堪追，歌哭也合难名。成云处、几费销凝。西风近，犹是条吟细应，旧日闲庭。恁无涯世味，解得有涯生。　　泠泠。飞霜激情响，容易又、省识余情。多少广陵音，一曲但惜零星。数前惊、漫约愁听。催疏雨，时滴新凉入梦，转怯分明。对钉花夜，语尚略、到残更。

玉楼春

瞿禅丈寄示新制，依韵奉答

流光易数愁难数，燕子殷勤衔梦去。安排剩泪待酬春，谁道春来无著处。　　斜阳冉冉偏宜雨，一线凄迷云外路。李园惊换几东风，满地落花红不语。

前调

病中偶赋，用瞿禅丈赠陈仲弘将军韵

背灯避影频移座，为喜独歌还独和。情难用尽意难摅，月自飞来云自破。　旧时小暇嗟虚过，今日练囊空伫火。病中应不悔初吟，倪许清赢惊饭颗。

前调

瞿禅丈出示访四印斋故址词，嘱和

壮年志痛容称老半塘僧骛序，适口甜酸名旧稿味梨集。逐愁心影自成尘，和泪墨痕谁识宝。　楼台见处霜红扫①，寒日秋林长杲杲。个中情味许相寻，词客还应携梦到丈言拟再访。

沁园春

正刚以梦汝昌用刘后村韵，征和

善幻诸天，无迹大风，吹沫楼台。算牵萦欲网，缘情作剩；沉沦语业，岂梦为媒。阿鼻埋愁，恒沙忆劫，照影雕弓惊落杯。忘筌事，奈真如穷究，难悟凡才。　轰豗师子鸣雷，甚醉象惶逃应不回。凭机锋参破，有声无相；元津问遍，似去如来。镜底迷花，指头失月，觉路尘寰安在哉。依前是，但从教新乐，证取陈哀。

祝英台近

和苏丈梦归琴岛韵

隐鲛宫、迷蜃阙，犹自忆前度。词客携秋，印屐翠微路。画图重展湖山，后游回首，剩依约、吟悰偷数。　几凝伫。著意认取流光，梦痕竟何处。泄碧层岚，凄断浅深树。痴心试问斜阳，曲栏凭遍，怎容易、送将愁去。

---

① 彊村《题校梦龛图》句“霜红扫尽见楼台”

浣溪沙

乙卯秋京，诸友访曹雪芹故居，碧丈有《秋郊觅梦图》嘱题，用碧丈韵。

黄叶萧萧识故村，夕阳红到小蓬门。笛声依旧不堪闻。　　检点闲愁供说梦，安排剩泪待招魂。伤心应是有情人。

前调

纪梦示阿倩

漫道深情抵浅缘，禁他百感尽无端。人生何事有明天。　　映梦云容时幻化，浸愁烛泪自汍澜。最难消受是从前。

剑器近

阿倩从余习剑，感赋

晓风苦。镇暗拂、氍毹微步。锷边乍芙蓉吐。更怜取、糁尘妩。似应拍、飘霙共舞。依稀电铓飞处，鬼神惧。　　无语。此情浑漫与。棠溪获穗，问抵得、转月挥镰否。人间何也觅风胡，便穿犀截鲵，也应铦利空负。寸阴难驻。一例妍韶，瞥眼惊鸿枉顾。剩堪剑气娇寒冱。

洞仙歌

陈瘦愚先生嘱题乐安楼填词图

樟湖烟柳，映高楼百尺。绀瓦雕甍晃金碧。画图凭、识取元圃仙居，须道是，占尽人间散逸。　　半灯扶梦起，幽坐书围，醉点丹黄斟宫律。哀乐鬓霜知，百感沧桑，频教入、铁琴铜笛。待自遣、闲中有涯生，傍绕屋、丛兰剩惊偷觅先生榜其居曰种兰书屋。

惜黄花慢

《寒菊图》为拜菊词人题

洒笔霜飘。看艳脿乍饱，做弄黄娇。幻秋如绣，露光似水，舒愁紫蒂，叠恨金翘。醉枫红拂斜阳老，比消瘦帘幕清飙。梦未抛。古篱旧影，长伴凄寥。　　当年傍月修箫。怅故园俊赏，几负香饶。荐吟餐秀，泛杯借酒，闲情肯赋，微感难销。姹姿时瞥南窗罅，甚陶令、偏惯低腰。夜漏遥。更谁泪掬冰绡。

菊花新
红荸先生嘱题《菊花红叶图》

笔底新黄矜故艳。烟月义熙劳伫念。早自许秋成，偏又被、霜枫红染。　餐英泛酒余香酽。奈吟边、宿情多欠。依旧滞相思，空惯把、梦魂拘检。

齐天乐
咏《花外集》，梦碧词社课题

海天一角凝愁睇，沉沉黍离哀思。縠影参差，烟痕迤逦，凄断碧残天水。金仙泪洗。甚几度斜阳，杜鹃声里。减尽荀香，尊前难觅旧风味。　西风故园又起。《补题》嗟俊语，心事谁会。汉苑鸣蛩，秦宫过雁，别样做成秋意。商音漫理。剩一寸相思，梦中无地。望极天涯，画栏空自倚。

虞美人
吴则虞教授属题《百卷图》

古香零落知多少。百卷留残稿。些些哀乐总难名。忍向吴绡半幅托平生。　芳韶骀荡空如许。寂寞流莺语。飞花丈室不沾尘。赢得闭门风雨自成春。

鹧鸪天
辛亥元宵贺春游主人双寿

火树银花巧放春，年年此日喜长新。兰釭永结同心苣，莲渚深藏比目鳞。　嗟往事，惜嘉辰，双双寻梦到芳尊。多情最是团圝月，一样清辉照故人。

前调
碧丈寄示，己未立春后除夕和韵

茧梦年年岂自知，缲愁织恨已无丝。前尘历历凭将矣，后事茫茫任所之。　耽沥酒，惯邀诗，依然无地著相思。闲情甫得轻抛撇，十里春风

又一时。

祝英台近
庚申除夜立春，用梦窗除夜立春韵

臙脂凝、虬箭暖，钗燕斗金股。飞爆喧春，暗逐淡愁去。劫余琴趣重寻，玉徽弹彻，料难觅、半唇灯语。　忆觞俎。几番迎送妍韶，醉醒渺初素。花外纤尘，惜惜拂前路。禁他赝梦依稀，流光轻迅，漫惊说、那时风雨。

减字木兰花
福州庐为峰词人索题《掬沤室观书图》

蠹香小室，也傍湖山留梦隙。烛炧红低，恍见图中太乙藜。　偷声笛谱，雁外秋心真漫与。懒问沉浮，时向沧溟掬一沤。

前调
蛰存翁嘱题葛渭君丏齐校词图

楚兰红泣，月漾骚怀秋可挹。堆眼峥嵘，乱帙孤灯别有情。　后人沾丏，膏馥今朝留锦绘。点勘宫商，哀乐平生认鬓霜。

徵招
悼藕顾教授

惜惜老屋斜街影，伤心曼榆同萎。酹地泣孤尊，荐泉华清沘。哀弦还叩征。漫赢得、怨桐秋碎。碧褪山眉，叶飘金井，古愁空费。　余涕笔端收，京尘梦、依前恍疑犹是。一例感人天，怅他年谁拟。断编重录鬼。恁消受、旧情如醉。甚今夜、邻笛凄凄，问半灯知未。

浣溪沙
春感

窈窕春光幻大千，韶华如水梦如烟。倚栏高处怯流年。　垂柳青摇残酒外，夕阳红到落花间。无聊人奈有情天。

前调

和钟子年丈

词客醒时亦醉言，何须搔首事非间。语秋且自倩孤弦。　　幻梦残灯迷夜罅，撩人冷雁咽云边，一般情味许忘年。

前调

中秋分韵得秋字

金水相涵作夜游，西风吹梦入吟讴。不成欢计也风流。　　月漾诗愁愁漾酒，花如人病病如秋。一番醒醉怯回头。

前调

乙巳冬，以所畜玉狸一双赠丛碧丈，未几，雄者走失，两地缄札柱还，为之怅然者累日

亲狎经年未忍离，婆娑绕膝故依依。炉边帐底几然疑。鱼雁劳书嗟两地，鸳鸯分翼怅孤栖。此情唯许有情知。

前调

新春久病未疗，灵犀丈以词见慰，依韵述怀。

卧柳经风卷复伸，故园芳事一番新。赏花人却费精神。　　别梦无凭空感逝，病怀随例苦伤春。今年花底去年人。

最是难禁梦醒时，枕边心事怕愁知。败笺重认旧题词。　　偎病肯教成小惰，对花犹可慰相思。恹恹同是有情痴。

水调歌头

刘海粟画师八十寿，和罗慷烈散授韵。

春酒介眉寿，豪兴饮为虹。老松知葆霜雪，长揖古人风。恁地解衣槃礴时，复脱巾挥染真趣见斯翁。笔底尽萧散，象外证虚空。　　喜平生，浩然气，自天钟。姓名久奈，仙籍何惜委尘红，身似春余一粒，心似观余四海，万幻守其宗。提取养生印，健步蹑高嵩。

庆宫春

灯夕立春无月

苏草风悭，欺花雪靳，早梅冷护芳馨。扶醉题红，偎愁书翠，可堪病眼慵腾。漏壶催箭，恍作出、深宵梵声。孤吟无绪，心似春潮，疑落还生。　　浮云蔽尽空明，憔悴姮娥，羞说妆成。烽影漫天，灯光迷夜，一般歌哭难剩。酒悲禅悦，镇消领、人间幻情。无端偏又，撩梦荒鸡，啼彻残更。

人月圆

和碧丈梦中观武则天画折枝花卉卷子

穷边乍识芳菲意，春色幻笺麻。寻常标格，输他烂漫，灵蕊仙葩。秾华瞥眼，风流一例，空说唐家。塞笳惊梦，寒灯独对，依旧无花。

临江仙

戊午上巳同丛碧丈璧丈汝昌邦达诸公游旸台大觉寺，碧丈赋此调，命和。

胜赏还逢佳节嫩，寒初试单衣。望中岚气杂烟霏，轻风时送暖，红杏漫争肥。　　浣梦且寻流水访，僧喜叩山扉寺僧王长修还俗乃移屋半山中。玉兰小院渐花飞，也知春未老，先自怅春归。

贺新郎

碧丈返京后，书告牡丹零落殆尽，追念前游，为之怃然。

眼底沧桑贱。又何须、年时花发，粉墙西畔。昨日经风今日雨，容易芳尘吹散。尽消受、翠香红暖。冉冉斜阳春狼藉，忆前游、无语成凄怨。翻说是，病愁惯。　　阴晴一霎寻常变。向天涯、几番回首，伊人如面。一卷新词吟秋碧，无那琴音撩乱。忍重省、柔情缱绻。劫后相思知何益，拼多情、梦里还应见。残梦醒，远钟断。

前调

丙辰冬月，璧丈填是解，预祝碧丈八十寿，命和。

独立惊尘外。忆年时、心期曾付，几多疑怪。八十光阴弹指耳，那管无穷劫坏。但直许、侧身人海。到眼云烟凭过眼，剩闲情、一点今犹在。家四壁，未应卖。　　书生结习殊难改。喜吟酬、飞商传羽，佳辰先届。待到月圆双寿日，更有梦边遥拜。莫漫动、尊前深慨。夙世诸缘皆了却，算余生、只欠游春债。心地爽，等高垲。

鹧鸪天
莲花

滟滟金波漾暮香，一帘幽梦到银塘。仙姿照水呈丹颊，倩影临风舞翠裳。　　花外露，镜中霜。禁他秋色不回肠。愁来每忆承恩见，纸上钤红认六郎碧丈有牙章篆莲花肖形并"六郎私记"四字。

太平时
太平花

旧蕊犹香新蕊开，向春台。和风瑞霭好情怀，醉时来。太平花又名醉太平。劫火何曾欺秀色，亦衔哀。自家心绪自安排，莫疑猜。

倚风娇近
兰花

谁植灵根，却散身世如此。战秋红褪金棱袂。凝露泣无声，绝代感伶俜，古恨盈盈，太息推挑无计。　　幽谷遐心，空念东风柔细。依旧当□须忌。雅韵孤标肎捐弃。甘憔悴，襲香寂寞伤春萎。

红娘子
山桃

风动惊花悄，烟映迷春晓。度索山头，天台洞口，香霏红嫣。认依稀漫岭幻晴霞，引探芳人到。　　不共流莺闹，不共东风老。夹涧天姿，无端也触，避秦孤抱。待移来林野荫半眠，甚乱愁须扫。

小秦王
楝花

殿春红雪不胜春，小雨轻风委暗尘。叶残自可荐湘魄，花落何须嗟夕曛。

一点春
榆梅

怨锞栖鸾地，等闲春又非。深宫未许近蛾绿，残笛声中也泪垂。

江城梅花引
红梅

此花原自有贞姿，雪冰肌，擅清奇。忍许化工，点点污燕支。故作妖红桃杏色，与时宜、孤标格、奈已非。　　那能节序待芳菲，又春归，花落时。妒花风雨，任禁得、难恋斜晖。素面红妆，荣悴等凄迷。片晌温存无限恨，倩谁知，竹篱外，玉笛吹。

清平乐
凌霄

梯天无计，空负凌云意。不合高枝相傍倚，赢得自伤憔悴。　　方嘲势客攀松，奇芳又赏园中，千古人间毁誉，生怜草木犹同。

八拍蛮
昙花

幻色空明时一见，浮生尘劫已三千。小试法身散肯证，人天弹指等无端。

前调
菊花

淡著愁黄矜晚照，东篱梦远奈香饶。一簇秋光偎瘦影，西风帘卷合魂销。

水龙吟

寿碧丈八秩晋一，和宝邓盦主人韵

东风渐送春回心，花喜见重舒萼。华灯明月，交辉同照，双双对酌。闲话前尘，此身争悔，蚕丝情缚。甚风流忏尽，白头肯负，看花债、游春约。　　自是形骸脱落。几何曾、心驰神跃。去年验取，额边旧字，喜成佳谑宋俗每朱言八十题儿额以祝长生。今岁桃花，寿春媚馔，飞觥康梁京祠老聚饮康乐酒家桃花饭该楼名菜也。待明年应共，酬吟补醉，祝人如鹤。

人月圆

戊午上元，碧丈寄示新制，走笔和答

三街九陌连灯影，香雾塞乾坤。寻常天气，轻风来去，做弄寒温。病中得趣偷闲酒，可料理琴尊。微云放月，酒边同照，两地为春是夕余亦与内子对酌。

五彩结同心

忏鲁存先生钻婚征词，用茧梦庐银婚联句韵

合欢前植，连理新荣，佳期共话沧桑。木锡银金钻，长相庆、解惜梦短情长。齐头甲子凭回首，何须又、百感琼浆。空消得、惊尘瞥眼，醉醒几费思量。　　也应未知风雨，喜白云深处，自是吾乡。因果元无漏，关情甚、诗句肯复投囊。新翻五彩同心结，恍一作平曲、重返韶光。他年待、期颐同贺，白头立影双双此双字韵原联句如此姑从之。

风入松

用碧翁六言联和正刚丁巳饯岁词

逃虚万感自心斋，春意到癯腮。寒梅乍可思量著，待思量、偏又忘怀。蛇尾杯弓影过，马头云幕山开。　　烛边写恨梦回才，蠹墨脱尘煤。多情肯负迎新句，恣危吟、渊默闻雷。颇奈今宵忧乐，输他往日欢哀。

浣溪沙
殊盦师挽词

巨璞真归禹凿余，庐空景缦几成图。更谁旧话说烟沽。　　寂寂心安三昧火，便便腹失五车书。可堪大梦有于无。

好月偏宜午夜悲，有人寻梦欲何之。酒边烛跋几然疑。　　铁砚新磨盈旧泪，金笺细擘认前题，停车问字忍追思。

宴清都
寿春游主人

揽辔蓬瀛路。天风暖，梦边遥祝仙侣。苍松标格，寒梅意态，几经霜露。无心夜席传卮，正隐隐、征鼙战鼓。更念着、皂帽青衫，依然半滞尘土。　　人间坐阅枯秤，樵柯烂尽，残劫犹赌。哀灯照鬓，繁筳聒耳，故乡何处。蹉跎玉关归计。尽赚得、鸥期偏数。剩自怜、荷插孤情，吟朝醉暮。

临江仙
徐邦达先生以是调见赠，依韵奉答

大觉依前如梦，幽禅漫说谁宗。黄花翠竹许相通。从来真境界，都在有无中。　　物外枉寻新泪，吟边偷蹑余踪。饶他半偈万缘空。苔轻容小坐，瓢语又天风。

南乡子
和徐邦达先生赠某女裱画师

北胜抵南强，想见珠排耀眼房。蜀锦吴绡充画壁，琳琅。薰陆幽微散异香。　　往事惝仓皇，话到因缘剧可伤。梦遍枫亭皆不是，双双。旧谱空寻十八娘。

浣溪沙
和丛碧

莫向花间忆艳阳，几番碧海发红桑。春光如此况秋光。　　空意裁诗怜杜老，还应顾取悔周郎。依稀梦里话兴亡。

玉楼春
和正刚"春婆入梦醒宜早"二首

春婆入梦醒宜早，梦句依然完不了。探奇转怯语言奇，斗巧偏憎螺黛巧。　探骊未得余鳞爪，一水泓泓空几道。有情只合是无情，袖里壶天应未老。

春婆入梦醒宜早，省却春来昏作晓。颓红抵死恋斜阳，败绿空怜迷乱草。　依稀云影浮三岛，助我风前吟思杳。漫嗟呓语太胡卢，魂气差能归太昊。

被花恼
题晋斋钞辑兰陵冰仙夫妇合稿

颓楼一角耸高寒，楼外怨啼昏鸟。检点芳晴古香杳，灯销绿焰魂迷，黑塞险梦愁先觉。温屑玉，熨丝绡，素笺幻影成双照。　呵护有长恩，输与兰闺独心巧。蝇头墨润，押尾脂鲜。暗数沧桑老，向秋光借酒沃诗。心乍偷，忆燔余幸微草。甚到眼，容易沦阴惊野烧。

采桑子
十二石山堂主人画鹊梅见贻因题

举头忽忆阳春句。喜上梅梢，喜上眉梢，缀玉苔枝好自巢。知来应是还知往猩猩知往不知来，乾鹊知来不知往。往日成桥，今日成桥，一例仙家次第饶。

前调

丙寅岁不尽，二日梦碧翁命题，拈诚斋句以为发端，填是解，赠魏新河。

小荷才露尖尖角。秀质澄波，秀色凌波，俗艳凡葩奈尔何。　冷香飞上伊人句，叶底清歌，心底娇歌，稚影应同梦影多。

燕归来

寻旧梦，侑春醑，翻怯梦重回。不应相识燕归来，犹自费疑猜。　　情已疏，愁未了，丝缕绀云舒绕。后期心事误前期，谁与诉心违。

浣溪沙
半梦庐饯新河，分韵得"飞"字

万感风花不自持。搴芳人肯负芳期。禁他秋色几然疑。　　劫罅年光愁缅邈，笛边心事梦参差。独携残醉带云飞。

减字木兰花
陈云君诗稿索序词以代之

题情写物，俊语连篇清见骨。禅悦新耽，画理文心妙谛参。　　北岩兰蕙乂宁有千水岩北岩多兰蕙，故里秋深骚客佩。奕叶清芬，管领风华会有人。

前调

闲庭小院，冉冉斜阳红欲懒。雁字参差，几度前期误后期。　　怨怀无奈，新月一弯秋半破。粉泪红沾，滴滴还同烛泪添。

如梦令

望里乱枫红舞，疑是春光无数，心事问秋风。肯说艳晨留住，归路，归路，偏又旧经行处。

玉蝴蝶
题画蝶

薄暮粉凝寒翅，妍韶划断，犹恋余芳。检点温柔，依旧是处吾乡。谩移情，幻同庄叟，几拂繣、图续滕王。镇难忘。误传吟笔，一例张郎有本事。　　凄惶，南园月冷，断魂春梦，瞥眼驹光。忏尽风流，可堪今昔话登场余少时习京剧武生，曾演花蝴蝶。恁前度、嬉红戏翠，甚此时、怯露惊霜。待徜徉，丽人矜艳，绣入罗裳。

减字木兰花
梦碧词社成立感赋

寻常尊俎，影事斜街凭说与。咫尺春深，花外喈喈唃甃音。　　茧怀频惹，检点清愁供梦写。勘透风光，留取飘红后日香。

浣溪沙
后社小集李园看海棠

词客年年忆送迎，绝怜人处落红轻。人生难得几春晴。　　旧雨吟惊新雨梦，他时花泪此时情，断肠有约待秋英。

前调

十二珠桄映月寒。银屏万感逐孤欢。禁他影事忒阑珊。　　和梦香泥衔旧燕，笺愁腻粉叠新蝉。春风偏又是人间。

破阵子

汝昌先生为王宏书破阵子横幅，王宏索余填是调，亦书一幅。

絮幻迷春梦缬，风销点额梅痕。惯惹芳尘侵钏玉，又遣轻寒上鬓云，空香寂不闻。　　押暖珠帘缥缈，萦愁宝篆氤氲。数尽花间欢恨迹，斗取尊前现在身，绝怜烟月新。

浣溪沙

庚午夏游苍岩山，夜宿山间宝馆，见燕子归巢，急如飞镝。偶得燕箭句，酒后微醺，欹枕足成。

雄秀风光更险奇游人多以雄奇险秀四字言苍岩，冈峦合沓碧参差。颓颟剑镡尽成诗。　　燕箭穿巢山似睡，月钩挂梦夜如痴。此时情景醉相宜。

前调

开七初度自题小照，稼轩析辛字为六十一，用以发端，即效其体。

析字灯前学写辛，吾今六十一年人。些些往梦不须真。　　醉里常疑身外影，醒来还是影前身。可堪身影两相循。

菩萨蛮

一庐茧梦情丝络。相思颇奈浑如昨。心事自参差。漏长愁未知。　　𪩲霞红半敛。镜里分明见。花影晓风残。月楼鸳瓦寒。

三姝媚

自钞词集有感，因赋

迷阳空唱倦。又垂檐蛸丝，络愁心茧。蠹句笼纱，认旧痕偷忆，艳阳歌管。未稳阴晴，须道是、东风禁惯。绣梦花残，耽病尊枯，怯逢春晚。　　游事西园轻换。剩翠沈香泯，赋情都懒。聚泪苔笺，便锦囊收尽，此怀谁见。吊影孤吟，惊魄共、灯花红颤。片晌宵寒，犹惜冰轮漫转。

好时光

第三届文化艺术节暨商品交易会同庆，与会同仁于海河泛龙舟，倚此以志，是调昉于唐玄宗，即以歌拍三字名词，今循其例。

爽气长空秋净，烟霁杳、镜波长。裙屐胜游逢胜节，飞龙起缆樯。漫道廛肆远，却喜共、墨花香。且共朋簪乐，莫负好时光。

临江仙

再题疆村翁手书《落叶词》初稿

叶落宫槐秋梦冷，依稀雁影留痕。蛮笺犹染墨华新，宫商容寄怨，琬琰忆承恩。　　莫叹一庵无着地，梦边小驻余春。丛残收拾付词人，兰荃存剩谱，环佩杳归魂。

生查子

白纱幔影轻，红锦花痕绣。婪尾酒迎新，爆竹声辞旧。　　残春缓缓来，夕夜匆匆走。别后几经年，浅泪空消受。

琴调相思引

春阳琴刊创刊索题

曲弄梅花有暗香，听秋三月味堪忘。烟沽同奏，指韵绕歌梁。　　古调广陵应未绝，新生刻意按宫商。雪光飞白，逸响谱春阳。

鹧鸪天

那信骖鸾到梦边，可知高处不胜寒。天风海雨来胸底，兰笑蓉悲绕笔端。　　追胜业，惜余欢，南唐两宋失人间。醉魂终夕浑如旧，不到醒时不爽然。

画堂春
题朽斋藏竹木雕

惯将聚好逐烦嚣，搜求暮暮朝朝。时光梦里自妍韶，岂待春邀。　　结习从来不废，朽同不朽相嘲。一齐藏木得欢饶，漫道虫雕。

减字木兰花
弋阳书院成立，书来索词

渊源风雅，人杰地灵多旧话。咀嚼宫商，古调今弹说弋阳。　　共修艺业，六法纵横同八法。一水三山，笔底流霞自可餐。

前调
湖北黄冈东坡赤壁书画集，编辑部函来索作

江山不识，水落几曾看石出。放旷随缘，悟彻玄机玉局仙。　　瓣香薰墨，书画碑廊环赤壁。故国归魂，江月还应酹一尊。

贺新郎
法商学院法律系校友会感赋

弹指沧尘老。叹经年、迷阳唱倦，等闲昏晓。聚蚁孤槐无多地，兰梦炊梁醒早。再休说、五陵少年。路鬼揶揄应耐惯，便逃名、可是矜才调。拼戢影，任枯槁。　　云笺粉蠹藏山稿。漫相怜、含毫披锦，擘笺摛藻。别有生涯关情事，除却半灯能道。枉赢得、壶天清峭。劫后残灰惊重话，恍飙轮人外巡逡觉。逢旧雨，展幽抱。

前调

荷堂丈重谐花烛寄示此调，依韵奉贺

百感尊前至。忆年时、傺风俿雨，弥天匝地。甲子重谐花烛夜，遑问人间何世。再休说、那时憔悴。诗酒生涯浑漫与，甚望机、肯误行藏计。宁感物，未明已。　　三同性癖元无异。更双双、形骸检点，纵游尘外。岁月凭教侵旧鬓，往梦犹堪追记。漫负却、钉花粲绮。眉寿还宜宽发齿，又年年转觉饶生意。长乐酒，直须醉。

醉太平

郁金香

轻摇惠风，香涵远空。数苞半破番红，恰欢情正浓。　　南园乍逢，芳馨郁葱。禁他六瓣重重，共新丛旧丛。

调笑令

代代花

娇态，娇态，见说花开代代。芳芸喜伴微吟，茶熏色验浅深。深浅，深浅，酽酽香飘一盏。

台城路

倦怀依黯前行路，幽兰更重谁谱。艳锦珠帘，丛华绣幕，空忆斜阳曾赋。枯尊暗雨。恁按破霓裳，肯销襟素。梯柳摇烟，一痕丝缕惹千绪。　　痴云急飙漫举，断霞赪半抹，留伴照煦。别馆灯深，重闺夜寂，秋梦凭教春妒。沧尘细数。甚镜鳟波光，鬓霜清苦。隐约飞声，乱蛩吟瘦语。

浣溪沙

梦里光阴梦外留，笛边心事自悠悠。深杯浅恨苦相酬。　　怨堕花残春自远，惊归燕老意难休。不禁多悔是夷犹。

眉妩

问珠飘霜寂，糁碎尘迷，时序为谁幻。立影缠绵迹，经年又，重寻芳绪犹恋。绮怀自茧。悔玉珰、前度缄怨。纵堪忆，旦暮阴晴际，梦边望过雁。　　襟袖啼痕偷浣。恁旧情掇取，弹指惊变。小径昏如睡，孤吟处，空怜唇冷香盏。觅愁忘晚。剩断云、随意舒卷。看红黯斜阳，依约乱鸦数点。以上《梦边词续》

戈革（105 首）

　　戈革（1922—2007），学名戈繁荣，字跃先，号红荸、拜鞠、啸云楼主，河北献县人。1945 年考入西南联合大学物理系。1946 年联大复原后，改读北京大学物理系，毕业后考入清华大学物理研究所，师从著名物理学家余瑞黄教授。毕业被分配到山东工学院，一年后回到北京，到北京石油学院（中国石油大学前身）从事物理教学与研究工作，直至退休。戈氏原习理论物理学，中年以后治量子物理学史，专研丹麦学者尼耳斯·玻尔，是《尼耳斯·玻尔集》的独立汉译者。另著有《史情室文帚》《渣轩小辑》《学人逸话》《玻尔和原子》《玻尔》《尼尔斯·玻尔：他的生平、学术和思想》等。戈革艺事多能，文章、诗词、篆刻、书法、绘画皆能立足当代学林。参与张伯驹主持的丛碧词社唱和活动，与张伯驹、周汝昌、钱锺书、孙正刚、吴小如、于光远等人交游。刘梦芙《"五四以来"词坛点将录》将他与张伯驹、溥儒、启功、顾随、寇梦碧、陈宗枢、张牧石、魏新河等燕赵词坛名家列入其中，为第五十三把交椅——"掌管考算钱粮支出纳入一员，地会星神算子蒋敬"，赞其词"清丽雅正，皎皎鹤立"[①]。戈革词多小令，有五代之风，得冯延巳之神理，缠绵悱恻而情韵盎然。戈氏性情天真耿介，诙谐多智，经历世事变幻、人情冷暖，对生命体味颇深，故而沿袭北宋滑稽一脉，诙谐玩世的所谓"谐体"词作颇多，能见性情、见智慧、见趣味。今存《红荸残吟》诗词稿。有《半甲园丛稿》本及河北献县文化研究 2017 年第 4 期（专刊）整理本。此二本间有错讹，今依原本重为订正。

[①]　刘梦芙：《二十世纪名家词述评》，安徽文艺出版社 2006 年版，第 367 页。

踏莎行
谢友人赠书

扪虱谈兵，曳牛惊贼，信陵座上当年客。只今斑驳满龙泉，封侯壮志浑抛却。　　知己深情，故人高格，远遗两卷平戎策。那知心绪异从前，新来遁迹槐安国约庚寅1950，在清华。

蝶恋花
秋心

一晌无聊城里住，看了黄华，便觉秋心苦。城外驶车行一度，始知黄叶黄如许。　　漠漠黄云天际布，白草黄沙，过去将来路。毕竟荣枯何所据。问天问得天无语。

虞美人
重过清华园有感

偶然又到青溪左，策马匆匆过。者回真没那时间，再向水边林下看青天。　　依稀识我溪边柳，对我频摇首。小红桥畔小红窗，窗内此时谁个理红妆昔清华二校门外照澜院旁有朱漆小木桥。

蝶恋花
俳体

百岁光阴肥皂泡，夺利争名，自己寻烦恼。青史纷纭忠与孝，装模作样瞎胡闹。　　武打江山文载道，待得回头，一火都烧掉。冠冕堂皇新讣告，黄泉那有猫儿尿猫儿尿，谓酒也，一滴何曾到九泉。

以上癸巳1953自济南返京。

红情
题周射鱼《红楼梦新证》初版

悼红人去。怅冻云宿草，荒垧何许。旧梦早醒，侬亦蓬蒿正环堵。岂欠伊谁泪债，恰纷纷、为卿倾注。便食粥、浊酒常赊，还酹赵州土。　　无据。补天处。惜情圣遗编，久遭时侮。欣得周郎为存顾。行见滔滔魑魅，应尽避、烛犀神炬。我却欲、浮大白，振衣狂舞。

潇湘夜雨

前题

晓月窥帘，春风入座，共人小砚研红。使君相对数英雄。斑管灿、奔腾骐骥，法力广、开辟鸿蒙。须准备，鬼啼午夜，粟雨晴空。　　凭谁护惜，银红袖拂，翠碧纱笼。任萤辉爝火，暗击明攻。情未已、怀金悼玉，才不尽、吞凤雕龙。千秋业，旌旗十万，一战霸江东。

浣溪沙

春日有所见

一点红娇小辫绳。短衣窄袖斗娉婷。风前巧笑散微馨。　　折柳簪花眉黛重，踏青拾翠鬓云轻。这般俏丽太憨生。

鹧鸪天

早春 社课

大泽殷殷起蛰龙。人间馥馥又春风。溶溶嫩水浮新绿，灼灼初阳绽小红。　　花万树，酒千钟。此时心绪不轻松。繁华更比韶华暂，弹指相看百劫空！

小秦王

对海棠 社课八首，仅忆二首

小楼微雨发花光。点染新红上海棠。仅有娇容款词客，不教蜂蝶识幽香。原第一首

又

生憎玉骨委尘沙纳兰容若词句，金粉南朝几丽华。一缕纤魂到秋暮，绕阶化作断肠花秋海棠别名断肠花。原第八首

此八首词原为一整体，丛碧翁选为本次社课之冠。其评语谓"从繁华以至衰歇，令人深慨。"以上约丙申 1956 年，在北京。

捣练子①

题印拓"芹泥馆""紫云庵""解味道人"三印

芹泥馆，紫云庵，梦境风神自不凡。莫向人间夸解味，不知身世几酸甜。

忆江南②

题"新索隐派"印

新索隐，何事不千秋。买玉长安亦痴绝，射鱼咸水更风流射鱼老家在天津咸水沽，三载卧门楼射鱼当时住门楼胡同。

摸鱼儿

咏射鱼所藏古鱼

问河山、几经翻覆，当年蒙葬何所。龙门声价真耶幻，青史渺茫难据。寻旧主。烟霭外、庄光寂寞琴高去。相思正苦。却石破天惊，云垂水立，鲛泪逗秋雨。　　凝眸处，曾绾金闺绣户。繁华忽化朝露。沈埋故国三千载，遗恨一抔黄土。谁吊古。信只有、周郎解着虫鱼谱。闲情万缕。把半世牢愁，十分心血，深夜托毫素。

薄倖

射鱼曾有青玉笔，初购时质尚松软，其夫人以指甲试之，笔微伤。余辈颇笑之。后射鱼做饭，此笔落炉灰中，竟随垃圾倒去，更成话柄。

土花笼罩。更遍体、烟云缭绕。正人手、惊魂初定，却试麻姑仙爪。伴几回、三上诗成，敲金戛玉铿锵调。似龋齿妖姬，捧心邻女，更似徐娘半老。　　问孰是、黄衫客，能救得、者番潦倒。信天心最忌，才华艳发，也应最忌倾城貌。十分堪笑。算拔茅连茹，居然此物都抛掉。青箱尚在，人面桃花俱杳青箱谓垃圾箱也。

---

① 原词缺调名，依《钦定词谱》补。
② 原词缺调名，依《钦定词谱》补。

木兰花慢

咏射鱼所藏白玉笔

自江郎去后，郭璞笔，属何人。看灿灿琼华，纤纤玉笋，分外消魂。温存。案头袖底，指挥处横扫定三军。再遇麻姑素手，莫教指爪留痕。　　风尘。飘泊本无根。絮果与兰因。想白发曾簪，青毡共卧，多少酸辛。周秦。盛衰旧史，仗毛锥一脉接斯文。回首千秋梦影，知他谁假谁真。

金缕曲

射鱼所藏白玉玆，上有黑斑大如钱

寂寞耶溪路。向延津、惊雷激荡，玉龙飞去。鳞甲晶莹留残迹，依约吉光片羽。或也仗、山灵将护。沧海茫茫悲精卫，算青天、尚有娲皇补。离合事，倩谁主。　　片云如墨催诗句。慰相思、青鸾紫凤，几番翔翥。掩映玲珑昆吾篆，回绕霜痕万缕。尽飘落、缤纷华雨。人手常惊凝脂腻，仰高风、更想徐君墓。光晔晔，照千古。

一斛珠

射鱼藏玉冕琉珠若干颗

五花灿烂。依稀一碗胡麻饭。天台旧梦迷刘阮。泪湿红蕤，化作牟尼串。　　也有精圆也有半。碎纹颇似牛毛乱。玉妃得意梅妃怨。十二重帘，遮断君王面。

金错刀

白玉小戈，深黄沁，射鱼所藏

色如泥。薄如皮。轻如楮叶初生时。只愁一夜风吹去，碧海青天任所之。　　簧片小，好修持戏比之为口琴簧片。荆卿匕首空相思。抟圆便是黄金弹，送与韩嫣打雀儿。

虞美人

假期初始寄射鱼

门生梦想争三好。一考砸锅了。不知蛇短与龟长。老师无故自号卖油郎。　　向来怕唱佳期会。不对花魁昧。桐花芝豆灌诗肠。难道虫声不透碧纱窗昔刘半农有"桐花芝豆堂打油诗"多首，谓桐子、花生、芝麻、大豆皆可打油也。

采桑子
寄无必

无必出差某地，拣回石子若干，自号拾石郎君，余改之为驮石郎君。

工厂一舞终生记此句有本事，惜玉怜香。细雨流光。不为周郎为沈娘黄岩周祖撰句。　　驮来大石千钧重，不是宫墙。不是禅房。慢步蹒跚不用忙。

更漏子
自寿

红荸生日为旧历腊月二十五日，即灶王上天后二日。

灶王升，红荸降。天路一番来往。听爆竹，绑天灯。此时齐死生。
江上雪。云隙月。都入老夫顽铁。心寂寂，手空空。撞残和尚钟和尚撞钟，非钟撞和尚也。

思佳客
步驮尊者原韵

风雨纵横乱入楼。生涯银样蜡枪头。几回画虎都成狗。更见杀鸡为吓猴。　　花易谢，水难收。偶然幽梦下扬州。那堪侧帽吟名句，无恙年年汴水流纳兰句。

浣溪沙
二首

无必咏白海棠，红荸两步其韵。

三月飞花送晚春。倩谁剪纸为招魂。玉腮红泪坠纷纭。絮果兰因终梦幻，人间天上剩啼痕。寄情何处落芳茵。
起社当年说探春。借尸或者可还魂。近来油醋打纷纭。铁马游郊寻白相，金刀切腐印红痕。著书装病卧重茵。下片仍分咏三料

忆江南

儒士特，最怕宰牛刀。捣药裴郎扬玉杵，求仙秦女品琼箫。门外看秋潮。

三块料，洋相够人瞧。病病歪歪游小市，疯疯傻傻卧荒郊。秃子住头条。

此词或作于丙申，即一九五六年。当时有设置博士学位之说。三料议曰：我辈皆无缘当任何 doctor，只配作儒士特（rooster）耳。儒士特者，英文义为公鸡，另译为"鸟"也。红荨另有组诗，分咏"茶博士""性博士"张竞生，"戏博士"梅婉华等等，今不能全忆之矣。

苏幕遮

丙申自寿

打闲油，切臭腐。七品前程，烂贱如泥土。嚼蜡生涯何日吐。稀里糊涂，过了三十五。有风霜，无雨露。半世寒酸，忽又逢初度。行遍崎岖阮籍路。狗监云亡，谁赏相如赋。

西江月

无必约来见访，后不果，词以戏之

腓骨炼成焦炭中科院语言所食堂菜谱将"排骨"写成"腓骨"，驴头缩似乌龟。者般捣蛋过星期。真闹一肚子气。　邀客威逼利诱，迎宾呐喊摇旗无必邀余往访。洒家日日有答疑。难让浑家代替。

思佳客

步髡老（即无必）韵

竹杠敲来鬼见愁。红楼一部有来由。乱收印谱如消渴，直把钱囊当赘疣。游小市，赋悲秋。他生未卜此生休。人人笑我神经病，好大书包装石头。

忆江南

射鱼许赠有正本《石头记》一部，后爽约。半僧、红荨词以调之。射

鱼颇愠，即所谓逗急了也

红楼梦，价格并非高。忍向筵前端七寸，肯为天下拔一毛。扑满比腰包言其有人无出也。

天下俭，原则有规条。坐对空盘闲食鲊，惠而不费涮贪饕。其乐也陶陶。

吝啬之人，有号一国俭者，有号天下俭者。一国俭往拜天下俭，以白纸绘巨鱼为礼品。一国俭留饭，并白纸亦不费，惟令仆人以手比为圆形曰："客请用菜，客请用饭。"客去，一国俭责仆曰："待客为何多用七寸大盘？太破费矣！"又有兄弟二人进京赴试。食饭无肴，仅在空盘底写一"鲊"字，以箸点之曰："食鲊"，便当进肴矣。其弟口吃，连曰"鲊、鲊"。其兄掴之曰："尔食许多鲊，不怕咸死乎？"

渔家傲
调无必

写扇居然能混饭。临行又把蓝钞骗蓝钞谓二圆之钞票也。好石牵羊捞一片。值得干。主人不寐三宿半。作画吟诗将丑献。赚他造孽声声唤。若有翻身之一旦。烧火炭。剥削旧账来清算。

八声甘州

三料同游隆福寺小市，射鱼购古玉珌，红荸购玉玲等物。偶言及将来事，荸指玲曰："其时我已如此物矣！"众大笑。是日天微雪。
又经时岁晚起同游。新雪古幽州。冒红尘不冷，缁衣点白，扶病行休。冲断九衢车马，人海正横流。东城琳寺古，宝珌千秋。色舞零蝉残剑，爱苔花如绣，霞影沈浮。正轻脂淡血，入手念前修。道更须、将身化碧，历三生、也待后人收。狂言发、惹冠缨绝，片刻忘忧。

前调
步前韵

且耽贫扶病作遨游。仰天唱甘州。笑新增薄俸，那禁挥洒，片刻都休。侬意犹怀旧谱，好梦付东流。文章谁绝世，秋日谭秋。觅食难求旧肆欲到东四之广东馆就食，而馆已无存，念豆花软嫩，香菜清浮。怅前生佛豆，缘法未勤修。更带归、一包棉絮内人初学缝纫，承作鱼家儿女棉衣，上车来、难放又难收。人生路、许多荆棘，破衲添愁！

思佳客

三料在茶馆臧否当代人物，颇多妙语，亦自得其乐耳。

半辈胧明看月华。承修簧片有专家。灵魂美丽开花眼，《论语》艰深笑掉牙。吃水饺，饮清茶。惹吾三料闹喧哗。今朝又遇雷公醉，一顿胡批羯鼓挝。

前调
记事

红荸游小市，购荷叶形小碗一只，日本瓷碟四枚。前者射鱼为荸算命。谓将交好运。荸不信，谓不灵。

红荸今年最倒霉。射鱼推命是耶非。大街难唱莲花落，小市聊寻荷叶杯。官七品，管阿谁。自家刻印自家吹。收来旧谱齐三部，又买东洋碟四枚。

点绛唇

一夜狂风，满林黄叶飞多少。爪哇孤岛。柴火烧不了。大老歪诗，有脸连登报。算了罢"罢"字按京语读若"抱"，不如焚稿。饶了咱三料！

如梦令
茶座

茶座□□□□，兴趣真来得大。周而复始轮流。打了香油臭油。油臭。油臭。耗到掌灯时候。

鹧鸪天

无必访射鱼于门楼胡同，受小儿女之欢迎，来函述之，红荸乃作此词。

万众欢呼夹道迎。卫公今日证佳名。浪游厂肆赔银两，小坐门楼傲电灯。淋夜雨，赏秋晴。归途妙句切须蹬骑自行车吟诗，谓之"蹬诗"。累累六勒当胸佩，风雪驴蹄自在行。

双红豆

赤瑛杯。荷叶杯。大碗西郊驮石碑。凑成三块坯其时无必已迁居西郊。打一回打油。刻一回刻印。考证批评无不为。全亏自己吹。

渔家傲

三首失一。丁酉 1957 前后。三料多作《渔家傲》词，以其颇切射鱼之号也。今其词早成《广陵散》，此处所录不过孑遗而已。

对准鱼头勤放箭。升天入地求之遍。俯瞰人间山海变。增历练。西江浩浩凭吞咽。此地难开金谷宴。风吹黄土胡椒面。何必珍馐方遂愿。姜醋蒜。便能招待穷光蛋射鱼。

日月如梭催晓箭京剧《文昭关》唱词。头颅旋旋都光遍。工作三年无改变。栓铁炼。消愁看戏涎空咽。不肯参加鸡尾宴。归来且食长生面。驮石寻梅真夙愿。砸透蒜。三人最数卿混蛋无必。

思佳客

无必自号"老衲"而时有绮怀，甚赏陈永玲京剧，出差兰州竟得一观，词以调之。

风雪阳关竟一过。年来老衲特奔波。小乔颜色应犹昔，大碗头颅近若何。　　拖水袖，打云锣。玉人歌舞傍黄河。禅心纵似沾泥絮，走火还妨夜入魔。

雨霖铃

"一番风吹来四面雨，三块料被困五龙亭。"词从柳七体，并步其韵。

天公情切。送风和雨，汗流初歇。龙亭小憩摩玉，方危坐处，轰雷忽发。冰镇梅汤直冷得，喉管连噎。最可恨、舟楫全停，太液沈沈比天阔。

人生聚少多离别。但逍遥、便胜逢佳节。琼台远望如画，浑不似、者般年月。寄语鸡排，应与牛鞭，细点同设要无必请客也。任再有、推托支吾，反正都白说夜梦者卿引郭院长名言曰："真有点败坏风光。"

思佳客

记无必在西陲观陈永玲唱《贵妃醉酒》事

虎卧龙跳小字斜。薛涛笺画兔儿爷红荸诗笺上印小兔二只。想来宛转娇喉舌，不似支离病齿牙。昔人有《杨妃病齿图》，状太真牙疼之娇态罗袜渺，羽衣赊。锦袍金鸟属谁家。有人按拍红灯下，忆否当年杨白华指名伶杨小楼得西后赏织事。

木兰花慢

咏无必授课之窘态

纸烟当粉笔，翻译课、忒荒唐。惹及门豪俊，迷离扑朔，一笑哄堂。平章。嚣俄雨果，恁高明信口喷雌黄。提到冒牌教授，原来不止油郎。鸳鸯。伴侣未成双。脑壳已精光。更天际乌云，江干赤壁喻玉，也算收藏。琳琅。璱红瑉碧，下油锅斧勒共神伤。莫道买珠还椟，知他蛇短龟长。

思佳客

二首自刻东坡"白发苍颜五十三"句为印，非记年岁也。

鬓影钗光照脸波。语言流利到双蛾。怜卿但有长相忆，愧我全无莫奈何昔王恺家多银，每千两为一球，名"莫奈何"，言盗贼无法窃取也。鹦鹉吃月饼，想天鹅。从来麾卫欠风魔。不知白发苍颜后，门外桃花剩几柯。

五十三参到佛前。匆匆日月走双丸。长卿早已成肥料，卓女当然化碳酸。鹦鹉癖，柘枝癫。最难保证是朱颜。可怜白发初生额，卅六瓠犀已不全。

渔家傲

无必见访，别后寄词，红荸步其韵。原词已佚。

十点光临还叫早。踏青敝校无青草。大败而回才上道下棋屡输。蘑菇泡。南风猎猎刚吹到。千古江东芳姓好。乔家有女周家嫂。不算白吃猪肉饺饺，上声。还倒找。彩笺百幅捞回了红荸赠信笺百张。

更漏子

多日不得好友来书，且忙于俗务

信箱空，邮票省。门外雀罗微影。一月半，会常开。老夫忙矣哉。三块料。有欢笑。此意争为人道。消酷暑，别荒郊。小摊游几遭。

思佳客

责无必爽约

排骨煨汤第几回。狂风又阻秃奴才。天时地利真难凑，世道人心岂易猜。　收破玉，骂闲街。说来毕竟不曾来。铁驴往返驮冰棍，冻死西郊也活该。

水调歌头

嘲无必

五请换一顾，好劲儿，武乡侯。骂人逻辑真棒，驴座也风流。不枉钻研言语，能使泥神土佛，各自气如牛。便遇娄师德，与尔也成仇。乌八蛋谓乌姓首长，坛子肉谓某师，好温柔。小子活该碰壁，光景似玩猴。且看疲于奔命，说啥隆中高卧，列国足周游。明日过陈蔡，报应狗秃头。

思佳客

在射鱼家午饭

腹内浮图叠几层浮图即宝塔也，奠基馅饼作夯声。肉包启下还承上，蒸饺加楔作平又找零即所谓找"找补补"。醍灌顶，雨淋铃。小锅稀饭煮香粳。临完又奉茶三碗，如此别肠大可惊射鱼谓诗有别肠，而吃带馅之物亦有别肠。

沁园春

寿射鱼，二首

闻道门楼，有客欢迎，瘟徨帝君。想中厨治具，刌香浮动，上房煎罐，药味纷纭。鸡肋支离，鹿茸补救，颇似潇湘弱美人。称觞日，信上天入地，许尔独尊。尝亲草木虫昆。幸一代，神农已四旬。算多病工愁，未输君瑞，光风霁月，岂让湘云。狗尾生尖，凤毛脱颖，寿数从今胜雪芹。

休惆怅，叹保留老命，卖脱青春。

有补药名"保青春"，人或作联曰"保青春，卖老命。"后改为"卖青春，保老命。"后又改为"青春易卖，老命难保"。皆读书人之狡狯也。

浪迹京华，三块酸儒，两房细君无必不娶。笑目迷圭璧，十分傻气，胸罗谱录，一片纷纭。若可出门，敢辞拜寿，有钙不吃不算人。今休也，枉有肴在俎，有酒盈尊。相亲魏绍王昆。又独卧，荒郊三五旬。羡文汇谭书，笔花似锦，东单访玉，稿费如云。小砚研红，古藤络紫，知己惟推脂与芹。尘寰事，早不须苦夏，何必伤春。

石湖仙

六月四日，石湖生日，赋此答玉青道长。

春风萦绕。怅千里烟波，湖上鱼渺。幽梦到神玑，待维舟、倾囊访绍。长安衢巷，誓不与、傅冯同调傅、冯皆藏玉名家。玄奥。问世人，怎识三料。　他年此身化碧，伴琼琚、飞腾啸傲。光怪陆离，算得仙家秘宝。或擅担山谓驮公，或经仙爪谓鱼玉主人，或遭油泡油郎自谓。堪拜倒。阁中鼓腹饕饱阁谓玉肆振寰阁也，又简称"旧阁"。

高阳台

冒雨访射鱼，遇髡老，遂同游海王村。

晓色模糊，秋霖跋扈，行人带水拖泥。高卧元龙，病床燕玉犹偎。西郊细雨骑驴客，晃髡颅、一路蹬诗。正难知，三料相看，最数谁痴。碎琼已作章台柳，惜寻春去晚，惆怅芳时。初雪幽州，游踪常忆招提。十年梦觉成长叹，旧蒲桃，不剩空枝。烛花低，归后凝思，又拍新词。

虞美人

咏落叶，俳体。时余在难中，大受折辱。

经秋树已筛糠抖。何况风斯吼。乱抛黄玉打寒窗。敢待向谁额上点梅妆。　只疑梁祝魂重显。化蝶千千万。任人践踏与摧残。还为几家羊兔备晨餐。

临江仙

题某女士海滨独坐小照

莫道桑田沧海，剧怜银汉红墙。支颐独坐对汪洋。千帆都过尽，一苇岂能航。　　幽梦不离胡蝶，绮怀常在鸳鸯。晚风轻揭薄罗裳。捧心思范蠡，掬泪寄王昌。

鹊踏枝

南唐冯正中《鹊踏枝》十四阕，说者疑杂他人之作，然其缠绵悱恻之情，则初无二致。昔王半塘曾选和之，自谓就韵成词，无关寄托，然乎否乎？壬子长夏，余读而感焉。爰就原词，一一步韵而和。续貂之讥，必所不免，而所谓无聊之极，亦早有定评矣。

自抱芬芳心一片。浩浩江流，不送兰舟转。梦里几番参聚散。醒来又被时空 time-space 限。　　十二重帘遮素面。碧海沈沈，却比柔情浅。只望花阴重遇见。无人行处都行遍用顾羡季先生句。

最是欢娱难耐久。过眼韶光，转瞬都非旧。莫对春晖轻纵酒。百般珍重犹消瘦。　　篱畔黄华堤畔柳。秋雨秋风，断送归乌有。猎猎寒飙侵翠袖。斜阳渐到修篁后。

风定尘香春破裂。江草江花，一例成摧折。只盼同心情未歇。手拈绣线殷勤结。　　西下夕阳东上月。自闭璇窗，不耐箫声咽。鹦鹉休将闲事说。檀奴岁岁轻离别。

窗外轳轳惊报曙。揽颈无言，脉脉增离绪。鬓亸钗横冲晓雾。自摇双桨凌波去。　　一枕相思情万缕。流水桃花，渺渺天台路。紫燕呢喃梁上语。来年飘泊知何处。

自古情多多命薄。小步花阴，欲进终还却。逐日思量红泪落。明珠翠玉曾相约。　　问比嫦娥谁寂寞。碧海青天，反复空斟酌。莫把无聊词赋作。惹人又忆当时乐。

昨夜庭前闻叶坠。高阁流萤，锦帐人难寐。袅袅西风云外起。天孙泪溢银河水。　　一片秋声惊络纬。秋到长门，寂寂金铺闭。明日霜华应满地。莲房露冷红衣悴。

奇绝蛾眉空自许。年少无情，苦苦抛人去。锦字书函多漫语。归期岂怪风波误。　门外长杨垂万缕。碧野朱桥，一线来时路。芳草天涯游冶处。还思昔日幽兰否。

春梦争如花事短。细雨浓霜，暗把年华换。独坐小楼听玉管。依稀又被风吹断。　残月晓风杨柳岸。柳外红墙，隐隐横银汉。若得琼窗谐永伴。不辞日日金樽满。

自倚幽窗凝秀目。望断平芜，泪渍窗前竹。风定珠帘垂簌簌。夕阳西下人初浴。　一指钩银欺素玉。手擘箜篌，自谱红兰曲。拟寄相思随雁足。怕伊不耐常催促。

记得碧桃花下宴。舞凤歌鸾，倜傥人初见。暗送横波回粉面。分明咫尺天涯远。　羞展蛮笺重写怨。絮果兰因，欲说情还懒。夜夜玉壶红泪满。十年一别音书断。

绿暗红稀春已去。夜合初开，相伴怜朝暮。百尺朱楼楼外路。晨风落尽花千树。　独倚危阑听燕语。比翼来时，曾见郎踪否。待得明年飞柳絮，江南或有相逢处。

莫道芳心能见许。天与蛾眉，饮啄非关数。溷厕埋香奇绝处。飞花自选沉沦路。　解佩还珠年已暮。小筑蜗庐，梦傍琼楼住。冷面相逢无一语。并刀立断情丝去。

自缚痴蚕丝殆尽。锦梦成烟，又被炉香困。多少春花秋月恨。相思碾得心如粉。　病里悠悠长夜近。倚枕殷殷，望断蓬山信。青鸟不归黄鹤隐，离魂袅袅辞双鬓。

漫掩香尘埋玉树。半尺鲛绡，泪血凝红缕。欲把前盟申抱柱。蓝桥逝水奔腾去。　昔日芙蓉今败絮。天际繁星，乱落纷秋雨。莫向佛前忏绮语。会心一笑拈花处。

菩萨蛮
代人作，用冯延巳"金波远逐"韵

郎车正向羊城去。侬心早到珠江渡。风雨路三千。绣床人独眠。　兽香薰欲彻。玉腕双条脱。临睡烛花低。泪沾金缕衣。

踏莎行
自题《拜鞠印痕》小册

飞白缫愁，盘红绣梦。倚阑长叹怜幺凤。碾心抟泪总无聊，纵横风雨频相弄。　　流水温存，落英沉痛。青灯白发诚何用。一生低首拜黄花，离怀待与湘娥共。

思佳客
中秋自讼

一事无成有白头。年年风雨过中秋。不逢败兴催租吏，说到重阳也泪流。　　倾绿醑，背红楼。何尝消得半分忧。寸心枉寄黄华下，万转千回不肯休。

金缕曲
二首

正刚兄代乞丛碧词人为作《寒菊图》，潘素夫人补红叶，京津诸贤多赐题咏，余亦效颦。

霜压关河冷。袅西风、横空扫尽，艳阳佳景。千里蒹葭头如雪，共说芳春梦境。也见惯、飘蓬零梗。惆怅三生余痴骨，背斜晖、顶礼黄华影。勤护惜，细申请。　　一番苦意谁能省。问当年、题红旧句，有无凭证。袖底襟前悲秋泪，岂为夭桃冶杏。都洒向、银屏金井。记得广寒人初见，抚云鬟、笑把瑶钗整。灯乍炮，夜方静。

月满芙蓉浦。隔疏星、银河历历，远天将曙。白屋青灯人无寐，听彻蛩言蟋语。怕说到、重阳风雨。九十春光成残梦，倍堪怜、桃李芳菲路。随逝水，化尘土。　　一枝秋艳凌千古。写幽姿、传神妙笔，凤飞鸾舞。博得经霜新红叶，同耐荒烟冻雾。尽日夜、殷勤呵护。我亦柔肠兼痴骨，爇心香、花底倾情愫。花颔首，若相许。

思佳客
二首

某君银婚，得潘素夫人绘《梦边双栖图》为贺，正刚兄索余题之绝世风怀人梦边。双飞双宿惜华年。柔肠早化同心结，妙笔新生并蒂莲。　情胜海，绪如泉。酒杯诗卷共流连。还当觅取红丝缕，长向前缘续后缘。

鹣鲽因缘记梦痕。银婚初庆兆金婚。剧怜一点窗前月，长照三生石上魂。　熔旧爱，铸新恩。凤箫鸾镜足温存。从知百转千回后，福慧双修有夙根。

水调歌头

步晋斋韵，并寄丛碧前辈

千古几娇面，宜喜复宜嗔。我言惟有黄菊，脉脉最宜人。节序春秋嬗替，心事乘除变幻，假假即真真。窗外踏明月，形影略相亲。　发萧疏，情淡荡，体峋嶙。可怜未知冷暖，篱畔葬忧魂。比似画蛇添足，何况求鱼缘木，痴黠大难分。梦到神山路，天际起微云。

金缕曲

步诸家韵，敬贺丛碧词翁八十寿辰，兼题潘素夫人所绘之《人月双圆图》。

意到言筌外。数交游、几人倾慕，几人嗔怪。楼阁倾颓宾客散，荆棘铜驼俱坏。算只剩、清愁如海。荡气回肠词万首，旧青衫、泪渍分明在。春困好，莫轻卖。　江山易改情难改。对金樽、画眉京兆，八旬忽届。人月双圆留妙迹，我亦焚香遥拜。谱俚曲、漫舒悲慨。更祝平添无量寿，略消磨、诗酒风流债。寻胜地，写幽垲。

鹧鸪天

丁巳立秋前三日有感

蝶梦醒时夜未央。眼波一瞬几沧桑。绮怀酿得百年病，梨面翻成九月霜。　深怅惘，极悲凉。杨花萍水太轻狂。个人倘是陈叔宝，纵没心肝也断肠。

金缕曲

津沽孙正刚兄喜集杜句为诗，乱后散失，仅收其残存者为集，名《天孙剩锦》。函索题词，作此应之。

爱织回文锦。傍银湾、勤调机杼，匠心独运。制得仙裙无褈缝，夕夕常劳玉笋。寄几缕、鹊桥离恨。见说牵裾娇凤小有小女名罗凤，嫁衣裳、不到燃眉紧。曷赠我，洛妃枕。　　杜家花样翻新品。历艰辛、孙郎夜起曾命刻此四字印，倍增神俊。去岁灵鳌频转侧京津唐大地震，今岁群龙来觐天津大雨成灾。却也算、此生福分。莫学儒家痴项羽"批儒评法"运动期间，众无赖文人谓项羽为儒家，而刘邦为法家，故刘成项败云，大白天、打扮装风韵谓衣锦而昼行也，切锦字。须吝惜，叶公印兄好印而不知印，余戏称之为好印叶公。

水龙吟
步正刚韵，贺丛碧词人八十一岁寿

药炉九转丹成，隔帘老树生新蕚。而今又见，嬉春车马，展春杯酌丛碧藏展子虔《游春图》，以展春名其园。细数流年，愁潮屡泛，茧丝犹缚。问沧桑劫换，都余几许，前生梦、来生约。　　莫惜今生沦落。惹龙泉、夜深鸣跃。天下滔滔，从渠赏鉴，任他讥谴。人月双圆，海山同寿，水云长乐。看狂奴作贺，蹒跚舞蹈，效羊公鹤。

自此词后，余即未得碧老消息。不数载，正刚谢世，而碧老亦逝矣。余曾欲为词吊二公，竟未得。

玉楼春
正刚为词寄钱默存（锺书）先生，余步其韵

门前怎种陶公柳。耳侧轰雷鸣瓦缶。春深齐鲁半飞沙，泽冷蛟龙同缩首。　　当年我胆真如斗。待把乾坤吞一口。而今坚卧闭蜗庐，不与鸡虫争胜负。

定风波
调正刚，即步来词韵

辛苦年年索润刀为作印，索酬劳。老夫自许印中豪。也是多愁多病客。魂魄。依前飞梦绕花梢。　　寄语孙阳应识宝。颠倒。几张连史怎酬劳。莫倚津门嗟鄙吝。须问。那曾解珮到江皋。

思佳客
读稼轩词有感

庾信文章老更成老杜句。当年一喝万人惊。每垂涕泪温前梦。羞染髭须媚后生。　　听夜雨，赋秋声。篱边仆仆拜黄英。向来喜怒形于色，只为吾心太不平。

水龙吟
戊午仲秋

梦魂空绕朱楼，便忘身已垂垂老。银蟾皎洁，金风细劲，琐窗幽悄。欲进还迟，将呼又住，几番颠倒。隔无情帘幕，无凭喜愠，人更比，天涯渺。　　颇忆昔年欢笑。早输他、月圆花好。韶华易逝，红颜易改，良宵易晓。为问谁知，心摧肠断，形枯神槁。纵重逢真个，早难携手，上香山道。

金缕曲

晋斋好印。遇地震，所居楼房正摇晃中，兄冒死登楼，抱印匣出。楼旋倒，所藏典籍文物一旦皆毁，而印独存。尝拟倩人绘《斋毁石存图》，以纪其事。先自题《金缕曲》一阕，并挑余步韵如此。

羽祸来无迹。夜方深、轰雷掣电，补天何极。信得倚床常开眼尝命作"开眼尿床"四字印，翻作翔龙折翼亦作"翔龙折翼"印。怅阿阁、毁于一夕。谁斩如磐神鳌足，向维摩、棒喝参空寂。惊蝶梦，动鸳魄。　　冤禽衔得休轻掷。也须怜、卅年求索，尽抛心力。莫诵王郎登楼赋，黄卷青毡难觅。且将护、琳琅千石兄自号千石翁。料尔痴情头频点，任穷愁、逼我斯堪惜。彰皖浙，焕朱碧。

虞美人
晋斋寄示津门赏菊词二阕，余步其韵

秋花不似春花媚。却赚诗心碎。玉容一别动经年。消遣风风雨雨奈何天。　　梦中依约亲芳泽。代把明珠摘。便教重见梦中人。早是大非容易话殷勤。

春光转眼成皇古。领略秋霜苦。不劳玉手再投梭。为报齿牙摇落已无多。　　漫斟绿酒酬黄菊。望断茫茫目。愿编痴骨作疏篱。何况呕心沥血几篇诗。

鹧鸪天

自寿二首

拜鞠年年为底忙。埋头嚼饭译文章。一生不戴乌纱帽，半路常逢白眼狼。　　书问世，印出洋。人人来索嫁衣裳。有时也似蝇无首，撞了南墙撞北墙。

一领青衫带血腥。十年浩劫偶余生。说残沧海横流事，堪透群魔乱舞情。　　魂未定，恨难平。中宵噩梦几回惊。黑牌白帽奇装束，耳畔犹萦勒令声。

浣溪沙

重至京门，与无必同游颐和园。

又作匆匆竟日游。离宫花草引奇忧。西风吹冷木兰舟。　　笑我临流搔白发，更谁买酒醉红楼。苍波拍拍古今流。

鹧鸪天

中秋有感

只有孤檠识叹声。磨砖作镜享痴名。十年弹指红丝绝，一夜伤心白发生。　　疏落落，冷冰冰。思量鲗誓泪空倾。算来错铸天来大，错认伊人懂爱情。

鹧鸪天

秋日复为某人作印，其机缘亦甚奇

烈日严霜寄此生。当年傲骨颇崚嶒。耻称狗监为知己，直认蛾眉作典型。　　珍白璧，斥青蝇。杨花枫叶两无情。何须更问阳关道，一线羊肠独自行。

鹧鸪天

戏无必二阕

取与之间计特灵。问渠何不作标兵。若将宝璧源源献，将见奇书缓缓行。　翻早传，读金瓶。也难纸上见真形。十洲伯虎夸神技，那及洋人彩照精。

世外谁参欢喜禅。野驴家犬各陶然。赤条条地无牵挂，坦荡荡兮多妙观。　胡佛塔，旧金山。为云为雨梦魂间。不知酒绿灯红处，何似明皇入广寒。

思佳客

无必函索葫芦种子，赋此寄之

葫芦僧生葫芦头。一轮明月照瓜州。功夫可会油锤贯，性命何须待诏留。　郎平扣，玉娘抽郎平为排球健将，玉娘为羽毛球名手。黔驴竺鹭共千秋。不知证果涅槃日，可用洋文赋玉楼无必治英国文学，曾为钱默存先生之研究生。

蝶恋花

与人游慕田峪，岭下望长城，自崖而返

骨相生成非好汉。到了长城，未必能更换。粉墨登场虽反串玻尔云，"人生即剧场，人人既是观众又是演员"。不曾自抹三花脸。　车到停时山四面。山上危城，城上青天远。络绎游人如蚁乱。有谁还记闲征战。

踏莎行

江晓原函告夏日苦热之情，词以答之

博士敲词，美人摘菜。平章竟到骊黄外。千秋绝迹汉衣冠，画眉旧韵翻新态。　电扇飞旋，西瓜甜脆，何妨小补劳劳债。有时也得杀时间西人谓消遣为杀时间"to kill time"，名山事业须稍待。

鹧鸪天
戏咏金银花

对此何殊南面王。莫言铜臭胜花香。开时宛似元丝白，欲谢翻成美币黄。　当教授，作文章。输他个体小奸商。人家最懂向钱看，祖述前贤孙二娘母夜叉孙二娘，在大树十字城经营旅游事业，以风味小吃人肉馒头闻名于当世，有人画一女子坐小屋中，门外榜曰"孙二娘发屋"，言其擅宰人也。

长相思
海滨消夏，主其事者甚无能，而官气奇大，余甚愠

南戴河。北戴河。山海关前蚁一窝。恶风扬浊波。　日如梭。月如梭。千古兴亡粥一锅。长城算甚么。

水调歌头

余所蓄之猫，黑背而白腹，俗称"乌云盖雪"，为波斯种，善解人意，余甚爱之，乃作此词。

信得洋传说，魔鬼宠黑平读猫。那及乌云盖雪，黑白更谐调。不识鼠为何物，自有猪肝当饭用闵仲叔故事，斗室乐逍遥。兴至练脚爪，地毯任抓搔。　懒垂纶，羞弹铗，况吹箫。镇日床头高卧，四体未勤劳。却擅投怀索抱，博我轻怜密爱，儿女逊其娇。七世修行后，福比主人高相传修行七世，始得转生为猫云。

金缕曲
有感于世之所谓知名度

啥叫知名度。总无非、招摇撞骗，惹人呕吐。苦练奇功吹与拍，狼狈传媒相助。最须傍、权奸庭户。也信冰山容易倒，待乘凉、那有千秋树。明日事，早难顾。　逢场大搞脱衣舞。数同行、妖新钝木"新""木"皆下等奴才之名，娈儿倡女。惯把江湖膏药卖，抛售脏灰臭土。弄广告、加油添醋。狗屁文章称力作。奖金评、更会钻门路。头磕遍，学阀处。

鹧鸪天

鸡年自寿

余属鸡，按俗称鸡年乃余之本命年也。

门外常来黄鼠狼。拜年安着歹心肠。梦中尚复思菰米，窝里何曾出凤凰。　排座次，马牛羊六畜中马牛羊皆在鸡前。夜深风雨想初阳。虽然瘦肋无多肉，早晚熬成大碗汤。

长相思

题画寄友

月朦胧。鸟朦胧。记得当年拜鞠丛。旧情如梦中。　思无穷。恨无穷。昨夜星辰昨夜风。音书若个通。

南乡子

题熊伟所摄北极景色照片

疑入秘魔宫。失落东西南北中。放眼冰原迷夜色，长空。也与飞烟泼墨同。　盛夏似隆冬。何况时当十月终。傍午初阳如米粒，朦胧。那见山河一片红。

菩萨蛮

和冯延巳原韵八首

青禽玄鹊纷飞去。银河不许双星渡。云路动盈千。临流人未眠。　兽香焚欲彻。玉腕双跳脱。灯尽绣帏低。泪沾金缕衣。

斑骓屡向楼前过。春风不启楼前锁。河汉起微云。惹伊眉黛颦。　远钟声袅袅。为报遥天晓。倚枕弄钗环。泪垂无力弹。

玉梅花落湘娥笛。芭蕉半掩璇窗碧。飞蔓扰幽眠。辽阳初往还。　情随弦索绝。人似天边月。云破月窥帘。微风吹画檐。

低天暗雾粘衰草。西风落叶长安道。宫漏报三更。隔江山影横。　啼乌声未起。月清垂铅水。鸳梦与谁圆。琵琶羞上弦。

琼箫漫引凌霄凤。金铺不锁秦娥梦。梦影渡江干。天风吹鬓寒。　逝川悲去箭。人隔红墙远。冷月照残妆。翠眉飞晓霜。

春光转眼成秋扇。隔花人比天涯远。鹃泪泣残红。旧情迷梦中。　镜台犹忆否。玉露悲朝暮。宝鸭淡沉香。五更如岁长。

碧窗暗被愁云锁。珠帘屡碍箫声过。腮上赤阑干。绛纱知夜寒。　画屏遮彩凤。檐铁敲鸳梦。沧海淡炎凉。蓬莱日月长。

青溪软衬兰舟桨。赤骝缓步溪桥上。侬迹比飘萍。与郎初且成。　对郎凝翠黛。此意郎应解。将影瑑心中。随郎西复东。

鹧鸪天

余蓄欲取金庸小说各女主角，每人作词录之，后未果。仅得《天龙八部》王语嫣一人而已。

生小琅环读秘书。由来国色出姑苏。分明井底投怀燕。正是心头记事珠。　辞绣阁，走江湖。幡然一悟辨贤愚。年年大理茶花好。恩爱深宫锦不如。

浪淘沙

衰朽臭皮囊。装满悲凉。此生亲历几兴亡。几个邪魔充圣帝，残狠凶狂。　吾脑赛花岗。久历风霜。炼战百倍硬梆梆。手捉英雄一百号英雄100为钢笔牌号，大写文章。

水调歌头

余昔填此调咏我平生最爱之猫，即所谓"乌云盖雪"是也。丁丑腊月，此猫病逝。余心痛惜，乃步前韵，仍用此调以悼之。是日张家口地震，京中亦有震感焉。

三尺严冬土，合泪葬斯猫。伴我十年寒暑，水乳两情调。谁道一朝永诀，从此幽明阻隔，难计道途遥。却剩绵绵恨，白首几空搔。　谱哀词，追檀板，寄琼箫。更属玄天佳馔，片石亦徒劳殉以丹麦猫食一小袋，题名刻石一件。尔支离瘦骨，苦忆轻呻残喘，无复昔时娇。天际起微震，魂与碧云高。

鹧鸪天

美籍华人黄秀莲，小字露露，在美购新居，以祖居旧名百尺楼名之。

又倩余撰书斋名数事，择定清远堂用之，约余题字、填词、刻印以彰之。后余始知江南古镇某名园中亦有清远堂，盖皆《爱莲说》之典也。

千古嘉名君子花。文鸳莲叶渺天涯。绮窗晓月窥妆镜，绣阁炉香透碧纱。　新雨露，旧烟霞。大洋对岸是中华。宵深合有还乡梦，飞到江南认故家。

鹧鸪天

乙卯自寿

曾入人间地狱门。解衣随处见伤痕。眼昏且食珍珠粉珍珠粉乃中药名，心碎犹逢钻石婚乙卯四月初十日，为吾夫妇钻石婚纪念。　惊噩梦，惨离魂。只余猫狗识温存俗有"猫儿狗儿识温存"之谚。果然四海无知己，差幸玄天有夙根玄天，谓丹麦也。

鹧鸪天

八旬自寿

八十年华目半盲。早难重问玉生香。悔从鼠辈求新雨，说到牛棚触旧伤。　干枣木，老生姜。饱经烈日与严霜。炼成脑比花岗硬。不是酥油和豆浆。

双调忆江南

安徽刘梦芙作《五四以来词场坛点将录》，拟余为"地会星神算子蒋敬"，亦异评也。香江钓翁索余作谐词以记之。

神算子，术业大萧条。浊世乘除难计较，浮生得失欠谐调。账目一团糟。　八十岁，旧事怕重描。假作真时真亦假，高为矮处矮成高。红枣变青椒。

鹧鸪天

平生屡遇混账编辑，不懂充懂，傲妄自为，乱改吾之书稿，至为可笑而可恨

常恨乾坤有外行"常恨乾坤有腐儒"，放翁句也。我谓腐儒之可恨，万倍逊于妄自尊大之外行也。自关门户自称王"关起门来作皇帝"，亦俗谚也。每呼兰蕙

为萧艾，还指蚊蝇呼凤凰。　　尊恶臭，贬奇香。乱吹魔窟胜仙乡。又将锣鼓胡敲打，认得村童作老娘。以上《红荸残吟》，《河北献县文化研究》2017年第 4 期专刊

参考文献

一　总集、丛书

（清）傅燮詷：《词觏续编》，清康熙三十一年（1692）稿本。

马钟琇辑：《灵寿十二家词》，民国钞本，

（清）丁绍仪辑：《清词综补（附续编）》，中华书局 1986 年版。

林葆恒编，张璋整理：《清词综补》，上海古籍出版社 2005 年版。

施议对：《当代词综》，海峡文艺出版社 2002 年版。

唐圭璋编：《全宋词》，中华书局 2009 年版。

张宏生主编：《全清词》（嘉道卷），南京大学出版社 2020 年版。

于广杰编著：《历代燕赵词全编》，中国社会科学出版社 2022 年版。

边恩颖缮存、杨福培选辑，马合意整理：《任丘文献丛刊专辑·吾丘边氏
　　文集》，任丘文献研究中心 2024 年版。

张宏生编：《清词珍本丛刊》，凤凰出版社 2007 年版。

《清代诗文集汇编》编纂委员会：《清代诗文集汇编》，上海古籍出版社
　　2010 年版。

徐雁平、张剑主编：《清代家集丛刊》，国家图书馆出版社 2015 年版。

曹辛华主编：《民国词集丛刊》，国家图书馆出版社 2016 年版。

徐雁平、张剑主编：《清代家集丛刊续编》，国家图书馆出版社 2018 年版。

朱惠国编：《清词文献丛刊》，社会科学文献出版社 2018 年版。

张学军、许振东主编：《廊坊古籍珍本丛刊》，河北大学出版社 2023 年版。

二　别集

（清）王余佑：《五公山人集》，《四库全书存目丛书》（集部 207 册），齐
　　鲁书社 1997 年版。

（清）王余佑著，张京华整理点校：《王余佑集》，燕山大学出版社 2017
　　年版。

于万复辑校：《王余佑诗集》，河北大学出版社 2019 年版。

（清）查为仁：《宛平查氏支谱》，清乾隆五年刻本。

（清）汪沆：《津门杂事诗》，清乾隆四年刻本。

（清）梅成栋：《树君诗钞》，清道光刻本。

（清）边葆枢：《剑虹盦词》，光绪十一年刻本。

（清）金平：《致远堂集》，天津金氏民国九年（1920）刊本。

（清）陈祺龄著，武树慧辑校：《陈祺龄诗集》，河北大学出版社 2018
　　年版。

（清）刘修鑑纂，杜书恒辑校：《清芬丛钞诗全集》，河北大学出版社 2018
　　年版。

（清）王增年：《妙莲花室诗词钞》，中国书店 1993 年版。

李孺：《仑闇词》，民国二十二年（1933）铅印本。

（清）陈永寿：《莲漪馆诗存》，《清代诗文集珍本丛刊》，国家图书馆出版
　　社 2017 年版。

王守恂：《仁安词稿》，民国十年（1921）刻本。

（清）李树屏辑，苑雅文、罗海燕整理：《龙泉师友遗稿合编》，天津古籍
　　出版社 2017 年版。

（清）李树屏著，罗海燕、苑雅文整理点校：《李树屏集》，天津社会科学
　　院出版社 2017 年版。

（清）史梦兰著，石向骞编：《史梦兰集》，天津古籍出版社 2015 年版。

（清）张克家：《如法受持馆诗余》，民国八年刊本。

史树青：《几士居词甲稿》，民国三十二年（1943）铅印本。

陈大远：《匏尊集》，湖南人民出版社 1980 年版。

陈大远：《大风集》，百花文艺出版社 1963 年版。

崔敬伯：《静泊诗词选》，中央财政金融学院 1987 年印本。

崔敬伯：《静泊诗词荟萃》，九州出版社 2017 年版。

陈宗枢：《琴雪斋韵语》，壬午（2002）年自印本。

王达津：《王达津文粹》，南开大学出版社 2006 年版。

张牧石：《至元艺林：张牧石诗词集三种》，北京联合出版公司 2018 年版。

张牧石：《张牧石诗词集》，北京联合出版公司 2018 年版。

三　其他

（清）吴士鸿修，（清）孙学恒纂：《滦州志》，嘉庆十五年刻本。

（清）张主敬等修，（清）杨晨等纂：《重修定兴县志》，光绪十六年刊本。

刘延昌总载，刘鸿书等编纂：《徐水县新志》，民国二十一年铅印本。

张福谦修，赵鼎铭纂：《清河县志》，民国二十三年铅印本。

金士坚等纂修，徐白等纂辑：《通县志要》，民国三十年铅印本。

徐世昌撰，王道成、秦宝琦等点校：《大清畿辅先哲传》，北京古籍出版社
　1993 年版。

（清）陈廷敬、（清）王奕清辑：《康熙词谱》，岳麓书社 2000 年版。

（清）戈载：《词林正韵》，上海古籍出版社 1981 年版。

田玉琪：《北宋词谱》，中华书局 2018 年版。

谢桃坊编著：《唐宋词谱校正（修订本）》，上海古籍出版社 2021 年版。

马兴荣等：《中国词学大辞典》，浙江教育出版社 1996 年版。

阎复兴编著：《津门百家诗词选》，作家出版社 2001 年版。

徐雁平编著：《清代家集叙录》，安徽教育出版社 2017 年版。

王长华：《河北古代文学史》，人民出版社 2019 年版。

后　　记

　　大约是 2020 年春夏之交，河北大学燕赵文化高等研究院成立后，首次面向学界征集相关研究选题。在河北大学文学院中国曲学研究中心田玉琪教授的建议下，我申报了《历代燕赵词整理与研究》的重点研究项目，并获得立项。限于资料搜集的条件及其他客观原因，项目虽然推进得平稳迅速，并于 2022 年 8 月以《历代燕赵词全编》（全三卷）顺利申请了结项，但我心里十分清楚，有一些燕赵词人词作尚未收入，所谓全编的"全"字，颇有些名不符实。之后，在与天津师范大学地方文献研究中心的王振良教授道及此事时，王老师表示卷帙浩繁，文献收藏又分散于各地，暂时不全也是难免的，随着整理和研究工作的深入，也会发现一些新的有价值的词人词作。因此，在已取得成果的基础上，我继续推进历代燕赵词的整理与研究：一是着手进行燕赵词史与词学的理论研究，二是根据相应线索继续搜寻新的燕赵词与词学文献资料。《历代燕赵词全编补辑》正是我们近年来不断努力的成果。

　　燕赵词是中国词学的重要组成部分，体现着中国词史和词学的一般发展规律及特征，也因燕赵文化、京畿文化的深刻影响形成了独特的面目。唐宋词兴，江南为胜，燕赵无甚名家。金源借才异代，有所谓"吴蔡体"，实乃北派词宗。较南词气壮情豪，然时有"深裘大马"之讥。明清以来，燕赵为畿辅首善之区，人文荟萃，词学蔚然。京师、天津、畿南词家辈出，燕赵词家出浙入常，慷慨沉挚，深于性情，含藏风雅，其高者可以与当时一流词人度长絜短。燕赵文人为学敦朴尚实，性情慷慨豪迈而沉郁幽隐，其为词也有刚柔兼济之美，而"词以性情为主"确实不因词人主张或服膺的词学统系和流派而有所异同。燕赵词人从事词学文献整理和研究应从宋代开始，李之仪论词"别是一家"，且与众艺融通，见解非常独到。

金人魏道明笺注蔡松年《明秀集》，发明独多。清初傅燮詷编《词觏》《词觏续编》编选清初名家词，已经注意燕赵词人词作的搜集。朱彝尊、厉鹗、陶樑、王昶宦游直隶，主持词坛，提倡风雅，燕赵词人受其沾溉不少。更有静海高潜子毓浵编选《燕赵词征》、安次马钟琇抄辑《灵寿十二家词》，以燕赵地域词学相标榜。前辈雅怀，本桑梓之情，以词存人，发潜光幽德，不惟有助词学发展，于传承燕赵文化与文学亦善莫大焉。

津门寇梦碧先生主持燕赵词坛垂四十年。其词得梦窗、碧山之神气，而融稼轩之雄豪，沉郁雅健，深婉新奇。与张伯驹、夏承焘、龙榆生、施蛰存、周退密、周汝昌、孙正刚、陈机峰、张牧石等人为诗词友。1983年，梦翁有感于梦碧词社旧友凋零，遂请津门老画师姜毅然先生作《斜街唤梦图》，以寄托深慨。梦翁题图首唱《霜叶飞》一曲，海内名家和者数十人，旬为一时词坛佳话。此图亦如《其年填词图》《彊村授砚图》等成为词学一脉标志性图像。如今效法前修，尽心于整理研究历代燕赵词，学理交织乡情，心中郁然有不能自已者，遂请中书协吴占良书写序言，又请天津美院苏涛兄重绘《斜街唤梦》，作为书前插页，以志景行之意。

《历代燕赵词全编补辑》是河北省社科基金项目"历代燕赵词整理与研究"（项目编号：HB23ZW010）的阶段性成果。在此项目的研究过程中，受到河北大学文学院领导、老师们的关怀和指导，在这里要特别感谢李金善、田玉琪二位恩师一直以来的提携和关爱。另外，家人的陪伴与好友同道的切磋也是促使我不断前行的重要动力，在此一并表示诚挚的感谢。

编　者
甲辰初夏于河北大学毓秀园